Tobias Frey

**Nimael Band 2**

Spiegel zweier Welten

**Impressum:**

1. Auflage 2020

Sodener Str. 42
70372 Stuttgart

Text: Tobias Frey
https://tobiasfreyautor.wixsite.com/start

Umschlaggestaltung: Alexander Kopainski
https://kopainski.com/
Satz: Tobias Frey
Illustration Karte: Terese Opitz
Innengestaltung: Pixabay

Printed by Booksfactory

ISBN: 978-3-9822625-1-2

TOBIAS FREY

# NIMAEL

## SPIEGEL ZWEIER WELTEN

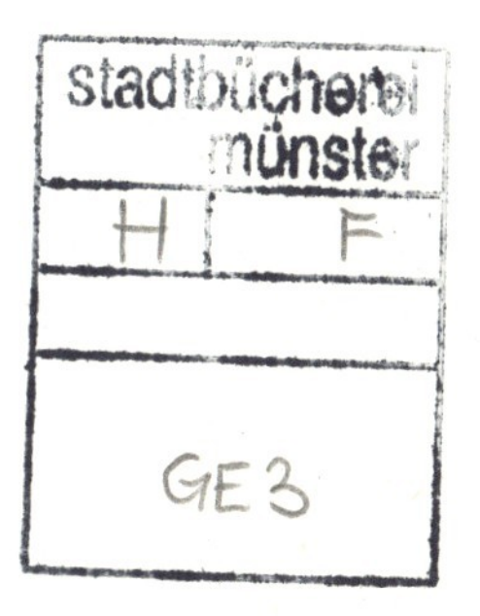

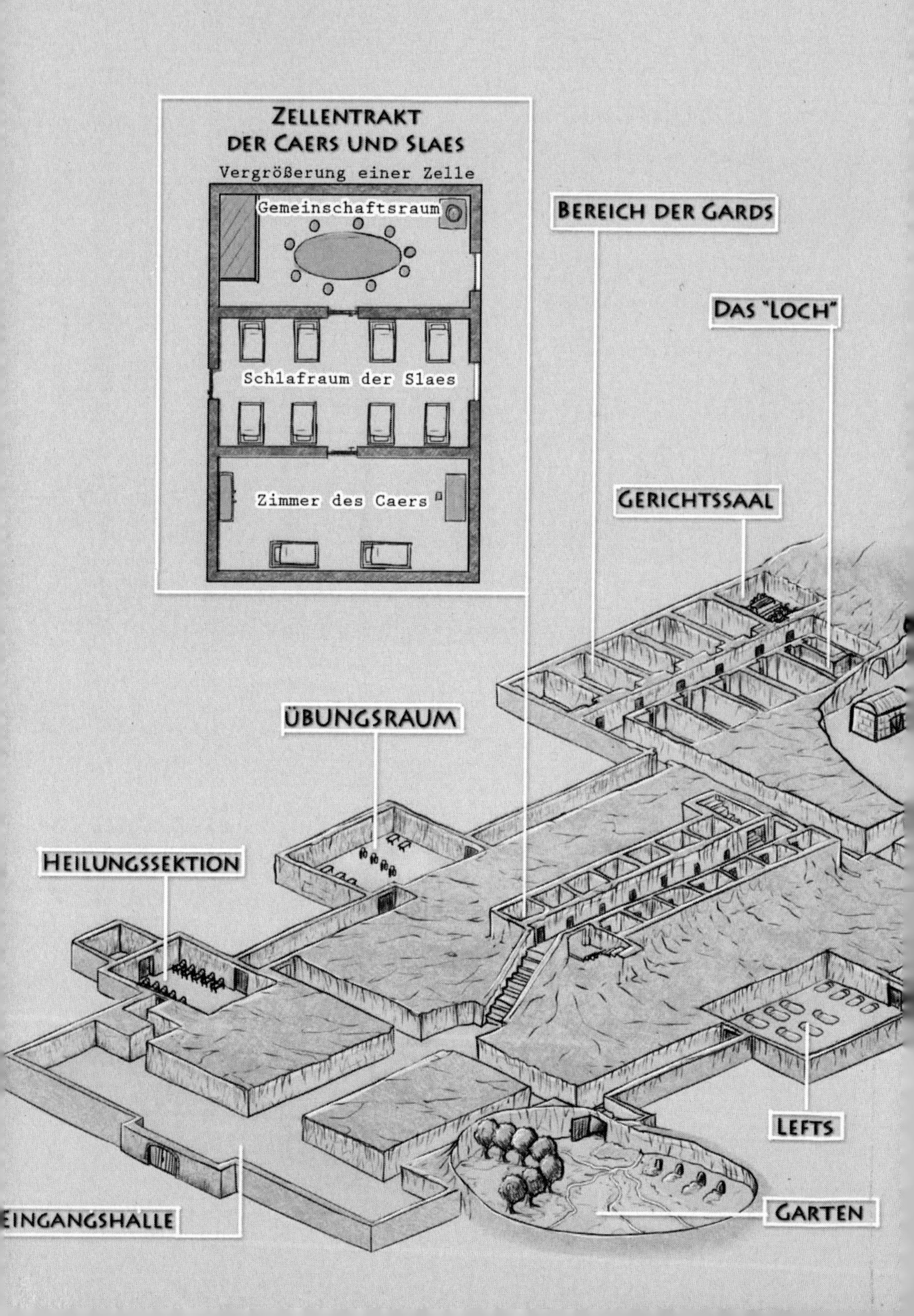

Zellentrakt der Caers und Slaes
Vergrößerung einer Zelle
Gemeinschaftsraum
Schlafraum der Slaes
Zimmer des Caers
Bereich der Gards
Das "Loch"
Gerichtssaal
Übungsraum
Heilungssektion
Lefts
Garten
Eingangshalle

Zelle die *Heiße Zwei*, eine geheime Heilungssektion für unterdrückte Slaes.
Währenddessen erkennt Nimael, dass er sich zu verändern beginnt. Er entwickelt die Fähigkeit, sein Bewusstsein zu teilen und die Zeit zu verlangsamen. Als er Nachforschungen über die Meister anstellt, findet er heraus, dass diese über dieselben Kräfte verfügen, scheinbar unsterblich sind und einer uralten Herrscherrasse namens Dominaten angehören. Außerdem befinden sie sich auf der Suche nach mächtigen Artefakten, die ihnen offenbar noch stärkere übermenschliche Fähigkeiten verleihen und auf verschiedene Steinbrüche über den gesamten Kontinent verteilt sind.
Als Nimael selbst dazu gezwungen wird, neue Sklaven zu entführen, gelangt er durch einen Trick in seine Heimatstadt Moenchtal, wo er seiner Freundin Samena eine Nachricht über den Verbleib der Gruppe zuschieben kann. Als sein alter Schulfreund Torren Nimael erkennt, beschließt dieser kurzerhand, ihn und acht Studentinnen zu entführen. Gleichzeitig sucht Eskabatt ihren reichen Onkel auf, der sie freikaufen soll. Doch der glückliche Ausgang wird in letzter Sekunde vereitelt. Der Territorialherrscher Kuruc ersticht kaltblütig Eskabatts Onkel und gibt sich als Dominat zu erkennen. Damit wird deutlich, dass diese auch außerhalb der Steinbrüche bereits wichtige Machtpositionen einnehmen und kurz vor der endgültigen Herrschaft über den gesamten Kontinent stehen.

Für

Ursel,
Mile,
Richard,
Markus

und all die anderen,
deren Licht uns viel zu früh verließ.

*Kein Docht brennt ewig.*
*Jede Flamme erlischt.*
*Wo ihre Nähe einst*
*Licht und Wärme gab,*
*herrscht nun*
*Dunkelheit und Leere.*

*Doch es gibt*
*andere wie sie.*

*Kanntest du*
*ihren Schein?*
*Ihre Gestalt?*
*Ihre Farben?*
*Du kannst*
*ihr Licht weiterführen.*

*Erst wenn keines mehr brennt,*
*obsiegt der ewige Schatten.*

*Nimael, Tag 1491*

# 1 NACHHALL

Mein Name ist Nimael. Vielleicht habt ihr schon von mir gehört. Vor zwei Jahren wurde ich mit acht Studentinnen aus der Universität in Moenchtal entführt und in einen Steinbruch mitten in der Wüste verschleppt. Dorthin werden wir euch jetzt ebenfalls mitnehmen.“ Es war bereits tiefste Nacht, als sich Nimael den Mädchen vorstellte, die erst seit Kurzem wieder bei Bewusstsein und noch immer leicht benommen waren. Nachdem sich ihre Kutschen weit genug von Moenchtal entfernt hatten, um sämtliche potenziellen Verfolger abzuschütteln, saßen die jungen Frauen nun zusammengekauert auf einer Lichtung im Wald, die nur von den Fackeln erleuchtet wurde, die die Gards bei sich trugen. Das schlechte Gewissen, diese Studentinnen verschleppt und in eine solche Situation gebracht zu haben, plagte Nimael noch immer. „Ich tue das, weil man mich dazu zwingt. Das hier sind Thera, Eskabatt und Landria.“ Er deutete auf seine drei Begleiterinnen, die bei ihm standen. Eskabatt hatte noch immer verheulte Augen. Nimael konnte sich kaum ausmalen, wie schwer der Tod ihrer Verwandten auf ihr lasten musste. In der Hoffnung auf Rettung hatte sie ihre Tante und ihren Onkel in die Sache hineingezogen, wofür diese erbarmungslos ermordet worden waren. „Die Meister, die das Sagen in dem Steinbruch haben, halten fünf unserer Freundinnen gefangen und werden sie töten, wenn wir ihnen keine neuen Arbeiter bringen. Wer diese Meister sind oder warum sie das tun, wissen wir nicht, aber wir werden es herausfinden …"

„Das reicht jetzt!", fiel Gilbradock ihm ins Wort und wandte sich an die Gruppe verängstigter Studentinnen. „Was dahintersteckt, hat euch nicht zu interessieren. Wenn ihr unseren Befehlen gehorcht, werdet ihr leben – wenn ihr eure Nasen in Angelegenheiten steckt, die euch nichts angehen, werdet ihr sterben. So einfach ist das, nicht wahr?" Er klopfte Nimael einige Male fest auf den Rücken, um ihn an die brutalen Peitschenschläge zu erinnern, die ihm seine letzten Ermittlungen eingebracht hatten. Immerhin hatten sie dadurch herausgefunden, dass es noch weitere Steinbrüche gab und die Meister in Wirklichkeit gar kein Interesse an dem Hämatit hatten, den sie dort seit Jahren abbauen ließen. Stattdessen waren sie auf der Suche nach mysteriösen Artefakten, die sie in den Steinbrüchen vermuteten.

„So ist es", stimmte Nimael widerwillig zu. Es war unüberlegt gewesen, seine Gedanken vor Gilbradock und den Gards zu äußern. Nach ihrer Rückkehr in den Blutfelsen würde er noch genug Zeit haben, um seinen Entführungsopfern die Strukturen und Hintergründe genauer zu erklären. Jetzt galt es zunächst, sie unbeschadet dorthin zu bringen. Seine nächsten Worte wählte er daher mit Bedacht. „Während unserer Reise werdet ihr von diesen Männern strengstens bewacht." Er deutete zu den Gards. „Sie sind gut ausgebildet, verfügen über Pferde und Waffen und werden nicht zögern, davon Gebrauch zu machen." Der kalte Gesichtsausdruck der Wachleute ließ keinen Zweifel daran, dass Nimaels Warnung ernst zu nehmen war. „Wenn ihr es nicht auf einen Fluchtversuch ankommen lasst, so wird euch auch nichts geschehen."

Gilbradock nickte zufrieden. So hatte er sich die Einführung wohl von Anfang an vorgestellt.

„Das hier ist Torren. Er wird von nun an auf euch aufpassen“, fuhr Nimael fort und deutete auf seinen korpulenten Freund. Obwohl dieser als einziger nicht betäubt worden war, schlummerte er tief und fest in einer der Kutschen und zog damit die skeptischen Blicke der Mädchen auf sich. „Ich habe nicht den geringsten Zweifel, dass er sich gut um euch kümmern wird“, betonte Nimael. Dass er Torren schon seit Jahren kannte und ihn nur deshalb entführt hatte, weil er von ihm erkannt worden war, ließ er bei seiner Vorstellung lieber unerwähnt.

„Na also, geht doch“, ergriff Gilbradock wieder das Wort. „Jetzt zurück in die Kutschen mit euch! Ruht euch etwas aus, damit wir morgen ungehindert vorankommen.“

Nimael und die Studentinnen wollten gerade seinem Befehl nachkommen, als aus der Ferne Hufschlag zu hören war. Gilbradock hob die Hand und alle Anwesenden erstarrten in ihrer Bewegung. Mehrere Reiter näherten sich, und den Geräuschen nach zu urteilen, schlossen sie schnell zu ihnen auf.

„Ich will kein Wort von euch hören“, befahl Gilbradock den Gefangenen und signalisierte Varuil und der Hälfte der Männer, sich im Unterholz zu verschanzen. Nachdem diese sich an einer der Kutschen mit Schwertern bewaffnet hatten und im Gebüsch verschwunden waren, galoppierte ein Pferd auf die Lichtung. Der Reiter bemerkte den Schein der Fackeln und riss die Zügel herum.

„Ho!“, rief der Reitersmann, der hoch zu Ross erstaunlich groß wirkte. Kaum war sein Pferd zum Stehen gekommen, sprangen auch schon die anderen Pferde auf die Lichtung. Es musste sich um mindestens zehn Reiter handeln. Sie taten es ihrem Anführer gleich und brachten ihre Pferde hinter ihm zum Stehen. Alles ging so schnell, dass Nimael und seine Begleiterinnen noch immer wie erstarrt auf der Lichtung standen.

„Was können wir für euch tun?“, fragte Gilbradock.

„Wir sind auf der Suche nach jemandem“, antwortete der große Reiter. „Aber ich glaube, ihr könnt uns weiterhelfen.“

„Das denke ich eher nicht“, erwiderte Gilbradock mit ruhiger Stimme. Offenbar fühlte er sich den Fremden überlegen. „Wir sind einfache Reisende und in den letzten Tagen niemandem begegnet.“

„Ach ja? Dann ist es sicher Zufall, dass wir einer Gruppe mit mehreren verängstigten jungen Frauen begegnen, gerade in der Nacht, in der uns eine Entführung gemeldet wurde.“

„Das sind unsere Ehefrauen“, erklärte Gilbradock. „Und der Grund, warum sie so verängstigt aussehen, seid ihr selbst. Ihr reitet hier ungezügelt in unser Nachtlager und schreckt uns auf. Wie sollen sie denn sonst reagieren?“

„Ich glaube dir kein Wort. Sie sehen viel zu jung aus, um eure Frauen zu sein.“ Der Hüne stieg vom Pferd und ging auf die Lichtung zu. Gilbradock zog sein Messer, aber der Mann ließ sich nicht beirren. „Außerdem passt eine von ihnen perfekt auf die Beschreibung des Vaters.“ Er blieb stehen und musterte Thera. „Grüne Augen, lange blonde Haare und sogar das Kleid sieht genauso aus, wie er es beschrieben hat. Ungefähr einen halben Kopf kleiner als ihr Entführer.“ Sein Blick wanderte zu Nimael und seine Züge verfinsterten sich. „Mittelgroß, kurze schwarze Haare, schlank und dennoch erstaunlich muskulös. Nimael, nicht wahr? Und dein Name ist Thera.“

Thera schüttelte den Kopf. „Ich heiße Casia.“

„Du musst keine Angst haben. Auch wenn sie dich bedrohen, wir werden mit ihnen fertig und bringen dich zurück zu deinem Vater.“

„Ihr verwechselt mich“, beharrte Thera. „Ich bin nicht die, die ihr sucht.“

Der Reitersmann wandte sich an die Studentinnen. „Und ihr seid auch alle freiwillig hier? Keine von euch wurde gegen ihren Willen hergebracht?“

Die Mädchen sahen einander an wie scheue Rehe, aber keine wagte es, seine Frage zu beantworten.

„Das dachte ich mir." Der Große streifte den Umhang beiseite und zog sein Schwert, worauf seine Begleiter ebenfalls zu den Waffen griffen.

Gilbradock hatte sich lange genug zurückgehalten. Er sah zu der Stelle, an der Varuil mit den anderen Männern im Wald verschwunden war, und zeigte auf den Anführer. Nimael wusste genau, was das zu bedeuten hatte: Varuil, der Bogenschütze mit der ruhigen Hand, sollte den Kopf der Schlange abschlagen, um den Kampf schnellstmöglich zu beenden. Aber was wären die Konsequenzen? Entweder würde es auf beiden Seiten zu erheblichen Verlusten kommen oder ein Teil der übrigen Männer würde die Flucht ergreifen und mit Verstärkung zurückkehren. Nimael sprang auf und stürzte sich auf den Anführer, noch bevor dieser sein Schwert gegen ihn erheben konnte. Der Mann wollte sich gerade zur Wehr setzen, als er das leise Zischen des Pfeils hörte, der im selben Augenblick über sie hinwegflog und auf der anderen Seite der Lichtung im Wald verschwand. Nimael ließ von ihm ab, stand auf und hob beschwichtigend die Hände.

„Halt dich da raus!", rief Gilbradock. „Sie sollen zu spüren bekommen, mit wem sie es zu tun haben!"

„Hier handelt es sich ganz offensichtlich um ein Missverständnis", erwiderte Nimael und wandte sich an den Anführer, der sich wieder aufgerichtet hatte und seinen Blick nervös zwischen Gilbradock, Nimael und dem Waldstück, aus dem der Pfeil abgeschossen wurde, hin- und herwandern ließ. „Diese Frauen sprechen nicht unsere Sprache, deswegen hat keine von ihnen geantwortet. Sie stammen aus Watu und ihr wisst ja, wie es dort zugeht. Sie haben keine Rechte, keine Bildung und werden wie Nutzvieh für die niedrigsten Aufgaben herangezogen." In Anbetracht dessen, wie man mit Lefts im Blutfelsen umsprang, fiel es Nimael nicht schwer, diese Geschichte zu erfinden. „Sie wurden ihren Familien abgekauft und haben in die Ehen mit diesen deutlich älteren Männern eingewilligt, um ihrem düsteren Schicksal zu entgehen. Nur Casia und ihre beiden Freundinnen hier sind unserer Sprache mächtig." Er deutete zu Gilbradock. „Mein Freund da drüben glaubt nun, dass ihr ihnen die Frauen stehlen wollt, deshalb verteidigt er sie. Aber wie ihr seht, besteht unsere Gruppe noch aus weiteren Männern. Wenn ihr weiterhin darauf besteht, uns anzugreifen, wird das hier kein schönes Ende nehmen."

Der Hüne musterte ihn durchdringend. „Wenn du mich gerade nicht vor dem Pfeil bewahrt hättest, würde ich dir kein Wort davon glauben. Für mich machen diese Frauen immer noch den Eindruck von Entführungsopfern. Was ist etwa mit ihr?" Er deutete auf Eskabatt. „Warum heult sie?"

„Ihr Ehemann ist nicht gerade sehr feinfühlig", log Nimael weiter. „Sie hatten ihren ersten schlimmen Streit."

„Ist das wahr?"

„Ja", antwortete Eskabatt geistesgegenwärtig und fügte mit weinerlicher Stimme hinzu: „Ich hasse diesen groben Klotz!"

Der Mann musterte noch einmal die Studentinnen, aber diese blieben erneut stumm.

„Also schön, aber selbst wenn das stimmen sollte, ist die Ähnlichkeit zwischen der Beschreibung unseres Auftraggebers und deiner Freundin einfach zu groß. Sie *muss* die Gesuchte sein. Wir lassen euch gehen, aber sie werden wir mitnehmen." Er packte sie am Arm, aber Nimael drängte sich dazwischen und riss ihm die Hand weg.

„Kommt nicht infrage."

„Dann lasst ihr uns keine Wahl", erwiderte der Anführer. „Männer!"

Unter dem Wiehern der Pferde machten sich seine Begleiter erneut kampfbereit und auch Gilbradock und die Gards gingen in Stellung, um den Angriff abzuwehren.

„Nein!", rief Thera. „Ich werde freiwillig mitgehen."

„Casia!“ Vor Schreck wäre Nimael beinahe ihr richtiger Name herausgerutscht.

„Ist schon gut“, erwiderte sie und nickte ihm selbstsicher zu. Dann sah sie zu Gilbradock, der mit strenger Miene den Kopf schüttelte. In ihrem Profil erkannte Nimael gerade noch, wie sie Gilbradock verstohlen zuzwinkerte. Offenbar war dieser gewillt, abzuwarten, und senkte das Messer.

„Gute Entscheidung“, sagte der Große und führte Thera zu seinem Pferd. „In Ordnung, rauf mit dir.“

Thera schien dem Befehl zu gehorchen, fuhr dann aber unvermittelt zurück und versenkte ihren Ellbogen in der Magengrube des Mannes. Noch ehe dieser wusste, wie ihm geschieht, drehte sich Thera um, versetzte ihm einen Schlag und riss ihm das Schwert aus der Hand. Ein zweiter Mann wollte seinem Anführer zu Hilfe eilen, aber Thera rammte ihm den Knauf des Schwerts ins Gesicht. Der Angreifer schrie schmerzerfüllt auf und hielt die Hände vor den Mund. Wahrscheinlich hatte Thera ihm mindestens einen Zahn ausgeschlagen. Ein Dritter sprang von seinem Pferd und wollte einschreiten. Thera drehte das Schwert herum und machte sich bereit, ihm entgegenzutreten.

„Halt!“, rief der Große plötzlich und hob die Hand. Der Dritte gehorchte und hielt sich zurück. „Vielleicht haben wir uns tatsächlich geirrt. Der Auftraggeber meinte, seine Tochter wäre ein liebes, mitfühlendes Mädchen, das Gewalt verabscheut. Außerdem würde kein Entführungsopfer jemals so entschieden dagegen ankämpfen, zu seiner Familie zurückgebracht zu werden.“ Er schüttelte den Kopf. „Das kann sie nicht sein.“ Er hob beschwichtigend die Hände. „Hört zu, es tut uns leid, offenbar handelt es sich hier um eine Verwechslung. Wir werden uns zurückziehen und unsere Suche fortsetzen. Euch werden wir unversehrt eurer Wege ziehen lassen, ihr habt mein Wort.“

Er streckte die Hände in friedfertiger Geste von sich und bat Thera um sein Schwert. Diese musterte ihn durchdringend und reichte es ihm schließlich mit Vorsicht. Der Mann bedankte sich, schob das Schwert zurück in seine Scheide und stieg aufs Pferd.

„Folgt mir!", rief er seinen Mitstreitern zu. „Wir suchen in den Wäldern um Accalia weiter."

Sie wendeten ihre Pferde und ritten davon. Als sich der Hufschlag weit genug entfernt hatte, steckte Gilbradock das Messer an seinen Gürtel zurück und ging zu Thera.

„Was habt ihr mir verschwiegen?" Er packte sie am Kragen. „Mit wem hattet ihr in Moenchtal Kontakt?"

„Ich bin meinem Vater begegnet", gestand Thera. „Aber es war ein Versehen. Nimael hat sich als mein Entführer ausgegeben, um die Sache zu bereinigen."

„Das hat ja hervorragend geklappt", erwiderte Gilbradock in sarkastischem Tonfall. „Ich verspreche euch, das wird noch ein Nachspiel haben. Aber jetzt verschwinden wir erst mal von hier, also rein mit euch in die Kutschen!" Er ließ Thera los und befahl seinen Männern den Aufbruch. Die Studentinnen setzten sich ebenfalls in Bewegung und kehrten in ihre Kutschen zurück, wo Torren offenbar noch immer schlief. Nimael schüttelte ungläubig den Kopf und schloss zu seinen Kameradinnen auf, um wieder in ihre eigene Kutsche zu klettern. Er setzte sich zu Thera und legte seinen Arm um sie.

„Gut reagiert", sagte er. „Das ist gerade noch mal glimpflich ausgegangen."

„Das ist es wohl", erwiderte Thera geistesabwesend. Sie drehte den Kopf zum Fenster und sah hinaus. „Auch wenn mich mein Vater vermutlich nicht wiedererkennen würde."

„Das stimmt nicht", beruhigte Nimael sie. „Du hast das nur getan, um andere zu schützen und Schlimmeres zu verhindern. Aber du bist immer noch dieselbe wunderbare Frau, in die ich mich verliebte habe."

Thera bedankte sich, ließ ihren Blick aber weiterhin in die Ferne schweifen. „Und die Studentinnen?“, fragte sie. „Was glaubst du, wie haben sie das alles aufgenommen?“

„Ich hatte nicht das Gefühl, dass sie bereits in der Lage waren, das alles zu begreifen“, erwiderte Nimael.

„Das werden sie“, flüsterte Thera. „Immerhin wissen sie bereits mehr als wir bei unserer Entführung und können sich auf das einstellen, was sie erwartet.“

Mit einem Ruck setzte sich die Kutsche in Bewegung, um die lange Reise zurück in den Steinbruch fortzusetzen.

Drei Wochen später erreichten sie die Wüste und damit auch den großen Außenposten des Wüstenvolks, das die Dominaten bei ihren Machenschaften unterstützte. Nimaels eindringliche Warnung hatte Wirkung gezeigt und keines der Mädchen war das Risiko eingegangen, einen Fluchtversuch zu unternehmen. Nach den zahlreichen Ereignissen auf ihrer Mission in Moenchtal genoss Nimael diesen ungewohnten Zustand der Ruhe, um Kraft für die anstehenden Strapazen zu sammeln.

Genau wie damals bei ihrer eigenen Entführung trennten sich hier ihre Wege und die Gruppen reisten alleine weiter. Während Nimael und seine drei Begleiterinnen mit einer geringeren Anzahl Gards den Weg durch die Wüste antreten sollten, blieb der Großteil der Wachen bei Torren und den neuen Entführungsopfern zurück. Nimael erinnerte sich an ihre erste Reise zum Blutfelsen. Er war immer davon ausgegangen, dass sie nur voneinander getrennt worden waren, um Smeon auf Distanz zu halten oder damit sich Ando und seine Begleiterinnen in der Hitze nicht länger maskieren mussten. Aber mit Sicherheit waren beide Annahmen viel zu naiv gewesen. Weder die Dominaten noch die Gards kümmerte das Wohlergehen ihrer

Gefangenen. Stattdessen war es viel wahrscheinlicher, dass man den Entführten bewusst einen Umweg zumutete, um ihnen die Aussichtslosigkeit einer Flucht zu verdeutlichen – oder schlimmer noch – um schon vorab die Spreu vom Weizen zu trennen. Vielleicht sollte auf diese Weise gewährleistet werden, dass nur die widerstandsfähigsten Arbeiter den Bruch erreichten.

Während Gilbradock Belanglosigkeiten mit ein paar Männern des Wüstenvolks austauschte, schlich Nimael vorsichtig an Torren heran. Nach den vergangenen Wochen standen sie längst nicht mehr so streng unter Beobachtung der Gards wie noch zu Beginn der Reise. Vorsichtig steckte Nimael seinem Freund ein Stück Papier zu, auf dem er notiert hatte, was nun auf Torren und seine Gruppe zukam. Sie sollten unbedingt wissen, wie lange sie in der Wüste durchhalten mussten und welche Verhaltensweisen sich hier bewährt hatten. Nur zu gern hätte er den weiteren Weg auf sich genommen, um Torren auf diesem Abschnitt der Reise beizustehen, aber seine Ratschläge und die zusätzliche Ausrüstung, die Nimael und seine Gefährtinnen vor ihrer Abreise in Moenchtal für die Entführten besorgt hatten, mussten dafür ausreichen. Die Umhänge würden ihnen bei Nacht gute Dienste leisten und durch die zahlreichen Trinkflaschen stand ihnen ein deutlich größerer Wasservorrat zur Verfügung als bei dieser Unternehmung sonst üblich. Nicht einmal Nimaels alte Trinkflaschen Alba und Balba, die sich auf ihrer ersten Reise bestens bewährt hatten, konnten den neuen Gefäßen – im wahrsten Sinne des Wortes – das Wasser reichen.

Wie zu erwarten, übernahm Gilbradock die Führung von Torrens Gruppe und überließ Varuil den kleineren Trupp. Drei ausgewählte Männer und eine Karawane des Wüstenvolks begleiteten sie, als sie in aller Frühe den Außenposten verließen, um das letzte Stück der Reise hinter sich zu bringen. Auch diesmal setzten die Gards einen Oktanten und ein Astrolabium ein, um in regelmäßigen Abständen die Richtung zu bestimmen, in die sie sich bewegten. Unauffällig beobachtete Nimael das Ganze aus den Augenwinkeln – und aus sicherer Distanz. Varuil richtete den Oktanten aus und nannte die Winkeldaten. Kurz darauf las ein anderer Gard die Ergebnisse des Astrolabiums vor. Ein dritter Mann notierte die beiden Werte, um sie in Relation zueinander zu bringen. Nachdem sie den Zielpunkt neu bestimmt hatten, verstauten sie die Geräte und luden sie auf die Kamele. Wesentlich interessanter fand Nimael aber, dass der dritte Gard die Notizen völlig sorglos in seine Reisetasche stopfte.

Als die Dunkelheit hereinbrach und Varuil den Befehl gab, das Nachtlager aufzuschlagen, machte Nimael ein selbstloses Angebot.

„Nachdem wir auf der Hin- und Rückreise nun durchgehend euren Schutz genießen durften, kann ich sehr gerne eine Nachtwache übernehmen."

„Gitoneik, hast du das gehört?" Varuil zitierte einen der Gards zu sich. „Willst du sein Angebot annehmen?"

Der Mann ließ sich nicht lange überreden und dankte Nimael mit einem Klaps auf die Schulter. „Echt anständig von dir."

„Keine Ursache", erwiderte Nimael mit gespielter Großmütigkeit und zog seinen Umhang hervor, um sich für die Nacht zu rüsten.

Als er einige Stunden später sicher war, dass alle schliefen, schlich er an das Lager der Gards heran und nahm ihre Taschen in Augenschein. Welche dem Gard gehörte, der die Notizen gemacht hatte, hatte sich Nimael genau gemerkt. Er öffnete sie vorsichtig und griff hinein. In dem Moment räusperte sich einer der Gards, murmelte etwas Unverständliches und drehte sich im Halbschlaf auf die andere Seite, um weiterzuschlummern. Obwohl Nimael der Schreck in die Glieder gefahren war und sein Herz wie wild pochte, war von der Strömung, die er früher in solchen Situationen wahrgenommen hatte, nichts mehr zu spüren. Schon auf der Lichtung hatte er seine Fähigkeit vermisst, die Zeit zu verlangsamen, um sich blitzschnell bewegen zu können. Wenn selbst ein solcher Schrecken diese Drifts nicht mehr hervorzurufen vermochte, waren sie möglicherweise für immer verschwunden. Er schüttelte den Gedanken ab und beeilte sich, die Tasche zu durchsuchen. Behutsam ließ er seine Fingerspitzen umherwandern, bis sie den Notizzettel ertasteten. Mit einem leisen Rascheln zog Nimael das Stück Papier hervor, ließ es in seinem Umhang verschwinden und schloss die Tasche des Gards.

„Was tust du da?" Eine Stimme hinter seinem Rücken ließ Nimael herumfahren. Varuil musterte ihn mit zusammengekniffenen Augen. Offenbar war er gerade erst zu sich gekommen und richtete sich langsam auf.

„Nichts weiter", log Nimael und hob beschwichtigend die Arme. „Ich dachte, da hätte sich etwas bewegt, und wollte sichergehen, dass kein Skorpion in eine der Taschen geschlüpft ist. Aber keine Sorge, alles in Ordnung."

Varuil musterte ihn durchdringend. „Ganz sicher?"

Nimael nickte.

„Das nächste Mal, wenn du so etwas glaubst, weckst du Gitoneik und hältst dich von unseren Sachen fern, verstanden?"

„Natürlich." Nimael setzte eine Unschuldsmiene auf und entfernte sich wieder vom Gepäck der Gards. Nachdem er etwas Abstand gewonnen hatte, schüttelte Varuil abfällig den Kopf und legte sich wieder schlafen. Auch wenn Nimael durch seinen Gemütszustand keine Drifts mehr herbeiführen konnte, so war er nun dermaßen aufgerüttelt, dass er den Rest seiner Wache mit Leichtigkeit hinter sich bringen würde.

# 2

# RÜCKKEHR

Am nächsten Morgen setzte die Gruppe ihre Reise ohne weitere Zwischenfälle fort, bis sie am Abend des vierten Tages ihr Ziel erreichte. Der Blutfelsen ragte vor ihnen aus dem Wüstenboden. Mit seiner gewaltigen Höhe und dem blutroten Sand, der ihn umgab, hatte er auch nach all den Jahren nichts von seinem Ehrfurcht gebietenden Anblick verloren. Schweißgebadet kehrten sie durch das Tor in die große Empfangshalle des Wüstenbruchs zurück und Varuil beauftragte zwei Gards, die erschöpften Reisenden in ihre Zelle zu führen.

Nachdem sie den Mittelraum ihrer Zelle betreten hatten, verstummten im Gemeinschaftsraum nebenan die Gespräche und Ando spähte vorsichtig durch den Türspalt.

„Ihr seid es!“ Er riss die Tür auf, um die vier Rückkehrer zu empfangen, dann drehte er sich zurück und gab Entwarnung für den Rest der Gruppe: „Eure Mitbewohner sind zurück.“

„So früh?“, fragte Hallbora im Nebenraum.

„Wir haben euch erst in ein paar Tagen erwartet“, fügte Ando hinzu.

„Unsere Mission lief leider nicht ganz nach Plan", gestand Nimael und begrüßte Ando mit einem lockeren Handschlag. „Wir mussten die Rückreise schon eine halbe Woche früher antreten."

Nachdem sich auch der Rest der Gruppe im Mittelraum eingefunden hatte, zählte Nimael instinktiv seine Gruppenmitglieder. Natürlich war auf Ando Verlass gewesen. Sie waren noch vollzählig und schienen bei bester Gesundheit zu sein. Hallbora begrüßte sogleich Thera und Landria, während Kaeti Eskabatt in die Arme nahm und eine Grimasse zog.

„Puh, du stinkst", sagte sie frei heraus. Kurz darauf nahmen auch Ting und Veila die Ankömmlinge in Empfang, nur Melina hielt sich gewohnt schüchtern zurück.

„Was ist denn passiert?", fragte Ando schließlich. „Es kam doch hoffentlich niemand zu Schaden?"

„Doch." Nimael nickte traurig. „Eskabatts Onkel und Tante", erwiderte er knapp, ohne die Geschehnisse weiter auszuführen. Seine Antwort genügte bereits, dass sich sämtliche Blicke auf Eskabatt richteten, der sofort wieder Tränen in die Augen stiegen. Kaeti schien ihren unverblümten Kommentar sofort zu bereuen, schloss sie fest in ihre Arme und versuchte, sie zu trösten.

„Du stinkst gar nicht so sehr", sagte sie voller Mitgefühl in ihrer Stimme. „Ich wollte dich doch nur ein bisschen aufziehen." Offenbar fiel ihr auf die Schnelle nichts Besseres ein, was sie hätte sagen können, und doch schien der unerwartete Themenwechsel Wirkung zu zeigen. Eskabatt beruhigte sich ein wenig.

Nimael wandte sich an Ando, um von den beiden Adelstöchtern abzulenken – sofern das in ihrer kleinen Zelle überhaupt möglich war. „Wie geht es nun weiter? Arbeiten wir ab morgen wieder im Bruch, als wäre nichts gewesen?"

„Für gewöhnlich gönnt man euch einen Tag Ruhe, um wieder zu Kräften zu kommen", erklärte sein Mentor. „Und in ein paar Tagen wirst du noch einmal zu Arnavut gebracht. Wenn alles nach Plan gelaufen ist, wird er dir ein kurzes Lob aussprechen und das war's."

„Und wenn nicht?", fragte Nimael verlegen. In dem Moment schob jemand einen Schlüssel in das Schloss der Zellentür. Nimael sah fragend zu Ando, der aber nur ahnungslos den Kopf schüttelte. Ein Gard stieß die Tür auf und trampelte über die Schwelle.

„Du!" Er zeigte auf Nimael. „Komm mit, Arnavut will dich sehen!"

Ando zog eine Grimasse, die nur als ein *Das kann nichts Gutes zu bedeuten haben* interpretiert werden konnte. Nimael nickte gehorsam, ließ die Zelle hinter sich und folgte dem Gard durch die Gänge des Blutfelsens. Mit jedem Schritt, den sie sich dem Bereich der Dunkelmeister näherten, nahm das flaue Gefühl in seinem Magen zu. Nach allem, was sich in Moenchtal zugetragen hatte, kam er diesmal ganz sicher nicht mit ein paar Peitschenhieben davon.

Zu Nimaels Überraschung war Arnavut noch nicht einmal anwesend, als er in die Gemächer des höchsten Meisters geführt wurde.

„Warte hier!", befahl der Gard. „Er wird dich gleich empfangen." Damit wandte er sich zur Tür und ließ Nimael allein in dem großen, prunkvollen Zimmer zurück.

Nimael glaubte, seinen Augen nicht zu trauen. Keine Wachen oder sonstigen Sicherheitsmaßnahmen, die ihn daran hinderten, sich ungestört umzusehen. So eine Gelegenheit würde sich vielleicht kein zweites Mal ergeben. Oder handelte es sich etwa um einen Test und er wurde bereits beobachtet? In diesem Fall würde er wohl sang- und klanglos durchfallen, schneller als irgendjemand vor ihm. Nimael ließ keinen Moment verstreichen und hielt schnurstracks auf den großen Schreibtisch in der Mitte des Raumes zu. Wieder vermisste er das Gefühl der Strömung, das sich für gewöhnlich unmittelbar eingestellt hatte, wenn er sich in Gefahr begab. Mit einem Drift hätte er jetzt praktisch unbegrenzt Zeit gehabt, um Arnavuts Habseligkeiten in Ruhe zu durchstöbern. Er sah sich kurz um, doch die Schreibtischoberfläche war geradezu pedantisch aufgeräumt. Hier gab es nichts für ihn zu holen, noch nicht einmal ein Staubkorn. Nimael tänzelte um den Tisch herum, griff zur ersten Schublade und zog. Verriegelt. Die andere Seite ebenso. Enttäuschung machte sich in ihm breit. Wieso hatte er sich überhaupt Hoffnungen gemacht, so leicht an neue Informationen zu gelangen? Natürlich war Arnavut viel zu vorsichtig dafür.

Nimael ließ den Schreibtisch hinter sich und sah sich weiter um. In der schummrigen Beleuchtung erkannte er die Holzvorrichtung, die Arnavut eingesetzt hatte, um den Zielort ihrer Reise zu bestimmen. Da dies vermutlich die einzige Funktion dieses Apparats darstellte, verlor Nimael sofort wieder das Interesse. Stattdessen wandte er sich den Gemälden an den Wänden des Raumes zu. Das erste zeigte eine Gruppe von Leuten – wahrscheinlich Bauern –, die mit vollen Erntekörben an einem Strand standen und aufs offene Meer hinausblickten. Am Horizont war eine Flotte von Schiffen zu sehen, die offenbar Kurs auf die Küste hielten. Das Werk beeindruckte Nimael. Perspektive und Licht waren dermaßen gut eingefangen, dass sie das Motiv im fahlen Schein der Öllampen beinahe real erscheinen ließen. Es musste sich um einen großen Künstler handeln, dem auch Thera nicht das Wasser reichen konnte, das musste man neidlos anerkennen. Und dennoch gefielen Nimael ihre Bilder besser. Sie hatten ein gewisses Etwas, eine persönliche Note. Sie konnten ihren Betrachter auf eine Weise bewegen, wie es dieses Werk nicht konnte.

Nimael machte einen Schritt zur Seite und betrachtete das nächste Gemälde. Darauf kniete ein junger Mann neben zwei erdolchten Personen, einem Mann und einer Frau. Sein Gesicht war blutüberströmt und kaum zu erkennen, dafür aber seine Augen. Sie glühten rot vor Zorn und waren auf diejenigen gerichtet, die sich für den Tod des Paares verantwortlich zeichneten. Soldaten mit Schwertern, von denen frisches Blut tropfte.

Auf dem dritten Gemälde tobte eine gewaltige Schlacht mit Hunderten verschiedener Akteure. Jeder einzelne von ihnen war genauestens abgebildet. Ein unglaublicher Detailreichtum, der Nimael geradezu überforderte. Auf der einen Seite standen schwer bewaffnete Kämpfer, teilweise hoch zu Ross. Ihre einfache Rüstung und das Zaumzeug der Pferde, das nur aus einem um das Maul des Tieres geknoteten Seil bestand, ließen Nimael erahnen, wie alt das Motiv sein musste. Obwohl er weder Kunstliebhaber noch Historiker war, schätzte er, dass mindestens 3000 Jahre seit dieser Schlacht vergangen sein mussten. Der großen Armee von Soldaten trat eine wesentlich kleinere Anzahl von Bauern entgegen, die entweder unbewaffnet waren oder zu einfachen Knüppeln und Mistgabeln gegriffen hatten. Trotzdem schien diese vermeintlich schwächere Seite die Oberhand zu gewinnen. Während die Soldaten erschrocken und verängstigt zurückwichen, blickten die Leute in Unterzahl ihrem Feind entschlossen entgegen. Obwohl sie manche Soldaten bereits überwältigt und sich mit ihren Schwertern bewaffnet hatten, hielten sich ihre Verluste in Grenzen. Einer der Männer, denen dies gelungen war, kam Nimael seltsam vertraut vor. Als er genauer hinsah, stellte er eine erstaunliche Ähnlichkeit mit Kolubleik fest. Fraglos ein Zufall. Nimael ließ seinen Blick weiter über das Schlachtfeld schweifen. Für den Bruchteil einer Sekunde hatte er das Gefühl gehabt, an vorderster Front mitten im Kampfgeschehen ein weiteres bekanntes Gesicht zu erkennen. War das etwa …?

„Dir gefällt hoffentlich, was du siehst." Eine laute, selbstgefällige Stimme ließ Nimael unwillkürlich zusammenzucken und erschrocken herumwirbeln. Arnavut hatte sich an ihn herangeschlichen und grinste ihn an. Seine Augen strotzten geradezu vor Stolz und Überheblichkeit.

„Allerdings", antwortete Nimael perplex. „Diese Werke sind unglaublich."

„Danke." Der Meister bemerkte Nimaels fragenden Blick und fügte hinzu: „Sie stammen von mir."

„Unmöglich", platzte es aus Nimael heraus. „Die müssen doch uralt sein."

„Glaube es ruhig." Ohne weiter darauf einzugehen, wandte sich Arnavut von ihm ab und lehnte sich an seinen Schreibtisch. „Aber ich habe dich nicht hierher zitiert, um über Kunst zu sprechen." Der strenge Blick des Meisters erinnerte Nimael an die unglückselige Lage, in der er sich befand. Obwohl es bestimmt nicht geschadet hatte, Arnavut für seine Kunst zu schmeicheln, schien dessen Stimmung sehr gereizt zu sein. „Ich war neugierig, wie du dich auf einer geheimen Mission in deiner Heimatstadt schlagen würdest. Dass nicht alles ganz planmäßig verlaufen würde, hatte ich bereits angenommen, aber mit so vielen Schwierigkeiten hatte ich dann doch nicht gerechnet. Also, beginnen wir einmal mit deiner Auswahl." Arnavut musterte Nimael durchdringend. „Torren. Seit wann kennst du ihn?"

„Ich … kenne ihn nicht", log Nimael so zögerlich und ungeschickt, dass ihm noch im selben Moment klar wurde, wie sinnlos und dumm sein Versuch gewesen war.

Arnavut schlug mit der Faust auf den Tisch. „Willst du wirklich dieses Spiel mit mir treiben?", brüllte er ihn wutentbrannt an. „Dir sollte doch mittlerweile klar sein, dass du mir nichts vormachen kannst!"

„In Ordnung, es tut mir leid", erwiderte Nimael. Arnavut hatte ihn in der Hand und sein Geduldsfaden schien bereits äußerst strapaziert zu sein. „Ich kenne Torren seit Jahren. Wir sind seit unserer Schulzeit befreundet", gestand Nimael.

„Er hat dich erkannt, weil du dich als Bettler einer breiten Öffentlichkeit offenbart hast", fuhr Arnavut scharf fort. „Du wusstest, dass ich einer Auswahl gegenüber abgeneigt wäre, die auf dem Mitleid für Schwache basiert, und wolltest mich mit deinem Vorgehen provozieren. Aber dass es dich in eine solche Situation bringen würde, das hast du nicht erwartet." Er funkelte ihn böse an.

Nimael nickte schuldbewusst und hoffte inständig, dass Torren nicht die Konsequenzen für sein Handeln zu tragen hatte.

„Du hast eine harte Entscheidung getroffen, indem du ihn entführt hast“, fuhr Arnavut fort. „Du wusstest, dass wir ihn andernfalls töten würden. Eine Entscheidung, die ich respektiere und mit der ich leben kann. Deshalb soll auch dein Freund leben.“

Nimael fiel ein gewaltiger Stein vom Herzen. Er bedankte sich mit einer leichten Verneigung, worauf sich Arnavuts Laune ein wenig besserte.

„Was hast du mir noch zu berichten?“, fragte der Meister. „Und wage es nicht noch einmal, mich zu belügen!“

„Eskabatt konnte ihren Onkel kontaktieren.“ Es machte keinen Sinn, diesen Vorfall zu leugnen. Ein zweiter Dominat und ein Gard waren darin verwickelt gewesen. Arnavut würde mit Sicherheit ohnehin darüber in Kenntnis gesetzt werden, wenn er es nicht bereits war.

„Und jetzt wisst ihr, welche Folgen das für euch hat.“ Sofort bestätigte sich Nimaels Vermutung. „Wenn du mir bisher noch nicht glauben wolltest, über welche Macht wir verfügen, dann dürfte es dir jetzt wohl endgültig klar geworden sein. Lasst es euch eine Lehre sein und legt euch nicht noch einmal mit uns an. Ein zweites Mal werden wir nicht so nachsichtig mit euch sein.“

Nimael nickte. Ihre Aussichten waren tatsächlich niederschmetternd.

„Willst du mir nicht noch etwas beichten?“, fragte Arnavut und musterte ihn neugierig.

Nimael schluckte. Hoffentlich zielte Arnavuts Frage auf den Vorfall mit Theras Vater ab, und nicht auf ihre Nachforschungen über die Dominaten oder die Botschaft, die sie an Samena übergeben hatten. „Thera ist ihrem Vater begegnet. Ich habe ihm gedroht, aber er hat uns Verfolger auf den Hals gehetzt. Wir hatten Glück, dass wir ohne ein blutiges Gemetzel davongekommen sind.“

„Das hattet ihr allerdings“, erwiderte Arnavut. „Wie du siehst, gibt es einen Grund, warum wir nach so einer Mission keine losen Enden zurücklassen.“

Nimael fühlte, wie die Farbe aus seinem Gesicht wich. War sein Einschreiten etwa vergebens gewesen und Theras Vater ereilte nun dasselbe Schicksal wie Eskabatts Onkel?

„Wie du mit deinem kleinen Fischmesser zwischen Thera und ihren Vater gesprungen bist, war einfach herzergreifend“, spottete Arnavut. „Besonders beeindruckt hat mich aber deine Unverfrorenheit, in dieser Situation kurzerhand dich selbst als Täter auszugeben.“ Seine Laune schien sich schlagartig zu bessern. „Deine Lüge hat bestens funktioniert. Theras Vater hält nun dich für den Drahtzieher hinter den beiden Entführungen in Moenchtal und sämtliche Ermittlungen laufen in diese Richtung. So gesehen hast du uns mit deiner Tat sogar einen Gefallen getan.“ Er grinste zufrieden.

„Gewiss nicht absichtlich“, erwiderte Nimael und fragte sich, woher Arnavut das alles wusste. Es gab keine Zeugen bei der Begegnung mit Theras Vater und sie hatten niemandem genauer davon berichtet. Wie konnte Arnavut also an solche Details wie das Fischmesser und dermaßen aktuelle Informationen wie die Ermittlungen gelangt sein? Waren möglicherweise noch weitere Gards vor Ort gewesen, um Nachforschungen anzustellen und unliebsame Zeugen zu beseitigen? Oder gar Dominaten wie Kuruc? Aber selbst wenn, wie konnte Arnavut bereits jetzt davon wissen, was sich nach ihrer Abreise in Moenchtal abgespielt hatte, wenn sie selbst auf direktem Weg in den Blutfelsen zurückgekehrt waren? Oder waren sie das vielleicht gar nicht? Hatten auch sie wieder einen Umweg in Kauf nehmen müssen, so wie damals in der Wüste?

„Wie auch immer.“ Arnavut löste sich von seinem Schreibtisch und baute sich vor Nimael auf. „Trotz eurer Verstöße bin ich recht zufrieden, wie du die Herausforderungen auf dieser Reise gemeistert hast. Und entscheidend ist letztendlich der Ausgang der Mission, daher werde ich keine weiteren Schritte gegen dich und deine Gruppe in die Wege leiten." Ohne ein weiteres Wort wandte sich Arnavut von ihm ab und setzte sich an seinen Schreibtisch. „Worauf wartest du? Auf einen Blumenstrauß? Schaff deinen verschwitzten Hintern aus meinen Gemächern, der Gestank ist ja unerträglich."

Das ließ sich Nimael nicht zweimal sagen. Er verließ das Quartier und konnte kaum glauben, dass er ohne jegliche Bestrafung davongekommen war. Aber nicht nur das. Seine gröbsten Verstöße waren unentdeckt geblieben. Arnavut wusste also viel, aber längst nicht alles. Hätte er von seinen Nachforschungen in der Bibliothek oder der Nachricht erfahren, die Thera im letzten Moment an Samena ausgehändigt hatte, wäre das Gespräch mit Sicherheit anders verlaufen. Ganz davon zu schweigen, dass nicht nur Samena, sondern mit ihr auch die letzte Chance auf Rettung gestorben wäre. Vielleicht handelte es sich nur um ein winziges Fünkchen Hoffnung, aber in einer so trostlosen Umgebung wie dem Blutfelsen musste man sich manchmal gerade daran festklammern.

Obwohl Nimael sofort den Heimweg antreten wollte, um seiner Gruppe die guten Nachrichten zu überbringen, hielt er plötzlich inne. Die Versorger befanden sich in unmittelbarer Nähe. Wenn er mehr über die Meister herausfinden wollte, musste er der Quellenangabe folgen, die im *Lexikon der Märchen- und Fabelwesen* angegeben war. Er lief an dem Tunnel vorbei, der zum Bruch zurückführte, und folgte dem Gang zum Lager der Versorger. Dort hielt er sich nicht lange mit der begrenzten Auswahl des Bücherregals auf, sondern wandte sich direkt an Kaifu.

„Du meintest einmal, dass es euch bisher immer gelungen wäre, einen jeden Bücherwunsch zu erfüllen", appellierte Nimael an dessen Stolz.

„Absolut jeden", erwiderte der freundliche Gard selbstsicher. „Daran hat sich bis heute nichts geändert."

„Ich bin auf der Suche nach einer sehr speziellen Lektüre", erklärte Nimael. „Ein Werk namens *Sagenhafte Persönlichkeiten und Gestalten des Altertums*. Ein gewisser Prof. Dr. Rotacker soll es verfasst haben – oder zumindest einen Artikel daraus."

Kaifu notierte den Wunsch und nickte nachdenklich. „Klingt wirklich ganz schön speziell, aber ich werde sehen, was sich machen lässt."

„Wie du vielleicht weißt, befindet sich gerade eine Karawane vor Ort", erinnerte Nimael ihn. „Ich hatte gehofft, dass du ihnen die Bestellung bereits mit auf den Weg geben könntest, dann erhalte ich die Lieferung vielleicht ein wenig früher."

„Das kann ich gerne tun", erwiderte Kaifu. „Aber ich will dir trotzdem keine allzu großen Hoffnungen machen, dass du diese Lektüre alsbald in Händen halten wirst. Mit ein paar Monaten musst du schon rechnen."

„Verstehe." Nimael bedankte sich herzlich, verließ das Lager und trat zufrieden den Rückweg an.

Als er in der Zelle eintraf, erwartete man ihn bereits neugierig.

„Alles gut", beruhigte Nimael die Anwesenden. „Arnavut war zufrieden, wie wir die Mission abgewickelt haben. Uns drohen keinerlei Konsequenzen." Vielleicht war es übertriebene Vorsicht, nicht über weitere Details zu sprechen, aber wie die Vergangenheit gezeigt hatte, hatten die Wände hier gelegentlich Ohren. Mit Sicherheit war es besser, bestimmte Punkte erst mit etwas Abstand anzusprechen.

„Sehr schön." Ando sah das offenbar genauso. „Dann erholt euch jetzt von eurer Reise. Wir können uns schließlich morgen noch unterhalten." Er gab Nimael einen Klaps auf die Schulter und verabschiedete sich, um zu seiner eigenen Gruppe zurückzukehren.

Nachdem Ando es angesprochen hatte und die Anspannung von Nimael abgefallen war, machte sich plötzlich die Müdigkeit in ihm breit. Nimael wusch sich gründlich ab und kehrte in sein Zimmer zurück. Dort bewunderte er die Wand hinter seinem Bett. Ando hatte seine Zählung fortgeführt und inzwischen den 727. Kreidestrich an die Wand gemalt. Nimael hängte seinen Umhang über eine Stuhllehne und erinnerte sich an den Zettel, den er dem Gard gestohlen hatte. Anstatt ihn in einer Schublade zu verstauen, ließ er ihn in der Ritze hinter dem Schreibtisch verschwinden, wo er damals auch das blutige Messer gefunden hatte. Es stammte aus einer Zeit vor ihrer Ankunft im Bruch. Wenn es dort so lange unentdeckt geblieben war, handelte es sich wohl auch um ein sicheres Versteck für den kleinen Notizzettel. Anschließend sank Nimael erschöpft in sein Bett und schlief kurz darauf ein.

# 3

# ENTWICKLUNGEN

Am nächsten Morgen fühlte sich Nimael wie ein neuer Mensch. Der Blutfelsen schien ihm gut zu bekommen. Bereits nach ihrer ersten Ankunft vor zwei Jahren, bei der er mit Überhitzung in die Heilungssektion eingeliefert worden war, hatte er sich ungewöhnlich schnell erholt. Während sich Thera, Landria und Eskabatt noch einen Tag ausruhten, schlüpfte er selbst voller Elan in seine Uniform und schloss sich den anderen fünf Slaes an, die wie jeden Tag arbeiten mussten. Wie gerne hätte er selbst noch einen weiteren freien Tag mit Thera genossen, aber nachdem er einen Großteil seines Überstundenkontingents für Informationen eingetauscht hatte, galt es nun, möglichst schnell ein neues Polster aufzubauen. Immerhin musste er in Zukunft mit Ausfällen in zwei Gruppen rechnen. Außerdem wollte er seine Freundinnen nicht unbeaufsichtigt lassen und konnte es kaum erwarten, mit Ando und Wiggy ins Gespräch zu kommen.

„Wen haben wir denn da?“ Kerber empfing ihn mit einem zufriedenen Lächeln auf den Lippen. „Mein Vorzeigearbeiter ist wieder im Bruch und wie gewohnt schon einen Tag früher im Dienst als alle anderen. So lob ich mir das.“ Er lehnte sich vor und begann zu flüstern: „Hast du eine gute Auswahl getroffen? Darf ich bald mit einem zweiten fleißigen Gesellen rechnen?“

„Eine kleine Eingewöhnungsphase wird er schon brauchen.“ Nimael versuchte, die Erwartungen zu drosseln. Torren war nie für seine körperliche Verfassung und Ausdauer bekannt gewesen, aber er war zäh und würde sich anstrengen, davon war Nimael überzeugt.

„Keine Sorge, die wird er bekommen“, versprach Kerber. „Ich freue mich bereits, ihn kennenzulernen.“ Er klopfte Nimael auf die Schulter und spazierte in bester Laune davon.

Nimael wandte sich wieder seiner Arbeit zu, wurde aber das Gefühl nicht los, dass seine Antwort nicht konkret genug ausgefallen war. Offenbar rechnete Kerber mit einem Muskelprotz, der sämtliche Arbeitsrekorde brechen würde. Nicht unbedingt die Eigenschaft, die Nimael bei Torren als erstes in den Sinn kam.

Zur Mittagspause lief Nimael in den Essbereich und nahm die Tische in Augenschein, auf denen an der Wand entlang die Speisen in großen Schüsseln aufgebaut waren. Kein Fleisch, aber zumindest die altbekannten Teigfladen und eine Art Bohnenpaste waren zubereitet worden. Nimael lud seinen Teller ordentlich voll und sah zu seinem Stammplatz, wo ihn Ando und Wiggy bereits erwarteten.

„Hallo Wiggy. Lange nicht gesehen.“ Nimael musterte sie eingehend, ob sich ihre verantwortungsvolle Position in den letzten Monaten irgendwie auf ihr Erscheinungsbild ausgewirkt hatte, aber Wiggy schien sich mit ihren strubbeligen Haaren kein bisschen verändert zu haben.

„Willkommen zurück.“ Sie lächelte ihn an und musterte ihn ebenso gründlich.

„Ich danke dir, dass du Ando für mich vertreten und dich solange um eure Gruppe gekümmert hast.“ Nimael deutete eine Verbeugung an und setzte sich zu ihnen.

„Gern geschehen. Wir hatten dadurch viel mehr Platz in der Zelle und endlich mal Zeit für Frauengespräche." Sie kicherte.

Anstatt wie gewohnt die Augen zu verdrehen oder mit einem genervten Brummen zu reagieren, wandte sich Ando mit einem breiten Grinsen an Nimael. „Vielleicht solltest du dich nicht bei Wiggy, sondern lieber beim Rest der Gruppe bedanken."

„Wie meinst du das?" Wiggy runzelte die Stirn.

„Nur ein kleiner Scherz", spielte Ando den Kommentar herunter.

Nimael sah zwischen den beiden hin und her und ließ seinen Blick schließlich auf Ando ruhen. „Kann sein, dass deine Beziehung zu Hallbora ein wenig auf dich abgefärbt hat?", fragte er provokativ. „Solche Sticheleien kenne ich sonst nur von ihr."

Ando warf ihm einen grimmigen Blick zu.

„Na also, so habe ich mir das vorgestellt. Früher warst du immer viel mürrischer."

„Vielleicht nicht mürrischer, aber … griesgrämiger", fügte Wiggy mit strahlendem Gesicht hinzu. Im Gegensatz zu Ando hatte sie sich offenbar kein bisschen verändert und irgendwie hatte Nimael sogar sie und ihre verschrobene Art in den letzten Monaten unheimlich vermisst.

„Wie läuft es hier?", fragte er schließlich. „Habe ich etwas Wichtiges verpasst?"

„Es gibt Neuigkeiten von Soval", erwiderte Ando.

„Hat er sich etwa auch geändert?", fragte Nimael hoffnungsvoll. „Lässt er seine Slaes inzwischen in Ruhe?"

„Ich wünschte, es wäre so", antwortete Ando. „Leider ist es nicht besser, sondern eher schlimmer geworden. Seine Richtung hat wieder an Stärke gewonnen, nachdem Soval mit seiner Gruppe dieses Jahr die Krone als fleißigster Arbeiter zurückgewinnen konnte. Es gibt wohl nichts Schlimmeres, als wenn so ein Folterknecht durch eine Auszeichnung in seinem Tun bestätigt und auch noch angespornt wird."

„Er hat wirklich gewonnen?“, fragte Nimael niedergeschlagen. Sein überraschender Sieg im Vorjahr hatte Soval ordentlich zur Weißglut gebracht.

„Na hör mal!“, erwiderte Ando. „Hast du dir wirklich Chancen ausgerechnet? Du warst dieses Jahr einhundert Tage in Einzelhaft und beinahe drei weitere Monate auf Reisen. Dachtest du wirklich, dass du in der kurzen Zeit, die du überhaupt gearbeitet hast, das Jahresergebnis von Soval übertreffen würdest?“

Nimael zuckte missmutig mit den Schultern. Natürlich war mit so vielen Fehlzeiten jede Hoffnung auf einen Sieg undenkbar gewesen, aber dass ausgerechnet Soval mit seiner Herzlosigkeit und seiner ausbeuterischen Art seinen Slaes gegenüber auch noch belohnt wurde, ließ die Niederlage umso bitterer schmecken.

„Wenn ich mich nicht täusche, warst du sowieso nicht besonders stolz auf die Auszeichnung“, erinnerte sich Ando.

„Das nicht, aber einen zusätzlichen Monatslohn hätte ich trotzdem nicht ausgeschlagen.“

„Es gibt noch weitere Neuigkeiten, die dich vielleicht wieder versöhnen werden“, überlegte Ando laut. „In gewisser Weise wurdest du nämlich trotzdem ausgezeichnet.“

Nimael musterte ihn skeptisch.

„Für die beiden Richtungen haben sich inzwischen Namen durchgesetzt“, erklärte Ando. „Die Caers, die ihre Slaes ausbeuten und wie Dreck behandeln, werden nun *Sovalisten* genannt.“

Nimael rollte genervt die Augen.

„Und jetzt darfst du dreimal raten, wie man diejenigen nennt, die ihre Slaes anständig behandeln und sich um sie kümmern.“

Nimael dachte kurz darüber nach, fand aber keinen treffenden Namen.

„Ach komm …“ Ando grinste. „Die Antwort liegt doch auf der Hand. Man nennt sie *Nimaelisten*.“

Nimael klappte die Kinnlade herunter. „Ist das dein Ernst? Ich dachte, bedeutende Strömungen und Verhaltensweisen werden nur nach verstorbenen Persönlichkeiten benannt."

„Du unterschätzt offenbar, welchen Einfluss du mit deiner Gruppe auf den Blutfelsen hast. Du bist Soval auf Augenhöhe begegnet, setzt dich für fremde Slaes ein und hast öffentlich einen Appell an sämtliche Arbeiter gerichtet, der ganz sicher zu einem Umdenken geführt haben dürfte. Zumindest bei manchen. Ganz zu schweigen von der *Heißen Zwei*, mit der ihr einen nie da gewesenen Beitrag leistet. Medizinische Hilfe ohne Gegenleistung – eine selbstlosere Tat hat der Blutfelsen noch nie gesehen. Dein Name steht nun gleichbedeutend für die Anteilnahme, die du aufbringst. Von nun an brauchst du ganz sicher keinen Mentor mehr, sondern wirst selbst in diese Rolle hineinwachsen müssen."

Nimael nickte. „Das ist allerdings eine Auszeichnung, über die ich mich sehr freue. Und der Rest der Gruppe sicher auch. Wissen sie schon davon?"

„Selbstverständlich."

„Und wie lief es mit der *Heißen Zwei*?"

„Veila hat Thera ganz hervorragend vertreten", attestierte Ando ihr. „Glücklicherweise hatte sie während eurer gesamten Abwesenheit keinen einzigen Fall, bei dem es um Leben und Tod gegangen wäre, aber auch das hätte sie sicherlich gemeistert. Wie du dir vorstellen kannst, waren schon ein paar üble Wunden dabei."

„Verstehe", erwiderte Nimael halb in Gedanken und starrte sogleich zu Soval. Dieser fühlte die Blicke, die sich auf ihn richteten, und starrte mit einem kurzen herausfordernden Nicken zurück. Der Mann aus Zelle eins war sich seiner Sache sicher. Schließlich stärkten die Regeln im Bruch Soval nicht nur den Rücken, sondern ermunterten ihn geradezu zu weiteren Schandtaten. Es war höchste Zeit, ihm einen Dämpfer zu verpassen, aber das zu bewerkstelligen, würde nicht leicht werden. Dabei war Soval nur das Symptom einer viel schlimmeren Krankheit.

„Was machen die Dominaten?", erkundigte sich Nimael.

Ando und Wiggy tauschten verwirrte Blicke aus. „Dominaten?"

„Die Meister", erklärte Nimael. „Wir sind inzwischen recht sicher, dass sie einer Herrscherrasse angehören, die sich Dominaten nennen."

„Interessant", sagte Ando. „Da scheinst du mehr Neuigkeiten über sie in Erfahrung gebracht zu haben als wir. Mit Ausnahme von Amon zeigen sie sich noch seltener als sonst. Aber ist dir im Bruch vielleicht etwas aufgefallen?"

Nimael schüttelte den Kopf. Er war den ganzen Vormittag im Inneren des Berges gewesen und hatte mit der Hacke stumpfsinnig gegen den blanken Felsen geschlagen.

„Du weißt bestimmt noch, dass bereits vor deiner Abreise ein paar der Stollen geschlossen wurden", fuhr Ando fort.

„Natürlich. Dieses merkwürdige rote Licht, das einer der Dunkelmeister mit sich führte, um offenbar die Richtung der Grabungen zu bestimmen, werde ich bestimmt nicht so schnell vergessen."

„Anscheinend funktioniert das aber nicht ganz so gut, wie die Meister sich das vorgestellt haben", feixte Ando. „Es klingt zwar total verrückt, aber inzwischen haben sie ein paar der bereits verschütteten Stollen wieder geöffnet. Es scheint fast so, als hätten sie selbst keine Ahnung, wo sie ihre Grabungen fortführen sollen."

„War Arnavut bei unserem Gespräch deshalb so schlecht gelaunt?", fragte Nimael. „Er schien jedenfalls ziemlich verstimmt zu sein."

„Vermutlich", erwiderte Ando. „Auf jeden Fall läuft ihre Suche alles andere als nach Plan, sonst hätten sie bestimmt schon gefunden, wonach sie suchen."

„Sehr merkwürdig. Was meinst du, was dahintersteckt?"

„Egal, nicht unser Problem. Erzähl mir lieber von dem Gespräch und eurer Reise. Bist du zufrieden mit deiner Auswahl? Thera meinte, ihr hättet sie ohne Verluste zurückgebracht."

„Bisher schon", antwortete Nimael besorgt. „Wir haben gemeinsam den Rand der Wüste erreicht, aber ob sie vollzählig hier ankommen werden, stellt sich erst morgen heraus."

„Das Warten ist der schlimmste Teil. Ich weiß, wie es an den Nerven zehrt. Einer der Gards, die morgen in der Eingangshalle Wache stehen, wird mir berichten, sobald sie eintreffen." Seit Ando kein Geheimnis mehr daraus machte, dass er die Gards gelegentlich schmierte, konnte Nimael endlich nachvollziehen, woher seine vielen Informationen stammten. Er erzählte ihm von seiner Reise und dem Gespräch mit Arnavut, bis das Horn ertönte, das ihre gemeinsame Pause beendete. Bevor sie zu ihren Schichten eingeteilt wurden, stellte Ando noch eine letzte Frage.

„Also hat *alles* geklappt?" Mit einem Zwinkern ließ er keinen Zweifel daran, dass er sich damit auf die Übergabe der Nachricht bezog.

„Ja, keine Sorge", antwortete Nimael. „Jetzt können wir nur noch abwarten."

Am Abend begab sich Nimael in sein Zimmer und überlegte, ob er noch ein weiteres seiner Gedichte an Thera zu Papier bringen sollte. Eine kleine Wiedergutmachung für den heutigen Tag, den er nicht mit ihr verbracht hatte. Er holte Papier und Stift hervor, hielt dann aber inne, weil eine Unterhaltung aus dem Mittelzimmer zu hören war. Veila brachte Thera auf den neuesten Stand zur *Heißen Zwei*. Selbstverständlich fielen ihre Informationen wesentlich genauer aus als das, was Ando am Nachmittag zu berichten hatte. Sie erklärte, welche Verletzungen sie behandelt hatte, welche Methoden und Heilkräuter sie dabei eingesetzt hatte, und schließlich, was dadurch in ihrem Vorrat fehlte und wieder beschafft werden musste. Aber es war nicht so sehr der Inhalt des Gesprächs, der Nimael interessierte, sondern das Thema an sich, welches die perfekte Gelegenheit darstellte, um Veila seinen Dank auszusprechen. Immerhin hatte sie freiwillig auf die lange Reise in ihre Heimat verzichtet, um selbstlos die misshandelten Slaes im Blutfelsen zu unterstützen. Davon abgesehen musste er ihr unbedingt ein Lob für die hervorragende Arbeit aussprechen, die sie geleistet hatte.

Nimael erhob sich von seinem Schreibtisch, um die Tür zum Mittelraum zu durchqueren, als ihn auf der Schwelle eine eisige Kälte überkam. Ein Blip. Während er in der Vergangenheit immer alleine gewesen war, wenn er mit einem solchen Phänomen konfrontiert worden war, stand Ting diesmal in direkter Nähe. Nimael zögerte keine Sekunde. Bevor die Kälte eine solche Intensität entwickelte, dass er sich nicht mehr rühren konnte, packte er Ting am Arm und riss sie zu sich heran. Noch ehe sie auch nur einen einzigen Laut von sich geben konnte, erschauderte sie und fuhr zitternd zusammen. Im selben Moment löste sich die Kälte so plötzlich auf, wie sie gekommen war.

„Was zur Hölle …?“, brachte Ting mit klappernden Zähnen hervor. Thera und Veila hatten ihr Gespräch unterbrochen und starrten die beiden verständnislos an.

„Du hast es auch gefühlt?“ Nimael rieb sich mit den Händen die Oberarme, um sich zu wärmen.

„War das ein Blip?“, fragte Ting.

Nimael nickte und grinste dabei über beide Ohren.

„Er hat doch nicht etwa dein Gehirn gefrostet“, befürchtete Ting.

„Nein, aber verstehst du denn nicht …? Wenn du ihn auch gefühlt hast, bedeutet das, dass ich mir die Blips nicht nur einbilde oder sie nur mich betreffen. Ich war mir bisher nicht sicher, ob es sich vielleicht um eine ähnliche Erscheinung wie einen Drift oder einen Split handeln könnte. Eine Fähigkeit, die nur ich wahrnehme. Oder noch schlimmer, ob es sich nicht vielleicht um eine fortschreitende Erkrankung meiner Nerven handeln könnte. Jetzt weiß ich, dass dem nicht so ist, sondern dass sie real sind und auch andere sie fühlen können. Vermutlich gehen die Blips also nicht von mir aus. Du hast mir damit einen unschätzbaren Dienst erwiesen."

„Bitte, gern geschehen", erwiderte Ting mit einem sarkastischen Unterton in der Stimme.

Nimael entschuldigte sich für sein rüpelhaftes Vorgehen, als sich Veila in das Gespräch einmischte.

„Bist du dir sicher, dass du nicht der Verursacher bist?", warf sie nachdenklich ein. „Es könnte doch auch sehr gut sein, dass du genau wie bei den anderen Phänomenen der Auslöser bist, aber die Wirkung diesmal nicht nur auf deinen eigenen Körper begrenzt ist."

„Möglich." Nimael nickte. „Aber äußerst unwahrscheinlich. Auch andere Personen außerhalb des Felsens haben bereits von solchen Phänomenen berichtet. Personen, mit denen ich nie zu tun hatte. Außerdem hatte ich meinen ersten Blip bereits in Moenchtal, Wochen bevor wir hier eintrafen. Wenn ich eine Theorie aufstellen sollte, würde ich vermuten, dass uns Blips vor herannahenden Gefahren warnen sollen. Das würde auch erklären, warum ich so viele davon habe."

„Müssten sie hier dann nicht an der Tagesordnung sein?", widersprach Thera. „Und wo waren sie vor unseren Begegnungen mit Kuruc, Torren oder meinem Vater?"

„Kurz nachdem mich Torren auf dem Markt erkannt hatte, traf mich ein Blip."

„Na schön, aber leider etwas zu spät für eine Warnung."

„Da hast du wohl recht", gab Nimael zu. „Aber wenn wir die Vorfälle weiter beobachten, ergibt sich vielleicht ein Muster. Wenn wir ihre Bedeutung verstehen, können wir die Blips vielleicht zu unserem Vorteil nutzen."

Obwohl es inzwischen ein wenig fehlplatziert wirkte, bedankte sich Nimael bei Veila, wie er es ursprünglich geplant hatte, und zog sich in sein Zimmer zurück, wo er weiter über die Blips nachdachte. War es möglich, dass er sie zu spüren bekam, wenn jemand intensiv an ihn dachte oder ihn dringend brauchte? War es beim ersten Mal nach seiner Ankunft vielleicht seine Mutter gewesen, die von seiner Entführung erfahren hatte? War es jetzt gerade etwa Torren, der in der Wüste an seine Grenzen kam und verzweifelt um Hilfe flehte oder ihn für seine Tat verfluchte? Nimael schüttelte den Gedanken ab. Schließlich waren ihm die Hände gebunden und diese Theorie war so gut oder schlecht wie jede andere. Es half nichts, er musste den nächsten Tag abwarten, um Gewissheit über das Schicksal von Torren und seiner Gruppe zu erhalten.

# 4

# TORREN

Am nächsten Abend klopfte Ando an die Zellentür und gab Entwarnung.

„Sie haben es ohne Verluste geschafft", verkündete er erleichtert. „Offenbar musste auch niemand behandelt werden, aber sie sind erschöpft und ziemlich ausgetrocknet. Man hat sie in Zelle 95 untergebracht, wo sie sich erholen."

Nimael wollte sofort aufbrechen, um nach seinem Freund zu sehen, aber Ando hielt ihn zurück.

„Lass sie erst mal richtig ankommen", riet er ihm. „Sie haben es geschafft, das ist die Hauptsache. Morgen werden sie noch einen Ruhetag haben, dann kannst du sie besuchen und sie auf alles vorbereiten."

Nimael bedankte sich bei seinem Mentor, den er vielleicht doch noch mehr brauchte, als dieser am Vortag angenommen hatte, und lud ihn zum Abendessen ein. Nach dieser Nachricht war die Nervosität, die ihm bis zu diesem Moment den Magen zugeschnürt hatte, wie weggeblasen.

Bereits im Laufe des nächsten Tages kam Kerber während einer Außenschicht auf Nimael zu.

„Du hast schon einen komischen Sinn für Humor, weißt du das? Ich habe gestern Torren kennengelernt." Kerber runzelte die Stirn. „*Er* war dein Favorit für diese Form von Arbeit?"

„Er mag vielleicht nicht den Erwartungen entsprechen, aber er wird seinen Mann stehen", erwiderte Nimael überzeugt.

„Das wird er auch müssen", sagte Kerber mit einem drohenden Unterton in der Stimme. „Und soweit ich gesehen habe, ist das ein gewaltiger Mann, den er da zu stehen hat." Er wandte sich von ihm ab und überließ Nimael seinen Gedanken. Die Herausforderung, Torren in diese Welt einzugliedern, durfte er nicht unterschätzen.

Er erinnerte sich an ihre gemeinsame Schulzeit. Eigentlich waren sie nur deshalb zu guten Freunden geworden, weil sie beide nicht akzeptiert wurden. Während Nimael wegen seines davongelaufenen Vaters verspottet wurde, litt Torren schon immer unter einem mangelnden Selbstwertgefühl, das in seiner kräftigen Statur begründet lag. Dennoch ließ er sich nie unterkriegen und überspielte mit einer ordentlichen Portion Humor und Optimismus jeden Kommentar, den man ihm entgegenbrachte. Als sich eines Tages eine ganze Gruppe gegen Torren stellte, bezog Nimael Position und verteidigte ihn. Seitdem waren sie unzertrennlich gewesen und hielten auch nach ihrem Abschluss den Kontakt aufrecht.

Während sich Nimael an der Universität eingeschrieben hatte, hatte Torren allerdings genug davon gehabt, die Schulbank zu drücken. Er übernahm eine Stelle als Ladengehilfe in einem kleinen Lebensmittelgeschäft in Moenchtal. Schon bald stellte sich heraus, dass es die optimale Position für ihn war. Sein korpulentes Erscheinungsbild vermittelte den Eindruck, dass Torren als Verkäufer von seinen eigenen Waren überzeugt war, und seine lockere Art stieß bei den Kunden auf große Beliebtheit. So dauerte es nicht lange, bis ihm der kinderlose Besitzer in Aussicht stellte, eines Tages selbst den Laden zu übernehmen – sollte Torren bis dahin weiter gute Arbeit leisten und genug Geld ansparen, um eine entsprechende Anzahlung zu leisten.

Einen Charakterzug, der Torren aus Nimaels Sicht als gute Auswahl qualifizierte, hatte er regelmäßig bei ihren gemeinsamen Stechabenden an den Tag gelegt. Dabei fuhr Torren eine ungewöhnliche Taktik. Er unterstützte den Spieler, der gerade im Hintertreffen lag – selbst wenn das zu bedeuten hatte, dass er einen eigentlich sicheren Stich abgab. Dadurch glich er die meisten Partien erstaunlich gut aus und sorgte dafür, dass kein Spieler dem anderen zu deutlich überlegen war. Außerdem hatte er am Ende oft noch das beste Blatt auf der Hand, um das Spiel in letzter Sekunde an sich zu reißen. Alles in allem war er also tatsächlich eine gute Wahl gewesen. Er war fleißig, genügsam und half den Schwächeren. Auch die Tatsache, dass er Nimael überhaupt als Bettler erkannt hatte, bewies doch, dass er ihm Beachtung geschenkt und seinen Blick nicht von einem Hilfsbedürftigen abgewandt hatte. Auf der anderen Seite stellte sich jedoch die Frage, ob Nimael überhaupt wollte, dass sich Torren für Schwächere einsetzte. Je weniger Aufmerksamkeit und Schwierigkeiten er auf sich zog, desto besser war das schließlich für sie beide.

Am Abend stand Nimael vor Torrens neuem Zuhause und überlegte, wie er ihm begegnen sollte. Da seine Gruppe erst am nächsten Tag den ersten Lohn erhalten würde, hatte er ein üppiges Abendessen gekauft, das Torren im Fall der Fälle ganz sicher versöhnlich stimmen würde. Nimael beschloss, nicht länger darüber nachzudenken und einfach zu klopfen. Als Torren ihm öffnete, freute er sich aufrichtig, ihn zu sehen.

„Nim, da bist du ja endlich!“ Er schloss ihn herzlich in die Arme. „Warum haben wir das nicht schon in Moenchtal gemacht?“, fragte er grinsend. „Ach ja, jetzt fällt’s mir wieder ein. Stattdessen hast du mich ja hinterrücks niedergeschlagen, gefesselt, geknebelt und verschleppt."

„Das wirst du mir jetzt ewig vorhalten, nicht wahr?"

Torren nickte mit demselben, unveränderten Grinsen im Gesicht. Nimael fragte sich, wie überhaupt jemand nach einer Entführung, einer vierwöchigen Reise, einem Überlebenskampf in der Wüste, Gefangenschaft und Aussicht auf Versklavung so gute Laune haben konnte. Torrens Zuversicht schien keine Grenzen zu kennen.

„Ich habe es aber auch nicht anders verdient", gab Nimael zu und sah sich in der Zelle um. Der Mittelraum stand leer, seine Slaes hielten sich offenbar alle im Gemeinschaftsraum auf. „Es tut mir leid, was ihr meinetwegen durchmachen musstet. Bist du mir denn gar nicht böse?"

„Ein bisschen vielleicht für das mangelnde Vertrauen und den überstürzten Körpereinsatz, aber nicht wegen der Entführung." Er zuckte mit den Schultern. „Ich hatte genug Zeit, darüber nachzudenken, und ich weiß, dass du mich nie in eine solche Situation gebracht hättest, wenn du einen anderen Ausweg gesehen hättest. Also mach dir keine Sorgen und vergiss es." Er klopfte ihm gelassen auf den Oberarm. Obwohl sich Torren für Nimaels Begriffe beinahe etwas zu gut mit der Situation abfand, stellte er sein Verhalten nicht infrage, sondern genoss dessen Absolution.

„Ihr habt es ohne Verluste durch die Wüste geschafft", beglückwünschte er ihn. „War es hart?"

„Klar war es das." Torrens Miene wurde etwas ernster. „Aber wir haben deine Ratschläge befolgt und sie haben uns gute Dienste erwiesen. Außerdem haben wir uns inzwischen ganz gut kennengelernt und waren füreinander da, was die ganze Sache bedeutend einfacher gemacht hat."

„Ihr kommt gut miteinander aus?", hakte Nimael nach.

Torren nickte. „Komm nach nebenan. Ich stell euch vor."

„Sie kennen mich nicht“, warf Nimael ein. „Nach alledem werden sie mir bestimmt nicht so wohlgesonnen sein wie du.“

„Keine Sorge“, erwiderte Torren. „Ich habe dir schon den Weg geebnet und ihnen von dir erzählt. Wie du mich damals unter deine Fittiche genommen hast und ganz sicher auch hier auf uns aufpassen wirst.“

„Kann es sein, dass du der beste Freund bist, den man sich auf der ganzen Welt überhaupt nur wünschen könnte?“, überlegte Nimael laut.

„Vergiss das bloß nicht.“ Torren zwinkerte ihm zu und begleitete ihn ins Nebenzimmer.

Im Gemeinschaftsraum musterte die Gruppe ihn mit neugierigen Blicken und Nimael erinnerte sich, welche Fragen ihm damals durch den Kopf geschossen waren, bevor Ando ihn über alles in Kenntnis gesetzt hatte.

„Ich habe euch ein Abendessen mitgebracht“, begann er, um das Eis zu brechen. „Ihr seid bestimmt hungrig.“ Er legte die Tasche auf den Tisch und packte sie aus.

„Abendessen. Na endlich!“ Torren strahlte über das ganze Gesicht. „Ich dachte schon, die lassen uns hier verhungern. Dabei weiß doch jeder, dass es sich beim Abendessen um die wichtigste Mahlzeit des Tages handelt.“

Während alle anderen sofort über Nimaels Einkäufe herfielen, verschränkte eines der Mädchen die Arme vor ihrem Körper und starrte ihn bitterböse an.

„Stimmt was nicht?“, fragte Nimael.

„Du stimmst nicht!“, fuhr sie ihn an. „Du tauchst hier einfach auf und schmierst uns allen Honig ums Maul, obwohl du derjenige bist, dem wir das alles zu verdanken haben!“

Sie hatte offensichtlich ihren eigenen Kopf und war selbst nach Torrens positiven Schilderungen noch lange nicht überzeugt. In dem Moment erkannte Nimael sie wieder. Es handelte sich um Jarlas

Freundin, die uneingeladen zu ihrer falschen Verbindungsfeier erschienen war und eigentlich nicht zu ihrer Auswahl gehört hatte. Ando nannte einen solchen Fall einen *Glückstreffer*. Eine Entführte, über die man nichts wusste, auf die aber zeitbedingt nicht zu verzichten gewesen war. Nimael versuchte, möglichst unauffällig ihren Namen von der Uniform zu lesen – *Tschirna*.

„Ich wollte mich nicht bei euch einschmeicheln", erwiderte er schließlich. „Ich wollte nur meine Unterstützung anbieten."

„Und wie sieht die aus?", bohrte Tschirna nach. „Hast du das Essen wieder mit einem Betäubungsmittel versetzt, um erneut unsere Naivität auszunutzen?"

In dem Moment sprang ihr Misstrauen auf den Rest der Gruppe über und die Mädchen ließen zögerlich vom Essen ab. Ganz im Gegensatz zu Torren, der sich ein großes Stück Brot vom Laib riss und genüsslich hineinbiss. Ein Vertrauensbeweis, den er nur allzu gern zu erbringen bereit war.

„Du spinnst wohl!", brachte er gerade noch so hervor. „Er hat uns doch bereits alles erklärt. Er befindet sich in derselben Lage wie wir." Torren schluckte einen gewaltigen Bissen hinunter und fuhr fort. „Man hat ihn gezwungen, uns zu entführen."

„Er hätte sich weigern können", widersprach Tschirna.

„Es ging um die fünf Leben meiner Freundinnen", verteidigte sich Nimael.

„Und da hast du beschlossen, dass das Leben von neun Fremden weniger Wert ist", konterte Tschirna.

„Man hat euch nicht getötet, nur entführt", gab Nimael zu bedenken. „Ihr seid am Leben."

„Ja. *Nur* entführt. Um Sklavenarbeit in einem Steinbruch zu verrichten. Kann man das wirklich noch als Leben bezeichnen?"

„Verstehst du denn nicht ...?", fragte Nimael eindringlich. „Wenn ich mich geweigert hätte, wären andere gekommen, um neue Arbeitskräfte zu entführen. Es war nicht meine Entscheidung, sondern die der Meister. Ich bin nur der Sündenbock. Das Einzige, worauf ich Einfluss hatte, war die Auswahl, und es tut mir leid, dass diese ausgerechnet auf euch fiel. Ihr könnt nun entweder meine Entschuldigung annehmen und euch von mir helfen lassen oder mich rauswerfen und versuchen, auf eigene Faust zu überleben. Mit mir dürften eure Chancen allerdings wesentlich besser stehen. Aber wie auch immer ihr euch entscheidet, ich versichere euch, dass ich euch kein Leid mehr zufügen, sondern für euch da sein werde, wenn ihr mich braucht."

Während sich Tschirna weiterhin eigenbrötlerisch abwandte, stieß Nimaels Erklärung auf ein wenig mehr Einsicht beim Rest der Gruppe. Sie verstanden seine Beweggründe, akzeptierten seine Entschuldigung und begannen zu essen. Nimael ließ sich seine Erleichterung darüber nicht anmerken, dankte Torren mit einem knappen Nicken und erzählte schließlich, was es über die Regeln im Bruch und die Motive der Meister zu wissen gab.

Am nächsten Tag wanderte Nimaels Blick regelmäßig zum Tunneleingang, der von den Zellen in den Bruch führte. Irgendwann erschien Kerber mit den Neuankömmlingen und teilte sie zu ihren ersten Schichten ein. Von nun an galt es, so nah wie möglich bei ihnen zu bleiben, um im Fall der Fälle eingreifen zu können – auch wenn das bedeutete, dass Nimael freiwillig ein paar unbeliebte Außenschichten mehr in Kauf nehmen musste. Als Torren auf ihn aufmerksam wurde, sprach er ihn unauffällig an.

„Nim, die haben heute Morgen vergessen, uns ein Frühstück zu bringen."

„So etwas gibt es hier nicht."

„Was?" Torren riss die Augen auf. „Aber das Frühstück ist doch die wichtigste Mahlzeit des Tages!"

Sichtlich enttäuscht ging er wieder zur Arbeit über. Nimael behielt ihn weiter im Auge. Genau wie er selbst ging auch Torren an seinem ersten Tag wesentlich engagierter zu Werke als die anderen Arbeiter. Diese hatten einen gewissen Rhythmus gefunden, der zwar gemächlich wirkte, dafür aber die vollen neun Stunden über einzuhalten war. Dagegen musste Torren an seinem ersten Tag im Bruch gerade einmal zwei Stunden hinter sich bringen und konnte damit mühelos ein höheres Tempo halten. Wenn man in dieser Umgebung nicht wusste, wie die Mühlen mahlten, arbeitete man zwangsläufig besser als der Durchschnitt. Dennoch geriet er schon bald in Schwierigkeiten.

„Beweg deinen fetten Hintern!", brüllte ein Gard ihn an. Er ließ die Peitsche knallen und näherte sich Torren mit düsterer Miene.

„Sag mal, versuchst du irgendwas zu kompensieren?", fragte Torren ungewohnt trotzig. Das ausgefallene Frühstück war ihm offenbar auf den Gemütszustand geschlagen.

„Wie bitte?"

„Na hör mal, das ist doch nun wirklich eine uralte Weisheit. Die kennt doch jeder." Noch bevor Torren seinen Gedankengang ausgesprochen hatte, wusste Nimael, dass nichts Gutes dabei herauskommen konnte. Er zögerte keine Sekunde, ließ seine eigene Gondel hinter sich zurück und rannte los, während Torren sein Sprichwort zum Besten gab. *„Je größer die Peitsche in der Länge, desto kürzer des Kutschers Gehänge.* Du glaubst doch nicht wirklich, dass damit die Kutsche gemeint ist?"

„Ich hör wohl nicht recht!", fuhr ihn der Gard fassungslos an und holte zum nächsten Schlag aus, der diesmal eindeutig für Torren bestimmt war. Gerade noch rechtzeitig schwang sich Nimael an einer Slae vorbei, um zwischen Torren und seinem Angreifer zum Stehen zu kommen.

„Was willst du denn?", fragte der Gard gereizt. „Bist du auch auf Ärger aus?"

Nimael war losgestürmt, ohne sich einen Plan zurechtgelegt zu haben. Wenn er den Gard angriff, hatte das mit Sicherheit eine Degradierung zur Folge. Schnell überlegte er, welche friedliche Lösung infrage kam.

„Ich wüsste gern, was mein Freund hier falsch gemacht haben soll", antwortete Nimael. „Aus welchem Grund kommt hier gleich die Peitsche zum Einsatz?"

„Bist du sein Fürsprecher, oder was? Verpiss dich, aber ganz schnell!"

„Ich übertrage ihm eine meiner Überstunden", erwiderte Nimael spontan. „Damit ist für ihn heute Schluss."

Der Gard sah ihn scharf an, überlegte kurz, welche Möglichkeiten ihm noch blieben, und winkte schließlich ab. „Meinetwegen. Mach Schluss, Fettsack! Morgen sehen wir uns wieder, dann bringe ich dir Manieren bei!"

Während sich Nimael nach seiner eigenen Ankunft über den Ausdruck *Frischling* geärgert hatte, wäre das für Torren beinahe noch ein Kompliment gewesen. Für ihn war es hier um ein Vielfaches schlimmer. Er klopfte ihm auf die Schulter und führte ihn zum Stundenschreiber.

„Keine Sorge, du machst das ausgezeichnet", redete Nimael ihm gut zu. „Lass dich bloß nicht provozieren und überlass mir das Reden."

Als die Mittagspause eingeläutet wurde, gesellte sich Nimael zu seinem Freund und stellte ihm Ando und Wiggy vor.

Torren seufzte erleichtert. „Wenigstens gibt es hier ein Mittagessen."

„Aber natürlich gibt es das." Wiggy hob verwundert den Kopf. „Schließlich handelt es sich dabei doch um die wichtigste Mahlzeit des Tages."

„So ist es", sagte Torren und strahlte Wiggy an. „Endlich mal jemand, der meine Sprache spricht."

Wiggy lächelte zurück, nickte ihm zu und machte sich wieder über ihr Essen her, während Ando und Nimael schwiegen und amüsierte Blicke austauschten.

Gleich während Torrens erster Schicht am folgenden Tag machte der Gard seine Drohung wahr. Wieder ließ er die Peitsche knallen und ging auf ihn los, worauf Nimael erneut dazwischenging.

„Willst du das jetzt jeden Tag abziehen?", fragte der Gard. „So viele Überstunden hast nicht mal du."

„Nein, wir klären das jetzt ein für alle Mal." Für einen Moment glaubte Nimael, die Strömung um sich herum zu spüren, doch noch ehe er sich darauf konzentrieren konnte, war sie wieder verschwunden.

„Wenn du dich mit mir anlegst, kannst du deinem Hintern gleich einen Abschiedskuss geben", drohte ihm der Mann.

„Ich fordere einen Schiedsspruch von Kerber", erwiderte Nimael entschlossen.

„Du hast gar nichts zu fordern!"

Andere Gards wurden auf die Situation aufmerksam und die Arbeit um sie herum kam langsam zum Erliegen.

„Es gibt zwei Möglichkeiten", erklärte Nimael. „Ich kann meinem Freund hier noch eine Überstunde übertragen und später mit Kerber sprechen, um mich über den Vorfall zu beschweren, oder wir klären die Sache gleich hier. So hast du wenigstens die Möglichkeit, Stellung zu meinen Vorwürfen zu nehmen."

Der Gard sah ihn giftig an, drauf und dran, erneut von der Peitsche Gebrauch zu machen. Dann besann er sich auf die zahlreichen Zuschauer und knickte schließlich ein.

„Na schön, holen wir Kerber. Wirst ja sehen, was du davon hast."

Kurz darauf traf sein Vorgesetzter am Schauplatz ein.

„Was ist hier los?", brüllte er sämtliche Beteiligten an.

„Der Fettsack will nicht arbeiten und sein Freund hat ein Problem damit, wenn ich ihn maßregeln möchte", log der Gard.

„Wie bitte?", fragte Kerber empört. „Was habt ihr zu eurer Verteidigung zu sagen?"

„Er hat sich nicht geweigert zu arbeiten", antwortete Nimael. „Ganz im Gegenteil. Mein Freund leistet vorbildliche Arbeit, aber wird von dem Mann hier aufgrund seines Körperbaus schikaniert."

„Ich nehme an, du kannst das beweisen?"

Nimael zeigte Kerber die Gondel, die Torren gerade ausgeladen hatte, und zum Vergleich eine zweite, an der ein anderer Caer arbeitete. Torren lag eindeutig in Führung.

Nimael deutete auf den Gard. „Dieser Mann ist gestern ebenso grundlos auf meinen Freund losgegangen. Er ist voreingenommen und lässt ihm keine Möglichkeit, sich zu beweisen. Ich musste beide Male einschreiten, um Schlimmeres zu verhindern."

Kerber zögerte einen Moment, nahm sich dann aber den Gard vor.

„Wenn du das nächste Mal gegen diesen Caer aktiv wirst, gibt es hoffentlich einen triftigen Grund dafür!", brüllte er ihn an.

„Aber …"

Noch ehe der Wachmann widersprechen konnte, fiel ihm Kerber ins Wort. „Wegtreten!"

Der Gard schlich davon und wechselte seinen Posten.

„Also schön", wandte sich Kerber an Nimael. „Du gehörst zu meinen fleißigsten Arbeitern und ich habe dir versprochen, dass dein Freund hier eine gerechte Chance erhalten wird. Außerdem habe ich selbst ein paar Pfunde zu viel." Er klopfte sich auf die Wampe und wandte sich an Torren. „Ich kann mich also ganz gut in deine Lage versetzen. Dennoch solltet ihr von nun an keine Sonderbehandlung mehr erwarten. Letztendlich haben meine Leute freies Ermessen darin, wie sie euch zur Arbeit ermuntern, und ich werde nicht jeden Tag einschreiten, um mich gegen meine eigenen Männer zu stellen.

So viel Ärger seid ihr zwei Schwachköpfe einfach nicht wert. Ich hoffe darum in eurem eigenen Interesse, dass wir genug Publikum hatten und sich der Vorfall herumspricht, denn ab jetzt seid ihr auf euch allein gestellt." Er räusperte sich und brüllte die beiden ohne Vorwarnung an. „Jetzt zurück an die Arbeit mit euch, ihr Pfeifen!" Damit wandte er sich ab und spazierte davon.

„Fühlt sich genau wie auf der Schule an", stellte Torren zerknirscht fest. „Nur mit dem Unterschied, dass die, die mich schikanieren, hier auch noch bis an die Zähne bewaffnet sind und es dir in den letzten zwei Jahren gelungen ist, zu einer Berühmtheit zu werden und eine ganze Anhängerschaft um dich zu scharen. Die *Nimaelisten.* Bist du jetzt so ein Sektenoberhaupt, das vom Ende der Welt predigt?"

Nimael wollte zuerst darüber lachen, als ihm die Pläne der Dominaten in den Sinn kamen. Wenn sie bereits über die wichtigsten Territorien herrschten, wofür benötigten sie dann überhaupt noch diese mysteriösen Artefakte, nach denen sie die Steinbrüche offenbar durchsuchten? Was hatten sie vor? Er überspielte seinen Gedankengang mit einem falschen Lachen und beschloss, Torren an einem anderen Tag über ihre trostlosen Zukunftsaussichten aufzuklären.

„Kleiner Tipp", fügte dieser hinzu. „Wenn du dich der bedingungslosen Ergebenheit deiner Anhänger vergewissern willst, studier noch ein paar Zaubertricks ein und gib dich als Übermensch, das wirkt bestimmt Wunder."

Nimael ging nicht weiter darauf ein, sondern machte sich wieder an die Arbeit. Er behielt Torren weiterhin im Blick, bis dessen Arbeitstag mit dem Signal zur Mittagspause endete. Als sie sich erneut zu Ando und Wiggy an den Tisch setzten, beschloss Nimael, kein Risiko einzugehen, was die Nachricht von Kerbers Einschreiten betraf. Ando wusste genau, an wen er diese Information weitergeben musste, damit sie sich im Bruch – und besonders unter den Gards – schnell verbreitete. Von nun an sollte Torren zumindest keine grundlosen Übergriffe vonseiten der Gards mehr zu fürchten haben. Allerdings waren diese nicht gerade für ihren ausgeprägten Sinn für Humor bekannt und so war es nur eine Frage der Zeit, bis Torren mit seinem losen Mundwerk weiteren Ärger auf sich ziehen würde. Nun galt es, ihm ein wenig mehr Respekt und Feingefühl zu vermitteln, um weitere Schwierigkeiten zu vermeiden.

Am Abend führte Nimael seinen Freund durch den Blutfelsen und zeigte ihm die wichtigsten Anlagen. Im Garten trafen sie auf Ando und Amaru, die gerade ihren Kampfübungen nachgingen. Bevor sich Torren jedoch daran beteiligen konnte, musste ihm Nimael zunächst grundlegende Verteidigungsmuster beibringen, wie er es auch damals bei seinen Kameradinnen getan hatte. So musste es vorerst genügen, die beiden Kämpfer aus sicherer Entfernung zu beobachteten. Im Gegensatz zu Ando war Amaru bereits an seine Grenzen gekommen und hatte das Oberteil seiner Uniform abgelegt.

„Siehst du seine Narben?", fragte Nimael leise und nickte dabei unauffällig zu dem Priester. Über seinen Rücken und seine Brust verliefen drei lange feine Linien, die auf seinem verschwitzten Körper glänzten und dadurch deutlich zu erkennen waren.

Torren nickte.

„Sprich ihn darauf an, wenn sich eine Gelegenheit ergibt."

Als die beiden Kampfpartner eine Pause einlegten, stellte Nimael seinen Freund dem Geistlichen vor. Sie unterhielten sich kurz und Torren deutete auf die Narben.

„Woher hast du die?", fragte er plump.

„Eine Meinungsverschiedenheit mit einem Gard", antwortete Amaru gewohnt freundlich. Der ungeschickte Themenwechsel schien ihn nicht zu stören.

„Worum ging es?"

Amaru dachte kurz darüber nach. „Eigentlich nur darum, dass ich überhaupt eine Meinung hatte", erwiderte er schließlich und grinste.

Torren nickte nachdenklich und bedankte sich für die Auskunft. Nachdem Ando und Amaru ihr Duell wieder aufgenommen hatten, führte Nimael seinen Freund aus dem Baumbereich heraus und tiefer in Ioras Garten, um sich ungestört mit ihm unterhalten zu können.

„Verstehst du, was ich dir damit sagen wollte?"

„Dass die hier keinen Spaß verstehen, war mir schon klar." Torren zuckte mit den Achseln. „Aber keine Sorge, ich hatte ohnehin nicht vor, mich mit einem von den Folterknechten anzufreunden." Er zwinkerte Nimael zu.

„Nein, Torren, du musst wirklich aufpassen. Wenn sie dir einen Befehl geben, gehorche, ohne zu widersprechen. Wenn sie dich demütigen wollen, lass es über dich ergehen, sonst kann das ein sehr böses Ende nehmen."

Plötzlich hörte Nimael ein leises Zischen. Hatte sich etwa eine Schlange in den Garten verirrt? Mit einem Zeichen gab er Torren zu verstehen, sich nicht mehr zu rühren.

„Was war das?", fragte er leise und sah sich misstrauisch um.

„Das hast du gehört?", fragte Torren erstaunt.

„Ja, was war das?", fragte Nimael erneut.

„Ich habe gefurzt", gestand Torren. „Die fremde Umgebung und die neuen Essgewohnheiten vertragen sich offenbar nicht so gut mit meiner Verdauung."

„In Ordnung ..." Sofort fiel die Anspannung von Nimael ab. „Dann droht uns keine Gefahr."

„Das lässt sich jetzt noch nicht sagen", erwiderte Torren.

„Wir sind hier eh gleich fertig."

„Sprich nur für dich selbst." Torren grinste und verlieh seiner Antwort im wahrsten Sinne des Wortes Nachdruck.

„Hör zu", ermahnte Nimael ihn und erhob frustriert die Stimme. „Könntest du mir mal eine Sekunde lang zuhören? Ich versuche, dir gerade den Ernst der Lage begreiflich zu machen. Es geht hier schließlich um Leben und Tod."

„Ach, komm schon … Es waren doch nur zwei Fürze und wir stehen an der frischen Luft."

„Torren! Schluss damit!" Nimael konnte nicht länger an sich halten und schrie ihn dermaßen laut an, dass sogar Ando und Amaru erschrocken aufsahen.

„Es tut mir leid", sagte Torren und senkte den Kopf.

„Nein, mir tut es leid", erwiderte Nimael, der seinen Wutausbruch sofort bedauerte. „Ich hätte dich nicht anschreien dürfen." Er legte ihm entschuldigend die Hand auf die Schulter. „Ich wusste mir einfach nicht mehr anders zu helfen, damit du endlich begreifst, was hier auf dem Spiel steht. Eigentlich bin ich ja froh, dass du dieser Situation so locker begegnest, aber versteh doch … Ich war in derselben Situation und habe einem Gard gegenüber bedeutungslose Witze gemacht. Um mir eine Lektion zu erteilen, haben die Meister eine unschuldige Left aus dem Blutfelsen verbannt und damit zum sicheren Tod in der Wüste verurteilt."

„Wegen so etwas wie eben?", fragte Torren ungläubig.

„Nein, wegen weniger", erwiderte Nimael. Auch nach all der Zeit waren Nimael die strahlend blauen Augen dieses Mädchens nur allzu deutlich im Gedächtnis geblieben. „Und ich würde mir nie verzeihen, wenn du denselben Fehler begehst wie ich. Nicht nur dein eigenes Leben, sondern auch das deiner Slaes ist in Gefahr. Du musst dir solche Kommentare verkneifen, besonders wenn du es mit Gards oder Meistern zu tun hast, verstehst du? Das hier ist kein Witz."

„Denkst du wirklich, ich wüsste das nicht?" Auf einmal verfinsterte sich Torrens Miene und sein Gesicht nahm einen todernsten Ausdruck an, wie ihn Nimael noch nie zuvor an seinem Freund gesehen hatte. „Verstehst du denn nicht? Das hier ist meine Art, mit solchen Situationen umzugehen. Und es ist die einzige, die ich kenne. Wenn ich all das nicht irgendwie überspielen kann, weiß ich nicht, wie ich dem Ganzen sonst begegnen soll. Ist es dir lieber, ich lasse es an mich heran, um Stück für Stück daran zu zerbrechen?“

Nimael schluckte. Wie konnte er nur so kurzsichtig gewesen sein? Endlich war er durch Torrens Fassade hindurchgebrochen, aber auf das, was ihn dahinter erwartete, hatte er keine Antwort. Er schloss ihn in die Arme und entschuldigte sich bei ihm. Eine Entschuldigung, die nicht nur der unnachlässigen Kritik galt, mit der er ihn bedrängt hatte, sondern allem, was Torren nun seinetwegen erdulden musste. Die Gewissensbisse, die nach dem ersten Abend in Torrens Quartier beinahe verstummt gewesen waren, meldeten sich nun zurück – lauter denn je. Alles, was Torren und seiner Gruppe widerfuhr, war seine Schuld, und so war es auch seine Pflicht, die Neuankömmlinge von nun an mit allen Mitteln zu unterstützen.

# 5

# BALBA

In den folgenden Wochen stellte sich heraus, dass Torren sehr wohl für die Arbeit im Bruch geeignet war. Nimael begann, ihn im Kampf zu unterrichten, und hatte den Eindruck, dass er durch die körperliche Betätigung mehr und mehr seiner Pfunde verlor. Außerdem hatte sich Torren Nimaels Worte zu Herzen genommen und mied jeden Konflikt mit den Gards. Als sich seine Eingewöhnungsphase dem Ende entgegen neigte, bedachte ihn selbst Kerber mit einem anerkennenden Nicken. So normalisierte sich auch Nimaels Alltag wieder zunehmend.

Eines Abends klopfte es zaghaft an der Eingangstür der Zelle. Obwohl die Tür zum Gemeinschaftsraum offen stand, war Nimael mit seinem präzisen Gehör als Einziger zwischen dem Stimmgewirr seiner Mitbewohnerinnen darauf aufmerksam geworden. Er öffnete die Tür und erstarrte vor Entsetzen. Eine blutüberströmte Slae drohte vor seinen Augen zusammenzubrechen. Gerade noch rechtzeitig löste er sich aus der Starre und fing sie auf.

„Thera! Veila!“

Die Gespräche verstummten augenblicklich und die beiden kamen ins Mittelzimmer gestürmt. Nimael stützte die Verletzte ab und führte sie zu Theras Bett.

„Gütiger Himmel“, entfuhr es Veila beim Anblick ihrer Patientin.

Obwohl auch Thera der Schrecken ins Gesicht geschrieben stand, bewahrte sie die Fassung. „Veila, hol die Ausrüstung!“

Ohne zu zögern, machte Veila kehrt und lief in den Gemeinschaftsraum zurück. Nachdem Nimael die Unbekannte vorsichtig abgelegt hatte, musterte Thera sie gründlich.

„Du musst bei Bewusstsein bleiben, hörst du, Siri?“ Erst als sie ihren Namen sagte, erkannte auch Nimael, um wen es sich unter dem ganzen Blut handelte. Es war das Mädchen, an dem sich Soval besonders gern abreagierte. Thera beugte sich über sie und tastete sie vorsichtig ab, um ihre Verletzungen in Augenschein zu nehmen.

„Ich erkenne kaum etwas“, murmelte sie. „Wir müssen das Blut abwischen.“

Nimael sprang sofort auf. „Ich hole Balba!“, rief er und rannte in sein Zimmer. Dort griff er sich die alte Feldflasche und stellte ernüchtert fest, was er bereits befürchtet hatte. Balba war leer. Bis er ihn im Gemeinschaftsraum wieder aufgefüllt hatte, würde Thera wertvolle Zeit verlieren, die bei der Behandlung entscheidend sein konnte. Er rannte ins Mittelzimmer zurück, wo Veila bereits die Notfallausrüstung vorbereitete.

„So schlimm hat er sie noch nie zugerichtet“, stellte sie voller Mitgefühl fest. Auch ihr war Siri keine Unbekannte und vermutlich hatte sie die *Heiße Zwei* auch in den letzten Monaten regelmäßig aufgesucht.

Nimael versuchte, dem Ganzen keine Beachtung zu schenken und richtete seinen Blick auf die Tür gegenüber. Dort hatte der Rest der Gruppe mittlerweile neugierig die Köpfe aus dem Gemeinschaftsraum gestreckt und sah betroffen ins Mittelzimmer. Gerade als er sie auffordern wollte, ihn durchzulassen, klopfte es erneut an der Eingangstür.

„Bitte nicht noch eine!“ Nimael bremste abrupt ab und wechselte die Richtung, um zu öffnen. Noch bevor er etwas erkennen oder gar reagieren konnte, traf ihn eine Faust mit voller Wucht ins Gesicht und ließ ihn zurücktaumeln. Soval stürmte über die Schwelle, packte Nimael vollkommen unvorbereitet am Hals und drückte ihn mit einer solchen Kraft nach hinten, dass er mit dem Rücken gegen die Wand zum Gemeinschaftsraum prallte. Ein erschrockenes Raunen ging durch das Mittelzimmer. Soval verstärkte seinen Würgegriff und drückte Nimael mühelos an der kalten Steinwand empor.

„Ich wusste es!“, rief er voller Genugtuung und sah sich um. „Die *Heiße Zwei*! Nur unser Frischling konnte auf so eine hirnverbrannte Idee kommen! Dachtest du wirklich, es würde mir nicht auffallen, wenn sich meine Slaes behandeln lassen?“ Er senkte die Stimme und funkelte ihn böse an. „Ich hatte dich gewarnt. Du wusstest, dass du dich nicht in unsere Belange einmischen sollst. Was jetzt folgt, hast du dir selbst zuzuschreiben.“ Ohne von ihm abzulassen, sah Soval zur Eingangstür. „Komm rein!“

Obwohl Nimael nicht wusste, wem der Zuruf galt, war klar, dass Soval Verstärkung mitgebracht hatte und sich die Lage noch weiter zuspitzen würde. Nimael rang verzweifelt nach Luft, ließ Balba zu Boden fallen und versuchte, sich aus dem Griff zu befreien. Wo war die Strömung? Er versuchte, sich zu konzentrieren. Was hatte sich seit Moenchtal verändert, dass er selbst in einer solchen Situation keinen Drift mehr auslösen konnte? War die Lage etwa noch nicht verzweifelt genug? Aber selbst wenn nicht, so hätte spätestens der folgende Anblick seine Kräfte mit Leichtigkeit heraufbeschwören müssen.

Varuil erschien auf der Schwelle. Er peilte emotionslos die Lage und hob langsam seinen Bogen. Soval hatte offenbar keine Kosten und Mühen gescheut, um den eiskalten Bogenschützen auf seine

Seite zu bringen. Sofort wanderte Varuils rechte Hand über seine Schulter und suchte im Köcher nach einem Pfeil.

„Zuerst die Verräterin“, befahl Soval. „Gib ihr den Gnadenschuss!“

Selbst Siri, die kaum noch bei Bewusstsein war, wusste, dass sie damit gemeint war. Sie hob zitternd den Kopf und starrte ihrem Schicksal entgegen. Unter dem blutüberströmten Gesicht glänzten ihre verängstigten Augen besonders deutlich hervor.

„Und danach ihre Helferinnen!“ Soval grinste böse. Offenbar konnte er das Gemetzel kaum erwarten. Nimael versuchte, sich zu besinnen. Auch ohne Drift hatte er es früher schon mit brutalen Schlägern wie Soval aufgenommen. Der Schlüssel war dabei nicht, gegen ihre Kraft anzukämpfen, sondern sich diese zunutze zu machen. Durch den Würgegriff schwebte Nimael bereits ein Stück über dem Boden. Er streckte seine Beine an Soval vorbei und trat ihm mit beiden Fersen gleichzeitig in die Kniekehlen, worauf Soval wie ein nasser Sack in sich zusammenfiel und seinen Griff löste. Mit einem gezielten Schlag, in den er seine ganze Kraft legte, schlug Nimael ihm ins Gesicht. Obwohl es die perfekte Gelegenheit gewesen wäre, weiter nachzusetzen und von oben herab auf Soval einzuschlagen, ging die tödlichere Gefahr im Moment von Varuil aus. Dieser zeigte sich von Nimaels Befreiung unbeeindruckt und hatte bereits einen Pfeil eingespannt. Aus dieser Distanz würde Varuil sein Ziel ganz sicher nicht verfehlen, doch ohne die Strömung hatte Nimael nicht die geringste Chance, ihn rechtzeitig zu erreichen. Sein Blick wanderte wieder zu Siri, die sich inzwischen wohl mit ihrem Schicksal abgefunden hatte. Sie hatte die Augen geschlossen und erwartete ihre Hinrichtung, während sich Thera und Veila vor Schreck nicht mehr von der Stelle rührten. Kreidebleich und beinahe genauso regungslos wie während eines Drifts verharrten sie an ihrer Seite.

In dem Moment fiel Nimael der leere Balba wieder ein, der vor ihm am Boden lag. Er griff sich die Flasche und warf sie in die Mitte des Raums. Noch im selben Moment hörte er das Erzittern der Bogensehne. Dann ging alles so schnell, dass wohl niemand in der Zelle begriff, was überhaupt geschehen war. Balba schoss quer durch den Raum und fiel direkt vor Thera zu Boden. Varuils Pfeil hatte ihn durchbohrt und steckte noch immer darin fest. Erstaunte Blicke richteten sich zunächst auf die Feldflasche und schließlich auf Nimael. Dieser schenkte Balba keine Beachtung, sondern konzentrierte sich auf seine Feinde. Wut keimte in Nimael auf. Soval hatte eine vollkommen Wehrlose so zugerichtet, dass man sie kaum noch erkennen konnte. Und all das nur aus einem einzigen Grund: Er musste sie so schwer verletzen, dass sie die *Heiße Zwei* aufsuchen würde. Sie war nichts weiter als ein Köder. Ein blutiges Mittel zum Zweck. Dass er nun auch noch den Befehl gegeben hatte, sie kaltblütig zu ermorden, weil sie sich medizinisch versorgen lassen wollte, schürte Nimaels Zorn noch weiter.

Sein Blick richtete sich auf denjenigen, der die Tat vollstrecken sollte. Varuil. Dieser eiskalte Unmensch war keinen Deut besser als sein Auftraggeber. Er war bereit, ein Leben zu nehmen, wenn der Betrag dafür stimmte, und hatte dabei offenbar nicht die geringsten Skrupel. Wie konnte jemand nur so brutal und herzlos sein?

Dennoch, der Drahtzieher war eindeutig Soval. Dieser hatte sich mittlerweile wieder aufgerichtet und funkelte Nimael böse an. Nicht das geringste Bedauern oder Mitgefühl lag in seinem Blick, nur abgrundtiefer Hass. Er fühlte sich noch immer im Recht. Er hielt Siri nicht für seine Schutzbefohlene, sondern für sein Eigentum, mit dem er machen konnte, was er wollte. Die Angst, die man ihm entgegenbrachte, nahm er als Freibrief für weitere Verbrechen, während ihn die Strukturen des Blutfelsens dabei auch noch unantastbar machten.

Am schlimmsten aber war die Tatsache, dass Soval in ihr Zuhause eingedrungen war. In ihre Zelle, in der sich bisher immer alle sicher gefühlt hatten. Und er bedrohte seine Freundinnen – seine Familie. Er verletzte damit eine Grenze, die er niemals hätte verletzen dürfen. Nimaels Zorn wuchs zu brennendem Hass heran, der in ihm aufflammte und alles zu verschlingen drohte. Es fühlte sich gut an, dieses Gefühl zuzulassen – dieses Feuer freizugeben, das er schon so lange tief in sich gespürt hatte, und es ins Unermessliche lodern zu lassen.

Auf einmal veränderte sich Sovals Blick. Die Angriffslust verflüchtigte sich aus seinen Augen und Angst trat an ihre Stelle. Plötzlich entwich auch das letzte bisschen Farbe aus seinem Gesicht und blankes Entsetzen machte sich darauf breit.

„Oh mein Gott!", stammelte er. Was auch immer der Grund für seine panische Reaktion sein mochte, es war Nimael egal. Er gab sich seinem Hass hin, packte Soval am Kragen und schleuderte ihn quer durch den Raum. Dieser leistete nicht den geringsten Widerstand und flog bis zur Eingangstür, wo er unsanft vor Varuils Füßen landete.

Der Bogenschütze hatte soeben nach seinem zweiten Pfeil gegriffen, ließ aber plötzlich davon ab und starrte Nimael wie gebannt an. Der sonst so berechnende Schütze mit der ruhigen Hand zitterte plötzlich wie Espenlaub.

„Was zur Hölle …?" Er ließ den Bogen sinken und wich einen Schritt zurück. „Du bist einer von ihnen?" Er senkte den Kopf und streckte die Arme von sich. „Es tut mir leid. Wenn ich das gewusst hätte …" Ohne ein weiteres Wort wandte er sich ab und verschwand fluchtartig im Gang.

Nimael verstand die Welt nicht mehr. Was war um ihn herum gerade passiert? Warum hatte sich das Blatt so plötzlich gewendet? Egal. Durch Varuils Verschwinden konnte er sich jetzt voll und ganz auf Soval konzentrieren, der noch immer wie gelähmt am Boden lag. Nimael stürzte sich auf ihn und prügelte blindlings auf ihn ein.

„Du wirst dich von uns fernhalten!", brüllte er ihn an und schlug weiter auf ihn ein. „Wenn du Siri noch einmal anrührst, breche ich dir sämtliche Knochen!"

Soval leistete noch immer keinen Widerstand. Er versuchte verzweifelt, sein Gesicht zu schützen, aber als Nimael von ihm abließ, hatte es sich bereits in eine blutige Fratze verwandelt, die der von Siri in nichts nachstand. Für einen kurzen Moment wunderte sich Nimael über sich selbst, dass ihn der Anblick so kalt ließ.

„Und wehe, du verlierst auch nur ein einziges Wort über uns!"

„Nein", keuchte Soval. „Ich schwöre es."

Nimael funkelte seinen Gegner noch einmal durchdringend an, dann löste er sich von ihm und gab Soval unter sich frei. Dieser rappelte sich panisch auf, taumelte und stützte sich benommen am Türrahmen ab, bevor er schwankend aus der Zelle stürmte.

Soval jemals so eingeschüchtert und ängstlich zu erleben, hätte sich Nimael nicht träumen lassen. Mit Nachdruck schlug er die Tür hinter ihm zu und drehte sich um. Thera, Veila und Siri starrten ihn entsetzt an. Der Angriff musste einen Schock hinterlassen haben. Er ging einen Schritt auf sie zu, um sie zu beruhigen, bewirkte aber genau das Gegenteil.

„Nein, bitte …", winselte Siri und kauerte sich zusammen, als würde sie sich vor ihm fürchten. Auch Veila wich erschrocken zurück und sogar Thera zuckte vor Schreck zusammen. Nimael blieb stehen und sah zum Gemeinschaftsraum. Genau wie bei Sovals Eindringen in die Zelle atmeten die Mädchen erschrocken auf. Nimael sah an sich herab. An seinen Händen klebte Sovals Blut, aber er fand keine offenen Wunden oder gar herausstehende Knochen, die bei seinen Mitbewohnerinnen eine solche Reaktion verursachen konnten.

„Sie sind weg", versuchte er sie zu beschwichtigen. „Es besteht keine Gefahr mehr." Als er es aussprach, wurde es ihm selbst erst richtig bewusst.

„Nimael …" Thera hatte sich offenbar gefasst und ging langsam auf ihn zu. Als sie bei ihm war, nahm sie vorsichtig seine blutverschmierten Hände. „Du weißt überhaupt nicht, was gerade passiert ist, oder?"

„Was meinst du?", fragte er verwirrt. „Wieso sollte ich das nicht wissen? Ich habe Varuil und Soval in die Flucht geschlagen."

„Nicht das." Thera schüttelte den Kopf. „Deine Augen. Sie haben geglüht. Als du wütend warst, haben sie genauso rot geleuchtet wie damals bei Kuruc, nachdem er Eskabatts Onkel getötet hatte. Erst gerade eben haben sie wieder ihre natürliche Farbe angenommen."

Nimael wusste nicht, was er darauf erwidern sollte. Deswegen hatten die beiden Eindringlinge keinen Widerstand mehr geleistet? Weil er sich vor ihren Augen in einen Dominaten verwandelt hatte? Er sah noch einmal durch den Raum und begriff, dass sich die Lage erst jetzt richtig entspannt hatte. Nicht weil ihre Angreifer geflohen waren, sondern weil von ihm selbst keine Gefahr mehr auszugehen schien.

Scham machte sich in ihm breit. Noch bevor er erröten konnte, ergriff Thera wieder das Wort und wechselte das Thema.

„Wir haben hier eine Patientin", erinnerte sie die Gruppe. „Veila, kannst du dich bitte um frisches Wasser kümmern? Ihr anderen geht bitte in den Gemeinschaftsraum zurück und lasst uns hier arbeiten." Damit wandte sie sich ruhig, aber bestimmt an Nimael. „Du solltest dich besser ausruhen. Leg dich etwas hin, ich werde nachher nach dir sehen."

Das ließ sich Nimael nicht zweimal sagen. Als sich seine Hand aus ihrer löste, bemerkte er, dass ihn Thera die ganze Zeit über zärtlich gestreichelt hatte. Woher nahm sie nur diese Ruhe und Kraft? In einer Situation wie dieser, die andernfalls womöglich im Chaos geendet wäre, legte sie eine solche Souveränität und Umsicht an den Tag, dass man sich in ihrer Nähe völlig geborgen fühlte. Nimael dankte es ihr mit einem Kuss auf die Stirn und verschwand in seinem Zimmer.

Dort angekommen befolgte er Theras Rat. Er legte sich auf sein Bett und bemerkte, dass er zitterte. Die Anspannung, die Angst und der Schrecken saßen tiefer, als er zunächst angenommen hatte. In diesem Moment spürte Nimael zum ersten Mal seit langer Zeit die

Strömung, die ihn umgab. Offenbar hatte der Wutanfall irgendetwas in ihm bewirkt, wodurch sie aus ihm herausbrechen konnte.

Nimael zwang sich, nicht länger über den Vorfall nachzudenken, und versuchte, sich zu beruhigen. Nach einiger Zeit ließ das Zittern nach und die Strömung verschwand. Als er beinahe eingeschlafen war, öffnete sich die Tür und Thera setzte sich zu ihm. Sie trug den durchbohrten Balba bei sich.

„Wie geht es dir?"

„Ganz gut, denke ich. Und Siri?"

„Es war nicht so schlimm, wie es zunächst aussah", antwortete Thera erschöpft, aber erleichtert. „Sie hat ziemlich viel Blut verloren. Die Wunden waren zahlreich, aber nicht so tief, dass dabei Organe verletzt worden wären. Sie wird ein paar Narben davontragen und sich noch etwas bei uns ausruhen müssen, aber schon bald dürfte sie wieder auf die Beine kommen."

„Du bist wirklich unglaublich, weißt du das?"

Thera lächelte sanft.

„Nicht nur, dass du sie wieder zusammengeflickt hast, du hast auch die ganze Zeit über so überlegt gehandelt, dass du damit allen anderen ein Vorbild warst", erklärte Nimael. „Ich dagegen habe völlig die Kontrolle verloren. Und dennoch … Ich kann nicht glauben, dass du dich tatsächlich vor mir gefürchtet hast."

„Deine Augen haben geglüht", erwiderte Thera.

„Aber du kennst mich doch. Wie konntest du nur annehmen, dass ich euch jemals etwas antun würde?"

„Weil das nicht mehr du warst", antwortete Thera. „Du hättest dich mal sehen sollen! Deine Augen … Deine Menschlichkeit und jegliches Mitgefühl waren daraus verschwunden. Niemand hätte sich gewundert, wenn du Soval mit bloßen Händen in Stücke gerissen hättest. In der Mitte des Raumes stand plötzlich ein fremdes Wesen, das von dir Besitz ergriffen zu haben schien. Wer kann schon sagen, wozu man im Affekt alles fähig ist, noch dazu mit deinen Kräften."

Obwohl Nimael während des gesamten Vorfalls stets das Gefühl gehabt hatte, bei klarem Verstand zu sein, musste er sich eingestehen, dass diese Möglichkeit nicht völlig von der Hand zu weisen war – besonders nicht für andere. Er hatte sich in einen Rausch hineingesteigert, bei dem äußerste Vorsicht geboten war. Niemand konnte mit Sicherheit sagen, ob er beim nächsten Mal nicht eine Grenze überschreiten und vollends die Kontrolle über sich verlieren würde.

„Es tut mir leid", sagte er. „Ihr habt völlig recht, euch vor mir zu fürchten. Wer weiß, ob das schon der Gipfel meiner Wut gewesen ist oder wozu ich noch alles fähig sein könnte? Vielleicht solltet ihr tatsächlich auf das Schlimmste gefasst sein. Ich will gar nicht wissen, was die anderen jetzt über mich denken." Nimael schüttelte beschämt den Kopf.

„Darüber mach dir mal keine Sorgen." Thera legte ihm tröstend die Hand auf die Schulter. „Du magst vielleicht die Kontrolle über deine Gefühle verloren haben, aber du standest doch eindeutig auf unserer Seite und hast uns verteidigt, wie immer. Ich denke, das ist ihnen bewusst." Ihr Blick fiel auf Balba. „War ein verdammt guter Wurf."

„Ich hatte Glück, nichts weiter", antwortete Nimael. Er nahm Balba an sich und musterte ihn. „Hat ihn ziemlich böse erwischt, hm?"

„Ja, für ihn kann ich leider nichts mehr tun", antwortete Thera.

„Von hinten durchbohrt in der Blüte seines Lebens", stellte Nimael mitleidsvoll fest. „Er hat sich tapfer für uns aufgeopfert, der arme Balba. Jetzt tut es mir fast leid, dass ich ihn immer als Fettwanst bezeichnet habe." Nimael lief zum Schreibtisch und stellte ihn neben die zahlreichen Bücher, die sich während ihrer Gefangenschaft auf dem Wandregal angesammelt hatten. „Sein Opfer soll nicht in Vergessenheit geraten. Ich finde, er hat sich einen Ehrenplatz verdient."

„Tut mir leid, ich weiß, wie nah ihr euch standet, aber *die Blüte seines Lebens* lag schon eine Weile hinter ihm", erwiderte Thera mit einem Grinsen. Nimael setzte sich wieder zu ihr und versuchte ebenfalls zu grinsen, aber trotz des willkommenen Themenwechsels und Theras Versuch, ihn aufzumuntern, wollte es ihm nicht recht gelingen.

„Geht es dir wirklich gut?“, fragte sie.

„Ich komme schon darüber hinweg“, antwortete Nimael mit einem falschen Lächeln.

„Nein, im Ernst.“ Inzwischen war auch das letzte bisschen Heiterkeit aus ihrer Stimme verschwunden und tiefe Sorge und Zuneigung schwangen stattdessen darin mit. „Wie geht es dir?“

„Keine Sorge, alles in Ordnung“, log Nimael und nahm Thera in den Arm, um ihrem musternden Blick zu entgehen. Er strich ihr sanft über die Haare und genoss die heilsame Stille des Augenblicks.

„Du solltest dich wieder hinlegen und ausruhen“, unterbrach Thera schließlich den Moment und löste sich aus seinen Armen.

„Ja, das sollte ich wohl“, pflichtete ihr Nimael bei. „Und du genauso.“

Thera küsste ihn zärtlich, verabschiedete sich und verließ den Raum.

Nimael blickte ihr hinterher, blieb jedoch wie gelähmt auf dem Bett sitzen. Seine Gedanken drehten sich um alles, was an diesem Abend vorgefallen war, besonders aber um seinen Wutausbruch. Hatten seine Augen früher vielleicht schon einmal die Farbe gewechselt? War es das, was Smeon in eine solche Panik versetzt hatte, dass er im Steinbruch rückwärts über den Rand der Terrasse getreten war?

Gedankenversunken stand er auf, ging zum Schreibtisch und holte das Stück Kreide hervor, um seinen täglichen Strich an die Wand zu malen.

Ihre Entführer, die Dominaten, die für all die Jahre, die sie nun in Sklaverei verbracht hatten, verantwortlich waren, und die er so voller Leidenschaft bekämpft hatte, weil sie für ihn das pure Böse symbolisierten, waren nicht anders als er selbst. Zuvor waren es nur ein paar ihrer Eigenschaften gewesen, die er sich angeeignet hatte, um sich einen Vorteil zu verschaffen, aber jetzt konnte er die Wahrheit nicht mehr verdrängen. Er war einer von ihnen, daran gab es keinen Zweifel mehr.

Vermutlich wäre jeder Gard und jeder Gefangene im Blutfelsen in wahre Euphorie über diese Erkenntnis ausgebrochen, aber Nimael nicht. Ihn traf es tief in seiner Seele und irgendetwas schien dort zu zerbrechen. Er war Teil des Bösen, das er zu bekämpfen versuchte. Er fühlte sich plötzlich schmutzig. Er wollte es am liebsten abwaschen, aber wusste, dass es sinnlos gewesen wäre. Und er fühlte sich falsch. Er war nicht mehr er selbst. Hatte er Theras Vertrauen oder das der anderen überhaupt verdient? Er begann seine Identität und damit seine gesamte Existenz infrage zu stellen. Wütend feuerte er das Kreidestück in die gegenüberliegende Ecke des Zimmers und unterdrückte das Bedürfnis, laut loszuschreien. Es genügte, dass er den Mädchen heute bereits einen ordentlichen Schrecken eingejagt hatte, einen zweiten wollte er ihnen nicht zumuten. Stattdessen liefen plötzlich Tränen über seine Wangen. Tränen der Resignation und des Verlustes seiner selbst.

# 6

# RISIKO

Die Nacht war die reinste Qual. Nimael konnte lange nicht einschlafen, und als es ihm endlich gelang, plagten ihn schreckliche Albträume, in denen er gemeinsame Sache mit den Dominaten machte oder mit glühenden Augen wehrlose Slaes auspeitschen ließ. Als er schweißgebadet aufwachte, hörte er ein leises Atmen und sah zu dem zweiten Bett, das sich in seinem Zimmer befand. Thera musste sich im Laufe der Nacht irgendwann hineingeschlichen und dort hingelegt haben, nachdem in ihrem eigenen Bett nun Siri schlief. Vermutlich war sie noch eine Weile bei ihr geblieben, bis sie sicher war, dass sich Siris Zustand auch wirklich stabilisiert hatte. Seine wunderbare, fürsorgliche Thera.

Irgendwann beschloss Nimael, dass es keinen Sinn mehr machte, sich unruhig hin und her zu wälzen, um auf einen Schlaf zu warten, der ohnehin keine Ruhe versprach. Stattdessen setzte er sich auf und beobachtete seine Liebste beim Schlafen. Sie war liebevoll, klug und wunderschön. Sie war alles, was sich ein Mann nur wünschen konnte. Dass sie ihn ebenfalls liebte und trotz allem an ihm festhielt, versöhnte ihn in seinem tiefsten Innern.

Nimael erinnerte sich an die Nacht nach ihrer Entführung. Schon damals in der Kutsche hatte sie diese heilende Wirkung auf ihn gehabt, dafür benötigte Thera bei ihm keine medizinische Ausrüstung. Ihre tiefen und langsamen Atemzüge hatten etwas so Friedliches an sich, dass sich sein aufgewühltes Gemüt zunehmend beruhigte. Obwohl er am Abend noch seine Einsamkeit genossen hatte, fühlte sich ihre Anwesenheit nun auf einmal wie Balsam auf der Seele an. Noch mehr Erinnerungen drangen an die Oberfläche. Nachdem er aus der Einzelhaft entlassen worden war und seine Ähnlichkeit zu den Meistern festgestellt hatte, hatte Thera diese wunderbaren Worte gefunden. Es waren nicht seine Fähigkeiten, sondern seine Taten, die sein wahres Wesen offenbarten. Nun war es an ihm, in diesem Sinne zu handeln. Eine Frau wie sie durfte er nicht enttäuschen und sie durfte sich auch nicht in ihm täuschen. Dass Thera bei ihm schlief, bedeutete schließlich, dass ihre Angst allein seinem Wutausbruch gegolten hatte, sie ihm aber nach wie vor bedingungslos vertraute. Sich das bewusst zu machen, fühlte sich gut an, aber es war nicht der Grund dafür, warum sich plötzlich ein strahlendes Lächeln auf seinem Gesicht breitmachte. Das stammte vielmehr von der Überlegung, dass ihre Übernachtung gleichzeitig einen neuen Schritt in ihrer Beziehung markierte. Sie war bei ihm eingezogen, wenn auch nur auf unbestimmte Zeit.

Am nächsten Morgen kämpfte sich Nimael vollkommen übermüdet in den Bruch. Dort angekommen galt seine volle Aufmerksamkeit Soval und Varuil. Wie hatten sie die Enthüllung vom Vorabend aufgenommen und welche Konsequenzen würden sie daraus ziehen?

Während Soval versuchte, allen und jedem aus dem Weg zu gehen, um sein ramponiertes Gesicht möglichst niemandem erklären und damit eine Niederlage eingestehen zu müssen, hatte Varuil seine übliche Position auf einer der Terrassen bezogen und warf Nimael argwöhnische Blicke zu. Inzwischen musste er sich zwangsläufig die Frage gestellt haben, ob Nimael ein Meister oder ein Caer war, und warum sich der eine für den anderen ausgeben sollte. Wenn er erwog, dass Nimael ein einfacher Caer war, der durch Zufall über die Fähigkeiten der Meister verfügte, würde er sicher Bericht erstatten. Andererseits war das vielleicht gar nicht mehr nötig, wenn er ihn weiter dermaßen auffällig anstarrte. Es war höchste Zeit, dem Ganzen einen Riegel vorzuschieben. Als sich die erste Gelegenheit bot, erklomm Nimael die Terrasse und baute sich vor dem Bogenschützen auf.

„Starr mich nicht so an!“, befahl er ihm in gedämpftem, aber scharfem Tonfall.

„Wie bitte?“, fragte Varuil empört. Er schien es nicht gewohnt zu sein, gemaßregelt zu werden – schon gar nicht von einem Caer.

„Du hast mich schon verstanden“, antwortete Nimael mit selbstsicherem Blick. Varuil war noch immer unschlüssig und überlegte, wie er darauf reagieren sollte. Vielleicht war Nimael einen Schritt zu weit gegangen, aber nun war es zu spät, sich darüber Gedanken zu machen. Wenn seine Überzeugungsarbeit Erfolg haben sollte, musste er Varuils Blick unbedingt standhalten – der kleinste Zweifel konnte ihm zum Verhängnis werden. Ohne viel Schauspielkunst einzusetzen, versuchte Nimael, all seine Verachtung für diesen eiskalten Killer zum Ausdruck zu bringen. Eine gefühlte Ewigkeit verging, dann knickte sein Gegenüber plötzlich ein.

„Ja, Herr.“ Varuil ließ seinen Kopf demütig sinken. Offenbar schien der Bogenschütze noch immer seine Zweifel an Nimaels Identität zu haben, war aber nicht bereit, es auf eine Meldung und damit auf einen Konflikt mit ihm ankommen zu lassen.

Nimaels Anspannung wich einer gewissen Schadenfreude darüber, dass ein mit zwei Sternen dekorierter Gard vor ihm zu Kreuze kroch. Erst als es ihm mit größter Selbstbeherrschung gelang, ein selbstzufriedenes Grinsen zu unterdrücken, forderte er Varuil auf, ihn anzusehen.

„Niemand darf von mir erfahren. Auch nicht die Meister, verstanden?", fragte er streng.

Varuil nickte zuerst, dann zögerte er und musterte ihn durchdringend.

„Warum nicht die Meister?", fragte er zurück.

„Weil das hier eine verdeckte Ermittlung ist, die nur Erfolg haben wird, wenn niemand davon weiß."

„Ja, Herr." Die Erklärung leuchtete Varuil offenbar ein und er ließ den Kopf wieder sinken.

Nimael nutzte die Gelegenheit, um einen Blick über den Terrassenrand zu werfen. Von hier hatte man einen fantastischen Überblick über das Geschehen im Bruch. Die perfekte Position für einen Bogenschützen wie Varuil, um sämtliche Personen im Auge zu behalten. Die meisten gingen pflichtbewusst ihrer Arbeit nach, aber einige Gards und Slaes waren inzwischen auf sie aufmerksam geworden und starrten zu ihnen hinauf. Varuil hatte sich genau wie Nimael einen Namen im Bruch gemacht. Ein Aufeinandertreffen dieser zwei Persönlichkeiten weckte daher enormes Interesse und wurde mit Spannung verfolgt. Obwohl er den Augenblick gerne noch etwas ausgekostet hätte, musste Nimael den Anschein wahren, dass alles gewohnter Dinge verlief.

„Jetzt schlag mir eine rein." Der Befehl kam Nimael nur schwer über die Lippen.

Varuil hob den Kopf, runzelte die Stirn und starrte ihn an.

„Wir sollten unbedingt den Eindruck vermitteln, dass du noch immer die Oberhand hast", erklärte Nimael. „Also, wie würdest du reagieren, wenn ein Caer vorlaut nach einer früheren Mittagspause verlangen würde?"

Varuil dachte kurz darüber nach. Als er verstand, worauf Nimael hinauswollte, streckte er ihn mit einem gezielten Faustschlag nieder. Ein Raunen ging durch den Bruch.

„Mir egal, wie fertig du heute bist!“, brüllte Varuil und genoss die Vorstellung für Nimaels Geschmack ein wenig zu sehr. „Deine Pause beginnt, wenn ich es dir sage! Jetzt zurück an die Arbeit mit dir, du Wicht!“

Nimael nickte ihm ausdruckslos zu und verschwand, so schnell er konnte, in einem der Stollen. Als er außer Sicht war, hielt er sich den schmerzenden Kiefer und fluchte leise. Er hatte wirklich schon bessere Ideen gehabt.

Kaum war die Gruppe am Abend in ihrer Zelle eingetroffen, entbrannte auch schon eine hitzige Diskussion, die sich offensichtlich seit dem Vorabend abgezeichnet hatte.

„War es das jetzt?“, fragte Kaeti. Ihre Augen funkelten wild entschlossen. „Hat euch der Angriff gestern endlich zur Besinnung gebracht? Halten wir uns von nun an aus den Angelegenheiten anderer heraus?“

„Du musst zugeben, dass unsere Initiative bereits viele Leben gerettet und das Klima im Bruch wesentlich verbessert hat“, warf Nimael ein. „Nicht zu vergessen, dass wir dabei alle unverletzt geblieben sind.“

„Ja, weil wir Glück hatten“, konterte Kaeti. „Du weißt genau, dass es auch ganz anders hätte ausgehen können.“

„Das ist wahr.“ Nimael nickte nachdenklich. „Andererseits dürfte Soval einen ordentlichen Schrecken davongetragen haben und um Varuil habe ich mich heute gekümmert. Von diesen beiden dürfte erst einmal keine Gefahr mehr ausgehen.“

Eskabatt wollte gerade widersprechen, um ihrer Freundin den Rücken zu stärken, als Nimael ihr signalisierte, dass er noch etwas Wichtiges hinzuzufügen hatte.

„Aber ich gebe dir recht, Kaeti. Auch ich bin dafür, dass wir die Arbeit der *Heißen Zwei* einstellen sollten."

„Was?", fragten Thera und Veila gleichzeitig. Auch der Rest der Gruppe warf Nimael ungläubige Blicke zu.

„Das kann doch nicht dein Ernst sein!" Hallbora schüttelte den Kopf.

„Doch, absolut", erwiderte Nimael. „Stellt euch vor, Soval verbreitet diese Information unter seinen Anhängern."

„Er hat geschworen, es nicht zu tun."

„Der Letzte, der mir etwas geschworen hat, war Smeon", erinnerte Nimael die Gruppe. „Wenn ich eines daraus gelernt habe, dann, dass Versprechen, die aus Angst gegeben werden, nicht besonders viel wert sind. Wenn Soval es bricht, geht der nächste Angriff bestimmt nicht mehr allein von ihm aus. Wir haben diesmal gewonnen, weil er die direkte Konfrontation gesucht hat und so arrogant war, zu glauben, dass er uns mit nur einem weiteren Verbündeten besiegen könnte. Aber seine Anhänger werden ganz sicher eine andere Vorgehensweise bevorzugen. Wenn sie euch im Bruch heimtückisch auflauern, kann ich euch nicht beschützen. Schließlich kann ich nicht überall gleichzeitig sein."

„Aber wir wissen doch gar nicht, ob es überhaupt dazu kommen wird", erwiderte Veila.

Nimael schüttelte den Kopf. „Das Risiko ist einfach zu groß. Und es steigt mit jeder weiteren Patientin."

„Du bildest uns seit ungefähr zwei Jahren im Kampf aus", warf Hallbora selbstsicher ein. „Wir können schon selbst auf uns aufpassen."

„Nur weil ihr Torren ein paar Mal besiegt habt, heißt das nicht, dass ihr auch gegen gemeingefährliche Sovalisten besteht, die euch zahlenmäßig weit überlegen sind."

„Ich glaube noch immer fest daran, dass die meisten hier tief in sich wissen, was richtig und was falsch ist", sagte Thera.

„Du träumst wohl ...", spottete Kaeti. „Wenn die jüngsten Ereignisse eines bewiesen haben, dann doch wohl, dass es nur eine Frage der Zeit ist, bis man an dir ein Exempel statuieren wird."

„So ist es", pflichtete ihr Eskabatt bei. „Die Frage lautet nur, wer schneller damit sein wird: Die Meister oder unsere Mitgefangenen? Wenn wir so weitermachen, war dieser Angriff nur ein kleiner Vorgeschmack auf das, was uns erwartet."

„Wir haben es geschafft, Strukturen und ein Bewusstsein zu schaffen", erinnerte Thera. „Glaubt ihr, dass es ohne die *Heiße Zwei* die Nimaelisten gäbe? Die Leute helfen sich gegenseitig und halten zusammen, wie sie es früher nie getan hätten." Sie wandte sich direkt an Nimael. „Wenn es jetzt zu einer Abkehr davon kommt, zerbricht alles, was wir hier aufgebaut haben. Wir gestehen die Niederlage gegenüber den Sovalisten ein und kapitulieren. Vielleicht vergeben wir damit die einzige Chance, jemals gemeinsam gegen die Dominaten bestehen zu können."

„Mag sein", gestand Nimael ein. „Und glaube mir, ich würde es zutiefst bedauern, wenn es tatsächlich so wäre. Aber eure Sicherheit hat für mich oberste Priorität."

„Wir haben unsere Leben schon von Anfang an für diese Sache riskiert und sind bereit, das auch weiterhin zu tun", fügte Thera entschlossen hinzu. „Außerdem sind wir nicht allein, sondern eine Gruppe. Du musst uns nicht immer alle im Auge behalten, wir können auch gegenseitig auf uns aufpassen. Wir können doch nicht alles aufgeben, was wir mühsam erarbeitet haben, nur weil es zu einem Angriff kommen *könnte*."

„Du meinst, zu einem *weiteren* Angriff", gab Eskabatt zu bedenken.

„Vielleicht, aber ich halte das für eine übertriebene Vorsichtsmaßnahme."

Nimael musterte Thera. Bisher konnte er sich immer auf ihr Urteil verlassen. Er hatte ihr schon einmal in diesem Punkt vertraut und es war jahrelang gut gegangen. Vielleicht hatte sie recht und er in Wirklichkeit nur Angst vor sich selbst. Angst, was er tun würde, wenn es noch einmal zu einem solchen Übergriff käme? Angst, die Kontrolle über sich zu verlieren und damit eine Grenze zu überschreiten, von der es kein Zurück mehr gab. Vielleicht war er im Moment aber auch gar nicht mehr in der Lage, eine solche Entscheidung selbst zu treffen.

„Ich überlasse euch die Entscheidung", sagte Nimael. „Wir stimmen ab."

Während Kaeti, Eskabatt, Melina und Landria die *Heiße Zwei* lieber geschlossen sehen wollten, sprachen sich Thera, Veila, Hallbora und Ting für eine Weiterführung aus.

„War ja klar", brummte Nimael und legte nachdenklich die Hand ans Kinn. „Also gut, dann machen wir weiter."

„Ich hör wohl nicht recht!", empörte sich Kaeti. „Es steht unentschieden und du warst gerade noch auf unserer Seite! Also haben wir die Mehrheit und die *Heiße Zwei* wird geschlossen."

„Ich habe mich umentschieden", erklärte Nimael. „Theras und Veilas Stimmen haben in diesem Punkt mehr Gewicht. Außerdem haben mich ihre Argumente überzeugt."

„Natürlich haben sie das", spottete Kaeti. „Du tanzt nach Theras Pfeife! Anstatt deine eigene Meinung zu vertreten, dürfen wir dem Minnesang für deine Liebste lauschen und wehe, wenn dabei auch nur die kleinste Disharmonie entsteht!"

„Ach was, so ein Unsinn!", erwiderte Nimael. „Thera und Veila tragen das größte Risiko bei dieser Unternehmung. Wenn auch nur eine von ihnen auf eurer Seite gestanden hätte, wäre mir alles andere egal gewesen und ich hätte einen Schlussstrich gezogen. Aber sie wollen beide weitermachen und haben das sehr gut begründet."

„Rede dir das nur weiter ein." Kaeti signalisierte mit einem Abwinken, dass sein Argument bei ihr auf taube Ohren stieß. „Wie ein Fähnchen im Wind."

Melina konnte den Streit nicht länger ertragen und verließ fluchtartig den Gemeinschaftsraum.

„Und du bist einfach immer dagegen. Egal was wir machen, es ist falsch." Nimael zuckte ratlos mit den Achseln.

„Pantoffelheld!", beschimpfte Kaeti ihn.

„Was wollt ihr eigentlich von mir?", fragte er gereizt.

„Wir wollen, dass du nur ein einziges Mal in unserem Sinne und zu unserem Wohl handelst! *Wir* sind deine Gruppe und du solltest für *uns* da sein, nicht für die anderen!"

„Wenn ich nicht für euch da wäre, hätte euch Soval gestern getötet."

„Nein, wenn du wirklich für uns da wärst, hätte uns Soval gar nicht erst angegriffen!", konterte Kaeti.

„Und der Preis für diese Sicherheit wären die Leben zahlreicher anderer Slaes." Nimael zeigte zur Tür. „Das von Siri da draußen miteingeschlossen."

„Inwiefern ist das unsere Schuld? Es ist die der Sovalisten."

„Ist sie das?", hinterfragte Nimael ihre Einstellung. „Oder machen wir uns genauso schuldig, wenn wir tatenlos danebenstehen und die Augen vor ihrem Leid verschließen?"

„Mit dieser Haltung riskierst du unser Leben", ermahnte ihn Kaeti. „Und wenn du sie nicht schnellstens änderst, trägst du die Verantwortung für den nächsten Angriff, du dämlicher Ignorant!"

„Du erträgst es doch nur nicht, dass eure Adelstitel hier keine Rolle spielen und eure Meinung nicht mehr Gewicht hat als die von jedem anderen." Damit verlieh Nimael einem Gedanken Ausdruck, der ihm schon lange auf der Seele brannte. Vielleicht war er mit seiner Behauptung einen Schritt zu weit gegangen, aber das war Kaeti schon längst.

„Du bist so ein Bauer. Du würdest nicht mal erkennen, was gut für uns ist, selbst wenn es dich in den Hintern beißt. Stattdessen hältst du blind an deinen Idealen fest, wo auch immer sie uns hinführen. *Oh nein, die armen Slaes …* ich kann es nicht mehr hören!"

„Sie sterben ohne unsere Hilfe, du herzloses …" Nimael unterbrach sich gerade noch rechtzeitig, um seine Antwort nicht zu bereuen. Er schluckte den Rest hinunter, erhob sich vom Tisch und verließ den Raum. Ohne auf die verwunderten Blicke von Melina und Siri einzugehen, stürmte er durch das Mittelzimmer hindurch in seine eigenen vier Wände und schlug die Tür hinter sich zu. Dann versuchte er, sich zu beruhigen.

Nach kurzer Zeit stieß Thera zu ihm.

„Kaeti und Eskabatt bringen mich noch zur Weißglut!", empfing Nimael sie. „Ich verstehe nicht, warum sie immer und immer wieder auf demselben Thema rumhacken müssen."

„Eigentlich hat sich Eskabatt diesmal sehr zurückgehalten. Ich glaube, seit unserer gemeinsamen Reise nach Moenchtal hat sie einen Bezug zu uns gefunden und stellt sich nicht mehr ganz so bedingungslos hinter Kaeti."

„Mag sein, aber Kaeti kann nach wie vor keine Niederlage akzeptieren. Sie ist eine selbstsüchtige, verzogene Göre!"

„Du musst dich erst einmal beruhigen. Vielleicht ist es besser, die Sache mit vollem Magen und etwas Abstand zu betrachten. Was hältst du davon, erst mal das Abendessen zu holen?"

„Natürlich, jetzt bleibt mir ja auch gar keine andere Wahl mehr." Nimael rollte genervt die Augen. „Ich tanze ja sowieso nur nach deiner Pfeife."

Thera erwiderte nichts darauf, sondern dachte nach. Nimael wollte schon seine Tasche nehmen und das Zimmer verlassen, als sie ihn plötzlich zurückhielt.

„Warte noch, mir ist gerade etwas eingefallen."

Nimael setzte sich wieder und musterte sie gespannt.

„Stell dir vor, ich würde mir ein Kleid wünschen. Aber nicht irgendeines, sondern das eleganteste und teuerste, das es im ganzen Blutfelsen gibt."

„Ich verstehe nicht ganz", erwiderte Nimael verwirrt. „Was willst du denn mit einem Kleid?"

Thera lächelte. „Ich brauche kein Kleid, es soll nur ein Beispiel sein."

Nimael nickte, konnte sich aber immer noch keinen Reim auf Theras plötzlichen Themenwechsel machen. Wollte sie ihn nur auf andere Gedanken bringen?

„Aber angenommen, ich würde darauf bestehen, weil ich das hübscheste Mädchen hier sein will. Du würdest vermutlich versuchen, mir das auszureden."

„Natürlich." Nimael lächelte und beschloss, mitzuspielen. „Ich würde dir sagen, dass du sowieso schon das hübscheste Mädchen im Blutfelsen bist und gar kein Kleid dafür nötig hast."

„Danke." Thera lächelte verlegen zurück. „Aber nun stell dir vor, all deine Komplimente würden bei mir auf taube Ohren stoßen und sämtliche noch so guten Argumente würden einfach von mir abprallen. Du würdest mich darauf hinweisen, wie überlebenswichtig unsere Ersparnisse noch werden könnten, aber es wäre mir egal. Ich würde darauf bestehen, mein ganzes Geld für einen unnötigen Luxus auszugeben. Wärst du nicht sauer?"

„Doch, natürlich. Ich würde dir sagen, dass ich dich nie in diesem wundervollen Kleid ansehen könnte, ohne dabei an diese maßlose Verschwendung zu denken."

„Und was würdest du von meiner Entscheidung halten? Wie würdest du sie bezeichnen?"

Nimael dachte kurz darüber nach. „Unüberlegt und verantwortungslos wären wohl die ersten beiden Begriffe, die mir in den Sinn kämen."

Thera nickte. „Aber es wäre mein Geld. Ich würde mich trotz all deinem Ärger und Unverständnis noch immer für das Kleid entscheiden. Wärst du nicht schrecklich frustriert?"

„Natürlich." Nimael grinste verlegen. „Ich weiß jetzt, worauf du hinauswillst Du meinst, genauso frustriert dürfte sich Kaeti im Moment wohl fühlen, nicht wahr?"

„Würde es nicht jedem so gehen, der sich beinahe auf den Kopf stellt, aber trotzdem nicht gehört wird? Vielleicht kannst du jetzt nachvollziehen, wie schwierig es ist, eine Streitfrage sachlich und objektiv zu betrachten, wenn man sie für falsch und unüberlegt hält, gleichzeitig aber nicht in der Position ist, ihren Ausgang zu beeinflussen."

Nimael nickte.

Thera drückte ihm seine Tasche in die Hand und zwinkerte.

„Keine Sorge, ich brauche kein Kleid, nur ein Abendessen."

Nimael dankte ihr für den Rat und den Perspektivwechsel, den sie ihm ermöglicht hatte, und machte sich auf den Weg zu den Versorgern. Als er später in den Gemeinschaftsraum zurückkehrte, entschuldigte er sich bei Kaeti für seine harten Worte und sein kompromissloses Auftreten. Er versicherte ihr, dass ihm sehr wohl an ihrer Meinung und ihrer Sicherheit gelegen war, dass es aber nichts an seiner Entscheidung bezüglich einer Fortführung der *Heißen Zwei* ändern würde. Kaeti nahm seine Entschuldigung zur Kenntnis, aber auch an ihrer Position änderte sich dadurch nichts.

Bevor sich Nimael schlafen legte, zog er den Schreibtisch ein kleines Stück von der Wand, um das alte Messer hervorzuholen, das sich schon seit Jahren dahinter befand.

„Ich will, dass du es in nächster Zeit bei dir trägst", bat er Thera.

Thera warf ihm einen sorgenvollen Blick zu und schüttelte den Kopf.

„Nur vorübergehend, bis sich die Lage wieder entspannt“, erklärte Nimael. „Ich will mir nichts vorwerfen müssen.“

Widerwillig nahm sie die blutverschmierte Klinge entgegen und steckte sie in ihren Stiefel.

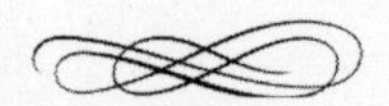

Am nächsten Tag konnte Siri wieder in ihre eigene Zelle zurückkehren. Welche Überwindung es sie kosten musste, ihrem Peiniger unter die Augen zu treten, wollte sich Nimael gar nicht ausmalen. Mit Argusaugen beobachtete er den Wechsel und stellte erleichtert fest, dass sie am nächsten Morgen unverletzt im Bruch erschien. Soval schien sich an sein Versprechen zu halten und hatte offenbar auch keine Informationen über die *Heiße Zwei* verlauten lassen. Aber seine hasserfüllten Blicke erinnerten Nimael immer mehr an Smeon. Wenn seine Rachegelüste genauso in ihm gärten wie damals in dem heimtückischen Gard, so war es nur eine Frage der Zeit, bis er wieder zuschlagen würde. Wahrscheinlich waren es einzig und allein Nimaels geheimnisvolle Kräfte, die ihn davon abhielten, einen weiteren Anschlag zu verüben.

Mit der Fortführung der *Heißen Zwei* war von nun an jedenfalls äußerste Vorsicht geboten.

# 7

# RETTUNG

Bevor das Signal ertönte, war es eigentlich ein ganz gewöhnlicher Tag gewesen. Nimael hatte erst wenige Minuten zuvor eine Schicht im Inneren des Berges begonnen, unterbrach nun aber seine Arbeit und sah verwirrt zu den drei Slaes, die mit ihm im Stollen eingeteilt waren. Mindestens genauso verwirrt erwiderten diese seinen Blick.

„Macht, dass ihr rauskommt!“, brüllte ein Gard von draußen in den Tunnel hinein. „Eine Sprengung steht bevor!“

Die Erklärung überraschte Nimael nur noch mehr. Die Meister hatten schon seit Monaten keine Sprengung mehr angeordnet, da man dem Ziel doch offenbar bereits recht nahe gekommen war. Dass nun doch wieder auf das schwarze Pulver zurückgegriffen werden musste, bedeutete neben der Wiedereröffnung der bereits geschlossenen Tunnel einen weiteren, gravierenden Rückschritt.

Nimael verließ den Stollen und verschaffte sich einen Überblick. Die Arbeiter sammelten sich in der Mitte des Bruchs, während Amon etwas abseits den Schatten eines Vorsprungs suchte. Seine lange Kutte verlieh dem Meister der Arbeit zwar etwas Erhabenes, war aber nicht gerade für die pralle Mittagssonne im Bruch geeignet. Die vier Gards, die ihn wie üblich eskortierten, hatten sich offenbar für den Fall der Fälle wie eine Mauer zwischen den Arbeitern und dem Meister postiert.

Als sich Nimael an den Abstieg machte, kamen ihm auf halbem Weg die vier Lefts entgegen, die diesmal das kürzeste Los gezogen hatten und somit für die Sprengung verantwortlich waren. Während die Erste vorsichtig voranschritt und dabei ein Behältnis bei sich trug, in dem höchstwahrscheinlich das schwarze Pulver transportiert wurde, hielten die anderen Lefts einige Meter hinter ihr ehrfürchtig Abstand. Als sie nur noch wenige Schritte voneinander trennten, sprach ihn die Vorderste plötzlich an.

„Du bist Nimael, nicht wahr?“ Beim Anblick ihrer kalten, leeren Augen verschlug es Nimael die Sprache. Er nickte, worauf sie mit ihrer freien Hand in die Tasche griff und etwas hervorzog, das er nicht erkennen konnte. Schließlich erwiderte sie sein Nicken, was Nimael als stumme Aufforderung für eine Übergabe interpretierte. Aber wollte er das, was sie ihm zu geben hatte, überhaupt haben? Eine mit Sprengstoff beladene Left hatte womöglich nur Ärger im Gepäck. Für einen winzigen Augenblick gewann seine Neugier die Oberhand und er fuhr unauffällig die Hand aus, um die Gabe in Empfang zu nehmen. Die Left verlangsamte ihren Schritt und drückte ihm im Vorbeigehen einen metallenen Gegenstand in die Hand. Nimael tat es ihr gleich und lief diszipliniert weiter, während er den Gegenstand diskret in seine Tasche gleiten ließ. Wie gerne hätte er sofort einen Blick darauf geworfen, doch dafür waren im Moment einfach zu viele Augen auf ihn gerichtet. Er ließ sich nichts anmerken und setzte seinen Abstieg fort.

Als Nimael am Sammelpunkt eingetroffen war, hatten auch die vier Lefts bereits ihr Ziel erreicht. Der frisch angelegte Tunnel, in dem die Sprengung durchgeführt werden sollte, lag ein gutes Stück außerhalb des bislang erschlossenen Berges und legte die Vermutung nahe, dass die Meister nun beabsichtigten, in eine ganz neue Richtung vorzustoßen. Nachdem sie schon geglaubt hatten, beinahe am Ziel zu sein, konnte diese Sprengung eindeutig als ein weiteres Zeichen ihrer Ratlosigkeit und Verwirrung gedeutet werden. Ob man sich als Sklavenarbeiter über diesen vermeintlichen Rückschlag aber freuen oder ihn bedauern sollte, blieb erst einmal dahingestellt.

Was nun folgte, war die übliche Routine, die Nimael schon zur Genüge beobachtet hatte. Die Lefts verschwanden im Stollen, um den Sprengsatz vorzubereiten. Ein Vorgang, der für gewöhnlich ein paar Minuten in Anspruch nahm, bevor sie mit der Zündschnur wieder auf der Terrasse erscheinen würden. Unterdessen ließ Nimael seinen Blick durchs Publikum schweifen, doch in der gewaltigen Menge fand er weder Ando noch seine eigene Gruppe.

Plötzlich veränderten sich die Mienen der Zuschauer. Verwirrung und Überraschung machten sich darauf breit und ein leises Gemurmel ging durch die Menge. Nimael richtete seine Aufmerksamkeit wieder auf das Geschehen am Berg. Drei der vier Lefts hatten den Stollen bereits verlassen und rannten die Terrasse entlang, als wäre der Teufel hinter ihnen her. Unmöglich konnten sie in so kurzer Zeit die Sprengladung vorbereitet haben. Dass eine von ihnen auch noch die Zündschnur bei sich trug, bestätigte Nimaels Annahme.

Ein ohrenbetäubender Donnerschlag ließ Nimael zusammenfahren. Eine gewaltige Explosion ließ den Boden unter seinen Füßen erzittern und erschütterte den ganzen Bruch. Ein Raunen und erschrockene Schreie gingen durch die Menge. Nimael kniff instinktiv die Augen zusammen, erkannte aber dennoch, dass durch die Druckwelle nicht nur Schutt und Geröll, sondern ganze Felsbrocken aus dem Tunnel geschleudert wurden. Obwohl sich die Lefts bereits weit genug von dem Stollen entfernt hatten, um nicht von den Geschossen erfasst zu werden, befanden sie sich noch immer auf derselben Terrasse und hatten noch nicht einmal den Weg erreicht, der in den Bruch hinabführte. Offenbar machte ihnen das Beben zu schaffen und brachte sie völlig aus dem Gleichgewicht, wodurch sie unbeholfen auf den Rand der Terrasse zutaumelten.

Nimael ging der schreckliche Anblick Smeons durch den Kopf, der aus einer ähnlichen Höhe herabgestürzt war. Er musste den dreien unbedingt helfen, um sie vor dem gleichen Schicksal zu bewahren. Plötzlich fühlte er, wie sich die Strömung bildete und zu einem dicken Brei verdichtete. Er kämpfte dagegen an und die Zeit um ihn herum begann zu erstarren. Seine Fähigkeit, einen Drift zu erzeugen, war also tatsächlich zurück. Aber konnte er überhaupt eingreifen, ohne dabei aufzufliegen? Er musterte noch einmal das Publikum, dessen gesamte Aufmerksamkeit der Explosion galt. Überzeugt, dass ihn für einen kurzen Augenblick niemand vermissen würde, beschloss Nimael, die Rettung zu riskieren.

Er rannte, so schnell er konnte, zu dem Weg, der nach oben führte, und arbeitete sich zur Terrasse empor, auf der sich die Lefts befanden. Diese standen fast still, wurden aber allem Widerstand zum Trotz langsam zum Abgrund gezogen. Nimael packte eine nach der anderen am Arm und riss sie energisch nach hinten, wodurch sie zurück zur Felswand geschleudert wurden. Das musste reichen. Mehr konnte er in dieser Situation nicht für sie tun, ohne unnötig viel Aufmerksamkeit zu erregen.

Nimaels Blick wanderte zu den Felsbrocken, die inzwischen weit über dem Bruch schwebten. Mit einer solchen Wucht konnten sie vielleicht das Publikum erreichen und weitere Personen gefährden. Um sich einen besseren Überblick zu verschaffen, hielt Nimael den Drift aufrecht und rannte zu der Stelle, an der er Varuil vor wenigen Tagen konfrontiert hatte. Er sah von oben auf die Zuschauermenge herab und erkannte, dass sie so weit abseits der Explosion standen, dass den Leuten offenbar keine Gefahr drohte. Als er Thera und den Rest der Gruppe inmitten der Arbeiter entdeckte, stellte sich endgültig Erleichterung bei ihm ein. Ando hatte sich längst zu Hallbora gesellt und würde auch auf die anderen Gruppenmitglieder achtgeben.

Plötzlich fuhr Nimael erschrocken zusammen. Es gab eine weitere Gefahr, die er bisher nicht bedacht hatte. Ein Meister, der über dieselben Fähigkeiten verfügte wie er selbst, war anwesend. Wenn er ebenfalls einen Drift ausgelöst und alles mitangesehen hatte, war Nimaels Geheimnis nun verraten. Amon hatte sich jedoch nicht von der Stelle gerührt und erwiderte Nimaels Blick auch nicht, sondern sah genauso gebannt wie alle anderen im Bruch zum Stollen. Bestimmt spielte er diesen Zustand nicht vor, das hatte er in seiner Position einfach nicht nötig. Dennoch schien etwas nicht zu stimmen. Der Vorsprung, unter dem er Schatten gesucht hatte, schien zum Leben erwacht zu sein und bewegte sich langsam auf ihn zu. Die Erschütterung musste den Felsen von der Wand gelöst und einen gewaltigen Erdrutsch in Gang gesetzt haben, der Amon unter sich zu begraben drohte. Nimael verschwendete keinen weiteren Gedanken, rannte wieder nach unten und durchquerte den Bruch. Als er sich Amon näherte, blieb er abrupt stehen und machte sich bewusst, was er im Begriff war zu tun. Er war dabei, einem Meister das Leben zu retten. War das wirklich so eine gute Idee? Diesen fünf undurchsichtigen Gestalten hatten sie schließlich ihre Gefangenschaft zu verdanken. Vielleicht war dies die einzige Möglichkeit, sich zumindest einem von ihnen zu entledigen. Warum sollte er es also nicht einfach geschehen lassen? Aber so herzlos Amon bei all den Sprengungen auch gewesen sein mochte, im Gegensatz zu Kolubleik, den Nimael ohne zu zögern seinem Schicksal überlassen hätte, hatte er weder eine besondere Boshaftigkeit noch eine teuflische Ader an den Tag gelegt. Das einzige, was man ihm vorwerfen konnte, war sein rücksichtsloses und zweckdienliches Vorgehen, um seine Ziele zu erreichen. Ihn deshalb aber sterben zu lassen, würde Nimael auf eine Stufe mit den Meistern stellen, und das durfte niemals geschehen.

Darüber hinaus kochten plötzlich all die Gefühle wieder in ihm hoch, die er damals bei Smeons Tod verspürt hatte, nachdem er ihn einfach an der Felswand hängen gelassen hatte. So wollte er sich nie wieder fühlen. Er fasste sich ein Herz und rannte an den vier Gards vorbei, um zu Amon zu gelangen. Obwohl sich Nimael mit höchster Konzentration gegen die Strömung stellte, senkte sich der Felsen unerbittlich auf den Dunkelmeister herab. Dass er ihn unter sich zermalmen und dabei nicht das Geringste von ihm übrig lassen würde, stand außer Frage. Nimael packte Amon am Arm und zog ihn, so schnell er konnte, unter dem Felsen hervor. Als er es beinahe geschafft hatte, stieß er mit dem Kopf kaum merklich an die Unterseite des herabgebrochenen Vorsprungs. Eine so sanfte Berührung, dass Nimael keinerlei Konsequenzen fürchtete. Plötzlich schoss Blut über sein Gesicht und ein eiskalter Schmerz durchfuhr seinen Schädel. Panisch duckte er sich und riss instinktiv seinen Arm nach oben, der den Felsen ebenfalls leicht berührte. Wieder schossen unerträgliche Schmerzen durch ihn hindurch. Was hatte es mit diesem todbringenden Brocken bloß auf sich? Nimael rang um sein Bewusstsein und kratzte seine letzte Willenskraft zusammen, um den Drift noch etwas länger aufrechtzuerhalten. Mit seinem anderen Arm hielt er Amon weiter fest umklammert und riss ihn schließlich unter dem Felsen hervor. Im letzten Moment rollte sich auch Nimael nach vorne ab und blieb direkt neben Amon am Boden liegen. In der Hoffnung, dass der Abstand zum bevorstehenden Aufprall des Felsens ausreichen würde, ließ er sich vollkommen erschöpft aus dem Drift fallen. Dass er den gewaltigen Donner des Aufschlags noch hören konnte, bedeutete wohl, dass er es geschafft hatte. Sein Arm pochte vor Schmerzen, sein Kopf drohte zu explodieren und Blut schoss unaufhörlich über sein Gesicht. Neben ihm schien Amon langsam zu begreifen, was gerade geschehen war, und starrte ihn mit weit aufgerissenen Augen an. Kurz bevor ihn die Dunkelheit überkam, wurde

Nimael klar, was er außer seinem Leben noch riskiert hatte. Die Dominaten wussten nun von seinen Fähigkeiten.

Die süße Umnachtung der Bewusstlosigkeit. Wie gerne hätte Nimael noch ein wenig daran festgehalten, doch es stand nicht in seiner Macht. Sein Kopf dröhnte und dumpfe Schmerzen durchzogen ihn wie zäher Haferbrei. Mit schmerzverzerrtem Gesicht öffnete er widerwillig die Augen und erkannte die zahlreichen Betten der Heilungssektion, die ihn umgaben.

„Er kommt zu sich“, sagte Iora, die offenbar an seinem Bett gewacht hatte. Nimaels Blick wanderte zu seinem linken Arm. Er war geschient, in einen Verband gewickelt und tat immer noch höllisch weh, was aber vermutlich ein gutes Zeichen war.

„Keine Sorge, nur gebrochen.“ Ioras knappe Diagnose klang ungewohnt sachlich und ungerührt. „Wie geht es dir?“

„Ging schon mal besser“, brummte Nimael.

Iora hob die Hand und zeigte ihm drei Finger. „Wie viele?“

„Sechs“, antwortete Nimael und rang sich ein Grinsen ab.

Iora schien nicht zum Scherzen aufgelegt zu sein, sondern wiederholte die Frage, ohne eine Miene zu verziehen. „Wie viele?“

„Drei“, antwortete Nimael schließlich.

„In Ordnung.“ An Ioras gleichmütigem Gesichtsausdruck änderte sich nichts und sie entfernte sich zögerlich von seinem Bett.

„Dann raus hier!“ Eine strenge, ungeduldige Stimme ertönte aus dem unbeleuchteten Teil der Heilungssektion. Sie war Nimael nur allzu vertraut. Kolubleik musste die ganze Szene beobachtet haben.

Iora, die es ganz sicher nicht gewohnt war, dass man so mit ihr umsprang, warf ihm einen bitterbösen Blick zu, verkniff sich aber jeglichen Kommentar und gehorchte seinem Befehl.

„Danke, Iora", fügte eine weibliche Stimme wesentlich feinfühliger hinzu. Serqet trat aus der Dunkelheit hervor und nickte ihrer Caer freundlich zu, worauf sich Ioras Groll ein wenig legte. Sie verneigte sich flüchtig und verließ die Heilungssektion.

Kaum hatte sie den Raum verlassen, traten auch Arnavut, Kolubleik, Amon und ein unbekannter, etwas jüngerer Mann aus dem Schatten hervor. Das musste Chapi sein, der Meister der Versorger. Nimaels Befürchtung, dass sein Geheimnis nun aufgeflogen war, schien sich zu bewahrheiten. Wenn sich alle fünf Dominaten seinetwegen versammelt hatten, steckte er jedenfalls in gehörigen Schwierigkeiten. „Wer bist du?", fragte Arnavut ungeduldig. „Woher kommst du?"

„Ihr wisst doch, wer ich bin", antwortete Nimael wie selbstverständlich. „Und ihr wisst auch, woher ich stamme. Aus Moenchtal."

„Das meine ich nicht", erwiderte Arnavut gereizt. „Ich will wissen, wer du wirklich bist. Seit wann weißt du von deinen Fähigkeiten?" Er funkelte ihn böse an.

Nimael machte sich bewusst, mit wem er es zu tun hatte. Mit einem einzigen Wink konnte Arnavut ihn von der Bildfläche verschwinden lassen. Und mit dem Wissen, das er bereits über Nimael erlangt hatte, war diese Möglichkeit gar nicht so weit hergeholt. Daher war es wohl besser, den Bogen nicht zu überspannen und sich kooperativ zu zeigen.

„Ich spüre bereits, seit ich hier bin, dass etwas nicht mit mir stimmt. Dass irgendetwas anders ist. Ich fühle mich … ausgeruht. Aber erst während meiner Einzelhaft im Loch habe ich auch verstanden, was mit mir geschieht, und gelernt, damit umzugehen." Einerseits wollte Nimael den Meistern nicht zu viel verraten, andererseits machte es aber auch keinen Sinn mehr, irgendwelche Lügen zu erfinden. Und diese trotz seiner Benommenheit glaubwürdig zu verkaufen, hätte ohnehin einem Wunder geglichen.

„Wer waren deine Eltern?", setzte Arnavut das Verhör fort.

Nimael presste die Lippen zusammen und schüttelte den Kopf. Unter keinen Umständen würde er seine Mutter verraten und sie damit der tödlichen Gefahr aussetzen, die von den Meistern ausging.

„Wir werden sie nicht anrühren", versprach Serqet mit freundlichem Tonfall. „Du hast mein Wort."

Das klang zwar schon sehr viel besser als Arnavuts ungestüme Befragung, aber konnte man ihr wirklich vertrauen? Vielleicht nutzte sie ihr Aussehen und ihre liebenswürdige Art nur dazu, dieselben finsteren Ziele wie die übrigen Meister, aber auf eine andere Art und Weise zu erreichen. Amaru hatte Nimael bei ihrer ersten Begegnung noch vor ihr gewarnt. Wenn er seine Worte nun ignorierte und seine Mutter dadurch die Leidtragende wäre, würde er sich das niemals verzeihen.

„Nein, ich sage nichts."

„Jetzt verspreche *ich* dir mal etwas ..." Kolubleik trat an das Bett heran und starrte finster auf Nimael herab. „Du kannst es uns freiwillig sagen, dann passiert deinen Eltern nichts, oder wir finden es selbst heraus, dann werde ich mich ihrer annehmen. Ich werde alles, was wir wissen wollen, aus ihnen herausquetschen und sie dann vor deinen Augen zu Tode quälen – so langsam es nur geht." Er begann zu grinsen. „Ich werde mir alle Zeit der Welt dafür lassen und jeden Moment in vollsten Zügen genießen." Sein Grinsen wuchs dermaßen in die Breite, dass Nimael es ihm nur noch aus dem Gesicht wischen wollte. Aber selbst wenn sein Arm nicht gebrochen gewesen wäre, hätte er in dieser Situation nicht die geringste Chance gehabt. Leider bestand kein Zweifel daran, dass der Dunkelmeister im Stande war, seine Drohung in die Tat umzusetzen. Im Gegenteil – er machte den Eindruck, als würde er seinen Worten nur mit allergrößter Freude Taten folgen lassen. Noch dazu war es für die Dominaten mit Sicherheit ein Leichtes, seine Mutter ausfindig zu machen. Kuruc war schließlich der Territorialherrscher über Nimaels Heimat Kabundaea.

Er konnte jederzeit Einsicht in die Unterlagen der Universität von Moenchtal nehmen.

„Aloe, meine Mutter heißt Aloe“, gab Nimael schließlich nach.

„Was hat sie dir beigebracht?“, fragte Arnavut weiter.

Nimael runzelte die Stirn. „Einfach alles. Vom Stiefelschnüren bis zum Lesen und Schreiben.“

„Das führt doch zu nichts …“, unterbrach der unbekannte Mann das Gespräch. „Hat sie dir das Spiegeln gezeigt?“

„Spiegeln?“, fragte Nimael zurück und verstand gar nichts mehr.

„Chapi, kein Wort darüber!“, fuhr Arnavut ihn an und bestätigte damit Nimaels Vermutung über dessen Identität. „Sie war keine von uns und er weiß nichts darüber. Belassen wir es dabei.“

Obwohl sich Chapi entschuldigend verneigte, ließ sein trotziger Gesichtsausdruck keinerlei Einsicht erkennen. Arnavut richtete sich wieder an Nimael.

„Was ist mit deinem Vater?“

„Keine Ahnung.“ Nimaels Achselzucken hinterließ einen brennenden Schmerz in seinem Arm. „Ich habe ihn nie kennengelernt und meine Mutter hat mir nie von ihm erzählt.“

„Vielleicht Kuruc“, spekulierte Kolubleik. Nimael drehte es bei dem Gedanken beinahe den Magen um. Dieses hinterhältige, feige Mistschwein, das Eskabatts Onkel kaltblütig von hinten niedergestochen hatte, sollte sein Vater sein? Sämtliche Nackenhaare stellten sich ihm zu Berge.

„Nein, das glaube ich nicht …“, überlegte Arnavut laut und schien immer weiter in seinen Gedanken zu versinken. Er musterte Nimael eindringlich. „Warum ist mir das nicht schon früher aufgefallen? Seht ihn euch doch nur mal an. An wen erinnert er euch?“

Als sich die Blicke der Meister auf ihn richteten, wäre Nimael am liebsten vor Scham im Erdboden versunken. Kolubleik schien als Erster zu verstehen, worauf Arnavut hinauswollte, und nickte ihm verschwörerisch zu.

„Ich weiß, was du meinst“, pflichtete ihm auch Amon bei.

„Ob Zufall oder nicht, er ist auf jeden Fall einer von uns.“

„Von wegen …“ Kolubleik schnaubte abfällig. „Höchstens ein Halber. Ein verfluchter Bastard, der uns nichts als Ärger beschert.“

„Er hat mir das Leben gerettet“, warf Amon empört ein.

„Mag sein“, fuhr Kolubleik fort. „Dennoch ist er keiner von uns. Dass er unsere Fähigkeiten besitzt, macht ihn nur noch gefährlicher. Je früher wir dem ein Ende setzen, desto besser. Ich fordere ihn freiwillig zum Makersch.“

„Nein!“, erwiderte Arnavut scharf. „Amon hat recht. Er hat ihm das Leben gerettet. Wenn wir ihn jetzt töten, senden wir den anderen Gefangenen damit die falsche Botschaft.“ Er wandte sich wieder an Nimael. „Du wirst erst einmal hierbleiben und dich etwas ausruhen. Wenn es dir besser geht, kommst du zu mir und wir sprechen über deine Belohnung.“

„Belohnung?“, rief Kolubleik aufgebracht, doch der oberste Meister warf ihm dermaßen scharfe Blicke zu, dass er sofort verstummte.

„Ich habe meine Entscheidung getroffen“, erklärte Arnavut gleichmütig und wandte sich ab, um die Heilungssektion zu verlassen. Während sich Chapi und Amon sofort anschlossen, benötigte Kolubleik noch einen Moment, um die Entscheidung zu verdauen, und durchbohrte Nimael regelrecht mit seinen Blicken. Diese Gelegenheit konnte sich Nimael nicht entgehen lassen. Er verdrängte die Kopfschmerzen, und schenkte Kolubleik sein spöttischstes Grinsen. Diesem war deutlich anzusehen, dass er nur mit größter Anstrengung das rote Glühen seiner Augen unterdrücken konnte. Voller Wut und Verachtung schnaubte er noch einmal auf und schloss sich den anderen Meistern an. Serqet, die das Ganze beobachtet hatte, blieb zurück und wartete, bis sie mit Nimael allein in der Heilungssektion war. Sie trat an sein Bett heran, aber bevor sie ihn ansprechen konnte, ergriff Nimael das Wort. Wenn sie wirklich so freundlich war, wie sie tat, bestand vielleicht die Möglichkeit, etwas mehr über die vagen Anspielungen der Meister in Erfahrung zu bringen.

„Ihr habt einen Verdacht, wer mein Vater sein könnte?", fragte er neugierig.

Serqet nickte. „Aber mach dir keine Hoffnungen. Die Ähnlichkeit, von der Arnavut spricht, gereicht dir nicht gerade zum Vorteil. Mehr kann ich dir dazu nicht sagen." Noch bevor Nimael weitere Fragen stellen konnte, fuhr sie fort. „Eigentlich wollte ich dir aber einen wohlgemeinten Ratschlag geben. Deine Rettungsaktion erforderte sehr viel Mut." Serqet nickte ihm anerkennend zu. „Kolubleik zu verhöhnen ebenso, daran besteht kein Zweifel. Die Frage ist aber, ob auch nur eine dieser beiden Taten besonders weise war." Ohne ein weiteres Wort zu verlieren, kehrte sie ihm den Rücken und verließ den Raum.

Kurz darauf betrat Iora wieder die Heilungssektion.

„Endlich sind sie weg", seufzte sie erleichtert. „Mit Ausnahme von Serqet hat jeder Einzelne von ihnen ein solches Ego, dass sie den ganzen Raum allein einnehmen könnten. Ich hatte schon Notfälle, in denen jedes einzelne Bett belegt war, aber noch nie kam es mir hier so eng vor wie gerade eben."

„Apropos ..." Nimael richtete sich auf und ließ seinen Blick durch den Raum schweifen. Die anderen Betten waren leer, er war der einzige Patient. „Nach der Explosion müsste hier doch etwas mehr Betrieb herrschen, oder nicht?"

„Es gab nur leichte Verletzungen unter den Gards und Caers", erklärte Iora. „Nicht ernst genug, dass die Meister sie deswegen in die Heilungssektion gelassen hätten. Und da Slaes und Lefts sowieso keinen Zutritt haben, konnten die Meister dich hier ungestört vernehmen." Iora funkelte Nimael neugierig an. Auch ohne dass sie die Frage ausformulierte, war klar, dass sie nun Details über das Gespräch hören wollte.

„Was ist denn überhaupt passiert?", lenkte Nimael vom Thema ab.

„Ich hatte gehofft, du könntest mir das sagen." Iora grinste gespannt.

„Nein, ich meine die Sprengung", wich Nimael erneut aus. „Was ist schiefgelaufen? Was hat eine solche Explosion verursacht?"

„Eine Left hat sich mit Sprengstoff vollgestopft und Selbstmord begangen."

„Wirklich?", fragte Nimael entsetzt.

„Nun, ein Selbstmord ist hier keine Seltenheit, weißt du? Wir hängen es bloß nicht immer an die große Glocke."

Nimael musterte sie neugierig.

„Was glaubst du, wie viele Slaes und Lefts aufgeben und sich das Leben nehmen oder es zumindest versuchen?", erwiderte Iora. „Kann man ihnen auch nicht gerade verübeln, wenn man bedenkt, was für ein Dasein sie hier fristen. Diese Left wollte offenbar kein Risiko eingehen und hat sich mit einem großen Knall verabschiedet."

„Kann es nicht auch ein Unfall gewesen sein?"

„Nein, dem haben ihre drei Begleiterinnen bereits widersprochen", fuhr Iora fort. „Die Left hat sie angewiesen, den Stollen schnellstmöglich zu verlassen. Sie wollten ihr die Tat ausreden, aber ihre Kameradin war fest entschlossen und wollte mit der Sprengung nicht nur sich selbst, sondern das ganze Höhlensystem und damit auch den gesamten Bruch zum Teufel jagen. Und all das nur, um den Meistern eins auszuwischen." Iora schüttelte tadelnd den Kopf. „Eine wirklich dumme Idee. Wahrscheinlich war sie nicht besonders helle im Oberstübchen."

„Na hör mal!" Nimael glaubte, seinen Ohren nicht zu trauen. „Wie kannst du nur so gefühllos sein? Das waren doch noble Motive."

„Eigentlich schon …", gab Iora zu. „Aber sie hat dabei drei Dinge außer Acht gelassen. Erstens bestand durch ihre Aktion nicht nur für Meister und Gards große Gefahr, sondern auch für alle anderen. Zweitens führt die Sprengung vielleicht dazu, dass die Meister etwas länger benötigen werden, um ihre Ziele zu erreichen, aber wer sind letztendlich die Leidtragenden bei jeder Verzögerung? Wir. Und drittens hat sie nicht überlegt, wer ihre Überreste beseitigen darf. Nämlich die, die ihr am nächsten standen. Die Lefts. Als ob sie hier nicht schon genug seelische Schäden erleiden würden, jetzt dürfen sie auch noch die Gedärme ihrer Kameradin von den Wänden kratzen. Vielleicht waren ihre Absichten gut, aber besonders durchdacht waren sie nicht. Oder hättest du jemals einen solchen Schritt in Erwägung gezogen?"

„Vermutlich nicht, aber wenn ich mit dem Rücken zur Wand stehen und keinen anderen Ausweg mehr sehen würde, vielleicht schon. Wer weiß? Ich hoffe natürlich, dass ich nie in diese Situation kommen werde, aber dass die verstorbene Left bereits so verzweifelt gewesen sein muss, tut mir einfach nur unendlich leid."

„Verständlich." Iora nickte. „Nach allem, was ich hier schon gesehen habe, wirke ich manchmal vielleicht etwas … abgestumpft. Mein Mitgefühl wollte ich ihr damit aber keinesfalls absprechen." Sie schloss einen Moment die Augen und senkte den Kopf. Als sie wieder aufsah, funkelten ihre Augen mit derselben Neugier wie zuvor. „Dann erkläre mir mal, warum du hier bist. Manche sagen, du wärst auf Amon losgegangen, um ihn zu ermorden. Aber wenn das wahr wäre, würden wir uns jetzt nicht unterhalten. Du wärst längst im Garten – mausetot und begraben."

„Nein, natürlich war es kein Anschlag."

„Also hat er dich vor dem Erdrutsch gerettet?"

„Fast. Ich habe ihn gerettet."

„Wirklich?" Iora sah ihn mit großen Augen an. „Wie?"

„Nun, das ist schwer zu erklären." Nimael versuchte, so vage wie möglich zu bleiben. „Ich hatte wohl einfach nur Glück und war zur rechten Zeit am rechten Ort."

„Glück, hm?" Iora musterte ihn nachdenklich. „Wie ich gehört habe, soll die Left nicht nur sich selbst, sondern auch den Zweitschlüssel zum Sprengschuppen vernichtet haben. Das meinten jedenfalls die Meister." Sie grinste Nimael schief an. „Vielleicht kannst du mir erklären, warum ich bei deiner Einlieferung neben deinem Zellenschlüssel noch einen weiteren gefunden habe?" Sie griff in ihre Tasche und präsentierte ihn stolz.

Das war also der Gegenstand, den die Left ihm zugesteckt hatte. Sie wollte, dass er den Kampf gegen die Meister in ihrem Namen fortführte. Einem Namen, den er ironischerweise noch nicht einmal kannte.

„Vielleicht handelt es sich ja nur um einen dummen Zufall, aber irgendwie glaube ich nicht, dass er sich nur mit Glück zu dir verirrt hat", fuhr Iora fort. „Also, willst du mir immer noch nicht sagen, was wirklich passiert ist?"

„Entschuldige, Iora. Ich weiß natürlich, dass ich dir voll und ganz vertrauen kann. Das hast du schon damals mit dem Brief von Korth unter Beweis gestellt. In diesem Fall muss ich dich jedoch um Verständnis bitten. Es dient nur deinem eigenen Wohl, je weniger du über diese Angelegenheit weißt. Sie haben dich während des Gesprächs nicht grundlos aus der Heilungssektion geschickt. Wer weiß, was sie dir antun werden, wenn du über Informationen verfügst, die du nicht haben dürftest? Ich will dich nicht unnötiger Gefahr aussetzen."

„Verdammt." Iora rümpfte die Nase, nickte dann aber verständnisvoll. „Ich versteh schon. Zu viel Neugier schadet der Gesundheit." Sie zwinkerte ihm spitzbübisch zu.

„Ich befürchte, da könnte etwas dran sein", erwiderte Nimael. „Sollte sich daran aber je etwas ändern, verspreche ich dir, dass du die Erste sein wirst, die ich einweihen werde."

„Na schön." Trotz der Zusicherung war Iora die Enttäuschung deutlich anzusehen. „Ruhe dich ein wenig aus. Je schneller du zu Kräften kommst, desto früher bekomme ich meine Betten wieder frei." Damit wandte sie sich von ihm ab und widmete sich wieder ihrer Arbeit, als wäre nichts gewesen.

# 8

# BELOHNUNG

Nach ein paar Stunden Schlaf ging es Nimael bereits wesentlich besser. Sein Arm schmerzte zwar noch immer, aber zumindest waren die dumpfen Kopfschmerzen verschwunden und er konnte sich langsam aufrichten.

„Wie hast du das gemacht?“, fragte Iora verdutzt.

„Was meinst du?“

„Dein Rücken.“ Iora fuhr mit ihrer Hand darüber. „Er ist glatt. Keine einzige Narbe.“

„Deine Kräutertinktur.“ Nimael lächelte. „Du sagtest doch, dass sie Narbenbildung verhindert.“

„Sie verringert sie“, korrigierte Iora ihn. „Aber nach zehn Peitschenhieben … Ich habe deine Verletzungen gesehen, da hätten auf jeden Fall Narben zurückbleiben müssen.“

„Gesunde Selbstheilungskräfte, nehme ich an.“ Nimael tat die Sache mit einem Achselzucken ab und stieg vom Bett. Einerseits war er neugierig und wollte das Gespräch mit Arnavut schnellstmöglich hinter sich bringen, andererseits machten sich Thera und die anderen vermutlich große Sorgen.

„Du kannst bereits aufstehen?", fragte Iora.

Nimael nickte.

„Bemerkenswert. Es wundert mich, dass du dich überhaupt auf den Beinen halten kannst."

„Es geht schon." Nimael spielte den Geschwächten und stützte sich mit verkniffenen Augen am Bett ab.

„Du weißt, dass das nur ein Spruch war, als ich sagte, dass ich meine Betten wieder freibekommen möchte. Du solltest dich wirklich noch etwas schonen und lieber noch eine Weile bleiben."

„Nein, schon in Ordnung."

Iora musterte ihn nachdenklich. „Also schön. Aber dein Arm soll doch wieder ordentlich zusammenwachsen, oder?"

Nimael nickte erneut. Iora legte ihm eine Schlinge über die Schulter und positionierte vorsichtig den Arm darin. An ihrem argwöhnischen Blick änderte sich dabei jedoch nichts.

Nimael bedankte sich und lächelte sie freundlich an.

„Ich werde deinem Geheimnis schon noch auf die Schliche kommen", murmelte Iora und signalisierte den Gards, ihn aus der Heilungssektion zu entlassen. Diese begleiteten Nimael hinaus und führten ihn durch die Gänge direkt zu den Gemächern des obersten Meisters.

„Da bist du ja schon." Arnavut empfing ihn mit einem ungewohnt freundlichen Lächeln. „Setz dich." Er deutete auf einen Stuhl vor seinem Schreibtisch, den er offenbar eigens für Nimael dort aufgestellt hatte. „Wir haben viel zu besprechen."

Nimael kam der Aufforderung nach und überließ Arnavut das Wort.

„Bevor wir uns über deine Belohnung unterhalten, müssen wir erst noch ein paar Dinge klären." Er kniff die Augen zusammen und musterte Nimael neugierig. „Also, wer weiß von deinen Fähigkeiten?"

„Wieso ist das wichtig?", fragte Nimael zurück.

„Dir sollte klar sein, dass wir in diesem Punkt großen Wert auf Diskretion legen", erklärte Arnavut. „Wir setzen unsere Fähigkeiten nur vor Zeugen ein, wenn uns keine andere Wahl bleibt. Dann stellen wir allerdings sicher, dass diese Zeugen unser Geheimnis auch wahren, wenn du verstehst, was ich meine."

„Ihr bringt sie zum Schweigen."

„Aber nicht doch." Arnavut schmunzelte. „Das wäre wirklich die allerletzte Konsequenz."

„Von meinen Fähigkeiten weiß nur ich allein."

„Natürlich, immer um das Wohl der anderen besorgt. Aber du verstehst mich falsch. Eigentlich geht es mir doch genauso um ihr Wohl. Ich will sie nur vor dem bewahren, was passiert, sollten sie doch ein Wort über uns verlieren. Es dient also ihrem eigenen Schutz. Schließlich wäre es doch ungerecht, wenn sie ohne jegliche Vorwarnung die volle Härte unserer Bestrafung zu spüren bekämen." Mit seinem falschen Lächeln konnte er Nimael noch lange nicht überzeugen. Seinen Freunden musste um jeden Preis ein Verhör erspart bleiben.

„Keine Sorge, darum habe ich mich bereits gekümmert", erwiderte Nimael. „Niemand wird etwas verraten. Und wenn, würde es diese Mauern doch ohnehin nicht verlassen."

„Sollte doch etwas durchsickern, so werden wir die Quelle dafür ausfindig machen", drohte Arnavut. „Also hoffe ich, du bist dir sicher, was deine Mitwisser betrifft. Und damit meine ich *tod*sicher."

In dem Moment fielen Nimael zwei Bekannte ein, denen eine Unterredung mit den Meistern vielleicht wirklich nicht schaden konnte.

„Soval und Varuil wissen davon", sagte er. „Für sie würde ich nicht unbedingt meine Hand ins Feuer legen."

„Gute Entscheidung", lobte Arnavut ihn. „Wir werden uns ihrer annehmen. Jetzt beschreibe mir deine Fähigkeiten. Was hast du gelernt, seit du hier bist?"

Auch in diesem Fall war Nimael fest entschlossen, so wenig wie möglich über sich preiszugeben. Allerdings konnte er nicht leugnen, was die Dominaten sowieso bereits wussten.

„Wenn ich mich darauf konzentriere, kann ich eine Strömung spüren. Außerdem kann ich meinen Verstand teilen und mehrere Dinge gleichzeitig wahrnehmen. Während meiner Einzelhaft ist es mir gelungen, diese beiden Fähigkeiten miteinander zu kombinieren. Ich kann mich gegen den Strom stellen und damit den Lauf der Zeit beeinflussen, gleichzeitig aber noch bewusst handeln."

Arnavut nickte zufrieden. „Was noch?"

„Es gibt noch mehr?", fragte Nimael und musste seine Überraschung dabei noch nicht einmal vortäuschen. Er beobachtete, wie sich Skepsis in den Blick des Dunkelmeisters mischte. Vielleicht war es an der Zeit, den Spieß umzudrehen. Vielleicht konnte er die Gelegenheit für sich nutzen, um selbst einige Dinge in Erfahrung zu bringen. „Mir ist aufgefallen, dass ich vor Energie geradezu strotze", fuhr Nimael fort. „Das scheint sich auch auf meinen Heilungsprozess auszuwirken. Allerdings verstehe ich nicht, warum ich mich überhaupt erst verletzt habe. Meine Berührung mit dem Felsen war minimal. Ich hätte mir allerhöchstens leichte Schürfwunden zuziehen dürfen, aber niemals eine solche Platzwunde oder gar einen Knochenbruch."

„Du weißt ja wirklich gar nichts." Arnavut lachte auf. „Aber du sollst meine Großzügigkeit kennenlernen. Ich werde dir verraten, was es damit auf sich hat." Er verließ den Schreibtisch und holte einen Stein aus der Holzvorrichtung, mit der er damals Nimaels Reiseziel ausgelost hatte. Anschließend hielt er ihn über den Schreibtisch und ließ ihn auf die Oberfläche fallen. „Hast du gesehen, mit welcher Wucht er auf den Tisch aufgeschlagen ist? Hast du dir das Geräusch gemerkt, das er dabei verursacht hat?"

Nimael nickte.

„Stelle dich gegen den Fluss … gegen die Strömung“, korrigierte sich Arnavut.

Nimael gehorchte der Anweisung, aber die Geschwindigkeit, mit der sich Arnavut bewegte, als er den Stein wieder von der Tischplatte nahm, änderte sich nicht.

„Es scheint nicht zu funktionieren“, wunderte sich Nimael.

„Doch, das tut es“, erklärte Arnavut. „Wir befinden uns beide in der Strömung, deshalb nimmst du meine Bewegungen in einer normalen Geschwindigkeit wahr und wir können uns unterhalten.“ Noch bevor Nimael richtig begriffen hatte, fuhr Arnavut auch schon fort: „Jetzt achte auf den Stein.“ Er ließ den Brocken los, welcher in der Luft zu schweben begann, um schließlich langsam nach unten zu gleiten. „Du siehst, wie langsam er zu fallen scheint, aber ändert sich dadurch etwas an seiner Masse oder an seinem Gewicht?“

„Nein“, erwiderte Nimael. „Aber an seiner Geschwindigkeit und damit auch an seiner Wucht.“

„Wirklich?“, hinterfragte Arnavut die Antwort. „Vergiss nicht, dass die Zeit für alle anderen in normaler Geschwindigkeit läuft. Achte darauf, wie er auf die Tischplatte trifft.“

Der Stein schwebte langsam nach unten und verursachte beim Aufprall auf die Oberfläche zwar ein tieferes, aber keineswegs leiseres Geräusch.

„Hättest du jetzt weniger Kraft aufwenden müssen, um den Stein zu fangen, als ohne die Strömung?“

Nimael schüttelte den Kopf.

„An seinem Gewicht und seiner Geschwindigkeit ändert sich nichts“, fuhr Arnavut fort. „Nur an unserer Wahrnehmung. Und damit auch an der Zeit, die uns zur Verfügung steht, Einfluss auf einen Gegenstand zu nehmen. Ab einer gewissen Größe bringt dies aber nichts. Dich hat ein gewaltiger herabstürzender Felsbrocken am Kopf getroffen. Du solltest den Göttern danken, dass du nur eine Platzwunde und einen gebrochenen Arm davongetragen hast.“

„Das sollte ich wohl", stimmte ihm Nimael zu und machte sich bewusst, was für ein unglaubliches Glück er gehabt hatte.

„Offensichtlich lügst du nicht", stellte Arnavut fest. „Ich sehe, dass du wirklich keine Ahnung von deinen Fähigkeiten hast. Ich weiß, du wurdest als Mensch geboren und aufgezogen. Du hast dein ganzes Leben unter ihnen verbracht. Deshalb betrachtest du diesen Konflikt auch aus ihrer Position. Du hältst uns für die Täter und sie für die Opfer, obwohl die Wahrheit nicht weiter davon entfernt sein könnte. Du fühlst dich wie einer von ihnen, aber das bist du nicht. Du zeigst Mitgefühl für sie, welches vollkommen fehlgeleitet ist. Du wirst es erst vollständig begreifen, wenn ich dir von unserem Volk erzähle. Kennst du erst einmal die Hintergründe, wirst du uns nicht nur verstehen, du wirst uns recht geben."

Nimael musterte ihn skeptisch.

„Du bist so viel mehr, als dir jemals bewusst war", versicherte Arnavut ihm. „So viel mehr, als diese Menschen in dir sehen und als sie es selbst je sein werden. Und darum steht dir auch mehr zu. Ich biete dir uneingeschränkte Macht, wie du sie dir nicht einmal in deinen kühnsten Träumen vorstellen könntest. Ich werde dir all unsere Pläne offenbaren. Ich kann dir Fähigkeiten beibringen, von denen du nicht einmal wusstest, dass sie überhaupt existieren, geschweige denn, in dir schlummern. Ich reiche dir die Hand und bin bereit, dir all das zu geben, ohne jegliche Gegenleistung dafür zu verlangen. Eine Beförderung direkt in den Rang eines Meisters, gleichgestellt mit Kolubleik und den anderen. Es gibt nur eine Bedingung: Ich möchte, dass du dich von ihnen lossagst."

„Von meiner Gruppe?", fragte Nimael.

„Von allen Menschen", stellte Arnavut klar. „Wenn du dich uns anschließt, so ist das endgültig. Danach gibt es kein Zurück."

Obwohl eine solche Möglichkeit völlig abwegig war, spielte Nimael den Gedanken durch. In der Position eines Meisters würde er all ihre Geheimnisse erfahren. Vielleicht konnte er mit diesem Wissen die

Geschicke so lenken, dass alle davon profitierten. Vielleicht konnte er im Bruch endlich etwas in großen Bahnen bewegen – und mit den Fähigkeiten, die ihm versprochen wurden, vielleicht sogar noch weit darüber hinaus. Vielleicht war es der einfachste Weg, um all seine Ziele zu erreichen.

„Würdet ihr meiner Gruppe dann die Freiheit schenken?"

„Du hast mir offenbar nicht richtig zugehört." Arnavut schüttelte tadelnd den Kopf. „Wenn du die Beförderung akzeptierst, bleiben deine Slaes ohne Caer und werden demzufolge zu Lefts degradiert."

„Was?", fragte Nimael fassungslos.

„Das sind die Regeln", betonte Arnavut. „Aber es geht hier nicht um sie, sondern um dich – um dich ganz alleine. Hör auf, das Leben dieser wertlosen Kreaturen über dein eigenes zu stellen. Sie sind primitiv. Sie sind es nicht wert, keine von ihnen. Erst wenn du das begreifst, begreifst du auch, worauf es wirklich ankommt. Erst dann weiß ich, dass du dich unserer Sache bedingungslos anschließen wirst."

Nimael schüttelte den Kopf. „Das wird niemals geschehen."

„Dann begehst du einen schwerwiegenden Fehler, über dessen Tragweite du dir wahrscheinlich erst eines fernen Tages bewusst sein wirst", ermahnte Arnavut ihn. „Du wirst sehen, dass es sinnlos ist, sich uns in den Weg zu stellen. Aber wenn du das begreifst, wird es schon zu spät für dich sein. Und für deine Freunde ebenso."

„Ich verstehe", erwiderte Nimael enttäuscht. „Dann werde ich für meine Tat also nur belohnt, wenn ich meine Gruppe verrate und verstoße."

„Nein." Arnavut überlegte. „Auch wenn du jetzt die falsche Entscheidung triffst, soll deine Heldentat nicht unvergolten bleiben. Ich gestatte dir, die Beförderung auf eine andere Person zu übertragen."

Nimael horchte überrascht auf.

„Selbstverständlich wird diese Person nur um einen Rang aufsteigen“, schränkte Arnavut sein Angebot ein. „Ich gebe dir einen Tag, um deine Wahl zu treffen. Und ich hoffe, du triffst sie weise.“

„Das werde ich.“ Obwohl Nimael das Gefühl hatte, auch ohne Bedenkzeit sofort darauf antworten zu können, nickte er nur und verließ das Quartier des Meisters. Eine so wichtige Entscheidung wollte wohlüberlegt sein.

„Nimael!“, rief Thera erleichtert, als er in die Zelle zurückkehrte. Sie sah vollkommen erschöpft aus, vermutlich hatte sie seit dem Zwischenfall kein Auge mehr zugetan. Sofort löste sie sich aus dem kleinen Grüppchen von Hallbora, Veila und Landria, die ihr offenbar Trost gespendet hatten, um ihm in die Arme zu fallen. Als sie seinen geschienten Arm und den Verband am Kopf bemerkte, brach sie ihr Vorhaben ab und musterte ihn sorgenvoll. „Wie geht es dir?“

„Alles in Ordnung“, antwortete Nimael. „Das wird schon wieder.“

Anstatt ihn zu umarmen, küsste Thera ihn vorsichtig auf die Wange.

„Es sah ganz schön übel aus, als sie dich aus dem Bruch geschleppt haben“, erinnerte sich Ting. „Wir hätten nicht gedacht, dass wir dich so schnell wiedersehen würden.“

„Ich habe mir solche Sorgen gemacht“, fügte Thera hinzu. Als Nimael die Tränen in ihren Augen auffielen, senkte er den Kopf und legte vorsichtig seine Stirn auf ihre.

„Na, wenn das mal nicht die Untertreibung des Jahres ist!“, feixte Hallbora. „Sie wollte Ando zusammenschlagen.“

„Was? Wieso das denn?“

Thera errötete. „Ich wollte nur etwas nachhelfen, damit man ihn zur Heilungssektion bringt“, erklärte sie zaghaft. „Dann hätte er uns berichten können, wie es dir geht.“

Nimael lachte auf und bedankte sich für den verwegenen Plan und die übertriebene Fürsorge. Im Gemeinschaftsraum erzählte er der Gruppe von der Rettung Amons und dem Gespräch mit den Meistern. Bevor jedoch die Belohnung zur Sprache kam, zog er sich mit Thera in sein Zimmer zurück und erklärte ihr, was ihm Arnavut angeboten hatte.

„Was willst du jetzt tun?", fragte Thera neugierig.

„Ich werde euch keinesfalls im Stich lassen, das steht außer Frage", antwortete Nimael. „Ich würde zwei Ränge aufsteigen, dafür würdet ihr alle zusammen aber acht Ränge verlieren und in größte Gefahr geraten. Die Rechnung geht einfach nicht auf."

„Vielleicht könntest du uns als Meister aber vor sämtlichen Gefahren beschützen."

Nimael schüttelte den Kopf. „Arnavut hat andere Pläne für mich. Er will mich mit seiner Macht verführen. Er glaubt, dass ich euch über kurz oder lang vergessen werde, um mich größeren Dingen zu widmen."

„Da kennt er dich aber schlecht. Genau diesen Vorteil könntest du nutzen und deinen frisch gewonnenen Einfluss zu unseren Gunsten einsetzen."

„Daran habe ich auch schon gedacht, aber es ist einfach zu riskant", erwiderte Nimael. „Ich habe mir einmal geschworen, dass ich um jeden Preis verhindern werde, dass auch nur eine von euch zu einer Left degradiert und einer solchen Gefahr ausgesetzt wird. Deshalb habe ich meine Entscheidung bereits getroffen. Ich möchte, dass du an meiner Stelle befördert wirst."

„Ich?" Thera hob überrascht die Augenbrauen, dann schwieg sie einen Moment und überlegte. Schließlich schüttelte sie den Kopf. „Warum ich?"

„Weil du die Klügste hier bist."

„Das bin ich nicht. Landria liest ein Buch nach dem anderen und kennt die meisten davon in- und auswendig. Wahrscheinlich weiß sie mehr als wir alle zusammen."

„Wissen hat doch nichts damit zu tun, wie klug man ist", erwiderte Nimael.

„Doch, natürlich. Intelligenz beruht auf Wissen. Wer nichts weiß, kann auch nicht intelligent handeln."

„Trotzdem muss jemand, der viel weiß, noch lange nicht intelligent sein", wandte Nimael ein. „Wenn man bis ins hohe Alter hinein Wissen ansammelt, gilt man vielleicht irgendwann als weise, aber so lange man es nicht irgendwie einzusetzen vermag, ist das nicht besonders intelligent. Dazu gehört noch sehr viel mehr. Man muss Zusammenhänge erkennen und Schlüsse ziehen. Intelligenz beruht nicht nur auf Wissen, sondern auch darauf, eine Situation oder ein Gefühl richtig einzuschätzen und überlegt zu handeln. Der primitivste Stamm kann Jäger haben, die mit einfachsten Mitteln eine wilde Bestie erlegen, gegen die wir mit all unserem Wissen nicht bestehen würden."

„Aber nur, weil ein Jäger mehr über diese spezielle Situation weiß als wir", konterte Thera. „Letztendlich läuft es eben doch wieder auf sein Wissen hinaus."

„Und seine Erfahrung", fügte Nimael hinzu. „Auch wenn du ihm bei der Jagd zusiehst, heißt das nicht, dass du sie genauso erfolgreich in die Tat umsetzen kannst. Vor allem kannst du aber dem Mann nicht seine Intelligenz absprechen, nur weil er nicht so gebildet ist wie wir."

„Vielleicht können wir uns darauf einigen, dass Intelligenz eine Mahlzeit ist, die aus verschiedenen Zutaten besteht, die aber ohne Wissen unmöglich gelingen kann", überlegte Thera laut.

Nimael dachte kurz darüber nach und stimmte ihr zu. „Schlussendlich läuft es aber darauf hinaus, dass die beste Mahlzeit nur dann schmecken kann, wenn man sie auch probiert."

„Wie meinst du das?" Thera verstand ihre eigene Analogie nicht mehr.

„Intelligenz zeigt sich nur, wenn man sie auch einsetzt", erklärte Nimael seinen Standpunkt. „Wenn man handelt und dadurch neue Erfahrungen sammelt. So, wie du es mit der *Heißen Zwei* getan hast. So, wie du es immer tust, wenn Handlungsbedarf besteht. Deine Idee, Ando zusammenzuschlagen, ist der beste Beweis dafür. Sie mag vielleicht etwas … unkonventionell sein, aber du hast dir etwas einfallen lassen, um ein Problem zu lösen. Und deshalb will ich, dass du befördert wirst, nicht Landria oder sonst jemand."

Thera überlegte erneut und nickte. „Ich wünschte, du hättest ein anderes Beispiel gefunden, aber ich verstehe, was du meinst. Unter diesen Umständen freue ich mich sehr und werde die Beförderung gerne akzeptieren." Sie lächelte verlegen. Nimael küsste sie auf die Stirn und nahm sie an der Hand, um mit ihr in den Gemeinschaftsraum zurückzukehren. Jetzt musste er nur noch einen Weg finden, seine Entscheidung den anderen gegenüber zu rechtfertigen und objektiv zu begründen. Nach Kaetis letzten Vorwürfen kein leichtes Unterfangen.

Als Nimael die Neuigkeit verkündete, bedachte ihn die Gruppe mit staunenden Blicken, die gleich darauf zu Thera wanderten.

„Wieso sie?", fragte Kaeti wie erwartet. „Sollte so eine wichtige Entscheidung nicht unparteiisch von uns allen getroffen werden?"

„Ich will, dass diejenige befördert wird, die mir am besten mit Rat und Tat zur Seite steht. Vielleicht ist es ungerecht. Vielleicht wäre es eine andere gewesen, wenn ich mit einer anderen zusammen wäre. Aber hast du dich mal gefragt, wer am häufigsten die Initiative ergreift? Wer behält in Stresssituationen am ehesten die Nerven? Und wer trifft in meiner Abwesenheit am ehesten die Entscheidungen?"

„Wir treffen sie gemeinsam", antwortete Kaeti. „Wir stimmen darüber ab. Und das sollten wir auch in diesem Fall tun."

„Nein“, erwiderte Nimael entschieden. „Diese Beförderung habe ich mir verdient, deshalb bestimme ich auch allein darüber, wer sie erhält.“

Ein falsches Grinsen legte sich auf Kaetis Lippen. „Dann glaubst du also selbst nicht daran, dass die Mehrheit deine Entscheidung tragen würde.“

Nimael überlegte kurz, dann wandte er sich an die anderen. „Wer hält diese Entscheidung für ungerechtfertigt?“

Kaetis Arm schoss sofort nach oben, blieb aber der einzige. Selbst Eskabatt war offenbar mit der Entscheidung einverstanden.

„Ist das dein Ernst?“, fragte Kaeti sie.

„Du warst nicht dabei, als wir in Moenchtal auf uns allein gestellt waren“, antwortete Eskabatt. „Thera hatte immer einen Plan und wusste, was zu tun war. Sie wird eine hervorragende Caer abgeben.“ Sie lächelte Thera zuversichtlich zu.

„Dann ist es entschieden.“ Nimael freute sich, ärgerte sich aber gleichzeitig, dass er sich in diesem Moment wie Arnavut anhörte. Er versuchte, sich nichts davon anmerken zu lassen, und wandte sich an Thera. „Ich möchte ja nicht aufdringlich erscheinen, aber das Caer-Zimmer hat seinen Namen nicht ohne Grund. Könntest du dir vorstellen, von nun an dauerhaft bei mir einzuziehen?“

Thera lächelte verlegen und nickte schließlich. Während ihr die anderen zur Beförderung gratulierten, schien die Szene offenbar weiteres Salz in Kaetis Wunden zu hinterlassen.

„Einfach unglaublich.“ Sie schnaubte abfällig und verließ verärgert den Raum.

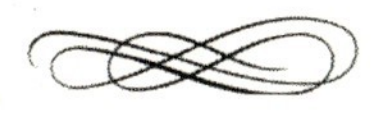

Am folgenden Tag teilte Nimael dem obersten Meister seine Entscheidung mit.

„Jammerschade." Arnavut presste enttäuscht die Lippen zusammen. „Ich hatte gehofft, du könntest über den Tellerrand hinaussehen und die großen Zusammenhänge erkennen, aber du bist wohl noch nicht so weit."

„Ich hoffe, dass ich das auch niemals sein werde", erwiderte Nimael.

„Du verstehst immer noch nicht, dass ich nur versuche, dich vor einem Fehler zu bewahren."

„Wie könnte es ein Fehler sein, meinen Freunden die Treue zu halten?"

„Mitgefühl, wem Mitgefühl gebührt", antwortete Arnavut in belehrendem Tonfall. „Aber du stehst auf der falschen Seite und verschwendest deine Zeit und Kraft an minderwertige, ja sogar feindselige Kreaturen."

„Mitleid ist nie Verschwendung", widersprach Nimael. „Und als *feindselig* kann man meine Gruppe beim besten Willen nicht bezeichnen. Dass sie euch hassen – dass *wir* euch hassen –, habt ihr einzig und allein euch selbst zuzuschreiben."

„Du hältst uns für die Bösen in dieser Gleichung, aber du solltest wissen, dass wir im Namen der Götter handeln."

„Das ist euer Argument?" Nimael lachte zynisch auf. „Und ich dachte wirklich, dass etwas Originelleres dahinterstecken würde als eine Ausrede, die schon so viele Male als Vorwand für unzählige Kriege herhalten musste."

„Da gibt es jedoch einen gravierenden Unterschied." Arnavut funkelte ihn überlegen an. „Wir glauben nicht nur, im Namen der Götter zu handeln – wir *wissen* es. Aber du hast deine Entscheidung getroffen und mir ist klar, dass dich meine Worte nun auch nicht mehr umstimmen werden." Er atmete tief ein, um noch einmal seine Enttäuschung zum Ausdruck zu bringen. „Also schön, dann wird Thera in den Rang einer Caer aufsteigen. Solltest du es dir anders überlegen, können wir sie immer noch degradieren und du schließt dich uns an."

„Auf keinen Fall", erwiderte Nimael entschieden.

„Ich möchte, dass du dir eine Frage stellst", sagte Arnavut. „Hältst du es für einen Zufall, dass unter all den gewöhnlichen Kleingeistern auf dieser Welt gerade du ausgewählt wurdest? Ich meine, wie wahrscheinlich ist es, dass wir ausgerechnet einen von uns finden, der noch nicht einmal von seinem Erbe und seinen Fähigkeiten weiß?"

Nimael antwortete nicht darauf, sondern starrte ihn nur missmutig an. Als Dominat hingestellt zu werden, stieß ihm immer noch sauer auf.

„Ich glaube nicht an Zufälle", fuhr Arnavut fort. „Ich glaube an das Schicksal. Es war deine Bestimmung, ausgewählt zu werden. Und genauso ist es auch deine Bestimmung, dich uns anzuschließen."

„Vielleicht war es tatsächlich meine Bestimmung, ausgewählt zu werden", erwiderte Nimael. „Vielleicht war es wirklich das Schicksal, das mich hergeführt hat."

Arnavut nickte zufrieden.

„Aber vielleicht hat es das nicht getan, um diejenigen zu unterstützen, die sowieso bereits die Macht in Händen halten. Vielleicht bin ich hier, um mich für diejenigen einzusetzen, die auf mich angewiesen sind und die ohne mich chancenlos wären."

Arnavut schüttelte den Kopf. „Du musst verstehen, dass wir nicht deine Feinde sind", antwortete er so freundlich, dass es schon beinahe schmeichelnd wirkte. „Wie kann ich dir das beweisen?" Er legte den Zeigefinger an den Mund und überlegte. „Vielleicht erkennst du es, wenn ich dir drei weitere Wünsche gewähre."

Nimael hob überrascht die Augenbrauen. Mit so einer großzügigen Geste hätte er niemals gerechnet.

„Selbstverständlich kann es sich dabei nicht noch einmal um eine Beförderung oder gar die Freiheit handeln. Die Wünsche müssen verhältnismäßig bleiben, also wähle weise."

Nimael überlegte. „Ist euch Meistern die *Heiße Zwei* ein Begriff?"

„Eure kleine Heilungssektion?" Arnavut grinste selbstgefällig. „Natürlich, schon seit langem."

„Ihr wisst davon, aber lasst uns trotzdem gewähren?"

„Dass ihr euch nicht in die Belange anderer Gruppen einmischen dürft, ist keine Vorschrift, die wir erlassen haben", erinnerte Arnavut ihn. „Es ist ein Abkommen zwischen euren beiden Richtungen. Ich habe dir schon einmal versucht zu erklären, dass euer ganzes Leid selbst verschuldet ist. Wir hätten überhaupt nichts dagegen einzuwenden, wenn ihr euch gegenseitig unterstützt."

„Also schön, dann zeigt das", erwiderte Nimael. „Ich will, dass die *Heiße Zwei* nicht mehr länger im Geheimen operieren muss. Sie soll von den Meistern offiziell anerkannt und unter ihren Schutz gestellt werden."

Arnavut schwieg und dachte lange darüber nach.

„Es ist doch zu eurem eigenen Vorteil", versuchte Nimael ihn zu überzeugen. „Eure Arbeitskräfte wären in einer besseren Verfassung und eure Grabungen kämen schneller voran."

„In Ordnung." Arnavut schien einen Entschluss gefasst zu haben und zeigte sich entgegenkommend. „Aber es wird dich zwei Wünsche kosten."

„Wieso gleich zwei?"

„Der erste betrifft die Heilungssektion", erklärte Arnavut. „Sie wird in Zukunft auch für Slaes geöffnet sein. Der zweite Wunsch betrifft deine frisch beförderte Freundin. Sie wird nicht länger im Bruch arbeiten, sondern als Caer an Ioras Seite in der Heilungssektion und dort vornehmlich für die Behandlung der Slaes zuständig sein. Damit ist sie auch nicht länger der Gefahr durch die Sovalisten im Bruch ausgesetzt."

Nimael traute seinen Ohren nicht. Arnavut schien in einer guten Stimmung zu sein. Das klang fast zu schön, um wahr zu sein, und war auch zwei seiner Wünsche wert. Er akzeptierte das Angebot.

„Entschieden ist entschieden. Wie lautet dein dritter Wunsch?"

„So spontan fällt mir kein weiterer ein", gestand Nimael.

„Wie wäre es mit höherem Lohn? Wir können ihn verdoppeln."

„Dann bräuchte ich keine zehn Jahre mehr, um eine Slae freizukaufen, sondern nur noch fünf. In 40 Jahren wären wir also alle frei", stellte Nimael sarkastisch fest. „Nein, danke, mir fällt bestimmt noch etwas Besseres ein. Kann ich den dritten Wunsch zurückstellen?"

„Einverstanden." Arnavut nickte zufrieden. „Wie ich dich kenne, wirst du schon bald Bedarf daran haben."

Am nächsten Morgen öffnete Kerber die Zellentür und zitierte die Gruppe in den Bruch. Als sich Nimael nicht rührte, nickte er ihm auffordernd zu.

„Du auch."

„Aber mein Arm ist gebrochen", widersprach Nimael.

„Egal, du sollst mitkommen."

Nimael und Thera tauschten verwirrte Blicke aus und schlossen sich den anderen an. Als sie im Bruch eingetroffen waren, hatten sich sämtliche Arbeiter vor einem Steinhaufen versammelt und starrten gespannt zu den beiden Meistern empor, die sich darauf postiert hatten – Serqet und Amon.

„Es gibt Neuigkeiten zu verkünden", begann Amon, nachdem sich alle eingefunden hatten. „Einer unserer Caers – Nimael – hat großen Mut bewiesen und eine Heldentat vollbracht."

Ein Gard gab Nimael von hinten einen Stoß und eskortierte ihn gegen seinen Willen zum Steinhaufen, wo er sich verlegen neben die beiden Meister stellte.

„Seine Tapferkeit soll belohnt werden", fuhr Amon fort. „Darum haben wir eine seiner Slaes in den Rang einer Caer erhoben." Während er weitersprach, wurden Thera und Iora auf den Steinhaufen geführt, wo sie sich zu Nimael gesellten, und dabei einen ähnlich unbehaglichen Eindruck machten wie er selbst.

„Ich freue mich, euch folgende frohe Botschaft mitteilen zu dürfen", ergriff Serqet das Wort. „Es wurde entschieden, dass Thera von nun an Iora in der Heilungssektion unterstützen wird. Im Zuge dessen wird in Zukunft auch Slaes Zutritt und medizinische Versorgung gewährt."

Ein ungläubiges Raunen ging durchs Publikum, das sich schnell in tosenden Applaus verwandelte.

„Uns ist klar, dass diese Entwicklung von einigen hier mit zwiespältigen Gefühlen betrachtet wird." Damit richtete sich Amon eindeutig an einen Haufen Sovalisten, die demonstrativ keinen Beifall klatschten. „Aber seid gewarnt! Jeglicher Angriff auf eine dieser drei Personen wird mit derselben Härte geahndet wie der Angriff auf einen Meister – und das bedeutet den sicheren Tod", fügte Amon hinzu, um seinen Worten Nachdruck zu verleihen.

Nachdem die Kundgebung beendet war, trieben Gards die Arbeiter wieder auseinander. Während diese wie gewohnt ihrer Arbeit nachgingen, blieben Iora, Thera und Nimael etwas verloren auf dem Steinhaufen zurück. Schließlich wurden auch sie von einem Gard abgeführt, der sie zurück zur Zelle brachte. Der Mann befahl Thera, sich zu beeilen, und blieb mit Iora im Gang. Als Nimael und Thera den Mittelraum betraten, lag auf ihrem Bett eine strahlend weiße Uniform. Die Uniform einer Caer, die von nun an in der Heilungssektion tätig war.

Sie zog sich hastig um, hielt aber für einen Moment inne, als sie ihren Stiefel vom Fuß streifte. Sie zog das Messer daraus hervor und drückte es Nimael in die Hand.

„Danke, aber das brauche ich jetzt nicht mehr." Sie küsste ihn mit einem strahlenden Lächeln auf die Wange. Bevor Thera nach draußen verschwand, drehte sie sich noch einmal zu ihm zurück und fügte hinzu: „Du solltest heute unbedingt noch einmal nach deinen

Verletzungen sehen lassen. Und vergiss nicht, dass es sich dabei um die Anweisung einer Heilerin handelt."

Schon lange hatte Nimael seine Thera nicht mehr so unbeschwert und glücklich erlebt. Er spürte, wie sie ihn damit angesteckt hatte und sich dieses Glücksgefühl langsam in seinem Innersten ausbreitete. In diesem Moment war sich Nimael sicher, dass er seine ersten beiden Wünsche für keinen besseren Zweck hätte einsetzen können.

Am Abend kam Nimael der Aufforderung seiner Liebsten nach und besuchte sie in der Heilungssektion, um sie anschließend nach Hause zu begleiten. Wie sich zuvor bereits abgezeichnet hatte, verstand sich Thera sehr gut mit Iora, die sie den Tag über eingewiesen hatte und ihr nun mit einem wissenden Grinsen freie Hand bei Nimaels Behandlung ließ. Als der Arm wieder verbunden war, verabschiedeten sie sich von Iora und verließen die Heilungssektion. Doch anstatt Thera zurück zur Zelle zu führen, schlug Nimael einen Umweg ein und zeigte ihr den Übungsraum. Sie war nun eine Caer, die noch dazu unter dem Schutz der Meister stand, und konnte sich somit frei im Blutfelsen bewegen. Während Nimael mit seinem gebrochenen Arm zwei Sovalisten bei ihren Kampfübungen zusah, war er besonders froh darüber, dass dieser Schutz auch für ihn galt und sie nicht mehr länger mit Angriffen rechnen mussten. Dennoch fühlte es sich gut an, Thera im Auge zu behalten. In diesem Punkt konnte es sicher nicht schaden, ein wenig übervorsichtig zu sein und sie auch in Zukunft nicht alleine durch die Gänge wandeln zu lassen.

Anschließend besuchten sie das Lager der Versorger und Thera sah sich staunend zwischen den Regalen um. Obwohl Nimael davon berichtet hatte, konnte man sich den gesamten Umfang des vorhandenen Angebots wohl erst richtig vorstellen, wenn man ihn mit eigenen Augen gesehen hatte. Nach dem gemeinsamen Abendessen in der Zelle beendeten sie ihre Besichtigung im Garten.

„Wahnsinn", schwärmte Thera, als sie das viele Grün unter dem freien Himmel erblickte. „Ist das schön hier."

„Ich dachte mir schon, dass es dir gefallen würde." Mit einem Lächeln deutete Nimael auf die verschiedenen Bereiche und erklärte Thera, wie Iora den Garten angelegt hatte. Er zeigte ihr die Gräber, die Nutz- und Heilpflanzen und schließlich den Baumbereich, in dem Ando, Amaru und Torren bereits ihren Kampfübungen nachgingen.

Während sich Thera noch etwas im Garten umsehen wollte, gesellte sich Nimael zu seinen Freunden. Nachdem inzwischen selbst die Meister von seinem Geheimnis wussten, war es höchste Zeit, auch Torren endlich einzuweihen. Nimael begrüßte die Drei und wandte sich an Ando.

„Mit Amaru hast du bereits über mich gesprochen, nicht wahr?"

„Ja", erwiderte Ando. „Aber keine Sorge, er kann schweigen wie ein Grab."

Der Priester nickte freundlich in die Runde, aber Nimael wusste ohnehin, dass er ihm uneingeschränkt vertrauen konnte. Also wandte er sich an Torren und erzählte ihm von den Meistern, ihren Fähigkeiten, und wie er herausgefunden hatte, dass auch er über sie verfügte. Torren hörte sich alles geduldig an, ohne ihn auch nur ein einziges Mal zu unterbrechen oder zu hinterfragen.

„Oh, Nim …", erwiderte er schließlich. Tiefempfundenes Mitleid schwang in seiner Stimme mit. „So wie ich das sehe, gibt es nur drei Möglichkeiten. Entweder der Felsbrocken hat dich doch härter am Kopf getroffen als zunächst befürchtet oder Iora hat dir eine Kräutermischung verabreicht, die starke Wahnvorstellungen hervorruft." Seine sorgenvolle Miene verwandelte sich in ein Grinsen. „Aber am wahrscheinlichsten ist es, dass du mich verscheißern willst, weil ich mich darüber lustig …" Noch bevor er seinen Satz zu Ende geführt hatte, begab sich Nimael in einen Drift, lief ein paar Schritte nach hinten, blieb kurz stehen und winkte ihm zu. Dann huschte er zurück zu seinen Kameraden und ließ sich aus der Strömung fallen. Torren wich erschrocken zurück, stolperte über eine Wurzel und taumelte. Sofort löste Nimael einen weiteren Drift aus, rannte an ihm vorbei und fing ihn auf. Dass er dazu nur seinen unverletzten Arm einsetzen konnte, rief ihm Arnavuts Lektion ins Gedächtnis zurück. Am Gewicht und der Geschwindigkeit, mit der Torren fiel, änderte sich durch den Drift nichts, es stand jedoch mehr Zeit zur Verfügung, um der Masse entgegenzuwirken. Nur mit enormem Kraftaufwand und größter Anstrengung gelang es Nimael schließlich, Torrens Fall zu bremsen und ihn vorsichtig abzusenken.

Nachdem dieser den Schrecken überwunden hatte, stieß auch Thera zu ihnen.

„Tja, das war's dann also …" Torren klatschte mit den Händen resigniert auf die Oberschenkel und setzte sich auf die Wurzel, die ihn gerade zu Fall gebracht hatte. „Wenn wir diese unsterblichen und unbesiegbaren Wesen gegen uns haben, frage ich mich, wozu wir uns überhaupt noch auf einen Kampf vorbereiten."

„Kein Grund, gleich die Hoffnung zu verlieren", erwiderte Nimael. „Ganz so aussichtslos ist die Lage nun auch wieder nicht. Die Dominaten sind vielleicht keine Menschen, aber das bedeutet nicht, dass sie keine Schwächen haben oder gar unbesiegbar wären. Zum einen betrachten sie alle anderen als minderwertige Kreaturen und lassen sich dermaßen von ihrem Hochmut blenden, dass sie mögliche Gefahren nicht unbedingt kommen sehen. Zum anderen gibt es einen kurzen Moment, in dem man sie treffen kann. Wenn man sie überrascht, können sie nicht schnell genug reagieren, um einen Drift auszulösen. Als mich Soval in der Zelle angriff, hätte ich auch dann nicht ausweichen können, wenn ich zu diesem Zeitpunkt bereits über meine Fähigkeiten verfügt hätte. Es ging einfach viel zu schnell. Wenn es euch gelingt, einen Meister auf diese Weise zu überwältigen, so sperrt ihn ein oder kettet ihn an. Es gibt einfach bestimmte Situationen, wo auch ein Drift nicht mehr weiterhilft. Wenn es euch gelingt, euren Gegner irgendwie festzusetzen, ist er euch hoffnungslos ausgeliefert. Das hoffe ich zumindest.“ Im Hinblick auf Arnavuts Andeutung, dass die Meister vielleicht über weitere Fähigkeiten verfügten, schränkte Nimael seine Annahme lieber ein. „Ich kann euch aber garantieren, dass die Dominaten nicht unsterblich sind. Amon sagte selbst, dass ich ihm das Leben gerettet habe. Es gibt also durchaus Möglichkeiten und Wege, sie zu besiegen.“

Nachdem er Torren wieder etwas Hoffnung gemacht hatte, setzten seine Kameraden ihre Kampfübungen fort. Thera und Nimael traten dagegen den Heimweg an.

„Danke, dass du mir diesen wunderschönen Ort gezeigt hast“, sagte Thera.

„Es tut gut, all das endlich mit dir teilen zu können“, antwortete Nimael. „Ich wünschte, ich könnte dir noch mehr zeigen. Dinge, die nur ich sehen kann. Die Welt während eines Drifts. Die Ruhe und der Frieden, die man verspürt, wenn alles zum Erliegen kommt. Die Schönheit eines solchen Moments.“

„Ich glaube, ich kann mir sehr gut vorstellen, wie sich das anfühlt“, erwiderte Thera. „Wenn ich in deinen Armen liege und mich in deinen Augen verliere, habe ich dasselbe Gefühl. Als würde die Zeit stillstehen.“

# 9

# KOBA

In den folgenden Wochen durfte sich Nimael von seinen Verletzungen erholen, welche gewohnt schnell verheilten. Dabei bemerkte er, dass sich der Ton, der ihm entgegengebracht wurde, vollkommen verändert hatte. Während man ihm nach seiner Auspeitschung und der Einzelhaft keinen einzigen Tag Ruhe gegönnt hatte, machte man ihm diesmal nicht den geringsten Druck. Dennoch wollte Nimael keine Zeit verlieren, um in den Bruch zurückzukehren, schließlich sollte seine Gruppe so kurz wie möglich auf sich alleine gestellt sein. Nur einen knappen Monat später nahm er seine Arbeit wieder auf, ließ es auf Anraten der beiden Heilerinnen aber trotzdem langsam angehen. Auch wenn er dabei Überstunden verlieren würde, begnügte er sich zunächst mit halben Arbeitstagen und hielt sich während seiner Schichten etwas zurück, um keinen Rückfall zu riskieren.

An seinem fünften Arbeitstag, an dem er wieder das volle Pensum ableistete, begann Nimael seine Mittagsschicht in einem der Stollen, die in den letzten Monaten frisch angelegt worden waren. Dass die Arbeiten mittlerweile vollkommen konfus fortgeführt wurden, musste die Dominaten äußerst unzufrieden stimmen. Irgendetwas schien ihre Grabungen völlig durcheinandergebracht zu haben. Nimael betrat den Tunnel, der sich direkt unter dem Stollen befand, in dem sich vor wenigen Wochen das Unglück bei der Sprengung zugetragen hatte. Obwohl es im Bruch wieder mehr und mehr Einzelschichten zu besetzen gab, waren diese noch immer eine Seltenheit und für Nimael eine willkommene Abwechslung, um ungestört seinen Gedanken nachzugehen. Während sich diese noch um die Left drehten, die bei der Explosion zu Tode gekommenen war, ließ er das helle Tageslicht hinter sich und betrat den schlecht ausgeleuchteten Stollen. Schon bald endete dieser vor einer kahlen Felswand, an der wie gewohnt eine Spitzhacke und eine Gondel bereitstanden.

Plötzlich hörte Nimael ein leises Geräusch und verlangsamte seinen Schritt, um kurz vor der Wand endgültig stehen zu bleiben. Er schloss die Augen und konzentrierte sich. Nach einem Moment vollkommener Stille glaubte er, leise Atemzüge zu hören. Er öffnete die Augen und fuhr herum, doch hinter ihm hatte niemand den Tunnel betreten. Bildete er sich die Geräusche vielleicht nur ein? Er verharrte an der Stelle und schloss erneut die Augen. Da war es wieder. Wenn er einem seiner Sinne restlos vertrauen konnte, so war es sein Gehör. Versuchte etwa jemand, ihm aufzulauern? Nimael fühlte die Strömung und zögerte keine Sekunde, sich dagegenzustemmen, um die Zeit zu verlangsamen. Dann sah er sich um. Im gesamten Tunnel schien es nur eine einzige Fackel zu geben. Er nahm sie aus ihrer Halterung und lief langsam die Wände ab. Vorsichtig tastete er sich voran, bis er einen schmalen Riss erkannte, der sich hinter einer vorstehenden Wand verbarg. Vielleicht hatte die gewaltige Explosion für eine Verschiebung der Felswände und somit für die Entstehung dieser Spalte gesorgt, die ohne eine Fackel unmöglich zu erkennen gewesen wäre. Es musste sich um einen Durchbruch zu dem Höhlensystem handeln, das Kerber einmal erwähnt hatte, doch das erklärte noch lange nicht die seltsamen Atemzüge, die durch den Drift mittlerweile vollends verstummt waren. Vielleicht hausten wilde Kreaturen in den Höhlen und es war besser, sich fernzuhalten. Andererseits konnte auch die gefährlichste Bestie nicht schnell genug reagieren, um Nimael während eines Drifts ernsthaft zu gefährden. Vorsichtig näherte er sich dem Riss und leuchtete ihn mit der Fackel langsam aus. Plötzlich funkelten ihn aus dem Dunkeln zwei saphirblaue Augen an, die Nimael nur allzu vertraut waren. Es waren die Augen einer Toten, die er niemals vergessen konnte. Die Augen der Left, die seinetwegen in die Wüste verbannt worden war, um dort elendig zu verdursten. Der Schrecken fuhr ihm durch Mark und Bein und riss ihn schlagartig aus seinem Drift. Waren sie mit ihren Grabungen inzwischen so weit vorgedrungen, dass sie einen Weg in die Unterwelt gefunden hatten? War es das, was die Meister suchten? Wollten sie etwa ihre gefallenen Mitstreiter aus dem Reich der Toten befreien?

In dem Moment schnappte die Tote erschrocken nach Luft, wandte sich von ihm ab und verschwand schnellen Schrittes in der Dunkelheit. Nimael riss sich zusammen und kämpfte gegen seine eigene Furcht an, die ihm mittlerweile eiskalten Schweiß auf die Stirn getrieben hatte. Seine Vernunft sagte ihm, dass eine Tote weder auf Luft angewiesen war noch hörbare Schritte von sich gab. Ganz davon zu schweigen, dass sie sich keinesfalls vor ihm erschrecken würde.

„Warte!“, rief er ihr hinterher. „Ich will dir nichts tun.“

Er löste einen weiteren Drift aus und quetschte sich Stück für Stück durch die enge Felsspalte. Dahinter fand er sich in einer Höhle wieder, die deutlich niedriger und schmaler als ein Stollen war, aber dennoch genug Bewegungsspielraum bot, um sich auf beiden Beinen fortzubewegen. Einige Meter vor sich erkannte er die Umrisse der jungen Frau, die auf eine schwache, rötliche Lichtquelle zuzulaufen schien. Nimael schloss schnell zu ihr auf und löste sich aus der Strömung, um sie noch einmal anzusprechen.

„So warte doch“, bat er sie eindringlich.

Die vermeintlich Tote fuhr herum und riss ihre unnatürlich blauen Augen auf. Ihre zerlumpten Kleider änderten nichts an dem Eindruck, dass sie gerade erst aus einem Grab geklettert zu sein schien.

„Wie bist du so schnell durch den Riss gekommen?", fragte sie mit zittriger Stimme.

„Ich will wirklich nur mit dir reden", antwortete Nimael und wich damit der Frage aus. „Du bist die Left, die Kolubleik damals aus dem Blutfelsen in die Wüste verbannt hat, nicht wahr?"

Für einen Moment schwieg die Frau und musterte Nimael gründlich im Schein der Fackel. „*Du* bist es", stellte sie schließlich fest, während sich ihre Miene verfinsterte.

„Es tut mir leid", sagte Nimael sofort. „Ich hatte ja keine Ahnung, dass Kolubleik wegen so einer Lappalie dir so etwas antun würde."

„Ist schon gut, ich bin dir nicht böse", erwiderte die Left.

„Wirklich nicht?"

Sie schüttelte den Kopf. „Ich wollte diesen Tag nur für immer aus meinem Gedächtnis streichen. Ich fühlte mich so wertlos wie ein Stück Dreck. Gerade gut genug, um dir eine Lektion zu erteilen. Aber ich erinnere mich, wie du für mich um Gnade gefleht hast und vor dem Dunkelmeister auf die Knie gefallen bist. Ich hatte lange genug Zeit, darüber nachzudenken, und ich weiß, dass es nicht deine Schuld war – die trägt allein dieser Schweinehund."

„Danke", sagte Nimael und fühlte, wie ihm ein Stein vom Herzen fiel. Er stellte sich vor und fragte sie nach ihrem Namen.

„Koba", antwortete sie zögerlich und musterte ihn weiter. Nur weil sie sich erinnerte, hieß das offenbar nicht, dass sie ihm uneingeschränkt vertraute.

„Du kannst dir nicht vorstellen, wie froh ich bin, dass du am Leben bist." Nimael lächelte. „Was ist passiert? Wie kommst du hierher?"

„Nachdem ich sicher war, dass man mich nicht mehr in den Felsen lassen würde, sah ich in die Wüste hinaus und überlegte, ob ich sie durchqueren könnte", erzählte Koba. Nimaels aufrichtige Freude darüber, dass sie am Leben war, schien das letzte Eis gebrochen zu haben. „Aber der Durst, den ich verspürte, noch bevor ich überhaupt aufgebrochen war, machte diese Hoffnung zunichte. Also entschied ich mich, um den Blutfelsen herumzulaufen und nach einer anderen Möglichkeit zu suchen, um irgendwie zu überleben. Ich wusste, dass es im Inneren eine Quelle gibt, und hoffte, dass das Wasser irgendwo nach außen dringen würde, damit ich meinen Durst stillen und mich für die Reise wappnen könnte. Als ich bereits über die Hälfte des Felsens umrundet hatte, fiel mir an einer Wand etwas ins Auge, das ich nie für möglich gehalten hätte. Einige Meter über dem Sand erkannte ich eine kleine Öffnung – einen Höhleneingang, der zurück ins Innere führte. Ich schüttete den Sand auf, so weit ich konnte, und kletterte das letzte Stück hinauf, um mich schließlich durch die Öffnung zu quetschen. Dann tastete ich mich langsam vor. Zunächst war es schwierig, sich irgendwie zurechtzufinden, doch bald hörte ich Tropfen, die von der Decke fielen, und schließlich fand ich ein wenig Wasser, das sich in einer Vertiefung gesammelt hatte. Als ich mich weiter umsah, wurde mir klar, dass es in diesem Höhlensystem weit mehr als eine Quelle gibt und somit genügend Wasser vorhanden ist."

„Aber wie hast du dich die ganze Zeit über ernährt?", fragte Nimael. „Hier gibt es doch nur den blanken Fels."

„Ich hatte Glück." Koba grinste. „Wie sich herausstellte, mündet eine der Quellen im Garten der Versorger, um diesen zu bewässern. Bei Nacht schlich ich hinein und erntete, was ich von Tag zu Tag brauchte. Letztendlich geht es mir jetzt sogar besser als noch zuvor."

Während Koba erzählt hatte, war Nimael wieder auf die Lichtquelle aufmerksam geworden, deren Leuchten sich einige Meter hinter ihr rötlich an der Wand brach. Er hatte dieses merkwürdige Schimmern schon einmal gesehen. Es handelte sich um dasselbe unnatürliche Licht, das der unbekannte Gegenstand ausgestrahlt hatte, den einer der Meister damals im Bruch bei sich getragen hatte.

„Darf ich dich noch etwas fragen?", begann er vorsichtig. „Wie konntest du dich in dem Höhlensystem überhaupt zurechtfinden? Ohne eine Fackel ist es doch stockdunkel."

Sie sah Nimael durchdringend an, während sie offenbar abwägte, ob sie ihm auch wirklich vertrauen konnte. Schließlich wandte sie sich ab und ging tiefer in die Höhle hinein.

„Komm mit", forderte sie ihn schließlich auf. Nimael ließ sich das nicht zweimal sagen und schloss sich ihr neugierig an. Nach einigen Metern öffnete sich die schmale Höhle zu einer weiten, hohen Halle, deren Boden und Decke mit zahlreichen Tropfsteinen besetzt war. Obwohl ihn der Anblick unter normalen Umständen tief beeindruckt hätte, fiel sein Blick sofort auf die Lichtquelle, die in der Mitte der Halle auf einem dicken Tropfstein lag und die gesamte Höhle in blutrotes Licht tauchte.

„Was ist das?", fragte Nimael wie von einem Zauber erfasst.

„Ein Stein", erklärte Koba stolz. „Ich habe ihn beim Erkunden des Höhlensystems gefunden. Er leuchtet hell wie eine Fackel. Ganz von selbst, ohne jemals zu erlöschen. Ich nenne ihn meinen Leuchtestein."

Nimael näherte sich ehrfürchtig dem rätselhaften Brocken und bewunderte ihn ausgiebig. Er war ungefähr so groß wie eine Faust und in seinem Innern waberte leuchtend rotes Licht wie eine Flüssigkeit. Es war wunderschön. Ein Schauspiel, dem man sich nur schwer entziehen konnte. Es strahlte eine wohltuende Geborgenheit aus, wie sie Nimael bisher noch nie empfunden hatte – allerhöchstens in Theras Armen. Das Licht war von einer durchscheinend kristallinen Oberfläche umschlossen, die an einer Seite eine natürliche Struktur zeigte, während die zwei gegenüberliegenden Seiten glatte Bruchkanten aufwiesen. Das musste das Artefakt sein, das die Dominaten schon seit Jahren suchten.

Nimael griff vorsichtig nach dem Stein. „Darf ich …?“, fragte er Koba, als wäre sie die Mutter, deren Kind er in die Arme nehmen wollte.

Sie nickte.

Als er das Artefakt in Händen hielt, durchströmte ihn eine ungeahnte Kraft.

„Wahnsinn.“ Nimael staunte.

„Ein beeindruckender Anblick, nicht wahr?“ Koba lächelte.

„Ich meinte eigentlich das Gefühl, das von ihm ausgeht.“

Koba runzelte die Stirn.

„Heißt das, du fühlst nicht seine Wärme?“, fragte Nimael. „Seine Energie?“

Sie schüttelte den Kopf und nahm den Stein an sich. „Nein, nichts. Aber ich sehe ihn mir unheimlich gern an. Es hat so etwas Beruhigendes.“

Am liebsten hätte sich Nimael noch länger mit dem fremdartigen Artefakt beschäftigt, aber er durfte nicht vergessen, dass er noch immer eine Schicht im Bruch abzuleisten und damit auch ein gewisses Pensum zu erfüllen hatte.

„Ich muss zurück, bevor jemandem auffällt, dass ich fehle. Wenn du willst, bringe ich dir heute Abend ein Stück Brot und Wurst vorbei. Und eine Ersatzuniform“, fügte er hinzu, als ihm ihr verwahrlostes Erscheinungsbild wieder ins Auge sprang. „Nach Einbruch der Dunkelheit komme ich zurück.“

„Warum willst du das für mich tun?“, fragte Koba so überrascht, als hätte ihr noch nie irgendjemand das kleinste bisschen Mitgefühl entgegengebracht.

„Ist das dein Ernst?“, fragte Nimael zurück. „Ich überlasse dich doch hier nicht einfach deinem Schicksal. Außerdem bist du erst durch mich überhaupt in diese Situation geraten. Wenn ich dir irgendwie helfen kann, so werde ich das selbstverständlich tun.“

„Dann werde ich hier auf dich warten.“ Koba lächelte.

Nimael lächelte zurück und verabschiedete sich mit einem knappen Nicken. Er lief zurück durch die Höhle und zwängte sich durch den schmalen Riss hindurch, um in den Stollen zurückzukehren. Dort sah er sich kurz um, schob die Fackel zurück in die Wandhalterung und ging an die Arbeit. Wenn er nach seiner Schicht nicht auffallen wollte, musste er nun Höchstleistungen vollbringen, um ein akzeptables Arbeitsergebnis vorweisen zu können. Er griff zur Hacke, spannte seine Muskeln an und bemerkte, dass er vor Tatendrang nur so strotzte. Selbst die Strömung konnte er ohne jegliche Konzentration um sich herum wahrnehmen. Mühelos löste er einen weiteren Drift aus und ging seiner Arbeit nach. Als er eine vergleichbare Menge Gestein wie üblich abgebaut hatte, beendete er den Drift und bemerkte erst jetzt, dass er wohl noch nie über einen so langen Zeitraum hinweg seinen Verstand geteilt hatte, um die Strömung aufrechtzuerhalten und gleichzeitig bewusst zu handeln. Wenn dieser kurze Moment mit dem Artefakt solche Kräfte in ihm freigesetzt hatte, was würde dann erst ein längerer Kontakt bewirken?

Zwischen den weiteren Schichten hielt Nimael angestrengt nach Ando und Torren Ausschau. Er wollte sie unbedingt dabei haben, wenn er am Abend von seinen Neuigkeiten berichtete. Schließlich gelang es ihm, Torren bei einer Pause am Brunnen anzusprechen, während er Ando gerade noch abfangen konnte, bevor dieser den Heimweg antrat. Als auch Nimael seinen Dienst beendet hatte, bemerkte er, wie ausgeglichen er sich fühlte. Allerdings schrieb er dieses Gefühl nicht dem Artefakt zu, sondern der Tatsache, dass Koba noch am Leben war. Es war, als ob ihm einer seiner Fehltritte – eine seiner Sünden – einfach ungeschehen gemacht und vergeben worden wäre. Als wäre dieses schreckliche Ereignis aus seiner Vergangenheit gelöscht und sein Gewissen wieder reingewaschen worden. Nachdem er die Gruppe zurück zur Zelle gebracht hatte, machte er sich auf den Weg zum Lager der Versorger, um ein Abendessen zu beschaffen.

Kaifu kannte seine Kundschaft gut genug, dass es ihm sofort auffiel, als Nimael eine größere Menge als üblich kaufen wollte.

„Wir erwarten Besuch", erklärte Nimael.

„Drei Personen", sagte Kaifu, um zu verdeutlichen, wie viel er aus Nimaels Einkäufen herauslesen konnte.

„Nein, nur Ando und Torren."

„Ach so, verstehe" Kaifu nickte und grinste dabei, vermutlich weil er von einer doppelten Portion für Torren ausging. Damit war Kobas Mahlzeit für diesen Tag zwar erklärt, aber ihre Existenz auch in Zukunft zu decken, stellte sich bereits jetzt als wesentlich schwieriger heraus, als Nimael sich das vorgestellt hatte. Vielleicht musste er sich in Zukunft selbst als Vielfraß darstellen, wenn er Koba auch weiterhin regelmäßig versorgen wollte.

Als ihre Gäste eingetroffen waren, erzählte Nimael von seinem Erlebnis im Bruch und ließ dabei kein Detail aus. Er erklärte, wie ihn diese strahlend blauen Augen angefunkelt hatten, wie Koba all die Monate allein überlebt hatte und welche Verbindung er zu dem Artefakt verspürt hatte.

„Koba." Ting lächelte. „Ihre Eltern kamen wohl erst auf den Namen, nachdem sie ihre kobaltblauen Augen gesehen hatten."

„Damit erklärt sich auch, warum die Meister ihre Grabungen seit Monaten planlos vorantreiben", überlegte Ando laut. „Zuerst hatten sie ein klares Ziel vor Augen, aber jetzt bewegt sich Koba laufend durch das Höhlensystem. Das Artefakt, mit dem sie den anderen Stein finden wollen, liefert dadurch widersprüchliche Ergebnisse und macht ihren gesamten Plan unbrauchbar."

Nimael nickte zufrieden. „Koba hat sich nicht nur selbst das Leben gerettet, sondern uns damit auch noch unwissentlich Zeit verschafft."

„Aber dann haben wir doch etwas, das sie wollen", stellte Torren enthusiastisch fest. „Wir können uns freikaufen. Wir geben ihnen das Artefakt im Tausch gegen unsere Freiheit."

„Damit würden wir ihnen direkt in die Hände spielen", erwiderte Nimael. „Ich habe gefühlt, welche Kraft von dem Stein ausgeht. Die Meister verfügen bereits über ein Artefakt aus einem der anderen Brüche. Wer weiß, was zwei dieser Leuchtesteine bewirken könnten. Ich will mir lieber nicht ausmalen, was diese niederträchtigen Wesen mit einer solchen Macht anstellen würden."

„Nicht nur das", fügte Landria hinzu. „Erinnert ihr euch noch an den Brief, den Korth geschrieben hat? Nachdem die Dominaten damals das erste Artefakt gefunden hatten, wurden die Sklaven in dem anderen Steinbruch nicht etwa freigelassen, sondern einfach in eine andere Stätte umgesiedelt. Außerdem ließen die Meister den Boten, der das Artefakt überbrachte, einfach töten. Sie werden nicht das geringste Risiko eingehen, dass Informationen über ihre Pläne nach außen dringen. Keinesfalls werden sie uns mit diesem Wissen einfach freilassen."

Als selbst Kaeti zustimmend nickte, war allen klar, dass diese Möglichkeit nicht zur Debatte stand.

„Bewahrt von nun an Stillschweigen über dieses Thema", ermahnte Ando die Anwesenden, bevor er sich mit Torren aus der Zelle verabschiedete. „Ihr wisst, wie oft die Meister schon von Dingen erfahren haben, die sie eigentlich nicht wissen konnten. Je häufiger wir darüber sprechen, desto wahrscheinlicher ist es, dass sie es herausfinden werden."

Nimael verzog das Gesicht. Dasselbe galt selbstverständlich auch für seine Besuche bei Koba. Ein weiteres Problem, das er bisher nicht bedacht hatte.

Als die Dämmerung hereinbrach, packte Nimael trotzdem das Essen und die alte Ersatzuniform der *Heißen Zwei* in seine Tasche und machte sich damit auf den Weg zum Bruch. Die Gards, die am Sprengstoffschuppen Wache hielten, musterten ihn aufmerksam, unternahmen aber nichts, als er seinen Weg in Richtung der Versorger fortsetzte. Jetzt war er froh, dass er bis zum Einbruch der Dunkelheit gewartet hatte. Als er außer Sicht war, wechselte Nimael die Richtung und kehrte vorsichtig zum Stollen zurück, in dem er Koba begegnet war. Die Fackel im Inneren war längst erloschen, aber nach all den Monaten, die Nimael in absoluter Dunkelheit zugebracht hatte, kam er auch ohne Licht zurecht. Er tastete sich an der Wand entlang, bis er die Spalte erreichte, und quetschte sich vorsichtig hindurch.

Als er in einiger Entfernung das Schimmern des Artefakts erkannte, wusste er, dass Koba bereits auf ihn wartete. Nach einer knappen Begrüßung stürzte sie sich regelrecht auf das Essen. Wurst und Brot musste sie schmerzlich vermisst haben. Während sie begeistert darüber herfiel, beschäftigte sich Nimael weiter mit dem Artefakt. Er nahm es an sich, starrte hinein und genoss das Gefühl, das es ihm gab. Wie es ihn erfüllte und in sich ruhen ließ. Alles um ihn herum schien zu entschwinden und wirkte vollkommen nebensächlich. Jeder Augenblick fühlte sich länger und jeder Atemzug tiefer an. Gerade als es dabei war, ihn vollends in seinen Bann zu ziehen, beendete Koba ihre Mahlzeit – viel zu schnell für Nimaels Begriff. Widerwillig legte er ihren Leuchtestein beiseite und gab ihr die Uniform.

Schließlich erzählte Koba, wie sie die gewaltige Sprengung erlebt und überlebt hatte. Einige Höhlen waren dabei vollständig eingestürzt, andere glichen einem Trümmerfeld, aber zum Zeitpunkt der Explosion befand sich Koba glücklicherweise weit entfernt und die wichtigsten Pfade in ihrem unterirdischen Reich hatten die Erschütterung ohne größere Schäden überstanden.

„Eines Tages werde ich dir alles zeigen", versprach Koba. „Und du musst mich auf dem Laufenden halten, was da draußen vor sich geht."

„Das werde ich", antwortete Nimael. „Eines solltest du aber schon jetzt wissen. Ich bin mir recht sicher, dass die Meister in Besitz eines zweiten Artefakts sind. Auf irgendeine Weise können sie damit die Position deines Leuchtesteins bestimmen. Tu mir bitte den Gefallen und verlasse diesen Bereich sofort, nachdem ich bei dir war. Ziehe dich weiter ins Innere des Berges zurück und halte dich niemals zu lange an derselben Stelle auf."

„Wie oft wirst du mich besuchen kommen?", fragte Koba neugierig.

„Am liebsten würde ich täglich nach dir sehen", sagte Nimael. „Aber ich bin mir sicher, dass es auffallen würde. Mehr als ein Treffen die Woche sollten wir besser nicht riskieren. Meinst du, dass du so lange alleine zurechtkommst?"

„Gewiss", antwortete Koba selbstbewusst. „Oder hast du schon vergessen, mit wem du es zu tun hast?"

Nachdem Nimael in die Zelle zurückgekehrt war, betrat er sein Zimmer – ihr Zimmer, schließlich war Thera inzwischen bei ihm eingezogen.

„Du warst lange weg", empfing sie ihn argwöhnisch.

„Bist du etwa eifersüchtig?"

„Sollte ich das denn nicht sein?", fragte Thera zurück.

Nimael schüttelte den Kopf. „Du weißt doch, dass ich Koba nur Essen gebracht habe. Dass ich jemandem in einer Notlage helfe, wie wir es schon unzählige Male getan haben. Nur weil ich von ihren außergewöhnlichen Augen geschwärmt habe, heißt das doch nicht, dass ich mich gleich in sie verliebe."

„Du verstehst mich falsch", erwiderte Thera. „Es ist nicht Koba, wegen der ich mir Sorgen mache. Du hättest dich sehen sollen, als du von deiner Verbindung zu dem Artefakt erzählt hast. Deine Wortwahl. Deine leuchtenden Augen. Ich hatte immer gehofft, dass ich die Einzige wäre, die im Stande ist, solche Gefühle – solch eine Leidenschaft – in dir zu wecken."

Nimael errötete.

„Es muss dir nicht peinlich sein", fuhr Thera fort. „Und ich verstehe, dass du jede Gelegenheit nutzen möchtest, um herauszufinden, wozu dieser Stein in der Lage ist. Welche Fähigkeiten er vielleicht noch in dir zu Tage fördert. Vielleicht ist diese Verbindung der Schlüssel zu unserer Freiheit. Aber du solltest auch nicht die Gefahr unterschätzen, die möglicherweise von dem Artefakt ausgeht. Du sagtest, du brauchst mich. Ich sollte dein Anker sein. Und deshalb werde ich dich jetzt sehr genau im Blick behalten und aufpassen, dass du mir nicht abdriftest. Sollte sich dein Charakter verändern, solltest du deine Skrupel verlieren oder irgendwelche Züge annehmen, die denen der Dominaten auch nur ähneln, werde ich einschreiten. Versprich mir, dass du auf mich hören wirst, sollte es jemals so weit kommen."

„Ich verspreche es", antwortete Nimael, ohne zu zögern, und schloss sie in die Arme. Mit einem leidenschaftlichen Kuss besiegelte er sein Versprechen. Egal wie sehr ihn dieses Artefakt in seinen Bann ziehen würde, mit seiner Liebe für Thera würde es keine Kraft der Welt jemals aufnehmen können.

# 10

# MISSVERSTÄNDNIS

In den folgenden Wochen brachte Nimael nach und nach die grundsätzlichsten Dinge in die Höhle. Schließlich sollte sich Kobas Leben unter diesen Umständen so angenehm wie möglich gestalten. Nach und nach schmuggelte er Seife, Handtuch, und eine Decke in die Höhle. Nachdem Koba ihre erste Ration so schnell vertilgt hatte, schaffte Nimael außerdem eine größere Menge Essen, eine Tasche und seine zweite Feldflasche herbei, damit Koba nicht bei jedem Anflug von Durst eine Quelle aufsuchen musste und möglichst mobil bleiben konnte. Schließlich bat ihn die junge Höhlenbewohnerin um Bücher jeglicher Art. Das Schlimmste an ihrer Einsamkeit waren weder Hunger, Durst noch die Unannehmlichkeiten des harten Felsens, sondern die enorme Langeweile. Nach seiner Einzelhaft konnte Nimael sehr gut nachvollziehen, wie es ihr dabei ging, weshalb er ihr mit größter Freude jeden Wunsch erfüllte. Gleichzeitig musste er sich jedoch eingestehen, dass seine Treffen mit ihr nicht ganz uneigennützig waren. Das Artefakt blies jede Woche frischen Wind in seine Segel. Noch nie hatte er sich so energiegeladen und lebendig gefühlt. Umso erfreulicher war es, dass weder Thera noch ihm selbst eine gravierende Veränderung seines Charakters aufgefallen war. Die Aufgaben im Bruch gingen ihm leicht von der Hand und mit einem Split konnte er problemlos seine Arbeit verrichten und gleichzeitig seinen Gedanken nachgehen, während er seine Gruppe nie aus den Augen verlor.

Eines Vormittags bemerkte Nimael während einer Außenschicht, dass sich einer der Gards verdächtig umzusehen schien. Kurz darauf verschwand er in einem der unteren Tunnel. Hatte dort nicht Veila gerade erst ihre Schicht begonnen? Nimaels Gedanken schlugen sofort in Sorge um und kalter Schweiß brach ihm aus. Soval hatte Veila am Bett der verletzten Siri gesehen. Er wusste bestimmt, dass sie an der *Heißen Zwei* beteiligt gewesen war, und die Meister hatten ihren Namen nicht genannt, als sie mit der Todesstrafe wegen eines Angriffs gedroht hatten. Vielleicht hatte Soval erneut einen Gard bestochen, der seine Drecksarbeit für ihn erledigen sollte. Eine unauffälligere Methode für einen heimtückischen Angriff ließ sich im Blutfelsen kaum bewerkstelligen.

Nimael ärgerte sich über seinen eigenen Hochmut. Wieso hatte er sich bloß so sicher gefühlt und das Messer nach Theras Beförderung nicht an Veila weitergegeben? Der Gard hatte mittlerweile schon viel zu lange in dem Stollen zugebracht. Eine Routinekontrolle wäre längst vorbei gewesen und jede weitere Sekunde, die Nimael jetzt noch zögerte, konnte für Veila die Entscheidung über Leben und Tod bedeuten. Er sah sich unauffällig um und veränderte langsam seine Position, bis er hinter einer Gondel aus dem Sichtfeld der umstehenden Gards verschwand. Dann stemmte er sich gegen die Strömung, die in den letzten Minuten eine geradezu unbändige Intensität angenommen hatte. Er legte seine Schaufel zu Boden und rannte zwischen den erstarrten Arbeitern und Wachleuten hindurch, bis er den Stollen erreichte. Ein kurzes Stück hinter dem Eingang erreichte er eine Gabelung, von der drei kleinere Tunnel ausgingen. Nimael ließ sich aus dem Drift fallen und strengte sein Gehör an. Schon nach wenigen Sekunden hörte er aus dem rechten Stollen ein leises Stöhnen. Das musste Veila sein. Er rannte hinein und erkannte bereits nach wenigen Metern, dass zwei Personen an der Tunnelwand standen. Als er sich näherte, erkannte er ihre Silhouetten. Der Gard hatte Veila gegen die harte Felswand gedrückt und hielt ihre Arme nach oben, wodurch sie ihm wehrlos ausgeliefert war. Der gewaltsame Kuss, den er ihr dabei auf die Lippen presste, ließ keinen Zweifel daran, was er vorhatte.

„Weg von ihr, du Drecksack!“, rief Nimael und stürmte auf ihn los. Der Gard fuhr erschrocken herum, doch noch bevor er reagieren konnte, schlug Nimael ihm gezielt in die Magengegend. Der Mann taumelte zurück und hielt sich mit einer Hand den Bauch, während er Nimael mit der anderen zu beschwichtigen versuchte. Bei so einem schwachen Gegner konnte Nimael getrost auf einen Drift verzichten, um weiterhin sein Geheimnis zu wahren. Entschlossen näherte er sich dem Gard, um nachzusetzen.

„Nimael, nicht …“, stammelte Veila. Vermutlich hatte sie Angst, welche Konsequenzen der Angriff auf einen Gard nach sich zog, aber Nimael hatte bei den Meistern noch immer einen Stein im Brett und unter diesen Umständen konnten sie seine Handlungsweise mit Sicherheit nachvollziehen. Unbeirrt hielt er weiter auf den Gard zu. Plötzlich hechtete Veila an ihm vorbei und brachte sich zwischen den Mann und Nimael. Sie wandte sich ihm zu und kehrte dem Feind somit den Rücken zu. Hatte sie etwa alle Regeln eines Kampfes vergessen?

„Hör sofort auf damit!“, befahl sie ihm scharf.

Nimael blieb wie erstarrt stehen. „Was tust du denn?“, fragte er fassungslos. „Das Dreckschwein wollte dich …“

„Er hat mich nicht angegriffen“, fiel ihm Veila ins Wort. „Ich … wollte es auch.“

„Warum nimmst du ihn in Schutz? Ich habe mit eigenen Augen gesehen, wie er dich brutal gegen die Wand gedrückt hat.“

„Nicht brutal, nur … leidenschaftlich", korrigierte Veila ihn. Selbst in der Dunkelheit des Stollens war deutlich zu erkennen, wie sie errötete.

Nimael musste die Information erst einmal verdauen. „Soll das heißen, du hast etwas mit ihm?", fragte er ungläubig. *„Mit einem Gard?"* Obwohl er versuchte, seine Abneigung zu verbergen, klang sie mit jeder Silbe durch.

„Dyggo", stellte sich der Mann vor. Wahrscheinlich wollte er nicht länger als verabscheuungswürdiger Gard bezeichnet werden. Nimael schenkte ihm keinerlei Beachtung, sondern hielt sich an Veila.

„Bist du verrückt geworden? Du lässt dich mit einem von denen ein?"

„Er ist nicht wie die anderen", verteidigte sich Veila. „Er hat mir das Leben gerettet, als ich auf dem schmalen Weg zur oberen Terrasse das Gleichgewicht verlor. Ich konnte mich nicht mehr halten und rutschte ab. Wenn Dyggo nicht eingegriffen hätte, wäre ich ganz sicher abgestürzt. Anschließend kamen wir uns näher und lernten uns kennen. Er will niemandem etwas Böses. Er hasst seine Arbeit."

„Unsinn, das ist doch gelogen", erwiderte Nimael. „Kein Gard wurde zu seinem Dienst hier gezwungen. Sie alle wussten, worauf sie sich einlassen, und haben aus freien Stücken eingewilligt."

„Ja, das habe ich", gestand Dyggo. „Aber meine Motive waren ehrenhaft."

Obwohl Nimael ihm noch immer misstraute, ließ er ihn erklären.

„Ich stamme von einem Bauernhof im Süden Zwirnos, der sich seit Generationen im Besitz meiner Familie befindet", erzählte Dyggo. „Leider hatten wir ein paar harte Jahre und große Einbußen, was die Ernte betrifft. Unwetter und Schädlingsbefall sorgten dafür, dass wir unsere Arbeiter nicht länger bezahlen konnten. Eins führte zum anderen und so blieben wir unseren Herrschern schon bald die Steuer schuldig. Doch anstatt uns dafür zu strafen oder uns gewaltige Zinssummen aufzuerlegen, machten sie uns ein Angebot. Ich sollte mich in ihren Dienst stellen, um Sklaven zu beaufsichtigen. Einen Teil meines Lohns wollten sie einbehalten, um meinen Eltern im Gegenzug die Steuer zu erlassen. Ein fantastisches Angebot, das ich sofort akzeptierte. So konnte ich meinen Eltern wieder auf die Beine helfen, um mich nach ein paar Jahren selbst wieder freizukaufen. Als der Zeitpunkt gekommen war, wollte ich diese unredliche Arbeit schnellstmöglich hinter mir lassen. Doch die Meister stellten mir in Aussicht, nach ein paar weiteren Jahren in ihrem Dienst einen Sklavenarbeiter erstehen zu können, der uns auf dem Bauernhof unterstützen sollte. Also verlängerte ich meine Dienstzeit, um meine Eltern mit einer kostengünstigen Arbeitskraft abzusichern und in Zukunft vor dem Ruin zu bewahren."

„Da hörst du es", wandte sich Nimael wieder an Veila. „Er wollte einen Sklaven kaufen." Der Gedanke, dass Dyggo auch nach seiner Freilassung einem Menschen die Freiheit nehmen wollte, widerstrebte ihm zutiefst.

„Ich wollte eine Left freikaufen", rechtfertigte sich Dyggo. „Wir hätten sie anständig behandelt. Jede einzelne von ihnen hätte sich glücklich schätzen können, diese Hölle hinter sich zu lassen, und wäre mir mit Kusshand gefolgt."

Nimael musterte ihn durchdringend. Konnte man eine solche Geschichte wirklich glauben? Mit Ausnahme von Kaifu hatte er bislang keinen einzigen Gard kennengelernt, der auch nur ansatzweise ein solches Vertrauen verdient gehabt hätte – schon gar nicht unter den Kämpfern.

„Wie lange kennt ihr euch schon?", fragte er Veila.

„Seit eineinhalb Jahren."

„Wirklich?" Nimael begann zu rechnen. „Du kennst ihn schon seit meiner Einzelhaft?"

Veila nickte.

Nimael überlegte, was sich seit damals alles zugetragen hatte. Offenbar hatte ihn sein Gefühl nicht getäuscht, dass mehr hinter ihrem

Verzicht gesteckt hatte, als sie von der Reise nach Moenchtal freiwillig zurückgetreten war, um die *Heiße Zwei* weiterzuführen. Aber über einen so langen Zeitraum musste sie Dyggo recht gut kennengelernt haben. Wenn er tatsächlich ein falsches Spiel mit ihr trieb, so wäre ihr das inzwischen sicher aufgefallen.

„Und wie soll es nun weitergehen?"

„Das liegt doch auf der Hand", antwortete Veila. „Statt einer Left wird er mich freikaufen. Wir werden seine Eltern bei ihrer Arbeit unterstützen und gemeinsam in Zwirno leben."

„Mit meinem Lohn werde ich noch ungefähr ein Jahr brauchen, um sie hier rauszuholen. Nicht als Sklavin, sondern als meine Frau", fügte Dyggo hinzu.

„Also schön", überlegte Nimael laut. „Wenn das wirklich alles der Wahrheit entspricht, lassen wir uns etwas einfallen. Gemeinsam werden wir den fehlenden Betrag bestimmt etwas schneller zusammenbekommen."

„Das würdest du tun?", fragte Dyggo überrascht.

„Natürlich", antwortete Nimael. „Meinen Kameradinnen zur Freiheit zu verhelfen, war von Anfang an mein höchstes Ziel. Warum sollte ich jetzt, da sich einer von ihnen die Gelegenheit dazu bietet, *Nein* sagen? Aber ich werde euch nur unterstützen, wenn ich mir sicher bin, dass die Sache keinen Haken hat."

„Das hat sie nicht", versicherte Veila ihm sofort. „Und ich wünsche mir nichts sehnlicher als ein gemeinsames Leben mit ihm."

„Wir werden uns später darüber unterhalten", sagte Nimael. Genau wie bei seinem ersten Treffen mit Koba durfte seine Abwesenheit während einer Schicht keinesfalls auffallen – schon gar nicht im Außenbereich.

Nachdem er in den Eingangsbereich des Stollens zurückgekehrt war, konzentrierte er sich auf die Strömung. Er rannte nach draußen und verschaffte sich einen Überblick. Die meisten Gards standen noch genau dort, wo er sie vor wenigen Minuten zurückgelassen hatte. Einer von ihnen hatte sich jedoch in Bewegung gesetzt und war inzwischen nur noch wenige Meter von der Gondel entfernt, hinter der sich Nimael verschanzt hatte, um den Drift auszulösen. Seine grimmige Miene verhieß nichts Gutes. Nimael rannte in einem weiten Bogen um ihn herum, versteckte sich hinter seiner Gondel und griff nach der Schaufel, die er dort zurückgelassen hatte. Anschließend löste er sich aus dem Drift und erhob sich, um wie gewohnt Steine auszuladen.

„Du!“, brüllte ihn der Gard wütend an. „Wieso reagierst du nicht, wenn ich mit dir spreche? Hast du da hinten etwa gepennt?“

„Ich?“ Nimael setzte eine Unschuldsmiene auf und starrte ihn überrascht an. „Aber nein, ich war nur in Gedanken. Ich hatte ja keine Ahnung, dass ich gemeint war.“

Der Gard blieb stehen, musterte ihn sorgfältig und nahm ihm die Lüge schließlich ab. Nachdem er ihn nicht gerade taktvoll zu einer engagierteren Arbeitsweise aufgefordert hatte, wandte er sich ab und ließ Nimael an der Gondel zurück, als wäre nichts geschehen.

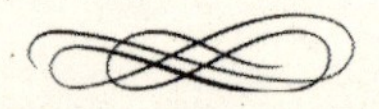

In der Mittagspause erzählte Nimael von dem Missverständnis.

„Das ist doch mal eine erfreuliche Wendung“, befand Ando. „Ich kenne Dyggo. Er ist einer der wenigen Gards, denen ich diese Geschichte abkaufen würde. Ich glaube, du kannst ihm vertrauen, und Veila kann sich glücklich schätzen, wenn er sie wirklich freikauft. Bei ihm wird sie in Sicherheit sein.“

„Es war leichtsinnig, sie unbewaffnet herumlaufen zu lassen“, machte sich Nimael noch immer den Vorwurf. „Sie steht schließlich nicht unter dem Schutz der Meister und hat maßgeblich zum Erfolg der *Heißen Zwei* beigetragen.“

„Ich kann ihr gern ein Messer leihen“, bot Wiggy an.

„Du trägst ein Messer bei dir?“, fragte Nimael erstaunt.

„Aber nein“, erwiderte Wiggy. „Ich trage *zwei* Messer bei mir. In jedem Stiefel eines.“

„Wie bitte?“, flüsterte Ando und schien dabei aus allen Wolken zu fallen. „Warum weiß ich denn davon nichts?“

„Als einzige weibliche Caer im Bruch sollte man immer auf der Hut sein“, antwortete Wiggy. „Und wer weiß, welchen Stiefel ich bei einem Angriff schneller erreiche, oder ob ein Messer ausreicht, um den Feind abzuwehren.“

„Ihr wisst aber schon, dass es uns verboten ist, Waffen zu tragen?“, warf Ando ein.

„Danke für das Angebot, Wiggy“, antwortete Nimael, ohne Ando Beachtung zu schenken. „Aber wir haben unser eigenes Messer.“

„Ich könnte vielleicht ein Messer brauchen“, mischte sich Torren in die Diskussion ein. „In meinen Stiefeln ist noch Platz.“

„Habt ihr mir eigentlich zugehört?“, fragte Ando nachdrücklich. „Waffen sind uns strengstens untersagt. Wenn sie euch damit erwischen, seid ihr dran!“

„Mensch Ando, bleib doch mal locker“, erwiderte Torren gelassen. „Wir befinden uns hier in einer Wüste und leisten schwerste körperliche Arbeit. Wenn sie wirklich meine Stiefel durchsuchen, brauche ich mein Messer nicht mehr zu ziehen.“

Nimael verkniff sich ein Grinsen und signalisierte Ando durch ein Nicken, dass Torren in diesem Punkt durchaus ein gutes Argument hatte. Kein Gard war dermaßen übermotiviert, dass er auf die Idee kam, die Stiefel eines Arbeiters zu durchsuchen. Ando schüttelte resigniert den Kopf und wandte sich mit gesenkter Stimme an Wiggy.

„Erklär mir mal bitte, wo du zwei Messer aufgetrieben hast.“

„Dachtest du, du wärst der Einzige hier mit Kontakten?“, fragte sie keck und nickte Torren zu. „Keine Sorge, für dich organisiere ich gerne noch eins.“ Sie erhob sich vom Tisch und flüsterte verschwörerisch in die Runde: „Ich geh jetzt wieder an die Arbeit. Wenn sich jemand mit mir anlegen will, sollte er besser zwei seiner Freunde mitbringen." Sie zwinkerte ihnen zu und verließ den Tisch.

„Was für eine Frau", murmelte Torren und sah ihr beeindruckt hinterher.

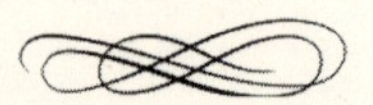

Am Abend sprach Nimael mit Veila über den genauen Restbetrag, der ihnen noch fehlte. Als sie ihn nannte, wurde ihm klar, dass Dyggo selbst nach Abzug der Steuern, die er für seine Eltern zahlte, noch weit über das Doppelte verdiente wie er selbst. An die sofortige Freilassung Veilas, die sich Nimael insgeheim erhofft hatte, war damit nicht länger zu denken. Nimael zog sich in sein Zimmer zurück und begann, das angesparte Geld zu zählen. Anschließend schloss er sich den anderen im Gemeinschaftsraum an und ließ Veila von ihrer Beziehung berichten, die sie so lange geheimgehalten hatte. Als Nimael noch einmal Dyggos Hintergrundgeschichte gehört hatte, fiel ihm ein weiterer Hinweis auf, der eigentlich auf der Hand lag. Die Dominaten hatten auch Zwirno bereits unter ihre Kontrolle gebracht. Nachdem sämtliche Fragen über Dyggos Identität, Charakter und Aussehen bis ins kleinste Detail beantwortet waren und die Gruppe darüber informiert war, welche Chance sich Veila nun bot, erklärte Nimael, wie es um ihre Ersparnisse bestellt war. Er selbst hatte trotz sämtlicher Ausgaben für die *Heiße Zwei* sieben volle Monatslöhne angespart. Dass er damit die Zeit bis zu Veilas Freilassung nur um drei Monate verkürzen konnte, war dagegen ernüchternd. Gleichzeitig hatten seine Kameradinnen aber selbst eine stolze Summe zusammengebracht, die Veilas Wartezeit um weitere vier Monate reduzieren konnte. Nimael musste nicht lange an das Gewissen und das Zusammengehörigkeitsgefühl der Gruppe appellieren, damit diese sich bereit erklärte, Veila zu unterstützen. Jede Einzelne von ihnen vertraute darauf, dass sich die anderen eines Tages genauso großmütig und solidarisch zeigen würden, wenn es um ihre eigene Freiheit ging. Schließlich einigten sie sich, in nächster Zeit einen besonders sparsamen Kurs einzuschlagen. Immerhin bedeutete von nun an jeder noch so kleine Betrag eine kürzere Inhaftierung für Veila.

„Schade." Als Thera und Nimael in ihr Zimmer zurückgekehrt waren, zwinkerte sie ihm zu. „Da werde ich mich wohl noch etwas mit einem Kleid gedulden müssen." Sie schmunzelte und entschuldigte sich sogleich mit einem zärtlichen Kuss, für den ihr Nimael jede Stichelei verziehen hätte.

Von nun an hielt sich Nimael bei seinen Einkäufen stark zurück und zählte genauer als jemals zuvor, wie viel sie angespart hatten. Dass die *Heiße Zwei* inzwischen geschlossen war und keine Kosten mehr verursachte, kam ihm in diesem Punkt genauso entgegen wie die Tatsache, dass Thera nun einen zweiten Caer-Lohn zu ihren Einnahmen beisteuerte. Gleichzeitig zählte Nimael die Kreidestriche an seiner Wand genauer als jemals zuvor. Schon bald stand ein unschönes Jubiläum bevor. Sie waren nun eintausend Tage in Gefangenschaft und alles deutete auf weitere endlose Jahre hin, wenn sich nicht jede seiner Kameradinnen eine Beförderung verdienen oder einen freundlichen Gard auftreiben konnte.

Wenige Wochen später folgte bereits ein weiteres besonderes Ereignis. Die Auszeichnung der fleißigsten Gruppe im Bruch stand bevor. Dass seit ihrer Rückkehr schon beinahe wieder ein volles Jahr vergangen war, konnte Nimael kaum fassen. Zu viel hatte sich seitdem ereignet. Torrens Eingewöhnungsphase, der Angriff auf die *Heiße Zwei*, die Rettung Amons mit all ihren Folgen und natürlich die Begegnung mit Koba. Allerdings hatte Nimael aus seinem Fehler vom Vorjahr gelernt und machte sich diesmal keine falschen Hoffnungen, was die Auszeichnung betraf. Durch die Reise nach Moenchtal hatte er den Beginn des Jahres verpasst und sein Knochenbruch hatte weitere enorme Fehlzeiten verursacht. Gegen Sovals Sieg konnte er diesmal also nichts ausrichten. Dementsprechend schlecht gelaunt gesellte er sich zu den anderen Arbeitern, die ebenso gleichgültig wie er selbst Kerbers Rede verfolgten.

„Auch dieses Jahr verdient die fleißigste Gruppe unseren Dank, den wir in Form eines Monatsgehalts für den zuständigen Caer und seine Slaes zum Ausdruck bringen“, rief Kerber den Arbeitern zu. „Nach einem äußerst knappen Kopf-an-Kopf-Rennen freue ich mich, verkünden zu dürfen, dass dieses Jahr wieder Zelle 78 die Oberhand gewinnen konnte. Die Auszeichnung geht somit an Nimael und seine Gruppe.“

Noch bevor Nimael die Neuigkeit überhaupt begreifen konnte, meldete sich Soval zu Wort.

„Was?“, rief er ungläubig. „Das ist doch Unsinn, da muss ein Fehler vorliegen! Ich habe sämtliche Schichten verglichen und meine Gruppe hatte eindeutig die bessere Quote. Die Auszeichnung steht mir zu.“

„Ganz ruhig, Soval“, antwortete Kerber besonnen. „Diese rechnerische Differenz kommt sicher durch die Fehlzeiten zustande, die Nimael wegen seines verletzten Arms hinnehmen musste. Die Meister haben diesbezüglich entschieden, dass dieser Ausfall nicht seine Schuld war und darum auch nicht gewertet werden sollte.“

„Die Meister?“, fragte Soval abfällig und lief vor Wut rot an. „Wollt ihr uns das etwa als eine objektive Entscheidung verkaufen?“

„Was willst du damit sagen?“, fragte Kerber scharf zurück. „Willst du die Objektivität der Meister etwa infrage stellen?“ Als Dreistern wusste Kerber nur zu gut über die Entwicklungen der letzten Monate Bescheid. Er war über Nimaels Identität mit Sicherheit genauso informiert worden, wie über Sovals Verbot, darüber auch nur ein einziges Wort zu verlieren.

Soval schluckte seinen Zorn hinunter und winkte ab.

„Schon besser." Kerber nickte zufrieden. „Wenn es keine weiteren Einwände mehr gibt, darf ich Nimael zu mir bitten."

Unter dem Applaus des Publikums nahm Nimael das Preisgeld dankend entgegen. Während er zwei Jahre zuvor noch das Gefühl gehabt hatte, dass die Auszeichnung nicht wert war, weil er damit nur dafür belobigt worden war, seine Peiniger unterstützt zu haben, konnte er sich diesmal unbeschwert darüber freuen. Einerseits hatte er Soval ein Schnippchen geschlagen, andererseits bedeutete ein volles Monatsgehalt für die gesamte Gruppe auch eine deutliche Verkürzung von Veilas restlicher Inhaftierung. Und genau darauf war im Moment schließlich ihr Hauptaugenmerk gerichtet.

# 11

# URSPRUNG

Die Wochen vergingen und Nimael hatte das Gefühl, die vielleicht schönste Zeit seines Lebens zu verbringen. Eigentlich wusste er nicht, ob er in dieser Situation überhaupt so fühlen durfte. Immerhin hatte er noch immer einige Versprechen zu erfüllen und war es seinen Freunden schuldig, alles zu unternehmen, um sie zu befreien. Zwar hatte sich Torren inzwischen ganz gut eingelebt, aber natürlich vermisste auch er seine Familie – und angeblich sogar Gondriel. Gleichzeitig hatte sich seit ihrer Rückkehr in den Bruch aber so viel Positives ereignet, dass Nimael zufrieden und auf eine gewisse Weise auch im Reinen mit sich war. Koba war am Leben, er stand plötzlich in der Gunst der Meister und zum ersten Mal seit Langem schien keine unmittelbare Gefahr zu drohen. Natürlich wollte sich Soval nur zu gerne mit ihm anlegen, aber selbst ihm waren die Hände gebunden. Für Veila schien sich gerade ein Weg aus dieser Misere zu ergeben und die Kontakte mit dem Artefakt gaben Nimael eine Lebensenergie, wie er sie noch nie zuvor gefühlt hatte.

Nicht zuletzt standen sich Thera und er näher als jemals zuvor. Seit sie bei ihm eingezogen war, waren sie zu einer noch größeren Einheit zusammengewachsen. Sie verstanden sich fantastisch und liebten sich wie am ersten Tag. Das Einzige, was zu seinem absoluten Glück fehlte, war in dieser Beziehung noch einen letzten, entscheidenden Schritt weiterzugehen, den die Strukturen des Blutfelsens aber nicht erlaubten. Wenn Thera schwanger werden würde, würde das ernste Konsequenzen nach sich ziehen, die er auch mit seinem Überstundenkontingent und seiner Beziehung zu den Meistern kaum ausgleichen konnte. Ganz davon abgesehen, dass ihr Kind nach der Geburt vielleicht nicht am Leben gelassen würde. Wenn sie dieses Risiko nicht eingehen wollten, durften sie sich nicht ihrer Versuchung hingeben, so schwer das auch fiel. Einmal ertappte sich Nimael bei dem Gedanken, seinen dritten Wunsch genau dafür einzulösen. Sofort verwarf er die Idee. Es wäre selbstsüchtig gewesen, diesen letzten Vorteil zu opfern, um einem Verlangen nachzugeben, das nur Thera und ihm selbst zugutekam. Womöglich konnte gerade dieser Wunsch irgendwann über Leben und Tod entscheiden.

Eines Abends ging Nimael wie üblich seinen Einkäufen nach. Nachdem er gezahlt hatte und sich auf den Rückweg machen wollte, hielt ihn Kaifu grinsend zurück.

„Bist du sicher, dass du nicht etwas vergessen hast?“

„Was meinst du?“, fragte Nimael verwirrt.

„Rate mal, was endlich für dich eingetroffen ist?“, Kaifu griff unter seine Theke und zog ein altes Buch hervor. Auf dem Umschlag stand in goldenen Lettern *Sagenhafte Persönlichkeiten und Gestalten des Altertums* geschrieben.

„Du hast es tatsächlich bekommen?“, staunte Nimael. Seine Bestellung lag inzwischen über ein Jahr zurück und eigentlich hatte er zwischen all dem Trubel schon fast vergessen, dass sie überhaupt noch ausstand.

„Ja, war gar nicht so leicht aufzutreiben. Offenbar sind nur noch sehr wenige Exemplare davon im Umlauf. Und leider müssen wir unsere Unkosten decken, darum ist der Preis entsprechend hoch", fügte Kaifu beinahe entschuldigend hinzu.

„Wie viel?", fragte Nimael und zählte bereits das Geld ab, um ihn auszuzahlen.

„280 Taler."

Nimael klappte die Kinnlade herunter. „Für ein *Buch*?", fragte er ungläubig.

Kaifu nickte. „Aber immerhin haben wir es beschafft", antwortete er aufmunternd, als ob er Nimael damit über die horrende Summe hinwegtrösten konnte.

„So viel habe ich nicht dabei", sagte Nimael, ohne nachzählen zu müssen. „Kann ich morgen zahlen?"

Kaifu nickte und reichte ihm das Buch.

Obwohl er über ein Viertel seines Monatsverdienstes dafür berappen musste, war die Aussicht auf weitere Informationen über die Dominaten diese Investition zweifellos wert. Selbst wenn es zu bedeuten hatte, dass Veila noch ein paar Tage länger bei ihnen bleiben musste.

Auf dem Rückweg verwandelte sich Nimaels Neugier langsam in Aufregung. Am liebsten hätte er das Buch sofort aufgeschlagen und darin gelesen, aber noch nie zuvor hatte er die Gelegenheit gehabt, einen solchen Moment mit seinen Freunden zu teilen. Die neuen Informationen wollte er diesmal unbedingt gemeinsam mit allen anderen in Erfahrung bringen. Als er Torren und Ando einlud, blieb Nimael so vage wie möglich, um keine falschen Erwartungen zu wecken. Immerhin lag es durchaus im Bereich des Möglichen, dass der Artikel nicht viel Neues enthielt oder sie sich gar völlig getäuscht hatten, was die Identität der Meister betraf.

Als ihre Gäste eingetroffen waren, fasste Nimael noch einmal zusammen, was sie bisher zu wissen glaubten und wie sie auf den Artikel aufmerksam geworden waren. Schließlich schlug er das Buch auf und begann zu lesen.

Die Geschichte der Dominaten ist eine der ältesten, die je niedergeschrieben und überliefert wurde. Sie beginnt vor vielen Tausend Jahren auf einer Insel, die weit von den Landmassen des uns bekannten Kontinents entfernt war. Dort lebte ein friedsames Volk in vollkommener Abgeschiedenheit und Eintracht. Es war durch seine überdurchschnittliche Intelligenz und fortschrittliche Denkweise hoch entwickelt und kannte weder Neid, Missgunst noch Hass.

Doch von einem Tag auf den anderen änderte sich dies schlagartig. Die Menschen des Kontinents entdeckten die Insel und wie alles, was sie nicht verstanden, fürchteten sie auch diese Zivilisation und ihre Lebensweise – vor allem aber ihren Fortschritt. Schließlich machten sie Gebrauch von der einzigen Disziplin, in der sie den Inselbewohnern überlegen waren – der Gewalt. Sie versklavten dieses friedliebende Volk, machten sich sein Wissen zunutze und töteten all jene, die Widerstand leisteten.

Unter der versklavten Bevölkerung befanden sich auch ein Ehepaar und dessen einziger Sohn, den sie Taro nannten. In ihrem Haus gewährten sie denjenigen Unterschlupf, die gegen die Besatzer des Festlands vorgingen. Doch ihr Versteck flog auf. Die Streitkräfte töteten Taros Eltern vor seinen Augen und ließen auch ihn sterbend zurück.

Im Moment seines Todes sahen die Götter voller Mitgefühl auf diesen unschuldigen Jungen herab und boten ihm und seinem Volk einen Ausweg aus all dem Leid. Als sich sein Geist von seinem Körper löste, zeigten sie ihm den Fluss des Lebens, der wie ein roter Faden die Erde und all seine Lebewesen durchzog. Dann ließen sie ihn erkennen, wie dieser fest mit dem Fluss der Zeit verknüpft war. Taro wurde erlaubt die Verknüpfung seines Volkes zu lösen. Er nahm den Lebensfaden

und verband ihn mit einem Gegenstand, der die Ewigkeit überdauern sollte – einem großen, gewöhnlichen Stein. Da die Götter wussten, dass sein Volk dadurch nicht nur Unsterblichkeit erlangen würde, sondern auch den Lauf der Zeit verändern konnte, verboten sie Taro, in die Vergangenheit einzugreifen. Wer diese Regel missachtete, würde niemals in seine eigene Zeit zurückkehren können und folglich im Fluss ertrinken, sobald seine Konzentration nachließ. Um seinem Volk dieses Gebot zu überbringen, schickten sie Taro auf die Erde zurück.

Als er erwachte, lag neben ihm der Stein, den er mit dem Lebensfaden seines Volkes verknüpft hatte, und der dadurch glühendrote Energie in sich aufsog. Als Taro die toten Körper seiner Eltern erblickte, erinnerte er sich an das Gebot und fühlte eine Hilflosigkeit und Wut in sich aufsteigen, die ihn zu überwältigen drohte. Sein unbändiger Zorn reagierte mit dem Stein und brachte seine Augen ebenfalls zum Glühen.

Da fühlten es auch die Angehörigen seines Volkes. Die Macht, die von dem Stein ausging, war so stark, dass sie den Inselbewohnern erlaubte, sich zeitgleich in ein und demselben Moment aufzuhalten und dadurch mehrere parallele Gedankengänge zu verfolgen. Innerhalb weniger Stunden lernten sie, die Zeit zu verlangsamen und sich dadurch blitzschnell zu bewegen. Noch bevor der Tag zur Nacht wurde, hatten sie ihre Unterdrücker mühelos besiegt.

Doch nach all dem Blutvergießen und der grenzenlosen Macht, die das Volk plötzlich erlangt hatte, war von seiner Unschuld und Friedfertigkeit nichts mehr übrig. Aus seinen Aschen erstanden die hasserfüllten und machtbesessenen Dominaten. Sie organisierten sich in klaren Strukturen und unterwarfen sich einer strengen Hierarchie. Obwohl sie unterei-

nander noch immer großen Wert auf Einigkeit legten, konnten extreme Meinungsverschiedenheiten von nun an in Duellen, so genannten Makerschs, ausgefochten werden, die erst dann endeten, wenn einer der beiden Kämpfer den Tod gefunden hatte. Gleichzeitig beließen sie es nicht dabei, ihre Angreifer besiegt zu haben. Vielmehr wollten sie sicherstellen, dass es niemals wieder zu einer Invasion kommen konnte. Und sie wollten mehr … Mehr als nur eine kleine Insel im Nirgendwo.

So kam es, dass sich das Blatt wendete und die Geschichte wiederholte. Die Dominaten zogen wie ein Sturm der Verwüstung über den Kontinent und beherrschten diesen innerhalb kürzester Zeit. Die Menschen wurden versklavt und dienten den neuen Herrschern wie Nutztiere. Innerhalb weniger Wochen gelang einer Handvoll Dominaten das, woran große Volksstämme seit Urzeiten gescheitert waren – die Herrschaft über die gesamte, uns bekannte Welt zu erlangen. Allerdings führten ihre Allmacht und ihr geteilter Verstand auch dazu, dass sie sich niemals einsam fühlten und kein Verlangen verspürten, sich zu binden oder fortzupflanzen. Ihre Bevölkerung schrumpfte zwar nicht, aber sie wuchs auch nicht weiter.

Bald wurde den Dominaten bewusst, dass auch ein Stein nicht vor Verwitterung gefeit war. Ihre Haut verlor die Elastizität und wie bei den Statuen, die zu ihren Ehren errichtet worden waren, brachen einzelne Fragmente aus ihrer Oberfläche und gaben ihre Verwesung preis. Schließlich fanden sie auch dafür eine Lösung. Ihr ohnehin bereits überlegener Intellekt wurde von der Energie des Steins zusätzlich verstärkt. Sie erlernten die Fähigkeit, glasklar zu denken und sich ein genaues Bild ihrer Umgebung und ihrer Erinnerungen zu machen, das sie dann mit einem Teil ihres Verstandes als Illusion vorspiegeln konnten. So schien es den Menschen, dass ihre neuen

Herrscher nicht nur unsterblich, sondern auch ewig jung waren.

Als es ihnen auch noch gelang, bestimmte Ding und Ereignisse in Erfahrung zu bringen, ohne dabei zugegen gewesen zu sein, wagte es über Generationen hinweg niemand mehr, sich gegen sie zu erheben.

Erst als sich in der Bevölkerung ein kleiner Widerstand bildete und Taro miterlebte, wie dieser im Keim erstickt und gnadenlos niedergeschlagen wurde, brachen Erinnerungen in ihm durch. Die Widerstandskämpfer, die vor seinen Augen starben, lösten in ihm dasselbe Mitgefühl aus, das die Götter auch bei seinem Anblick verspürt haben mussten. Er erkannte, dass die Dominaten nun genau das Leid verursachten, das er eigentlich beenden wollte. Ihre Herrschaft hatte nichts mehr von einer vorbeugenden Maßnahme, um sich selbst vor Angriffen zu schützen, sondern diente nur noch der Rache. Also machte er sich auf den Weg zum Herrscherpalast, wo der glühende Stein, den sie aufgrund seiner Härte *Adamant* getauft hatten, das Zentrum ihrer Macht bildete und bis in die entlegensten Teile des Kontinents ausstrahlte. Er nahm ihn an sich und floh unbemerkt. Obwohl die Dominaten jeden Schritt der Menschen meilenweit vorausgeahnt hatten, sahen sie diesen Zug von einem der Ihren nicht vorher. Schon gar nicht, nachdem es sich um den Mann handelte, der ihrem Volk überhaupt erst zu seiner Stärke verholfen hatte. Sie sandten Verfolger aus, die den Verräter zur Strecke bringen, vor allem aber die Quelle ihrer Macht zurückbringen sollten. Doch Taro war durch die dauernde Nähe zu dem Stein seinen Verfolgern immer einen entscheidenden Schritt voraus.

Unterdessen versuchte er, den Adamanten mit aller Gewalt zu vernichten, was ihm aber mit den begrenzten Mitteln, die

ihm zur Verfügung standen, nicht gelang. Selbst mit härtestem Stahl geschmiedete Schwerter zerbarsten daran und kein Feuer war heiß genug, um ihn zu schmelzen. Schließlich gelang es ihm, mit Hammer und Amboss einen Schlag auszuführen, der durch seine übermenschliche Fähigkeit so sehr beschleunigte war, dass seine Wucht den Stein spaltete. Kaum war es ihm aber gelungen, zogen sich die einzelnen Teile gegenseitig an und verschmolzen erneut. Der Lebensfaden war geknüpft und ließ sich nicht mit irdischen Mitteln lösen.

Also überlegte sich Taro eine andere Möglichkeit. Wenn er die Verknüpfung nicht dauerhaft lösen konnte, so konnte er sie zumindest mit einem anderen Faden neu verstricken. Er erinnerte sich an das, was die Götter ihm gezeigt hatten. Den Fluss des Lebens, der nicht nur die Lebewesen, sondern auch die Erde durchströmte, und sich in ihren Adern als Blutstein zeigte. Er wusste, dass dieses Gestein manchmal an der Kruste zutage trat. Wo er es fand, machte er sich auf die Suche nach Höhlen, die ihn tief ins Innere der Berge führten. Dort spaltete er den Stein erneut. Obwohl sich die Bruchstücke noch immer gegenseitig anzogen und verstärkt zu leuchten begannen, wenn sie sich einander näherten, konnte er die erneute Verschmelzung verhindern, indem er rechtzeitig Blutsteine dazwischen brachte. So versteckte Taro fünf ungefähr gleich große Teile, die er in weitem Abstand über den Kontinent verteilte.

Die Wirkung der einzelnen Fragmente wurde durch ihre Entfernung und den Blutstein, der sie umgab, so sehr gedämpft, dass die Dominaten nach und nach einen großen Teil ihrer Macht einbüßten. Da der Stein aber noch immer existierte, waren sie weiter unsterblich und behielten ihr junges Aussehen. Dieses hatten sie über die Jahrhunderte hinweg so lange vorge-

spiegelt, dass es für sie genauso selbstverständlich geworden war, wie zu atmen.

Mit der Zeit bemerkten die Menschen, dass die Kräfte der Dominaten schwanden. Ihre Geschwindigkeit ging zurück und ein Stich ins Herz konnte sie genauso töten wie jeden anderen. Die Menschen ergriffen die Gelegenheit, stürzten sie und töteten einen nach dem anderen. Nur einer kleinen Zahl des ohnehin schon dezimierten Volkes gelang die Flucht. Doch nach der langen Unterdrückung ließen die Menschen ihrem Hass genauso freien Lauf wie die Dominaten zuvor. Sie brachten ihre Statuen zu Fall, setzten ihre Paläste in Brand und zerstörten ausnahmslos alles, was sie auch nur im Entferntesten an sie erinnerte. Nur in den Wäldern, die ihre vormaligen Residenzen umgaben, finden sich vereinzelt noch Steingräber, die ihre Existenz bezeugen. Einerseits war diese überzogene Reaktion der Menschen zwar nachzuvollziehen, andererseits aber auch dumm und gefährlich. Obwohl die meisten Fragmente in den Höhlen seit Jahrtausenden verschüttet sind, besteht die Gefahr, dass die Dominaten eines Tages zurückkehren werden. Sollte dies je geschehen, wird es die Menschheit unvorbereitet treffen, da sie alle Beweise vernichtet hat, die ein mahnendes Beispiel für die Zukunft hätten sein können und eventuell den Schlüssel enthalten hätten, um diese Wesen erneut zu besiegen.

*Prof. Dr. Rotacker*

Nimael sah auf und musterte die stummen Mienen der Anwesenden. Offenbar war er nicht der Einzige, der mit der geballten Ladung neuer Erkenntnisse überfordert war.

„Wenigstens wissen wir jetzt, womit wir es zu tun haben", brummte Ando schließlich.

„Das schon, aber dem Bericht fehlt leider ein Lösungsansatz, wie man die Dominaten endgültig besiegen könnte", überlegte Landria laut. „Aus der Geschichte gingen zwar viele Hintergründe hervor, aber sie endete etwas zu früh. Wir wissen immer noch nicht, wie es den Dominaten gelungen ist, sämtliche Orte ausfindig zu machen, an denen Taro die Fragmente versteckt hat. Und wenn der Adamant gar nicht zerstört werden kann, leben auch die Dominaten ewig. Darüber hinaus haben sie sich mittlerweile über so viele Territorien verteilt, dass es unmöglich sein dürfte, alle von ihnen zu entlarven. Insofern zeigt uns die Geschichte hier keinen Ausweg aus unserem Dilemma."

Nimael nickte betrübt.

„Vielleicht hättest du das Angebot der Meister einfach annehmen sollen und dich ihnen anschließen." Als Hallbora ungläubige Blicke für ihren Kommentar erntete, erklärte sie sich: „Ich meine natürlich, damit du sie hintergehen kannst, wenn der entscheidende Moment gekommen ist – genau wie Taro."

„Glaubst du wirklich, dass sie mir dasselbe Vertrauen schenken würden wie ihrem Volkshelden?", hinterfragte Nimael ihren Vorschlag. „Den einzigen Vorteil, den ich im Moment sehe, ist das Fragment, das Koba gefunden hat. Ich fühle seine Macht. Wenn ich lerne, sie zu beherrschen und mir weitere Fähigkeiten zunutze zu machen, haben wir das Überraschungsmoment vielleicht auf unserer Seite."

„Du kannst bei deinen Besuchen nicht noch mehr Zeit im Stollen verbringen", widersprach Thera. „Du wirst auffliegen."

„Dann müssen wir uns etwas anderes überlegen …"

# 12
# ARTEFAKT

Nimael hatte die ganze Nacht wach gelegen und überlegt. Sie hatten nun sämtliches Hintergrundwissen in Erfahrung gebracht und waren dennoch keinen Schritt weiter gekommen. Trotzdem war er noch immer überzeugt, dass sie die Kraft nutzen mussten, die irgendwo in ihm selbst verborgen lag, und zu der das Artefakt der einzige Schlüssel war. Am nächsten Abend packte er das Buch in seine Tasche und machte sich auf den Weg zu Koba. Sie hatte das Recht, zu erfahren, was sie gefunden hatte und was alles davon abhing.

Nimael beobachtete sie im rötlichen Schein des Adamanten, während sie auf ihrer Decke am Boden der Tropfsteinhalle saß und in das Buch vertieft war. Nachdem sie die Geschichte beendet hatte, sah sie wortlos auf und warf Nimael einen durchdringenden Blick zu. Koba überlegte einige Sekunden, dann formten sich ihrer blauen Augen zu Schlitzen.

„Du bist einer von ihnen, nicht wahr?“, fragte sie schließlich.

Nimael traf die Frage so unvorbereitet, dass ihm keine passende Antwort darauf einfiel. Dass sie durch sämtliche Hintergründe zu diesem Schluss kommen könnte, hatte er nicht bedacht.

„Ich sehe doch, wie dich der Leuchtestein jedes Mal in seinen Bann zieht, während er auf mich keine Anziehung ausübt", fuhr Koba fort. „Und wie konntest du bei unserer ersten Begegnung so schnell durch den Riss gelangen?"

„Ehrlich gesagt verstehe ich es selbst nicht, aber ja – ich verfüge über dieselben Fähigkeiten wie sie", gestand Nimael. „Aber das macht mich noch lange nicht zu einem von ihnen", stellte er sofort richtig.

„Und jetzt?", fragte Koba misstrauisch, während ihr Blick zu dem Artefakt wanderte. „Willst du es haben?"

„Ich weiß, dass du darauf angewiesen bist", antwortete Nimael. „Und ich weiß, dass ich nicht das geringste Recht habe, dich überhaupt um irgendetwas zu bitten."

„So ist es", schnitt ihm Koba das Wort ab. „Und ich werde es dir auch nicht geben."

„Das war auch nicht mein Anliegen", erwiderte Nimael sachlich. „Aber ich hatte gehofft, die Geschichte könnte dich vielleicht überzeugen, das Artefakt mit mir zu teilen."

Koba verstummte und begann zu grübeln. „Du willst es in zwei Stücke schlagen?"

Nimael nickte.

„Nein, zu gefährlich", erwiderte Koba. „Wenn du es damit zerstörst, bin ich verloren."

„Sämtliche Hinweise aus der Geschichte stimmen mit dem überein, was wir selbst bisher herausgefunden haben. Wenn auch die Informationen über den Adamanten der Wahrheit entsprechen, besteht kein Grund zur Sorge. Er ist unzerstörbar und kann jederzeit wieder mit dem verschmelzen, was abgesplittert ist." Nimael glaubte zu erkennen, wie das Misstrauen allmählich von ihr abfiel.

„Also schön, ich werde es mir überlegen", sagte sie nachdenklich. „Aber wenn diese Informationen wirklich stimmen sollten, hast du sowieso noch ein ganz anderes Problem. Wo willst du denn hier bitte Hammer und Amboss auftreiben?“

„Das lass mal meine Sorge sein“, antwortete Nimael, der dafür längst eine Lösung im Hinterkopf hatte.

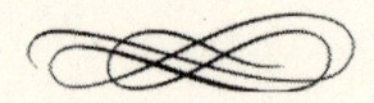

Wenn jemand in einer solchen Angelegenheit weiterhelfen konnte, so war das auf jeden Fall Kaifu. Als Nimael wenig später seine Schulden bei ihm beglich, bot sich eine hervorragende Gelegenheit, um das Thema anzusprechen.

„Ich habe noch mal darüber nachgedacht und es tut mir leid, dass sich die Kosten dermaßen summiert haben“, sagte Kaifu. „Ich glaube, dass wir noch nie einen Fall hatten, bei dem der Preis für ein Buch so hoch ausfiel. Beim nächsten Mal vereinbaren wir eine Schmerzgrenze, wie viel dir die Bestellung überhaupt wert ist.“

„Ja, das war wirklich eine böse Überraschung“, brummte Nimael und spielte ihm den unzufriedenen Kunden vor. „Aber vielleicht gäbe es da eine Möglichkeit, wie du die Sache wiedergutmachen kannst.“

Kaifu musterte ihn neugierig.

„Thera und ich feiern bald unseren dritten Jahrestag“, erklärte er. „Ich wollte ihr dazu eine besondere Überraschung machen. Eine meiner Slaes meinte, dass aus dem Blutstein, der hier abgebaut wird, Schmuck hergestellt werden kann. Darum wollte ich selbst einen Anhänger für sie fertigen.“

„Eine schöne Idee“, befand Kaifu. „Aber wie soll ich dir dabei helfen?“

„Um so einen Anhänger zu formen, muss man ihn erhitzen und anschließend mit dem Hammer bearbeiten. Ich hatte gehofft, dass du mir eine entsprechende Ausrüstung zur Verfügung stellen könntest.“

„Unmöglich." Kaifu schüttelte entschieden den Kopf. „Du weißt doch, dass ich dir keine Waffen verkaufen darf. Und als solche könnte ein Hammer nun mal eingesetzt werden."

„Das würde ich niemals tun."

„Ich weiß, aber es geht ums Prinzip", beharrte Kaifu. „Wenn er in die falschen Hände gerät, wird man Fragen stellen."

„Aber es muss doch eine Möglichkeit geben", bat Nimael. „Ich bräuchte ihn auch nicht lange, nur ein paar Minuten."

„Nun ja, unter diesen Umständen könnte ich dich vielleicht bei uns reinschmuggeln", überlegte der Versorger laut. „Wir haben ein Schmiedezimmer, in dem wir die gesamte Ausrüstung des Felsens reparieren und fertigen."

„Das wäre fantastisch", rief Nimael und bedankte sich überschwänglich.

„Morgen Abend bringst du deinen Stein mit und wir werden sehen, was sich machen lässt."

Am folgenden Tag machte sich Nimael auf die Suche nach einem passenden Blutstein, den er Kaifu gegenüber als Rohling für seinen Anhänger ausgeben konnte. Nach dem Abendessen las er noch einmal aufmerksam den Artikel über die Dominaten. Wenn es ihm gelingen sollte, den Adamanten zu teilen, würde er weitere Blutsteine zwischen die Fragmente bringen müssen, um zu verhindern, dass diese wieder miteinander verschmolzen. Als er sich im Zimmer umsah, fiel ihm der durchbohrte Balba ins Auge. Er konnte vielleicht kein Wasser mehr in sich aufnehmen, aber eine Ladung Steine konnte man ihm trotz des kleinen Lochs, das der Pfeil dort hinterlassen hatte, problemlos zumuten. Nimael holte ihn vom Regalbrett und stopfte ihn in seine Tasche. Dann machte er sich auf den Weg zum Bruch.

Dort angekommen befüllte er Balba mit dem Schutt, der überall im Innenhof herumlag, sah sich noch einmal um und verschwand schnell im Tunnel, der zu Koba führte. Es war früh genug, sodass die Fackel an der Wand noch loderte. Er nahm sie aus der Halterung und stieg durch den verborgenen Spalt in der Wand. Heute rechnete Koba nicht mit ihm, schon gar nicht zu so früher Stunde, also machte sich Nimael auf die Suche nach ihr. Er ließ den großen Tropfsteinsaal hinter sich zurück und betrat die Höhle, die sich dahinter auftat. Sie war niedrig und schmal, hatte durch den hellen Kalkstein an ihren Wänden aber zumindest den Vorteil, dass man deutlich mehr erkennen konnte als in den dunklen Stollen des Blutfelsens. Nimael duckte sich unter den kleinen Tropfsteinen hindurch, die auch hier von der Decke hingen, und drang tiefer in den Berg vor. Als er sich sicher war, dass man ihn nicht bis nach draußen hören konnte, rief er nach Koba, doch statt einer Antwort hallte sein eigenes Echo durch die Höhle. Er lief weiter und gelangte an eine Gabelung. Nach kurzer Überlegung kam er zu dem Ergebnis, dass es keinen Unterschied machte, für welche Richtung er sich entschied, Koba konnte schließlich überall sein. Einige Minuten später rief er erneut Kobas Namen. Er wartete, bis das Echo verklungen war, und schwieg. Und tatsächlich hörte er kurz darauf die Antwort.

Koba rief seinen Namen. Er folgte ihrer Stimme durch den Berg und erreichte kurz darauf eine Höhle, aus der ein schwacher, rötlicher Schein nach draußen fiel. Er ging hinein und fand sich in einer Halle wieder, in der sich eine größere Menge Wasser gesammelt hatte. Direkt neben dem unterirdischen See stand Koba mit dem Adamanten. Sie hatte ihre Decke am Ufer ausgebreitet und ihr Lager aufgeschlagen.

„Was machst du hier?“, fragte sie mit aufgerissenen Augen. „Droht Gefahr?“

Nimael schüttelte den Kopf. „Es hat sich unverhofft eine Gelegenheit ergeben, wie ich den Adamanten teilen könnte.“

„Und da bist du einfach in das Höhlensystem gelaufen?", fragte Koba. „Weißt du eigentlich, wie leicht du dich hier drinnen verlaufen kannst? Du hast Glück, dass ich in der Nähe der Tropfsteinhalle geblieben bin und dich gehört habe." Mit einem kurzen Winken signalisierte sie ihm, ihr zu folgen. „Komm mit, ich führe dich wieder nach draußen."

Während sie durch die Höhlen zurückliefen, kam Nimael auf den eigentlichen Grund seines Besuchs zurück. „Hast du darüber nachgedacht?", fragte er vorsichtig. „Kann ich mir den Adamanten ausleihen, um ihn zu teilen?"

Koba dachte noch einmal darüber nach. „In Ordnung", sagte sie schließlich und sah auf ihren Leuchtestein hinab. „Du hast dich um mich gekümmert, um mir das Leben in der Höhle zu erleichtern, nun möchte ich auch dir helfen. Aber wenn es nicht klappt, bringst du ihn mir unversehrt wieder."

„Natürlich, du hast mein Wort", versprach Nimael. Als sie die Tropfsteinhalle erreichten, nahm er das Artefakt an sich und öffnete Balba. Dann schüttete er einen Teil des Hämatits auf den Boden und stopfte den Adamanten durch den breiten Flaschenhals. Anschließend füllte er den restlichen Schutt wieder hinein und bemerkte im Schein der Fackel Kobas fragenden Blick.

„Eine Vorsichtsmaßnahme", erklärte er. „Um zu den Versorgern zu gelangen, muss ich an den Quartieren der Meister vorbei. Wenn mir einer von ihnen begegnet, wird er das Fragment auch durch meine Tasche hindurch spüren. Aber wahrscheinlich nicht zwischen all den Blutsteinen."

„Vielleicht ist das doch keine so gute Idee ...", erwiderte Koba skeptisch.

„Warte hier!", bevor sie es sich anders überlegen konnte, machte sich Nimael auf den Weg. „Ich werde mich beeilen und komme gleich zu dir zurück."

Als er zwischen den Essenstischen hindurchging und sich dem Bereich der Meister näherte, beschlich Nimael ebenfalls ein ungutes Gefühl. Vielleicht reagierten die Dominaten sensibler auf den Adamanten als er und konnten ihn auch zwischen den Blutsteinen hindurch wahrnehmen. Nicht zu vergessen, dass sie selbst bereits über ein Fragment verfügten, das an Leuchtkraft gewann, wenn sich das Gegenstück näherte – egal wie viel Hämatit dazwischenlag. Vielleicht hatte er seinen Plan etwas zu voreilig in die Tat umgesetzt, aber nun war es zu spät für einen Rückzieher. Er konnte nur noch hoffen, dass sich nicht gerade ein Dominat in Sichtweite des Fragments befand, dadurch Verdacht schöpfte und auf ihn aufmerksam wurde.

Schnell ließ er die Gabelung hinter sich, die in den Bereich der Meister führte, und betrat das Lager, wohl wissend, dass auch dieser Abstand nicht ausreichen würde, um eine Reaktion bei dem Gegenstück des Steins zu verhindern.

„Hast du ihn dabei?“, fragte Kaifu.

Nimael schüttelte seine Paranoia gerade noch rechtzeitig ab, um zu begreifen, dass damit der Anhänger und nicht das Artefakt gemeint war. Er holte ihn hervor und zeigte ihn Kaifu.

„In Ordnung“, er sah sich noch einmal zwischen den Regalen um. „Es ist bereits spät, vermutlich werde ich heute sowieso keine Kundschaft mehr bekommen. Komm mit!“

Nimael folgte ihm bis zum letzten Regal des Lagers. Dahinter befand sich eine zweite Tür, die Kaifu aufschloss und öffnete. Nachdem sie sie durchschritten hatten, erstreckte sich vor ihnen ein langer Gang, der zunächst einen Knick machte und dahinter ein paar Türen offenbarte, die auf der rechten Seite in den Fels eingelassen waren.

„Unsere Quartiere“, flüsterte Kaifu und eilte hindurch. Nach kurzer Zeit erkannte Nimael vor sich den Ausgang, doch Kaifu blieb vorher bereits stehen und schloss eine weitere Tür zu ihrer Linken auf. „Wir sind da.“

Nimael fühlte frische Luft vom Ausgang des Tunnels hereinströmen.

„Wo führt der hin?", fragte er neugierig.

„Zum Garten", antwortete Kaifu knapp. „Warte kurz." Er verschwand für einen Moment hinter der Tür und öffnete sie wieder. „Niemand da", flüsterte er und lächelte zufrieden. „Komm rein."

In dem großen, schummrig beleuchteten Raum, der sich vor Nimael öffnete, fand sich auf den ersten Blick alles, worüber eine gut sortierte Dorfschmiede für gewöhnlich verfügte. Während sich seine Aufmerksamkeit sofort auf den gewaltigen Amboss und die verschiedenen Hammergrößen und –formen richtete, befand sich in der Esse sogar noch eine Glut. Daneben stand ein Blasebalg bereit, während an der Decke ein Rauchfang angebracht war, über den Dampf und Rauch vermutlich in den angrenzenden Garten abziehen konnten. Darüber hinaus verfügte die Schmiede der Versorger über verschiedene Zangen, Gesenke, Richtplatten mit Schraubstöcken und Spaltkeile, die sich für Nimael möglicherweise noch als nützlich erweisen konnten.

„Kann ich dich hier alleine lassen?", fragte Kaifu. „Kennst du dich mit der Ausrüstung aus?"

Sein Angebot klang fast zu schön, um wahr zu sein.

„Natürlich", log Nimael und versuchte, sich seine Euphorie nicht anmerken zu lassen.

„Dann bleibe ich draußen und passe auf, dass uns niemand erwischt", bot Kaifu an. „Ich klopfe gegen die Tür, sollte sich jemand nähern."

Kaum war die Tür ins Schloss gefallen, kippte Nimael seine Feldflasche auf einer Richtplatte aus und legte das Artefakt auf den Amboss. Dann sah er sich zwischen den verschiedenen Hämmern um und entschied sich ohne zu zögern für den größten Vorschlaghammer, den er finden konnte. Er stellte sich gegen die Strömung, holte aus und schlug mit voller Wucht zu. Doch anstatt wie erwartet in tausend Teile zu zerbersten, trug der Adamant zwar einen kleinen Knacks davon, brach aber noch nicht einmal entzwei. Noch während sich Nimael darüber wunderte, verkleinerte sich die Bruchstelle auch schon wieder. Der Riss schmolz zusammen und hinterließ einen unversehrten Stein. Nimael überlegte einen Moment und kam zu dem Schluss, dass Taro den Drift vielleicht nicht nur ausgelöst hatte, um den nötigen Schwung für die Spaltung zu erzielen, sondern auch, um innerhalb kürzester Zeit mehrere Schläge auszuführen. Er legte einen zweiten, etwas kleineren Hammer in seine Nähe, wiederholte den Hieb mit dem Vorschlaghammer und legte sofort einen zweiten Schlag mit dem kleineren Hammer nach. Der Stein brach tatsächlich auseinander und für einen kurzen Moment blieben die beiden Hälften nebeneinander liegen. Als sie sich wie von Zauberhand zu bewegen begannen und erneut miteinander zu verschmelzen drohten, griff Nimael schnell nach den Blutsteinen, die er auf der Richtplatte ausgekippt hatte, und brachte sie zwischen die beiden Fragmente. Obwohl er noch immer ihre Anziehung spüren konnte, gelang es ihm, die beiden Stücke auf Distanz zu halten und eines davon in Balbas Flaschenhals zu stopfen. Anschließend füllte er die Blutsteine hinein und bemerkte gleichzeitig, wie die Anziehungskraft auf das zweite Stück immer weiter zurückging. Nachdem er den Verschluss verschraubt hatte, steckte er Balba und das zweite Fragment in seine Tasche. Dann bemerkte er, dass er sich noch immer im Drift befand. Kaum hatte er sich daraus gelöst, öffnete sich auch schon die Tür.

„Was tust du denn?", fragte Kaifu verärgert. „Ich habe zwei Hammerschläge gehört. Du musst den Anhänger doch erst mal erhitzen!"

„Das waren nur Trockenübungen", erklärte Nimael. „Ich wollte mal sehen, womit ich ihn später bearbeite."

„Und dafür willst du die beiden schwersten Hämmer der Schmiede nehmen? Bist du verrückt geworden?" Kaifu versuchte, seinen Ärger zu zügeln. „Hämatit ist ein empfindlicher Stein. Wenn du auf so einen kleinen Anhänger mit einem Vorschlaghammer einprügelst, wird nichts davon übrig bleiben. Orientiere dich lieber an einem Goldschmied als an einem Plattner. Außerdem wollten wir die Sache hier doch möglichst unauffällig über die Bühne bringen, oder nicht?"

Nimael nickte ihm entschuldigend zu.

„Also gut, dann leg mal los!", Kaifu zog die Tür wieder hinter sich zu und ließ Nimael in dem Raum zurück. Er hatte, wofür er gekommen war, aber konnte nicht gehen, ohne sein Alibi vorweisen zu können. Unter anderen Umständen hätte er nichts lieber getan, als Thera einen Anhänger zu fertigen, aber im Moment wollte er nur noch von hier verschwinden. Er warf den Rohling in die Esse und fachte die Glut an. Jetzt hieß es abwarten – daran konnte auch ein Drift nichts ändern. Nach ein paar Minuten holte er den Blutstein mit einer Zange hervor, legte ihn auf den Amboss und begann ihn vorsichtig mit Hammer und Meißel zu bearbeiten. Bald hatte sein Werkstück die Form eines klobigen Herzens angenommen, dem man zwar die fehlende Übung seines Schöpfers ansehen konnte, das man aber zumindest als solches identifizieren konnte. Nimael stieß mit einer Ahle ein Loch hinein, damit es als Anhänger an einer Kette getragen werden konnte, und legte es zufrieden auf ein Blech, auf dem es abkühlen konnte.

Kaum hatte er sein Werk beendet, klopfte es an der Tür. Nimael fuhr der Schrecken durch sämtliche Glieder. Er hing sich die Tasche über die Schulter, öffnete vorsichtig und sah durch den Türspalt. Im Gang lief Kaifu eilig ins Lager zurück. Nimael ließ die Schmiede hinter sich und folgte ihm, bis der Gang abbog. Dort blieb er stehen und sah vorsichtig ums Eck. Kaifu war inzwischen fast am Lager angekommen, aus dem eindeutig Stimmen zu hören waren. Sollte dieser dämliche Anhänger Nimael nun tatsächlich auffliegen lassen oder hatte er ihm vielleicht sogar die Haut gerettet, weil er andernfalls demjenigen in die Arme gelaufen wäre, der am Ende des Ganges bereits wartete? Kaifu blieb unterdessen auf der Schwelle stehen und

Nimael konzentrierte sich auf sein Gehör, um zu verstehen, was dort vor sich ging.

„Wo warst du? Warum bist du nicht an deinem Platz?“ Die Stimme erkannte Nimael sofort. Es handelte sich um keinen Geringeren als Kolubleik, der seine schlimmsten Befürchtungen wahr werden ließ: Der Adamant hatte die Meister aufgescheucht.

Es war naiv gewesen, zu glauben, dass sie ihr Fragment nicht unter dauernder Beobachtung hatten. Gewiss war es viel zu kostbar, um es aus den Augen zu lassen. Außerdem hatte es auf die Meister dieselbe Anziehungskraft wie auf Nimael. Wie konnte er also nur annehmen, dass niemand auf eine Veränderung aufmerksam werden würde? Er hatte sich etwas vorgemacht, weil er unbedingt an den Adamanten gelangen wollte. Korth hatte ihm geraten, den Meistern immer einen Schritt voraus zu sein. Er hatte seinen Rat ignoriert und diese Sache nicht gründlich genug durchdacht. Schlimmer noch – er war ihnen bereits einen Schritt voraus gewesen und hatte diesen Vorteil nun leichtfertig aufs Spiel gesetzt. Jetzt wurde er für seine Leichtfertigkeit bestraft.

„Ich wollte gerade Schluss machen und habe vorher noch einmal die Anlage kontrolliert und abgeschlossen“, antwortete Kaifu kleinlaut auf Kolubleiks Vorwurf.

„Und? Ist dir irgendetwas Ungewöhnliches aufgefallen?“ Die zweite Stimme ließ sich eindeutig Chapi zuordnen. Als Meister der Versorgung durfte er bei der Kontrolle offenbar nicht fehlen.

„Aber nein, alles ruhig.“ Obwohl man ihm seine Nervosität anhören konnte, log Kaifu erstaunlich überzeugend.

„Dann wollen wir uns mal umsehen“, erklärte Chapi. „Du begleitest uns.“

Kaifu drehte sich um und kehrte in den Gang zurück. Gleich kamen die beiden Meister in Sicht – und Nimael saß in der Falle.

„Hast du nicht etwas Wichtiges vergessen?“, fragte Kolubleik düster aus dem Zimmer heraus.

Trotz der Entfernung und der schlechten Beleuchtung erkannte Nimael, dass Kaifu wie zur Salzsäule erstarrt stehen blieb.

„Willst du nicht auch die Eingangstür verriegeln?", fragte Kolubleik streng.

„Natürlich, Herr." Kaifu lief demütig zurück. „Danke, Herr."

Derselbe Stein, der ihm vom Herzen gefallen sein musste, fiel auch von Nimael ab. Aber obwohl er noch nicht aufgeflogen war und vielleicht ein paar wertvolle Sekunden gewonnen hatte, änderte sich an seiner Lage nichts. Im Gegenteil, denn damit war nun auch sein einziger Fluchtweg verschlossen. Ohne es zu wissen, hatten ihn die Meister genau so festgesetzt, wie es Nimael seinen Freunden bei einem Kampf gegen einen Dominaten empfohlen hatte. Er verdrängte den Gedanken, konzentrierte sich auf die Strömung und teilte gleichzeitig seinen Geist. Wenn er einen Ausweg oder ein geeignetes Versteck finden wollte, so durfte er jetzt keine Sekunde mehr verschwenden. Die Schmiede bot nicht genug Raum, um sich zu verstecken, aber vielleicht eine Möglichkeit, die beiden Fragmente loszuwerden. Er konnte sie in die Glut werfen, wo sie eventuell für glühende Kohlestücke gehalten wurden. Nimael behielt den Gedanken im Hinterkopf, aber beschloss, sich vorerst nicht von seiner wertvollen Fracht zu trennen.

Er ließ den Gang hinter sich und betrat den Garten der Versorger, den er im Licht der Dämmerung gerade noch erkennen konnte. Er übertraf in seinem Umfang sogar Ioras Garten und bestand im Gegensatz zu diesem beinahe ausschließlich aus Nutzpflanzen, die zur Versorgung des Blutfelsens vorgesehen waren. Die einzige Ausnahme bildete ein Zaun, der entlang der rechten Felswand verlief und dort einen kleineren Bereich vom Rest abtrennte. Ganz offensichtlich ein leer stehendes Gehege. In der Mitte des Gartens erkannte Nimael einen kleinen Bach, von dem genau wie bei Iora zahlreiche kleinere Kanäle abzweigten, um den Rest der Anlage zu bewässern.

Plötzlich schoss Nimael die rettende Lösung durch den Kopf. Wenn sich Koba jeden Abend hier hereinschleichen konnte, konnte er sich auch herausschleichen. Er bewegte sich vorsichtig durch den Garten, um keine Spuren oder gar Schäden zu hinterlassen, und näherte sich der Felswand, an der das Rinnsal entsprang. Im Schutz einiger Büsche fand er tatsächlich die Öffnung, von der Koba gesprochen hatte. Er zwängte sich hindurch und zog das Fragment aus seiner Tasche, um Licht in das Dunkel zu bringen, das ihn plötzlich umgab. Er war in das Höhlensystem gelangt, aber wenn sich die Meister dem Garten weiter näherten, konnten sie seine Position mit Sicherheit trotzdem bestimmen. Er musste unbedingt Abstand gewinnen, auch wenn das zu bedeuten hatte, dass er Kobas Warnung ignorieren und tiefer in den Berg vordringen musste. Nach kurzer Überlegung beschloss Nimael, dem Wasser bis an seine Quelle zu folgen. Auf diese Weise konnte er jederzeit problemlos in den Garten zurückfinden. Schon bald wurde ihm klar, dass der Plan zum Scheitern verurteilt war. Das Wasser strömte unter einer Felswand hervor, hinter der es unterirdisch zu verlaufen schien. Nimael schloss die Augen und vertraute auf seinen Orientierungssinn. Wo befand sich der Bruch und welcher Weg führte am ehesten dorthin? Er hielt sich links, geriet jedoch nach kurzer Zeit in eine Sackgasse und kehrte um. Dann versuchte er sein Glück in der nächsten Höhle und löste sich aus dem Drift. Wenn das Artefakt der Meister zu schnell seine Leuchtkraft änderte, konnte das schließlich ebenfalls verräterisch sein. Schließlich konnte er den Bach nicht mehr hören. Stattdessen schien es plötzlich aus mehreren Richtungen zu rauschen und zu plätschern. Nach zahlreichen Fehlversuchen und eingestürzten Höhlen, fiel Nimael auf, dass er im Kreis gelaufen war. Von nun an markierte er jeden Weg, für den er sich bei einer Gabelung entschieden hatte, mit einem Blutstein und bewegte sich langsam vorwärts. Aber bewegte er sich auch noch in die richtige Richtung?

Nach stundenlanger Suche fand er einen weiteren Spalt, der in einen Stollen führte. Nimael konnte sein Glück kaum fassen und freute sich, endlich einen Ausweg gefunden zu haben. Doch seine Freude währte nicht lange. Es handelte sich um einen zugeschütteten Stollen. Trotzdem wusste er nun, dass die Richtung stimmte. Er kehrte in das Höhlensystem zurück und suchte weiter. Nach einer knappen Stunde hörte er aus der Ferne ein leises Winseln. Er schloss noch einmal die Augen und folgte dem Geräusch, bis es eindeutig als das Weinen einer jungen Frau zu identifizieren war. In der Ferne erkannte er, dass sich die Höhle zu dem Tropfsteinsaal auftat, in dem er Koba zurückgelassen hatte. Inzwischen war es dort stockdunkel – ihre Fackel musste schon lange erloschen sein. Er betrat den Saal und fand sie zusammengekauert auf ihrer Decke am Boden.

„Koba", rief Nimael. „Ich habe es geschafft. Ich bin wieder zurück."

„Nimael", stammelte Koba und starrte ihn groß an. „Ich dachte, du kommst nicht mehr", sie wischte sich die Tränen von der Wange und rieb sich die verheulten Augen.

„Es tut mir leid, dass es so lange gedauert hat, aber ich musste einen Umweg nehmen."

Nachdem sich Koba beruhigt hatte, nahm sie ihm das halbierte Fragment aus der Hand und musterte es neugierig.

„Es ist kleiner, aber es leuchtet noch genauso hell wie zuvor", staunte sie.

„Aber nur, weil ich die andere Hälfte in der Tasche trage", erklärte Nimael. „Wenn ich mich entferne, wird seine Leuchtkraft nachlassen."

Koba nickte. „Dann wird sich bald zeigen, ob mir das Licht noch ausreicht, um hier zurechtzukommen."

Nimael bedankte sich noch einmal für ihr Vertrauen und verabschiedete sich. Als er den langen Gang zur Zelle zurücklief, hoffte er inständig, dass die Entfernung zum Bruch ausreichte, damit die

Meister weiter auf Kobas Fragment fixiert blieben und keine Durchsuchungen der Quartiere anordneten. Immerhin hatte er das größere Stück bei ihr zurückgelassen und die Meister waren nach wie vor überzeugt, dass der Adamant im Berg zu finden war. Damit war Nimael eigentlich auf der sicheren Seite.

Auch in der Zelle hatte man ihn bereits vermisst. Ohne viel zu erklären, kippte er Balba auf den Tisch im Gemeinschaftsraum und offenbarte unter staunenden Blicken die andere Hälfte des Fragments.

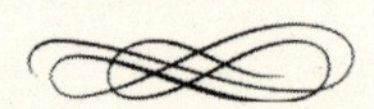

„Da bist du ja!“, empfing ihn Kaifu am nächsten Abend erleichtert. „Einen schlechteren Tag als gestern hätten wir uns für unser Vorhaben wohl kaum aussuchen können.“

„Allerdings“, stimmte Nimael zu. „Dein Klopfen hat mir den Schreck meines Lebens versetzt.“

Kaifu holte den Anhänger hervor. „Trotzdem hast du deine Arbeit noch beenden können.“ Er sah sich das unförmige Herz noch einmal genauer an. „Oder nicht?“

Nimael nickte stolz. „Doch, gefällt er dir?“

„Ja, er ist …“ Kaifu entschied sich gegen eine höfliche Antwort und gab der Wahrheit den Vorzug. „Vor allem ist es doch der Gedanke, der zählt.“

„Was ist denn überhaupt passiert?“

„Die Meister wollten die Anlage inspizieren“, antwortete Kaifu aufgeregt. „Sie warfen einen kurzen Blick in die Schmiede. Zum Glück warst du bereits daraus verschwunden und ihnen fiel nichts weiter auf. Dann beschlossen sie auch noch, den Garten aufzusuchen. Ich sprach schon mein letztes Gebet, aber auch dort war keine Spur von dir und ihre Aufmerksamkeit schien sich mehr auf die Bewässerung zu konzentrieren als auf irgendwelche Eindringlinge. Irgendwann sahen sie sich ratlos an und verschwanden so schnell, wie sie gekommen waren. Da soll mal jemand draus schlau werden." Kaifu zuckte mit den Achseln. „Aber erklär mir lieber mal, wo du überhaupt abgeblieben bist? Wie hast du es rechtzeitig nach draußen geschafft?"

„Na hör mal!" Nimael schmunzelte. „Ein Zauberer verrät doch nicht seinen besten Trick!"

# 13

# WIRKUNG

Ein kurzer Abstecher zu Koba genügte, um Nimaels Gewissen zu erleichtern. Die andere Hälfte des Fragments brachte ihr noch immer genug Licht, um sich in den Höhlen zurechtzufinden und sogar problemlos lesen zu können. Nimael kehrte unbeschwert in die Zelle zurück und aß mit seiner Gruppe zu Abend. Bei der ersten Gelegenheit, die sich ergab, verschwand er in seinem Zimmer und begann, den Einfluss des Artefakts zu erforschen. Er befreite es aus Balbas dickem Bauch und verstaute es in einer Schreibtischschublade. Sollten Gards plötzlich in ihr Quartier eindringen, war es hier außer Sicht, während die Kraft des Steins ungehindert auf Nimael einwirken konnte.

Wie er bereits herausgefunden hatte, gelang es ihm seit seinem ersten Kontakt mit dem Adamanten deutlich leichter, Drifts und Splits nicht nur zu erzeugen, sondern diese auch aufrechtzuerhalten und bewusst steuern zu können. So konnte er einen Drift mittlerweile ohne jegliche Anstrengung auslösen, da ihn die Strömung wie ein Schleier dauerhaft umgab. Doch sie fühlte sich nicht länger fremd oder gar störend an, sondern wie eines seiner Glieder, von dem er

Gebrauch machen konnte, wann immer er darauf angewiesen war. Während er mit einem Split zuvor nur intuitiv auf zwei Gespräche oder Handlungen gleichzeitig reagieren konnte, hatte sich inzwischen so etwas wie ein übergeordnetes Bewusstsein gebildet, durch das sich die beiden Hälften seines Geistes untereinander abstimmen konnten. Hier galt es anzusetzen. Seine Geisteskraft und seine Fähigkeiten konnten mit den richtigen Denk- und Konzentrationsübungen mit Sicherheit noch gesteigert werden.

Einige Wochen verstrichen und Nimaels Gedanken drehten sich fast nur noch um den Adamanten. Jeden Tag sehnte er sich mehr den Feierabend herbei, um sich bei erster Gelegenheit in sein Zimmer zurückzuziehen. Er spürte, wie sich sein Verstand von Tag zu Tag weiter öffnete. Inzwischen konnte er mühelos verschiedenen Gedankengängen gleichzeitig nachgehen. Ob er sich mit Thera unterhielt, die Finanzen der Gruppe kontrollierte, über die Geschichte der Meister nachdachte, von der er bereits jedes Wort auswendig kannte, oder sich weiteren Konzentrationsübungen widmete, alles erledigte sich wie von selbst.

Eines Nachts hörte er im Schlaf eine tiefe, laute Stimme, die langsam, aber kontinuierlich seinen Namen rief. Irgendetwas stimmte nicht. Nimael öffnete die Augen. Für einen kurzen Moment spürte er die Strömung, dann wurde er jäh aus einem Drift gerissen. Entsetzt starrte er Thera an, die das Artefakt aus der Schublade geholt hatte und im Schein seines rötlichen Lichts mindestens genauso entsetzt zurückstarrte.

„Thera, was ist hier los?“, fragte er verwirrt. „Was ist passiert?“

„Du hattest einen Anfall und hast gezittert“, stammelte sie. Hinter ihr flog die Tür auf und Hallbora, Veila und Landria stürmten herein.

„Geht es euch gut?“, fragte Hallbora und legte Thera die Hand auf die Schulter. „Wir haben dich schreien hören.“

„Nimael hat am ganzen Leib gezittert", wiederholte sie etwas gefestigter. „Nein, eigentlich nicht gezittert, sondern vibriert. So schnell, dass seine Konturen verschwammen."

„Als ich aufgewacht bin, habe ich mich in einem Drift befunden", erklärte Nimael. „Wahrscheinlich haben meine leichten Bewegungen im Schlaf und meine Atmung in der Beschleunigung wie ein Vibrieren gewirkt."

„Wieso hast du mitten in der Nacht überhaupt einen Drift ausgelöst?", fragte Hallbora.

„Das habe ich nicht, ich habe geschlafen." Er überlegte einen Moment. „Es muss eine unterbewusste Entscheidung meines Geistes gewesen sein. Vielleicht kann mein Körper dadurch schneller regenerieren und ich verliere weniger Zeit durch Schlaf."

„Schön für dich", spottete Landria. „Der Vorfall sollte dir lieber mal zu denken aufgeben!" Wie immer nahm sie kein Blatt vor den Mund. „In den letzten Wochen hast du kaum noch Zeit mit uns verbracht. Alles dreht sich nur noch um dieses dämliche Artefakt."

„Ich dachte, wir wären uns einig, dass es unser Weg in die Freiheit sein könnte?"

„Ja, aber doch nicht um jeden Preis. Hast du schon mal überlegt, dass du so viel Kraft vielleicht gar nicht in dir aufnehmen kannst? Dass es sich hier um eine Überreaktion handeln und dir der Adamant auf Dauer vielleicht schaden könnte?"

Nimael schüttelte den Kopf. „Ich hatte sehr viel Zeit, darüber nachzudenken. Dieses Fragment bewirkt eine ganze Menge in mir, aber schaden tut es mir bestimmt nicht."

Inzwischen hatte sich auch der Rest der Gruppe zu ihnen gesellt.

„Lasst mich euch etwas vorführen", fuhr Nimael fort. „Überlegt euch alle eine mathematische Aufgabe und dann stellt sie mir. Gleichzeitig."

Die Mädchen warfen ihm zunächst fragende Blicke zu, dann legte sich ihre Skepsis und sie begannen zu überlegen. Schließlich zählte

Nimael bis drei und seine acht Kameradinnen antworteten gemeinsam.

„50+60"

„22×2"

„35+15"

„28-12"

„72+8"

„19+19"

„140-40"

„84+184"

Kaum hatten sie ihre Aufgaben gestellt, antwortete Nimael bereits. „706"

„Was soll das für eine Zahl sein?", fragte Eskabatt.

„Es ist die Summe all eurer Ergebnisse", antwortete Nimael und grinste zufrieden. „Ich hätte euch auch acht Lösungen gleichzeitig sagen können, aber zum einen hätte man das wahrscheinlich kaum verstanden und zum anderen wollte ich euch keine Angst machen."

„Wenn du glaubst, dass uns das keine Angst macht, täuschst du dich gewaltig", erwiderte Thera.

„Ich frage mich, wo darin überhaupt der Nutzen sein soll." Obwohl sich Landria ihre Eifersucht nicht anmerken lassen wollte, war deutlich zu spüren, dass sie sich in ihrer Rolle als klügster Kopf der Gruppe bedroht sah.

„Ganz einfach", erklärte Nimael, ohne auf ihren verletzten Stolz einzugehen. „Ich kann in einer misslichen Lage sämtliche Lösungswege innerhalb eines Augenblicks gegeneinander abwägen und die sinnvollste Entscheidung treffen. Auch in einem Kampf kann ich nun verschiedene Abwehrtaktiken in Betracht ziehen oder gleichzeitig auf mehrere Gegner reagieren. Darüber hinaus kann ich mehrere Schritte vorausdenken und mir überlegen, wie sich der Kampf voraussichtlich entwickeln wird oder welche Schläge und Kombinationen als Nächstes eingesetzt werden sollten. Ob mit oder ohne Drift handelt es sich dabei um einen gewaltigen Vorteil. Außerdem beflügelt der Adamant nicht nur meinen Geist und meine Fantasie, er gleicht mich auch aus. Wenn ihr diese Geborgenheit spüren könntet, die ich in seiner Nähe fühle, wüsstet ihr, dass er keinen Schaden verursacht."

„Und doch tut er es", widersprach Hallbora. „Du hast dich so sehr zurückgezogen, dass du offenbar vergessen hast, worauf es ankommt. Wenn alles gut geht, wird uns Veila schon bald verlassen. Der Zeitpunkt ihrer Abreise rückt immer näher. Ist dir das egal? Willst du nicht noch etwas Zeit mit ihr verbringen, bevor sie geht?"

„Doch, natürlich", antwortete Nimael betrübt und entschuldigte sich bei Veila. Plötzlich wurde ihm bewusst, dass Hallboras Kritik deutlich weiter gefasst war. Wenn er das Wohl und die Bedürfnisse seiner Gruppe aus den Augen verlor, brachte ihn auch alle Kraft der Welt nicht mehr weiter. Bei all seinem Elan durfte er keinesfalls das aus den Augen verlieren, wofür er eigentlich kämpfte.

Von nun an verbrachte Nimael wieder mehr Zeit mit seinen Freunden. Offenbar hatten ihn nicht nur seine Kameradinnen vermisst, sondern auch Ando und Torren, die er viel zu sehr vernachlässigt hatte. Bereits am nächsten Abend besuchte er sie im Garten. Während Ando und Amaru Kampftechniken übten, hatte Torren ein wenig Obst geerntet und sich auf eine Wurzel gesetzt, um den beiden zuzusehen. Nimael setzte sich zu ihm und entschuldigte sich, dass er so lange nicht nach ihm gesehen hatte.

„Das macht nichts", erwiderte Torren. „Bei den beiden bin ich in guten Händen."

„Mag sein, aber das entschuldigt nicht mein Verhalten. Du bist mein Freund und ich sollte für dich da sein."

Torren lächelte traurig und nickte.

„Wie geht es dir?“, fragte Nimael. „Wie läuft es mit deiner Gruppe?“

„Eigentlich ganz gut“, antwortete Torren. „Bis auf eine Ausnahme verstehen sich alle glänzend.“

„Tschirna“, vermutete Nimael.

Torren nickte. „Sie interessiert sich nicht für unsere Gemeinschaft. Schon damals in der Wüste hat sie unsere Reserven in Anspruch genommen, wollte dann aber keinen Tropfen ihres eigenen Wassers mit uns teilen. Und seit wir hier angekommen sind, benimmt sie sich ähnlich egoistisch, was ihren Lohn angeht. Alle anderen haben für Einkäufe, die der gesamten Gruppe zugutekommen, zusammengelegt. Nur sie will sich nicht beteiligen.“

„Ein Ausrutscher bei unserer Auswahl“, gestand Nimael. „Ihr solltet ihr verbieten, Dinge in Anspruch zu nehmen, bei denen sie keinen Beitrag leistet.“

„Dafür ist die Gruppe zu gutherzig“, erklärte Torren.

„Dann hoffe ich, dass ihre Großzügigkeit irgendwann auf Tschirna abfärbt“, erwiderte Nimael. „Aber tu mir bitte einen Gefallen und behalte sie im Auge. Erinnerst du dich an meine erste Begegnung mit ihr? Wenn du ihr nicht rechtzeitig entgegentrittst, kann sie mit ihrem Getue die Stimmung in der gesamten Gruppe kippen.“

„Klingt, als würdest du aus Erfahrung sprechen.“ Torren musterte ihn durchdringend. Obwohl sich der Einfluss, den Kaeti und Eskabatt auf den Rest seiner Gruppe ausübten, in Grenzen hielt, nickte Nimael zögerlich. Mit ihren jeweiligen Glückstreffern befanden sich die beiden in einer ganz ähnlichen Lage.

„Na, sieh mal einer an“, unterbrach Ando das Gespräch. Er hatte Amaru im Schwitzkasten und ließ schließlich von ihm ab, um sich zu ihnen zu gesellen. „Unglaublich, dass du auch mal wieder den Weg zu uns gefunden hast.“

„Ich war … abgelenkt“, versuchte sich Nimael zu rechtfertigen.

„Das war nicht zu übersehen. Selbst in den Mittagspausen warst du geistig kaum noch anwesend. Ich hoffe doch sehr, dass sich das jetzt mal wieder bessert, oder hast du etwa deine Verantwortlichkeiten vergessen?“, er deutete mit einem Nicken zu Torren.

„Nein, natürlich nicht“, beschwichtigte ihn Nimael. „Es tut mir ja leid, aber ich war auch nicht gerade untätig.“

„Ach wirklich? Nennt man das so, wenn man sich auf eine Romanze mit einem Stein einlässt?“

Nimael sah ihn sprachlos an.

„Hallbora hat mir davon erzählt“, fuhr Ando fort. „Wie willst du denn auf diese Weise deiner Verantwortung gerecht werden?“

„Meine *Romanze* unterscheidet sich nicht allzu sehr von euren Übungseinheiten“, verteidigte sich Nimael. „Oder glaubst du wirklich, dass ihr allein damit im Kampf gegen die Meister bestehen werdet? Dass körperliche Gewalt ausreichen wird, um sie zu besiegen?“

Als sich Andos Augen zu Schlitzen formten, nahm sich Nimael zurück. Schließlich wollte er keinen Streit vom Zaun brechen, sondern sich nur für seine lange Abwesenheit rechtfertigen. Und womöglich hatte er in einigen Punkten tatsächlich Abbitte zu leisten. „Ich wollte damit nicht eure Leistungen infrage stellen, aber ich verfüge nun über Fähigkeiten, die meine Aufmerksamkeit erfordern. Dieser Stein verleiht mir eine Macht, die weder mit Muskelkraft noch mit Kampfstrategie aufzuwiegen ist. Er macht mich schneller als der Schall, geschickter als die besten Kämpfer und aufnahmefähiger als die größten Gelehrten. Er befreit mich von den Fesseln des menschlichen Geistes.“

„Was du da von dir gibst, klingt überhaupt nicht mehr nach dir selbst“, warf Torren ein. „Es klingt zumindest bedenklich.“

„Versteht ihr denn nicht? Diese Kraft wird uns den Meistern ebenbürtig machen. Sie wird uns den Weg in die Freiheit ebnen.“

„Du verlässt dich lieber auf einen Stein als auf deine Freunde?“, fragte Ando gereizt. „Sind wir nun das schwächste Glied in der Kette? Nur noch eine Art Ballast, der dich angreifbar macht?“

„Aber nein …“, antwortete Nimael. „Wieso betrachtest du den Adamanten als Konkurrenz und nicht als Verbündeten?“

Bevor Ando darauf antworten konnte, glaubte Nimael, eine Tür zu hören, die leise in ein Schloss fiel. Er fuhr herum und starrte zur Eingangstür des Gartens.

„Habt ihr das gehört?“

Torren, Ando und Amaru runzelten die Stirn. Nimael ließ sie kommentarlos stehen und rannte zum Eingang, ohne einen Drift auszulösen. Wenn sie wirklich beobachtet worden waren, konnte ihn seine Geschwindigkeit nun genauso verraten, wie sie es bei Koba getan hatte. Er öffnete die Tür, stürmte die Treppe hinunter und gelangte zu dem Gard, der in der Nische Wache stand.

„Ist hier gerade jemand vorbeigekommen?“, fragte er.

Der Gard musterte ihn abfällig, dann schüttelte er widerwillig den Kopf. „Niemand“, brummte er missmutig.

Nimael bedankte sich für die Auskunft und kehrte in den Garten zurück.

„Habe ich mir wohl eingebildet.“ Er zuckte mit den Achseln. „Jedenfalls wollte ich euch bitten, den Adamanten nicht von vornherein zu verteufeln. Betrachtet ihn doch einfach als eine Chance – einen Vorteil. Nicht nur für mich, sondern für uns alle.“

„Also schön.“ Ando nickte. Offenbar hatte die Unterbrechung im rechten Moment die Gemüter besänftigt. „Aber wenn du dich weiter dermaßen von uns abnabelst, wird es bald kein *uns* mehr geben.“

„Keine Sorge, so weit wird es nicht kommen“, versprach Nimael. Ando hatte einen berechtigten Punkt angesprochen. Dass seine Kritik jedoch in dieselbe Richtung abzielte wie Hallbora, war mit Sicherheit kein Zufall.

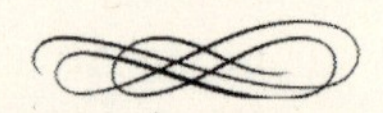

Tag 1107. Thera und Nimael hatten sich darauf geeinigt, den Tag ihrer ersten Verabredung zu ihrem Jahrestag zu erklären. Um diesen gebührend zu feiern, hatte Nimael ein romantisches Abendessen unter freiem Himmel vorbereitet. Seine Freunde waren ebenso informiert wie Iora, und so gehörte der Garten an diesem Abend nur ihnen und den Sternen, die auf sie herabfunkelten. Gemeinsam lagen sie auf einer Decke in der Wiese und küssten sich leidenschaftlich. Wie so oft in Theras Nähe schien alles andere in weite Ferne zu rücken.

„Ich habe etwas für dich." Nimael lächelte und holte ein Stück Papier hervor.

„Ein Gedicht?" Thera richtete sich gespannt auf. „Du hast mir schon lange nichts mehr geschrieben."

„Nein, leider nicht", antwortete Nimael. „Aber es wird dir bestimmt ebenfalls gefallen." Er reichte ihr das Blatt, das sie im Schein einer Kerze neugierig betrachtete.

„Ein Porträt von mir", stellte sie fest und sah es sich genauer an. „Es ist unglaublich gut. Von wem stammt das?"

„Von mir natürlich." Nimael grinste. „Was wäre es denn sonst für eine Überraschung?"

„Aber sagtest du bei unserer ersten Verabredung nicht, du könntest gar nicht zeichnen?"

„Bis vor ein paar Wochen konnte ich das auch nicht", gestand Nimael. „Aber inzwischen sehe ich alles glasklar. Jede Erinnerung, die ich habe – einfach alles, was ich jemals erlebt habe, sehe ich gestochen scharf vor mir. Nein, ich sehe es nicht nur, ich erinnere mich auch an jeden Geruch und jedes Geräusch so deutlich, dass es in meinem Kopf widerhallt, wenn ich mich darauf konzentriere. Als ich damals Kerber und Gilbradock an dem Essenstisch belauscht habe, war das nur ein Vorgeschmack von dem, wozu ich jetzt fähig bin. Ich könnte jede Stimme, die ich jemals gehört habe, in jeder ihrer Nuancen wiedergeben, so klar höre ich sie vor mir. Es ist, als hätte jemand einen grauen Schleier von meinem Geist gehoben." Er deutete auf die Zeichnung, die Thera in Händen hielt. „Ich musste nur die leere Seite ansehen und an dich denken. Dein Bild war so deutlich darauf zu erkennen, dass ich die Linien nur noch nachziehen musste, um dein Porträt zu übertragen." Er griff in seine Tasche und zog einen Rahmen hervor. „Der ist breit genug für unsere beiden Bilder. Wir können sie zusammen auf unseren Schreibtisch stellen."

„Das ist eine schöne Idee. Vielen Dank." Obwohl ihre Worte freundlich klangen, entging Nimael nicht die Enttäuschung in ihrer Stimme.

„Was ist los?", fragte er verdutzt. „Gefällt es dir nicht?"

„Doch, natürlich", erwiderte Thera. „Es ist nur … Ich habe das Gefühl, dass es nicht *wirklich* von dir ist."

„Was? Wie meinst du das?"

„Die Gedichte, die du mir geschrieben hast, waren von mir inspiriert", erklärte Thera.

„Diese Zeichnung doch auch", erwiderte Nimael. „Wenn ich an dich denke, sehe ich dich so vor mir."

„Nein, ich habe das Gefühl, dass diese Zeichnung mehr von dem Adamanten inspiriert ist als von mir", antwortete Thera. „Er hat dich befähigt, so zu zeichnen."

„Dass ich diese Fähigkeiten habe, ist doch etwas Positives."

Thera schüttelte den Kopf. „Da bin ich mir inzwischen nicht mehr so sicher. Seit du unter dem Einfluss des Artefakts stehst, habe ich immer öfter den Eindruck, dass du abgelenkt bist. So einen Abend wie heute, an dem ich das Gefühl habe, dass du ganz allein mir gehörst, hatten wir schon lange nicht mehr."

„Deine Sorge ist unbegründet. Hallbora und Ando haben mir schon ins Gewissen geredet. Du weißt doch, dass ich kaum noch Zeit mit dem Adamanten verbringe."

„Selbst ohne ihn habe ich sehr oft das Gefühl, dass du abwesend bist. Du bist nicht ganz bei dir – und auch nicht bei mir. Ich vermisse dich.“ Tränen stiegen ihr in die Augen. „Ich vermisse dich, obwohl du da bist, und es bedrückt mich schon eine ganze Weile. Ich habe Angst, dich zu verlieren. Ich habe Angst, meinen Nimael zu verlieren. Ich konnte es bisher nur nicht richtig in Worte fassen.“

„Ich hatte ja keine Ahnung.“ Nimael nahm sie tröstend in die Arme. Ihre Liebe war das Wichtigste in seinem Leben und er durfte sie weder als selbstverständlich erachten noch vernachlässigen. Sie verdiente seine volle Aufmerksamkeit. „Es tut mir leid, Thera. Ich werde keine Sekunde mehr mit diesem Stein zubringen. Vielleicht ist es an der Zeit, das Fragment wieder zu Koba zurückzubringen.“

Thera schüttelte erneut den Kopf. „Du bist ein solches Risiko eingegangen, um es zu teilen und in deinen Besitz zu bringen, das darf nicht umsonst gewesen sein. Und vielleicht brauchen wir es ja wirklich, um hier rauszukommen.“

„Dann werde ich in Zukunft meinen Verstand nicht mehr teilen. Ich werde wieder voll und ganz bei euch sein. Und bei mir. Versprochen.“

Für ein paar Sekunden herrschte nachdenkliche Stille.

„Hast du dir jemals überlegt, wie es weitergehen würde, sollten wir wirklich einmal entkommen?“, durchbrach Nimael das Schweigen.

Thera sah ihn fragend an.

„Ich meine, was würden wir dann tun? Ist es nicht unser höchstes Ziel, zu unseren Familien zurückzukehren?“

„Natürlich.“ Thera nickte.

„Aber dort würde man uns schon erwarten“, überlegte Nimael laut. „Wir würden sie nur in Gefahr bringen. Und uns würde man entweder töten oder erneut verschleppen. Seit mir das bewusst geworden ist, habe ich eigentlich damit abgeschlossen, meine Mutter jemals wiederzusehen. Selbst wenn wir hier rauskämen, müssten wir uns von unseren Liebsten für immer fernhalten.“

„Oder die Dominaten gänzlich aufhalten“, fügte Thera selbstbewusst hinzu.

Vielleicht war es ein Fehler gewesen, ein dermaßen schwermütiges Thema in einem solchen Moment anzusprechen. Nimael versuchte, die unbeschwerte Stimmung wiederherzustellen, mit der ihre Verabredung begonnen hatte.

„Ich habe noch ein Geschenk für dich.“ Er grinste und griff in seine Tasche. „Es ist leider unter Zeitdruck entstanden, dafür aber ohne den geringsten Einfluss des Adamanten.“ Er zog den unförmigen Anhänger hervor, den er für sie gefertigt hatte.

Thera nahm ihn an sich, fuhr mit ihren Händen über die grobe Oberfläche und bewunderte ihn. „Ein Herz“, stellte sie glücklich fest.

Nimael nickte. „Dann kann man es also doch erkennen.“

„Es ist wunderschön“, erwiderte Thera gerührt.

„Jetzt verspottest du mich.“

„Aber nein, das ist mein voller Ernst.“

„Es ist klobig, ungleichmäßig und laienhaft gefertigt“, stellte Nimael richtig. „Es ist ein geradezu peinlicher Fehlversuch, der in fast allen Punkten misslungen ist.“

„Und es ist von dir“, antwortete Thera verliebt. „Es ist genauso unvollkommen wie du selbst. Und für jede einzelne dieser Unvollkommenheiten liebe ich dich aus tiefstem Herzen.“ Sie sank in seine Arme und Nimael verlor sich in ihrer Gesamtheit – ihrem Duft, ihrem Aussehen, ihrem Geschmack und ihrem Wesen. Gemeinsam sanken sie zu Boden und gaben sich einander hin.

In der Nacht träumte Nimael von seiner Mutter. Die Überlegungen während des Gesprächs mit Thera mussten diesen Traum verursacht haben. Er sah Aloe direkt vor sich. Sie war etwas älter geworden seit ihrer letzten Begegnung und sah blass und erschöpft aus. Außerdem befand sie sich nicht in ihrem alten Zuhause, sondern war in einer kleinen Zelle eingesperrt. Eine alte Pritsche stand in einem Eck und sie hatte darauf Platz genommen, um ein trockenes Stück Brot zu sich zu nehmen. Ihr Anblick tat Nimael in der Seele weh. Sie war richtiggehend ausgemergelt. Alles wirkte so detailliert, so real. Jeder Riss in der Mauer, jeder Schatten, den das schwache Licht der Kerze an die Wand malte. Obwohl es sich um einen Traum handelte, schien Nimael bei klarem Verstand zu sein. Lag es ebenfalls an dem Artefakt, dass er nun sogar seine Träume so glasklar und bewusst wahrnahm?

Als sich Nimael zu seiner Mutter setzen wollte, um ihr tröstend den Arm auf den Rücken zu legen, wurde ihm bewusst, dass er körperlos war. Urplötzlich riss es ihn aus ihrer Zelle, zog ihn in rasender Geschwindigkeit durch Moenchtal, den umliegenden Wald, über Berge und Täler, Wiesen und schließlich durch die Wüste zurück in den Blutfelsen, wo er in seinem Bett erschrocken hochfuhr. Er atmete tief ein. Die extreme Geschwindigkeit hatte ihm den Atem geraubt und der Anblick seiner Mutter ließ ihn noch immer vor Aufregung zittern. Nimael stand auf, öffnete die Schreibtischschublade und stopfte den Adamanten wieder in Balbas Flaschenhals zurück, um ihn unter ein paar Blutsteinen zu begraben. Dann versuchte er, sich zu beruhigen und weiterzuschlafen. Es war höchste Zeit, diesem Spuk ein für alle Mal ein Ende zu bereiten.

# 14

# ABSCHIED

Von nun an blieb der Adamant in Balbas Bauch und Nimael richtete seine Aufmerksamkeit wieder voll und ganz auf seine Gruppe. Thera hatte ihren Anhänger dermaßen lieb gewonnen, dass sie ihn bei jeder Gelegenheit anlegte. Nur während ihrer Arbeit auf der Heilungssektion musste sie auf den klobigen Brocken verzichten. Dyggo hatte mittlerweile eine neue Zwischensumme genannt und mit dem Geld, das sie als Gruppe beisteuern konnten, war endlich der Betrag erreicht, der Veila die Freiheit schenken sollte. Obwohl Nimael das Gefühl hatte, Dyggo vertrauen zu können, war er nicht bereit, ihm das Geld ohne Vorbehalt zu übergeben. Wie schnell das ins Auge gehen konnte, hatte Nimaels Abmachung mit Korth damals gezeigt. Zwar hatte sich am Ende alles zum Guten gewendet, aber das war allein Korths gutem Willen zu verdanken gewesen und hätte genauso gut andersherum ausgehen können. In dieser Angelegenheit wollte Nimael ganz sicher sein. Davon abgesehen war Veila eine seiner Kameradinnen – womöglich hatten die Meister in diesem Fall eine Sonderregelung vorgesehen. Es war Zeit, das Gespräch mit Arnavut zu suchen.

Nachdem Dyggo, Veila und Nimael in die Gemächer des Meisters geführt worden waren, ergriff Dyggo das Wort und trug sein Anliegen respektvoll vor.

„Wie lange seid ihr schon liiert?“, fragte Arnavut streng.

„Etwas über zwei Jahre“, antwortete Dyggo.

Arnavut wandte sich an Nimael. „Und wie lange weißt du schon davon?“

„Knapp sechs Monate.“

„Haben sie es dir erzählt oder hast du es selbst herausgefunden?“

„Letzteres.“

„Sehr gut“, stellte Arnavut zufrieden fest und wandte sich wieder an Veila und Dyggo. „Dann könnt ihr ein Geheimnis also für euch behalten.“ Offenbar hatten sie den ersten Test bestanden. Die Aufmerksamkeit des Meisters richtete sich wieder auf Nimael. „Und du bist damit einverstanden?“

„Selbstverständlich. Warum sollte ich das nicht sein?“

„Nun, immerhin geht es hier um deine Slae“, erklärte Arnavut. „Du verlierst dadurch nicht nur eine Arbeitskraft, sondern auch einen Teil deines Eigentums.“

„Ich sehe es eher so, dass wir ihr die Freiheit schenken“, erwiderte Nimael.

„Die Freiheit?“, fragte Arnavut und grinste. „So würde ich das nicht unbedingt bezeichnen. Sie wird nicht befreit, sondern wechselt nur ihren Besitzer.“

„Keine Sorge, wenn wir den Felsen verlassen, werde ich ihr die Freiheit schenken“, versicherte Dyggo.

„Ein solches Versprechen kannst du ihm nicht geben“, widersprach Arnavut. „Schließlich kennst du noch nicht einmal die Bedingungen für eure Entlassung. Oder dachtest du, wir würden euch einfach ziehen lassen und ihr könntet von nun an tun und lassen, was ihr wollt?“ Er schüttelte tadelnd den Kopf. „Wir werden euch nicht aus den Augen verlieren. Ihr werdet Zwirno niemals verlassen. Ihr werdet mit niemandem über das sprechen, was ihr hier erlebt habt. Wenn ihr irgendwelche Anstrengungen unternehmen solltet, um andere auf uns aufmerksam zu machen oder gar gegen uns vorzugehen, werdet ihr die Konsequenzen zu spüren bekommen. Wir werden ausnahmslos jeden töten, mit dem ihr jemals Kontakt hattet. Eure Familien, Freunde, Bekannte und schließlich euch selbst. Habt ihr verstanden?"

Dyggo und Veila nickten demütig.

Arnavut wandte sich an Veila. „Für dich bedeutet das, dass du nie zu deiner Familie nach Moenchtal zurückkehren und sie auch niemals kontaktieren wirst, ist dir das klar?"

Veila nickte, aber Arnavut schien das noch nicht genug zu sein.

„Soll ich dir sagen, wie deine Zukunft aussehen wird?" Er grinste böse. „Dyggo wird dich zur Frau nehmen. Vielleicht wirst du ihm ein paar Kinder schenken, aber du wirst niemals wirklich frei sein. Du wirst seinen Haushalt führen, ihn bei der Arbeit auf dem Felde unterstützen, im Alter seine Eltern pflegen und den Rest deines Lebens in Zwirno verbringen."

Veila schenkte Dyggo einen romantisch verklärten Blick. „Das ist genau das Leben, das ich mir wünsche."

Dyggo erwiderte ihren Blick und lächelte.

„Also schön, meinetwegen", gab Arnavut schließlich bei. „Gebt mir das Geld. Wenn der Betrag stimmt, werdet ihr in einer Woche euren Heimweg antreten."

Dyggo und Veila kamen seiner Aufforderung mit größtem Vergnügen nach und wurden schließlich aus dem Zimmer geführt. Nimael blieb dagegen allein mit dem Dominaten zurück.

„Du siehst zufrieden aus", stellte Arnavut fest.

„Das bin ich", erwiderte Nimael.

„Aus welchem Grund?", fragte Arnavut. „Schließlich sollte dir klar sein, dass du alles, was du im vergangenen Jahr erreicht hast, nur mir zu verdanken hast. Seit ich dir die Beförderung in Aussicht gestellt habe, hast du eine bevorzugte Behandlung genossen. Ich habe dich beschützt, damit du in Ruhe deiner Arbeit nachgehen konntest. Die Beförderung deiner Freundin, die Auszeichnung und nun die Entlassung deiner Kameradin gehen einzig und allein auf meine Gnade zurück."

„Das ändert nichts daran, dass Veila nun in Sicherheit ist", erwiderte Nimael. „Und ehrlich gesagt bin ich überrascht, dass uns eine solche Möglichkeit überhaupt zugestanden wird."

„Warum auch nicht?" Arnavut lächelte wohlwollend. „Die Hoffnung ist ein wertvoller Rohstoff, der viele unserer Arbeiter hier am Leben hält, obwohl sie es selbst nie zu einer Entlassung bringen werden. Außerdem tauscht Veila die Spitzhacke letztendlich nur gegen einen Pflug. Sie wird mit ihrer Ernte unsere Bevölkerung versorgen und ihre Abgaben fließen direkt in unsere Kassen. Sie wird uns in Zwirno genauso zu Diensten sein wie hier, sie wird es nur nicht so empfinden." Arnavuts Miene nahm ernstere Züge an. „Ein Umstand, der auf dich ebenfalls zutrifft. Es spielt überhaupt keine Rolle, ob du dich uns anschließt oder nicht. Mit jedem Stein, den du bewegst, dienst du unseren Zwecken. Aber du solltest dir trotzdem die Frage stellen, wo dich deine Entscheidung letztendlich hingeführt hat. Du wühlst nun seit einem Jahr im Dreck und trittst auf der Stelle. Wirst du dem nicht langsam überdrüssig? Du könntest so viel mehr sein als das, begreifst du das denn nicht?"

Nimael machte sich bewusst, dass er sich jetzt zu keiner überstürzten Antwort hinreißen lassen durfte. Wenn die Meister in Erfahrung brachten, was er im vergangenen Jahr alles herausgefunden und in seinen Besitz gebracht hatte, und wovon auch Veila wusste, würden sie ihre Freilassung mit Sicherheit noch einmal überdenken. Er versuchte, sich seine Anspannung nicht anmerken zu lassen, und zuckte gleichgültig mit den Schultern.

„Mir musst du nichts vorspielen", fuhr Arnavut fort. „Selbst mir tut es weh, dieses verschwendete Potenzial mitansehen zu müssen.

Du bist neugierig, was alles in dir schlummert, aber du fühlst dich deiner Gruppe gegenüber verpflichtet. Du fühlst dich ihr zugehörig."

„Voll und ganz", bestätigte Nimael.

„Ich sehe inzwischen ein, dass mein Angebot damals nicht besonders einladend gewesen ist", gestand Arnavut. „Wenn man die Aufmerksamkeit eines Kindes fordert, weil man ihm die Augen öffnen möchte, so tut man das nicht, indem man sein Haustier in die Wildnis jagt. Ich will dir ein neues Angebot machen." Er lächelte Nimael verführerisch an. „Wenn Thera ihre Beförderung behalten dürfte und deine Gruppe nicht degradiert werden würde, würdest du dich uns dann anschließen?"

Nachdem er gerade erst einen Eindruck von dem zu spüren bekommen hatte, wohin ihn der Einfluss des Adamanten führen würde, schüttelte Nimael ohne zu zögern den Kopf.

„Das dachte ich mir bereits", erwiderte Arnavut. „Was ist es, das dich noch immer zurückhält?"

„Ist das wirklich so schwer zu begreifen?", fragte Nimael zurück. „Ihr habt uns entführt und versklavt. Jedes Leid, das uns in den letzten Jahren widerfahren ist, schreibe ich einzig und allein euch zu."

„Ich verstehe." Arnavut nickte. „Du verteufelst uns. Aber du schätzt uns falsch ein, weil du die Lage aus dem falschen Blickwinkel betrachtest."

„Nach allem, was ich erlebt habe, kann von einer Fehleinschätzung nicht die Rede sein", widersprach Nimael energisch. „Oder verstehe ich es falsch, dass ihr euch für etwas Besseres haltet, die Menschheit versklaven wollt und die Macht über sämtliche Territorien an euch reißen möchtet?"

„Bis auf einen Punkt ist das alles richtig, aber wir halten uns nicht nur für etwas Besseres, wir sind es", erklärte Arnavut überheblich.

„Ein Argument, das wohl eher meine Sicht der Dinge belegt."

„Dann erkläre mir doch, inwiefern sich deine hochgeschätzten Menschen von uns unterscheiden? Was macht sie so viel besser als uns?“, fragte der Meister provokativ. „Sind sie nicht machtbesessen? Unterstützen sie einander nicht nur dann, wenn sie selbst einen Vorteil daraus ziehen? Zahlen sie nicht ohnehin bereits Abgaben an ihre Lehnsherren? Werden nicht Adlige in jeder Hinsicht bevorzugt behandelt – ob in Gesundheitsfragen oder Geschäftsbeziehungen jeglicher Art? Was ist mit Kriegen? Werden sie nicht aus den geringfügigsten Anlässen geführt? Wegen uralten Meinungsverschiedenheiten, Territorialansprüchen oder Rohstoffvorkommen? Manchmal gar nur deshalb, weil sich ein Adliger im Beisein eines anderen im Ton vergreift? Willst du wirklich behaupten, dass die Macht über die gesamte Zivilisation in den Händen dieser Primitiven besser aufgehoben ist als in unseren?“

„Die Menschheit entwickelt sich. Unser Heimatterritorium Kabundaea lebt schon seit Jahrzehnten in Frieden“, konterte Nimael.

Arnavut lachte böse auf. „Ein Argument, das wohl eher meine Sicht der Dinge belegt“, wiederholte er spöttisch. „Seit Kuruc die Herrschaft übernommen hat, wagt es kein anderes Territorium, Kabundaea den Krieg zu erklären. Das hat nichts mit der Friedfertigkeit der Menschen zu tun, sondern mit dem Bündnis unserer Territorialherrscher. Ist es dir wirklich lieber, wenn die Menschen wieder die Macht übernehmen?“

„Was ist mit den Territorien, über die ihr die Herrschaft noch nicht übernommen habt?“, fragte Nimael. „Sie werden sich ganz sicher nicht bedingungslos fügen. Wenn ihr eure Pläne in die Tat umsetzt, wird das nicht auch gewaltsam geschehen?“

„Allerdings.“ Arnavut nickte. „Aber es wird ein Krieg, der alle anderen beendet. Ein letztes Blutvergießen, um ewigen Frieden einzuläuten.“

„Und das Ende unserer Freiheit.“

„Ich habe dir schon einmal gesagt, dass Freiheit ein gewisses Maß an Verantwortung voraussetzt. Bislang bleibt es uns die Menschheit schuldig, diese Verantwortung an den Tag zu legen.“

„Nun, wenn euer Umgang mit den Menschen in diesem Bruch ein Indiz dafür ist, wie eure Herrschaft über die Territorien aussehen wird, will ich jedenfalls nichts damit zu tun haben."

„Dann krieche weiter wie ein Wurm unter diesen Menschen!", höhnte Arnavut. „Aber wenn du einen Unterschied machen willst, vergiss nicht, welche Möglichkeiten ich dir biete. Noch kannst du Gebrauch von meinem Angebot machen, aber es wird nicht ewig gelten."

„Ich verstehe", antwortete Nimael unbewegt.

„Nicht zu vergessen, dass dir noch ein dritter Wunsch zusteht", fügte Arnavut hinzu. „Ich hoffe, du verschwendest ihn nicht wieder für deine fehlgeleitete Menschenliebe, sondern wirst mich diesmal positiv überraschen."

„Das wird sich zeigen." Nimael verabschiedete sich von dem Meister und verließ dessen Gemächer.

Nachdem die Dominaten die Höhe des Betrags überprüft hatten, stand Veilas Abschied nichts mehr im Wege. Nach all den Jahren fühlte es sich unwirklich an, dass tatsächlich jemand dieses Gefängnis verlassen durfte. Die ganze Gruppe wollte sich in der großen Eingangshalle von ihrer Freundin verabschieden, nur Eskabatt und Melina blieben in der Zelle zurück. Im Gegensatz zu Eskabatt, die sich am Tag zuvor den Fuß verstaucht hatte und für jeden Schritt dankbar war, den sie nicht tun musste, machte Melina keinen Hehl daraus, dass ihr größere Ansammlungen von Menschen und ganz besonders Abschiede Unbehagen bereiteten. Trotzdem fasste sie sich ein Herz und umarmte Veila herzlich. Während ihr auch Eskabatt ohne jegliche Eifersucht alles Gute für die Zukunft wünschte, hatte Nimael einmal mehr das Gefühl, dass die Adelstochter seit ihrer gemeinsamen Reise nach Moenchtal eine soziale Ader entwickelt hatte, die er ihr noch vor einem Jahr niemals zugetraut hätte. Sie schien sich mehr und mehr von Kaeti abzunabeln und eine eigene, der Gruppe zuträgliche Meinung zu entwickeln. Ob die Schuld am Tod ihrer Verwandten diese Entwicklung in Gang gesetzt hatte oder das Gefühl, dass auch sie etwas Nützliches zu ihrer Mission beigetragen hatte, war dabei zweitrangig – Kaeti würde es in Zukunft deutlich schwerer haben, ihre eigennützige Position durchzusetzen. Zufrieden verabschiedete sich Nimael von den beiden und schloss sich dem Rest der Gruppe an, um Veila in ihr neues Zuhause zu geleiten.

Als sie die große Eingangshalle beinahe erreicht hatten, zischte plötzlich etwas an Nimaels Ohr vorbei. Noch bevor er darauf reagieren konnte, blieb ein Pfeil direkt vor ihm in der Holztür stecken. Nimael fuhr herum und erkannte Varuil, der im Gang hinter ihnen gerade seinen Bogen senkte. Sein Pfeil hatte Nimael zwar verfehlt, aber seine bitterbösen Blicke durchbohrten ihn regelrecht. Nimaels Begleiterinnen wichen ehrfürchtig an die Seitenwände zurück. Der Pfeil musste mitten zwischen ihnen hindurchgeschossen sein.

„Was soll das?“, fragte Nimael verstört.

„Du weißt es wirklich nicht, oder?“, fragte Varuil zurück.

Nimael schüttelte den Kopf.

„Eigentlich sollte ich die Karawane anführen, die deine Slae nach Zwirno bringt“, erklärte Varuil. „Aber wie schon bei so vielen anderen Missionen zuvor, werde ich einfach übergangen. Ich hätte schon längst meinen dritten Stern an der Brust haben können, stattdessen bin ich bei den Meistern in Ungnade gefallen. Und das alles deinetwegen!“

Nimael runzelte die Stirn. „Was habe ich denn damit zu tun?“

„Das fragst du noch?“, empörte sich Varuil. „Du hast mir gedroht, dass ich den Meistern nichts von deinem Geheimnis verrate, nur um es kurz darauf selbst zu enthüllen und mich anschließend auch noch anzuschwärzen. Kein Wunder, dass sie mir nicht mehr vertrauen. Eine Beförderung zum Dreistern kann ich mir damit auf Jahre hinaus abschminken. Ich weiß, du stehst unter dem Schutz der Meister, aber solltest du in ihrer Gunst sinken, werde ich dich dafür büßen lassen!"

Nimael hatte genug gehört. Er löste einen Drift aus, lief auf ihn zu und baute sich direkt vor ihm auf. Dann ließ er sich aus der Strömung fallen und brüllte ihn an. „Du wagst es, *mir* zu drohen?"

Varuil erschrak und machte einen Satz nach hinten.

„Was glaubst du, wen du vor dir hast?", fuhr Nimael ihn an. „Ich bin ein Meister! Du hast dich schmieren lassen, um mich anzugreifen, und nun hat deine verbrecherische Karriere dabei Schaden genommen? Was glaubst du, wie egal mir das ist? Wenn du mich angreifst, ist deine Karriere das Letzte, worum du dir Sorgen machen solltest!"

Anstatt klein beizugeben und sich zu entschuldigen, festigte Varuil seinen Stand und schien den ersten Schrecken erstaunlich schnell zu überwinden.

„Du willst ein Meister sein?", hinterfragte er Nimaels Täuschung. „Warum begleitest du dann immer noch den Rang eines Caers, selbst jetzt, nachdem die Meister dein Geheimnis kennen?" Er schüttelte den Kopf. „Nein, darauf fall ich nicht noch mal rein. Du magst vielleicht ihre Fähigkeiten haben, aber ein Meister bist du deshalb noch lange nicht. Also glaub bloß nicht, ich hätte Angst vor dir."

„Das solltest du besser!" Nimael blieb seiner Rolle treu und drohte ihm erneut.

„Ich werde dich genau im Auge behalten." Varuil musterte ihn durchdringend. „Bei der ersten Gelegenheit, die sich mir bietet, wird das Ganze ein Nachspiel haben!" Er wandte sich zornig ab und suchte das Weite.

Nimael sah zu seinen Begleiterinnen. Die Furcht in ihren Gesichtern schien langsam zu weichen, dafür mischte sich tiefe Sorge in ihre Mienen.

„Ganz schön riskant, ihn so zu provozieren", sagte Ting.

„Er wollte nur seinen Frust ablassen“, erklärte Nimael. „Ihm sind die Hände gebunden und das weiß er auch. Wenn wir jetzt Schwäche zeigen, wird er das als Gelegenheit erkennen und gnadenlos zuschlagen. Stattdessen wird er sich nun zweimal überlegen, ob er es wirklich auf eine Auseinandersetzung mit uns ankommen lassen will.“ Er lächelte aufmunternd in die Runde. „Macht euch keine Sorgen, ich werde ihn genauso im Auge behalten wie er mich.“ Er wandte sich an Veila. „Dann wollen wir mal den letzten Rest des Weges hinter uns bringen.“

Nach dem Zwischenfall konnte es Nimael nicht länger erwarten, Veila endlich in Sicherheit zu wissen. Er öffnete die Holztür und vor ihm erstreckte sich die große Empfangshalle des Blutfelsens. Eine Karawane stand dort bereit und auch Dyggo wartete schon sehnsüchtig auf seine Liebste. Schlagartig fühlte sich Nimael wie ein Vater, der seine Tochter aus der Hand gibt – er musste sie ihrem Lebensgefährten anvertrauen, in der Hoffnung, dass sie es bei ihm besser haben würde.

Die Karawane wurde von einem Gard angeführt, den Nimael noch von seiner Gerichtsverhandlung kannte. Auch er trug zwei Sternen auf der Brust und hatte Varuil im Rennen um die nächste Beförderung offensichtlich den Rang abgelaufen. Selbst zwischen den Angehörigen des Wüstenvolks entdeckte Nimael ein bekanntes Gesicht. Bei ihrer ersten Reise durch die Wüste hatte der Mann Theras Hitzeschock festgestellt und Nimael den nötigen Mut zugesprochen, um den letzten Rest der Strecke zurückzulegen. Zu wissen, dass dieser gewissenhafte Mann Veila in die Freiheit führen würde, stimmte Nimael zuversichtlich.

Mittlerweile hatte Veila begonnen, ihre Freundinnen der Reihe nach in die Arme zu schließen. Mit einem Grinsen täuschte Hallbora einen Kinnhaken vor, um sich von ihrer alten Kampfpartnerin stilgerecht zu verabschieden. Tränen der Rührung stiegen Veila in die Augen, als Thera an der Reihe war. Die beiden hatten viel gemeinsam durchlebt und waren einander bei der Behandlung ihrer Patienten sehr nahe gekommen. Schließlich löste sie sich aus Theras Armen und kam zu Nimael.

„Danke“, hauchte sie.

„Nichts zu danken“, erwiderte Nimael. „Deine Freiheit ist die beste Investition meines Lebens.“

„Ich spreche nicht vom Geld – nicht nur zumindest“, stellte Veila richtig.

Nimael runzelte die Stirn. „Wovon denn sonst?“

Zu Veilas feuchten Augen gesellte sich ein wunderschönes Lächeln. „Du hast die ganzen Jahre auf uns aufgepasst. Du hast uns Mut und Hoffnung gegeben und warst immer für uns da. Ohne dich hätten wir bestimmt nicht so lange durchgehalten. Dass dir das selbst nicht mal bewusst ist und du dieses Verhalten als selbstverständlich erachtest, macht es umso kostbarer.“ Sie schloss ihn ebenfalls in die Arme und flüsterte ihm ins Ohr: „Du wirst niemals so sein wie sie.“

Als sie ihm noch einmal tief in die Augen sah, nickte Nimael ihr dankend zu.

„Du musst mir noch etwas versprechen“, bat er sie eindringlich. „Du musst die Drohung der Meister unbedingt ernst nehmen. Du weißt, dass sie Möglichkeiten und Wege haben, jede deiner Bewegungen zu verfolgen. Du darfst niemandem jemals von alledem berichten, sonst war deine Freilassung umsonst. Bitte sieh niemals zurück! Ich möchte, dass du in Zwirno glücklich wirst und dabei keinen einzigen Gedanken an uns verschwendest!“

„Unmöglich“, antwortete Veila gerührt. „Aber ich verspreche, dass ich Stillschweigen bewahren werde. Um mich musst du dir keine Sorgen mehr machen.“

Als sie sich von ihm abwandte und zu Dyggo lief, streckte dieser verliebt seine Hand nach ihr aus. Ein weiteres Zeichen dafür, dass Nimael sie in gute Hände übergeben hatte, und Dyggo dasselbe für sie empfand wie er für Thera. Eine größere Sicherheit für ihr zukünftiges Wohlergehen konnte es nicht geben.

Bald darauf verschwand die Karawane in der Wüste. Nimael spürte einen Kloß in seinem Hals, als sie den Rückweg antraten, fühlte sich gleichzeitig jedoch überglücklich. Nachdem bereits Koba sein Gewissen erleichtert hatte, fiel ihm nun ein weiterer Stein vom Herzen. Während sie die Treppen zum Zellenblock hinaufstiegen, freute sich Nimael, wie sich die Dinge nach und nach entwickelt hatten. Eine seiner Schutzbefohlenen hatte den Weg in die Freiheit gefunden. Ihr Schicksal unterlag nicht länger seiner Verantwortung und er hatte alles Menschenmögliche getan, um ihr eine glückliche Zukunft zu bescheren.

Als sie sich ihrer Zelle näherten, bemerkte er, dass die Tür einen Spaltbreit offen stand. Von einem Moment auf den anderen war seine Euphorie vergessen. Er war ganz sicher, dass Eskabatt hinter ihnen abgeschlossen hatte. Etwas musste geschehen sein. Nimael stockte der Atem, als er die Tür vollends aufstieß. Dahinter bot sich ihm ein Anblick, der ihm das Blut in den Adern gefrieren ließ. Vollkommen aufgelöst kniete Melina am Boden und beugte sich über Eskabatt, deren lebloser Körper in einer dunkelroten Blutlache lag.

# 15

# SCHOCK

Erst als sich Thera an ihm vorbeidrängte, um zu Eskabatt in die Zelle zu gelangen, kam Nimael wieder zu sich.

„Was um Himmels willen ist hier geschehen?“, fragte er Melina fassungslos. Als er bemerkte, dass diese kein Wort herausbrachte, formulierte er die Frage um. „Wer war das? Hat Varuil etwas damit zu tun?“

Melina schüttelte den Kopf.

„Soval“, brachte sie kaum hörbar heraus.

Nimael glaubte, seinen Ohren nicht zu trauen. Sein Herz begann vor Wut zu rasen. Dieser Schweinehund war trotz seiner ausdrücklichen Warnung erneut in ihr Zuhause eingedrungen und hatte sie angegriffen. Als ob die Gewalt, die er seinen eigenen Slaes antat, noch nicht grausam genug war. Während Thera nach Eskabatts Puls suchte, drohte Nimael erneut die Kontrolle über sich zu verlieren. Mit einem Mal wurde ihm bewusst, wie kritisch es um Eskabatt wirklich stand. Wie Soval auf sie eingedroschen haben musste, um solche Verletzungen zu verursachen. Sein geschärfter Verstand holte plötzlich jedes noch so kleine Detail in sein Gedächtnis zurück. Wie rücksichtslos er seine Mitmenschen und allen voran seine Slaes behandelte. Die Peitschenhiebe und Misshandlungen, die Siri über sich ergehen lassen musste und die zahlreichen Male, die sie seinetwegen die *Heiße Zwei* aufgesucht hatte. Nimael fühlte, wie ihn der Zorn übermannte und diesmal spürte er, wie das Feuer in seinen Augen loderte. Es tat so gut, es zuzulassen. Genau wie Smeon hatte Soval seine Warnung ignoriert und genau wie Smeon hatte auch er es verdient, dafür zu sterben.

„Ich werde ihn töten", murmelte er geistesabwesend. Gerade als er sich abwenden wollte, um Soval für seine Tat büßen zu lassen, sprang Thera auf und packte ihn am Arm.

„Nimael!", rief sie, um ihn wachzurütteln. „Das bist nicht du, sondern der Dominat in dir. Hör auf meine Stimme! Erinnere dich an Smeon! Erinnere dich, wie du dich damals gefühlt hast! Weißt du noch, wer ich bin und was ich für dich sein sollte?"

Ebenso bildhaft wie zuvor erinnerte er sich an die dunkelsten Stunden seines Lebens. Wie sehr Smeons Tod sein Gewissen belastet hatte und wie er dabei Trost in Theras Armen und in ihrer Liebe gefunden hatte.

„Du bist mein Anker", erwiderte er verlegen, während sich sein Zorn langsam legte.

Thera nickte. „Ich brauche dich jetzt", sagte sie leise. „Eskabatt braucht dich! Konzentriere dich auf das, was sich hier direkt vor dir abspielt. Du musst in die Heilungssektion laufen und Iora informieren! Ich brauche sie hier, sonst werden wir Eskabatt nicht retten können."

Noch bevor sie die letzte Silbe ausgesprochen hatte, löste Nimael einen Drift aus und verließ die Zelle. Wie konnte er sich nur so von seinen Gefühlen überwältigen lassen? Eskabatts Leben stand auf dem Spiel, nichts anderes zählte in diesem Moment. Nimael schoss durch die Gänge und riss sich erst aus der Strömung, als er schon halb durch die Tür der Heilungssektion gestürmt war. Iora unterhielt sich gerade mit einem Gard, der seine Wache vernachlässigt hatte und nun erschrocken herumfuhr. Nimael schenkte ihm keine Beachtung, sondern bat Iora aufgeregt um Hilfe.

„Wir brauchen dich. Bei uns. Zelle 78."

„Ich komme", antwortete Iora ebenso knapp. „Ich hole nur meine Ausrüstung."

Nimael beschloss, nicht länger auf sie zu warten, stürmte wieder zur Tür hinaus und stürzte sich Hals über Kopf in die Strömung. So schnell ihn seine Füße trugen, rannte er zurück und löste sich erst auf der Schwelle wieder aus dem Drift. Um Eskabatt herum hatten sich seine verbliebenen Kameradinnen versammelt. Manche weinten, andere kämpften noch gegen die Tränen an, während Nimaels Blick ungläubig zu Thera wanderte.

Auch ihr liefen Tränen über die Wange. Sie sah zu Nimael und schüttelte niedergeschlagen den Kopf.

„Sie hat es nicht geschafft." Ihr Befund traf Nimael wie ein Hammerschlag.

„Nein, das kann nicht sein." Noch während er die Information zu verarbeiten versuchte, keimte in der anderen Hälfte seines Geistes eine schreckliche Befürchtung auf. „Habe ich zu lange gezögert?", fragte er Thera. „Ist sie meinetwegen gestorben? Weil ich dich im entscheidenden Moment abgelenkt habe?"

Thera schüttelte den Kopf. „Sie war bereits tot, als wir hier ankamen", sagte sie und wischte sich die Tränen aus dem Gesicht. „Ich habe dich nur zu Iora geschickt, um sicherzugehen, dass du wieder zur Besinnung kommst."

Kaeti, die die ganze Zeit über ihren Kopf zu ihrer Freundin hinunter gesenkt hatte, richtete sich plötzlich auf und sah Nimael wutentbrannt an.

„Und ob es deine Schuld war!", brüllte sie hysterisch und stampfte entschlossen auf ihn zu. Ohne Vorwarnung schlug sie ihm mit der Faust ins Gesicht. Nimael blieb einfach stehen und reagierte nicht darauf. „Sie hat dir vertraut!" Kaeti schlug erneut zu. „Du warst für sie verantwortlich – für uns alle! Ich habe dir die ganze Zeit über gesagt, was passieren würde, aber du hast sämtliche Warnungen in den Wind geschlagen und das ist nun das Ergebnis!" Ihre Schläge prasselten geradezu auf ihn ein. Nimael fühlte, wie seine Lippe platze und seine Augenhöhle einen unplatzierten Schlag abfing, gleichzeitig aber keiner der Schläge wirklich zu ihm durchdrang. Obwohl es für ihn ein Leichtes gewesen wäre, ihr auszuweichen oder sie abzuwehren, unternahm Nimael nichts. Er stand nur da und ließ es über sich ergehen. All das in dem Wissen, dass jeder ihrer Schläge und all ihre Anschuldigungen vollkommen berechtigt waren. Er hatte sie von Anfang an als die Gegenseite betrachtet, die mit ihrer Meinung nur das Klima in seiner Gruppe vergiftet hatte. Jetzt stellte sich heraus, dass sie die ganze Zeit über im Recht und seine Vorgehensweise die falsche gewesen war. Was sich bei Veilas Verabschiedung gerade noch wie ein Sieg angefühlt hatte, hatte sich innerhalb eines Augenblicks ins absolute Gegenteil verkehrt. Zu einem schrecklichen Albtraum, der Nimaels ganze Welt zusammenbrechen ließ. Er hatte seine Hauptaufgabe – für die Sicherheit seiner Freundinnen zu sorgen – nicht erfüllt. Er hatte auf ganzer Linie versagt.

Das Versprechen, das er Eskabatt gegeben hatte, kam ihm wieder in den Sinn. Während der Rest seiner Gruppe Kaeti mit aller Macht von ihm wegzerrte, konnte Nimael nur noch daran denken. Er hatte Eskabatt versprochen, dass sie ihre Familie wiedersehen würde. Dass er alles tun würde, um sie aus diesem Höllenloch zu befreien. Nun war sie genau hier zu Tode gekommen. Er hatte sie im Stich gelassen. Er hatte sein Versprechen gebrochen. Wie sollte er sich jemals selbst wieder in die Augen sehen können? Bevor es seinen Schutzengeln gelang, Kaeti in den Gemeinschaftsraum zu sperren, bedachte sie Nimael mit einem dermaßen hasserfüllten Blick, dass sie ihn auch aus der Distanz noch mit voller Härte traf. Ein Blick, der unterstrich, dass dieser Fehler nicht wiedergutzumachen war.

Plötzlich stand Iora in der Tür. Der Gard, mit dem sie sich unterhalten hatte, war ihr mit einer Bahre unter dem Arm gefolgt.

„Nimael meinte …" Iora riss die Augen auf und musterte ihn entsetzt. „Was ist denn mit dir passiert? Du warst doch gerade noch in Ordnung."

Nimael starrte wortlos in Richtung des Gemeinschaftsraums. Hallbora, Landria und Ting hielten die Tür zu, hinter der Kaeti noch immer schrie und wie wild dagegen hämmerte.

„Es geht um Eskabatt." Thera lenkte die Aufmerksamkeit wieder auf ihre Kameradin. „Ich konnte nur noch ihren Tod feststellen."

Ohne weiter nachzufragen, kniete sich Iora zu Eskabatt.

„Es tut mir leid", sagte sie schließlich und bestätigte damit Theras Befund. „Ihr Schädel ist gebrochen. Wir können nichts mehr für sie tun." Sie sah noch einmal zu Nimael. „Brauchst du meine Hilfe?"

Thera schüttelte den Kopf. „Danke, ich bringe ihn gleich zur Heilungssektion."

Iora nickte und gab ihrem Begleiter ein Zeichen. Gemeinsam luden sie Eskabatts Leichnam auf die Bahre und trugen sie davon.

Nimael stand noch immer regungslos in der Zelle und konnte nicht fassen, was sich gerade vor seinen Augen abgespielt hatte. Er konnte seinen Geist so oft teilen, wie er wollte, aber kein einziges Stück seines Verstandes wollte das begreifen. Er musste etwas tun. Irgendetwas. Er nahm eine Decke von einem der Betten, kniete sich auf den Boden und begann, die Blutlache aufzuwischen, die mitten im Raum zurückgeblieben war. Doch auf die Stellen, die er bereits gereinigt hatte, tropfte frisches Blut. Er spürte, wie es an seinem Gesicht hinunterrann und schließlich von seinem Kinn tropfte. Genau wie der Fleck, den der Vorfall auf seiner Seele hinterlassen hatte, ließ sich auch dieser hier offenbar nicht mehr entfernen. Nimael klappte vollends zusammen. Er nahm nichts mehr um sich herum wahr – es spielte keine Rolle mehr. Tränen strömten über sein Gesicht. Ihr Salz brannte in seinen Wunden und riss ihn zurück in die grässliche Realität. Thera war neben ihn getreten. Sein Anker half ihm auf die Beine und führte ihn nach draußen. Fort aus dieser Grabkammer, einfach nur fort.

Der brennende Schmerz, als Thera den Honig auf sein Gesicht schmierte, brachte Nimael wieder zur Besinnung. Er befand sich in der Heilungssektion, aber von Eskabatts Leichnam fehlte zum Glück jede Spur. Diesen Anblick hätte er nicht noch einmal ertragen. Theras Augen waren gerötet und voller Sorge. Nimael musste sich jetzt zusammenreißen und stark für sie sein. Sie benötigte seinen Beistand schließlich genauso wie er ihren.

„Wie fühlst du dich?", fragte sie, als sie bemerkte, dass er nicht mehr ins Leere starrte.

„Ich weiß nicht", antwortete Nimael. „Wahrscheinlich genauso, wie ich aussehe."

Thera nickte traurig. „Obwohl Iora und ich immer wieder mit dem Tod konfrontiert werden, gibt es nichts, was einen auf so einen Moment vorbereitet." Sie streichelte seinen Handrücken.

„Trotzdem machst du einen ziemlich gefassten Eindruck", stellte Nimael fest.

„Nur dank Iora und ihrer Kräutermischung", erklärte sie. „Und weil ich versuche, nicht über ihren Tod, sondern über die Umstände, die ihn herbeigeführt haben, nachzudenken."

„Was meinst du?"

„Findest du es nicht merkwürdig, dass Soval das getan haben soll?"

„Was soll daran merkwürdig sein?", fragte Nimael zurück. „Er hasst uns, also hat er sie getötet."

„Aber warum gerade jetzt?", überlegte Thera laut. „Das ergibt doch keinen Sinn. Er wusste, dass du ihn töten würdest, wenn er in unsere

Zelle eindringt, und dass die Meister ihn töten würden, wenn er dir etwas antut. Also wofür geht er ein solches Risiko ein?"

„Vielleicht nur, um mich zu provozieren", erwiderte Nimael. „Vielleicht will er meine Grenzen ausloten, um zu sehen, wie weit er gehen kann – ob ich meine Drohung tatsächlich wahr mache."

„Das glaube ich nicht", antwortete Thera. „Er hat gesehen, wie der Hass in deinen Augen loderte. Ihm muss klar gewesen sein, dass dich eine solche Tat aus der Fassung bringen würde. Er würde doch nicht grundlos sein Leben aufs Spiel setzen. Aber wenn jemand sein Motiv kennt, so ist das wohl Melina. Sie ist die Einzige, die uns in diesem Punkt möglicherweise weiterhelfen kann."

„Ich werde mit ihr sprechen." Nimael machte sich bewusst, was das für ihn bedeutete. „Ich werde mich dem allen stellen müssen, nicht wahr? Ich werde in diese verfluchte Zelle zurückkehren müssen. Eskabatt ist tot und ich habe keine Ahnung, wie ich der Gruppe oder gar Kaeti gegenübertreten soll."

„Ich befürchte, daran wird kein Weg vorbeiführen", erwiderte Thera. „Aber sie wird sich beruhigen. Ihr muss klar sein, dass du diese Tat unmöglich vorhersehen konntest. Niemand konnte das. Dieser Angriff hatte sich kein bisschen abgezeichnet, sondern kam völlig aus dem Nichts. Die Situation schien unter Kontrolle zu sein. Wir haben Eskabatt nicht schutzlos im Gang zurückgelassen, sondern in einer verschlossenen Zelle. Außerdem hast du sie jahrelang im Kampf unterrichtet. Wer konnte schon ahnen, dass so etwas passieren würde?"

Nimael dankte ihr. Obwohl ihre Worte nichts an seinem Versagen und seinem gebrochenen Versprechen änderten, sprachen sie ihn zu einem gewissen Teil von seiner Schuld frei. Und je länger er darüber nachdachte, desto mehr Mut fasste er schließlich, den Heimweg anzutreten.

Mit einem mulmigen Gefühl im Bauch öffnete er die Zellentür. Seine Mitbewohnerinnen waren noch immer vollzählig im Mittelzimmer versammelt und trauerten um ihre Kameradin. Kaetis gerötete Augen verrieten, dass sie die traurige Wahrheit akzeptiert und bitterlich geweint hatte. Durch die Stille bohrten sich ihre hasserfüllten Blicke wie ein jäher Schrei, aber zumindest hatte sie sich inzwischen soweit beruhigt, dass sie nicht mehr weiter auf ihn einprügeln wollte. Nimael bat die Gruppe, für ein paar Minuten im Gemeinschaftsraum zu warten, damit er sich in Ruhe mit Melina unterhalten konnte.

„Kannst du mir sagen, was hier vorgefallen ist?" Er setzte sich zu ihr auf die Bettkante.

Melina wollte antworten, brach dann aber ab und schüttelte nur den Kopf.

„Ich weiß, wie schwer das für dich sein muss, aber wir müssen unbedingt verhindern, dass so etwas noch einmal geschieht. Und dazu muss ich wissen, was Soval hier gewollt hat."

Melina brauchte offenbar ein paar Sekunden, um sich zu sammeln, dann fasste sie sich und begann zu erzählen.

„Ihr hattet die Zelle kaum verlassen, da klopfte es auch schon an der Tür. Eskabatt fragte noch, ob ihr etwas vergessen hättet, und öffnete. Als sie Soval erkannte, versuchte sie, die Tür wieder zuzuschlagen, aber Soval hatte bereits seinen Fuß dazwischen gebracht. Ich bekam es mit der Angst und versteckte mich unter meinem Bett. Kurz darauf schaffte es Soval, sich Zutritt zu verschaffen und Eskabatt zu überwältigen. Er fragte sie, wo du es hingetan hast."

„Wo ich *was* hingetan habe?", fragte Nimael.

„Das Artefakt", antwortete Melina mit Tränen in den Augen.

Nimael fühlte, wie die Farbe aus seinem Gesicht wich. Soval hatte von dem Artefakt erfahren. Das Geräusch im Garten. Soval musste ihn beschattet haben. Vermutlich war er ihm schon eine ganze Weile gefolgt und hatte den Gard bestochen, der Nimael belogen hatte.

„Er war überzeugt, dass du deine Kräfte allein diesem Stein zu verdanken hast“, fuhr Melina fort. „Er wollte ihn dir wegnehmen und sich seine Macht zunutze machen.“

„Deshalb fürchtete er keine Rache“, schloss Nimael verbittert. „Er dachte, durch den Diebstahl würde er mir meine Fähigkeiten entziehen und selbst unbesiegbar werden. Also war es tatsächlich meine Schuld.“ Die Erkenntnis traf ihn in seinem Innersten. „Ich war zu unvorsichtig, als ich den anderen im Garten davon erzählt habe. Ich habe Soval erst provoziert und ihm anschließend ein Ziel geliefert, das ihn angelockt hat.“

„Mag sein, aber Eskabatts Tod ist meine Schuld“, erwiderte Melina und begann zu weinen. „Ich habe mich feige unter meinem Bett versteckt, während Soval das Versteck aus ihr herauszuprügeln versuchte.“ Unter ihren Tränen brachte sie kaum noch ein Wort hervor. „Er schlug immer wieder auf sie ein, aber Eskabatt verriet es ihm nicht. Stattdessen spuckte sie ihm ins Gesicht und meinte, er solle zur Hölle fahren. Daraufhin wurde Soval erst richtig wütend. Er … Er hat sie …“

Nimael nahm sie in die Arme, während Melina nicht länger an sich halten konnte und bitterlich zu weinen begann. Nimael wollte sich nicht ausmalen, wie grausam es gewesen sein musste, den Überfall in seiner ganzen Abscheulichkeit mit ansehen zu müssen. Wie dieser Mistkerl Eskabatt ins Gesicht geschlagen hatte und schließlich ihren Kopf so lange gegen den Boden gedonnert hatte, bis ihr Schädel daran zerbrochen war.

„Ich hätte ihr zu Hilfe kommen müssen, aber ich hatte solche Angst“, weinte Melina. „Ich konnte mich nicht von der Stelle rühren.“

„Ich bin froh, dass du es nicht getan hast.“ Nimael streichelte ihr tröstend den Rücken. „Ich habe gesehen, wie es Soval spielend mit zwei anderen Caers aufgenommen hat. Ihr hättet keine Chance gegen ihn gehabt und wahrscheinlich wärst du jetzt ebenfalls tot.“

„Vielleicht wäre es besser so“, erwiderte Melina aufgelöst. „Die gerechte Strafe für meine verdammte Feigheit.“

„Unsinn“, widersprach Nimael. „Angst ist nichts Verwerfliches. Sie ist ein Schutzmechanismus deines Unterbewusstseins und bewahrt dich vor Gefahren. Glaube mir, sie hat dich in diesem Fall richtig beraten. Du hättest Eskabatt nicht helfen können. So bitter sich das auch anfühlt, aber das musst du akzeptieren.“

Nachdem sich Melina wieder gefasst hatte, fuhr sie fort.

„Soval ließ schließlich von ihr ab und ging nach nebenan in dein Zimmer. Ich weiß nicht, wie lange er sich dort aufhielt, aber es fühlte sich wie eine Ewigkeit an. Irgendwann rannte er hinaus und verließ die Zelle.“

Plötzlich war alles andere vergessen und nur noch eine einzige Frage schwirrte durch Nimaels Kopf: Hatte Soval den Adamanten gefunden und entwendet?

„Ich danke dir, Melina.“ Nimael fuhr ihr noch einmal tröstend über den Rücken, stand auf und öffnete seine Zimmertür. Soval hatte ein unfassbares Chaos hinterlassen. Sämtliche Schreibtischschubladen waren geöffnet und durchwühlt worden. Ihr Inhalt lag quer über den halben Raum verteilt. Auf der anderen Seite des Zimmers war Soval nicht weniger zimperlich mit dem Wandschrank verfahren. Ihre Ersatzuniformen, Umhänge und Taschen waren allesamt durchsucht und anschließend auf den Boden und die Betten geschleudert worden. Nimael schwenkte die Kerze zurück zum Schreibtisch und sah zum Wandregal hoch. Soval hatte weder die Bücher noch den durchbohrten Balba angerührt. Er hatte wohl nicht damit gerechnet, dass Nimael sein kostbarstes Fundstück so öffentlich zur Schau stellen würde. Seine Suche war erfolglos geblieben, aber der Schaden, den er hinterlassen hatte, unermesslich.

# 16

# URTEIL

Nimael stand noch immer auf der Schwelle zu seinem Zimmer, als sich die Zellentür öffnete. Er fuhr kampfbereit herum, doch es handelte sich nicht um einen weiteren Angriff, sondern um Kolubleik, der mit Gilbradock und einer Eskorte von vier Mann eintrat. Nimaels Herz begann zu rasen. Schnell schloss er die Tür hinter sich. Jetzt würde sich herausstellen, ob der Meister die Nähe des Artefakts auch durch den Hämatit hindurch wahrnehmen konnte.

Während sich die gesamte Gruppe wieder im Mittelzimmer versammelte, ließ Kolubleik seinen Blick durch den Raum schweifen.

„Hier hat es einen Todesfall gegeben?“, fragte er beinahe gelangweilt.

„Ja, Eskabatt“, antwortete Nimael niedergeschlagen.

„Sollte mir der Name vielleicht etwas sagen?“

„Eine seiner Slaes“, erklärte Gilbradock. „Die, die in Moenchtal ihre Verwandten aufgesucht hat.“

Plötzlich wurde Kolubleik hellhörig. „Gut. Meines Erachtens hatte sie dafür ohnehin den Tod verdient. Dennoch wäre das unsere Entscheidung gewesen. Also, wer ist dafür verantwortlich?“

„Soval“, knurrte Nimael.

„Obwohl wir ihn verwarnt haben?“ Der Meister hob überrascht die Augenbrauen. „Ich nehme an, das kann jemand bezeugen?“

„Allerdings.“ Nimael deutete zu Melina, die noch immer ängstlich und verheult auf ihrem Bett saß und sich am liebsten in Luft aufgelöst hätte. „Sie war dabei, als es passierte. Sie hat alles mit angesehen.“

„In Ordnung, dann machen wir ihm den Prozess.“ Kolubleik wandte sich an seine Eskorte. „Ihr zwei bringt die Zeugin mit ihrem Caer zum Verhandlungsraum, ihr beide holt Soval aus seiner Zelle und bringt ihn ebenfalls dorthin.“

„Was, wenn er Widerstand leistet?“, fragte einer der beiden Männer. Offenbar sorgte Sovals Ruf inzwischen selbst unter Gards für ehrfürchtigen Respekt. Zu seinem Glück schien Kolubleik die Furcht in seiner Stimme überhört zu haben.

„Dann können wir das wohl als ein Schuldbekenntnis betrachten und ihr exekutiert ihn an Ort und Stelle“, befahl er desinteressiert.

„Soll ich die anderen Richter informieren?“, fragte Gilbradock ergeben.

Kolubleik schüttelte den Kopf. „Für diese beiden Caers gelten besondere Regeln“, erklärte er. „Über ihre Angelegenheiten werden keine Gards, sondern die Meister selbst entscheiden.“

Die beiden Wachleute führten Nimael und Melina wie befohlen aus der Zelle und brachten sie in den Bereich der Gards, wo sich der Gerichtssaal befand. Dort nahmen sie in den Publikumsreihen Platz und warteten, bis wenig später auch Soval in den Raum geführt wurde. Zu Nimaels Bedauern hatte er keinen Widerstand geleistet.

Nimael begrüßte ihn mit messerscharfen Blicken und konnte kaum fassen, wie sehr ihn sein bloßer Anblick anwiderte. Argwöhnisch, aber ohne das geringste Bedauern, starrte Soval zu ihm zurück. Unglaublich, dass dieser Dreckskerl nach all seinen Misshandlungen noch weiter in Nimaels Ansehen gesunken war. Vor ihm wandelte ein hinterhältiger, kaltblütiger Mörder, der über Leichen ging, um seine unbändige Machtgier zu befriedigen. Zumindest würde ihn nun die gerechte Strafe für seine Taten ereilen.

Soval wurde zu dem Stuhl geführt, der einige Meter vor den Reihen des Publikums für den Angeklagten reserviert war. Plötzlich bemerkte Nimael, wie Melina neben ihm zu zittern begann. Er nahm ihre Hand.

„Keine Angst, er kann dir nichts mehr anhaben."

Melina nickte, aber ihr Zittern ließ kaum nach. War es vielleicht gar nicht Soval, der ihr eine solche Angst einjagte, sondern die Situation selbst, mit der sie ganz offensichtlich überfordert war? Die Dominaten ließen noch einige Minuten auf sich warten, dann nahmen Serqet, Chapi, Arnavut, Kolubleik und Amon ihre Plätze auf dem Podium ein.

„Wie bekennt sich der Angeklagte zu den Vorwürfen?", eröffnete der oberste Meister die Verhandlung.

„Welche Vorwürfe?", stellte sich Soval dumm. „Ich weiß ja noch nicht mal, worum es hier geht."

„Es geht um Mord", erwiderte Kolubleik. „Du wirst beschuldigt, eine seiner Slaes in ihrer Zelle getötet zu haben." Er deutete zu Nimael.

„Eskabatt", unterbrach Nimael den Meister. „Ihr Name war Eskabatt." Hier ging es nicht um eine namen- und gesichtslose Slae, die in den Augen der Dominaten sowieso kaum Wert hatte, sondern um eine reale, lieb gewonnene Person. Arnavut tadelte ihn für seinen Einwand mit scharfen Blicken.

„Und das soll ich gewesen sein?", fragte Soval empört.

„Es gibt eine Zeugin", antwortete Kolubleik düster.

Selbst aus den Publikumsreihen war zu erkennen, dass Soval vor Schreck die Farbe aus dem Gesicht wich. Für einen Moment wusste er nicht, was er darauf erwidern sollte, dann verteidigte er sich kämpferisch.

„Wer?“, rief er aufgeregt. „Ich will wissen, wer mich einer solchen Tat bezichtigt!“

Kolubleik nickte zu Melina. „Erhebe dich und nenne deinen Namen!“

Melina kam der Aufforderung nach und sah ängstlich zu Nimael hinab.

„Lasst mich zu den Anschuldigungen Stellung nehmen und die Zeugin zur Rede stellen!“, forderte Soval.

Arnavut nickte. „Ich gestatte es.“

Soval erhob sich und begann mit seinem Verhör.

„Du willst mich also in eurer Zelle gesehen haben?“, fragte er heuchlerisch.

„Ja“, erwiderte Melina knapp.

„Und wo willst du zu diesem Zeitpunkt gewesen sein?“

„Ich hatte mich unter meinem Bett versteckt.“ Ihre zittrige Stimme machte ihre Antwort noch glaubwürdiger.

„Von dort willst du beobachtet haben, wie ich diese Eskabatt getötet haben soll?“

Melina nickte.

Soval fischte im Trüben und das wusste er auch. Er überlegte einen Moment, dann fuhr er fort.

„Hast du mein Gesicht gesehen?“

„Ich …“ Melina zögerte verunsichert. „Ich glaube schon.“

„Du *glaubst*, mein Gesicht gesehen zu haben“, tönte Soval.

„Ich habe auf jeden Fall deine Stimme erkannt“, rechtfertigte sich Melina.

Soval wandte sich plötzlich an die Meister.

„Ehrenwerte Richter, ich bitte euch!“ Durch Melinas Unsicherheit schien er neuen Mut gefasst zu haben. „Wir hatten eine Vereinbarung. Ich sollte mich von Nimael fernhalten und das habe ich. Dagegen würde ich doch niemals verstoßen!“, empörte er sich und richtete seine Aufmerksamkeit wieder auf Melina. „Warum sollte ich so etwas tun, kannst du mir das erklären?“

Melina wollte schon darauf antworten, als ihr offensichtlich bewusst wurde, dass das Artefakt keinesfalls zur Sprache kommen durfte. Plötzlich war sie vollkommen überfordert.

„Ich … ich weiß nicht“, stammelte sie verloren. Nimael hatte sie nicht auf ein solches Verhör vorbereitet, dazu war einfach keine Zeit gewesen.

„Ich … ich …“, ahmte Soval sie nach. „Soll das etwa eine überzeugende Antwort sein?“ Wieder wandte er sich an die Richter. „Diese Zeugin ist doch absolut unglaubwürdig.“

Melina sah hilfesuchend zu Nimael, der sich energisch neben ihr aufrichtete.

„Woher sollen wir wissen, welche Motive er für seine Tat hatte?“, fragte er verärgert. „Da gibt es viele Möglichkeiten. Vielleicht wollte er nur unsere Ersparnisse stehlen.“

„Warum sollte ich das gerade zu diesem Zeitpunkt tun?“, fragte Soval zurück und zuckte unschuldig mit den Achseln. „Jedermann weiß doch, dass du gerade erst eine deiner Slaes freigekauft hast und darum keinen einzigen Taler mehr übrig hast. Dass ich ohne jegliches Motiv in eure Zelle einbreche, nur um den Hass der Meister auf mich zu ziehen und damit mein Leben zu riskieren, ergibt doch nun wirklich keinen Sinn, oder?“

Die Richter tauschten unschlüssige Blicke aus. Sovals Argumentation schien sie zu überzeugen.

„Wo bist du zum Zeitpunkt des Tathergangs gewesen?“, fragte Arnavut skeptisch.

„In meiner Zelle“, log Soval ungeniert.

„Gibt es jemanden, der das bezeugen kann?“

„Meine Slaes“, erwiderte Soval selbstbewusst.

„Seine *eingeschüchterten* Slaes“, stellte Nimael richtig.

„Das willst du mir zum Vorwurf machen?" Soval lachte. „Du bist hier doch derjenige, der seine vollkommen verängstigte Slae gegen mich aussagen lässt!" Er wandte sich wieder an Melina und grinste gehässig. „Kannst du mir noch eine Frage beantworten? Ist es nicht so, dass es zwischen deinem Caer und der Verstorbenen immer wieder zu Meinungsverschiedenheiten kam?"

Nimael glaubte, seinen Ohren nicht zu trauen. Wie lange hatte Soval ihn schon beschattet und Auskünfte über ihn eingeholt, um an dermaßen pikante Informationen zu gelangen?

Melina schwieg verschüchtert.

„Ich verstehe", fuhr Soval fort. „Er hat dich zu der Falschaussage gezwungen, um von seiner eigenen Schuld abzulenken. Jetzt hast du Angst, dass er dir etwas antun könnte – genau wie deiner Freundin."

Melina schüttelte den Kopf.

„Was ist mit der Zellentür?", wandte sich Soval an die Meister zurück. „Wenn ein Außenstehender wie ich eingedrungen wäre, hätte er die Tür doch gewaltsam aufbrechen müssen. Gab es dafür vielleicht Anzeichen?"

Statt seine Frage zu beantworten, ermahnte ihn Kolubleik mit scharfem Blick. Offenbar gefiel ihm weder der Tonfall noch Sovals Auftreten, aber dennoch hatte dieser mit seinem Argument weiteren Zweifel gesät.

„Seht euch doch nur sein ramponiertes Gesicht an!", tönte Soval weiter. „Das Opfer hat sich gewehrt. Jetzt will er mir diese Tat in die Schuhe schieben, obwohl er selbst noch die Wunden von dem Kampf im Gesicht trägt!"

Soval hatte ein Schlupfloch gefunden. Eine Geschichte, die er den Meistern verkaufen konnte. Und offenbar fielen ihm nun sogar Dinge ein, auf die er sich unmöglich hatte vorbereiten können, die aber seine Beweisführung stützten. Innerhalb weniger Minuten hatte er es geschafft, das Blatt vollständig zu wenden.

„Ich würde meinen Slaes nie etwas antun!", fuhr Nimael seinen Gegner aufgebracht an. „Das wissen alle in diesem Felsen – auch die Meister!"

„Mag ja sein, aber kannst du das auch beweisen?", fragte Soval spöttisch. „Kannst du uns für deine Unschuld Zeugen außer deinen eigenen Slaes präsentieren?" Auch wenn er wusste, dass er Nimael mit seiner Anschuldigung nicht belasten konnte, so hatte er doch längst erreicht, was er wollte. Er hatte seine Kläger nicht nur unglaubwürdig gemacht, sondern mehr Motive und Beweise gegen sie gefunden als sie gegen ihn. Nimael teilte seinen Geist und dachte angestrengt nach, aber er konnte es drehen und wenden, wie er wollte – wenn er nicht Sovals wahres Motiv zu offenbaren bereit war, würde dieser mit dem Mord an Eskabatt davonkommen.

Ihr lebloser Körper. Ihr zertrümmerter Schädel. All das Blut. Bilder schossen ihm plötzlich durch den Kopf und Nimael verfluchte seinen geschärften Verstand dafür. Er schüttelte sie ab, nur um mit der dreist grinsenden Visage von Eskabatts Mörder konfrontiert zu werden. Erneut begann der Hass in ihm zu brodeln.

„Das reicht jetzt!", unterbrach Arnavut die Verhandlung und verhinderte damit gerade noch rechtzeitig, dass sich Nimael seinen Emotionen hingeben konnte. „Leider muss ich dem Angeklagten zustimmen", fuhr der Dominat fort. „Die Aussage der Zeugin war äußerst fragwürdig und kann meines Erachtens keine Verurteilung rechtfertigen." Er musterte seine Richterkollegen, die zustimmend nickten – Serqet und Amon mit Bedauern, Kolubleik und Chapi mit Gleichgültigkeit in ihren Mienen.

„Bevor uns keine weiteren Beweise für die Schuld des Angeklagten vorliegen, entscheidet das Gericht zu dessen Gunsten."

„Danke, euer Ehren", Sovals Grinsen wuchs zu einer breiten Grimasse.

„Bringt ihn in seine Zelle!“, befahl Arnavut den bereitstehenden Gards und schloss damit die Verhandlung. Während Soval hinausgeführt wurde, begann Melina zu weinen.

„Es tut mir so leid“, jammerte sie. „Ich kann einfach nichts richtig machen.“

„Im Gegenteil“, erwiderte Nimael. Er schluckte seinen angestauten Zorn hinunter, um ihr Beistand leisten zu können. Dann nahm er sie in die Arme und flüsterte ihr ins Ohr: „Dass du nichts verraten hast, war die einzig richtige Entscheidung. Außerdem ist in dieser Angelegenheit noch nicht das letzte Wort gesprochen.“ Er stand auf, ließ Melina im Publikumsbereich zurück und trat nach vorne an die Richterbank, wo sich die Meister noch immer über die Verhandlung austauschten.

„Ganz schwache Vorstellung“, begrüßte ihn Kolubleik herablassend. „Dass du dich von diesem aufgeblasenen Idioten dermaßen vorführen lässt, beweist eigentlich nur, dass du in unseren Reihen völlig fehl am Platze wärst.“

„Lass ihn in Ruhe!“, wies Serqet ihn zurecht und sprach Nimael ihre Anteilnahme aus.

„Das war übrigens nicht das erste Mal, dass Soval vor Gericht stand“, erklärte Amon. „Wir hatten ihn schon mehrmals im Verdacht, seine Slaes arbeitsunfähig geprügelt zu haben. Einmal musste er sich wegen des mutmaßlichen Mordes an einem anderen Caer verteidigen. Trotzdem konnte man ihm bisher nie etwas nachweisen. Er scheint langsam Übung darin zu haben, sich aus der Affäre zu ziehen.“

Nimael erinnerte sich an das Gerücht, von dem Ando ihm berichtet hatte. Angeblich hatte Soval den Caer aus Zelle 1 nur deshalb getötet, weil er unbedingt die Zelle mit dieser Nummer beziehen wollte. Dass der Fall sogar zur Verhandlung gekommen war, ließ darauf schließen, dass dieses Gerücht vielleicht nicht so weit aus der Luft gegriffen war, wie Nimael zunächst angenommen hatte.

„Jedenfalls waren wir alle auf deiner Seite“, fügte Amon hinzu. „Soval brodelt wie ein Vulkan, der kurz vor dem Ausbruch steht. Es ist nur eine Frage der Zeit, bis er weitere Schäden anrichtet.“ Obwohl in seiner Stimme eine ungewohnte Herzlichkeit und Bedauern mitschwangen, ließ sich daraus nicht ableiten, ob er nur seine Arbeitskräfte als zweckdienliche Ressource schützen wollte, oder ob sich Amon in den Monaten seit Nimaels Rettungstat tatsächlich verändert hatte.

„Warum habt ihr ihn dann nicht verurteilt?“, hinterfragte Nimael den Meister.

„Weil wir nicht völlig willkürlich handeln können, ohne den Blutfelsen in Anarchie zu stürzen. Trotz allem müssen wir ein halbwegs gerechtes Urteil fällen.“

„Ein Schuldspruch wäre gerecht gewesen“, versicherte Nimael. „Melina lügt nicht, sie ist nur etwas schüchtern.“

„Mag sein, aber Soval hat zu viele berechtigte Fragen aufgeworfen“, erwiderte Amon.

„Vielleicht war es ein Fehler, dass wir dir im vergangenen Jahr keine Aufmerksamkeit geschenkt haben“, gestand Arnavut ein. „Andernfalls hätte sich dieser Vorfall vielleicht vermeiden lassen.“ Er musterte Nimael kritisch. „Willst du uns nicht erklären, was wirklich mit deinem Gesicht geschehen ist?“

„Würde das denn einen Unterschied machen?“, fragte Nimael zurück.

„Wohl kaum“, erwiderte Arnavut.

„Aber deswegen bin ich auch nicht vorgetreten“, erklärte Nimael. „Ich will meinen dritten Wunsch einlösen.“

Der oberste Meister sah ihn überrascht an.

„Ich will, dass Soval seine gerechte Strafe erfährt“, forderte Nimael. „Das Urteil soll geändert werden.“

„Entschieden ist entschieden.“ Arnavut winkte ab. „Das Urteil steht und fällt mit den Beweisen. Wenn du uns keine weiteren liefern kannst, bleibt es bestehen." Er überlegte und begann böse zu grinsen. „Aber ich kann dir eine Alternative anbieten, die in unser aller Interesse wäre. Wenn du selbst Rache an Soval üben willst, könnte ich dir den Wunsch auf Straferlass gewähren. Du tötest ihn und hast keinerlei Konsequenzen zu fürchten. Gleichzeitig zeigst du uns, dass du deine Probleme selbst zu lösen vermagst. Für mich wäre es eine Bestätigung dafür, dass du eines Meisters würdig bist."

Kolubleik schüttelte den Kopf und schnaubte abfällig.

„Nein, so weit wird es nicht kommen", erwiderte Nimael entschieden. „Ich werde euch Beweise für seine Tat vorlegen."

„Wie du meinst", sagte Arnavut in verführerischem Tonfall. „Aber wenn du keine findest, halte dir vor Augen, dass Soval deinen geliebten Menschlein nichts als Schmerz und Leid zufügt. Im Gegensatz zu deinem eigenen Leben ist seines vollkommen bedeutungslos. Niemand würde ihm auch nur eine Träne nachweinen." Ein Lächeln huschte über sein Gesicht. „Das Angebot steht jedenfalls. Du kannst jederzeit Gebrauch davon machen."

„Ich verstehe." Nimael bedankte sich und kehrte unverrichteter Dinge zu Melina zurück. Kurz darauf wurden beide zu ihrer Zelle zurückgeführt, wo der Rest der Gruppe gespannt auf sie wartete.

„Habt ihr es geschafft?", empfing Kaeti die beiden voller Aufregung. „Wurde Soval verurteilt? Werden sie das Dreckschwein hängen?"

Nimael schüttelte enttäuscht den Kopf. „Sie haben ihn vorläufig freigesprochen."

„Das darf doch nicht wahr sein!", schimpfte Kaeti.

„Hör zu, wir haben es wirklich versucht …" Noch bevor Nimael etwas erklären konnte, fiel Kaeti ihm ins Wort.

„Genauso wie du versucht hast, sie zu beschützen?"

„Beruhige dich und lass uns vernünftig darüber sprechen", bat Nimael.

„*Vernünftig*?“, fuhr sie ihn an. „Ich bin also die Unvernünftige in deinen Augen? Wegen dir habe ich meine beste Freundin verloren. Du hast dir nicht nur Varuil zum Feind gemacht, sondern auch Soval und seine Anhänger. Und anschließend hattest du nur noch Augen für diesen dämlichen Stein, während die Menschen, die du eigentlich beschützen solltest, auf der Strecke geblieben sind.“

„Das ist nicht wahr“, verteidigte sich Nimael. „Ich habe immer versucht, für euch da zu sein.“

„Ach ja?“, stellte Kaeti ihn zur Rede. „Wo bist du dann gewesen, als es passierte?“

„Das weißt du genau“, erwiderte er. „Ich habe mich von Veila verabschiedet – genau wie du.“

„Was willst du denn damit sagen?“

Nimael wusste, dass er auf dünnem Eis wandelte. Keinesfalls wollte er Kaeti etwas vorwerfen, aber in diesem Moment schien es ihm eine angemessene Rechtfertigung zu sein.

„Ich meine doch nur, dass du es genauso wenig hast kommen sehen wie ich oder sonst jemand“, erklärte er. „Sicher trage ich eine Teilschuld an ihrem Tod, das steht außer Frage, aber bei Weitem nicht die, die du mir zuschreiben willst. Und wenn du nicht vollkommen in Selbstmitleid versinken würdest, hättest du vielleicht bemerkt, dass auch ich heute eine Freundin verloren habe und es mich ebenso trifft wie dich. Ich hätte alles getan, um mein Versprechen ihr gegenüber zu halten. Ich hätte mein Leben für sie gegeben. Und genauso habe ich auch alles versucht, um Soval verurteilen zu lassen.“ Als Kaeti nicht darauf reagierte, fügte er hinzu: „Aber nur, weil es heute nicht geklappt hat, heißt das noch lange nicht, dass er damit durchkommen wird. Versprochen.“

„Schön, dass dir Eskabatts Tod einen weiteren Grund liefert, deine Fehde mit Soval fortzuführen“, erwiderte Kaeti forsch. Offenbar war jede Diskussion mit ihr sinnlos, solange sie nur ihren Frust an ihm auslassen wollte. „Tu das! Du machst doch sowieso, was du willst!

Aber eins sag ich dir: Mit Eskabatt bist heute auch du für mich gestorben!“ Sie stampfte aus dem Mittelzimmer hinaus und knallte die Tür zum Gemeinschaftsraum hinter sich zu.

Für einen Moment blieb es totenstill in der Zelle.

„Sie braucht nur einen Sündenbock und dafür bietest du dich gerade hervorragend an“, tröstete ihn Hallbora, die damit eine ungewohnte Rolle einnahm. Erst jetzt fiel Nimael auf, dass Thera nicht im Zimmer war. Besorgt erkundigte er sich nach ihr.

„Sie hilft Iora bei der Vorbereitung des Leichnams“, erklärte Ting. „Eskabatt soll morgen früh vor Schichtbeginn bestattet werden.“

# 17

# SCHULD

Als der Morgen anbrach, lag Nimael noch immer wach auf seinem Bett. Eskabatts Tod ließ ihn nicht los und woher Thera am Vorabend noch die Kraft genommen hatte, um ihre Beerdigung vorzubereiten, konnte er sich beim besten Willen nicht erklären. Dass auch sie kaum Schlaf gefunden hatte, war an den Ringen unter ihren Augen nur allzu deutlich zu erkennen.

Im Mittelzimmer herrschte eine Stimmung, die alle Anwesenden zu erdrücken drohte. Niemand sprach auch nur ein einziges Wort. Letztendlich gab es nach den Ereignissen des Vortags auch nichts, was man noch hätte sagen können. Schon bald klopfte es an der Zellentür. Ein Gard trat ein und durchbrach die Stille.

„In Anbetracht der Umstände wird auch den Slaes heute der Zutritt zum Garten gewährt", erklärte er. „Selbstverständlich handelt es sich dabei um eine einmalige Ausnahme." Er stieß die Tür weiter auf und signalisierte damit den Abmarsch.

Mit einem flauen Gefühl im Magen trat Nimael mit seiner Gruppe den Weg zum Garten an. Dort hatten Lefts bereits ein frisches Grab ausgehoben und standen bereit, um den Sarg, der aus spärlichen

Brettern lieblos zusammengenagelt war, hineinzulegen und es wieder zuzuschütten. Amaru hatte als Geistlicher die Aufgabe übernommen, die Grabrede zu halten, und mit Sicherheit war er es auch gewesen, der Ando über den Todesfall informiert hatte. Dieser wandte sich niedergeschlagen zu ihnen um, als die Gruppe den Garten betrat.

„Es tut mir sehr leid, mein Freund", begrüßte er Nimael und legte ihm tröstend die Hand auf die Schulter.

Nimael dankte ihm mit einem Nicken und sah zu Amaru, der von einem Gard gedrängt wurde, mit seiner Rede zu beginnen. Thera musste ihm am Vorabend von Eskabatt erzählt haben, anders ließen sich die vielen persönlichen Informationen, die er in seinen Abschiedsworten verarbeitet hatte, nicht erklären. Er sprach von ihrer Herkunft, ihren Verwandten, ihren Freundinnen, ihrem Studium und ihren Plänen, die sie nun nicht mehr in die Tat umsetzen würde. Die ergreifendsten Worte galten aber ihrem Charakter, den er als gewitzt, gesprächig, selbstsicher und hilfsbereit beschrieb. Er beendete seine Rede, indem er beteuerte, dass man sie für immer vermissen werde. Anschließend gab er den Trauernden die Gelegenheit, persönlich Abschied zu nehmen. Kaeti machte den Anfang und nahm sich sehr viel Zeit, trotzdem wagte es kein Gard, die andächtige Stille zu unterbrechen. Melina wartete dagegen bis zum Schluss und blieb alleine am Grab zurück. Schließlich schloss sie sich mit verheulten Augen dem Rest der Gruppe an. Obwohl sich Nimael gewünscht hatte, dass seine Gefährtinnen unter anderen Umständen den Garten kennengelernt hätten, sahen sich diese ehrfürchtig um und sogen das Grün der Pflanzen in sich auf, als hätten sie nie etwas Schöneres gesehen.

„Hier hat sie es gut", flüsterte Ting ergriffen.

Nimael sah hinauf zum Himmel, wo die letzten Strahlen der Morgenröte dem blendenden Licht eines neuen Tages wichen.

„Wo immer sie auch sein mag, ich hoffe, sie ist frei“, wünschte er ihrer Freundin und nahm Thera in den Arm, die an seiner Seite zu weinen begann.

Wenig später wurden sie aus dem Garten zurück zur Zelle geführt.

„Zehn Minuten, dann geht's zum Bruch!“, brüllte ein Gard und knallte die Tür hinter ihnen zu. So viel Zeit räumte man ihnen also ein, um den Verlust einer Kameradin zu bewältigen.

„Ich kann heute nicht arbeiten.“ Melinas bleiches Gesicht und die Tränen in ihren Augen ließen die Aussage beinahe unnötig erscheinen. „Wäre es in Ordnung, wenn ich ein paar unserer Überstunden nehme und heute aussetze?“, bat sie leise.

„Selbstverständlich“, antwortete Nimael einfühlsam. „Genau für solche Fälle haben wir sie schließlich angespart. Wer den Tag freinehmen möchte, kann das gerne tun.“

Als sich alle anderen einig waren, dass ihnen die Ablenkung im Bruch lieber wäre, als in der Stille der Zelle weiterhin Trübsal zu blasen, bot Nimael an, Melina Beistand zu leisten.

„Danke, aber ich glaube, ich möchte lieber alleine sein“, erwiderte diese.

Nimael nickte verständnisvoll und reichte ihr den Schlüssel.

„Nein.“ Melina schüttelte ängstlich den Kopf. Die Ereignisse vom Vortag mussten ihre Spuren hinterlassen haben. „Schließ mich lieber ein. Ich habe hier zu essen und zu trinken – ich werde die Zelle nicht verlassen.“

Nimael nickte und verabschiedete sich von ihr. Während Thera von dem wartenden Gard in die Heilungssektion geführt wurde, brach Nimael mit seinen verbleibenden vier Kameradinnen zur Arbeit auf. Das eintönige und stupide Abtragen der Steine, das er sonst so sehr zu schätzen gewusst hatte, weil er in Ruhe seinen Gedanken nachgehen konnte, bot ihm heute nicht genug Ablenkung. Immer wieder ertappte er sich dabei, wie er an Eskabatt und die Grausamkeiten dachte, die Soval ihr zugefügt hatte. Immer wieder machte er sich Vorwürfe, dass seine Entscheidungen zu diesem Ausgang geführt hatten, und immer wieder kämpfte er gegen den Kloß in seinem Hals an, der sich bildete, wenn er sich bewusst machte, dass Eskabatt für immer von ihnen gegangen war. Während seiner Pausen und Außenschichten schweifte sein Blick ruhelos umher, um einerseits die Sicherheit seiner Gruppe zu gewährleisten, andererseits aber auch Soval genauestens zu beobachten. Dieser sollte seine durchbohrenden Blicke zu spüren bekommen. Er sollte wissen, dass er für seine Tat büßen musste. Er sollte keine ruhige Minute mehr verbringen, ohne einen Blick über seine Schulter zu werfen. Wenn er selbst schon kein Gewissen hatte, so würde Nimael von nun an für ein vergleichbares Gefühl bei ihm sorgen.

Als endlich das Signal ertönte, das den Feierabend einläutete, trat er mit den anderen den Rückweg an. Wieder wurde kein einziges Wort gewechselt und Nimael fragte sich, wie lange es wohl dauern würde, bis nicht nur er, sondern die gesamte Gruppe diesen Schicksalsschlag überwunden hatte. Würde es jemals wieder so werden, wie es einmal war?

Er schloss die Tür auf und trat ein. Melina schlief auf ihrem Bett. Bestimmt hatte auch sie die ganze Nacht über kein Auge zugetan und nun Nachholbedarf. Dass sie in den Schlaf gefunden hatte, war vielleicht schon das erste Zeichen auf Besserung. Nimael wollte den anderen gerade signalisieren, leise zu sein, als ihm ein leeres Säckchen vor ihrem Bett auffiel, das ihn stutzig machte. Er näherte sich ihr und musterte sie genau.

„Melina?", fragte er vorsichtig. Inzwischen war er so nah an sie herangekommen, dass sein scharfes Gehör ihren Atem wahrnehmen musste – doch da war nichts. „Melina!", rief er beunruhigt. Er packte sie an der Schulter, doch sie reagierte nicht. Aufgebracht begann er sie zu schütteln. „Melina!"

„Das ist eins von Theras Säckchen", stellte Hallbora derweil entsetzt fest, während die anderen kreidebleich im Eingangsbereich stehen geblieben waren. „Sie bewahrt darin ihre Heilkräuter auf."

„Melina! Gott, nein …", Nimael konnte nicht glauben, dass das gerade wirklich passierte. Es musste sich um einen Albtraum handeln, aus dem er jede Sekunde erwachen würde, um erleichtert festzustellen, dass alles nur seiner Fantasie entsprungen war. Doch das war es nicht. „Melina, bitte tu mir das nicht an!", flehte er verzweifelt, doch sie blieb ungerührt liegen.

Nimael versuchte, sich zu beruhigen – einen klaren Gedanken zu fassen. Theras Heilkräuter. Wenn jemand wusste, was nun zu tun war, dann sie. Er löste einen Drift aus, ließ den Rest der Gruppe wie angewurzelt stehen und schoss genau wie am Vortag in die Heilungssektion.

„Komm sofort mit!", rief er, noch während er durch die Tür platzte.

Thera fuhr erschrocken zusammen, fasste sich und rannte los, ohne Fragen zu stellen.

„Melina hat von deinen Heilkräutern genommen. Sie atmet nicht", fasste Nimael knapp zusammen, während sie gemeinsam durch die Gänge rannten. An ihren Augen erkannte er, dass Thera bereits überlegte, was zu tun war. Als sie die Zelle erreicht hatten, schenkte sie Melina zunächst keine Beachtung, sondern lief direkt zu dem Säckchen und roch daran.

„Henkerswurzel", schloss sie sofort. Sie beugte sich über Melina und suchte nach ihrem Puls. Schließlich schwand jede Hoffnung aus ihrem Blick. „Ich kann nichts mehr für sie tun."

„Nein, du musst es doch zumindest versuchen", bat Nimael inständig.

„Nimael …", erwiderte Theras traurig. „Ihre Körpertemperatur ist bereits gesunken. Sie muss schon seit Stunden tot sein." Tränen liefen ihr über die Wangen, als sie es aussprach. „Die Henkerswurzel ist das stärkste Schmerzmittel, das ich habe. Sie ist äußerst giftig. Wenn man nicht sofort etwas unternimmt …“ Sie schüttelte niedergeschlagen den Kopf.

Nimael verlor die Kraft, auf seinen Beinen zu stehen, und lehnte sich benommen gegen die Wand, während sich Hallbora und Landria zu Thera gesellten, um ihr Beistand zu leisten – nur um schließlich selbst in Tränen auszubrechen. Kaeti warf Nimael einen weiteren, vernichtenden Blick zu und verschwand kommentarlos nach nebenan. Ting näherte sich dagegen vorsichtig Melinas Leichnam und musterte ihr blasses Gesicht.

„Sie sieht friedlich aus“, stellte sie traurig fest. „So habe ich sie noch nie erlebt. Sie war immer angespannt und so unruhig wie auf Kohlen, aber jetzt scheint sie endlich ihren Frieden gefunden zu haben.“

„Wahrscheinlich ist sie eingeschlafen“, vermutete Thera. „Ich glaube nicht, dass sie allzu sehr leiden musste.“ Offenbar zog sie sich an dem Gedanken hoch und nahm Nimael in die Arme. „Es ist nicht wie bei Eskabatt. Melina wollte es so. Sie hat diese Entscheidung selbst getroffen, das ist offensichtlich.“

Ihr Versuch, Nimael Trost zu spenden, drang nicht zu ihm durch. Letztendlich hatte er nun zwei seiner Schutzbefohlenen verloren, die niemals wieder nach Hause zurückkehren würden. Und hätte er Eskabatts Tod zu verhindern gewusst, wäre ihnen diese Tragödie mit Sicherheit ebenfalls erspart geblieben. Es fühlte sich nach einer grausamen Niederlage an, die nur einen Sieger kannte. Soval. Dieser musste sich nun keine Sorgen mehr darüber machen, dass eine unliebsame Zeugin eventuell doch noch den Mut finden würde, um die Meister von seiner Tat zu überzeugen.

Als Iora und ihr Begleiter mit einer Bahre auf der Schwelle erschienen, konnte Nimael den Anblick nicht länger ertragen und flüchtete in sein Zimmer. Übelkeit überkam ihn und er atmete langsam und tief durch, um sich zu beruhigen. Plötzlich bemerkte er, dass auf seinem Schreibtisch noch eine Kerze brannte. Melina musste sie angezündet haben. Daneben lag ein gefaltetes Stück Papier, auf dem sein Name geschrieben stand. Ein Abschiedsbrief. Nimael faltete ihn auseinander und begann zu lesen.

*Lieber Nimael,*

*wenn du diese Zeilen liest, bin ich nicht mehr da. Es tut mir sehr leid, dass ihr meinetwegen noch einmal so ein schreckliches Erlebnis habt, aber ihr müsst nicht traurig sein. Euch trifft keine Schuld, diese Entscheidung hatte nur mit mir selbst zu tun.*

*Ehrlich gesagt habe ich dir nicht die ganze Wahrheit über den Mord an Eskabatt erzählt. Als Soval in unsere Zelle eindringen wollte, hätte ich Eskabatt zu Hilfe kommen müssen, doch ich habe es nicht getan. Als er wild auf sie einschlug, habe ich die zweite Gelegenheit verpasst. Was ich dir aber verschwiegen habe, ist, dass Eskabatt nicht sofort tot war. Als Soval von ihr abgelassen hatte und in deinem Zimmer verschwand, kam sie noch einmal zu sich und bat mich um Hilfe. Ich hätte zur Heilungssektion laufen können, aber wieder hatte ich zu große Angst und rührte mich nicht von der Stelle. Ich habe sie einfach verbluten lassen. Wie sehr ich mich dafür hasse, kannst du dir nicht vorstellen.*

*Als wir dann vor Gericht standen, nahm ich all meinen Mut zusammen und hoffte, dass ich damit mein Versagen wenigstens zum Teil wiedergutmachen könne. Ich dachte, dass ich mit meiner Aussage wenigstens ihren Mörder zur Rechenschaft ziehen könne. Ich hätte wissen sollen, dass man nicht so einfach über seinen eigenen Schatten springen kann. Durch meine ständige Furcht kam Soval nun endgültig davon. Ich habe Eskabatt die ganze Zeit über im Stich gelassen und schließ-*

*lich vor Gericht noch ein letztes Mal enttäuscht. Mit dieser Schuld kann und will ich nicht länger leben. Ich hoffe, dass du das nachvollziehen und mir meine Tat nachsehen kannst.*

*Danke für alles. Du hast dich immer gut um uns gekümmert. Lass dir von niemandem etwas anderes einreden, auch nicht von Kaeti! Ich hoffe, dass ihr eines Tages den Weg in die Freiheit finden werdet. Als wir heute Morgen im Garten standen, wurde mir klar, dass das hier mein Weg dorthin ist. Ich werde vom Himmel auf euch herabsehen und für immer über euch wachen.*

*Vergesst mich nicht.*

*Eure*
*Melina*

„Ist alles in Ordnung?" Thera war Nimael gefolgt und musterte ihn mit sorgenvollem Blick.

Er schüttelte den Kopf und reichte ihr den Brief.

Während sie ihn las, begann sie erneut zu weinen. „Sie tut mir so leid, aber die Zeilen bestätigen nur, was ich schon angenommen habe. Sie wollte es so. Und sie entbindet uns von jeder Schuld."

„So einfach, wie sie sich das vorgestellt hat, ist es aber nicht", erwiderte Nimael verbittert. „Ich fühle mich trotzdem schuldig, daran ändern auch ihre Worte nichts. Ich war ihr Caer. Ich hätte mich mehr um sie kümmern müssen. Ich hätte merken müssen, dass etwas nicht stimmt, aber ich war viel zu sehr mit mir selbst beschäftigt und damit, Soval seiner gerechten Strafe zuzuführen. Mein Selbstmitleid und meine Rachegelüste ließen mich nicht erkennen, dass ich Melina nicht nur vor anderen, sondern auch vor sich selbst hätte beschützen müssen. Jetzt habe ich das Gefühl, dass mir nur noch alles aus den

Händen gleitet. Es ist einfach zu viel. Während ich noch auf die eine Katastrophe reagiere, fliegt mir die nächste bereits um die Ohren. Ich kann es nicht aufhalten. Die Situation entzieht sich mehr und mehr meiner Kontrolle und das Schicksal kümmert es offenbar einen feuchten Dreck, wie ich mich dabei fühle, oder ob ich damit fertig werde. Ich will nur noch hier weg, nur noch hier *raus*, aber nicht einmal diese Möglichkeit besteht." Nimael schlug frustriert auf den Schreibtisch, während seine Zunge wie von selbst seinen Gedankengang zu Ende führte. „Es sei denn, ich nehme das Angebot der Meister an."

„Denk nicht mal daran!", rief Thera entsetzt.

„Eskabatt und Melina sind nur gestorben, weil ich das Interesse auf uns gelenkt habe. Wenn ich euch verlasse, würde ich der Gruppe damit vielleicht sogar einen Gefallen tun. Auch wenn ich nicht mehr direkt bei euch wäre, so hätte ich doch die Möglichkeit, in eurem Sinne zu handeln, bis sich die Dinge zum Besseren kehren."

„Glaubst du wirklich, die Meister würden das zulassen? Sie würden dich in Versuchung führen, immer und immer wieder, bis du irgendwann nachgeben und einer von ihnen werden würdest. Mach dir nichts vor, du würdest uns einfach nur im Stich lassen! Oder hat es damals funktioniert, als du dich von mir getrennt hast, um mich zu schützen? Nein, du musst endlich aufhören, dir eine solche Verantwortung aufzuerlegen und die gesamte Schuld bei dir selbst zu suchen! Du tust gerade so, als würde das alles nur dich betreffen." Sie deutete nach nebenan. „Glaubst du nicht, dass sich jede Einzelne von uns dieselben Vorwürfe macht? Wir haben all die Jahre auf engstem Raum mit Melina zusammengelebt. Jede von uns fragt sich, ob sie uns nicht vielleicht ins Vertrauen gezogen hätte, wenn wir uns nur ein bisschen mehr um sie gekümmert, uns mit ihr angefreundet hätten. Wir sind eine Einheit, das hast du selbst einmal gesagt. Wir alle tragen gleichermaßen die Verantwortung, das hat nichts mit dem

Rang zu tun. Im Übrigen bin auch ich eine Caer. Wenn also jemanden die Schuld trifft, dann mich."

„Wieso dich?"

„Weil ich die Heilkräuter in unserer Zelle gelassen habe", erklärte Thera. „Obwohl es die *Heiße Zwei* nicht mehr gibt, habe ich einen Vorrat für Notfälle angelegt. Nicht nur das, ich habe auch allen gezeigt, wo ich sie verstaut habe. Ich hatte Angst, dass sie jemand mit Gewürzen verwechseln könnte oder Ähnliches. Im Grunde habe ich ihr das Instrument für ihre Tat in die Hand gelegt."

„Thera, das redest du dir doch nur ein!", widersprach Nimael. „Wenn sie die Kräuter nicht gehabt hätte, hätte sie mit Sicherheit eine andere Möglichkeit gefunden. Sie wusste von dem Messer hinter dem Schreibtisch. Sie hätte sich genauso gut die Pulsadern aufschlitzen oder sich erhängen können. Wenigstens hat sie durch die Henkerswurzel noch einen einigermaßen sanften Tod gefunden", fügte er traurig hinzu.

„Mag sein, aber ich war auch diejenige, die dich nach dem Mord an Eskabatt darauf hingewiesen hat, dass etwas nicht stimmt und du mit Melina sprechen solltest", fuhr Thera fort. „Es war noch viel zu früh dafür. Ich hätte wissen müssen, dass Melina das alles erst einmal verarbeiten muss. Ich habe diesen Stein ins Rollen gebracht, obwohl sie der Sache noch nicht gewachsen war."

„Auch das ist nicht wahr." Nimael schüttelte entschieden den Kopf. „Kolubleik wäre so oder so in unsere Zelle gekommen. Auch wenn Melina geschwiegen hätte, wäre Soval mit seiner Tat davongekommen, und sie hätte sich vermutlich dieselben Vorwürfe gemacht." Er nahm Thera tröstend in die Arme. „Es war richtig, der Sache nachzugehen. Durch deinen Hinweis hätten wir es beinahe geschafft, Soval für seine Tat büßen zu lassen. Woher hättest du wissen sollen, dass sich das alles so entwickeln würde?"

„Mag sein, aber du konntest es genauso wenig wissen", sagte Thera. „Woher hätte es überhaupt jemand wissen sollen? Deshalb bin ich froh, dass Melina uns vor ihrem Tod keinen Vorwurf daraus gemacht hat."

Für einen kurzen Moment herrschte Stille und irgendwie war es Thera wieder einmal gelungen, Nimaels aufgewühltes Gemüt zu besänftigen – nicht nur mit ihren Worten, sondern auch durch ihre Nähe.

„Es heißt wohl nicht umsonst, dass man die Schuld *trägt*", schloss Thera. „Sie ist wie eine Last. Man nimmt sie auf sich wie eine Bürde, unter der man erdrückt werden kann, wenn man ihr nicht gewachsen ist. So erging es Melina. Dabei hatte sie nur Angst, was man ihr beim besten Willen nicht verübeln kann. Aber mit jeder einzelnen Konsequenz, die sich daraus ergab, hat sie sich noch eine größere Last auferlegt. Selbst für Dinge, auf die sie keinen Einfluss hatte und für die sie die Verantwortung gar nicht tragen musste. Nun darf es uns nicht genauso gehen. Wir dürfen uns nicht von unseren Gefühlen dazu hinreißen lassen, überstürzt oder überzogen zu handeln. Und vielleicht werden wir eines Tages einen Weg finden, mit dieser Schuld fertig zu werden und sie ganz oder zumindest teilweise wieder abzulegen."

Nimael dankte ihr für ihre weisen und heilsamen Worte.

„Wir sollten uns mit den anderen im Gemeinschaftsraum zusammensetzen", schlug er vor. „Dort solltest du noch einmal wiederholen, was du mir gerade gesagt hast. Wenn wir als Gruppe bestehen wollen, dürfen wir uns jetzt nicht aus dem Weg gehen, sondern müssen füreinander da sein. Besonders, wenn sich auch unsere Kameradinnen Vorwürfe machen."

Thera nickte. „Und wir sollten nicht vergessen, dass wir in dieser Dunkelheit nicht alleine stehen", ergänzte sie. „Wir haben Ando und Amaru. Du solltest sie zu uns bitten. Sie werden uns Beistand leisten. Ohne das offene Ohr eines Geistlichen wäre ich gestern schon fast verzweifelt."

Gestern. Nimael konnte kaum glauben, was innerhalb dieser wenigen Stunden alles geschehen war. Er hatte drei seiner Gefährtinnen verloren – beinahe die Hälfte seiner Gruppe. Am Vortag hatte er Veila noch in die Freiheit begleitet und war mit sich selbst im Reinen gewesen, jetzt stand seine Welt plötzlich kopf.

Nachdem er seine beiden Freunde verständigt hatte, besserte sich dieser Zustand ein wenig. Amaru bewies eine unglaubliche Geduld im Umgang mit der Gruppe und wirkte sämtlichen Selbstvorwürfen und Zweifeln entgegen. Ganz beiläufig sammelte er aus den Erinnerungen an Melina alle Informationen, die er für seine zweite Trauerrede innerhalb eines Tages benötigte. Selbst Kaeti beteiligte sich an dem tränenreichen Gespräch, und obwohl sie noch immer jedem direkten Kontakt mit Nimael auswich, hatte er das Gefühl, dass die Offenheit, die sie beide Amaru gegenüber an den Tag legten, ein paar der Wogen zwischen ihnen glättete. Ando war dagegen in erster Linie für Hallbora da – ein Umstand, den man ihm nicht verübeln konnte. Erst viele Stunden später, nachdem sich alle ausgesprochen hatten und der Abend langsam ausgeklungen war, bat er Nimael um eine persönliche Unterredung in dessen Zimmer.

„Wir haben schon lange nicht mehr miteinander gesprochen", stellte er fest.

„Wir reden doch jeden Mittag", widersprach Nimael.

„Ich meine, richtig miteinander gesprochen – nicht über irgendwelche Belanglosigkeiten", erklärte Ando. „Was du in den letzten zwei Tagen durchgemacht hast, ist auch für mich Neuland. Es fällt mir deshalb schwer, dir etwas zu raten, aber ich glaube, dass du ganz richtig damit umgehst."

Nimael dankte ihm mit einem Nicken.

„Was ich dir sagen wollte, wird dein Gewissen ein wenig erleichtern", fuhr Ando fort. „Du solltest nämlich wissen, dass auch mich ein großer Teil dieser Schuld trifft."

„Was erzählst du da für einen Blödsinn?" Nimael schüttelte den Kopf. „Du warst es doch, der mich vom ersten Tag an vor den Konsequenzen gewarnt hat, was passieren würde, wenn ich mich mit einem Typen wie Soval anlege. Wenn ich auf dich gehört hätte, wären jetzt alle noch am Leben."

„Das lässt sich so nicht sagen", erwiderte Ando. „Wenn du immer nur den Kopf in den Sand gesteckt hättest, wärst du vielleicht nicht hinter Eskabatt hergelaufen, als sie ihren Onkel aufsuchte. Wahrscheinlich wäre sie damals schon zu Tode gekommen. Und Melina hätte ohne deine Nachforschungen und Aktivitäten vielleicht schon viel früher die Hoffnung auf Rettung verloren und möglicherweise eine Dummheit begangen." Auch Ando schien sich sehr viele Gedanken über die Umstände gemacht zu haben, die zu diesem Punkt geführt hatten. „Aber der springende Punkt ist, dass ich das alles schon viel früher in Gang gesetzt habe. Du erinnerst dich, dass ich bei eurer Entführung unter Zeitdruck stand, und darum drei deiner Freundinnen zufällig ausgewählt habe?"

„Ja, natürlich. Deine drei *Glückstreffer.*" Nimael begriff plötzlich, warum Ando diese Unterhaltung nicht im Gemeinschaftsraum führen wollte.

„Nun sind zwei davon tot", erklärte Ando voller Bedauern. „Hältst du das vielleicht für einen Zufall?"

„Melina war der dritte Glückstreffer?", fragte Nimael erstaunt. „Du hattest damals nur Kaeti und Eskabatt namentlich erwähnt."

„Natürlich war es Melina. Was dachtest du denn?"

„Ich bin immer davon ausgegangen, du hättest dich auf Landria bezogen", gestand Nimael.

„Sie ist hochintelligent", verteidigte Ando seine Auswahl. „Wenn sie kein Gewinn für die Gruppe ist, weißt du ihre Fähigkeiten vielleicht einfach nicht richtig zu schätzen." Er entschuldigte sich gleich wieder für den Kommentar und fuhr fort. „Jedenfalls war Melina viel zu labil für diese Umgebung. Sie hätte schon gar nicht entführt werden dürfen. Ich habe diese Entscheidung damals getroffen und darum ist sie nun tot."

„Das lässt sich genauso wenig mit Bestimmtheit sagen, wie mein Versagen in Bezug auf Eskabatt", erwiderte Nimael. „An Melinas Stelle könnte nun eine andere tot sein. Außerdem hattest du keine Wahl. Man hat dich zu dieser Entscheidung gezwungen."

„Vielleicht konnte ich innerhalb so kurzer Zeit gar keine bessere Auswahl treffen", schloss auch Ando. „Aber trotzdem ist mir das nur ein schwacher Trost."

„Es ist schon komisch", erwiderte Nimael schwermütig. „Im Gegensatz zu jeder anderen Last, die man trägt, wird Schuld nicht leichter, wenn man sie mit anderen teilt. Egal, wie viele sich etwas davon aufladen, sie wiegt immer gleich schwer auf den eigenen Schultern. Und nun macht sich jeder einzelne von uns Betroffenen Vorwürfe, während diejenigen, die tatsächlich die Schuld an all dem Leid tragen, nicht die geringsten Gewissensbisse plagen und keinen Gedanken an uns verschwenden. Ich sage, wir ziehen sie endlich zur Verantwortung. Die Meister, die uns in diese Situation gebracht und dich zu deiner Entscheidung gezwungen haben, und Soval, der brutal und ohne mit der Wimper zu zucken über Leichen geht. Sie sollen für das büßen, was sie getan haben."

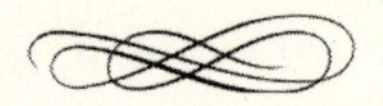

Nach einer weiteren schlaflosen Nacht quälte sich die Gruppe am nächsten Morgen zu Melinas Beerdigung. Sie fand ihre letzte Ruhe direkt neben Eskabatt und vielleicht verbrachten sie nun die Ewigkeit zusammen, um sich schließlich doch noch miteinander anzufreunden.

Als die Trauerfeier vorüber war, wandte sich Nimael an einen Gard und bat um eine Audienz bei Arnavut. Wenig später führte man ihn zu dessen Quartier, wo ihn der Meister bereits gespannt erwartete.

„Ich nehme an, dass dein Besuch mit Soval zu tun hat.“ Arnavut hatte sich an seinen Schreibtisch gelehnt und musterte Nimael zufrieden. „Hat dich der erneute Todesfall umgestimmt? Möchtest du auf mein Angebot bezüglich deines dritten Wunsches zurückkommen?“

„Nein, aber es geht tatsächlich um Soval“, erwiderte Nimael ohne Umschweife. „Es liegen neue Beweise gegen ihn vor.“ Er reichte Arnavut den Abschiedsbrief, den Melina hinterlassen hatte. Der Meister las ihn interessiert durch, seine Miene blieb jedoch ungerührt.

„Ich verstehe nicht.“ Arnavut runzelte die Stirn. „Was soll das beweisen?“

„Der Brief widerlegt die Zweifel, die Melina vor Gericht hatte“, erklärte Nimael. „Sie hat Soval mit absoluter Gewissheit identifiziert. Sie war sich so sicher, dass sie bereit war, dafür zu sterben.“

„Ist es nicht eher andersherum?“, fragte der Meister. „Ist sie nicht deshalb gestorben, weil sie ihn eben nicht eindeutig erkennen und überführen konnte? Auch wenn sie ihn in dem Schreiben namentlich nennt, macht das ihre Aussage vor Gericht nicht glaubwürdiger.“ Er gab Nimael den Brief zurück. „Es tut mir leid, aber das ändert gar nichts. Das Urteil bleibt bestehen, bis echte Beweise gegen Soval vorliegen – oder du die Sache selbst in die Hand nimmst.“

Arnavuts verschmitztes Lächeln ließ darauf schließen, dass er Nimael unbedingt zu dieser Tat treiben wollte. Umso schwerer würde es werden, solch eindeutige Beweise zu finden, dass Arnavut sie auch tatsächlich anerkennen würde.

Als Nimael enttäuscht den Raum verließ, fielen ihm die Gemälde wieder ins Auge. Inzwischen wusste er, dass sie die Geschichte der Dominaten erzählten, aber vielleicht hatten sie noch weitere Geheimnisse zu offenbaren. Um die Werke genauer in Augenschein zu nehmen, hatte sich seit damals keine Gelegenheit mehr ergeben, aber vielleicht war es ohnehin besser, eine zweite Meinung zu diesem

Thema einzuholen. Immerhin ließen die Gemälde viel Raum für Interpretation.

# 18

# SÜHNE

Es war bereits dunkel im Garten, als Nimael frische Blumen an den Gräbern seiner beiden Kameradinnen niederlegte. Er richtete sich auf, faltete die Hände vor sich und suchte das Gespräch mit ihnen.

„Hallo, ihr beiden. Es sind nun schon ein paar Wochen vergangen, seit ihr uns verlassen habt. Wir vermissen euch mehr, als ihr euch vorstellen könnt, und versuchen uns langsam an ein Leben ohne euch zu gewöhnen. Ich weiß nicht, ob ihr uns noch immer in irgendeiner Form begleitet, oder ob ihr vielleicht längst weitergezogen seid. Ich hoffe aber, ihr hört, was ich euch zu sagen habe, denn in den letzten Tagen hat sich viel ereignet. Wenn ihr mich sehen könntet, würdet ihr euch fragen, was schon wieder mit meinem Gesicht geschehen ist." Er hielt sich eine Hand an sein geschwollenes Auge, die andere an die Würgemale an seinem Hals. „Diesmal hat Kaeti nichts damit zu tun. Diese Verletzungen verdanke ich allein Soval. Ich habe das getan, was längst überfällig war. Ich habe ihn für seine Taten bezahlen lassen. Aber lasst mich von vorn beginnen, wie sich alles zugetragen hat:

Vor ein paar Tagen habe ich unser Abendessen gekauft. Anschließend besuchte ich Koba in ihrer Höhle und brachte ihr ihren Anteil. Allerdings lief es diesmal nicht so reibungslos wie sonst. Als ich den Stollen betrat und mich zu dem Riss im Felsen vortastete, hörte ich hinter mir leise Schritte. Ich blieb wie versteinert stehen und fuhr herum. Ein Gard war auf mich aufmerksam geworden und wollte wissen, was ich dort verloren hatte. Etwas unbeholfen reimte ich mir schnell eine Ausrede zusammen und behauptete, dass ich das ewige Gegackere meiner Mitbewohnerinnen nicht mehr ertragen konnte und nun in der dunklen Abgeschiedenheit des Stollens mein Abendessen zu mir nehmen wollte. Nicht dass es mir je so ergangen wäre, aber etwas Besseres fiel mir auf die Schnelle einfach nicht ein. Zu meinem Glück war der Gard mit drei Schwestern aufgewachsen und nahm mir die Lüge mit vollstem Verständnis ab. Obwohl der Vorfall keine weiteren Konsequenzen nach sich zog, hatte er mir die Augen geöffnet. Ich machte mir bewusst, dass Koba in ständiger Gefahr schwebte, entdeckt zu werden. Sollte es wirklich einmal dazu kommen, wollte ich sicherstellen, dass sie ihrem Gegner nicht schutzlos ausgeliefert war. Also verabredete ich mich mit ihr für den nächsten Tag und brachte ihr das Messer, das wir damals hinter dem Schreibtisch gefunden haben. Als ich es ihr geben wollte, reagierte sie nicht nur ängstlich, sondern geradezu panisch und lehnte es strikt ab. Erst als ich erklärte, dass es ihr in einer Notsituation das Leben retten konnte, nahm sie es widerwillig an. Sie musterte es unter dem roten Schein des Adamanten und ließ es plötzlich zu Boden fallen, als würde sie sich die Finger daran verbrennen. Dann sank sie auf die Knie, begann zu weinen und fragte, wer mich dazu angestiftet hatte? Ich verstand kein Wort und versuchte sie zu beruhigen. Plötzlich wollte sie unbedingt wissen, woher das Messer stammte. Nachdem ich es ihr erklärt hatte, sah sie mich mit verweinten Augen an und fragte, ob wir in Zelle 78 wohnen würden. Ich fragte zurück, wie sie das wissen konnte. Daraufhin erzählte sie mir, was sich damals ereignet hatte und wie das alles in Verbindung zu unserer Unterkunft steht. Bevor wir im Blutfelsen ankamen, hatte Koba selbst in Zelle 78 gelebt. Bei ihrem Caer handelte es sich um einen erbarmungslosen Sovalisten, unter dem nicht nur sie selbst, sondern die gesamte Gruppe litt. Er misshandelte sie so brutal, dass schwerste Verletzungen an der Tagesordnung waren. Schon bald nannten sie ihn nur noch den *Knochenbrecher*. Also verschworen sich die Slaes und beschlossen, gemeinsam gegen ihren Peiniger vorzugehen. Irgendwie schafften sie es, ein Messer zu organisieren und schmuggelten es in ihre Zelle. Anschließend entschied das Los, wer ihren Plan in die Tat umsetzen sollte. Die arme Koba hatte Pech beim Ziehen und war schließlich diejenige, die ihren Folterknecht töten sollte. Sie hatte die schlimmsten Gewissensbisse und starrte das Messer, das sie ihr gegeben hatten, stundenlang an. Sie musste sich jedes Detail genauestens eingeprägt haben, sonst hätte sie es in der Höhle wohl nicht so schnell wiedererkannt. Jedenfalls schaffte sie es irgendwann, sich zu überwinden. In der Nacht ging sie in das Zimmer des Caers und schnitt ihm im Schlaf die Kehle durch. Sie hatte den Schock kaum überwunden, als ihr die anderen Slaes zu Hilfe eilten und die Tatwaffe hinter dem Schreibtisch verschwinden ließen. Als der Mord untersucht wurde, hielten sie weiterhin zusammen und deckten Koba. Sie stimmten die Details untereinander ab und erzählten beim Verhör eine identische Geschichte. Dabei schoben sie die gesamte Schuld auf einen unbekannten, maskierten Täter, der in der Nacht in ihr Quartier eingedrungen war und angeblich noch eine Rechnung mit ihrem Caer offen gehabt hatte. Nach dem Mord wäre er mitsamt der Tatwaffe spurlos verschwunden. Sie schilderten dieses Ereignis so überzeugend, dass Koba einer Verurteilung und damit auch der sicheren Hinrichtung entging. Aber entweder hatten sie es nicht bedacht oder es war ihnen egal, dass sie mit dem Mord an ihrem Caer nun zu Lefts degradiert wurden. Obwohl sie von nun an ein Leben im Dreck führten, ging es der Gruppe immer noch besser als unter der Schreckensherrschaft des

Knochenbrechers – mit Ausnahme von Koba. Sie litt seitdem unter den schrecklichen Gewissensbissen, die der Mord bei ihr hinterlassen hatte.

Als sie mit ihrer Erzählung am Ende angelangt war, sah sie zu dem Messer, das vor ihr am Boden lag, und beschimpfte das Schicksal. Sie bezeichnete es als ein dummes Miststück, das sie nun einholen und bestrafen wollte. Ich weiß nicht einmal warum, aber genau in diesem Moment fügten sich für mich alle Stücke zusammen und ergaben ein Bild. Plötzlich ergab alles einen Sinn. Es konnte kein Zufall sein, dass alles so miteinander verknüpft war und ausgerechnet Koba von dem Messer in unserer Zelle wusste. Sie hatte es falsch verstanden. Das Schicksal hatte sich nicht gegen uns verschworen, sondern zeigte uns einen Weg, und das Messer sollte noch eine weitere gute Tat vollbringen, davon war ich nun überzeugt. Ich nahm es wieder an mich und brachte es zurück in unsere Zelle.

Am nächsten Tag hielt ich nach Soval Ausschau und fand ihn während eines Schichtwechsels an einem der Brunnen wieder. Wie bereits angenommen, fühlte er sich durch Melinas Tod inzwischen vollkommen sicher und begrüßte mich mit demselben arroganten Grinsen wie immer. Nur mit größter Anstrengung konnte ich sein Gehabe ertragen und machte ihm schließlich ein verlockendes Angebot: Ein Duell ohne Zeugen, bei dem der Sieger am Ende mit dem Adamanten belohnt werden sollte. Er sah mich misstrauisch an und ich versprach ihm, dass meine Fähigkeiten dabei nicht zum Einsatz kommen würden. In diesem Moment hatte ich ihn wie einen Fisch an der Angel. Im Gegenzug stellte ich ihm die Bedingung, dass er die Existenz des Artefakts unter keinen Umständen preisgeben durfte, egal wie der Kampf enden würde. Ich drohte ihm, ihn zu töten, wenn er sich nicht daran halten würde. Soval lachte nur und meinte, dass er ohnehin nicht so blöd gewesen wäre, ausgerechnet den Meistern etwas davon zu verraten. Ohne zu zögern ging er auf meinen Vorschlag ein und wir verabredeten uns zu einem Duell im Übungsraum. Hochnäsig versicherte er mir, dass ich mir anschließend ohnehin keine Gedanken mehr über das Artefakt machen müsse.

Am Abend suchte ich Unterschlupf in Andos Zelle. Wie ihr wisst, liegt sie auf derselben Ebene wie Sovals Quartier. Von der Schwelle aus beobachtete ich den Flur und wartete, bis Soval seine Zelle verließ, um sich mit mir zum Duell zu treffen. Ich huschte hinaus und klopfte an die Tür. Seine Slaes öffneten mir und ich erklärte ihnen meinen Plan. Ich bot ihnen die einmalige Gelegenheit, Soval loszuwerden, ohne dabei einen ähnlichen Schritt wie Koba gehen zu müssen. Obwohl ich sie warnte, welches Risiko für sie dabei bestand, besprachen sie sich nur kurz und kamen zu einem einstimmigen Ergebnis. Über die Jahre hatten wir ihnen offenbar oft genug geholfen. Sie brachten mir ein solches Vertrauen entgegen, dass ich kaum Überzeugungsarbeit leisten musste.

Kurz darauf machte ich mich ebenfalls auf den Weg zum Übungsraum. Soval empfing mich gewohnt herablassend. Er hatte wohl schon damit gerechnet, dass ich einen feigen Rückzieher machen und nicht mehr zum Kampf erscheinen würde. Ich ging nicht darauf ein, sondern wies auf die beiden Gards an den Eingängen hin. Sie bewachten den Raum und stellten somit unliebsame Zeugen dar. Wieder musterte mich Soval misstrauisch. Erst als ich ihm erklärte, dass auch sie nichts von dem Artefakt erfahren durften und es mir nur darum ging, dass sie sich nicht ausgerechnet dann einmischten, wenn unser Duell versprach interessant zu werden, akzeptierte er meinen Vorschlag. Jeder von uns bestach einen der beiden Wachleute, damit sie vor den Türen warteten und wir ungestört kämpfen konnten.

Nach einigen vorsichtigen Schlägen und Tritten, um sich gegenseitig abzutasten, nahm das Duell langsam an Fahrt auf. Die Strömung begleitete mich von Anfang an, aber ich hielt mich an mein Versprechen und ignorierte sie. Soval war unglaublich gut in Form. Sein Kampfstil ließ sich am besten als roh beschreiben. Er bestand vor allem aus direkten Faustschlägen, die er mit einer solchen Kraft ausführte, dass sie nur schwer abzuwehren waren. Ich blockte sie ab, wich aus und landete sogar den einen oder anderen Treffer, aber sein gestählter Körper war von Muskeln geradezu überzogen. Sämtliche Schläge prallten wirkungslos von ihm ab. Ich konzentrierte mich darauf, Kopftreffer zu landen, aber zu meinem Bedauern wusste er diesen sehr gut abzuschirmen. Also versuchte ich schnelle, harte Schläge zu platzieren, um ihn auf Distanz zu halten und weiter zurückzudrängen. Wie ihr an meinem Gesicht erkennen könnt, ging auch diese Strategie nicht besonders gut auf. Nachdem sich das Duell nicht gerade zu meinen Gunsten entwickelte, beschloss ich, einen anderen Kampfstil auszuprobieren. Als Soval zu seinem nächsten Schlag auf Kopfhöhe ansetzte, wich ich blitzartig aus, packte seinen Arm und schleuderte ihn über meine Schulter. Leider überraschte ihn der Zug weniger als erhofft, und noch bevor ich nachsetzen konnte, hatte er sich bereits abgerollt und war wieder auf die Beine gekommen. Jetzt war er noch entschlossener als zuvor. Seine Schläge prasselten regelrecht auf mich ein und drängten mich immer weiter zurück. Zu meinem Glück stieß ich nicht gegen eine der Liegen, die in dem Raum aufgestellt waren, um Gewichte zu stemmen, sondern lief rückwärts zwischen ihnen hindurch. Das rief mir ins Gedächtnis zurück, dass die Umgebung nicht vernachlässigt werden durfte, sondern immer in das Kampfgeschehen einbezogen werden sollte. Obwohl es im Übungsraum nicht viel gab, was man zu seinem Vorteil nutzen konnte, erinnerten mich die Liegen an die Sandsäcke, die als Gewichte und Schlagsäcke an der Wand aufgestellt waren. Ich wich schneller zurück, um etwas Abstand zu gewinnen, griff einen der schweren Säcke und schleuderte ihn mit aller Kraft auf Soval. Dieser fing ihn in der Luft ab und riss ihn zu meinem Entsetzen mit bloßen Händen in Stücke. Könnt ihr euch vorstellen, welch ungeheure Kraft benötigt wird, um einen solchen Leinensack zu zerteilen?

Soval blühte nun vollends auf. Er hatte seinen gezeichneten Gegner in die Enge getrieben, seine ungeheure Kraft demonstriert und seine

Augen funkelten siegessicher. Er stürmte auf mich los, schleuderte mich gegen die Wand und setzte seinen altbekannten Würgegriff an, genau wie damals in unserer Zelle. Ich packte ihn am Ohr und riss seinen Kopf nach unten. Er schrie auf und löste seinen Griff. Sofort nutzte ich die Gelegenheit und schlug auf ihn ein. Ich traf ihn am selben Auge wie er mich, brachte seine Lippe ebenso zum Platzen wie er die meine und rammte ihm den Ellbogen mit voller Wucht ins Gesicht – nennen wir Letzteres eine kostenlose Zugabe. Doch Soval zeigte sich unbeeindruckt. Er packte mich und schleuderte mich herum, sodass ich gegen eine der Liegen prallte und zu Boden fiel. Noch ehe ich wusste, wie mir geschieht, setzte er sich auf mich und packte mich erneut am Hals. Es schien ihm Vergnügen zu bereiten, anderen dabei zuzusehen, wie sie verzweifelt ums Überleben kämpften. Diese Genugtuung wollte ich ihm keinesfalls verschaffen. Ich erinnerte mich an meine erste Auseinandersetzung mit Ando, bei der ich mich in einer ähnlichen Position befunden hatte. Verzweifelt taste ich den Boden ab. Obwohl es im Übungsraum keine Steine gab, die ich meinem Gegner entgegenschleudern konnte, lag hier noch etwas Sand, der aus dem zerrissenen Sack zu Boden gerieselt war. Ich zögerte keine Sekunde und schleuderte ihm eine Handvoll ins Gesicht. Soval schrie erneut auf, hielt sich die Hände vor die Augen und taumelte nach hinten. Ich schnappte dagegen nach Luft und machte mich wieder kampfbereit.

Vielleicht war ich die Sache bis zu diesem Zeitpunkt einfach falsch angegangen. Ich hatte versucht, Soval mit einer bestimmten Taktik zu besiegen, hatte aber die emotionale Seite vollkommen außer Acht gelassen. Ich konzentrierte mich nicht mehr länger auf eine bestimmte Technik, sondern darauf, wen ich vor mir hatte. Das war Soval. Der Caer, der eine ganze Richtung gewissenloser Unterdrücker geprägt und angeführt hatte. Der Mann, der mit schlechtem Beispiel stolz vorangegangen war. Ich machte mir bewusst, wie viel Leid er in seinem Umfeld verursacht hatte. Wie er seine Slaes über all die Jahre behandelt hatte. Und natürlich, was er euch angetan hatte. Ich erinnerte mich an dich, Eskabatt, wie du in unserem Quartier lagst. Wie er auf dich eingeprügelt haben musste. Wie er trotz seiner Tat ohne jegliche Gewissensbisse so selbstsicher vor Gericht aufgetreten war. Er hatte sich nicht nur aus der Affäre gezogen, sondern obendrein auch noch Melina verunglimpft.“ Nimael machte einen Schritt zu ihrem Grab. „Ich hoffe, du weißt inzwischen, dass dich nicht die geringste Schuld an den Taten dieses Scheusals trifft, und es tut mir unendlich leid, dass ich dir das nicht rechtzeitig vermitteln konnte. Nun bot sich mir jedoch die Möglichkeit, euch zumindest zu rächen. Ich bündelte meinen ganzen Hass auf Soval, bis ich spürte, wie sich die Glut in meinen Augen zusammenbraute. Ich hatte mittlerweile ein Gefühl für sie entwickelt, aber da ich versprochen hatte, dass keine meiner Fähigkeiten zum Einsatz kommen würde, unterdrückte ich das Glühen. An dem Blick in meinen Augen änderte es aber nichts. Dieser musste dermaßen unmenschliche Züge angenommen haben, dass es Soval wohl zum ersten Mal seit langer, langer Zeit wirklich mit der Angst zu tun bekam. Wie erstarrt stand er da, als ich mich ihm entschlossenen Schrittes näherte und angriff. Er wehrte sich, aber in meinem Rausch war jegliches Gefühl und jede Schmerzempfindlichkeit von mir abgefallen. Einige meiner Schläge konnte er parieren, andere sogar erwidern, aber das meiste prasselte mit einer solchen Geschwindigkeit dermaßen gezielt und kaltherzig auf ihn ein, dass ich ihn durch den gesamten Raum bis zur gegenüberliegenden Wand trieb. Als er nicht mehr zurückweichen konnte, schlug ich noch schneller auf ihn ein, so lange bis er schließlich zu Boden ging. Dann packte ich ihn ebenfalls am Hals. Er sollte von seiner eigenen Medizin zu kosten bekommen und genauso leiden wie die Menschen in seinem Umfeld. Sein Leben lag in meinen Händen. In diesem Moment war ich fest entschlossen, ihn zu töten, ohne auch nur mit der Wimper zu zucken. Ich war mir sicher, dass ich der Welt mit dieser

Tat einen Gefallen tun würde, und das Versprechen auf Straffreiheit wischte jegliche Skrupel beiseite.

Da stand ich nun am Scheideweg. Ich sah die Entscheidung so deutlich vor mir wie eine Weggabelung. Auf der einen Seite standen die Meister, die mir ewige Macht versprachen und mich ermunterten, diesen Weg einzuschlagen. Ihr wart ebenfalls dort. Ich war mir ganz sicher, dass es in eurem Sinne gewesen wäre, ihn zu töten. Eine gerechte Strafe für diesen dreckigen Mistkerl. Auf der anderen Seite des Weges stand jedoch Thera – mein wunderschöner Engel. Ich sah sie, wie sie im Garten weinte, weil ich mich so sehr verändert hatte. Und ich hörte ihre Worte, die mich schon einmal zurückgeholt hatten. *Das bist nicht du.* Sie hatte recht. Ich war nicht wie Soval oder die Meister. Ich war kein kaltblütiger Mörder. Auch wenn ich am Ende des Tages niemand anderem gegenüber Rechenschaft ablegen musste als nur mir selbst, ich konnte es nicht tun. Ich hoffe, ihr könnt das verstehen und verzeiht mir meine Entscheidung.

Soval röchelte nur noch, als ich von ihm abließ und mir wieder den Plan vor Augen führte, den ich ursprünglich verfolgt hatte. Aber würde dieser auch aufgehen? Ich sammelte mich einen Moment und verständigte den Gard, den ich zuvor bestochen hatte. Als er Soval am Boden liegen sah, gratulierte er mir überschwänglich zu meinem Sieg. Er meinte, dass es schon längst an der Zeit gewesen wäre, Soval endlich mal eine Lektion und eine ordentliche Tracht Prügel zu verpassen. Seine Worte ließen ihn nicht nur sympathisch, sondern auch einigermaßen vertrauenswürdig erscheinen. Also beschloss ich, meinen Plan in die Tat umzusetzen. Ich deutete auf die Male an meinem Hals und log, dass mich Soval im Würgegriff gehabt und mir währenddessen leichtfertig seine Taten gestanden hatte. Er wäre sich so siegessicher gewesen, dass er von zwei anderen toten Caers berichtet hatte und mich nun als sein drittes Opfer bezeichnete. Da wurde der Gard plötzlich hellhörig und meinte, dass diese Gerüchte zwar schon länger die Runde machten, aber ohne Beweise nur mein Wort gegen seines stünde und er nur allzu gut wüsste, wie eine Verhandlung enden würde. Also log ich weiter, dass Soval sein Bedauern zum Ausdruck gebracht hatte, mich nicht mit demselben Messer töten zu können wie die anderen beiden, da er dieses angeblich wie eine Trophäe hinter seinem Schreibtisch aufbewahrte. Der Gard versprach mir, der Sache nachzugehen und mich in seinem Bericht an die Meister lobend zu erwähnen, sollte mein Hinweis der Wahrheit entsprechen.

Es ist schon erstaunlich, wie motiviert ein Gard handeln kann, wenn er eine Beförderung wittert. Der Mann stürmte mit einigen Kameraden in Sovals Quartier und fand dort an besagter Stelle Kobas Messer. Heute wurde Soval schließlich der Prozess gemacht. Wieder übernahmen die Meister den Vorsitz und natürlich leugnete Soval alles, was die Morde an den beiden Caers betraf. Doch die Beweislast war erdrückend. Da sich über die Jahre hinweg genügend Gerüchte verbreitet hatten, standen diesmal auch seine Motive außer Frage. Als dann auch noch seine Slaes gegen ihn aussagten, wurde Soval in beiden Fällen für schuldig befunden. Die Strafe war eine zweifache Degradierung, was ihm den Rang eines Lefts einbrachte. Dennoch verlor er kein Wort über den Adamanten. Ob er von dem Urteil zu sehr vor den Kopf gestoßen war, den Meistern selbst keinen Vorteil verschaffen wollte oder meine Todesdrohung fürchtete, weiß ich nicht, aber er hielt sein Versprechen – das ist das Einzige, was zählt.

Anschließend wurde über das Schicksal seiner Slaes entschieden, die nach Auffassung der Richter nun ebenfalls zu Lefts degradiert werden sollten. Ich rief mir die Grundsatzentscheidung über ungewollte Schwangerschaften ins Gedächtnis zurück und argumentierte, dass diese auch hier Anwendung finden sollte. Schließlich befanden sich Sovals Slaes in derselben Situation wie eine Geschändete. Sie hatten keinen Einfluss auf die Taten ihres Caers und sollten deshalb auch nicht für seine Verbrechen bestraft werden. Meine Worte fanden tatsächlich Anklang und so entschieden die Meister, dass die

Slaes ihren Rang behalten durften, wenn sich ein Caer finden würde, der sie vorübergehend in Obhut nimmt. Ich meldete mich sofort freiwillig und erfuhr, dass schon bald die nächste Entführung neuer Arbeitskräfte bevorstand. Torren war für diese Mission vorgesehen und er sollte nun nicht nur einen, sondern gleich zwei Caers auswählen, um damit auch Sovals Nachfolger zu bestimmen. Zu meiner Freude wurde damit zusätzlich gewährleistet, dass die Slaes in gute Hände gelangen würden.

Nachdem die Verhandlung beendet war, verfügten die Meister außerdem, dass Soval den Wüstenbruch zu verlassen hatte. Sie fürchteten, dass er auch im Rang eines Lefts mit seiner Anhängerschaft noch zu großen Einfluss ausüben würde. Ich weiß nicht, wohin sie ihn bringen ließen, aber offenbar mangelte es in einem anderen Steinbruch an Lefts, in dem Soval keine allzu hohe Lebenserwartung beigemessen wurde. Dass wir seinen Anblick nun nicht mehr länger ertragen müssen, ist jedenfalls eine unheimliche Erleichterung.

Natürlich weiß ich, dass euch das nicht wieder lebendig machen wird. Nichts auf dieser Welt kann das, das habe ich inzwischen erkannt. Wie weh das tut, könnt ihr euch nicht vorstellen. Ich werde für immer damit leben müssen, euch …" Nimael brach die Stimme weg. Er schluckte den Kloß in seinem Hals hinunter und fuhr fort. „Aber vielleicht hilft es euch ja irgendwie, mit all dem fertig zu werden, was geschehen ist. Vielleicht könnt ihr jetzt loslassen und … weiterziehen." Tränen rannen ihm über die Wangen, als er vor ihren Gräbern auf die Knie sank und hinzufügte: „Vielleicht könnt ihr mir nun vergeben und lasst mich einen Teil meiner Schuld hier bei euch begraben."

# 19

# WÜSTENVOLK

Obwohl kein Zweifel daran bestand, dass Nimaels spontaner Entschluss, Sovals Gruppe zu übernehmen, richtig gewesen war, musste er sich eingestehen, dass er seine Entscheidung nicht ganz uneigennützig getroffen hatte. Während Thera als Caer die eigene Gruppe versorgte, kümmerte sich Nimael um die hinterbliebenen Slaes. Natürlich waren die Mädchen von Sovals Schreckensherrschaft noch zutiefst traumatisiert. Ohne es ausprobieren zu wollen, war sich Nimael sicher, dass jede Einzelne von ihnen zusammengezuckt wäre, hätte er auch nur die Hand gehoben. Sie hatten nun eine Zeit der Heilung und Wiedergutmachung verdient. Insofern bestand kein Zweifel daran, dass er mit seinem Einsatz eine gute Tat vollbrachte. Gleichzeitig gab es ihm aber auch das Gefühl, gebraucht zu werden, und in gewisser Weise Buße für das zu tun, was vorgefallen war. Der größte Vorteil bestand jedoch darin, dass er für einige Zeit die eigene Zelle meiden konnte, die sich nach dem Tod seiner beiden Freundinnen so gar nicht mehr wie ein Zuhause anfühlte. Außerdem ging er seiner Gruppe und vor allem einer verbitterten Kaeti aus dem Weg, die mittlerweile erkannt hatte, dass die Verurteilung Sovals ihre

Freundin nicht zurückbrachte und an den Folgen seiner Tat nichts änderte.

Es tat gut, mit seinem Schmerz alleine zu sein und nicht zusätzlich die Trauerarbeit der anderen miterleben zu müssen – ihnen womöglich Beistand leisten zu müssen, wozu er gerade selbst nicht fähig war. Nachdem er sich mit Thera einig gewesen war, dass sie in dieser schweren Zeit zusammenstehen mussten, war es ziemlich feige, sie nun mit dieser Aufgabe alleine zu lassen. Dennoch hatte sie Verständnis, als sich Nimael dafür entschuldigte. Wie konnte sie das auch nicht haben? Immerhin waren diese schutzlosen Mädchen, die vor einer Degradierung bewahrt werden mussten, der perfekte Vorwand, um etwas Abstand zu gewinnen.

Trotzdem verstrichen die Tage nur langsam und alles um Nimael herum schien sich hinter einem dichten Schleier abzuspielen. Hätten die Meister bei Sovals Verurteilung keine entsprechende Bemerkung fallen lassen, hätte Nimael Torrens Mission trotz der Kreidestriche an seiner Wand wohl vollkommen vergessen. Es war an der Zeit, seinen Freund darauf vorzubereiten.

Während der Mittagspause berichtete Nimael, wie der Zielort ausgelost werden würde. Eine Manipulation kam diesmal nicht infrage. Weder standen Torren dieselben Fähigkeiten zur Verfügung noch würden die Meister einer dritten Mission nach Moenchtal jemals zustimmen – nicht einmal Arnavut würde sich darauf einlassen. Nachdem Nimael den Vorgang der Auslosung erklärt hatte, unterbrach plötzlich ein lauter Schrei das Gespräch. An den Essenstischen waren zwei Caers aneinandergeraten und wälzten sich am Boden.

„Was ist da los?“, fragte Nimael.

„Der Größere wollte sich an dem Kleineren vorbeidrängeln“, antwortete Wiggy, die die Szene wohl schon länger beobachtet hatte. „Aber der Kleinere ließ sich das nicht gefallen und hielt ihn zurück.“

„Machtkämpfe", erklärte Ando und verdrehte die Augen. „Nachdem Soval nun aus dem Spiel ist, denken einige seiner Anhänger, es wäre ein günstiger Zeitpunkt, um in der Rangordnung aufzusteigen."

„Sollen sie nur versuchen", erwiderte Nimael zufrieden. „Solange die Sovalisten aufeinander losgehen, haben wir schon unsere Ruhe vor ihnen."

Inzwischen waren auch die Gards auf die Schlägerei aufmerksam geworden, doch anstatt einzuschreiten, wanderten sämtliche Blicke zu Sovals ehemaligem Stammplatz. Burok, einer von Sovals engsten Vertrauten, hatte dort Platz genommen und erhob sich nun mit einem griesgrämigen Brummen.

„Nur seine Position scheint niemand infrage zu stellen", bemerkte Ando, während Burok zu den beiden Streithähnen trottete. Dem Kleineren war es mittlerweile gelungen, den Größeren zu überwältigen und von oben auf ihn einzuschlagen. Burok griff ihn sich von hinten, riss ihn von seinem Gegner und schleuderte ihn mühelos zur Seite. Dann packte er den Größeren am Kragen, zog ihn nach oben und warf ihn auf einen der Essenstische. Er flüsterte ihm etwas ins Ohr, worauf der Größere jedem seiner Worte demütig zustimmte und den Eindruck machte, als würde er in diesem Moment sogar seine eigene Großmutter verkaufen, um sich Buroks Gewalt zu entziehen. Als sich dem Caer die erste Gelegenheit bot, suchte er verängstigt das Weite.

„Wo waren wir stehen geblieben?", wandte sich Nimael wieder an Torren.

„Die Auslosung", erinnerte sich dieser.

„Richtig", fuhr Nimael fort. „Ich wollte dich noch bitten, einen Blick auf eines von Arnavuts Gemälden zu werfen, sollte sich die Gelegenheit bieten. Auf dem Bild, das die große Schlacht zeigt, habe ich an vorderster Front einen Kämpfer entdeckt, zu dem mich deine Meinung interessieren würde. Er steht aufseiten der Dominaten." Mehr wollte Nimael seinem Freund nicht verraten, schließlich sollte sich Torren seine eigene Meinung bilden. „Aber wahrscheinlich wirst du bei deinem ersten Treffen mit Arnavut andere Sorgen haben."

„Ich werde sehen, was sich machen lässt", versprach Torren.

Nur wenige Tage später berichtete Torren von der Auslosung, zu der ihn Arnavut empfangen hatte.

„Und?", fragte Nimael neugierig. „Wo geht die Reise hin?"

„Tin-Atura", antwortete Torren so stolz, als hätte er wie Nimael einen Einfluss auf das Ergebnis gehabt. „Mitten ins Herz von Weratair."

Es war ihm tatsächlich geglückt, die Hauptstadt des größten Territoriums zu ziehen. Während es ein Leichtes sein durfte, dort eine passende Auswahl zu finden, war die Entführung in der dicht besiedelten Stadt mit Sicherheit ein Problem. Nimael machte sich bewusst, dass dafür die Gards Sorge zu tragen hatten, und beglückwünschte seinen Freund zu dessen erfolgreicher Ziehung.

„Und? Willst du gar nicht wissen, was ich auf dem Gemälde gesehen habe?", fragte Torren mit einem Grinsen.

„Du konntest es dir also wirklich ansehen?" Davon hatte Nimael nicht einmal zu träumen gewagt. „Wie ist dir das gelungen?"

„Ganz einfach." Torren zuckte unbekümmert mit den Achseln. „Ich habe Arnavuts Bilder bewundert, ihm überschwänglich Honig ums Maul geschmiert und ihn anschließend gebeten, sie genauer ansehen zu dürfen." Er zwinkerte Nimael zu. „Wie sollte er mir denn solch eine Bitte abschlagen? Tatsächlich war er ganz erpicht darauf, mir seine Kunstwerke zu präsentieren."

„Erstaunlich." Nimael klopfte ihm anerkennend auf die Schulter. Torrens einfache, aber freundliche Art öffnete so manche Türen, die anderen trotz größter Anstrengungen verschlossen blieben. „Also? Hast du den Kämpfer erkannt, den ich meinte?"

„Allerdings.“ Torren nickte. „Ich dachte, ich traue meinen Augen nicht. Willst du uns vielleicht verraten, was es damit aus sich hat?“

„Ich weiß es leider selbst nicht.“

„Wovon redet ihr bitte?“, fragte Ando und lehnte sich neugierig über den Tisch.

„Ich wollte es ja erst selbst nicht glauben“, antwortete Torren. „Aber auf diesem Schlachtfeld steht ein Kämpfer, der ist Nimael wirklich wie aus dem Gesicht geschnitten.“

„Dann habe ich mir das also nicht bloß eingebildet.“

„Nein“, erwiderte Torren. „Wenn wir nicht zusammen aufgewachsen wären, würde ich mich jetzt fragen, wie viele Jahrhunderte du bereits auf dem Buckel hast und was du damals alles getrieben hast?“

„Eigenartig, findest du nicht?“, fragte Nimael. „Dass ein so detailliertes Kunstwerk eine solche Ähnlichkeit mit mir aufweist.“

„Es muss sich um einen Zufall handeln“, befand Torren. „Auf dem Gemälde sind so viele Figuren abgebildet, dass so etwas durchaus passieren kann. Ganz davon abgesehen, dass der Kämpfer aufseiten der Dominaten steht, wissen wir doch beide, dass du es nicht sein kannst. Es ist – wie du selbst gerade sagtest – eine Ähnlichkeit und mehr nicht. Du solltest dem nicht allzu viel Bedeutung beimessen.“

Nimael nickte und tat die Sache ab, aber um an einen Zufall zu glauben, hatte er inzwischen zu viele Dinge erlebt, die miteinander verwoben waren. „Kann ich dich um einen weiteren Gefallen bitten?“, fragte er schließlich.

„Wenn er sich genauso leicht erfüllen lässt wie der letzte.“ Torren grinste.

„Wohl kaum“, gestand Nimael. „Habt ihr noch die Wasserflaschen, die wir euch zur Durchquerung der Wüste besorgt haben?“

„Natürlich.“

„Dann nehmt diese auf die Mission mit und gebt sie eurer Auswahl“, schlug Nimael vor. „Ihr werdet sie selbst nicht benötigen und spart dadurch das Geld ein, das ihr in Tin-Atura von Gilbradock erhalten werdet."

„Na schön, und was dann?", fragte Torren gespannt.

„Ich hatte gehofft, du könntest mir etwas von deiner Reise mitbringen."

„Meintest du nicht, dass ich während der Mission strengstens bewacht werde?"

Nimael nickte. „Du musst vorsichtig sein. Aber ich gehe davon aus, dass man eher darauf achten wird, was du nach Tin-Atura mitnimmst, als darauf, was du von dort zurückbringst. Zumindest wurde ich auf der Rückreise nicht mehr durchsucht."

„In Ordnung." Torren sah sich verschwörerisch um. „Worum geht es?"

„Um eine Besorgung, die ich hier nicht tätigen könnte, ohne dabei zu viel Aufsehen zu erregen."

Am Abend vor Torrens Abreise durchquerte Nimael den Bruch auf seinem Weg zu den Versorgern. Die Sonne ging bereits unter, da sah er an einem der Essenstische einen Angehörigen des Wüstenvolks sitzen. Als er sich ihm näherte, erkannte Nimael ein vertrautes Gesicht und blieb am Tisch stehen.

„Hallo", begrüßte er den Mann, der ihn skeptisch musterte.

„Hallo?"

„Du erinnerst dich nicht an mich, oder?"

Der Mann verspannte sich zusehends und griff langsam an seinen Säbel. Offenbar hatte er sich unter den Gefangenen im Bruch keine Freunde gemacht und rechnete mit einem Angriff.

„Nein?", antwortete er zögerlich.

„Vor Kurzem hast du eine meiner Freundinnen in die Freiheit geführt. Nach Zwirno."

„Sie hat ihr Ziel wohlbehalten erreicht", versicherte der Fremde. Sein Versprechen erleichterte Nimael ungemein, an der angespannten Körperhaltung des Mannes änderte sich jedoch nichts.

„Vor vier Jahren erlitt außerdem eine meiner Gefährtinnen in der Wüste einen Hitzeschock", erklärte Nimael. „Du hast sie dir angesehen und mir anschließend Mut gemacht, sie bis ans Ziel zu tragen."

„Ich erinnere mich."

„Ich glaube, ohne diese aufbauenden Worte hätte ich es nicht geschafft. Ich wollte dir dafür meinen Dank aussprechen."

Endlich entspannte sich der Mann. Er lächelte freundlich und machte eine einladende Geste. Nimael setzte sich zu ihm an den Tisch und stellte sich vor.

„Helour", erwiderte sein Gegenüber. „Sind deine Gefährtinnen noch am Leben?", fügte er in gebrochener Sprache hinzu.

„Nicht alle", antwortete Nimael traurig.

„Das tut mir sehr leid." Ehrliche Anteilnahme schwang in Helours Stimme mit.

„Ihr seid hier, um meinen Freund abzuholen", stellte Nimael fest. „Er soll morgen nach Tin-Atura aufbrechen."

„Richtig." Helour nickte. „Ich werde gut auf ihn aufpassen."

„Sind alle Angehörigen deines Volkes so nett?", fragte Nimael höflich.

„Nicht alle", antwortete er wortkarg und begann zu grinsen. „Nur ich."

„Bitte versteh mich nicht falsch", erwiderte Nimael vorsichtig. „Aber warum beteiligst du dich dann an diesen Entführungen?"

„Keine andere Wahl", antwortete Helour mit einem resignierenden Achselzucken.

„Die hat man immer", widersprach Nimael.

„Mein Volk dient denselben Herren wie ihr", erklärte Helour. „Es hält sie für Götter. Es denkt, dass es für euch eine große Ehre sein sollte, ihnen zu dienen. Wer ihnen nicht huldigt oder gar flieht, ist ungläubig und muss sterben."

Nimael fiel sofort auf, dass sich Helour in der Beschreibung seines Volkes nicht mit einbezog. „Aber du hältst sie nicht für Götter?", fragte er nach.

Helour schüttelte den Kopf. „Ich glaube, dass es keine Götter gibt, die ohne Mitgefühl handeln – nur Teufel."

Nimael nickte und für einen Moment herrschte betretenes Schweigen. „Kann ich dich noch etwas fragen?" Er wartete die Antwort nicht ab, sondern fuhr fort. „Woher wusstet ihr, dass hier eine Karawane benötigt wird – dass ihr ausgerechnet heute herkommen müsst?"

„Die Götter berühren uns", antwortete Helour knapp.

Nimael runzelte die Stirn.

„Sie berühren uns mit Kälte." Er hielt seine Hände an die Schultern und begann zu zittern.

„Blips?", fragte Nimael erstaunt.

Offensichtlich konnte Helour mit dem Begriff nichts anfangen. „Wenn sie uns Kälte schenken, wissen wir, dass wir aufbrechen müssen."

Die Blips waren also eine Form der Verständigung, die die Dominaten einsetzten und kontrollierten. Aber wer von ihnen hatte sich immer wieder mit Nimael in Verbindung gesetzt? Und zu welchem Zweck? Warum in den belanglosesten Situationen?

„Jedenfalls bin ich froh, Torren in guten Händen zu wissen." Nimael bedankte sich für das freundliche Gespräch, verabschiedete sich und setzte seinen Weg zu den Versorgern fort. In seinem Kopf begannen sich grobe Ideen langsam zu einem Plan zu formen. Um diesen in die Tat umzusetzen, fehlten jedoch noch zahlreiche Informationen und Einzelheiten. Glücklicherweise befand er sich gerade auf dem Weg an den richtigen Ort, um diese einzuholen. Im Lager las Kaifu gerade in einem Buch und konnte sich erst davon losreißen, als sich Nimael direkt vor ihm aufbaute und räusperte.

„Was kann ich für dich tun?“, fragte er, offenbar ohne die Störung übel zu nehmen.

„Morgen zieht wieder eine Karawane los und ich würde gerne noch eine Bestellung aufgeben“, bat Nimael.

„Natürlich“, Kaifu zückte seinen Stift. „Worum geht es?“

„Ich benötige Bücher zur Nautik“, antwortete Nimael.

„*Nautik*?“

„Seefahrt.“

„Ich weiß, was Nautik bedeutet“, empörte sich Kaifu. „Aber was willst du ausgerechnet hier damit anfangen?“

„Landria hat mich darum gebeten“, log Nimael. „Nach allem, was wir in letzter Zeit durchmachen mussten, möchte sie lieber Bücher, die sie auf andere Gedanken bringen.“

„Pass bloß auf, dass du in ihr nicht das Fernweh weckst.“ Kaifu notierte den Wunsch. „So etwas kann hier genau das Gegenteil bewirken und den Aufenthalt im Blutfelsen noch unerträglicher machen.“

„Dann beschränken wir das Thema lieber auf die Navigation“, beschloss Nimael. „Gerätschaften, die zur Orientierung auf See eingesetzt werden. Möglichst aktuelle, aber trotzdem kostengünstige Bücher.“

„Das sollte sich diesmal einrichten lassen“, versprach Kaifu und ergänzte die Bestellung.

Als Nimael das Lager verließ und in den Bruch zurückkehrte, hatte Helour bereits aufgegessen und war verschwunden. Nimael sah sich kurz um und machte sich auf den Weg zu Koba. Diese erwartete ihn bereits im rötlichen Schein des Fragments.

Nimael begrüßte sie und packte ihr Essen aus. Während sie sich darüber hermachte, begann er zu überlegen.

„Glaubst du, du würdest den Weg zum Garten der Versorger finden?“, fragte er gedankenverloren.

„Selbstverständlich“, antwortete Koba selbstbewusst. „Nach dieser langen Zeit würde ich mich in den Höhlen selbst mit verbundenen Augen zurechtfinden.“

„Was meinst du, wie lange würden wir brauchen?“

„Wieso?“ Koba musterte ihn kritisch. „Willst du etwa jetzt dorthin?“

Nimael nickte. „Ich muss unbedingt eine Theorie überprüfen.“

„In Ordnung.“ Koba legte ihr Essen beiseite und stand auf. „Wir können in ein paar Minuten dort sein.“

Koba hatte nicht übertrieben, was ihre Orientierung in dem unterirdischen Höhlensystem betraf. Sie fand sich spielend zurecht und führte Nimael zielstrebig durch die Tunnel. Für den Weg, den Nimael in mehreren Stunden zurückgelegt hatte, benötigte sie tatsächlich nur einige Minuten.

Als sie ihr Ziel erreichten, tastete sich Nimael vorsichtig an das Gebüsch heran, das den Höhleneingang vom Garten der Versorger abgrenzte, und spähte hinaus. Er vergewisserte sich, dass sich keine übereifrigen Gards auf dem Gelände befanden, und trat aus dem Gebüsch hervor ins Freie. Zuerst nahm er das Gehege in Augenschein, dann schlich er zu dem Tunnel, der in den Bereich der Versorger führte, und sah hinein. Genau wie bei seinem letzten Besuch waren dort keinerlei Wachen postiert. Kein Wunder, schließlich hielten die Gards den Weg durchs Lager, das rund um die Uhr entweder verriegelt oder strengstens bewacht wurde, für den einzigen Zugang. Zufrieden trat Nimael den Rückweg an und schob sich durch das Gebüsch zurück in die Höhle, wo ihn Koba bereits nervös erwartete.

„Und?“, fragte sie neugierig. „Hat sich deine Theorie bestätigt?“

„Allerdings“, antwortete Nimael und lächelte. „In dem Gehege sind die vier Altweltkamele untergebracht, mit denen die Karawane morgen ausrücken wird.“

# 20

# ANSCHLAG

Nachdem Torren mit drei seiner Slaes aufgebrochen war, um eine neue Auswahl zu treffen, sah sich Nimael plötzlich mit einer ungewöhnlichen Situation konfrontiert. Als Torrens Mentor war es seine Aufgabe, in dessen Abwesenheit auf seine übrigen Kameradinnen aufzupassen. Da aber auch Sovals Slaes noch keinen neuen Caer erhalten hatten, war Nimael von einem Moment auf den anderen für drei verschiedene Gruppen zuständig. Mit dem Einverständnis der Meister wurden Sovals Slaes schließlich auf die freien Plätze der anderen beiden Zellen verteilt – drei zu Nimael, der mit den zurückgelassenen Slaes das Quartier von Torren bezog, und fünf zu Thera, die weiterhin in ihrer eigenen Zelle blieb. Dass nach Nimaels Auszug dort mittlerweile so viele Betten zur Verfügung standen, führte ihm die zurückliegenden Verluste noch einmal deutlich vor Augen. Veila hatte ihren Platz in der Zelle zwar gegen die Freiheit getauscht, an dem Gefühl einer herben Niederlage änderte sich jedoch nichts.

Anstatt weiterhin über die Vergangenheit zu sinnieren, an der er ohnehin nichts mehr ändern konnte, konzentrierte sich Nimael von nun an lieber auf seine neuen Schutzbefohlenen. Die Auswahl, die damals getroffen wurde, trug eindeutig Theras Handschrift. Von einer Ausnahme abgesehen, war Torrens Gruppe freundlich, engagiert und großherzig – nur Tschirna passte noch immer nicht recht ins Bild. Nimaels Hoffnung, dass die Gutmütigkeit der anderen auf sie abfärben würde, hatte sich auch nach zwei Jahren nicht erfüllt. So war es kaum verwunderlich, dass es bereits am ersten Abend zu Streitigkeiten kam. Nachdem man ihm erklärt hatte, dass er das Geld für die Einkäufe aus den gemeinsamen Ersparnissen der Gruppe nehmen konnte, stellte Nimael fest, dass Tschirnas Anteil noch immer gesondert angespart wurde. Schließlich kehrte Nimael mit dem Abendessen zurück und verteilte nur acht Portionen auf dem Tisch im Gemeinschaftsraum. Tschirnas Platz blieb bewusst ungedeckt.

„Was soll das?“, fragte sie spitz. „Bin ich etwa unsichtbar?“

„Nein“, erwiderte Nimael. „Ich bin nur davon ausgegangen, dass du kein Abendessen möchtest, da du dich ja auch nicht an den Einkäufen beteiligst. Habe ich das etwa falsch verstanden?“

„Ich beteilige mich nicht, weil die Gelder auch so dafür ausreichen“, gestand Tschirna, ohne dabei rot zu werden. „Den anderen macht es nichts aus.“

„Ist das so?“, fragte Nimael in die Runde, erntete als Antwort aber nur betretenes Schweigen. Das Thema schien schon lange zu brodeln, aber niemand hatte je gewagt, es anzusprechen. Da Nimael ohnehin schlecht gelaunt war, kam ihm die Gelegenheit auf einen Streit gerade recht. „Vermutlich zahlst du auch keinen Anteil an anderen Verbrauchsgegenständen, oder?“

Tschirna schüttelte den Kopf.

„Und was bringt dir das?“, fragte Nimael weiter. „Was willst du mit dem angesparten Geld anfangen?“

„Ich weiß nicht.“ Tschirna zuckte gleichgültig mit den Achseln. „Vielleicht bietet sich irgendwann eine unverhoffte Gelegenheit, die mir die Freiheit bringt. Oder ich gerate in Schwierigkeiten und muss mich freikaufen oder jemanden bestechen.“

„Was, wenn eine der anderen in eine solche Situation gerät?", hinterfragte Nimael ihre Argumentation. „Vielleicht fehlt ihnen dann das entscheidende Kleingeld, weil sie dich über all die Jahre mitversorgt haben. Ich nehme nicht an, dass du ihnen dann dein Geld schenken wirst, oder?"

Tschirna schwieg, von Reue fehlte in ihrer Miene jedoch weiterhin jede Spur. „Heißt das, du wirst mir kein Abendessen mehr geben?", fragte sie schließlich.

„Wenn du mir kein Geld dafür gibst, sehe ich auch keinen Grund, dir etwas mitzubringen." Nimael blieb stur, obwohl er längst das Unbehagen aller anderen am Tisch bemerkt hatte. „Wir können die Angelegenheit gerne unter vier Augen in meinem Zimmer klären."

Tschirna nickte mit kämpferischer Miene und folgte ihm durch den Mittelraum. Kaum war die Tür zu Nimaels Zimmer hinter ihm ins Schloss gefallen, ergriff Tschirna das Wort.

„Willst du dich mit mir anlegen?", fragte sie scharf.

„Ich will, dass du dich an den Kosten der Gemeinschaft beteiligst", stellte Nimael richtig.

„Dazu besteht kein Grund, wir haben uns längst arrangiert", erklärte Tschirna. „Die Gruppe kommt auch ohne meinen Beitrag gut zurecht, also halte dich aus unseren Angelegenheiten raus."

„Es geht nicht darum, ob die anderen zurechtkommen, sondern darum, dass dein Verhalten ihnen gegenüber nicht gerecht ist."

„Wie du gesehen hast, stehst du mit dieser Meinung ganz alleine da, deshalb kannst du mich auch nicht zwingen, mich zu beteiligen."

„Doch, allerdings", widersprach Nimael. „Als dein Caer kann und werde ich das."

„Ich rate dir, dich nicht mit mir anzulegen!", fauchte Tschirna ihn plötzlich an.

„Willst du mir etwa drohen?", fragte Nimael und hob überrascht die Augenbrauen.

„Glaubst du, ich könnte mich nicht wehren, nur weil ich einen niedrigeren Rang begleite?" Tschirnas Augen funkelten böse. „Vielleicht hänge ich dir einfach etwas an. Ich könnte dich zum Beispiel einer Schändung bezichtigen."

Nimael schüttelte ungläubig den Kopf. „Da müsstest du erst einmal schwanger werden, damit mir deswegen Konsequenzen drohen", tat er die Drohung leichtfertig ab.

„Hier werde ich nicht lange suchen müssen, um einen willigen Caer oder Gard zu finden", fuhr Tschirna mit bösem Grinsen fort. „Ich behaupte einfach, dass du der Vater bist, dann wird man dich degradieren."

„Ich denke, da unterschätzt du ein klein wenig mein Ansehen bei den Meistern", erwiderte Nimael. „Außerdem weiß jeder hier, dass ich Gefühle für Thera habe und so etwas niemals tun würde. Niemand wird dir Glauben schenken."

„Ach nein?" Tschirnas Augen formten sich zu Schlitzen. „Das macht nichts. Zum Glück bist du nicht der Einzige hier. Vielleicht schiebe ich nicht dir die Schuld in die Schuhe, sondern Torren, sobald er zurückkehrt. Bei ihm wird man mir sicher mehr Gehör schenken, schließlich ist er nicht gerade die Art von Mann, dem die Frauen reihenweise zu Füßen liegen."

„Du bist echt das Letzte!" Vor lauter Ekel lief Nimael ein Schauer über den Rücken. Wie man auch nur im Entferntesten daran denken konnte, einem so gutmütigen und hilfsbereiten Mann wie Torren so etwas Schreckliches anzudrohen, machte ihn fassungslos.

„*Ich* bin das Letzte?", fuhr Tschirna ihn an. „*Du* bist doch derjenige, der uns entführt und damit alles zerstört hat! Ich hatte Geld. Ich hatte Einfluss. Ich hatte einen Partner und ich hatte eine Zukunft. Das hast du mir alles genommen und jetzt platzt du auch noch hier herein und denkst, du könntest dich in meine Angelegenheiten einmischen. Das hier ist nicht deine Entscheidung, sondern die der

Gruppe, und diese ist der Meinung, dass alles in Ordnung ist, so wie es ist.“

„Nein.“ Nimael schüttelte entschieden den Kopf. „Es tut mir leid, dass dir das alles widerfahren ist, aber das ist es den anderen auch und kann keine Entschuldigung für ein solches Verhalten sein. Diese Gruppe trägt dich aus reiner Gutmütigkeit. Eine Gutmütigkeit, die du nicht erwiderst, sondern ausnutzt, und somit auch nicht verdienst. Während ich hier das Wort habe, wirst du deinen Beitrag leisten. Und wenn du glaubst, dass die Kosten für Seife, Handtuch und täglich Brot es wert sind, deinen Körper zu verkaufen, ein Kind auszutragen und einen Unschuldigen zu verleumden, dann nur zu!“ Nimaels bitterer Unterton verwandelte sich in eine scharfe Drohung. „Aber wenn du diesen Weg einschlägst, solltest du dir über eines im Klaren sein: Torren hat euch sicher erzählt, was mit Soval geschehen ist. Also glaube nicht für eine Sekunde, dass ich nicht in der Lage wäre, dir ein ganz ähnliches Schicksal zu bereiten!“ Er zügelte sein Temperament, behielt aber einen scharfen Befehlston bei. Tschirna musste unmissverständlich klar gemacht werden, wer die Oberhand hatte. „Jetzt mach, dass du hier rauskommst! Ich will dich hier nicht mehr sehen!“

Tschirna stampfte hasserfüllt zur Tür und schlug diese, so fest sie nur konnte, hinter sich zu. Ungläubig, dass eine Diskussion über ein so banales Thema überhaupt solche Züge angenommen und schreckliche Drohungen nach sich gezogen hatte, schüttelte Nimael den Kopf und suchte die Gründe dafür. Ganz offensichtlich gab ihm Tschirna noch immer die Schuld an ihrer Entführung, aber das konnte nicht ihre strikte, ablehnende Haltung der Gruppe gegenüber erklären. Dass diese ausschließlich ihrem Egoismus geschuldet sein sollte, ließ diesen *Glückstreffer* gleich noch einmal in einem ganz anderen Licht erscheinen.

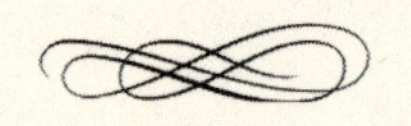

In den folgenden Wochen tat Nimael sein Bestes, um während der Arbeit im Bruch seine drei Gruppen im Blick zu behalten. Dies beinhaltete eine größere Anzahl freiwilliger, aber dennoch unliebsamer Außenschichten. Zum Glück gab es noch Ando und Wiggy, auf die wie immer Verlass war. Während sich Wiggy um die eigene Gruppe kümmerte, erklärte sich Ando bereit, auf Sovals Mädchen achtzugeben.

Mit Unmut betrachtete Nimael dagegen, wie sich Kaeti und Tschirna mehr und mehr anzufreunden schienen. In den Mittagspausen bildeten sie ein eigenes, kleines Grüppchen, das sich ein ganzes Stück abseits der anderen Mädchen zum täglichen Austausch zusammenfand – Tratsch traf es aber wohl eher. Was die beiden zu besprechen hatten und wie er selbst dabei wegkam, wollte sich Nimael lieber gar nicht erst ausmalen. Auf der anderen Seite war er gerne bereit, den Sündenbock zu spielen, wenn es Kaeti dabei half, mit Hilfe einer neugewonnenen Freundin ihre Trauer zu überwinden. Gleichzeitig konnte Tschirna bei ihr ihren angestauten Frust ablassen. Zumindest schien sie sich mit Nimaels Regeln inzwischen abgefunden zu haben und provozierte keinen neuen Streit.

Eines Mittags riss ein jäher Schrei Nimael aus seinem Arbeitstrott.

„Vorsicht!", hallte Andos Stimme panisch durch den Bruch. Noch bevor sie verklungen war, hatte sich Nimael bereits in einen Drift gestürzt und suchte seinen Freund zwischen den erstarrten Arbeitern und dem aufgewirbelten Staub. Von einem Steinhaufen aus erkannte er, dass in der Nähe der Stollen noch andere auf den Schrei aufmerksam geworden waren. Sie alle hatten ihre Arbeit unterbrochen und sahen in dieselbe Richtung. Nimael folgte ihren Blicken und fand schließlich Ando in der Menge. Mit weit aufgerissenen Augen zeigte er nach oben zu den Terrassen. Erst bei genauerem Hinsehen erkannte Nimael, dass von einem der obersten Ränge eine voll beladene Gondel über den Rand gekippt war und nun langsam nach unten glitt. Ihre steinige Ladung verteilte sie dabei immer weiter in der

Luft. Nimaels Blick wanderte wieder nach unten. Am Fuße der Felswand hatten drei Slaes den Schatten gesucht, um dort ihrer Arbeit nachzugehen. Nimael erkannte sie sofort: Timithea, Emiria und Kataminke – alle drei gehörten zu Sovals Gruppe. Sie sahen nach oben, hatten aber scheinbar noch nicht verstanden, was dort vor sich ging. Obwohl die Zeit praktisch stillstand, war offensichtlich, dass sie der herabstürzenden Gondel nicht mehr rechtzeitig ausweichen konnten.

Nimael rannte los. Obwohl ihm noch etwas Zeit blieb, ehe das schwere Geschoss den Boden erreichte, war nun höchste Eile geboten. Dass die drei Mädchen ihren Kopf bereits nach hinten geneigt hatten, erleichterte es, sie gefahrlos in eine geeignete Trageposition zu bringen. Mit dem einen Arm fuhr Nimael unter Timitheas Kniekehle hindurch, mit dem anderen stützte er vorsichtig ihren Nacken ab. Einige Meter entfernt legte er Timithea behutsam zu Boden, um anschließend Emiria in Sicherheit zu bringen. Die Gondel war mittlerweile nur noch wenige Meter vom Boden entfernt und hatte ihre Ladung vollends in der Luft verstreut. Dennoch schienen sich keine weiteren Personen mehr in der Gefahrenzone zu befinden. Als sich Nimael dessen vergewisserte, bemerkte er, dass zahlreiche Blicke auf die Stelle gerichtet waren, an der sich gerade noch die drei Mädchen befunden hatten. Damit war es diesmal ausgeschlossen, den Vorfall wie bei der Rettung Amons einfach unter den Teppich zu kehren. Ohne weiter darüber nachzudenken, konzentrierte sich Nimael wieder auf die Rettung der dritten Slae. Er nahm Kataminke an sich, trug sie weg und legte sie ebenso behutsam wie die anderen beiden auf einem Steinhaufen ab. Dann löste er sich aus dem Drift. Nur einen Augenblick später schlugen Gondel und Steine am Boden auf.

Nimael wandte sich zu Kataminke. „Alles in Ordnung?"

Sie sah ihn vollkommen verstört an, so als wäre sie gerade aus einem Albtraum erwacht. Obwohl sie nicht antwortete, schien es ihr gut zu gehen. Nimael sah zur Felswand zurück, wo mittlerweile einige Leute zu ihnen starrten. Aus den Augenwinkeln bemerkte er eine

Bewegung auf der Terrasse, von der die Gondel herabgestürzt war. Für gewöhnlich waren mindestens zwei Caers im Einsatz, um eine Ladung abzusichern, und diese hier hatte sich mit Sicherheit nicht von alleine in Bewegung gesetzt. Um die Verantwortlichen zu stellen, löste Nimael sofort einen zweiten Drift aus und rannte die schmalen Wege zu den Terrassen empor. Als er oben ankam, glaubte er seinen Augen nicht zu trauen.

Die beiden Sovalisten, die nur wenige Wochen zuvor noch aufeinander losgegangen waren, hatten sich inzwischen zusammengetan, um diesen Anschlag zu verüben. Nun versuchten sie, mit eingezogenen Köpfen vom Tatort zu fliehen. Nimael schnitt ihnen den Weg ab und ließ sich aus der Strömung fallen.

„Los, hauen wir …" Der Kleinere unterbrach sich und bremste abrupt ab, als er Nimael vor sich sah. „Wo kommst du denn her?"

„Ihr bleibt, wo ihr seid!"

„Verpiss dich, Mann, sonst fliegst du gleich hinterher!" Mit seiner Drohung legte der Größere auch gleich ein Geständnis ab.

„Was sollte das?", fragte Nimael scharf. „Warum habt ihr das getan?"

Der Kleinere ging nicht darauf ein, sondern setzte sich in Bewegung und holte zum Schlag aus. Nimael stemmte sich gegen die Strömung, lief an seinem erstarrten Gegner vorbei und schlug ihm in die Magengrube. Er blieb hinter ihm stehen und gab den Drift wieder frei. Dem Mann blieb plötzlich die Luft weg. Er hustete und krümmte sich schmerzerfüllt zusammen.

„Wie hast du das gemacht?", fragte der Größere verblüfft.

„Sag mir, was ich wissen will, dann erspare ich dir ein ähnlich schmerzhaftes Erlebnis."

Der Caer blieb nicht nur uneinsichtig, die Drohung trieb ihm gar die Zornesröte ins Gesicht. Er spannte die Muskeln an und verriet damit, dass er gleich angreifen würde. Nimael zögerte nicht lange, löste einen weiteren Drift aus und schlug ihm zuerst in die Rippen und schließlich ins Gesicht. Noch bevor er sich wieder aus der Strömung gelöst hatte, legte sich ein merkwürdig tiefes Brummen über den Bruch, dessen Lautstärke Nimael ehrfürchtig verharren ließ. Als er den Drift verließ, verwandelte es sich in das staunende Raunen der Menschenmenge, die den Kampf vom Bruch aus verfolgt hatte. Spätestens jetzt musste jedem klar sein, über welche Fähigkeiten er verfügte. Nachdem der größere Caer zu Boden gegangen war, packte Nimael den Kleineren am Kragen und riss ihn zu Boden.

„Ich frage noch ein letztes Mal: Warum habt ihr das getan?" Er beugte sich über ihn. „Sagt es mir oder ich prügle euch grün und blau!"

Der Mann stöhnte noch immer vor Schmerzen. Offenbar hatte ihn der beschleunigte Schlag mit voller Wucht getroffen.

„Wir haben auf Anweisung gehandelt", gestand er schließlich und schnappte nach Luft. „Burok wollte, dass wir unsere Differenzen beilegen und stattdessen gemeinsam gegen Sovals Slaes vorgehen."

„Gegen Sovals Slaes? Wieso das denn?"

„Ich habe keine Ahnung, wirklich nicht", antwortete der Caer verängstigt.

„Schluss damit!", unterbrach eine Stimme das Verhör. Nimael drehte sich um und erkannte Varuil, der von der obersten Terrasse hinuntergestiegen war und bereits zwei Gards im Schlepptau hatte. Ausgerechnet er. Dass er bei Torrens Mission erneut übergangen worden war, hatte seine Stimmung mit Sicherheit nicht gebessert.

„Die beiden haben die Gondel absichtlich zum Absturz gebracht", erklärte Nimael.

Varuil grinste gehässig und schüttelte den Kopf. „Nachdem du gerade eine ihrer Fähigkeiten verraten hast, dürfte die Meister das wohl kaum noch interessieren", erwiderte er. „Ergreift ihn!"

Seine beiden Begleiter musterten Nimael zunächst skeptisch, befolgten dann aber den Befehl und führten ihn nach unten. Unter den staunenden Blicken der Menge wurde er von der Terrasse in den

Bruch gebracht. Erst als Varuil den Befehl gab, weiterzuarbeiten, löste sich das Publikum schlagartig auf und die übliche Geräuschkulisse des Bruchs kam wieder zum Vorschein. Dennoch fühlte Nimael, wie sich zahlreiche durchdringende Blicke auf ihn richteten, die denen der beiden Wachleute in nichts nachstanden. Diese führten ihn am Sprengstoffschuppen vorbei und in den Bereich der Gards. Zelle A – eine weitere Gerichtsverhandlung erwartete ihn.

Kurz darauf trafen die Meister ein. Alle fünf nahmen auf dem Podium Platz und Varuil informierte sie mit größtem Vergnügen über die Geschehnisse. Offenbar rechnete er fest damit, dass er durch sein Einschreiten und die präzisen Schilderungen endlich das Vertrauen der Dominaten zurückgewinnen konnte.

„Wie bekennst du dich zu den Anschuldigungen?“, fragte Arnavut streng.

„Welche Anschuldigungen?“, fragte Nimael mit einer Kaltschnäuzigkeit zurück, die sich wohl nicht einmal Soval erlaubt hätte. „Varuil hegt einen persönlichen Groll gegen mich, nur deswegen stehe ich hier. Eigentlich hätte er nicht mich, sondern die beiden Sovalisten abführen sollen, die den Anschlag begangen haben.“

„Unsinn!“, wetterte Kolubleik. „Du hast dich dem gesamten Bruch leichtfertig offenbart, obwohl du genau wusstest, dass wir höchsten Wert auf Diskretion legen.“

„Leichtfertig? Es handelte sich um die einzige Möglichkeit, um drei meiner Schutzbefohlenen das Leben zu retten. Als ich Amon damals geholfen habe, wurde ich großzügig belohnt, und jetzt soll mir der Prozess gemacht werden? Aber gleichzeitig werden diejenigen, die sich für diese Tat verantwortlich zeichnen, auf freien Fuß gesetzt? Wenn das mal keine Doppelmoral ist. Hieß es nicht, es bliebe uns überlassen, wie wir miteinander umgehen? Wenn ihr mich dafür bestraft, das Richtige getan zu haben, waren das wohl alles nur hohle Worte und ihr stellt euch bewusst auf die Seite der Sovalisten.“

„Eure Plänkeleien interessieren uns nicht", erwiderte Kolubleik scharf. „Außerdem ging es hier nicht um das Leben eines Meisters, sondern um das dreier lausiger Slaes. Willst du das wirklich auf eine Stufe stellen?" Er schnaubte abfällig. „Und dabei ist noch nicht einmal erwiesen, dass sie bei dem Vorfall auch wirklich zu Tode gekommen wären."

„Kolubleik hat recht." Arnavut sprach in einem sachlicheren, aber nicht weniger düsteren Tonfall. „Du sollst dich nicht für deine Rettungstat verantworten, sondern dafür, ein Geheimnis preisgegeben zu haben, das wir seit Ewigkeiten erfolgreich gehütet haben."

„Denkt ihr das wirklich?", fragte Nimael spöttisch. „Der ganze Bruch weiß doch schon längst von euren Fähigkeiten und Plänen. Oder glaubt ihr, dass eure vorgespiegelte Jugend und die Geschichten über eure glühenden Augen und eure übermenschliche Geschwindigkeit nicht schon vor Jahren die Runde gemacht hätten?"

Als ihn die fünf Dominaten fassungslos anstarrten, fragte sich Nimael, ob er gerade nicht zu viel ausgeplaudert hatte.

„Was ist noch über uns bekannt?", fragte Arnavut schließlich.

Diesmal wählte Nimael seine Worte mit wesentlich mehr Bedacht. Keinesfalls durften die Meister erfahren, dass Koba noch lebte und den Adamanten gefunden hatte, aber tatsächlich lieferte ihm sein Wissen im Moment das beste Argument.

„Es ist kein Geheimnis, dass ihr in Wirklichkeit Dominaten genannt werdet und nach fünf Fragmenten sucht. Sie verleihen euch eine Macht, die euch von den Göttern geschenkt wurde und die ihr jetzt einsetzen wollt, um die Menschheit zu unterwerfen. Eines dieser Fragmente habt ihr bereits gefunden, ein anderes liegt hier im Bruch begraben. All das erzählt man sich unter den Arbeitern schon seit Jahren. Wenn ihr mir also überhaupt etwas vorwerfen könnt, dann doch höchstens, dass ich die Gerüchte bestätigt habe, die euch umgeben, und dass ich dabei mein eigenes Geheimnis gelüftet habe. Euch entsteht daraus keinerlei Nachteil. Ganz im Gegenteil: Die

Vorführung meiner Kräfte war der beste Beweis für eure Macht. Lasst die Arbeiter wissen, dass es sich dabei nur um einen Hauch dessen handelt, wozu ihr imstande seid, und es wird ihnen eine eindringliche Warnung sein, sich jemals mit euch anzulegen."

Nimaels Worte schienen den Meistern zu denken aufzugeben. Sie begannen, sich zu beraten, und Nimael spitzte die Ohren. Wie zu erwarten, plädierte Kolubleik noch immer dafür, ihm den Garaus zu machen, aber glücklicherweise sahen das die übrigen Richter anders. Amon und Serqet sprachen sich ganz klar zu seinen Gunsten aus und überzeugten damit auch Arnavut und Chapi von einem Freispruch.

„Also schön", sagte Arnavut schließlich. „Wir belassen es diesmal bei einer strengen Verwarnung. Aber unser Wohlwollen hast du dir damit verspielt und mein Verbot bleibt bestehen: Du wirst deine Fähigkeiten nicht mehr vor den Augen anderer einsetzen, ist das klar?"

Nimael nickte. „Und was ist mit den beiden Caers, die den Anschlag verübt haben?", fragte er schließlich.

„Gab es Tote oder Verletzte?", fragte Arnavut zurück.

Nimael schüttelte den Kopf.

„Dann wüsste ich nicht, wofür wie die beiden zur Rechenschaft ziehen sollten", erwiderte Arnavut.

„Aber …"

„Hast du uns nicht gerade noch vorgeworfen, wir würden Position beziehen?" Arnavut lächelte falsch. „Wie sähe es denn aus, wenn wir uns jetzt auf deine Seite schlagen würden? Wie du es dir selbst gewünscht hast, überlassen wir es ganz euch, wie ihr miteinander umgehen möchtet. Wenn du also Konsequenzen aus dem Vorfall ziehen willst, musst du dich auch selbst mit den Verantwortlichen auseinandersetzen." Er stand unvermittelt auf und beendete damit die Verhandlung.

Kurz darauf brachte man Nimael in den Bruch zurück und Varuil verkündete lauthals das Verbot, das die Meister soeben über Nimael verhängt hatten. Für einen kurzen Moment hatte Nimael die Hoffnung, dass sich nun niemand mehr vor ihm fürchten und alles seinen gewohnten Gang gehen würde. Kaum hatte er aber die Arbeit wieder aufgenommen, bemerkte er, dass sämtliche Blicke auf ihn gerichtet waren und die anderen Arbeiter einen großen Bogen um ihn machten. Misstrauen schlug ihm plötzlich von allen Seiten entgegen, auch von denjenigen, die ihm bislang wohlgesonnen waren. Obwohl er beinahe straffrei davongekommen war, war sein Ansehen ruiniert. Wie lange es dauern würde, dieses wiederherzustellen, oder ob dies überhaupt möglich war, würde wohl nur die Zeit zeigen.

Am nächsten Tag wartete Nimael ungeduldig auf das Pausensignal. Die misstrauischen Blicke versuchte er auszublenden, aber das, was vorgefallen war, konnte er nicht einfach ignorieren. Bei der ersten Gelegenheit bediente sich Nimael an den Essenstischen, lief dann aber nicht zu seinem Stammplatz, sondern stellte seinen Teller auf den Tisch der Sovalisten – direkt gegenüber ihres neuen Anführers Burok. Dieser hob überrascht die Augenbrauen, blieb davon abgesehen aber vollkommen gelassen, während sich Nimael zu ihm setzte. Unter den Gards schien sich dagegen eine gewaltige Anspannung auszubreiten. Nimael machte sich nichts daraus. Es war höchste Zeit, Burok zur Rede zu stellen. Dieser hatte es offenbar nicht nötig, selbst etwas zu essen zu holen, sondern ließ sich von einem anderen Caer bedienen, der wie alle anderen Sovalisten um sie herum sofort das Weite suchte.

Nimael kam ohne Umschweife zur Sache.

„Warum hast du das getan?“, fragte er sachlich.

„Warum habe ich was getan?“, fragte Burok zurück.

„Stell dich nicht dümmer, als du bist“, erwiderte Nimael. „Ich habe deine beiden Lakaien auf frischer Tat ertappt. Sie haben auf deinen

Befehl hin gehandelt, versuch das gar nicht erst zu leugnen. Also was sollte das? Warum hast du versucht, Sovals Slaes zu töten?"

„Sie waren gar nicht das Ziel meines Anschlags. Sie waren nur ein Mittel zum Zweck, um zu sehen, was du kannst." Burok zwinkerte ihm überlegen zu. „Oder dachtest du wirklich, Soval hätte mir nichts von deinen Fähigkeiten erzählt? Ich wollte mich nur vergewissern, was an der Sache dran ist."

„Du hättest auch einfach fragen können, anstatt das Leben Unschuldiger zu riskieren", ermahnte Nimael ihn.

„Ach komm, wo bliebe denn da der Spaß?" Burok grinste böse. „Außerdem wissen wir doch beide, dass diese Bezeichnung auf Sovals kleine Biester überhaupt nicht zutrifft, nicht wahr? Sie haben dir geholfen, Soval die beiden Morde anzuhängen, also erzähl mir nicht, es hätte die Falschen getroffen."

„Soval hat die gerechte Strafe für seine Verbrechen erhalten. Genau das, was er verdient hat – nicht mehr und nicht weniger. Aber wenn du ein Problem damit hast, können wir das gerne unter uns klären."

„Und mich auf dieselbe kleine Fehde mit dir einlassen wie er?", fragte Burok sarkastisch. „Nein, ich denke eher nicht."

„Was willst du dann?", fragte Nimael misstrauisch.

„So wie ich das sehe, war Soval zwar ein starker und unerbittlicher Einzelkämpfer, aber er war auch dumm und hat in viel zu kleinen Bahnen gedacht", erklärte Burok. „Die Sovalisten nehmen die Mehrheit im Bruch ein, aber davon hat er niemals Gebrauch gemacht. Ich werde mir diesen Umstand zunutze machen. Ich werde sie zu einer Einheit formen und anschließend mit geballter Kraft auf euch einschlagen. Unsere beiden Richtungen werden nicht länger friedlich nebeneinanderleben. Ihr werdet die Sovalisten als die führende Richtung anerkennen und euch uns unterordnen. *Mir* unterordnen!"

„Und wie soll das deiner Meinung nach aussehen?", fragte Nimael.

„Ganz einfach", fuhr Burok fort. „Unsere Abmachung, sich nicht in die Belange anderer Gruppen einzumischen, ist hinfällig. Wir verzichten auf einen Waffenstillstand zwischen den Richtungen und ergreifen nun die Macht, die uns schon lange zusteht. Wenn uns jemand ärgert, bezieht er Prügel, wenn jemand Geld hat, nehmen wir es uns, und wenn sich uns jemand in den Weg stellt, wird er beseitigt."

„Dir ist hoffentlich klar, dass wir das nicht kampflos hinnehmen werden."

„Dann lass uns das tun, wozu Soval nie den Mut hatte", forderte Burok enthusiastisch. „Lass es uns austragen! Sovalisten gegen Nimaelisten – jeder trommelt so viele seiner Anhänger zusammen, wie er finden kann, und wir regeln diese Angelegenheit ein für alle Mal. Oder traust du dich ohne deine Fähigkeiten etwa nicht, gegen uns anzutreten?" Seine Provokation war leicht zu durchschauen.

„Das schon, aber warum sollte ich mich überhaupt darauf einlassen?", fragte Nimael zurück.

„Ganz einfach, du hast doch sowieso keine andere Wahl", antwortete sein Gegenüber. „Entweder wir fechten das direkt aus – kurz und schmerzlos – oder es wird sich um einen schleichenden Prozess handeln, bei dem wir euch einen nach dem anderen ausschalten. Außerdem kann ich dir einen dauerhaften Frieden zwischen den Richtungen garantieren, wenn ihr den Kampf gewinnt. Ist das nicht das, was du schon immer wolltest?"

„Einen Frieden, wie wir ihn jetzt bereits haben?" Nimael schüttelte den Kopf. „Das reicht nicht. Wenn wir gewinnen, werden sich die Sovalisten an unsere Regeln halten. Ihr werdet *uns* als die führende Richtung anerkennen. Ihr werdet eure Slaes nicht länger misshandeln und unterdrücken, sondern wie Gleichrangige behandeln. Und sollte jemand dagegen verstoßen, werden keine unbeteiligten Caers oder Gards das Urteil sprechen, sondern die geschädigten Slaes selbst."

Burok sah Nimael durchdringend an. „Das klingt aber nicht nach einem spontanen Einfall."

„Diese Bedingung ging mir schon eine Weile durch den Kopf", gab Nimael zu.

„Also schön", willigte Burok schließlich ein. Die Aussicht auf einen Sieg und die damit verbundene Macht schien ihn zu überzeugen. „Die Seite, die der anderen unterliegt, unterwirft sich den Bedingungen der stärkeren Richtung. Wir werden uns abends im Bruch treffen. Eine Stunde nach Schichtende, wenn hier nichts mehr los ist. Jeder hat eine Woche, um so viele Kämpfer wie möglich zu versammeln."

„Zwei Wochen", erwiderte Nimael. „Ich benötige etwas Zeit, um so viele Leute zu mobilisieren."

„*So viele*", wiederholte Burok spöttisch und grinste breit. Offensichtlich war Nimaels Vorwand ähnlich leicht zu durchschauen wie Buroks Provokation. Davon abgesehen, dass sich erst zeigen musste, wie viele seiner Anhänger Nimael überhaupt noch folgen würden, spielte aber noch eine weitere Überlegung eine Rolle. Obwohl er noch nicht wusste, ob er Torren bei der Auseinandersetzung überhaupt dabei haben wollte, kam dieser erst kurz vor Ablauf der zwei Wochen von seiner Mission zurück und brachte unter Umständen noch zwei weitere Kämpfer mit, die bereit waren, für diese Sache einzutreten. In einem solchen Konflikt konnten drei Personen von entscheidender Bedeutung sein.

„Und keine faulen Tricks!", forderte Nimael nachdrücklich. „Bis zum Duell herrscht Waffenstillstand, sonst ist die Abmachung vom Tisch!"

„Einverstanden", Burok zögerte nicht lange und schlug ein. Nimael, der keine Sekunde länger als unbedingt nötig an dem Tisch der Sovalisten verbringen wollte, nahm seinen Teller und kehrte zu Wiggy und Ando zurück. Während sich die Gards wieder entspannten, erzählte er, worüber sie gesprochen hatten.

„Auf solche Bedingungen lässt du dich ein?", fiel ihm Ando aufgeregt ins Wort. „Bist du verrückt geworden? Die Sovalisten sind uns zahlenmäßig weit überlegen. Ohne deine Fähigkeiten haben wir nicht die geringste Chance."

„Was hatte ich denn für eine Wahl?", verteidigte sich Nimael. „Ist es dir lieber, wenn sie uns einzeln auseinandernehmen? Außerdem ist es doch eine einmalige Gelegenheit, die Sovalisten endgültig zu zerschlagen."

„Dann hoffe ich mal, du hast einen guten Plan", antwortete Ando missmutig.

„Zunächst einmal werden auch wir unsere Kräfte bündeln und unsere Mitstreiter ins Boot holen", erwiderte Nimael, ohne auch nur die geringste Idee zu haben, wie er mit dieser Übermacht fertig werden sollte. „Hilfst du mir dabei?"

Ando nickte entschlossen. „Was für ein verdammter Drecksack Soval auch immer gewesen sein mag, Burok beweist mal wieder, dass nur selten etwas Besseres nachfolgt."

# 21

# FLUCHTPLÄNE

Eines Abends klopfte es an der Zellentür und Nimael öffnete vorsichtig. Als er Torren und seine drei Begleiterinnen erkannte, verwandelte sich sein Misstrauen schlagartig in uneingeschränkte Wiedersehensfreude. Er bat die abgekämpften Reisenden herein und begrüßte sie herzlich. Obwohl er ihnen einen erholsamen Abend gönnte, wollte Nimael unbedingt noch ein paar Einzelheiten in Erfahrung bringen.

„Ihr habt es geschafft", freute er sich. „Wie ist es gelaufen?"

„Gut", antwortete Torren. „Keine Verluste. Zumindest bisher nicht."

„Und? Bist du zufrieden mit deiner Auswahl?"

Torren nickte. „Ich habe mich ein wenig an deiner Herangehensweise orientiert."

„Du hast dich als Bettler ausgegeben?", fragte Nimael überrascht. „Das wird Arnavut nicht gefallen."

„Aber nein", klärte Torren ihn auf. „Ich habe mich nicht als einer ausgegeben, sondern zwei von ihnen entführt."

„Zwei Bettler?"

„Ja", Torren zuckte leichtfertig mit den Achseln. „In einer Stadt wie Tin-Atura gibt es mehr als genug davon. Natürlich habe ich darauf geachtet, dass sie sich wirklich in einer Notlage befinden und wofür sie ihre Spendengelder ausgeben. Bei beiden handelt es sich um arme Waisenkinder, die auf der Straße aufgewachsen sind. Damit bringen sie schon etwas Kampferfahrung mit. Abgesehen davon liegen die Vorteile doch klar auf der Hand. Ähnlich wie den meisten Gards, die freiwillig hier sind, geht es meinen beiden Caers jetzt besser als vorher. Sie haben eine Arbeit und verdienen Geld. Die beiden sind mir geradezu dankbar, dass ich sie von dort weggeholt habe. Außerdem haben sie keine Angehörigen zurückgelassen, die sie vermissen würden. Abgesehen davon, dass sie dadurch keine so emotionale Bindung wie wir an ihre Heimat haben, wird wegen ihrer Entführung auch niemand ermitteln."

„Du steckst voller Überraschungen", lobte ihn Nimael erstaunt. „Und die Mädchen?"

„Da sind wir ganz ähnlich vorgegangen", antwortete eine von Torrens Begleiterinnen. „Es gibt viele junge Frauen in Tin-Atura, denen das Recht auf jegliche Art von Bildung verwehrt wird. Sie werden entweder zwangsverheiratet und müssen sich von ihren Ehemännern wie Dreck behandeln lassen oder leben am Rande der Existenz in der Gosse. Obwohl wir sie nicht direkt fragen konnten, bin ich mir ganz sicher, dass sie auf ihre sogenannte Freiheit nur allzu gern verzichten, wenn sie dafür regelmäßige Mahlzeiten und ein festes Dach über dem Kopf haben."

„Gute Arbeit", sagte Nimael und wandte sich wieder an seinen Freund. „Und hast du bekommen, worum ich dich gebeten habe?"

Torren nickte. Er griff in seine Tasche und reichte ihm ein Tuch, in dem ein handgroßer Gegenstand eingewickelt war.

„Sie hätten mich fast damit erwischt", erzählte er aufgeregt. „Auf der Rückreise wurde ein Mann des Wüstenvolks angewiesen, meine Tasche zu durchsuchen. Er fand es sofort und warf mir einen düsteren Blick zu, der mir das Herz in die Hose rutschen ließ. Dann schloss er die Tasche unerwartet und behauptete, seine Suche wäre erfolglos geblieben. Ich verstehe beim besten Willen nicht, warum er das getan hat."

„Helour." Nimael lächelte erleichtert. „Da bist du genau an den Richtigen geraten. Er steht auf unserer Seite, aber es tut mir schrecklich leid, dass ich dich einer solchen Gefahr ausgesetzt habe."

„Schon gut", erwiderte Torren. „Ich hätte mir schon etwas einfallen lassen. Aber erwarte nicht zu viel von meinem Mitbringsel. Für das bisschen Geld, das uns zur Verfügung stand, konnte ich nur ein altes, verrostetes Exemplar vom örtlichen Pfandleiher erstehen. Ich habe keine Ahnung, ob es überhaupt noch funktioniert."

„Das macht nichts." Nimael bedankte sich und klopfte ihm auf die Schulter. „Jetzt ruht euch erst mal aus, das habt ihr euch wahrlich verdient." Er verabschiedete sich und trat zufrieden den Weg zu seiner eigenen Zelle an.

Als er dort eintraf, erwartete man ihn bereits. Sovals Slaes waren kurze Zeit vorher bereits abgezogen worden, um in ihrer Zelle den neuen Caer in Empfang zu nehmen. Obwohl Nimaels Rückkehr damit schon vorweggenommen war, fiel die Begrüßung – von einer Ausnahme abgesehen – dennoch sehr herzlich aus und zum ersten Mal seit langer Zeit fühlte sich Nimael in den eigenen vier Wänden wieder einigermaßen heimisch. Ein Zustand, der ihm gerade jetzt äußerst ungelegen kam. Zwei Jahre waren seit Torrens Entführung vergangen, ganze vier Jahre seit ihrer eigenen. Einen nicht unwesentlichen Teil ihres Lebens hatten sie hier gefristet. Den Beschluss, dass es so nicht weitergehen konnte, hatte Nimael längst gefasst. Jetzt bot sich erstmals die Gelegenheit, ihn in die Tat umzusetzen – nur seine Kameradinnen mussten noch davon überzeugt werden.

„Wir müssen eine wichtige Entscheidung treffen", begann er geheimnisvoll, als sich die Gruppe vollzählig im Gemeinschaftsraum versammelt hatte. „Seit wir Eskabatt und Melina verloren haben, belastet mich neben der Trauer noch ein anderes Gefühl. Das Gefühl, in dieser Umgebung mehr und mehr meiner selbst einzubüßen. Ich hatte es schon einmal. Damals, als ich Smeon im Bruch einfach sterben ließ. Seitdem hat sich nichts geändert. Noch immer spielen wir den Dominaten in die Hände. Die Zeit läuft nicht für uns, sondern gegen uns, und wir müssen endlich etwas dagegen unternehmen. Hier drinnen agieren wir nicht, sondern reagieren nur auf das, was man uns entgegenwirft", resümierte er. „Zugegeben, wir haben hier viel erreicht. Viel verändert. Wir haben uns einen Namen gemacht. Inzwischen weiß jeder, wer wir sind. Ehrlich gesagt wissen sie mehr über uns, als mir lieb ist. Deshalb werden wir auch immer – egal was kommt – an vorderster Front stehen. Der Anschlag auf Sovals Slaes beweist das nur allzu deutlich. So wie ich das sehe, können wir nicht länger die Köpfe in den Sand stecken, bis das nächste Unglück seinen Lauf nimmt. So kann es nicht weitergehen", schloss er fest überzeugt. „Es geht also um eine Grundsatzentscheidung, vor der wir stehen: Wollen wir hierbleiben und – in welcher Form auch immer – Widerstand leisten oder wollen wir abhauen und das Ganze hinter uns lassen?"

„Abhauen?", fragte Landria verdutzt.

„Ich verstehe nicht", sagte auch Thera und runzelte die Stirn. „Was meinst du denn mit *abhauen*? Seit wann steht diese Möglichkeit überhaupt zur Debatte?"

„Ich habe einen Plan, wie eine Flucht gelingen könnte", antwortete Nimael zuversichtlich und ließ seine Zuhörerinnen damit hellhörig werden. „Aber ich will euch nichts vormachen. Eine Flucht wäre mit einem erheblichen Risiko verbunden."

„Das ist doch wieder mal typisch!", rief Kaeti streitlustig. „Die einzige Möglichkeit, die kein Risiko bedeutet hätte, steht nicht mehr zur Debatte, weil du sie bereits eigenhändig zunichtegemacht hast. Stattdessen bietest du uns die Wahl zwischen Pest und Cholera. Einer aussichtslosen Flucht durch die Wüste, die zwei Menschenleben zu spät in Erwägung gezogen wird, und einem Kampf auf Leben und Tod, für den du dich insgeheim doch schon längst entschieden hast, nicht wahr?“ Sie funkelte ihn scharf an.

Nimael schüttelte den Kopf. „Du hast natürlich recht, dass ich den Dominaten entgegentreten will“, gab er zu. „Sie müssen unbedingt aufgehalten werden. Zu viel hängt davon ab. Aber ich plädiere trotzdem für die Flucht. Viel lieber will ich euch in Sicherheit wissen, bevor ich mich ihnen stelle. Allerdings würde das bedeuten, dass ihr nicht zu euren Familien zurückkehren könntet. Ihr würdet sie damit in Gefahr bringen und euch selbst natürlich auch. Ihr müsstet euch so lange vor den Dominaten verstecken, bis keine Gefahr mehr von ihnen ausgeht.“

Für einen Moment blieb es vollkommen still. Offenbar hatte niemand mit einer solchen Antwort gerechnet.

„Wenn ich eure Reaktionen richtig deute, spielt das für die Entscheidungsfindung längst keine Rolle mehr“, mutmaßte Thera. „Selbst wenn es noch die Möglichkeit gäbe, hierzubleiben, ohne sich damit weiteren Gefahren auszusetzen, würde wohl niemand mehr dafür stimmen, hab ich nicht recht?“ Mit Ausnahme von Kaeti stimmten ihr alle einvernehmlich zu. „Nach so langer Zeit können wir wohl davon ausgehen, dass wir keine Hilfe von außen mehr zu erwarten haben. Ich frage mich, warum es Samena nicht gelungen ist, den Wüstenbruch aufzuspüren, um uns gegen die Dominaten beizustehen. Hoffentlich ist ihr nichts zugestoßen, nachdem wir ihr in Moenchtal unsere Botschaft zugesteckt haben“, fügte sie besorgt hinzu. „Aber aus dieser Hölle hier zu entkommen, war von Anfang an unser Ziel, und wenn es nun eine Möglichkeit dazu gibt, dann wählen wir sie.“ Die Art, wie sie die Stimmung eingefangen und in Worte gefasst hatte, um damit die Meinung der Gruppe zu vertreten, machte Nimael bewusst, dass sie in der Rolle einer Caer nicht nur angekommen, sondern regelrecht darin aufgegangen war. Vielleicht hatte er seine Mitbewohnerinnen nie so gut verstanden, wie sie es jetzt tat. Er musste sich eingestehen, dass die Obhut dieser Gruppe nach seiner langen Abwesenheit nicht mehr länger in seinen, sondern in Theras Händen lag, wo sie offensichtlich besser aufgehoben war. Mittlerweile war er als Caer dieser Gruppe abgelöst worden.

„In Ordnung." Nimael versuchte, sich nichts von dem anmerken zu lassen, was ihm gerade durch den Kopf ging. „Aber wir sollten nicht vergessen, dass wir auch anderen gegenüber noch eine Verantwortung tragen. Wir müssen Torren und Ando in unsere Pläne einweihen."

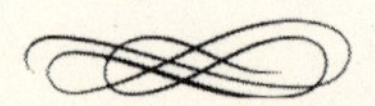

Am nächsten Abend holte Nimael seine beiden Freunde zum Gespräch und erklärte ihnen noch einmal, worum es ging.

„Ich erinnere mich noch an Theras ersten Tag in der Heilungssektion", begann Nimael und warf ihr einen liebevollen Blick zu. „Sie begleitete nun endlich eine Aufgabe, mit der sie anderen helfen und Gutes bewirken konnte, ohne sich dabei verstecken zu müssen. Sie war glücklich, weil sie ihre Bestimmung gefunden hatte. An sich genau das, was sich jeder von uns erhofft und was ich mir auch für jeden von euch wünschen würde." Er machte eine bedeutungsvolle Pause und wandte sich wieder an Thera. „Ohne deine Verdienste schmälern zu wollen …" Er legte seine Hand auf ihre. „Aber wenn man diese Aufgabe einmal vollkommen leidenschaftslos und objektiv betrachtet, muss man feststellen, dass auch du mit deinem Dienst nur die Arbeitskräfte stärkst und somit genau wie der Rest von uns die verächtlichen Ziele der Meister unterstützt. Über kurz oder lang werden sie Koba und ihren Leuchtestein finden. Ehrlich gesagt wundert es mich, dass sie das nicht schon längst getan haben. Nach Eskabatts und Melinas Tod, der Kriegserklärung der Sovalisten und Varuils Drohung ist es meines Erachtens höchste Zeit, den Blutfelsen so schnell wie möglich zu verlassen. Wir können nicht länger abwarten und tatenlos zusehen, wie uns nach und nach noch weitere geliebte Menschen genommen werden. Wir werden einen Fluchtversuch unternehmen."

„Eine Flucht?", fragte Ando ungläubig. „Wie wollt ihr das denn bitte bewerkstelligen?"

„Ich habe bereits einige Vorkehrungen getroffen", erklärte Nimael. „Wie ich herausgefunden habe, übernachten die Altweltkamele im Garten der Versorger, bevor eine Karawane am nächsten Tag loszieht. Wir werden ihnen einfach zuvorkommen. Wir schleichen uns zu Koba in die Höhle, holen uns die Tiere und beladen sie mit unseren Trinkflaschen und Proviant. Anschließend nutzen wir den Höhleneingang, über den Koba damals in den Blutfelsen gelangt ist, um zu entkommen. Wenn wir uns schon abends auf den Weg machen, haben wir eine ganze Nacht Vorsprung, bevor man auf unser Verschwinden aufmerksam wird. Außerdem werden unsere Gegner keine Kamele mehr haben, mit denen sie die Verfolgung aufnehmen könnten."

„Das klingt ja alles schön und gut, aber wie willst du bitte den Weg durch die Wüste finden?", hakte Ando nach.

„Ich habe die hier." Nimael griff unter den Tisch und holte einen Stapel Bücher hervor. „Anleitungen zur Navigation auf See. Ich hatte gehofft, dass Landria daraus den richtigen Umgang mit einem Oktanten erlernen könnte. Glaubst du, du kriegst das hin?", fragte er sie.

„Vermutlich schon", erwiderte Landria. „Aber die reine Theorie wird uns hier nicht sehr viel weiterhelfen."

„Deswegen habe ich Torren gebeten, uns aus Tin-Atura etwas mitzubringen." Die Blicke seiner Zuhörer richteten sich auf Torren, der aber nur stolz grinste. Unterdessen griff Nimael erneut unter den Tisch und holte das Tuch hervor. Er faltete es auseinander und enthüllte einen alten, rostigen Oktanten. „Ich hoffe, er kann seinen Zweck noch erfüllen", fuhr er fort und legte das Stück Papier daneben, das er auf seiner Rückreise aus Moenchtal erbeutet hatte. „Die Winkeldaten, die uns hierher geführt haben“, erklärte er.

„Jetzt fehlt nur noch diese komische Scheibe, mit der sie die Winkeldaten in Relation zur Tageszeit gebracht haben“, warf Hallbora ein.

„Das Astrolabium.“ Nimael nickte. „Auf das werden wir wohl verzichten und die Uhrzeit schätzen müssen. Aber letztendlich ist die Präzision in diesem Fall nicht ganz so wichtig. Immerhin wollen wir den Außenposten des Wüstenvolks gar nicht so genau treffen wie unsere Karawane damals den Blutfelsen. Dieses Ziel sollten wir viel lieber umgehen und uns auf eigene Faust noch etwas weiter durchschlagen. Dafür sollte uns aber auch der Proviant ein paar Tage länger ausreichen, immerhin begleiten uns diesmal keine unnützen Gards.“ Nimael wandte sich entschuldigend an seine Freunde. „Es bedeutet aber auch, dass wir euch nicht mitnehmen können. Zum einen wissen wir nicht, wie lange unsere Vorräte ausreichen werden, und jeder weitere Begleiter schränkt unsere Reichweite möglicherweise entscheidend ein. Zum anderen werden wir als große Gruppe viel mehr auffallen und für die Dominaten leichter aufzuspüren sein.“ Obwohl er auch in Andos Schuld stand, fiel ihm ein solches Eingeständnis besonders Torren gegenüber schwer. „Ich habe dich hierhergeholt und damit die Situation, in der du dich befindest, verschuldet. Dieser Gedanke lässt mir keine Ruhe und ich habe nicht das geringste Recht, dich und deine Gruppe im Stich zu lassen. Ich kann dich nur um dein Verständnis und deine Erlaubnis für dieses Vorhaben bitten.“

„Glaubst du wirklich, ich würde dir bei einer solchen Gelegenheit einen Strich durch die Rechnung machen?“, fragte Torren beinahe gekränkt. „Hast du schon vergessen, dass ich inzwischen dieselbe Verantwortung trage wie du? Ich habe selbst eine Auswahl getroffen und – gezwungenermaßen – andere hierhergeholt. Ich kann mich also durchaus in deine Lage versetzen. Du schuldest mir rein gar nichts. Jetzt hast du die Chance, deine Gruppe in Sicherheit zu bringen, und du wärst verrückt, wenn du sie nicht ergreifen würdest."

„Was ist mit Burok?", fragte Ando, noch bevor sich Nimael bei Torren für dessen uneingeschränkten Beistand bedanken konnte. „Verstehe ich das richtig, dass ihr uns noch vor dem großen Aufeinandertreffen verlassen wollt?"

„Keinesfalls", versicherte Nimael. Aus den Augenwinkeln bemerkte er, wie Kaeti den Kopf schüttelte und mit den Augen rollte, aber er beschloss, nicht weiter darauf einzugehen. „Wenn wir vorher fliehen, würde es so aussehen, als würden wir vor Burok davonlaufen. Er würde es als Sieg auslegen. Außerdem kommt es bei dieser Auseinandersetzung auf jeden einzelnen Kämpfer an. Wenn ich euch schon zurücklassen muss, dann sollt ihr euch zumindest nicht in einer so misslichen Lage befinden. Wir werden diese Sache zu Ende bringen und anschließend die erstbeste Gelegenheit ergreifen, um von hier zu verschwinden. Wenn uns das gelingt, kehre ich so schnell wie möglich mit Verstärkung zurück und werde euch befreien. Das verspreche ich." Er sah entschlossen in die Runde. „Es wird höchste Zeit, den Dominaten in den Hintern zu treten."

Noch am selben Abend stürzte sich Landria voller Elan auf die mitgebrachten Bücher. Wie alle anderen war auch sie von der Aussicht, dieser Hölle zu entkommen, regelrecht beflügelt. Dass sie bei der Umsetzung dieses Plans auch noch eine tragende Rolle spielen durfte, trug zusätzlich zu ihrer Motivation bei. Nimael beobachtete ihr geschicktes Vorgehen. Sie schlug ein Buch nach dem anderen auf, suchte die relevantesten Kapitel heraus und legte sie nebeneinander. Bald hatte sie sich damit über den halben Tisch ausgebreitet. Dann überflog sie die Inhalte und sortierte ihre Quellen. Nachdem sie sich einen genauen Überblick verschafft hatte, begann sie mit dem ersten

Buch und zückte einen Stift. Dass sie sich ganz in ihrem Element befand, war deutlich zu erkennen. Um sie nicht weiter in ihrer Konzentration zu stören, verließ Nimael den Gemeinschaftsraum und zog sich in sein Zimmer zurück, wo er sich an Thera kuschelte. Nach seiner langen Abwesenheit gab es zwar viele Punkte, über die sie sich austauschen mussten, aber an diesem Abend spielten sie keine Rolle. Stattdessen feierten sie ihre Wiedervereinigung und verloren sich irgendwann in ihren Küssen und Berührungen, bis sie gemeinsam einschliefen.

Es war schon spät geworden – vielleicht sogar schon mitten in der Nacht –, als es zaghaft an ihrer Tür klopfte. Landria betrat auf Zehenspitzen das Zimmer. Sie hielt den Oktanten in der Hand und ließ erschöpft und niedergeschlagen den Kopf hängen.

„Ich komme nicht weiter", flüsterte sie, um Thera nicht zu wecken. „Den theoretischen Teil glaube ich verstanden zu haben, aber ich kann den Oktanten nicht ausprobieren. Dazu bräuchte ich freie Sicht auf Himmel und Horizont. Unser kleines, vergittertes Fenster reicht dazu nicht aus."

„Wie spät ist es?", flüsterte Nimael zurück.

Landria zuckte mit den Achseln.

„Mach dir keine Sorgen und leg dich erst mal schlafen. Wir lassen uns morgen etwas einfallen."

Landria nickte und verließ den Raum. Obwohl sich Nimael über ihre schnellen Fortschritte freute, musste er sie nun etwas bremsen. Sie war eindeutig übermotiviert, und wenn jemandem auffiel, dass etwas nicht mit ihr stimmte, zog das womöglich unnötige Aufmerksamkeit auf ihr Vorhaben.

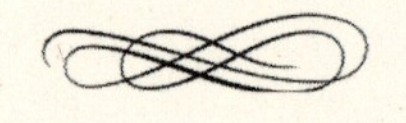

Am nächsten Abend griff er das Gespräch wieder auf.

„Du musst dich im Freien befinden, damit dir der Oktant ein brauchbares Ergebnis liefert, nicht wahr?"

„Ich fürchte, ja", antwortete Landria.

„Vielleicht kann ich einen Gard *überzeugen*, dich in den Bruch oder Garten hineinzulassen", schlug Nimael vor.

„Das wird nicht ausreichen", erwiderte Landria. „Von dort kann ich zwar den Himmel direkt über uns sehen, aber die Felswände sind zu hoch, um einen brauchbaren Winkel zum Horizont herzustellen. Für einen realistischen Probelauf muss ich den Blutfelsen verlassen."

Nimael seufzte. Wieso musste immer alles so kompliziert sein? Er überlegte einen Moment, stand schließlich kurz entschlossen auf und schnappte sich seine Tasche.

„Komm mit!", forderte er Landria auf und packte den Oktanten ein. „Wir versuchen es."

Sie folgte ihm durch die Gänge zum Bruch. Kaum hatten sie den Tunnel hinter sich gelassen, wurden die Wachposten am Sprengstoffschuppen auf sie aufmerksam.

„Was soll das denn werden?", fragte einer der vier Gards misstrauisch. „Denkst du, du genießt plötzlich Sonderprivilegien, weil du ein paar Tricks der Meister beherrschst?" Seine Kollegen und er machten sich unverzüglich kampfbereit. Nimael hob beschwichtigend die Hände, worauf sich die Gruppe ein klein wenig beruhigte.

„Was hat sie hier verloren?", fragte der Wortführer streng und nickte argwöhnisch zu Landria. Bei näherem Hinsehen erkannte Nimael ihn als denjenigen wieder, der ihn schon einmal im Stollen zur Rede gestellt hatte. *Zevko* stand auf seiner Uniform. Nimael erinnerte sich, dass er ihm gegenüber seinen Ruf ohnehin schon ruiniert hatte, und entschied sich für ein schamloseres Auftreten.

„Ich …" Nimael räusperte sich und kratzte sich am Hinterkopf. „Wir wollten nur etwas Zeit miteinander verbringen. Ungestört", fügte er hinzu und hob die Augenbrauen. „Wenn ihr wisst, was ich meine."

„Du willst sie nageln", tönte einer der Männer, worauf die ganze Gruppe vor Lachen grunzte.

Während Landria vor Scham am liebsten im Erdboden versunken wäre, versuchte Nimael schnellstmöglich das Thema zu wechseln.

„Es gibt doch sicher eine Möglichkeit, wie wir uns einigen können."

Die Gards grinsten ihn schief an, steckten die Köpfe zusammen und berieten sich. Unterdessen streckte Nimael die Hand zu Landria aus, um als Pärchen überzeugender zu wirken. Erst schüttelte sie den Kopf, ließ sich von Nimaels stummer Aufforderung aber schließlich überzeugen und ergriff seine Hand voller Widerwillen. Nimael setzte ihr gegenüber ein falsches Lächeln auf, worauf Landria verkrampft zurücklächelte.

„50", sagte Zevko plötzlich.

Nimael nickte zufrieden, griff in seine Tasche und holte 50 Taler hervor.

„Pro Kopf", fügte der Gard hinzu.

„Was?", empörte sich Nimael künstlich. „Das ist doch Wucher!"

„Du bist doch immer noch mit dieser Thera zusammen, oder nicht?", fragte Zevko und musterte ihn durchdringend.

„Ja, schon", gestand Nimael kleinlaut. Hier handelte es sich wohl um eine der Schattenseiten seines Bekanntheitsgrads.

„Dann sollte es dir doch einen kleinen Aufpreis wert sein, dass nicht nur die Meister, sondern auch deine Thera nichts von diesem Ausrutscher erfahren, nicht wahr?"

Ohne ein weiteres Wort zu verlieren, griff Nimael missmutig in seine Tasche und holte den restlichen Betrag hervor.

„Na also, geht doch", freute sich Zevko und verteilte die Beute an seine Kollegen. „Du kannst dich glücklich schätzen, dass du so günstig davongekommen bist. Was glaubst du, wie viel wir Burok abgeknüpft haben?"

„Burok?", fragte Nimael überrascht.

„Euer Duell", erinnerte der Gard ihn. „Du willst, dass wir dir eine einzige Person durchgehen lassen. Burok möchte dagegen, dass wir gleich bei einer ganzen Schlacht mit möglichen Todesopfern wegsehen. Was glaubst du, was ihn das gekostet hat?" Zevko rieb freudestrahlend die Finger aneinander.

In dem Moment kam Nimael die rettende Idee. Er hatte eine Lösung für den bevorstehenden Konflikt mit den Sovalisten gefunden.

„Dann viel Spaß euch beiden." Erst als sich Zevko mit einem Zwinkern von ihm verabschiedete, merkte Nimael, dass er ihn vollkommen gedankenverloren angestarrt haben musste. Er fasste sich und nickte den Wachleuten dankend zu, um mit Landria schnell zu verschwinden.

Im Stollen angekommen, griff sich Nimael eine Fackel von der Wand und wies Landria den Weg durch den versteckten Spalt in der Seitenwand. Anschließend zwängte er sich selbst hindurch und führte sie zu dem großen Saal, wo Koba ihn bereits erwartete. Als sie Landria sah, zuckte sie unwillkürlich zusammen und verharrte in einer Fluchtposition, die Nimael an ein scheues Reh erinnerte.

„Ist schon gut", beruhigte er sie. „Sie gehört zu mir."

Koba entspannte sich sofort und wandte sich an Landria. „Du musst Thera sein. Nimael hat mir schon viel von dir erzählt."

„Nein, ich bin Landria, aber gerade heute wäre ich sehr gerne jemand anderes", erwiderte sie.

„Wir haben nicht viel Zeit", unterbrach Nimael die Vorstellungsrunde. „Kannst du uns zu dem Tunnel führen, mit dem du damals in den Blutfelsen gelangt bist? Wir müssen uns etwas ansehen."

Koba nickte und setzte sich in Bewegung, ohne ein weiteres Wort zu verlieren. Zielstrebig führte sie sie durch das unterirdische Labyrinth. Einige Minuten später erreichten sie eine Höhle, aus der das rote Licht der Abendsonne strahlte. Als Nimael den Ausgang erreichte, wurde ihm erst richtig klar, wie sehr er all die Jahre seine Freiheit vermisst hatte. Der Anblick, wie die Sanddünen ihre Schatten in die Wüste malten und damit ihre endlose Weite verdeutlichten, berührte Nimael tief in seiner Seele. Landria ließ sich dagegen weder beeindrucken noch ablenken. Sie nahm den Oktanten, kletterte aus der Höhle und lief einige Meter nach draußen, um mit ihren Berechnungen zu beginnen.

„Ihr wollt fliehen, nicht wahr?" Koba musterte ihn traurig. Ihre schnelle Auffassungsgabe erstaunte Nimael immer wieder aufs Neue.

„So bald wie möglich." Er nickte, ohne dabei seinen Blick vom Horizont zu nehmen. Die ersten Abendsterne traten dort zart hervor.

„Darf ich mitkommen?", fragte Koba kleinlaut.

„Selbstverständlich!", platzte es aus Nimael heraus. Er musterte sie verwundert. „Und da fragst du noch?"

„Ich gehöre schließlich nicht zu eurer Gruppe", antwortete sie schüchtern.

„Doch, Koba, allerdings. Das tust du." Er legte seine Hände auf ihre Schultern. „Ich verspreche dir, dass wir dich nicht zurücklassen werden."

Während er Koba von ihren Fluchtplänen erzählte, setzten sie sich auf die Kante des Höhleneingangs und ließen ihre Beine über dem heißen Wüstensand baumeln. Bald darauf kehrte Landria zurück.

„Ich habe alles, was ich brauche." Sie strahlte sie an. „Wenn es uns gelingt, die Tageszeit halbwegs richtig einzuschätzen, weiß ich, welche Richtung wir einschlagen müssen."

„Perfekt", erwiderte Nimael. „Gute Arbeit."

Ohne weitere Zeit zu verlieren, liefen sie durch die Höhlen zurück und verabschiedeten sich von Koba. Als sie den Bruch hinter sich ließen, grinsten ihnen die Gards süffisant entgegen. Landria errötete erneut, wodurch sie einen umso überzeugenderen Eindruck machte. Sie ließen die schlüpfrigen Andeutungen und höhnischen Rufe über sich ergehen und traten den Rückweg zur Zelle an. Außer der finalen Schlacht, die sie mit Burok und seinen Sovalisten noch auszutragen hatten, stand einer Flucht nun nichts mehr im Wege.

# 22

# ENTSCHEIDUNG

Am nächsten Tag beschloss Nimael, mit den Anhängern seiner Richtung in Kontakt zu treten. Es war höchste Zeit, die Kräfte zu bündeln, um Burok geschlossen entgegenzutreten. Die Mittagspause stellte den perfekten Rahmen dafür dar. Nimael zog von Tisch zu Tisch, um mit seinen Leuten zu sprechen. Doch das Misstrauen, das ihm die Gards am Sprengstoffschuppen entgegengebracht hatten, spiegelte sich auch in den Mienen der Nimaelisten wider. Seine Fähigkeiten hatten ihn als einen Fremden, vielleicht sogar als einen Feind erscheinen lassen, zumindest aber als einen unberechenbaren Risikofaktor. Nachdem er sich die dritte Abfuhr in Folge eingehandelt hatte, zog er Ando hinzu, und versuchte sein Glück erneut. Obwohl Nimael deutlich gemacht hatte, was alles auf dem Spiel stand, schien Silkan, ein gutmütiger Caer, mit dem er immer gut ausgekommen war, alles andere als überzeugt zu sein.

„Ich weiß nicht …“, Silkan schüttelte skeptisch den Kopf.

„Du kannst ihm vertrauen“, versicherte Ando ihm. „Diese Fähigkeiten sind bedeutungslos.“

„Bedeutungslos?“, fragte Silkan.

„Er verfügt schon seit Jahren über sie", erklärte Ando. „Dass sie jetzt bekannt wurden, ändert nichts an seinem Charakter."

Silkan überlegte einen Moment, dann nickte er. „Also schön." Er wandte sich wieder an Nimael. „Mal angenommen, ich lasse mich darauf ein und stelle mich auf deine Seite. Ist es wahr, dass du dich an das Verbot der Meister halten und auf deine Fähigkeiten verzichten wirst?"

Nimael nickte.

„Du musst verrückt sein!", fuhr Silkan ihn an. „Dann kannst du meinetwegen allein gegen die Sovalisten antreten. Sie sind uns zahlenmäßig weit überlegen. Sich auf einen Kampf mit ihnen einzulassen, wäre reiner Selbstmord, und den einzigen Vorteil, den wir hätten, lässt du ungenutzt."

„Das stimmt nicht", widersprach Nimael. „Wir haben noch einen anderen Vorteil, aber dazu benötige ich eure Unterstützung."

Damit hatte er Silkans Aufmerksamkeit zurückgewonnen und erklärte ihm seinen Plan. Bereits kurze Zeit später hatte Nimael seinen ersten Mitstreiter gefunden, der ihm darüber hinaus für alle weiteren Gespräche seine Unterstützung zusagte. Von nun an kam seine Bewegung wie eine Lawine ins Rollen.

Eine Woche später war es so weit. Nimael, Ando, Amaru, Torren und seine beiden ausgewählten Neuankömmlinge traten mit 16 weiteren Caers aus dem Tunnel, der in den Bruch führte. Burok erwartete sie bereits in seiner Arena. Dort hatten sich an die 50 Sovalisten versammelt, die bereit waren, ihn zu unterstützen. Offenbar war es Burok gelungen, beinahe seine gesamte Anhängerschaft um sich zu scharen. Eine beeindruckende Überlegenheit, die er offensichtlich nur allzu gerne zur Schau stellte.

Die vier Gards am Sprengstoffschuppen hatten sich demonstrativ einige Schritte zurückgezogen und blickten dem Spektakel nun erwartungsvoll entgegen.

„Was denn, das ist alles?", lachte Burok, als sich Nimael mit seinen Leuten näherte. „Da hätte ich auf meine zusätzliche Unterstützung ja genauso gut verzichten können." Er deutete nach oben zu einer Terrasse, auf der sich Varuil mit einem Bogen in Position gebracht hatte.

„Ich dachte, wir wären uns einig: Keine faulen Tricks", erinnerte Nimael ihn. „Stattdessen bestichst du Varuil?"

„Aber nicht doch!" Burok spielte den Empörten. „Ich musste ihn gar nicht bestechen. Als er von unserem Duell hörte, bot er mir freiwillig seine Hilfe an."

Selbst von unten war deutlich zu erkennen, wie Varuil zu grinsen begann und Buroks Aussage mit einem Nicken bestätigte.

„Was glaubst du, was die Meister dazu sagen werden?", rief Nimael nach oben. „Sie werden deine Pfeile entdecken und sofort wissen, dass du in die Sache verwickelt warst."

„Sie werden sicher zufrieden sein, wenn sie hören, dass ich einen Aufstand im Keim erstickt habe", antwortete Varuil. „Ich musste lange darauf warten, aber jetzt wirst du die Konsequenzen für deine große Klappe zu spüren bekommen!"

Dass er Varuil hinter sich wusste, bestätigte Burok nur noch in seinem arroganten Gehabe.

„Dann gehe ich mal davon aus, dass ihr euch freiwillig ergeben wollt", bot er an. „Damit könnten wir auf ein unschönes Gemetzel verzichten."

Nimael schüttelte den Kopf. „Was bringt dich bloß auf die Idee, ein solches Angebot unterbreiten zu können? Du scheinst die Situation völlig falsch einzuschätzen." Er erhob die Stimme, damit ihn auch wirklich alle Sovalisten verstehen konnten. „Vor langer Zeit habe ich einen Samen gepflanzt und gar nicht bemerkt, welch prächtige Pflanze über die Jahre daraus gewachsen ist. Obwohl das hier tatsächlich alle Caers sind, die ich von einer Teilnahme überzeugen konnte, sind wir die stärkere Richtung und werden dies auch immer sein. Denn wir haben etwas, das eure Richtung niemals haben wird. Treue, Zusammenhalt und Verbundenheit, die sich nicht auf Angst gründet." Er steckte Daumen und Zeigefinger in den Mund und gab einen lauten Pfiff von sich. Die Nimaelisten wichen auseinander und gaben so den Blick auf den Tunnel frei, aus dem sie gerade gekommen waren. Ein undefinierbares Geräusch, das immer lauter anschwoll, drang daraus hervor, bis plötzlich Thera und Wiggy im Eingang erschienen. Hinter ihnen trat zunächst Nimaels Gruppe aus dem Gang, nur Kaeti hatte es vorgezogen, in der Zelle zu bleiben. Plötzlich strömten unzählige weitere Slaes in den Bruch. Selbst als die ersten schon zu den Caers aufgeschlossen hatten, folgten noch weitere aus dem Tunnel nach. Innerhalb weniger Sekunden hatte sich das Blatt gewendet und Buroks überhebliches Grinsen verwandelte sich in pure Ernüchterung.

„Wie steht es um deine mathematischen Fähigkeiten?", fragte Nimael provokativ. „Wenn jeder der hier anwesenden Nimaelisten eine Gruppe von acht Personen betreut, macht das knapp 200 Anhänger, die hinter mir stehen. Dabei habe ich diejenigen noch nicht mal mit eingerechnet, die von euch Sovalisten betreut werden, uns aber dennoch ihre Hilfe angeboten haben." Wie um seinen Worten Nachdruck zu verleihen, riss der Strom noch immer nicht ab. „Also, wie war das noch gleich?" Trotz größter Bemühungen gelang es Nimael nicht, ein breites Grinsen zu unterdrücken. „Wollt ihr euch nicht lieber ergeben, damit wir auf ein unschönes Gemetzel verzichten können?"

Mit verbitterter Miene sah Burok zu, wie die letzten Slaes den Tunnel verließen. Plötzlich gab er sich kämpferisch.

„Wir haben immer noch Varuil", erwiderte er. „Er wird 20 eurer Anhänger töten, noch ehe unsere Fronten aufeinandertreffen. Außerdem sind meine Leute geübte Kämpfer. Sie sind durchaus in der Lage, es mit mehreren Gegnern gleichzeitig aufzunehmen.“

„Ohne mich!“ Varuil winkte plötzlich ab und hing den Bogen über die Schulter.

„Ein paar tote Caers hätte ich sicher verantworten und den Meistern erklären können, aber ich beteilige mich doch nicht an einem Blutbad mit Hunderten von Leichen“, erklärte er und verließ seinen Posten.

„Das darf doch nicht wahr sein!“, schimpfte Burok und versuchte ein letztes Mal, seine Leute anzufeuern. Noch bevor er richtig angefangen hatte, schnitt Nimael ihm das Wort ab.

„Vergiss es. Ein großer Teil eurer eigenen Slaes befindet sich auf unserer Seite. Kein Caer, der noch halbwegs bei Verstand ist, tötet seine eigenen Slaes, um sich anschließend dafür verantworten zu müssen. Ihr habt uns den Krieg erklärt, weil ihr dachtet, ihr wärt uns überlegen, aber ihr habt euch getäuscht. Ihr dachtet, Soval hätte diesen Schritt nie gewagt, weil er zu feige oder zu kurzsichtig dazu war, aber ihr habt euch auch in ihm getäuscht. Mit Sicherheit wusste er, dass er bei einer direkten Konfrontation unterliegen würde. Darum hat er sich nie darauf eingelassen. All die Jahre dachtet ihr, wir wären eure Feinde, weil wir mit unseren Kameradinnen anders umgehen. Wir haben euch vorgelebt, was richtig ist. Aber anstatt es anzunehmen, habt ihr euch in eurer Denkweise bedroht gefühlt. Ihr wolltet uns bekämpfen und habt dabei nie erkannt, wer in Wirklichkeit eure Feinde sind. Wir haben euch nicht in diese Situation gebracht und haben diese auch nicht zu verantworten. Ihr solltet euren Hass auf diejenigen richten, die uns hier wie Tiere gefangen halten. Die Meister und ihre Anhänger!“ Aus den Augenwinkeln erkannte Nimael, dass sein Appell die anwesenden Gards aufgerüttelt hatte. Offenbar wurde ihnen langsam mulmig zumute, in welche Richtung sich dieses Aufeinandertreffen entwickelt hatte. Aber es war noch zu früh, um einen Aufstand herbeizuführen. Die beiden Richtungen waren einander noch zu fremd und ein solches Vorhaben zu überstürzen, konnte fatale Folgen haben und in einem schrecklichen Blutbad enden. Anstatt die Stimmung weiter anzufachen, beschloss Nimael, den ersten Schritt zu einem Zusammenschluss der beiden Richtungen zu wagen. „Ihr wisst, über welche Macht unsere Feinde verfügen. Für sie sind wir nichts weiter als Sandkörner in einem Stundenglas, während uns noch nicht einmal bewusst ist, dass wir gerade in diesem Moment zu ihren Gunsten fallen. Vielleicht sind wir für eine Konfrontation noch nicht bereit, aber über kurz oder lang müssen wir uns ihnen stellen. Und wenn wir eine reelle Chance haben wollen, so müssen wir dies gemeinsam tun. Lasst uns die Vergangenheit vergessen und uns vereinen, um diese Tyrannei zu beenden!“

Während die Nimaelisten jubelten und applaudierten, zeigten seine Worte bei den Sovalisten nicht die erhoffte Wirkung. Diese hatten ihre Niederlage wohl noch nicht verkraftet und ließen seine Rede äußerst missmutig über sich ergehen. Nimael wurde plötzlich bewusst, dass er sie an diesem Tag nicht mehr erreichen würde. Für sie war er noch immer der Feind, der ihnen nichts zu befehlen hatte. Er schloss seine Rede, indem er noch einmal die Abmachung erinnerte, die sie getroffen hatten. „Aber bis es so weit ist, werdet ihr euch an unsere Vorschriften halten und keine Untergebenen mehr misshandeln. Jede Slae erhält den Lohn, der ihr zusteht. Jeder Caer wird sich vorbildlich um seine Gruppe kümmern. Und wenn uns etwas anderes zu Ohren kommt, werden wir entsprechend durchgreifen, verstanden?“

Burok tat sich sichtlich schwer, die Bedingungen, die ihm diktiert wurden, anzunehmen. Schließlich stimmte er widerwillig zu und gab seinen Leuten den Befehl abzuziehen. Diese gehorchten und trotteten niedergeschlagen durch die gewaltige Menge der Nimaelisten hindurch.

In der Zwischenzeit hatte auch Varuil seinen Weg von der Terrasse in den Bruch gefunden. Er blieb neben Nimael stehen und warf ihm einen bitterbösen Blick zu.

„Ich habe dir versprochen, dass unsere Angelegenheit noch ein Nachspiel haben würde, und ich bin es gewohnt, meine Versprechen einzuhalten“, prophezeite er düster. „Nur weil sich meine Pläne heute nicht in die Tat umsetzen ließen, heißt das nicht, dass du damit vom Haken bist.“ Ohne eine Antwort abzuwarten, setzte Varuil seinen Weg fort. Nimael sah ihm hinterher, als sich dieser vom Pulk der Sovalisten löste und zu den Quartieren der Gards trottete. Selbst wenn seine Drohung ernst zu nehmen war, würde er vor ihrer Flucht keine weitere Gelegenheit erhalten, sich an Nimael zu rächen. Endlich konnten sie den Blutfelsen ruhigen Gewissens hinter sich lassen. Noch nie hatten sich ihre Freunde in einer besseren Ausgangslage befunden.

Ein plötzlich aufkeimender Tumult direkt am Tunneleingang riss Nimael aus seinen Überlegungen. Sovalisten und Nimaelisten brüllten einander an und waren im Begriff, aufeinander loszugehen. Was war geschehen? Dieser Konflikt, der doch schon beigelegt schien, bevor er überhaupt begonnen hatte, drohte nun aus heiterem Himmel doch noch zu eskalieren. Nimael rannte los und schob sich hastig durch die Sovalisten hindurch, als Thera plötzlich seinen Namen rief. Drohte ihr etwa Gefahr? Oder jemand anderem aus der Gruppe? Die Menge verdichtete sich, als sich Nimael dem Ausgang näherte. Er durfte nicht noch jemanden verlieren. Egal ob Freund oder Feind, er rempelte jeden, der ihm im Weg stand, rücksichtslos beiseite, bis er zu der Stelle gelangte, wo sich offenbar das Zentrum der brodelnden Auseinandersetzung befand. Hallbora und Landria stießen mit hochroten Köpfen zwei Sovalisten zurück. So wütend hatte Nimael seine beiden Mitbewohnerinnen noch nie erlebt. Offenbar versuchten sie, hinter sich eine Lücke in der Menge freizuhalten, was angesichts der hohen Personendichte schier unmöglich schien.

„Was ist hier los?", fragte Nimael und schob sich zu ihnen durch. Noch bevor sie antworten konnten, warf er einen Blick über ihre Schultern. Der Anblick schnürte ihm augenblicklich die Kehle zu. Thera hatte sich mit ihrer Notfallausrüstung auf den Boden gekniet. Neben ihr lag Ting. Ein Messer steckte in ihrem Bauch und Blut floß über das ohnehin rötliche Gestein am Boden. Sofort schossen Nimael Bilder von Eskabatt durch den Kopf, und wie sie in ihrer Zelle verblutet war. Wenn sich diese schreckliche Tragödie nun wiederholte, hätte man ihm das Messer genauso gut selbst durch die Brust rammen können.

„Wer war das?", rief Nimael, um gegen die laute Kulisse anzukommen.

„Wir wissen es nicht", antwortete Thera. „Einer der Sovalisten muss sie in seinem Frust niedergestochen haben, aber es ging alles so schnell und in dem Gedränge könnte es jeder gewesen sein." Thera sah sich die Wunde an, aber jemand stieß von hinten gegen sie. Nicht nur Sovalisten, sondern auch Nimaelisten drängelten sich nach vorn, um einen Blick auf den Tatort zu erhaschen. „Ich kann so nicht arbeiten", beschwerte sich Thera.

Nimael hatte genug gesehen. Dass es einer der Sovalisten gewagt hatte, Ting anzugreifen, war schon schlimm genug, aber dass sie womöglich starb, weil Thera sie wegen einer Unmenge Schaulustiger nicht behandeln konnte, brachte Nimaels Blut in Wallung. Mit glühenden Augen fuhr er hoch.

„Schluss damit!", brüllte er mit einer Stimme, die jeder Menschlichkeit entbehrte und wie ein Donnerschlag durch den Bruch hallte. Die gesamte Menge zuckte unwillkürlich zusammen und verstummte schlagartig. „Macht sofort, dass ihr wegkommt!" Nimaels düstere Drohung zeigte sofortige Wirkung. Beinahe panisch drängten sich die Massen nach hinten, schoben sich dem Tunnel entgegen und flüchteten aus dem Bruch. Dass sich unter ihnen auch derjenige befand, der Ting niedergestochen hatte, spielte keine Rolle. Tings Leben zu retten, war nun das Einzige, was zählte.

# 23

# HEILUNG

Ich brauche dich hier!" Theras Hilferuf lenkte Nimaels Aufmerksamkeit wieder auf seine verwundete Kameradin zurück, worauf das Glimmen in seinen Augen augenblicklich erlosch. Thera hielt ihre Hände auf die Wunde gedrückt, doch das Messer steckte noch in Ting.

„Soll ich es ziehen?", fragte Nimael völlig überfordert und kniete sich zu ihnen auf den Boden.

„Nein, auf keinen Fall", antwortete Thera. „Vermutlich ist das Messer im Moment das Einzige, was eine schlimmere Blutung verhindert."

„Dann besorge ich eine Bahre, damit wir sie zu Iora schaffen können", bot er an.

Thera schüttelte erneut den Kopf und deutete zu Landria und Hallbora. Sie hatten sich aus der Menge gelöst und einige Meter entfernt eine Felswand erreicht, an die eine Bahre gelehnt war.

„Ich habe Vorkehrungen getroffen", erklärte Thera. „Für den Fall der Fälle."

„Was soll ich dann tun?", fragte Nimael.

„Rede mit ihr“, bat Thera ihn. „Sie muss unbedingt bei Bewusstsein bleiben, wenn sie das hier überleben soll.“

Erst jetzt bemerkte Nimael, dass Ting gar nicht bewusstlos war, sondern vor Schmerzen nur die Augen zusammengekniffen hatte. Er rückte an sie heran und berührte sanft ihren Arm.

„Wie geht es dir?“, fragte er vorsichtig.

„Nicht so prächtig“, stöhnte Ting und verzog das Gesicht.

„Du hast Thera gehört“, erwiderte Nimael. „Auch wenn du schläfrig werden solltest und es dir die einfachste Lösung erscheint, um diesem Schmerz zu entgehen, darfst du nicht einschlafen Hast du verstanden?“

Sie nickte.

„Hast du erkannt, wer dich angegriffen hat?“

Sie schüttelte den Kopf. „Nein, da waren so viele um mich herum. Als ich es bemerkte und wieder aufsah, muss derjenige schon verschwunden gewesen sein, sonst hätte ich ihm die Fresse poliert.“

„Das ist die richtige Einstellung.“ Nimael lächelte. In dem Moment trafen Landria und Hallbora mit der Bahre ein. „Das wird jetzt ziemlich schmerzhaft.“

Ting nickte.

Vorsichtig nahm er sie bei den Schultern und half den anderen, sie auf die Bahre zu heben. Sofort schnappten sich Landria und Hallbora die Griffe und trugen Ting aus dem Bruch. Währenddessen hielt Thera noch immer ihre blutüberströmten Hände auf die Wunde gepresst.

„Thera hat mir einmal die beiden häufigsten Ursachen genannt, warum Patienten ihren Verletzungen erliegen“, erzählte Nimael. „Sie meinte, manchen sei es egal, ob sie leben oder sterben. Sie hätten jegliche Hoffnung verloren und würden keinen Grund mehr sehen, noch weiter um ihr Leben zu kämpfen. Aber auf dich trifft das nicht zu, nicht wahr?“, fragte er kämpferisch. „Du weißt von unseren Plänen. Du hast zu lange durchgehalten, um nun kurz vor dem Ende aufzugeben. Du willst deine Familie doch wiedersehen, nicht wahr?“

Ting nickte.

„Dann musst du jetzt kämpfen!“ Er erinnerte sich an die hitzigen Übungskämpfe zwischen ihr und Landria. Wie sie voller Ungeduld auf ihre Gegnerin eingeprügelt hatte. „Stell dir vor, das hier wäre ein Duell. Ein Kampf auf Leben und Tod, bei dem ich dir aber nicht beistehen kann. Willst du deinem Gegner einfach kampflos den Sieg überlassen?“

Sie biss die Zähne zusammen und schüttelte den Kopf. Nimael sah auf und stellte fest, dass sie bereits den Zellentrakt erreicht hatten.

„Was ist die zweite?“, wollte Ting wissen.

„Die zweite Ursache, warum die meisten sterben?“

Ting nickte erneut. Ihre Miene war so verkrampft, dass sie scheinbar kaum reden konnte.

„Sie erreichen die Heilungssektion“, antwortete Nimael.

Ting öffnete einen Spaltbreit die Augen und musterte ihn verwirrt. „Ich verstehe nicht.“

„Sie verlieren zwar nicht die Hoffnung, aber sie denken, sie hätten den Kampf gewonnen“, erklärte Nimael. „Sie denken, dass sie das Ziel erreicht hätten, und wähnen sich damit in Sicherheit. Aber auch Iora und Thera sind machtlos, wenn der Patient nicht mehr um sein Überleben kämpft. Deswegen musst du weiterkämpfen, solange du kannst!“

„Ja.“

„Du bist stark. Ich weiß, dass du es schaffen wirst.“ Nimael sah wieder auf. Am Ende des Ganges kam die Tür zur Heilungssektion in Sicht. „Denk an unsere Pläne! Denk an die Freiheit und an deine Familie! Gib bloß nicht auf!“

„Ich verspreche es dir“, erwiderte Ting.

Endlich hatten sie die Tür erreicht.

„Iora!“, rief Thera und stürmte hinein. Sie legten Ting auf ein Bett und Iora eilte herbei. Während sie ihre neue Patientin in Augenschein nahm, stampfte ein Gard heran.

„Außer den Heilern hat hier niemand etwas verloren“, knurrte der Mann. „Macht, dass ihr rauskommt!“

Nimael wollte sich erst weigern, doch Thera schaltete sich sofort ein.

„Ist schon gut, ihr könnt uns jetzt sowieso nicht mehr helfen“, sagte sie sanft, aber bestimmt. „Geht nach Hause. Ich melde mich, sobald es Neuigkeiten gibt.“ Sie wandte sich wieder Iora zu und begann, sich mit ihr zu beraten.

Widerwillig folgte Nimael dem Gard, der ihn und seine beiden Begleiterinnen aus der Heilungssektion führte und die Tür hinter ihnen schloss. Ein paar Sekunden schwiegen sie sich gegenseitig an und versuchten, das zu verdauen, was gerade geschehen war. Schließlich traten sie den Heimweg an.

„Sie wird es schaffen“, beruhigte er Hallbora, Landria und auch sich selbst. „Ich habe es in ihren Augen gesehen. Sie *muss* es schaffen“, wiederholte Nimael voller Überzeugung.

„Warum haben sie das getan?“, fragte Hallbora niedergeschlagen.

„Ich denke, es war eine Botschaft“, erwiderte Landria. „Die Sovalisten wollten uns damit mitteilen, dass sie ihre Taten in Zukunft auf andere Weise begehen werden. Sie werden vermutlich weiterhin auf hinterhältige Anschläge setzen, damit wir die Täter nicht mehr ermitteln und somit auch nicht bestrafen können. Vielleicht war es naiv zu glauben, dass man irgendetwas hier so leicht verändern könnte“, resümierte sie, worauf alle drei ihren Gedanken nachhingen. Kurz bevor sie die Zelle erreichten, durchbrach Hallbora die Stille.

„Wenn Kaeti von Ting erfährt, wird sie sich in ihrer Meinung wieder mal bestätigt fühlen.“

Es kam, wie sie prophezeit hatte. Anstatt auch nur die geringste Sorge oder Mitgefühl zu äußern, begann Kaeti sofort, zu kritisieren.

Nimael hatte keinen Nerv, sich auf ein neues Streitgespräch mit ihr einzulassen.

„Tut mir leid, heute nicht", erwiderte er knapp und ließ sie im Mittelzimmer stehen. Sich zu rechtfertigen oder darauf zu verweisen, welch wichtigen Schritt sie heute gegangen waren und was dieser für die Verhältnisse im Bruch zu bedeuten hatte, führte ja doch zu nichts.

In seinem Zimmer starrte Nimael die Wand mit den Kreidestrichen an. Sein Blick fiel auf die beiden Striche, die er mit einem Rötelstift nachgezogen hatte. Zwei rote Markierungen, die ihn stets an Eskabatt und Melina erinnern sollten. Er holte das Kreidestück aus der Schublade, zog einen weiteren Strich und hoffte inständig, dass er den Rötelstift diesmal in der Schublade lassen durfte. Dann setzte er sich auf sein Bett und wartete.

Als sich die Zellentür öffnete, fuhr Nimael hoch und stürmte ins Mittelzimmer. Gilbradock hatte sich mit einer Eskorte Zutritt verschafft und musterte ihn streng.

„Wie ich hörte, gab es schon wieder einen Übergriff?"

Nimael nickte.

„Ganz schön auffällig, dass es immer deine Gruppe trifft", überlegte Gilbradock laut. „Vielleicht solltest du mal an deinen Umgangsformen arbeiten."

„Sollte dieser Tipp nicht eher dem Täter gelten?"

Gilbradock ging nicht darauf ein. „Weißt du, wer es war?"

„Nein, diesmal nicht", antwortete Nimael.

„Dann gibt es auch keinen Grund für eine Verhandlung", stellte Gilbradock emotionslos fest.

„Sollte ich etwas in Erfahrung bringen, melde ich mich", versprach Nimael.

„Wie du meinst", erwiderte Gilbradock gleichgültig und winkte seinen Wachleuten zu. „Kommt, wir rücken ab!"

Nimael musterte noch einmal seine Mitbewohnerinnen, die mit sorgenvollen Mienen auf ihren Betten saßen und warteten. Er rang sich ein hoffnungsvolles Lächeln ab und setzte sich zu ihnen.

„Wie geht es euch?", fragte er in die Runde.

„Ich habe versucht, mich in ein Buch zu vertiefen", antwortete Landria. „Aber nach kürzester Zeit habe ich bemerkt, dass überhaupt nichts hängen blieb. Das sagt, glaube ich, alles."

„Und du?", fragte Hallbora.

„Ganz ehrlich?" Nimael sah betrübt zu Boden. „Als ich gerade allein in meinem Zimmer war, spielte ich mit dem Gedanken, den Adamanten hervorzuholen."

Hallbora runzelte die Stirn.

„Ihr müsst euch vorstellen, welch unglaubliche Geborgenheit von diesem Stein ausgeht", erklärte Nimael. „Er liegt da drinnen in greifbarer Nähe. Ich könnte ihn an mich nehmen und das ungute Gefühl in meiner Magengegend wäre einfach verschwunden. Wie ein Schluck Medizin. Allerdings fühlte sich bereits der bloße Gedanke an diese Möglichkeit wie ein riesengroßer Schwindel an, deshalb habe ich ihn sofort wieder verworfen."

„Wenn ich an deiner Stelle wäre, würde ich die Zeit einfach beschleunigen, bis es Neuigkeiten gibt", schlug Kaeti vor.

„Das wäre kaum besser", erwiderte Nimael. „Wenn ich meine Fähigkeiten einsetze, um alle schweren Zeiten auszublenden, werde ich mich über kurz oder lang immer weiter von euch entfremden. Ihr werdet andere Erfahrungen machen und ich werde mich irgendwann nicht mehr in eure Lage hineinversetzen oder das nötige Verständnis aufbringen können. Das will ich auf keinen Fall riskieren, auch wenn diese Ungewissheit schier unerträglich ist."

Ein paar Minuten herrschte Stille.

„Versuchen wir die Sache doch mal logisch zu betrachten", schlug Landria vor. „Wenn wir nichts von Thera hören, ist das vermutlich ein gutes Zeichen. Es bedeutet, dass Ting immer noch am Leben ist, denn andernfalls würde Thera uns sofort informieren, nicht wahr?"

„Vielleicht hat sie nur noch nicht die richtigen Worte gefunden, um uns die schreckliche Nachricht zu überbringen", spekulierte Kaeti.

„Nein", erwiderte Hallbora sofort. „Dafür kenne ich sie zu gut. Sie weiß, wie sehr die Ungewissheit an unseren Nerven zehrt. Sie würde uns nicht länger als nötig warten lassen."

Wieder kehrte Stille im Mittelzimmer ein, die kaum besser zu ertragen war als zuvor. Irgendwann legten sich die vier auf ihre Betten und ließen ihre Gedanken alleine kreisen. Als Nimael schon überlegte, zur Heilungssektion zurückzukehren, um sich nach Tings Zustand zu erkundigen, öffnete sich endlich die Tür und Thera trat herein.

„Und?", fragte Nimael. Sein Herz pochte bis in seine Kehle hinauf.

„Wir haben die ganze Nacht lang operiert", antwortete Thera erschöpft. „Das Messer hat die Bauchspeicheldrüse und die Milz gestreift. Wir haben beides genäht und ich denke, wir konnten die Blutung damit stoppen, aber sie ist noch nicht über den Berg. Es liegt jetzt an ihr."

„Kann ich zu ihr?", fragte Nimael.

Thera schüttelte den Kopf und setzte sich zu ihm. „Ting braucht jetzt absolute Ruhe, aber sie steht unter Beobachtung. Wenn sich irgendetwas tut, wird man uns informieren." Sie legte ihren Kopf an seine Brust. „Ich bin total fertig. Ich muss mich ausruhen und das solltet ihr auch. Wir können im Moment ohnehin nichts mehr für sie tun."

Nimael legte seine Arme um Thera und fand endlich die Geborgenheit, nach der er sich zuvor so sehr gesehnt hatte. Dass Thera sie auch in seinen Armen fand, war ein wunderbares Gefühl, das ihm der Adamant niemals geben konnte.

„Sie ist eine Kämpferin“, sagte Nimael mehr zu sich selbst als zu seinen Kameradinnen. „Sie wird es schaffen.“

Bereits wenige Stunden später rief ein Gard zum Schichtbeginn. Im Gegensatz zu Thera, der ihre Erschöpfung schwer zugesetzt hatte, war es Nimael nicht mehr gelungen, einzuschlafen. Er kämpfte sich in den Bruch, um seinen Dienst anzutreten. Nach wie vor machten die anderen Arbeiter einen großen Bogen um ihn, was angesichts seines vorabendlichen Wutanfalls und seiner grimmigen Miene aber auch nicht allzu verwunderlich war. Letztendlich kümmerte es Nimael nicht im Geringsten. Egal wie es mit Ting weiterging, an ihren Fluchtplänen hatte sich nichts geändert. Schon bald spielte das alles keine Rolle mehr.

Kurz vor der Mittagspause kam Thera in den Bruch gelaufen.

„Sie ist wieder ansprechbar“, verkündete sie erleichtert. „Wenn du magst, kannst du zu ihr.“

Nimael ließ die Mittagspause mit größtem Vergnügen ausfallen und begleitete Thera unverzüglich zur Heilungssektion.

Ting sah zwar kreidebleich und äußerst mitgenommen aus, machte aber dennoch einen stabilen Eindruck und rang sich ein schwaches Lächeln ab.

„Du bist die tapferste Kämpferin von allen hier“, lobte Nimael sie und sprach ihr seine Freude über ihre Genesung aus. Um sie nicht weiter zu strapazieren, ließ er sie sogleich wieder in Frieden.

„Sieht alles gut aus“, stellte Iora leise fest. „Sie wird noch ein paar Tage Bettruhe benötigen, aber ich werde sie wohl schon bald entlassen können.“

Nimael dankte ihr herzlich und kehrte wesentlich besser gelaunt zur Arbeit zurück.

Bereits einen Tag später wurde Ting zu ihrer Gruppe zurückverlegt. Thera bot ihr sofort ihr eigenes, deutlich bequemeres Bett an und wechselte selbst in den Mittelraum zurück. In der folgenden Nacht wurde Nimael durch das Stöhnen seiner neuen Mitbewohnerin geweckt.

„Ting“, brummte er müde. „Wach auf, du hast einen Albtraum.“ Nachdem sie nicht reagierte, hakte er besorgt nach. „Ting?“

Als sie erneut aufstöhnte, stand er auf und ging an ihr Bett.

„Ting?“, fragte er lauter und tastete vorsichtig nach ihrem Arm. Er war heiß und verschwitzt. Nimael beschloss, keine Zeit mehr zu verlieren. Er stürmte nach nebenan und weckte Thera, riss damit aber auch den Rest der Gruppe aus dem Schlaf.

Während Nimael für genügend Licht sorgte, begann Thera mit der Untersuchung. Sie löste vorsichtig die Verbände und legte die Wunde frei. Ein kurzer Blick genügte, dann nickte sie ernst, als sich ihr Verdacht bestätigte.

„Gerötet, eitrig und geschwollen. Die Wunde hat sich entzündet“, erklärte sie. „Wir müssen Ting abkühlen und die Wunde reinigen, um zu verhindern, dass es sich zu einer Blutvergiftung entwickelt.“

Während Thera die richtigen Heilkräuter suchte, tränkte Nimael ein paar Tücher in Wasser und legte sie Ting auf Beine und Stirn. Anschließend assistierte er Thera bei der Behandlung. Sie spülte die Wunde aus, säuberte sie behutsam mit einem Tuch und trug ein Öl auf, das mit Schafgarbe versetzt war.

„Das sollte die Blutung stillen und eine weitere Eiterbildung verhindern“, erklärte Thera. Anschließend verabreichte sie ihrer Patientin eine merkwürdige Tinktur, die Iora angeblich aus der Wurzelrinde der Berberitze gewonnen hatte. Sie sollte das Fieber senken und das Blut reinigen, jedoch schmeckte sie so scheußlich, dass Ting aus ihrem Fieberschlaf erwachte und ihre Medizin beinahe wieder ausspuckte. Nur mit Mühe konnte Thera sie überzeugen, das Teufelszeug doch noch zu schlucken.

„Der Kampf ist noch nicht ausgestanden", warnte Nimael sie. „Du musst jetzt noch mal all deine Kräfte zusammennehmen, hörst du? Gib bloß nicht auf!"

Ting nickte erschöpft und schloss die Augen.

„Du weißt, was auf dem Spiel steht", gab ihr Nimael noch mit, bevor Ting wieder in ihrem Halbschlaf versank.

„Sie muss sich ausruhen", sagte Thera. „Aber wir sollten sie nicht unbeobachtet lassen und müssen weiter ihre kalten Umschläge wechseln."

„Das werde ich übernehmen", erwiderte Nimael. „Wenn sich an ihrem Zustand etwas ändert, werde ich dich holen."

Thera hatte genug getan, sie brauchte ihren Schlaf. Er küsste sie auf die Wange und wartete, bis sie den Raum verlassen hatte, um hinter ihr die Kerze auszublasen. Die Flamme, die sich offensichtlich in ihrer Ruhe gestört fühlte, wehrte sich einen Moment lang, tanzte erschrocken herum, um dem Luftzug auszuweichen, verlor dabei den Docht unter den Füßen und gab schließlich ein verärgertes Zischen von sich, bevor sie endlich erlosch. Erst ihre Widerspenstigkeit machte Nimael bewusst, wie erschöpft er selbst bereits war. Er spritzte sich etwas Wasser ins Gesicht, um nicht selbst einzuschlafen.

Bald hatten sich seine Augen an die Dunkelheit gewöhnt. In regelmäßigen Abständen wechselte er die kalten Tücher und hielt sich selbst damit wach. Einige Stunden später bemerkte er, dass Ting wieder zu Bewusstsein gekommen war. Er erinnerte sich an Thera, die ihm nach Smeons Tod die ganze Nacht hindurch Beistand geleistet hatte, und wie gut es sich angefühlt hatte, sie an seiner Seite zu wissen. Ting sollte sich nun genauso aufgehoben fühlen.

„Ich bin noch da", sagte er leise. „Ich bin noch immer bei dir."

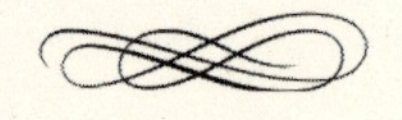

Ganze zwei Tage lang stand Tings Leben auf der Kippe, bevor sich ihr Zustand eines Nachts endlich besserte. Am Morgen saß sie zum ersten Mal aufrecht in ihrem Bett und bat um etwas zu essen. Ihr Kampfgeist hatte sich bezahlt gemacht. Sie hatte es geschafft und würde mit Sicherheit vollständig genesen.

Nachdem Nimael am Tag zuvor einige Überstunden eingesetzt hatte, um selbst wieder zu Kräften zu kommen, kehrte er nun erleichtert in den Bruch zurück. In der Mittagspause verkündete er den anderen die frohe Botschaft und erkundigte sich anschließend, was sich in seiner Abwesenheit ereignet hatte.

„Nicht viel", antwortete Ando und zuckte mit den Achseln. „Es ist mehr so eine Stimmung, die sich aufgebaut hat."

„Was meinst du?"

„Von dem Angriff auf Ting einmal abgesehen, war unser Aufeinandertreffen mit den Sovalisten ziemlich erfolgreich", verriet er. „Nach dem Vorfall distanzierte sich Burok öffentlich von denjenigen, die für die Tat verantwortlich waren, und rief seine Anhänger dazu auf, eure Vereinbarung einzuhalten und die Gewalt zu beenden. Daran scheinen sich bisher auch alle zu halten. Ich fürchte nur, dein wutentbrannter Auftritt hat unter den Sovalisten für große Angst und Ungewissheit gesorgt. Vielleicht hätten sie sich davor eher auf ein Bündnis eingelassen, aber jetzt dürfte ihr guter Wille in weite Ferne gerückt sein."

„Von welchem guten Willen sprichst du denn bitte?", fragte Nimael gereizt. „Du hast ihre Antwort auf meinen Vorschlag gesehen. Sie haben Ting grundlos niedergestochen. Wie kommst du darauf, dass ich mit diesen Meuchelmördern überhaupt noch etwas zu tun haben möchte?"

„Nur weil sich ein Einzelner als schlechter Verlierer entpuppt und trotzig auf dein Angebot reagiert, heißt das nicht, dass es generell auf Ablehnung stößt."

„Du hältst diesen feigen Anschlag nur für eine bedeutungslose Trotzreaktion?“ Nimael schüttelte den Kopf. „Wenn es jemanden aus deiner Gruppe erwischt hätte, würdest du das sicher anders sehen. Aber letztendlich ist es mir eins, wie ihr in dieser Sache weiter verfahren wollt. Ihr könnt gerne versuchen, ihnen auch weiterhin die Hand zu reichen, und darauf hoffen, dass man sie euch nicht abschlägt. Ich habe meine Konsequenzen gezogen. Für mich hat dieser Vorfall nur noch einmal bewiesen, dass es das alles nicht wert ist und wir mittlerweile viel zu sehr zwischen die Fronten geraten sind. Sobald es Tings Gesundheitszustand zulässt, werden wir hier verschwinden. Und die Sovalisten können meinetwegen allesamt zur Hölle fahren.“

Ando erwiderte nichts darauf, sondern starrte ihn nur stumm an. „Ach, so ist das ...“, murmelte er schließlich und wandte sich wieder seinem Essen zu.

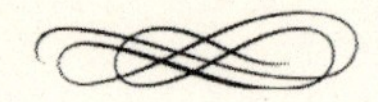

Ein paar Tage vergingen. Ting hatte in ihr eigenes Bett zurückgewechselt und war auf dem besten Wege zu genesen, aber noch nicht bereit, um ihren Dienst im Bruch wieder anzutreten. An eine zermürbende Flucht durch die Wüste war dagegen noch lange nicht zu denken.

Am Abend bat Thera Nimael um ein Gespräch unter vier Augen.

„Ando hat mich heute angesprochen“, erklärte sie. „Er macht sich Sorgen um dich.“

„Es geht um die Bemerkung, die ich vor Kurzem fallen ließ, nicht wahr?“

Thera nickte. „Er meinte, du hast deinen Glauben an die Menschheit verloren. Dass du früher nie eine derartige Bemerkung von dir gegeben hättest.“

„Vielleicht haben mich zwei Todesfälle und ein versuchter Mord endlich aufgeweckt“, erwiderte Nimael.

„Erinnerst du dich noch an unser Gespräch, als ich Kolubleik als ein nachtragendes Dreckschwein bezeichnet habe?“, fragte sie.

„Ja. Ich bat dich damals, dich nicht zu verändern. Der Mensch zu bleiben, in den ich mich verliebt habe.“

Thera nickte. „Weißt du, worauf ich hinaus will?“

„Du bittest mich jetzt, dasselbe zu tun“, erkannte Nimael. „Ich soll an meinem Glauben festhalten. Ich soll weiter für diejenigen kämpfen, die hier als Sklaven gehalten werden, egal welcher Gesinnung sie angehören. Und das, obwohl sich ein Großteil uns gegenüber nicht nur undankbar, sondern feindselig verhält. Da verlangst du ganz schön viel.“

„Glaubst du, mir ist es immer leicht gefallen, eine positive Einstellung zu bewahren?“, fragte Thera. „Ich habe dieselben Erfahrungen gemacht – dieselben Verluste erlitten wie du. In den meisten Fällen war ich mindestens genauso in das Geschehen involviert, wenn nicht sogar mehr. Es verändert einen, ob man will oder nicht. Selbst wenn man immer dagegen ankämpft, gibt es irgendwo eine Grenze. Einen Punkt, an dem man bricht. Du hast dieses Temperament – dieses Naturell –, das dich diese Grenze vielleicht etwas schneller erreichen lässt, aber du kannst genauso dagegen ankämpfen wie ich und ich finde, das schuldest du mir.“

„Das tue ich wohl“, stimmte ihr Nimael zu. „Aber ich kann nicht einfach über das hinwegsehen, was geschehen ist.“

„Das verlangt ja auch keiner“, stellte Thera richtig. „Aber mir ist wichtig, dass du dich auch weiterhin für das Gute einsetzen wirst. Für Sovals Taten musste nur er selbst geradestehen und keiner seiner Anhänger. Dasselbe sollte nun ebenfalls gelten. Du solltest herausfinden, wer für den Angriff auf Ting verantwortlich ist, damit derjenige zur Rechenschaft gezogen werden kann.“

„Bei 50 Verdächtigen wird das sicher ein Kinderspiel“, erwiderte Nimael sarkastisch.

„Wie ich dich kenne, wird dir schon etwas einfallen." Thera lächelte zuversichtlich und küsste Nimael auf die Wange.

# 24

# ERMITTLUNGEN

Nachdem er am Abend vor Erschöpfung gleich eingeschlafen war, ließ sich Nimael Theras Worte erst am nächsten Tag durch den Kopf gehen. Glücklicherweise ließ ihm die eintönige Arbeit genug Zeit, um noch vor der Mittagspause einen Plan zu fassen.

Als das Pausensignal ertönte, holte sich Nimael seine Essensration, wich anschließend aber von seinem Weg ab, um erneut mit Burok zu sprechen. Als dieser ihn kommen sah, wies er die übrigen Sovalisten an, ihn abzuschirmen. Sofort erhoben sie sich und empfingen Nimael in einem Halbkreis.

„Ich weiß, was du jetzt denkst, aber ich bin es nicht gewesen und hatte auch nichts damit zu tun", versicherte Burok.

„Entspannt euch", entgegnete Nimael den Männern. „Ich will nur mit ihm reden."

Buroks Begleiter rührten sich zunächst nicht von der Stelle. Als Burok ihnen zunickte, fiel die Anspannung von ihnen ab und sie suchten das Weite. Der Anführer der Sovalisten signalisierte Gesprächsbereitschaft und bot Nimael den gegenüberliegenden Platz an.

„Ich weiß, dass du mit diesem Anschlag nichts zu tun hattest", erklärte Nimael. „Andernfalls würdest du wohl kaum zu deinem Wort stehen und dich für den Frieden zwischen unseren Richtungen einsetzen. Dafür möchte ich dir danken."

Burok nickte ihm wohlwollend zu. „Aber das ist nicht der Grund, warum du dich mit mir unterhalten wolltest", bemerkte er misstrauisch.

Nimael schüttelte den Kopf. „Eigentlich bin ich aus zwei Gründen hier", erwiderte er. „Zum einen möchte ich dich darüber informieren, dass der Angriff auf meine Freundin nicht ungesühnt bleiben wird. Ich werde in diesem Fall ermitteln und den Schuldigen ausfindig machen. Du kannst deinen Leuten ausrichten, dass ich nachsichtig sein werde, sollte sich der Täter freiwillig stellen. Andernfalls werde ich jedoch ein Exempel an ihm statuieren."

„Durchaus verständlich", befand Burok. „Ich werde es ihnen ausrichten. Was ist der zweite Grund?"

„Ich wollte mich nicht nur mit dir unterhalten, sondern auch gemeinsam mit dir zu Mittag essen." Als Burok ihn skeptisch musterte, fuhr Nimael fort. „Mir ist vollkommen klar, dass wir nie die besten Freunde sein werden, aber vielleicht genügt schon eine gemeinsame Mahlzeit, um für die anderen ein Zeichen zu setzen. Ein Fingerzeig, dass es auch anders geht und für einen friedlichen Umgang miteinander eine echte Möglichkeit besteht."

Burok dachte kurz darüber nach, nickte schließlich und biss in sein Brot. Der erste Schritt zu einer gemeinsamen Zukunft war getan.

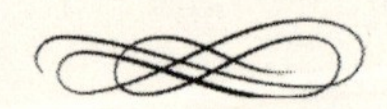

Am Abend klopfte Nimael an Andos Zelle. Dieser öffnete und bat ihn herein.

„Was führt dich zu mir?", fragte er neugierig. „Willst du mir danken, weil ich dich über Thera auf den rechten Weg zurückgeführt habe?" Er zwinkerte ihm zu.

„Nein, ehrlich gesagt nicht", gestand Nimael mit einem entschuldigenden Lächeln. „Aber danke dafür, dein Einwand war berechtigt. Eigentlich bin ich aber hier, um mit Wiggy zu sprechen."

Ando hob überrascht die Augenbrauen und musterte ihn neugierig, sagte aber kein Wort, sondern führte ihn in den Gemeinschaftsraum. Dort hatte sich seine gesamte Gruppe am Tisch versammelt und begrüßte Nimael freundlich. Nachdem Ando ihm einen Platz angeboten und Nimael sich gesetzt hatte, wandte er sich ohne Umschweife an Wiggy.

„Ich hatte gehofft, du könntest mir vielleicht weiterhelfen."

„Ob ich das kann, wird sich gleich zeigen", antwortete sie. „Worum geht es?"

„Ich bin auf der Suche nach demjenigen, der Ting niedergestochen hat."

„Wirklich?", fragte Wiggy. „Was glaubst du, wer von uns war es?"

Für einen Moment starrte Nimael verwirrt in die Runde, dann besann er sich. „Aber nein", stellte er richtig. „Ich verdächtige hier niemanden. Ich habe mit meinen Ermittlungen erst begonnen und mir überlegt, was wir über den Täter wissen. Das Einzige, was mir in den Sinn kam, war die Tatwaffe. Und die muss er ja schließlich irgendwo unter der Hand erworben haben. Wenn ich die Quelle finde, kann ich die Anzahl der Verdächtigen möglicherweise gravierend einschränken."

Wiggy nickte zustimmend.

„Du hattest einmal erwähnt, dass du hier einen entsprechenden Kontakt hättest", erinnerte sich Nimael. „Ich hatte gehofft, du könntest ihn mir nennen."

„Ich beziehe meine Messer für gewöhnlich von Zevko", verriet Wiggy und ließ damit sowohl Ando als auch Nimael aus verschiedenen Gründen hellhörig werden.

„Wie meinst du das, *für gewöhnlich*?", fragte Ando. Tiefe Sorge spiegelte sich in seinen Augen. „Wie viele Messer hast du denn bereits erstanden?"

„Ach, wer zählt da schon so genau mit?", wich Wiggy der Frage aus. Nimael war dagegen an dem Namen hängen geblieben, den sie genannt hatte. Zevko. Der Wachmann vom Sprengstoffschuppen, der sich so gerne bestechen ließ, war offenbar äußerst geschäftstüchtig.

„Ich werde ihn zur Rede stellen", beschloss Nimael und versprach Wiggy, ihren Namen dabei aus dem Spiel zu lassen.

Er verließ die Zelle und machte sich sofort auf den Weg in den Bruch. Tatsächlich hatte Zevko den Wachdienst am Schuppen. Nimael bat ihn um ein Gespräch unter vier Augen und entfernte sich einige Meter, ohne seine Antwort abzuwarten. Zevko deutete seinen Kollegen gegenüber ein ahnungsloses Achselzucken an und folgte ihm in den Bruch.

„Stimmt es, dass du Messer vertickst?", fragte Nimael direkt.

„Schon möglich", erwiderte Zevko. „Brauchst du eins?"

„Nein, aber ich brauche eine Auskunft", erklärte Nimael. „Ich will wissen, wer deine Käufer sind. Du hast doch sicher eine Liste."

„Ich fürchte, da kann ich dir nicht weiterhelfen", antwortete Zevko mit Bedauern. „Im Preis für ein Messer ist meine Diskretion schließlich inbegriffen, wenn du verstehst."

Nimael nickte gleichgültig. „Wenn du nicht willst, dass ich deinen kleinen Nebenverdienst den Meistern gegenüber erwähne, bleibt dir aber leider keine andere Wahl."

„Du willst mich erpressen?", fragte Zevko überrascht.

„Allerdings“, antwortete Nimael fest entschlossen. Abgesehen davon, dass er den Blutfelsen sowieso bei nächster Gelegenheit verlassen wollte, hatte er in diesem Fall eindeutig die Oberhand.

„Hör zu, ich weiß, worum es dir geht“, versuchte Zevko ihn zu beschwichtigen. „Ich war schließlich dabei, als sie niedergestochen wurde. Dass du den Verantwortlichen finden willst, kann ich sehr gut nachvollziehen.“ Er überlegte einen Moment. „Wie wäre es, wenn ich dir weiterhelfen könnte, ohne dabei meinen gesamten Kundenstamm zu verraten?“

„Ich bin ganz Ohr.“

„Ich habe die Waffen, die ich verkaufe, unauffällig gekennzeichnet“, erklärte er. „Sollte das Messer tatsächlich von mir stammen, müsste im Knauf direkt unterhalb der Schneide eine winzige Ziffer eingeritzt sein. Dadurch kann ich dir nicht nur eine Liste von Verdächtigen geben, sondern kann dir ganz genau sagen, wer der Täter ist. So findest du schneller deinen Mann und meine Käufer können weiterhin ungenannt bleiben. Klingt das nach einem annehmbaren Kompromiss?“

Nimael nickte zufrieden. Mit einer solchen Möglichkeit hatte er nicht gerechnet. Für einen Moment dachte er an Koba. Ob es ihr auf diese Weise gelungen war, das Messer, mit dem sie ihren Caer erstochen hatte, sofort eindeutig zu identifizieren?

„Morgen Abend treffen wir uns hier wieder“, schlug Zevko vor. „Du nennst mir die Ziffer, ich nenne dir den Täter. Einverstanden?“

Nimael nickte und verabschiedete sich. Jetzt musste er nur noch an das Messer gelangen.

In der Zelle informierte er Thera über den Stand der Dinge.

„Gibt es eine Möglichkeit, das Messer zu beschaffen?“, fragte er hoffnungsvoll.

Theras bedauerndes Achselzucken verhieß nichts Gutes. „Wir haben keinen Zugriff mehr darauf", erklärte sie. „Nachdem wir es aus der Wunde entfernt hatten, nahm es der Gard an sich, der euch aus der Heilungssektion werfen ließ. Für solche Fälle gibt es wohl eine Kammer, in der Beweismittel aufbewahrt werden. Sollte es eines Tages zu einer Verhandlung kommen, wird es wieder hervorgeholt."

„Verdammt, also gibt es nur zwei Möglichkeiten: Entweder ich kann einen Verdächtigen vorweisen, damit ich vor Gericht einen Blick auf das Messer werfen kann, oder ich versuche den Gard zu bestechen. Und diese Information wird er sich mit Sicherheit einiges kosten lassen."

„Vielleicht gibt es noch eine dritte Möglichkeit", überlegte Thera laut. Dass ich in der Heilungssektion arbeite, muss ja schließlich für irgendetwas gut sein."

„Was hast du vor?", fragte Nimael gespannt.

„Das lass mal meine Sorge sein", antwortete sie. „Ich werde mir schon etwas einfallen lassen."

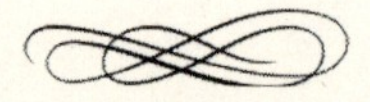

Am nächsten Abend kehrte Thera von der Arbeit zurück und zwinkerte Nimael zufrieden zu.

„Ich habe, was du brauchst."

„Wirklich?", staunte Nimael. „Wie hast du das geschafft?"

„Ich habe die Waffe aus medizinischen Gründen zurückverlangt", erklärte Thera stolz. „Ich sagte dem Gard, dass Tings Wunde noch immer nicht richtig verheilt und ich mir die Beschaffenheit der Klinge noch einmal ansehen müsse, um die Verletzung besser verstehen und behandeln zu können."

„Und das hat er geglaubt?"

„Wir sprechen hier von einem Wachmann, der den halben Tag entweder in der Nase oder im Ohr bohrt." Thera grinste. „Es würde mich nicht wundern, wenn er dabei versehentlich schon auf etwas Hirnmasse gestoßen ist."

Nimael lachte.

„Jedenfalls hat er mir das Messer gebracht und ich habe es mir angesehen", fuhr sie fort. „Unterhalb der Schneide war tatsächlich eine Ziffer eingeritzt – so fein, dass man sie kaum lesen konnte. *18.*"

Nimael bedankte sich überschwänglich und kehrte erwartungsvoll in den Bruch zurück. Als Zevko ihn kommen sah, löste er sich freiwillig von seinen Kollegen und wartete einige Meter entfernt.

„Wie sieht es aus?", begrüßte er ihn. „Hattest du Erfolg?"

„Ja", antwortete Nimael. „Am Knauf war eine 18 zu erkennen."

Zevko griff in seine Tasche und zog eine Liste hervor. Er überflog sie, dann fixierten seine Augen eine bestimmte Zeile und seine Miene verfinsterte sich.

„Die Antwort wird dir nicht gefallen", kündigte er an.

„Wer war es?", fragte Nimael ungeduldig.

„Eine Caer namens Wiggy."

Nimael schüttelte den Kopf. „Unmöglich."

„Laut meiner Liste liegt der Kauf ungefähr eineinhalb Jahre zurück", fuhr Zevko fort. „Du kannst mir glauben, es fällt mir nicht leicht, dir ihren Namen zu nennen. Immerhin handelt es sich um eine meiner besten Kundinnen. Aber ein Irrtum ist in diesem Fall völlig ausgeschlossen. Wenn die Ziffer nicht manipuliert wurde, handelt es sich eindeutig um ihre Waffe."

Obwohl sich Nimael am liebsten mit eigenen Augen von Zevkos Auskunft überzeugt hätte, beschloss er, ihre Abmachung zu respektieren und ihm vorläufig zu vertrauen.

„Also schön, ich werde dieser Sache nachgehen", informierte er den Gard. „Wenn du mich aber belogen hast, werde ich das herausfinden und zurückkommen. Dann werden wir uns nicht mehr so freundlich unterhalten." Er wandte sich ab und ließ Zevko stehen.

„Meine Liste lügt nicht!“, rief dieser ihm nach. „Du wirst schon sehen!“

Nimael zögerte nicht lange und kehrte zu Andos Zelle zurück, um erneut mit Wiggy zu sprechen. Er erzählte ihr, was er herausgefunden hatte.

„Jetzt hat mich meine Spur einmal im Kreis und direkt zu dir zurückgeführt“, folgerte er. „Kannst du mir das erklären?“

„Vor eineinhalb Jahren ...“ Wiggy legte nachdenklich ihren Zeigefinger ans Kinn. „Ja, er hat recht, da habe ich tatsächlich ein Messer gekauft. Aber es war nicht für mich, sondern ein Geschenk.“

„Jetzt verschenkst du sie auch noch?“, platzte es aus Ando heraus.

„Erinnert ihr euch denn nicht an unsere Unterhaltung im Bruch?“, fragte Wiggy. „Torren wollte zur Sicherheit ein Messer mit sich führen. Ich habe es ihm gegeben.“

Ando und Nimael starrten sich einen Moment lang sprachlos an. In seinen Augen erkannte Nimael, dass sich Ando ebenfalls daran erinnerte, aber dass auch er sich keinen Reim darauf machen konnte. Fest stand nur, dass die Ermittlungen aus unerfindlichen Gründen in die eigenen Reihen geführt hatten, und dieser Gedanke verursachte bei Nimael ein ungutes Gefühl in der Magengegend. Er beschloss, der Spur auch weiter zu folgen, und machte sich auf den Weg zu Torren.

Nach einer knappen Begrüßung bat Nimael um ein Gespräch unter vier Augen und sie zogen sich in Torrens Zimmer zurück.

„Das Messer, das dir Wiggy gegeben hat“, begann er direkt. „Hast du es noch?“

Torren schüttelte entschuldigend den Kopf.

„Wo ist es?“, hakte Nimael nach.

„Ich weiß es nicht“, gestand Torren.

„Wieso nicht? Ich dachte, du wolltest es immer bei dir führen."

„Das habe ich", erwiderte Torren. „Aber dann stand die Mission nach Tin-Atura bevor und du sagtest, man würde mich auf der Reise wahrscheinlich durchsuchen. Ich ließ es vorsichtshalber in meinem Zimmer zurück, aber als ich von der Reise zurückkam, war es weg."

„Wieso hast du mir nichts davon erzählt?", fragte Nimael aufgebracht.

„Das wollte ich. Ich wollte dich auch schon fragen, ob du es nicht vielleicht an dich genommen hast. Aber dann hast du uns von deinen Fluchtplänen und von der bevorstehenden Auseinandersetzung mit Burok berichtet, da wollte ich dich nicht auch noch mit meinem Problem belästigen. Und da vermutlich sowieso unzählige Messer im Blutfelsen kursieren, kam es mir vergleichsweise unwichtig vor." Torren zögerte einen Moment. „Ist es das denn nicht?"

„Ganz im Gegenteil", klärte Nimael ihn auf. „Es handelt sich um die Tatwaffe, mit der Ting niedergestochen wurde."

Torren erblasste vor Schreck. Offenbar hatte er die Gefahr, die von dem Messer ausging, völlig falsch eingeschätzt.

„Kann es eine deiner Mitbewohnerinnen entwendet haben?"

„Nein", antwortete Torren niedergeschlagen. „Ich habe sie alle bereits befragt."

„Tschirna?" Vielleicht ging Nimael nur einem Vorurteil nach, aber bei ihrem Streit hatte sie ihr wahres Gesicht gezeigt. Diesem Biest war alles zuzutrauen.

„Sie hat es wie alle anderen abgestritten."

„Ich will trotzdem noch einmal mit ihr sprechen", erwiderte Nimael.

„Du kannst es gerne versuchen." Torren verließ das Zimmer und schickte Tschirna zu ihm hinein. Ihre Augen formten sich sofort zu Schlitzen.

„Was willst *du* denn?" Verachtung schwang in jedem ihrer Worte mit.

„Ich will wissen, was du mit Torrens Messer gemacht hast." Ein direktes Verhör schien Nimael die erfolgversprechendste Herangehensweise zu sein.

„Nichts", antwortete Tschirna. „Das habe ich Torren aber auch schon gesagt."

Nimael musterte sie scharf. „Ich glaube dir nicht."

„Du kannst meinetwegen glauben, was du willst." Tschirna zeigte sich unbeeindruckt. „Was sollte ich überhaupt mit diesem dämlichen Messer anfangen?"

„Es kam als Tatwaffe bei dem Angriff auf Ting zum Einsatz."

„Und jetzt hältst du mich für den Täter?", fragte sie spöttisch. „Du hast doch gar keine Beweise. Und ich obendrein nicht das geringste Motiv."

„Vielleicht nicht", erwiderte Nimael. „Aber dir ging es schon immer nur ums Geld. Du weißt genau, was so ein Messer wert ist, also hast du es an dich genommen und verkauft, nicht wahr?"

„So ein Schwachsinn!"

„Es war ein Sovalist, nicht wahr?", verhörte Nimael sie weiter. „Wem hast du es gegeben?"

„Niemandem", beharrte Tschirna.

„Sag mir den Namen!"

„Ich habe es niemandem verkauft!", wehrte sie sich energisch gegen die Vorwürfe.

Nimael rief sich ins Gedächtnis zurück, dass er nur auf einen Verdacht hin handelte. Solange sie die Tat leugnete und er nichts Konkreteres gegen sie in der Hand hatte, kam er hier nicht weiter.

„Na schön", gab er schließlich nach. „Aber sollte ich erfahren, dass du mich belogen hast, kannst du was erleben."

Tschirna wandte sich von ihm ab, schnaubte noch einmal verachtend auf und schlug die Tür hinter sich zu.

Enttäuscht gestand sich Nimael ein, dass seine Ermittlungen vorläufig in einer Sackgasse angelangt waren. Er beruhigte sich mit der

Tatsache, dass es Ting immer besser ging und ihrer Flucht nun nichts mehr im Weg stand. Sobald sie sie angetreten hatten, würden sie ohnehin all das Elend des Blutfelsens hinter sich lassen und dieser schreckliche Vorfall würde keine Rolle mehr spielen.

# 25

# FLUCHT

Nachdem sich Tings Gesundheitszustand erheblich verbessert hatte, konnte sie ihre Arbeit im Bruch wieder aufnehmen. Eine Eingewöhnungsphase wurde vereinbart, die zwar nur zwei Wochen umfasste, für Ting aber ausreichen sollte, um wieder zu Kräften zu kommen. Gleichzeitig handelte es sich bei diesem Zeitraum um die Frist, die sich Nimael selbst gesetzt hatte, um seine Fluchtpläne in die Tat umzusetzen. Wenn Ting wieder in der Lage war, die vollen zehn Stunden im Bruch durchzuhalten, so würde sie auch den Marsch durch die Wüste verkraften. Jetzt mussten sie die nächste Möglichkeit, die sich ihnen bot, unbedingt ergreifen.

Nachdem er Koba gebeten hatte, von nun an jeden Tag den Garten der Versorger zu überprüfen, ob sich dort Altweltkamele aufhielten, nahm sich Nimael noch eines weiteren Problems an. Die Höhlen waren teilweise zu eng, um mit den Tieren ungehindert passieren zu können. Gemeinsam überprüften sie die Gänge und spielten verschiedene Wegstrecken durch, bis sie eine Möglichkeit gefunden hatten, bei der es nur drei kleinere Engpässe zu berücksichtigen galt. Am nächsten Abend nahm Nimael eine Spitzhacke aus dem Stollen, kehrte mit Koba in die Höhlen zurück und machte sich an die Arbeit. Er nahm den Adamanten an sich, löste einen Drift aus und schlug das Gestein in Rekordzeit von Wänden und Decke, bis er sich bewusst machte, dass er bei seinen Arbeiten lieber Vorsicht walten lassen sollte. In der abendlichen Stille konnten die Geräusche, die er verursachte, unerwünschte Aufmerksamkeit auf sich ziehen. Außerdem waren keine Stützbalken in die Höhlen eingezogen, wodurch eine zu starke Erschütterung womöglich einen Einsturz verursachen konnte. Noch immer mit der übermenschlichen Geschwindigkeit eines Dominaten, aber auch mit wesentlich mehr Feingefühl setzte Nimael seine Arbeiten fort. Koba sah ihm gespannt dabei zu und erklärte nach getaner Arbeit, dass er zur Erweiterung der Höhle trotz gebotener Vorsicht gerade mal eine Stunde benötigt hatte. Dass es für ihn aber ein kompletter Arbeitstag gewesen war, den er im Anschluss an seine übliche Schicht eingelegt hatte, spürte nur er selbst in seinen Knochen. Vollkommen ausgebrannt sank er ins Bett und nahm sich vor, die restlichen beiden Engpässe in mehreren Schichten zu bearbeiten.

In den folgenden Tagen organisierte Nimael Wasserflaschen und Proviant. Bei den Speisen setzte er vor allem auf getrocknetes Fleisch und Obst, das besonders nahrhaft und haltbar war. Ein größeres Problem stellte dagegen der Wasservorrat dar. Jeder Reisende benötigte ungefähr zwei Flaschen pro Tag. Wenn sie also für zehn Tage gewappnet sein wollten, benötigte die Gruppe an die 140 Wasserflaschen. Eine Menge, die unmöglich eingekauft werden konnte, ohne sich zu verraten. Nimael bat seine Freunde um Hilfe, denen es gelang, beinahe 50 Feldflaschen zu beschaffen. 20 weitere konnte Nimael aus dem Bestand der Gruppe und frisch hinzugekauften Trinkflaschen zusammenbekommen. Für den Rest fand Thera schließlich die rettende Lösung. In der Heilungssektion war ein Fass aufgestellt, das den Wasservorrat für die Behandlung der Patienten enthielt. Es war groß genug, um die restliche Wassermenge zu speichern. Eine sehr viel größere Last wollte Nimael den Altweltkamelen ohnehin nicht zumuten. Aus dem Garten pflückte er außerdem einige Blätter und Gräser, damit auch die Tiere auf der Reise versorgt waren.

Die restlichen Vorbereitungen waren individueller Natur. Thera bereitete eine medizinische Notfallausrüstung vor, Landria statte sich mit Winkeldaten, Schreibutensilien und dem Oktanten aus und Nimael traf praktische Vorkehrungen aller Art. Dazu gehörten Umhänge, Decken und Schnüre. Unbedingt musste auch ein Messer her, das einerseits als Werkzeug, andererseits aber auch zur Verteidigung diente. Anstatt Zevko deswegen zu belästigen, wandte sich Nimael lieber an Wiggy, die ihm gerne behilflich war. Den Gard benötigte Nimael schließlich noch aus einem ganz anderen Grund. Wenn er mit seiner gesamten Gruppe nach Schichtende in den Bruch wollte, konnte nur Zevko ihm weiterhelfen. Doch dafür würde Nimael nicht nur einen ordentlichen Betrag zahlen müssen, er benötigte auch eine glaubwürdige Ausrede, damit die Wachen keinen Verdacht schöpften. Ein spontaner Auftritt wie mit Landria kam diesmal also nicht infrage. Stattdessen beschloss Nimael, frühzeitig das Gespräch zu suchen. Anstatt mit der Tür ins Haus zu fallen, begann er die Unterhaltung mit einem anderen Thema.

„Ich muss mich entschuldigen. Du hattest recht mit deiner Auskunft. Die Tatwaffe stammte tatsächlich von Wiggy."

„Schon gut." Zevko klopfte ihm versöhnlich auf die Schulter. „Ich konnte es ja selbst kaum glauben."

Die Wogen waren geglättet und Zevko zeigte Mitgefühl. Beste Voraussetzungen, einen Versuch zu wagen. „Weißt du, ich habe Ting ein Versprechen gegeben, als sie um ihr Leben kämpfte", log Nimael. „Ich wollte ihr Mut machen. Ich sagte, dass wir ihre Genesung wie einen Geburtstag feiern werden. Nun würde ich gerne Wort halten und hatte gehofft, dass du mir dabei helfen könntest."

„Ich?“, fragte Zevko. „Es war ja sehr edelmütig von dir, ihr auf diese Weise Beistand zu leisten, aber was habe ich damit zu tun?“

„Ich würde sie gerne mit einer Feier überraschen“, erklärte Nimael. „Aber in unserer Zelle ist das unmöglich, ohne dass sie es mitbekommt. Stattdessen dachte ich an einen der Stollen, in dem ich sämtliche Vorbereitungen treffen könnte. Anschließend hole ich meine Gruppe dazu und der Spaß kann beginnen.“

„Eine ungewöhnliche Idee“, bemerkte Zevko.

„Deshalb wird es als Überraschung auch funktionieren“, erwiderte Nimael zuversichtlich.

„Ich weiß nicht.“ Zevko schien keineswegs überzeugt zu sein. „Wenn man euch erwischt oder im Nachhinein Spuren gefunden werden, muss ich mich dafür verantworten.“

„Wir werden den Stollen so sauber zurücklassen, dass es keine Probleme geben wird“, versprach Nimael. „Und im Vergleich zu der Auseinandersetzung mit Burok dürfte das hier doch eine Leichtigkeit für dich sein.“

Zevko überlegte einen Moment. „Wie viele Personen?“

„Sechs, mich mitgezählt“, antwortete Nimael.

Der Gard sah zu seinen Kollegen, wog das Risiko ab und nannte schließlich seinen Preis.

„1000 Taler.“

Nimael stöhnte auf.

„Deine Liebschaft damals hat dich 200 gekostet“, erinnerte sich Zevko. „Die fünffache Anzahl von Slaes ergibt logischerweise auch den fünffachen Preis. Davon abgesehen ist das Risiko viel größer und euch steht mehr Zeit zur Verfügung.“

„Na schön, einverstanden.“ Auch wenn Zevko das Doppelte verlangt hätte, wäre Nimael ohne zu zögern darauf eingegangen. Wo sie hingingen, waren Sklaventaler ohnehin nichts mehr wert.

Drei Wochen später brachte Nimael frisches Essen in die Höhle. Kaum hatte er sie betreten, stürmte Koba ihm entgegen.

„Die Versorger haben heute eine Lieferung erhalten.“ Ihre Stimme zitterte und überschlug sich beinahe. „Die Tiere stehen noch im Garten.“

Sofort übertrug sich ihre Aufregung auf Nimael. Ting hatte sich inzwischen erholt, den Großteil der Trinkflaschen hatte er bereits zu Koba geschafft, die Breite der Höhlen war überall auf die Tiere abgestimmt und alle relevanten Personen waren informiert. Ihrer Flucht stand nichts mehr im Weg.

„Bist du bereit?“, fragte er Koba.

Sie nickte ungeduldig.

„Dann stärke dich noch einmal.“ Er drückte ihr das Essen in die Hand. „Wir brechen heute noch auf.“

Auf dem Rückweg machte Nimael einen kurzen Halt bei den Wachen und informierte sie, dass heute die Feier stattfinden würde. Nachdem Zevko sein Einverständnis gegeben hatte, setzte Nimael seinen Weg in die Zelle fort.

„Es ist so weit“, verkündete er. „Heute Abend geht es los.“

Eine beinahe greifbare Anspannung legte sich über die Gruppe. Der Moment, von dem man so lange gesprochen hatte und von dem alles abhing, war plötzlich da.

„Endlich.“ Ting seufzte. „Ich halte es hier keinen Tag mehr aus.“

Nimael musterte sie besorgt.

„Bei jedem einzelnen Caer, dem ich über den Weg laufe, stelle ich mir nur die Frage, ob er es vielleicht war, der mich töten wollte“, erklärte sie. „Ob er es vielleicht noch einmal versuchen will, um seine Tat zu vollenden. Innerlich zucke ich mittlerweile bei jeder Begegnung mit einem Unbekannten zusammen. Diese Ungewissheit verbunden mit der Sorge, dass der Täter noch frei herumläuft, treibt mich langsam aber sicher in den Wahnsinn.“

„Warum hast du nicht schon früher etwas gesagt?“, fragte Nimael.

„Was hättest du schon dagegen tun können?“, fragte Ting zurück. „Sicher hättest du deine Ermittlungen wieder aufgenommen, aber genau das wollte ich vermeiden. Es hätte dich nur vom Wesentlichen abgelenkt. Machen wir lieber, dass wir hier rauskommen!“

Damit gab sie ihren Mitbewohnerinnen das Signal für den Aufbruch. Sie alle begannen, ihr Gepäck zu richten, und Nimael und Thera verließen noch einmal die Zelle, um sich von Ando und Torren zu verabschieden und das Fass aus der Heilungssektion zu holen. Anschließend schafften sie den Reiseproviant, den sie vorbereitet hatten, in die Höhle und wurden prompt von Zevko und seinen Leuten angehalten.

„Wir müssen sicherstellen, dass du uns auch die Wahrheit gesagt hast und alles mit rechten Dingen zugeht. Das verstehst du doch?“

„Selbstverständlich.“ Nimael reichte ihm bereitwillig seine Tasche. Zevko inspizierte sie, fand aber nur das vorbereitete Essen. „Bei der Feier soll es uns an nichts mangeln.“ Nimael hatte den perfekten Vorwand gefunden, um das Gepäck ungehindert in den Stollen zu schaffen. Nach ein paar Stichproben gaben die Gards schließlich auf und verloren das Interesse an weiteren Durchsuchungen.

Nachdem sie ein letztes Mal in die Zelle zurückgekehrt waren, nahm Nimael Balba an sich, der die wertvollste Fracht in sich trug, und sah sich noch einmal im Caer-Zimmer um. Nun hieß es Abschied nehmen. 1488 Kreidestriche hatte er an der Wand hinterlassen. Ein Zeugnis dafür, dass man trotz aller Widerstände nicht den Mut verlieren durfte, und nur genug Geduld und Ausdauer beweisen musste, um einen Weg in die Freiheit zu finden. Nimael ließ Wiggys Messer in seinem Stiefel verschwinden, löschte die Kerze und ging ins Mittelzimmer.

„Habt ihr alles?“, fragte er in die Runde.

An der Anspannung in ihren Mienen hatte sich nichts geändert, aber alle waren abmarschbereit.

„Denkt an das, was wir einstudiert haben“, erinnerte Nimael seine Kameradinnen. „Es muss so aussehen, als würden wir zu einer Feier gehen, nicht zu einem Begräbnis.“

Gemeinsam zogen sie in den Bruch und Nimael zahlte die Wachleute aus.

„Wo bringt ihr mich denn hin?“ Ting spielte die Ahnungslose. „Was habt ihr vor?“

„Wenn wir dir das verraten würden, wäre es doch keine Überraschung mehr“, antwortete Hallbora, die von allen noch den natürlichsten Eindruck machte. Aber anstatt weitere Taschen zu kontrollieren, hatten die Gards plötzlich nur noch Augen für ihr Geld. Das Fass, das Thera und Hallbora bei sich trugen, räumte schließlich den letzten Zweifel aus, dass es sich bei ihrem Vorhaben um eine gemeinsame Feier handeln musste.

Kurz darauf zog die Gruppe weiter und betrat den Stollen. Nimael nahm die Fackel aus der Halterung und führte seine Kameradinnen zu dem Riss in der Wand. Er nahm eine Spitzhacke, löste einen Drift aus und vergrößerte die Öffnung, damit auch das Fass hindurchpasste. Auf der anderen Seite wartete Koba wie gewohnt in der großen Tropfsteinhalle. Nach einer kurzen Vorstellungsrunde holte Nimael seinen Teil des Adamanten hervor und spürte sofort dic Anziehungskraft des Gegenstücks. Vor den staunenden Augen aller Beteiligten rutschten die beiden Fragmente wie von Geisterhand über den Höhlenboden, trafen aufeinander und verschmolzen zu einem einzigen Stein, als wären sie nie voneinander getrennt gewesen. Aber für Erklärungen oder Experimente war keine Zeit. Nimael hob den Adamanten auf, drückte Koba die Fackel in die Hand und bat sie, die Führung zu übernehmen. Anschließend ließ er sich zurückfallen und passte auf, dass niemand im Höhlensystem verloren ging.

Nachdem sie Fass und Trinkflaschen an einer unterirdischen Quelle aufgefüllt hatten, deponierten sie sie mitsamt ihrem Proviant am Ausgang zur Wüste. Es war besser, die Altweltkamele erst hier zu beladen, um den Weg durch die Höhle so einfach wie möglich zu gestalten. Als alle Vorkehrungen getroffen waren, setzten sie ihren Marsch fort und gelangten einige Minuten später in die Höhle, die in den Garten der Versorger führte. Vorsichtig pirschten sie sich an die Öffnung und peilten die Lage.

„Alles ruhig, wie immer", flüsterte Koba und sah zu Nimael. Sie nickten einander zu und Koba schob sich durch die Öffnung und langsam durch die Büsche in den Garten. Der Rest der Gruppe zögerte nicht lange und schloss sich ihr an. Eine nach der anderen schlüpfte durch das Loch in der Wand.

Nimael starrte auf das Artefakt herab, das hell leuchtete. Hier in der Dunkelheit und Abgeschiedenheit der Höhle fühlte es sich sicher an, aber auf offener Fläche wollte er den Adamanten keinesfalls zur Schau stellen. Wenn doch ein Gard durch den Gang lief, würde er darauf aufmerksam werden wie auf ein Leuchtfeuer. Nicht zu vergessen, wie schnell das Artefakt bei der Spaltung die Meister auf den Plan gerufen hatte. Nimael blieb stehen und verstaute den Adamanten in Balba, den er anschließend in seine Tasche steckte. Zwischen all den Blutsteinen war von der Macht des Artefakts nichts mehr zu spüren.

Inzwischen hatte die gesamte Gruppe bereits den Garten betreten. Nimael zwängte sich rasch durch die Öffnung und schloss zu den Mädchen auf. Diese schlichen leise in Richtung des Geheges, wo die Altweltkamele friedlich ihr Gras kauten. Als sie den Zaun beinahe erreicht hatten, zuckte Nimael plötzlich zusammen.

„Los! Zugriff!" Eine laute Stimme hallte aus dem Tunnel der Versorger hervor.

Nimaels Herz begann zu rasen. Auf einmal raschelte es in den Büschen und unzählige Gards kamen ringsherum zum Vorschein. Man hatte sie bereits erwartet. Ein Albtraum, der Nimael unweigerlich an ihre Entführung auf dem Schattenhügel erinnerte. Aber diesmal gab es noch einen Ausweg. Gerade als sich Nimael gegen die Strömung stemmen wollte, erschienen Arnavut, Kolubleik und Chapi im Tunnel der Versorger.

„Denk nicht mal daran!", rief Kolubleik, als ob er Nimaels Gedanken lesen konnte. Er funkelte ihn bitterböse an. Nimael hielt inne und gab sich schließlich geschlagen. Mit drei Meistern konnte er es nicht aufnehmen. All ihre Pläne und Hoffnungen hatten sich innerhalb eines Moments in Wohlgefallen aufgelöst.

„Keiner rührt sich!", befahl Gilbradock, der mitten im Garten aufgetaucht war und sich mit den Meistern nun siegessicher auf sie zubewegte. Nimaels Begleiterinnen hatten sich derweil Rücken an Rücken aneinandergedrängt und ergaben sich der Übermacht.

Arnavut grinste und schüttelte herablassend den Kopf. „Ihr dachtet wirklich, ihr könntet fliehen?" Enttäuschung mischte sich in seine Stimme, als er auf Nimael zukam. „Gerade von dir hätte ich mehr erwartet." Er baute sich vor ihm auf und sah ihm streng in die Augen. „Gib es mir!"

Das Artefakt. Nimael schluckte. Nicht nur war ihre Flucht gescheitert, nun verhalfen sie den Dominaten auch noch zum Sieg über die Menschheit. Auf keinen Fall durfte er ihnen den Adamanten kampflos überlassen. Er starrte Arnavut in die Augen und schüttelte den Kopf.

„Ich habe nichts."

„Du wagst es, uns zu belügen?" Gilbradock packte ihn am Kragen. „Dasselbe Vögelchen, das uns eure Fluchtpläne gezwitschert hat, hat auch von dem Messer erzählt, das du bei dir führst. Also her damit!"

Nimael stieß vor Erleichterung beinahe einen Seufzer aus, beherrschte sich aber gerade noch und befolgte Gilbradocks Befehl, ohne zu zögern.

„Wir wurden verraten?" Nachdem er sich bewusst gemacht hatte, dass nur seine Kameradinnen und seine engsten Freunde in die Pläne eingeweiht waren, schüttelte er den Kopf. „Wer war es?"

Kolubleik begann zu grinsen und sah zu den Mädchen. „Tritt vor!"

Kaeti löste sich plötzlich aus der Gruppe und rückte näher an die Dominaten heran.

„Du?“, fragte Nimael fassungslos.

„Allerdings.“

„Aber du warst doch die ganze Zeit über bei uns“, überlegte Hallbora laut. „Du konntest unmöglich die Meister informieren.“

„Tschirna war mir nur zu gerne behilflich“, erklärte Kaeti, ohne auch nur das geringste Anzeichen von Mitgefühl oder Scham zu zeigen. Ganz im Gegenteil. Stolz schwang in ihrer Stimme mit. Nimael durchbohrte sie mit seinem Blick. Eine Verräterin in ihrer Mitte. Hatte sie die Meister etwa schon die ganze Zeit über mit Informationen versorgt? Und was hatte sie ihnen noch erzählt?

„Zuerst wollten wir es gar nicht glauben“, erklärte Kolubleik. „Ein Höhlensystem, das den Bruch mit der Wüste und diesem Garten hier verbindet. Und dann auch noch eine Left, die dort lebt, obwohl sie bereits längst tot sein sollte. Das klang alles viel zu sehr nach einem Lügenmärchen. Doch dann haben wir uns selbst davon überzeugt und siehe da …“ Er verhöhnte Nimael mit einer einladenden Geste und wandte sich an Koba, die vor Angst zitterte. „Du bist dem Tod also noch mal von der Schippe gesprungen. Ein Fehler, den wir unbedingt korrigieren sollten.“ Er grinste böse und nahm ihr die Fackel ab. „Ein Scheiterhaufen scheint mir in deinem Fall eine passende Art der Hinrichtung zu sein.“ Kolubleik schritt die Gruppe entlang und hielt seinen Blick auf die Namen gerichtet, die auf den Uniformen angebracht waren. Vor Landria blieb er stehen. „Und du sollst angeblich über Winkeldaten und einen Oktanten verfügen.“

Landria nickte zögerlich.

„Gib sie mir!“

Landria griff in die Tasche und händigte ihm beides aus. Kolubleik ließ den Oktanten zu Boden fallen und zerstampfte ihn mit seinem Stiefel, bis das Instrument in winzige Einzelteile zerbrochen war. Dann hielt er den Zettel mit den Winkeldaten an Kobas Fackel und verbrannte ihn. Eine passendere symbolische Geste für ihre Fluchtpläne konnte es nicht geben: Sie waren zu Staub zerfallen und hatten sich in Rauch aufgelöst. Und dennoch wussten die Meister offenbar nichts von dem Artefakt. Nimaels Blick wanderte unverzüglich zu Kaeti, die ausdruckslos zu ihm zurückstarrte. Hatte sie vielleicht doch noch ein Fünkchen Anstand und dieses Geheimnis bewahrt? Vielleicht war ihr noch rechtzeitig bewusst geworden, dass es für niemanden gut war, wenn die Dominaten ihre Ziele erreichten.

„Ein Messer, ein Oktant, eine ganze Gruppe, die sich davonstiehlt…“ Kolubleiks kalter Blick wanderte zu Gilbradock. „Wir werden wohl ein paar ernste Worte mit unseren Gards wechseln müssen, was ihre Aufmerksamkeit betrifft, nicht wahr?“

„Ja, Herr, allerdings“, antwortete Gilbradock kleinlaut.

„Willst du nicht nachsehen, was unser junger Freund noch bei sich führt?“ Kolubleik deutete auf Nimaels Tasche.

„Zeig her!“ Gilbradock riss sie ihm voller Eifer aus den Händen. Offenbar hatte sich Nimael zu früh gefreut, die Gefahr war noch keineswegs gebannt. Sein Herz drohte vor Aufregung zu zerspringen und er teilte seinen Geist, um sich zumindest nach außen hin nichts anmerken zu lassen. Gilbradock griff in die Tasche und zog Äste und Gräser daraus hervor.

„Was soll das denn?“

„Futter und Wasser für die Tiere“, antwortete Nimael knapp und sachlich, und lieferte damit auch gleich eine Erklärung, was der schwere Balba in seiner Tasche verloren hatte. „Ich dachte, wir müssten den Altweltkamelen möglicherweise einen Anreiz bieten, um uns durch die Höhlen zu folgen.“

„Ich habe genug gehört.“ Arnavut verlor das Interesse an der Durchsuchung. „Es wird Zeit, ihnen den Prozess zu machen. Bringt sie zur Zelle A!“

Die Gards nahmen die gesamte Gruppe in Gewahrsam und führten sie durch das Lager der Versorger hindurch und schließlich quer durch den Bruch. Dort glaubte Zevko, seinen Augen nicht zu trauen.

„Du kannst dich auf was gefasst machen!“, rief Gilbradock ihm zu, als sie am Sprengstoffschuppen vorbeiliefen. Zevko ließ zunächst schuldbewusst den Kopf hängen, dann sah er auf und starrte Nimael aus den Augenwinkeln an. Ein weiterer Widersacher, der Nimael jedoch kaum scherte. Im Moment hatte er ganz andere Sorgen.

Die Gruppe erreichte den Bereich der Gards und betrat Zelle A. Voller Unbehagen sahen sich die Mädchen im Innenraum um und erwarteten die Meister, die ihnen als Richter den Prozess machen würden. Nimael dachte angestrengt nach, wie sie sich diesmal aus der Affäre ziehen konnten. Doch die Meister ließen nicht lange auf sich warten. Offenbar waren Serqet und Amon bereits über sämtliche Geschehnisse informiert worden und Arnavut verlor keine Zeit, um die Verhandlung zu eröffnen.

„Die Angeklagten wurden auf frischer Tat ertappt“, begann er finster. „Über die Schuldfrage müssen wir daher nicht abstimmen, nur über das Strafmaß.“

„Ich bitte um eine Unterbrechung“, warf Nimael sofort ein.

„Aus welchem Grund?“

„Bevor über ein Strafmaß diskutiert wird, möchte ich von meinem dritten Wunsch Gebrauch machen“, erklärte er kurz entschlossen. „Mir wurde angeboten, dass ich diesen auch für einen Straferlass einsetzen könnte. Dies möchte ich hiermit tun.“

„Der Straferlass bezog sich aber auf eine andere Tat und galt nur dir alleine“, erinnerte Arnavut ihn.

„Es ging um Straferlass für einen Mord, der wohl sehr viel schlimmer sein dürfte als ein einfacher Fluchtversuch“, gab sich Nimael naiv und spielte den Vorfall herunter. „Außerdem muss der Wunsch doch noch denselben Wert haben wie damals. Immerhin habe ich ihn mir mit der Rettung eines Meisters verdient. Darüber hinaus möchte ich darauf hinweisen, dass wir nicht unwesentlich zur Aufklärung eines anderen Falls beigetragen haben, bei dem es um zwei Mordfälle ging. Das sollte uns doch ebenfalls in irgendeiner Form angerechnet werden."

„Das eine hat mit dem anderen nichts zu tun", widersprach Kolubleik. „Ein solcher Straferlass kann allerhöchstens für dich selbst eingesetzt werden und nicht auf deine ganze Gruppe ausgedehnt werden."

„Ich habe diese Flucht alleine geplant und meiner Gruppe gar keine andere Wahl gelassen, als sich daran zu beteiligen", erklärte Nimael. „Sie trifft keine Schuld."

„Ist das wahr?", fragte Arnavut.

Nimael wollte schon darauf antworten, als er bemerkte, dass sich seine Frage nicht an ihn, sondern an Kaeti richtete, die die Verhandlung zwischen ein paar Gards auf den Zuschauerbänken hinter ihnen verfolgte.

„Zu bleiben stand nicht zur Debatte", bestätigte sie knapp.

„Dann sollte der Caer umso härter bestraft werden", folgerte Kolubleik.

Arnavut und seine Richter steckten die Köpfe zusammen und berieten sich eingehend. Offenbar sprachen sich Serqet und Amon für einen Freispruch aus, während Chapi unentschieden war und Kolubleik vehement für die Höchststrafe plädierte.

„Also schön." Arnavut wandte sich wieder an die Angeklagten. „Ich werde eure Verdienste und den dritten Wunsch anrechnen und in meiner Entscheidung berücksichtigen, aber einen vollständigen Straferlass wird es trotzdem nicht geben. Damals habe ich dich unter anderem deshalb belohnt, weil du als Vorbild für die anderen Arbeiter dienen solltest. Nun werdet ihr ebenfalls ein Beispiel für sie abgeben. Sie müssen verstehen, dass ein Fluchtversuch nicht ohne Konsequenzen bleiben kann. Außerdem war ich bereits äußerst nachsichtig, als du unsere Fähigkeiten einem breiten Publikum preisgegeben hast.

Trotz deines letzten Wunschs kann ich dir also höchstens ein strafmilderndes Urteil anbieten. Bist du damit einverstanden?“

Nimael wollte sich lieber nicht ausmalen, was ihnen ohne diesen Wunsch blühte, und willigte sofort ein.

„In Ordnung.“ Arnavut ließ seinen Blick noch einmal über die Gruppe schweifen und ließ ihn schließlich auf Ting ruhen. „Ihr scheint alle bei bester Gesundheit zu sein, sonst hättet ihr es nicht riskiert, die Wüste zu durchqueren. Außerdem habt ihr offenbar zu viel Freizeit, sonst wärt ihr gar nicht erst auf diese Idee gekommen oder hättet sie so gründlich ausarbeiten können. Daher finde ich es nur gerecht, wenn ihr von nun an nicht mehr zehn, sondern zwölf Stunden am Tag im Bruch verbringen werdet. Das gilt selbstverständlich auch für eure Heilerin, die nach ihrem Dienst mit Iora noch genug Energie haben dürfte, um euch tatkräftig zu unterstützen. Und Gilbradock…“ Nimael erkannte aus den Augenwinkeln, wie der Dreistern schlagartig Haltung annahm. Arnavut grinste böse. „Welche vier Gards die zusätzlichen Stunden beaufsichtigen werden, steht wohl außer Frage, nicht wahr?“

„Ja, Herr“, antwortete Gilbradock.

Nimael musterte seine Kameradinnen, die sich offenbar alle dieselbe Frage stellten: Waren sie einer Zwölfstundenschicht auf Dauer gewachsen oder handelte es sich nur um ein Todesurteil auf Raten? Dennoch wagte niemand, Arnavut infrage zu stellen. Sie hatten sich Zeit erkauft und damit blieb immer noch ein Fünkchen Hoffnung.

„Und nur, um das noch einmal unmissverständlich klarzustellen“, fügte Arnavut hinzu und wandte sich damit wieder an Nimael. „Wir haben dir die Hand gereicht, aber du hast sie immer wieder weggeschlagen. Das war heute das letzte Mal. Der gute Wille in unseren Reihen ist hiermit restlos erloschen, also lass dir bloß nichts mehr zuschulden kommen! Von nun an bist du für mich nichts weiter als ein einfacher Caer ohne die geringsten Sonderbefugnisse.“ Arnavut richtete seine Aufmerksamkeit auf Kaeti. „Du hingegen hast bewiesen, dass du in unserem Sinne handelst. Du hast Mut bewiesen, indem du dich gegen deinen eigenen Caer gestellt hast. Du hast eine wesentliche Rolle bei der Ergreifung dieser Flüchtlinge gespielt. Deine Freundin und du sollt dafür großzügig belohnt werden. Ich befördere euch hiermit zu Gards."

„Eine Doppelbeförderung?" Kolubleik staunte. „Ist das nicht etwas zu viel des Guten?"

„Sie haben mit dieser Tat mehr Verantwortung bewiesen, als ich sie den meisten unserer Gards im Moment zutrauen würde", rechtfertigte Arnavut seine Entscheidung. „Eine solche Belohnung wird anderen Arbeitern ebenfalls ein Anreiz sein, im Fall der Fälle entsprechend zu handeln und sich auf unsere Seite zu schlagen. Sieh es als Investition, alter Freund, die uns eines Tages zugutekommen könnte."

Kolubleik stimmte zu und sah zu Koba. „Was wird aus der Left?"

„Sie kann Teil meiner Gruppe werden", bot Nimael an. „In unserer Zelle gibt es genügend Platz und ich bin sicher, dass sie fleißig arbeiten wird."

„Unsinn", blockte Kolubleik den Vorschlag postwendend ab. „Sie gehört nicht zu deiner Gruppe, also gelten für sie andere Regeln. Außerdem wurde sie bereits zum Tode verurteilt und hat anschließend jahrelang Essen und Ausrüstung von uns gestohlen. Sollen wir sie dafür auch noch belohnen?"

„Sie wurde grundlos zum Tode verurteilt", setzte sich Nimael für sie ein, zog damit aber nur Kolubleiks vernichtenden Blick auf sich.

„Wir werden gesondert über ihr Schicksal entscheiden", beschloss Arnavut und wandte sich an Gilbradock und seine Leute. „Schafft die Angeklagten nach draußen. Sie sollen sich ausruhen, schließlich werden sie morgen ihren verlängerten Dienst antreten."

Die Gards führten die Gruppe hinaus und zurück zu ihrer Zelle, wo sich ein vertrautes, aber gleichzeitig verhasstes Gefühl einstellte. Nimael hatte inständig gehofft, diese Zelle niemals wiedersehen zu müssen. Jede Faser seines Körpers sagte ihm, dass er hier nicht hingehörte, und dass es falsch war, noch immer hier zu sein. Das einzig Gute an diesem Ausgang war, dass der Adamant die ganze Zeit über unentdeckt geblieben war. Es war ungeheuer anstrengend gewesen, sich seine Sorge, damit erwischt zu werden, die ganze Zeit über nicht anmerken zu lassen und sich gleichzeitig auf seine Aussagen vor Gericht zu konzentrieren. Ohne den Split hätte er diese schauspielerische Meisterleistung wohl nicht zustande gebracht. Nimael brachte den schweren Balba an seinen Stammplatz über dem Schreibtisch zurück und tätschelte zum Dank seinen Flaschenhals.

Als er in den Mittelraum zurückkehrte, traute Nimael seinen Augen nicht. Kaeti stand mitten in der Zelle und präsentierte ihre neue Uniform.

„Wie konntest du nur?“, fuhr er sie an.

„Ist das dein Ernst?“, fragte Kaeti zurück. „Du fragst dich, warum ich das getan habe? Du warst auf dem besten Weg, uns alle umzubringen. Denk doch nur mal an Eskabatt, Melina und Ting. Du hast rücksichtslos ihre Leben aufs Spiel gesetzt, eines nach dem anderen. Ich stehe voll und ganz zu meiner Entscheidung. Zum Glück war Tschirna für mich da und hat mir noch rechtzeitig die Augen geöffnet.“

„Wieso? Was meinst du?“

„Nachdem ich ihr von deiner Idee zu fliehen erzählt hatte, schlug sie vor, alles den Meistern zu melden. Zuerst habe ich abgelehnt. Ich habe dich sogar verteidigt und meinte, du würdest das alles nur zum Wohl der Gruppe riskieren. Aber dann musstest du dich ja unbedingt mit den Sovalisten anlegen. Anstatt wenigstens einmal auf mich zu hören und einem Kampf aus dem Weg zu gehen, hast du erneut unsere Leben aufs Spiel gesetzt. Wie immer hast du mich geflissentlich ignoriert und mit welchem Ergebnis? Ting wurde niedergestochen. Aber Tschirna war mir eine gute Freundin. Sie meinte, wenn ich die Auseinandersetzung rechtzeitig gemeldet hätte, wäre Ting nichts geschehen, und dass ich jetzt die Möglichkeit hätte, es wiedergutzumachen. Ich solle auf mein Bauchgefühl hören und diese Flucht verhindern, bevor durch deinen Leichtsinn noch mehr von uns zu Schaden kämen. In dem Moment wurde mir klar, dass Tschirna recht hatte. Für eine Hetzjagd durch die Wüste waren die Überlebenschancen viel zu gering, aber auch dieses Vorhaben hätte ich dir niemals ausreden können. Also habe ich Tschirna all unsere Fluchtpläne verraten und auf diese Weise euch allen das Leben gerettet."

Plötzlich kam Nimael ein schrecklicher Verdacht. „Meine Güte, Kaeti!", platzte es aus ihm heraus. „Siehst du denn nicht, dass dich Tschirna die ganze Zeit über benutzt hat?"

„Was? Wovon redest du?"

„Sie musste dich irgendwie überzeugen, diesen Verrat zu begehen, um selbst befördert zu werden. Nachdem sie dich nicht überreden konnte, stach sie Ting nieder, um bei dir das Fass zum Überlaufen zu bringen. Sie hatte Waffe, Motiv und Gelegenheit. Sie muss es gewesen sein!"

„Du spinnst ja!", wehrte sich Kaeti. „Sie ist meine Freundin, so etwas würde sie niemals tun. Wie immer liegst du vollkommen daneben, aber zum Glück muss ich mir das in Zukunft nicht mehr anhören und tatenlos zusehen, wie du alle ins Verderben führst. Ihr solltet mir dankbar sein, dass ich diesmal noch rechtzeitig eingeschritten bin."

„Dankbar?", fragte Nimael sarkastisch. „Wir hätten entkommen können. Für deine eigene Beförderung hast du uns nach Strich und Faden verkauft. Dass wir deinetwegen beinahe hingerichtet worden wären und Kobas Leben immer noch auf dem Spiel steht, ist dir wohl vollkommen egal. Von mir aus kannst du zur Hölle fahren!"

„Ach, macht doch, was ihr wollt!" Kaetis Gesicht färbte sich rot vor Zorn. „Ich will mit euch sowieso nichts mehr zu tun haben!" Sie wandte sich ab und schlug die Zellentür hinter sich zu.

„Verflucht!" Nimael trat ebenso wütend dagegen und fuhr herum, nur um mit dem kläglichen Rest seiner Gruppe und ihren niedergeschlagenen Blicken konfrontiert zu werden. Thera, Hallbora, Landria und Ting – mehr waren nicht mehr übrig. Langsam fühlte sich Nimael wie in dem Abzählreim eines makabren Kinderlieds, bei dem eine Person nach der anderen verschwand, bis am Ende niemand mehr übrig war. Dass er trotz aller Bemühungen offenbar nichts an dieser Entwicklung ändern konnte, sondern sie nur noch schlimmer machte, frustrierte ihn zutiefst und ließ ihn voller Sorge in die Zukunft blicken.

# 26

# MACHT

Am nächsten Tag trat Nimael mit seiner Gruppe wieder zum Dienst im Bruch an – ein merkwürdiges Gefühl, nach allem, was geschehen war. Nachdem sich die Nachricht über ihren Fluchtversuch wie ein Lauffeuer verbreitet hatte, erging es offenbar nicht nur ihnen so. Auch die restlichen Arbeiter musterten sie neugierig und begannen zu reden, wenn sich kein Wachposten in ihrer Nähe befand. Einzig Kaeti und Tschirna zogen noch mehr Aufmerksamkeit auf sich. Sie waren die ersten beiden Frauen, denen es gelungen war, in den Rang eines Gards aufzusteigen.

Während einer kurzen Pause nutzte Nimael die erstbeste Gelegenheit, Tschirna zur Rede zu stellen.

„Ich weiß, was du getan hast."

„Keine Ahnung, wovon du sprichst." Tschirna zuckte leichtfertig mit den Achseln.

„Ting", erwiderte Nimael düster.

„Ach das." Ein freches Grinsen huschte wie ein Geständnis über ihre Lippen. „Und was willst du jetzt tun? Immerhin bist du etwas spät dran, um mich deswegen zu belangen. Von der Gunst der Meister ist nichts mehr übrig und welche Strafe für den Angriff auf einen Gard steht, muss ich dir ja wohl nicht erklären. Weißt du noch, wie ich dir riet, dich nicht mit mir anzulegen? Vielleicht hättest du damals besser auf mich hören sollen, denn jetzt halte ich alle Trümpfe in der Hand. Außerdem hat Ting die Sache doch ganz gut überstanden, also schlage ich vor, wir vergessen die Sache einfach." Dass sie die Tat noch nicht einmal leugnete, machte deutlich, wie sicher sie sich fühlte, und jagte Nimael einen eiskalten Schauer über den Rücken. An was für eine Hexe waren sie bei ihrer Auswahl nur geraten?

„Du hältst dich für unangreifbar, nicht wahr?", fragte er herausfordernd. „Aber wie du noch früh genug erkennen wirst, kommt Hochmut immer vor dem Fall. Und ich verspreche dir, dass dein Handeln noch ein übles Nachspiel haben wird." Nachdem er es ausgesprochen hatte, bemerkte Nimael, dass er schon genauso kalt wie Varuil klang, doch diesmal störte er sich nicht daran. Tschirna hatte es nicht verdient, ein sorgloses Leben zu führen. Sie sollte sich bedroht fühlen. Sie sollte sich fürchten. „Ich gebe dir jetzt ebenfalls einen guten Rat", fügte Nimael hinzu. „Wirf hin und wieder mal einen Blick über deinen Rücken. Wenn du am wenigsten damit rechnest, wird dich einholen, was du getan hast." Er näherte sich ihr, bis er direkt vor ihr stand und Tschirna verunsichert zu ihm aufsah. Dann ließ er seine Augen auflodern, was ihm mit der Wut, die er im Bauch hatte, nicht besonders schwerfiel. „Du hast keine Ahnung, wozu ich fähig bin", flüsterte er.

Endlich hatte er sie so weit. Tschirna drehte sich um und rannte los, als wäre der Teufel hinter ihr her. Erst als sie in sicherer Entfernung auf weitere Gards traf, blieb sie stehen und rang nach Luft. Nimael machte sich wieder an die Arbeit und hörte, wie Tschirna beschimpft und ermahnt wurde, ihren Posten nicht zu verlassen. Die Szene erfüllte ihn mit ein klein wenig Genugtuung und ließ den Rest des langen Tages gleich sehr viel leichter von der Hand gehen. Nachdem sich sein Verdacht bestätigt hatte und Ting den anderen Caers von nun an nicht mehr mit Ungewissheit begegnen musste, würde sie sich im Bruch vermutlich wieder sehr viel sicherer fühlen.

Nach einer endlos langen Schicht fiel die Hälfte der Gruppe direkt nach dem Abendessen erschöpft ins Bett. Nimael traf sich dagegen noch mit Ando, Torren und Amaru im Garten. Am späten Abend waren ihre Kampfübungen zwar längst vorbei, aber Nimael suchte nach ihrem missglückten Fluchtversuch sowieso viel lieber das Gespräch. Wie sich herausstellte, hatten aber auch seine Freunde an diesem Tag auf ihre Kampfübungen verzichtet und starrten stattdessen schwermütig in den Garten. Unter der strengen Aufsicht zweier Gards schaufelte Koba auf dem Friedhof ein Grab – ihr eigenes Grab. Nimael wurde flau in der Magengegend und ihm brach der kalte Schweiß aus. Nach allem, was sie gemeinsam durchgemacht hatten, gehörte Koba genauso zu seiner Gruppe wie alle anderen. Aber nicht nur das. Er hatte ihr ein Versprechen gegeben, genau wie Eskabatt. Nun drohte dieses genauso zu zerplatzen wie schon das erste. Ein weiterer Verlust. Eine weitere Seele, die sich auf ihn verlassen hatte und die er enttäuscht hatte, wodurch sie nun den Tod fand. Nimael wollte am liebsten aufschreien. Er wollte sie um jeden Preis von dort wegholen, und zwar sofort. Aber was dann? Es gab keinen Ort mehr, an dem sie noch Zuflucht finden konnte.

„Tut mir leid, Mann“, hörte er von hinten Andos Stimme. Obwohl er ihm seine Hand auf die Schulter legte, brachte Nimael es nicht fertig, seinen Blick von Koba abzuwenden. „Die Hinrichtung soll in fünf Tagen stattfinden. Ich weiß, dass du dir das alles ganz anders vorgestellt hast, aber manchmal läuft eben nicht alles so, wie man es gerne hätte. Du darfst dir nicht die Schuld daran geben. Mit Sicherheit waren sich alle Beteiligten im Klaren darüber, welches Risiko mit einem Fluchtversuch verbunden ist – auch Koba.“

„Soll das heißen, ich soll sie einfach sterben lassen?“, fragte Nimael.
„Das wollte ich damit nicht sagen.“
„Ich werde alles in meiner Macht stehende tun, um ihren Tod zu verhindern.“
„Selbstverständlich“, erwiderte Ando. „Und wir werden dich nach besten Kräften dabei unterstützen.“
„Wir haben uns schon überlegt, welche Möglichkeiten infrage kämen“, sagte Torren. „Wir haben drei Vorschläge, aber leider ist keiner davon besonders vielversprechend.“
„Auch wenn es nur ein Strohhalm ist, ich werde danach greifen.“
„Vielleicht kann dir Serqet helfen“, schlug Ando vor. „Sie hat sich mit Sicherheit gegen die Hinrichtung ausgesprochen. Wenn es ihr gelänge, die Mehrheit der Meister auf ihre Seite zu bringen, kann sie das Urteil vielleicht kippen. Und für Thera dürfte es ein Leichtes sein, mit ihr in Kontakt zu treten.“
Nimael nickte nachdenklich. „Was habt ihr noch?“
„Das wird dir wahrscheinlich nicht gefallen.“ Amaru bedachte ihn mit einem entschuldigenden Blick. „Bevor die Meister versuchten, dich auf ihre Seite zu ziehen, wollten sie vor allem eins: Deinen Gehorsam. Wenn du jetzt vor ihnen zu Kreuze kriechst, dich unterwürfig zeigst und sie um Mitleid anflehst, lassen sie vielleicht mit sich reden. Wahrscheinlich müsstest du ihnen deine ewige Ergebenheit schwören.“
„Das wird die letzte Möglichkeit sein, die ich in Betracht ziehe.“
„Warte, bis du meinen Vorschlag gehört hast.“ Auch Torren klang alles andere als optimistisch. „Du willst etwas von den Dominaten und sie wollen etwas von dir – sie wissen es nur noch nicht.“
„Den Adamanten“, begriff Nimael.
Torren nickte. „Du kannst ihnen einen Tauschhandel anbieten. Das Leben von Koba gegen das Artefakt, das sich in deinem Besitz befindet.“

„Auf keinen Fall. Sobald sie wüssten, dass ich es habe, würden sie es einfach an sich reißen. Aber selbst wenn ich Kobas Leben damit retten würde, kämen die Dominaten an die Macht und würden Tausende und Abertausende unschuldiger Menschen töten."

„Noch haben sie nicht die übrigen Fragmente", bemerkte Ando. „Vielleicht hätten wir vor ihrer Machtübernahme noch etwas Zeit und damit auch eine weitere Gelegenheit, sie aufzuhalten."

„Eine zweite Gelegenheit wie diese?", fragte Nimael skeptisch. „Ohne unser Eingreifen hätten sie den Adamanten schon vor Jahren gefunden."

„Gutes Argument, aber was glaubst du, was beim nächsten Mal geschehen wird, wenn sie ihr eigenes Fragment einsetzen?", gab Torren zu bedenken. „Ohne Koba, die mit ihrem Stück für Ablenkung sorgt, wird es sie direkt zu dir führen."

„Egal, darauf lasse ich es ankommen", erwiderte Nimael. „Vielleicht ist der Abstand zum Bruch groß genug und sie finden es nicht. Zuerst müssen wir alle anderen Möglichkeiten ausschöpfen. Serqet wird uns sicher helfen."

Am nächsten Abend kehrte Thera aus der Heilungssektion in den Bruch zurück, um dort ihren Dienst anzutreten. Nimael empfing sie in seiner letzten Pause am Brunnen.

„Und? Hast du Serqet getroffen? Konntest du mit ihr sprechen?"

Thera nickte. „Sie erzählte mir von der Abstimmung über Kobas Schicksal. Serqet wollte sie wieder als Left einsetzen. Amon war der Einzige, der ihren Antrag unterstützte. Arnavut war jedoch voll und ganz auf Kolubleiks Seite und man konnte ihn keinesfalls umstimmen. Obwohl auch Chapi für das Todesurteil gestimmt hat, glaubte Serqet, an sein Gewissen appellieren zu können. Sie trafen sich am Mittag in der Heilungssektion und sprachen einige Minuten unter vier Augen. Leider endete das Gespräch in einem heftigen Streit. Ich habe nur das Ende davon mitbekommen. Die Tür flog auf und Chapi fluchte, dass er nichts mehr davon hören wolle. Er meinte, er würde nicht denselben Fehler begehen wie damals und sich zu solch einer Tat überreden lassen. Dass sie sich jetzt nicht in einer solchen Situation befinden würden, wenn er damals nicht auf sie gehört hätte. Auf was er sich damit bezogen hat, weiß ich leider nicht. Serqet wollte auch nicht darüber sprechen und meinte nur, dass sie an dem Urteil leider nichts mehr ändern könnte."

„Verdammt", ärgerte sich Nimael und dankte Thera für den Versuch.

„Und noch etwas", fügte sie hinzu. „Ich weiß nicht, ob es etwas zu bedeuten hat, aber während ihres Streits wich ich instinktiv einen Schritt zurück und da spürte ich zum ersten Mal einen Blip. Für einen kurzen Moment durchfuhr mich diese eisige Kälte, die aber noch im selben Moment wieder verflog."

„Merkwürdig." Nimael dachte nach. „Möglicherweise ein Nebenprodukt der hitzigen Diskussion, die von den Dominaten geführt wurde. Vielleicht haben sie während starker Gefühlsausbrüche keine Kontrolle über diese Fähigkeit."

„Was willst du jetzt tun?", fragte Thera gespannt.

„So schwer es mir auch fällt, aber ich werde wohl Amarus Vorschlag beherzigen. Wenn ich mich Arnavut gegenüber untertänigst entschuldige und aufrichtig um Gnade bitte, wird ihn das vielleicht milde stimmen und er drückt ein Auge zu."

„Ich glaube nicht, dass er das ohne Gegenleistung tun wird", warnte Thera ihn. „Sei bloß vorsichtig, was er im Gegenzug von dir verlangt."

Nimael bedankte sich noch einmal und bat einen Gard um Audienz bei Arnavut. Nach Ende seiner Schicht führte man ihn aus dem Bruch direkt in die Gemächer des obersten Meisters, wo ihn dieser jedoch nicht allein erwartete. Kolubleik hatte sich bereits zu ihm gesellt und wirkte äußerst entschlossen, das bestehende Urteil zu verteidigen. Nimael nahm es nicht als Dämpfer, sondern als Ansporn, sich umso mehr anzustrengen, um Arnavut zu überzeugen.

„Du hast um eine Unterredung gebeten", begrüßte er ihn. „Der Grund dafür liegt auf der Hand. Du willst dich für das Leben dieser Left einsetzen, nicht wahr?"

„Ihr Name ist Koba", antwortete Nimael in der Hoffnung, dass man sie nicht nur als einen Rang, sondern als eine Person mit einem Gesicht und Gefühlen wahrnehmen würde. „Aber es stimmt, ich möchte mich für sie aussprechen." Er rang sich eine Verneigung ab, die Arnavut mit einem Schmunzeln zur Kenntnis nahm.

„Nun, dann wird es dich sicher nicht überraschen, dass Kolubleik auch an der Unterredung teilnehmen möchte."

Der Meister des Kampfes nickte entschlossen und musterte Nimael mit einem gehässigen Gesichtsausdruck.

Nimael ging nicht darauf ein, sondern fuhr fort: „Offensichtlich werden unzutreffende Vorwürfe gegen Koba erhoben, die ich hiermit gerne widerlegen möchte. Zunächst wurde sie schon damals grundlos zum Tode verurteilt, als sie in die Wüste verbannt wurde. Sie war nur zur falschen Zeit am falschen Ort."

„Sie wurde zum Tode verurteilt, um dir eine Lektion zu erteilen", erinnerte sich Kolubleik. „Es gab also durchaus einen Grund."

„Keinen, den sie verschuldet hätte."

„Sie ist eine Left", widersprach Kolubleik. „Es spielt keine Rolle, was sie getan hat. Ich habe über sie entschieden wie ein Gastgeber, der für ein Festmahl ein Schwein schlachten lässt."

Nimael ließ sich nicht aus dem Konzept bringen und beschloss, den Kommentar ebenfalls zu ignorieren. „Darüber hinaus hat sie nur das aus dem Garten genommen, was sie zum Überleben gebraucht hat, und das auch nur so lange, bis wir uns begegnet sind. Anschließend habe ich sie mit Nahrung versorgt."

„Das spricht wohl weniger für sie als gegen dich“, stellte Arnavut fest. „Du hast ihre Existenz uns gegenüber jahrelang verheimlicht.“

„Hättet ihr andernfalls ihr Leben verschont?“

„Nein“, antwortete Kolubleik entschieden.

„Dann kennt ihr den Grund für mein Handeln“, erwiderte Nimael. „Aber ich möchte mich dennoch dafür entschuldigen und bitte um Nachsicht für Koba, die keine Schuld daran trifft. Sie könnte euch als Arbeiterin weiterhin von Nutzen sein.“

Arnavut schüttelte den Kopf. „Es wäre ein Zeichen von Schwäche, wenn wir das zuließen. Es würde bedeuten, dass wir Ungehorsam nicht nur dulden, sondern auch noch belohnen.“

„In Ordnung, ihr habt uns in der Hand.“ Nimael verneigte sich erneut. Es war an der Zeit, seinen Stolz aufzugeben und zu Kreuze zu kriechen. „Ich bin bereit, alles zu tun, was ihr von mir verlangt, aber bitte schont ihr Leben.“

Arnavut schüttelte nur den Kopf.

„Ich bin schon einmal für Kobas Leben auf die Knie gefallen. Ich bin bereit, es wieder zu tun. Ich bin bereit, euch anzuflehen und meinen Widerstand gegen euch für immer aufzugeben.“

„Siehst du, genau da liegt das Problem.“ Arnavut grinste nur. „Es gibt einfach gar nichts, was du sagen oder tun könntest, was für uns noch von Interesse wäre. Deine Pläne haben wir bereits vereitelt, deine Privilegien sind restlos aufgebraucht und jetzt haben wir keinerlei Verwendung mehr für dich, die über deine Arbeit im Bruch hinausginge. Darum gibt es auch nichts, was du uns anbieten könntest.“

Das war die Gelegenheit, den Adamanten ins Spiel zu bringen. Ein Tauschgeschäft vorzuschlagen, um die Gunst der Dominaten zurückzuerlangen und damit Kobas Leben zu retten. Doch Nimael ließ sie verstreichen. Unter keinen Umständen durfte er seinen einzigen Trumpf kampflos aus der Hand geben.

„Außerdem ist dein Schauspiel leicht zu durchschauen", fuhr Arnavut fort. „Dein untertäniges Verhalten ist aufgesetzt. Man spürt förmlich, wie sehr es dir widerstrebt. Kaum verlässt du diesen Raum, wirst du wieder nach einer Möglichkeit suchen, unsere Pläne zu durchkreuzen, das ist uns längst klar. Dennoch hat mich dein kleiner Auftritt durchaus amüsiert." Er sah Kolubleik nachdenklich an. „Was meinst du? Wollen wir ihm zur Belohnung einen Blick gewähren?"

Kolubleik schüttelte den Kopf.

„Doch, er soll es sehen", entschied Arnavut gegen den Rat seines Freundes und schritt zu einer der Seitentüren, die aus seinem Zimmer führte. „Folge mir."

Nimael fragte sich, was man ihm zeigen wollte. Er schloss sich ihm an und durchquerte die Tür zum Nebenraum. Dahinter öffnete sich eine große kuppelförmige Halle. Noch bevor er an Arnavut vorbeisehen konnte, erkannte er das rötliche Licht des Adamanten, das sich an den Wänden brach.

„Da du ja ohnehin schon von unserem Fund im Westbruch gehört hast, möchte ich dir diesen nicht länger vorenthalten." Arnavut trat zur Seite und gab den Blick auf einen großen Raum frei, in dessen Mitte ein steinerner Hochaltar errichtet war, der den Adamanten hielt. Auf dem Boden um ihn herum zierten bequeme Decken und Kissen den Raum, die äußerst einladend wirkten. Nimael konnte sich bildlich vorstellen, wie die Meister hier im Schneidersitz meditierten und dabei die Nähe zu ihrem Artefakt suchten. Im letzten Moment fiel ihm ein, dass er unbedingt den Anschein wahren musste, als handle es sich um seinen ersten Kontakt mit dem mysteriösen Stein, und dass er sich vermutlich schon allein damit verdächtig machte, wenn er ihm nicht seine volle Aufmerksamkeit schenkte.

„Unglaublich", schwärmte Nimael mit falscher Bewunderung und näherte sich dem Bruchstück der Meister. Schon aus der Entfernung spürte er dessen Energie, aber er lief weiter darauf zu, bis er direkt vor dem Altar stand.

„Nimm ihn“, befahl Arnavut.

Wie ein neugieriges Kind nahm Nimael ihn vorsichtig vom Altar und drehte ihn in seinen Händen.

„Fühlst du seine Kraft?“, fragte Arnavut. „Erkennst du jetzt, was uns die Götter geschenkt haben? Wozu wir bestimmt sind?“

Nimael nickte andächtig.

„Fühlst du diese innere Ruhe? Du wirst eins mit dir und allem anderen auf dieser Welt. Hast du je etwas Schöneres erlebt?“

Nimael schüttelte den Kopf.

„Möchtest du dieses Gefühl nicht für immer haben?“

Hätte Nimael nicht bereits seine Erfahrungen mit Kobas Fragment gesammelt, wäre er angesichts der Geborgenheit und Wärme, die auch dieser Stein ausstrahlte, Arnavuts Worten mit Sicherheit verfallen. So aber stellte er seine Aussagen infrage.

„Damit rechtfertigt ihr eure Handlungen?“, fragte er zurück. „Ihr besitzt diese ungeheure Macht und glaubt, dass sie euch von den Göttern verliehen wurde, um andere zu unterwerfen? Um sie zu unterdrücken und zu tyrannisieren?“

Arnavut starrte ihn perplex an, ohne darauf zu antworten.

„Glaubt ihr nicht, dass euch diese Macht geschenkt wurde, um euch über eure Verluste hinwegzutrösten und vor euren Feinden zu verteidigen? Vielleicht handelte es sich nur um einen Gnadenakt, damit ihr euch schützen und in Frieden und Freiheit leben könnt. Und genau deshalb solltet ihr es besser wissen. Ihr solltet Gnade walten lassen, weil ihr sie selbst bereits erfahren habt. Gnade mit der Menschheit im Allgemeinen und mit Koba im Speziellen.“

„Du Wurm!“, beschimpfte Kolubleik ihn und riss ihm das Artefakt aus den Händen. „Dein besserwisserisches Gehabe ist einfach unerträglich. Du kreuchst hier herum, predigst etwas von Moral und erzählst uns etwas von einem Thema, von dem du keine Ahnung hast. Du glaubst, du kennst unsere Geschichte besser als wir selbst? Du warst damals nicht dabei. Du hast nicht erlebt, was man uns angetan hat. Du bist noch so jung, dass dir noch nicht einmal bewusst ist, wie unbedeutendend du überhaupt bist."

„Lieber unbedeutend als bösartig", entgegnete Nimael. „Wenn ich ein Wurm bin, was macht das dann aus euch? Seid ihr es nicht, die uns wie Insekten den letzten Tropfen Blut aus dem Leib saugt? Und mit diesem Adamanten spritzt ihr mir euer süßes Gift in die Venen und hofft, dass ich alles andere vergesse und mich euch anschließe."

„In diesem Punkt hast du wohl etwas missverstanden", korrigierte Arnavut ihn. „Dich zu verführen, war nicht meine Absicht. Das Angebot, dich uns anzuschließen, ist schon lange vom Tisch. Ich wollte nur, dass du weißt, was dir entgangen ist. Über welche Macht wir verfügen, und welche dir niemals zugänglich sein wird. Bei Nacht wirst du wach liegen, dich an dieses wundervolle Gefühl erinnern und dich quälen, weil du dich für die falsche Seite entschieden hast."

„Ich weiß mit jeder Faser meines Herzens, dass ich mich für die richtige Seite entschieden habe", erwiderte Nimael. „Ihr beweist es mir jeden Tag aufs Neue. Ihr tötet unzählige Menschen und zeigt dabei nicht das geringste Mitgefühl oder Scham. Stattdessen lasst ihr gute Menschen wie Koba ihr eigenes Grab schaufeln."

„Es ist eine Arbeit, die ihrem Rang entspricht." Ein spöttisches Grinsen machte sich auf Arnavuts Gesicht breit. „Außerdem schaufelt ihr doch schon, seit ihr hier seid, euer eigenes Grab."

Plötzlich wurde Nimael bewusst, dass er die ganze Zeit über vorgeführt worden war. Die Dominaten hatten nie vorgehabt, ihm auch nur das winzigste Stückchen entgegenzukommen, sondern verhöhnten ihn inzwischen nach Strich und Faden. Er war die Maus, mit der sich die Katze noch etwas amüsierte, bevor sie sie fraß. Wie konnte er nur etwas anderes annehmen, nachdem Arnavut schon so oft deutlich gemacht hatte, dass seine Entscheidungen unumstößlich waren.

„Was hat euch bloß zu so herzlosen Monstern werden lassen?"

„Deine Menschlein, wenn du es genau wissen willst." Kolubleik legte den Adamanten auf den Altar zurück. „Aber sie werden bekommen, was sie verdienen."

Nimael schüttelte den Kopf. „Nicht, wenn ich es verhindern kann."

„Kolubleik hat recht, du bist wirklich noch zu jung, um das alles zu verstehen", stellte Arnavut fest. „Aber nicht deshalb, weil du unsere Vergangenheit nicht miterlebt hast, sondern weil du ein Menschenleben für lange hältst. Aber glaube mir, wenn du erst einmal ein paar Jahrhunderte oder Jahrtausende hinter dir hast, ist das alles belanglos. Das Leben eines Menschen verliert seinen Wert. Ihre Lebensspanne wird dir so gering vorkommen wie die einer Eintagsfliege."

„Ist es denn wirklich so wichtig, wie lange wir leben?", hinterfragte Nimael den Meister. „Eines Tages verlassen wir alle diese Welt. Zurück bleiben nur Erinnerungen wie Fußabdrücke an einem Strand. Je tiefer sie sind, desto länger benötigen die Wellen, um sie wegzuspülen, aber ob Könige oder Bettler, irgendwann ist die Erinnerung an einen jeden von uns verblasst. Unterm Strich zählt doch letztendlich nur, was wir mit unserem Leben angefangen haben. Mir ist egal, wie tief die Fußabdrücke sind, die ich hinterlasse. Mir ist nur wichtig, dass man sich im Guten an mich erinnert."

„Du täuschst dich", widersprach Arnavut. „Du denkst in zu menschlichen Bahnen. Wir hinterlassen keine Fußabdrücke, sondern sind die Felsen, die ewig währen. Wir trotzen dem Wind und den Wellen. Wir überdauern Generation für Generation. Man wird uns ehren bis ans Ende der Zeit."

„Habt ihr nicht schon einmal die Macht an euch gerissen?", fragte Nimael. „Damals dachtet ihr genauso und dennoch erinnert sich heute fast niemand mehr an euch."

„Diesmal werden wir vorbereitet sein", erklärte Arnavut. „Wir werden uns keinen Fehler mehr erlauben. Und mit deinen Aussagen und Handlungen hast du inzwischen zur Genüge bewiesen, dass es genau solch ein Fehler gewesen wäre, dir zu vertrauen. Du hattest deine Chance, uns zu folgen. Ich wollte dich mit offenen Armen empfangen, aber du hast meine Einladung mit Füßen getreten. Dein Geist ist vom Weltbild der Menschen so vernebelt, dass es längst zu spät für dich ist. Du sollst ihr Schicksal teilen.“ Er schmunzelte. „Vielleicht liegt es ja in der Familie“, fügte er hinzu. „Wie der Vater, so der Sohn.“

„Was hat das zu bedeuten? Wer war mein Vater?“

„Das wäre eine der Antworten gewesen, die ich dir zu bieten hatte. Aber jetzt wirst du niemals erfahren, was es damit auf sich hat. Du wirst den Rest deines Lebens unser Sklave sein. Du wirst zusehen, wie deine Freunde sterben – einer nach dem anderen. Und den Anfang macht die kleine Left, die dir so ans Herz gewachsen ist.“

Nachdem Nimael bewusst war, dass Arnavut ihn absichtlich provozierte und seine Fürbitten ohnehin kein Gehör mehr fanden, konnte er sich genauso gut kämpferisch geben. „Ich werde euch aufhalten.“

„Dass ich nicht lache“, konterte Arnavut. „Hast du immer noch nicht begriffen, dass wir unsterblich sind? Um uns aufzuhalten, bist du bereits Jahrzehnte zu spät. Die meisten unserer Spielfiguren stehen bereits in Position, weitere rücken nach. Zudem hast du uns mit deinem Fluchtversuch nur weiter vorangebracht. Wir hatten keine Ahnung, dass dieses Höhlensystem noch so intakt und dermaßen weitläufig sein würde. In diesem Moment erkundet bereits ein erster Trupp die Tunnel und stabilisiert diese, wo es nötig ist. Bereits in wenigen Tagen werden wir dort mit unserem Fragment die Suche fortführen. Ich bin überzeugt, dass wir anschließend recht schnell fündig werden. Und jetzt, da du gesehen hast, welch grenzenlose Macht uns zur Verfügung steht, kannst du dir vielleicht annähernd vorstellen, wie sich diese mit weiteren Funden noch vervielfachen wird. Uns aufzuhalten ist genauso aussichtslos, wie das Ende eines Kreises zu finden. Wir sind die Ewigkeit.“ Arnavuts Stimme hallte durch den kuppelförmigen Raum.

„Nein“, widersprach Nimael. „Ihr verwechselt einen Kreis mit einer Spirale. Einer Spirale der Gewalt, die sich sehr wohl unterbrechen lässt. Ich werde es euch beweisen. Ich werde einen Weg finden.“

„Du denkst, du kannst es mit uns allen aufnehmen?“ Kolubleik lachte. „Du bist nichts weiter als eine Laune der Natur. Du würdest nicht mal gegen einen Einzelnen von uns bestehen.“ Er wandte sich an Arnavut. „Ich fordere ihn noch einmal zum Makersch. Dieser Wurm hat uns genug Ärger gemacht und sein Tod wird niemanden mehr an unserer Macht zweifeln lassen. Ich werde ihn zerquetschen wie eine Made.“

„Vielleicht hast du recht“, überlegte Arnavut laut. „Er wird uns immer mehr Ärger als Nutzen bereiten. Es ist wohl an der Zeit, einen Schlussstrich zu ziehen und uns seiner zu entledigen. Aber ein Makersch muss von beiden Seiten akzeptiert werden. Wir sind nicht wie Menschen, die wie Wilde übereinander herfallen.“

„Dann habt ihr Pech“, erwiderte Nimael. „Ich akzeptiere nicht.“ Der Gedanke, Kolubleiks Schreckensherrschaft im Bruch zu beenden, war zwar verlockend, aber ob er gegen einen gestandenen Meister mit unzähligen Tricks und jahrtausendelanger Kampferfahrung bestehen würde, stand auf einem anderen Blatt geschrieben. Außerdem würde sich selbst durch einen Sieg nichts an ihrer Situation ändern.

Kolubleik rümpfte die Nase. „Ich hasse den Geruch von Angst und Schwäche.“

„Nun, vielleicht fehlt ja nur der passende Anreiz.“ Arnavut grinste verschlagen. „Ich gebe dir eine Chance, die Left zu retten. Ein Kampf Mann gegen Mann. Nur einer überlebt. Wenn es dir gelingt, einen von uns Meistern im Makersch zu besiegen, werde ich Koba das Leben schenken.“

„Egal, gegen wen ich antrete?“, fragte Nimael.

Arnavut nickte. „Du hast die Wahl.“

„Nein“, rief Kolubleik. „Ich will ihn töten.“

Arnavut schüttelte den Kopf. „Sieh es doch mal so, alter Freund: Er wird denjenigen wählen, den er für den Schwächsten hält. Und wenn dieser ihm am Ende den Todesstoß versetzt, soll er wissen, dass er nichts weiter als eine Übungseinheit für unseren schwächsten Kämpfer war. Klingt das nicht äußerst befriedigend?"

Kolubleik ließ enttäuscht die Mundwinkel hängen, akzeptierte aber die Entscheidung.

„Also? Nimmst du die Herausforderung an?"

„Ja, das tue ich." Obwohl Nimael kaum abschätzen konnte, auf was er sich da einließ, entschied er sich, das Risiko einzugehen. Schließlich war es die einmalige Gelegenheit, auf die er gewartet hatte. Eine Hoffnung für Koba, ohne dabei den Adamanten aufgeben zu müssen.

Arnavut nickte zufrieden. „Gegen wen willst du antreten?"

Nimaels Wahl war schnell getroffen. Arnavut und Kolubleik waren die vermeintlich stärksten Gegner und kamen nicht infrage. Dagegen waren Amon und Serqet in den letzten Jahren halbwegs vertrauenswürdig geworden und standen noch am ehesten auf ihrer Seite.

„Chapi. Ich wähle Chapi als meinen Gegner."

Arnavut lächelte. „Soll mir nur recht sein. Er ist nicht nur jung, impulsiv und ungestüm, sondern auch faul. Er soll sich endlich mal nützlich machen. Der Kampf wird ihm eine Lehre sein." Er rieb sich freudig die Hände. „Dann ist es entschieden. Der Makersch wird heute in vier Tagen direkt vor der Hinrichtung stattfinden."

„Vor dem Termin, der ursprünglich für die Hinrichtung vorgesehen war", korrigierte Nimael ihn mit mehr Selbstbewusstsein, als er in Wahrheit verspürte.

„Hast du einen Wunsch, wo der Kampf ausgetragen werden soll?"

„Im Garten", antwortete Nimael nach kurzer Überlegung. Diese Umgebung kannte er in- und auswendig, so hatte er Chapi gegenüber zumindest einen kleinen Vorteil.

„Sehr schön", spottete Kolubleik. „Von dort ist es näher zum Friedhof."

„Ich wusste nicht, dass ihr euresgleichen auch dort begrabt", erwiderte Nimael provokativ.

„Verschwinde!", befahl Arnavut und warf Nimael damit aus der Kuppelhalle, noch bevor ein größerer Streit mit Kolubleik entbrennen konnte. Offenbar hatte der oberste Meister erreicht, was er wollte, und beendete die Unterredung abrupt.

Nachdem Nimael seine Gemächer verlassen hatte, kehrte er in die Zelle zurück und gesellte sich zu den anderen im Gemeinschaftsraum.

„Und?", empfing Thera ihn neugierig. „Wie ist es gelaufen?"

# 27

# VORSCHATTEN

Erst nach einer ganzen Weile gelang es Nimael, seine Kameradinnen zu beschwichtigen. Der Kampf gegen einen Dominaten war zunächst als ein sicheres Todesurteil betrachtet worden. Nimael musste erst drei Faktoren ins Spiel bringen, um die düsteren Vorhersagen der Gruppe zu relativieren. Erstens hatte er ein Artefakt in seinem Besitz, von dem die Dominaten nichts wussten und dessen Kraft er sich zunutze machen konnte. Zweitens hatte er im Garten den Heimvorteil auf seiner Seite und drittens war er in einer hervorragenden körperlichen Verfassung. So einfach, wie sich seine arroganten Gegner dieses Duell vorstellten, würde er es ihnen sicher nicht machen.

Auf der anderen Seite ließ sich ein Gegner wie Chapi unheimlich schwer einschätzen. Nimael musste damit rechnen, mit einem Kampfstil konfrontiert zu werden, der ihm völlig fremd war. Davon abgesehen besaß Chapi ebenfalls uneingeschränkten Zugang zu einem Adamanten. Vielleicht konnte ein vollwertiger Dominat die Energie der Steine besser in sich aufnehmen, als Nimael dies möglich war. Außerdem hatten die Meister möglicherweise noch weitere Kräfte und damit Tricks auf Lager, die er nicht vorausahnen konnte. Ein Gedankengang, den Nimael lieber für sich behielt.

Von nun an spielte der Dienst im Bruch keine Rolle mehr. Nimael hatte noch genug Überstunden in der Hinterhand, um getrost eine längere Zeit aussetzen zu können. Die vier Tage, die ihm bis zum Kampf blieben, wollte er unbedingt mit dem Artefakt verbringen, um seine Kraftreserven vollständig aufzuladen. Theras Bedenken, dass er Gefahr laufen könnte, sich selbst dabei zu verlieren, mussten diesmal hintenanstehen, schließlich ging es um Leben und Tod.

Obwohl die abendlichen Kampfübungen nun wichtiger waren denn je, galt Nimaels Aufmerksamkeit am ersten Abend voll und ganz seiner Thera. Er wusste zwar, dass sie sich auf das Schlimmste gefasst machen musste, hatte aber keine Idee, wie er sie am besten darauf vorbereiten konnte. Trotz allem wollte er noch so viel Zeit wie möglich mit ihr verbringen. Schließlich stand ein Duell mit einem Meister bevor, das sich zu einem großen Teil Nimaels Kontrolle entzog.

Nimael erinnerte sich, wie Thera an ihrem Jahrestag enttäuscht gewesen war, weil er ihr schon so lange kein Gedicht mehr geschrieben hatte. Nun bot sich die perfekte Gelegenheit, um dies wiedergutzumachen. Sein Gedicht sollte sie einerseits auf einen negativen Ausgang des Kampfes vorbereiten, ihr andererseits aber auch ein wenig Hoffnung machen. Nachdem er den Adamanten hervorgeholt hatte, um schnellstmöglich dessen Energie in sich aufnehmen zu können, setzte er sich an den Schreibtisch und begann, seine Gedanken in Worte zu fassen. Die ersten Zeilen gingen ihm überraschend leicht von der Hand. Plötzlich kam ihm in den Sinn, dass er dies dem Artefakt zu verdanken hatte, das seinen Geist bereits ungemein geschärft hatte. Seit Kobas Hälfte mit seiner eigenen verschmolzen war, ging eine viel stärkere Kraft von dem Stein aus. Aber das Gedicht sollte unverfälscht sein. Die Wirkung des Adamanten durfte sich keinesfalls darin widerspiegeln, sonst waren diese Verse wertlos. Nimael teilte seinen Geist mit einem Split und konzentrierte sich auf die beiden Hälften seines Verstands und die Energie, die er von dem Artefakt empfing. Je länger er seine Aufmerksamkeit darauf richtete, desto besser gelang es ihm, die Energie mit der einen Geisteshälfte anzunehmen und mit der anderen zu blockieren. Mehr und mehr formte sich eine Mauer um den Teil seines Verstands, mit dem er das Gedicht zu Papier bringen wollte. Schließlich setzte er sein Werk unbeeinträchtigt fort, ohne dass der Rest seines Körpers auf die Energie des Adamanten verzichten musste. Eine Technik, die er unbedingt weiter anwenden musste, wenn er sich auf Dauer nicht selbst verlieren wollte.

Nachdem er das Gedicht fertiggestellt hatte, las er es noch einmal laut vor. Es traf eigentlich recht gut, was er Thera sagen wollte, aber es war mit Sicherheit kein Gedicht, über das sie sich freuen würde. Es klang mehr nach einem Testament als nach einer Liebesbotschaft, die ihr Kraft und Hoffnung geben sollte. Nimael zerknüllte den Entwurf, ließ ihn in einer Schreibtischschublade verschwinden und fing noch einmal von vorne an. Während er sich darin vertiefte, hatte die zweite Hälfte seines Verstands bereits eine solche Klarheit erreicht, dass er mühelos auf jede Erinnerung und jedes Bild in seinem Kopf zurückgreifen konnte. Wenn er jetzt bereits eine dermaßen starke Wirkung verspürte, konnte er sich kaum vorstellen, wozu ihn der Adamant in den nächsten Tagen noch befähigen würde.

Am Abend kehrte die Gruppe aus dem Bruch zurück und Nimael erwartete sie bereits mit dem Abendessen. Thera dagegen bat er ins Caer-Zimmer, wo er alles vorbereitet hatte. Wie schon bei ihrer ersten Verabredung hatte er den Schreibtisch in die Mitte des Raumes gerückt und ein ansehnliches Mahl aufgetischt. Das Artefakt hatte er auf dem Regal platziert, wo es für eine stimmige Beleuchtung sorgte.

Nach dem Abendessen, bei dem sie bewusst die bevorstehenden Ereignisse ausgeblendet hatten, reichte Nimael ihr sein Gedicht.

*Seit dem Tag,*
*an dem wir uns trafen,*
*schenkten wir einander*
*Liebe in unseren Herzen.*
*Wir gaben einander*
*einen Teil von uns.*
*Ich danke dir*
*für dieses Vertrauen,*
*denn du erwärmst mich*
*mit jedem Kuss*
*und jeder Berührung*
*meiner Seele.*

*Logik und Mathematik sagen,*
*dass Division verringert,*
*doch ich fühle,*
*je mehr wir teilen,*
*desto mehr werden wir*
*zu einem Ganzen.*

*Du bist mein wertvollster*
*erfüllter Traum.*
*Du stellst alles andere*
*in den Schatten.*
*Du machst mich*
*wunschlos glücklich.*
*Wir werden uns*
*niemals verlieren.*

*Ich weiß es,*
*denn in deinem Herzen*
*werde ich*
*immer bei dir sein.*

*Nimael, Tag 1491*

Thera sah gerührt zu ihm auf. „Das ist wunderschön." Sie bedankte sich. „Wenn ich in deine Augen sehe, dann sehe ich meine Zukunft – unsere Zukunft."

„Ich sehe sie auch in deinen", erwiderte Nimael sanft. So sehr er diesen romantischen Moment gerne noch festgehalten hätte, durfte er doch nicht vergessen, was er ihr eigentlich sagen wollte. „Aber es ist keine gewisse Zukunft, die uns einfach so geschenkt werden wird. Bisher ist es nichts weiter als ein Wunschtraum. Ein Ziel, um das wir mit allen Mitteln kämpfen müssen, wenn wir es erreichen wollen."

„Ich weiß, was du meinst", sagte Thera. Traurigkeit spiegelte sich in ihren Augen. „Vor einiger Zeit hatte ich einen Traum. Wir saßen nebeneinander auf einer endlos weiten grünen Wiese. Der Himmel über uns war tiefblau. Wir hatten die Arme nach hinten gelegt, um uns abzustützen und die Beine gemütlich übereinandergeschlagen, während wir unseren beiden überglücklichen Kindern beim Spielen zusahen." Thera lächelte bei dem Gedanken so schön, dass es Nimael beinahe den Atem verschlug. „Ein Mädchen und ein Junge. Es war so wunderschön – die perfekte Idylle." Ihr Lächeln verschwand auf einmal und ihre Miene verfinsterte sich. „Doch dann tauchten aus dem Nichts zwei Gards auf und griffen sich die beiden. Wir wollten einschreiten, aber plötzlich waren wir an Armen und Beinen gefesselt und konnten uns nicht mehr rühren. Als wir wieder aufsahen, hatten sie unsere Kinder in graue Uniformen gesteckt und ihre Gesichter waren nicht länger rosig und lebendig, sondern aschfahl wie der Tod. Ich schrie entsetzt auf und fuhr im selben Moment hoch, aber der Traum will mir noch immer nicht aus dem Kopf gehen." Ihr gedankenverlorener Blick in die Ferne richtete sich auf Nimael und erfasste ihn. „Ich liebe Kinder und wünsche mir nichts sehnlicher, als mit dir eine Familie zu gründen. Aber wenn die Pläne der Dominaten Wirklichkeit werden, möchte ich nicht, dass unsere Kinder in einer solchen Welt aufwachsen. Vielleicht mache ich mir zu viele Gedanken, aber möglicherweise beginnt die Verantwortung der Eltern schon vor der Geburt. Lass uns zuerst dafür sorgen, dass unsere Kinder in einer freien Welt aufwachsen können, in der ihnen sämtliche Möglichkeiten offenstehen."

Nimael nickte. „Genau das habe ich vor, aber dazu muss ich zuerst Chapi gegenübertreten", erklärte er. „Nach allem, was Koba für uns getan hat, kann ich sie nicht einfach ihrem Schicksal überlassen. Und wenn ich es nicht mal mit einem Dominaten aufnehmen kann, werden wir sie niemals besiegen."

„Vermutlich nicht."

„Diese Sache ist so viel größer als wir. Deshalb sollten wir auch über die sehr reelle Möglichkeit sprechen, dass ich dieses Duell vielleicht nicht überlebe."

„Sag so was nicht!" Tiefe Sorge mischte sich in Theras Blick.

„Was auch immer passiert, du musst mir versprechen, dass du niemals deinen Glauben an die Menschheit verlierst. Bewahre dir dein Mitgefühl, deine Herzlichkeit, deine liebevolle Art, deine Unvoreingenommenheit und deine Authentizität. Und lass dir nicht einreden, dass es sich dabei um etwas Negatives handelt. Manche mögen diese Eigenschaften als naiv abtun, aber sie sind etwas Gutes. Etwas, das dich auszeichnet und dich vom Rest unterscheidet. Bitte, Thera, verliere niemals die Hoffnung, auch wenn es keine mehr zu geben scheint. Vielleicht findest du sie nur in etwas anderem, als du ursprünglich angenommen hast."

„Hör auf, du machst mir Angst!"

Nimael entschuldigte sich und nahm ihre Hand. „Du musst es anders sehen. Vielleicht ist das Leben nur eine Reise und wir sind einfach nicht dazu bestimmt, gleichzeitig anzukommen. Vielleicht sollten wir einfach dankbar für jede Sekunde sein, die wir mit unseren Wegbegleitern verbringen dürfen – für jeden Abschnitt, den wir gemeinsam mit ihnen gehen dürfen."

„Du klingst schon wie Serqet", erwiderte Thera bitter. „Sie hat sich heute bei mir entschuldigt. Sie meinte, sie wisse ja, wie viel mir an dir liegt, und dass ich es nicht persönlich nehmen soll. Chapi würde nur einen Befehl ausführen. Sie klang, als wäre das Duell bereits entschieden, bevor es begonnen hat."

„Man räumt mir wohl keine allzu großen Chancen ein."

„Aber das ist es ja gerade", fuhr Thera ihn an. „Du räumst sie dir ja nicht mal selbst ein! Wenn du mit dieser Einstellung antrittst, hast du tatsächlich schon verloren. Du musst an dich glauben! Du bist ein Kämpfer und hast bisher noch immer einen Weg gefunden, selbst wenn die Chancen noch so schlecht standen. Du hast gekämpft, als wir auf dem Schattenhügel von 20 Mann umstellt waren. Du hast gekämpft, als du gefesselt warst und nichts sehen konntest. Und du hast gekämpft, als du vier Gards gegen dich und noch keine Ahnung von deinen Fähigkeiten hattest. Du gibst nicht auf. Du stellst dich deinen Feinden entgegen und findest einen Weg. Auch gegen Chapi, davon bin ich überzeugt."

„Du hast recht, ich habe mich immer sämtlichen Gefahren gestellt, aber wohin hat mich dieser Kampfgeist geführt?", hinterfragte Nimael seinen Kurs. „Sieh dir nur unsere Gruppe an. Wie viele haben wir dadurch schon verloren? Vielleicht wärt ihr ohne mich besser dran."

„So etwas darfst du noch nicht einmal denken!", widersprach Thera energisch. „Aber jetzt verstehe ich, woher deine plötzliche Resignation stammt. Dein Kampfgeist hatte doch nichts mit unseren Verlusten zu tun. Veila ist frei, Eskabatt wurde wegen eines Missverständnisses getötet, Melina, weil sie mehr Probleme mit sich selbst hatte als mit irgendjemandem sonst, der hinterhältige Anschlag auf Ting ging auf Tschirnas Intrige zurück und Kaeti hat uns den Rücken gekehrt und uns verraten. Dass Koba nun in dieser Situation steckt, ist ebenfalls ihr zu verdanken. Nichts davon ist deine Schuld."

„Mag sein", erwiderte Nimael. „Trotzdem will ich, dass du auch eine Niederlage nicht ganz ausschließt, damit dich diese nicht unvorbereitet trifft. Ich weiß, dass du die Aufgabe einer Caer hervorragend erfüllst. Besser als ich das je getan habe. Insofern bin ich froh, dass diesmal nur mein eigenes Leben auf dem Spiel steht und ich euch in Sicherheit weiß. Dir und der Gruppe wird es gut gehen."

„Du täuschst dich. Diese Einstellung ist egoistisch und falsch. Wenn du es nicht schaffst, schaffe ich es auch nicht, denn ich kann ohne dich nicht leben. Also kämpfst du besser so, als würde unser aller Leben auf dem Spiel stehen, verstehst du?"

Nimael nickte. Sie bildeten eine Einheit, wie er es in seinem Gedicht geschrieben hatte. Er musste für sein eigenes Leben mit derselben Entschlossenheit eintreten wie für das ihre.

„Wehe, du vergisst das!", drohte Thera ihm. „Du hast mich schon einmal verlassen und ich habe dir vergeben. Wenn du mich diesmal verlässt, werde ich dir das nicht mehr verzeihen."

Am nächsten Morgen setzte Nimael seine Versuche mit dem Artefakt fort. Nachdem er sein Bewusstsein erneut geteilt und eine Mauer um seinen Verstand errichtet hatte, nahm er den Stein in die Hand und erfreute sich an der Energie, die in ihrer ganzen Kraft ungehindert auf ihn einströmte. Dann teilte er seinen Geist in weitere Stücke auf, bis er an seine Grenzen gelangt war. Grenzen, die nicht von der Macht des Adamanten herrührten, sondern von der Größe seines eigenen Bewusstseins. Acht Teile hatte er geschaffen. Jedes einzelne war glasklar und konnte jedes Bild und jeden Gedanken so präzise festhalten, als wären sie in Stein gemeißelt.

Am Abend verstaute er den Adamanten wieder in Balba und begab sich zu den gemeinsamen Kampfübungen im Garten. Ando spielte mit ihm verschiedene Schlag- und Wurfkombinationen durch und setzte dabei vor allem auf seinen eigenen Kampfstil. Nimael beobachtete ihn genau und nahm jede kleinste Bewegung in sich auf, damit er gegen Chapi auf eine möglichst breite Palette von Angriffen und Verteidigungsstrategien zurückgreifen konnte. Dennoch hatte er das Gefühl, auf diese Weise nicht schnell genug voranzukommen, und wünschte sich insgeheim einen Dominaten als Übungspartner. Einerseits verlief ein Kampf während eines Drifts mit Sicherheit auf eine ganz andere Art und Weise, als er es mit Ando erproben konnte, andererseits spielte sein geschärfter Verstand innerhalb eines kurzen Moments sämtliche Varianten durch, wie er auf seinen Gegner reagieren konnte – und das gleich mehrere Schritte im Voraus. Während er mit Ando daher nur langsame Fortschritte machte, hatte Chapi mit Sicherheit einen Übungspartner wie Kolubleik, der ihm sämtliche Tricks und Kniffe innerhalb weniger Augenblicke beibringen konnte. Wenn Chapi es denn überhaupt für nötig erachtete, sich auf eine dermaßen ungleiche Auseinandersetzung vorzubereiten. Vielleicht konnte Nimael ja genau diese Überheblichkeit ausnutzen. Er erinnerte sich daran, wie er Torren von seinen Fähigkeiten erzählt und ihm anschließend Mut gemacht hatte, dass die Meister nicht unbesiegbar waren. Damals hatte er seinen Freunden geraten, in einem Kampf gegen einen Dominaten auf das Überraschungsmoment zu setzen und den Gegner in eine Position zu bringen, aus der er sich auch mit einem Drift nicht wieder befreien konnte. Die einzige Überraschung, auf die Nimael hoffen konnte, war sein Kampfgeist. Er würde es Chapi nicht so leicht machen, wie Serqet und wahrscheinlich auch alle anderen Meister annahmen. Vielleicht konnte er Chapi ja sogar irgendwie festsetzen, auch wenn dieses Unterfangen eine enorme Herausforderung darstellte. Schließlich würde Chapi ihn kampfbereit empfangen und sich vermutlich kaum einen Fehler erlauben. Nimael musste sich auf seine anderen Vorteile besinnen. In einer Kampfpause ließ er den Baumbereich hinter sich und erkundete den Garten. Dabei prägte er sich die Umgebung bis ins kleinste Detail ein. Jeden Stein, jeden Ast und jede Wurzel. Wo hatte Iora welche Pflanze angebaut und welche Eigenschaften hatte sie? Wo verlief die Bewässerung und wie tief waren die Furchen? Erst nachdem er sich in seinem Kopf durch den gesamten Garten bewegen konnte, beendete er seinen Rundgang.

In den folgenden Tagen verfeinerte Nimael seine Geistesfähigkeiten und stellte genauere Überlegungen bezüglich des Kampfes an. Welchen Vorteil brachten diese Splits, wenn er es nicht mit mehreren Gegnern, sondern nur mit einem einzigen zu tun hatte? Vielleicht konnte er gegen Chapi trotzdem verschiedene Angriffs- und Verteidigungsstrategien gleichzeitig ausführen. In jedem Fall war ein zentraler Verstand, der die anderen koordinierte, unverzichtbar. Bei diesem Geist, der auch den Überblick wahren und die gesamte strategische Denkarbeit übernehmen sollte, war sein eigener, unbeeinflusster Verstand gefragt. Während ein weiterer Teil seines Bewusstseins einen Drift erschuf, setzte sich ein dritter mit Andos Kampfstil auseinander, ein vierter mit seinem eigenen, ein fünfter mit der Koordination des Oberkörpers, ein sechster mit der Bein- und Fußarbeit, ein siebter konzentrierte sich auf die Aktionen seines Gegners und ein achter auf die Umgebung. Wieder wünschte sich Nimael nichts sehnlicher als einen ebenbürtigen Partner, der auf ähnliche Fähigkeiten zurückgreifen konnte und eine Herausforderung für ihn darstellte. Wenn er Ando mit der Wucht eines Drifts ungeschickt traf, konnte sich dieser mit Sicherheit schwer verletzen. So musste Nimael mit einem Baum vorliebnehmen, an dem er seine Fertigkeiten ausprobieren konnte. Er teilte seinen Geist, löste einen Drift aus und tänzelte um den Baum herum, um verschiedene Schläge und Tritte auszuprobieren. Tatsächlich fand er durch das absolute Gewahrsein seiner Umgebung stets einen sicheren Stand. Auch das Zusammenspiel der verschiedenen Teile seines Bewusstseins funktionierte hervorragend – mit einer Ausnahme. Die fehlenden Aktionen seines Gegners unterforderten einen Teil seines Verstands. Damit Nimael bei seinen Übungen das volle Potenzial seines Geistes ausschöpfen konnte, sollte sich auch dieser Teil irgendwie nützlich machen und beschäftigen. In dem Artikel über die Dominaten war von weiteren Kräften die Rede gewesen. Nimaels glasklarer Verstand sah jedes Wort vor seinem inneren Auge und analysierte es gründlich. Wenn Chapi von neuen Tricks Gebrauch machte, musste Nimael dafür gewappnet sein. Und möglicherweise gelang es ihm mit der gebündelten Macht des Adamanten sogar noch rechtzeitig, selbst einige dieser Fähigkeiten zu erlernen.

# 28

# DUELL

Je näher sein Aufeinandertreffen mit Chapi rückte, desto mehr stellte sich Nimael die Frage, ob es sich nicht doch noch abwenden ließ. Immerhin hatte sich Chapi bei den zahlreichen Gerichtsverhandlungen überwiegend neutral gezeigt. Wahrscheinlich war er ihm nicht gerade wohlgesonnen, aber nach den wenigen kurzen Begegnungen betrachtete er ihn auch ganz sicher nicht als Todfeind. Wenn Chapi den Makersch ablehnen würde, konnte Nimael vielleicht kampflos zum Sieger erklärt werden, um Koba vor ihrem Schicksal zu bewahren.

Schließlich brach der entscheidende Tag an. Das Duell war für die Mittagspause angesetzt worden, so stand es allen Gards und Caers frei, den Kampf im Garten zu verfolgen. Eine Möglichkeit, die die Dominaten gewiss nicht aus reiner Großzügigkeit anboten, sondern weil sie ein Exempel statuieren wollten. Wenn es nicht einmal Nimael gelang, einen von ihnen zu besiegen, so würde es wohl auch kein anderer jemals wagen, sich ihnen entgegenzustellen. Auf der anderen Seite kam Nimael der frühzeitige Termin recht gelegen. Er hatte überraschend gut geschlafen und fühlte sich frisch und ausgeruht.

Gleichzeitig war die Kraft, die von dem Adamanten auf ihn übergegangen war, auf einem Höhepunkt angelangt, den er allein mit diesem Fragment offenbar kaum noch steigern konnte. Lieber wollte er diese geballte Energie im Kampf einsetzen, als sie an die Nervosität zu verschwenden, die schon seit den frühen Morgenstunden an ihm nagte. Daran konnte auch die Anwesenheit seiner gesamten Gruppe nichts ändern, die sich an diesem Tag freigenommen hatte und die Zeit mit ihm im Gemeinschaftsraum verbrachte. Nimael dankte ihnen für ihre guten Wünsche, obwohl es sich größtenteils nur um Höflichkeitsfloskeln handelte. Aber was sollte man unter diesen Umständen auch anderes sagen?

Irgendwann öffnete sich die Zellentür und Gilbradock trat mit zwei Wachleuten ein.

„Es ist so weit", verkündete er und rieb sich die Hände. „Ihr Slaes habt im Garten nichts verloren, ihr müsst hier bleiben. Ausnahmen werden nur für Bestattungen von Gruppenmitgliedern gemacht, das heißt, morgen früh dürft ihr uns dann begleiten." Er lachte schmutzig auf, worauf die beiden Wachen pflichtbewusst mit einstimmten. Nimael ließ es unkommentiert und verabschiedete sich stattdessen von seinen Freundinnen. Zumindest hatte Thera den passenden Rang, um ihn begleiten zu dürfen. Im Gang erinnerte sie ihn an ihr Gespräch.

„Sie brauchen dich", sagte sie. „*Ich* brauche dich. Versprich mir, dass du kämpfen und unter keinen Umständen aufgeben wirst."

„Versprochen", erwiderte Nimael. „Ich werde kämpfen und ich werde gewinnen."

Thera hob die Augenbrauen. „Woher dieser Sinneswandel? Im Gegensatz zu unserem letzten Gespräch klingt das ja schon beinahe arrogant."

Nimael lächelte. „Nein, keine Sorge, das ist es nicht."

Thera sah ihn fragend an.

„Nun, ich sage es nicht, *weil* ich daran glaube, sondern *damit* ich daran glaube", erklärte Nimael.

Thera dachte kurz darüber nach, dann nickte sie und sah ihm tief in die Augen. „Ich liebe dich von ganzem Herzen." Ihr Bekenntnis schien das zu vollbringen, was er nicht für möglich gehalten hätte. Seine Entschlossenheit, sein Kampfgeist und seine Zuversicht, die ohnehin schon auf einem Höhepunkt angelangt waren, wuchsen noch ein entscheidendes Stück weiter. Er wusste, was auf dem Spiel stand, und er würde alles tun, um diesen Kampf für sich zu entscheiden.

Als sie den Garten erreichten, hatten sich neben den Meistern schon zahlreiche Gards und Caers eingefunden, die sich offenbar die besten Plätze sichern wollten und in einem Halbkreis um den Baumbereich herum standen. In der Mitte davon erwartete Chapi gespannt seinen Gegner. Nachdem sich Nimael mit einem innigen Kuss von Thera verabschiedet hatte, brachte Gilbradock sie zum übrigen Publikum, in dessen Reihen auch Koba stand. Sie nahmen sich gegenseitig in die Arme, um einander beizustehen. Für Koba musste dieses ganze Spektakel noch schlimmer zu ertragen sein als für Nimael, immerhin hatte sie ihr Schicksal nicht länger selbst in der Hand.

Nimael trat zu Chapi in die Arena und musterte seinen Gegner. Er ließ sich nichts anmerken, weder Überschwang noch Unsicherheit. Nimael nickte ihm zu, aber Chapi reagierte nicht darauf, sondern blieb regungslos stehen. Schließlich trafen weitere Gards und Caers im Garten ein, darunter auch Ando, Wiggy und Amaru, die sich zu Thera und Koba in die vorderste Reihe gesellten. Inzwischen hatte sich eine enorme Menge angesammelt. Offenbar wollte sich niemand den Kampf entgehen lassen, und wahrscheinlich war außer den Slaes nur noch eine Notbesatzung von Gards im Bruch zurückgeblieben.

„Willkommen", ergriff Arnavut das Wort. „Euch wird heute die Ehre zuteil, einem Makersch beizuwohnen. Dabei handelt es sich um ein Duell zwischen zwei Meistern. Es geht für gewöhnlich sehr schnell vonstatten und endet erst, wenn einer der beiden Kämpfer tot ist." Er zückte ein Messer. „Mit dieser Klinge soll der Unterlegene von seinem Leiden erlöst werden. Darüber hinaus ist es den Duellanten gestattet, absolut jegliches Mittel einzusetzen, um den Gegner zu bezwingen, ganz ohne Einschränkungen. Es gibt nur eine einzige Regel: Aus dem Publikum mischt sich keiner ein. Anfeuern und Zurufe sind erlaubt, aber der Ring wird nicht betreten und es werden auch keine Gegenstände hineingeworfen. Ein Verstoß gegen diese Regel wird mit dem Tode bestraft." Er wandte sich ohne weitere Umschweife an Chapi und Nimael. „Seid ihr bereit?"

Beide antworteten mit einem knappen Nicken, um sich sofort wieder auf ihren Kontrahenten zu konzentrieren.

„Dann kämpft!", befahl Arnavut. Er warf das Messer in den Ring, um das Duell zu eröffnen, und zog sich in die Reihen der Zuschauer zurück.

Chapi, der sich das nicht zweimal sagen ließ, war drauf und dran einen Drift auszulösen und anzugreifen, doch Nimael hob die Hand.

„Warte!"

Chapi hielt einen Moment inne und neigte neugierig den Kopf. „Willst du dich kampflos ergeben?"

Nimael schüttelte den Kopf.

„Dann haben wir uns nichts weiter zu sagen." Chapi versetzte sich in einen Drift und preschte mit übermenschlicher Geschwindigkeit nach vorne. Nimael stemmte sich ebenfalls gegen die Strömung und schaffte es gerade noch, einem ersten Kinnhaken zu entgehen. Er wich zurück und hob erneut die Hand.

„Jetzt warte doch mal!", forderte er ihn nachdrücklich auf. Als Chapi zögerte, fuhr er fort: „Wir müssen nicht gegeneinander kämpfen. Ich habe nichts gegen dich. Verdammt, ich kenne dich ja kaum."

„Ich dich auch nicht, aber ich habe meine Befehle", erwiderte Chapi kalt.

„Ich dachte, kein Kämpfer könnte zu einem Makersch gezwungen werden", warf Nimael ein. „Du könntest ablehnen, dann müsste heute keiner von uns sterben."

Chapi überlegte kurz, dann gab er den Vorschlag zurück. „Aus welchem Grund hast *du* den Makersch akzeptiert?"

Nimael deutete mit einem Nicken zu Koba, die das Duell in Theras Armen verfolgte, nun aber wie alle anderen Zuschauer durch den Drift erstarrt war. „Wenn ich gewinne, wird ihr die Hinrichtung erspart", erklärte er. „Man würde sie mit Sicherheit ebenfalls verschonen, wenn du es ablehnst, gegen mich zu kämpfen."

Das Argument schien Chapi zu überzeugen. Während er Koba eingehend musterte, spiegelte seine Miene mehr und mehr Mitgefühl wider. Nachdenklich wanderte sein Bick zu Arnavut, welcher scharf zu ihm zurückstarrte.

„Worauf wartet ihr?", rief Kolubleik ungeduldig. „Ihr seid nicht zum Plaudern hier!"

Chapis Blick wanderte wieder zu Koba zurück. Plötzlich zogen sich seine Augenbrauen skeptisch zusammen.

„Dieser Anhänger, den deine Freundin trägt … Ich kenne ihn. Er lag zum Abkühlen in der Schmiede, als wir dem veränderten Leuchten unseres Fragments nachgegangen sind." Obwohl Chapi damals nur einen kurzen Blick in die Schmiede geworfen hatte, verfügte er offenbar über dasselbe glasklare Erinnerungsvermögen wie Nimael und konnte sich an jedes Detail erinnern. „Du warst dort, nicht wahr?" Er überlegte angestrengt. „Es war kein Zufall, dass unser Adamant plötzlich verrücktgespielt hat. Du hast das zweite Fragment gefunden und versteckst es seitdem vor uns."

„Ich weiß nicht, wovon du redest."

„Ich glaube, das weißt du ganz genau. Wenn du nicht irgendwelche komischen Spielchen mit uns treiben würdest, hätten wir dieses verfluchte Höllenloch schon vor Jahren hinter uns gelassen." Chapis Augen verfärbten sich zwar nicht, aber seine Stimme bebte vor Zorn.

„Gib es mir! Du bringst es hierher und wir beenden diesen Makersch sofort."

Nimael schüttelte den Kopf. „Auf keinen Fall."

„Dann stirb und ich nehme es mir aus deinen toten Händen!"

An eine friedliche Lösung war nun nicht mehr zu denken. Chapi zögerte keine Sekunde und schlug erneut auf Kopfhöhe zu. Nimael tauchte darunter hindurch und tänzelte zurück. Anstatt nachzusetzen, verharrte Chapi an Ort und Stelle und winkte Nimael zu sich her.

„Na los, zeig mal, was du kannst!"

Nimael ging selbst zum Angriff über, hielt sich aber vorsichtig zurück. Vielleicht wartete schon der erste Trick eines durchtriebenen Dominaten auf ihn. Langsam näherte sich Nimael seinem Gegner und schlug nach ihm, doch Chapi erkannte frühzeitig, wohin der Schlag zielte, und wich problemlos zurück. Instinktiv nutze Nimael die restliche Kraft des Schlags, ging in eine Drehung über und verlängerte seine Reichweite mit einem Tritt. Doch Chapi leistete sich keine Unaufmerksamkeit, sondern wich rechtzeitig aus und schleuderte Nimael an sich vorbei.

„Beeindruckend", spottete er und grinste Nimael hochnäsig an.

Die nächsten rasch aufeinanderfolgenden Angriffsversuche der beiden Kämpfer dienten nur einem Zweck – sich gegenseitig abzutasten. In atemberaubender Geschwindigkeit wechselten sie zwischen verschiedenen Taktiken, Schlag- und Trittkombinationen hin und her, doch keine ihrer Strategien führte zum Ziel. Was der eine versuchte, sah der andere längst kommen und wehrte es entsprechend ab.

„Denk an das, was ich dir gezeigt habe!", rief Kolubleik seinem Schüler zu und bestätigte damit Nimaels schlimmste Befürchtungen. Sie hatten sich gemeinsam auf den Kampf vorbereitet, wodurch Chapi einen gewaltigen Vorteil besaß. Nimael ließ sich nicht entmutigen, täuschte einen linken Haken an und wechselte in letzter Sekunde auf einen Schlag mit der Rechten, den er in Chapis Magengrube platzierte. Vollkommen unerwartet landete er den Treffer. Ein Teil seines Verstands setzte bereits nach, während Nimael noch überlegte, ob es wirklich sein Täuschungsmanöver oder vielmehr die Ablenkung durch Kolubleik gewesen war, die diesen Treffer ermöglicht hatte. Auch der zweite Schlag traf Chapi, irgendetwas konnte nicht stimmen. Noch bevor Nimael reagieren konnte, packte Chapi ihn am Arm. Er hatte die Treffer bewusst in Kauf genommen, wirbelte nun herum und setzte an, um Nimael über seine Schulter zu werfen. Nimael machte sich darauf gefasst, mit voller Wucht auf den Boden geschmettert zu werden, und überlegte, wie er sich am besten abrollen oder auf den Aufprall vorbereiten konnte. Doch plötzlich ließ sich Chapi aus der Strömung fallen und schwang ihn in extremer Verlangsamung über seine Schulter. Noch ehe Nimael überhaupt begriff, was es damit auf sich hatte, versetzte sich Chapi wieder in den Drift zurück und löste sich von ihm. Dann grinste er ihn überlegen an. Nimael hing plötzlich kopfüber in der Luft und glitt nur langsam zu Boden. Erst jetzt wurde ihm bewusst, dass er Chapi damit vollkommen hilflos ausgeliefert war. Dieser nutzte die Gelegenheit und versetzte Nimael einen brutalen Tritt in den Brustkorb, der einen stechenden Schmerz verursachte und ihn blitzartig nach hinten schleuderte. Wahrscheinlich hatte Chapi ihm gerade mehrere Rippen gebrochen und bei dem bevorstehenden Aufprall würde sich Nimael noch weitere Verletzungen zuziehen. War das bereits die Vorentscheidung?

Aber der Sturz verlief unerwartet sanft. Ein unbeteiligter Zuschauer bremste Nimaels Flug plötzlich ab und ging mit ihm zu Boden. Nimael orientierte sich kurz. Chapi hatte ihn tatsächlich bis in die erste Publikumsreihe geschleudert, wo auch Ando stand und ihm etwas zurufen schien. Doch der Drift verzerrte seine Stimme zu einem tiefen Brummen. Nimael ließ sich aus der Strömung fallen und verstand im Geschrei der Menge gerade noch ein einziges Wort.

„… Garten!“

Mehr war auch nicht nötig, um ihn daran zu erinnern, wie er sich auf den Kampf vorbereitet hatte. Ganz eindeutig lag Chapis großer Vorteil darin, wie er die Geschwindigkeitsunterschiede während eines Drifts für sich zu nutzen wusste. Doch davon durfte sich Nimael nicht beeindrucken lassen, er hatte seine eigenen Vorteile. Er kehrte in die Strömung zurück und erkannte in derselben Sekunde Chapi, der ihm gefolgt war und sich nun schon wieder vor ihm aufbaute. Offenbar erwartete er keinen Widerstand mehr. Er packte Nimael am Kragen und zog ihn nach oben. Nimael rammte dem Meister von oben seinen Ellbogen in den Arm, worauf dieser kurz von ihm abließ, nur um im selben Moment auf ihn einzuschlagen. Nimael wehrte den Angriff ab und schob sich nach hinten durch die Zuschauermenge, bis sich diese lichtete und den Weg zum Garten freigab.

Jeder Atemzug verursachte brennenden Schmerz in seiner Brust, aber Nimael ließ sich nichts anmerken, sondern blockte fleißig die Schläge seines Widersachers ab, die von vorne auf ihn einprasselten. Gleichzeitig konzentrierte sich ein Teil seines Bewusstseins auf die Umgebung, und wie er sich diese zunutze machen konnte. Obwohl er sich rückwärts durch den Garten bewegte, sah Nimael jedes Detail so deutlich vor sich, dass er jeden Schritt mit absoluter Gewissheit tun konnte. Ganz im Gegensatz zu Chapi. Dieser hatte die helle Mittagssonne gegen sich, kniff die Augen zusammen und erkannte offenbar nicht viel mehr als die Umrisse seines Gegners. Diesen Umstand musste Nimael unbedingt nutzen. Er wich noch etwas weiter zurück, bis er Ioras Berberitzenstrauch hinter sich wusste. Dann sprang er urplötzlich nach vorne und riss sein Knie nach oben. Tatsächlich reagierte Chapi den entscheidenden Moment zu spät. Nimael traf ihn erneut in die Magengrube und der Meister krümmte sich zusammen. Nimael packte ihn und schleuderte ihn an sich vorbei in das mit Dornen besetzte Gebüsch. Chapi schrie auf und versuchte, sich aus dem Strauch zu befreien, aber – Drift hin oder her – jede

Bewegung verursachte solche Schmerzen, dass er wilde Flüche ausstieß.

Für einen Moment überlegte Nimael, die missliche Lage des Dominaten eiskalt auszunutzen und ihn weiter anzugreifen, entschied sich dann aber dagegen. Nicht aus Mitleid, sondern weil das Risiko zu groß war, dass Chapi ihn zu fassen bekam und ebenfalls in die gemeingefährlichen Stacheln hineinzog.

„Chapi!", rief eine weibliche Stimme aus der Entfernung. In den Reihen des Publikums wühlte sich Serqet durch die erstarrten Zuschauer, um ihrem Liebsten zu Hilfe zu eilen.

„Nein, keine Einmischung!" Arnavut packte sie und hielt sie zurück. Neben ihm standen Amon, der überrascht dreinblickte, und Kolubleik, der zwar die Fassung wahrte, aber offensichtlich äußerst unzufrieden mit dem Verlauf des Kampfes war. Das Exempel, das die Dominaten statuieren wollten, um ihren Ruf als unverwundbare Übermenschen zu festigen, war jedenfalls vom Tisch. Nimael grinste voller Genugtuung zu ihnen hinüber.

Währenddessen war es Chapi gelungen, sich aus dem Dornengestrüpp zu befreien, und diesmal glühten seine Augen vor Zorn. Nimael hatte sich zu früh gefreut und schenkte seinem Gegner wieder seine ungeteilte Aufmerksamkeit. Obwohl die Dornen mit Sicherheit äußerst schmerzhaft gewesen waren, hatten sie ganz sicher keine größeren Verletzungen verursacht, die Chapi im Kampf nachhaltig beeinträchtigen würden. Stattdessen hatte Nimael ihn jetzt erst so richtig in Rage versetzt.

„Komm her, du Wurm!" Wild entschlossen stürmte Chapi los. Erneut wich Nimael zurück und versuchte, die Schläge, die in ungeheurer Geschwindigkeit auf ihn einhämmerten, abzuwehren. Größtenteils gelang es ihm zwar, aber wie lange konnte er dem hasserfüllten Meister noch standhalten? Konnte er vielleicht Serqets emotionalen Zustand für sich nutzen? Wenn sie der Versuchung nicht widerstehen konnte, sich einzumischen, wurde der Kampf vielleicht unterbrochen und Chapi disqualifiziert. Nimael steuerte bewusst auf die Mitte des Publikums zu, wo sich sämtliche Meister aufhielten, und drängte sich direkt an ihnen vorbei. Als er auf Serqets Höhe angelangt war, blieb er einen Moment lang stehen und versuchte, die Position zu halten. Jetzt musste er nur noch einen Weg finden, Chapi zuzusetzen und Serqet damit zu provozieren. Doch der aufgebrachte Meister hatte sich in einen regelrechten Rausch gekämpft, der keinen Gegenschlag zuließ. Diesmal war es Nimael, der ein paar schmerzhafte Treffer in Kauf nahm, um sich einen regungslosen Gard zu schnappen, den er auf Chapi schleuderte. Dieser sah den Wachmann gerade noch kommen und wehrte ihn mit einem gezielten Tritt ab. Der Gard flog zur Seite und blieb wie ein nutzloser Gegenstand am Boden liegen. Als ob Chapi wusste, was Nimael damit zu bezwecken versucht hatte, setzte er noch entschlossener als zuvor seinen Angriff fort. Unverrichteter Dinge gab Nimael seine Position neben Serqet wieder auf und zog sich in die Arena zurück, wo der Kampf begonnen hatte.

Was konnte er hier im Baumbereich noch zu seinem Vorteil nutzen? Irgendwie musste er diesen wild gewordenen Meister zähmen, um ihm etwas entgegenzusetzen. Wenn man den Drift außer Acht ließ, in dem sie sich gerade befanden, war Chapi eigentlich ein ganz gewöhnlicher Gegner. Er war zwar schnell, aber seine Angriffe waren weder besonders präzise noch kontrolliert. Es passte zu dem, was Arnavut über ihn gesagt hatte. Er war einer ihrer Jüngsten. Ungeduldig, impulsiv und ungestüm. Keine besonders guten Eigenschaften für einen Kämpfer. Vielleicht waren die regungslosen Bäume, die hier schon seit Ewigkeiten standen, ja tatsächlich des Rätsels Lösung. Nimael brachte etwas Abstand zwischen sich und seinen Gegner, bis er für einen Moment außer Reichweite war. Dann drehte er sich um und rannte los. Ein mächtiger Affenbrotbaum überragte alle anderen Pflanzen im Garten. Seine Wurzeln hatten sich am Boden breitflächig ausgedehnt, aber Nimael wusste genau, wo er hintreten musste, um nicht zu fallen. Er nahm Anlauf und rannte direkt auf den dicken Stamm des Baums zu. Während eines Drifts änderte sich auch an seiner eigenen Masse nichts, aber wie Chapis Schulterwurf gezeigt hatte, zog es ihn nicht so schnell nach unten wie unter normalen Bedingungen. Er rannte ungebremst weiter und schließlich mit vollem Schwung den Baum hinauf, bis er auf einmal die Baumkrone erreicht hatte. Nimael hielt sich an einem Ast fest und versuchte, das Gleichgewicht zu halten, um schließlich ein gutes Stück über dem Boden zur Ruhe zu kommen. Chapi hatte ebenfalls Anlauf genommen, brach das Vorhaben aber frühzeitig ab, weil ihn die Wurzeln zum Straucheln brachten. Stattdessen ging er gemächlich zu dem Messer, das Arnavut in den Ring geworfen hatte, nahm es an sich und sah zu Nimael hinauf.

„Ich hoffe, du genießt die Aussicht", rief Chapi. „Sie wird das Letzte sein, was du siehst. Sobald du auch nur einen Fuß nach unten setzt, schlitze ich dich auf."

„Wenn du mich erwischen willst, wirst du mich schon holen müssen", rief Nimael zurück. „Aber ich kann dich beruhigen, hier oben gibt es weit und breit keine Dornen. Oder hast du etwa Höhenangst?" Nimael setzte ein falsches Grinsen auf, um Chapi noch mehr zu provozieren, und tatsächlich begann dieser, vor Wut beinahe zu rasen. Ungeduldig musterte er Wurzeln und Stamm, um einen Weg nach oben zu finden. Nimael sah sich in der Baumkrone um. Er brauchte unbedingt eine Waffe, mit der er sich gegen den Meister zur Wehr setzen konnte. Chapi hatte sich schon wieder in Bewegung gesetzt, rannte gekonnt zwischen dem Wurzelgeflecht hindurch und am Stamm hinauf nach oben. Im letzten Moment griff Nimael nach einem dicken, vertrockneten Ast und brach diesen ab, ohne den Halt zu verlieren. Er holte aus und schlug zu. Noch bevor sich Chapi irgendwo festhalten konnte, traf Nimael ihn am Kopf und schleuderte ihn wieder in die Tiefe. Durch den Drift fiel Chapi deutlich langsamer nach unten und schwebte regelrecht in der Luft. Aber auch ihm musste bewusst sein, dass sich nicht seine Geschwindigkeit, sondern nur seine Wahrnehmung geändert hatte. Er fuchtelte aufgeregt mit den Armen herum, um sich vor dem Aufprall in eine bessere Position zu bringen, aber es half alles nichts. Er verharrte in seiner Rückenlage, schlug mit dem Hinterkopf auf und blieb regungslos liegen. Nimael ließ den Ast fallen und machte sich an den Abstieg. Während der Großteil des Publikums offenbar noch nicht einmal erfasst hatte, was soeben geschehen war, hielt sich Serqet vor Entsetzen die Hand vor den Mund.

Unten angekommen, stieg Nimael vom Baum und näherte sich vorsichtig dem Meister. Er schien das Bewusstsein verloren zu haben. Nimael stieß ihn mit dem Stiefel an, aber Chapi rührte sich nicht. Das Messer hatte er beim Sturz losgelassen, wodurch es direkt neben ihm offen am Boden lag. Als sich Nimael nach unten beugte und danach griff, erwachte Chapi urplötzlich wieder zum Leben. Er riss seine feuerroten Augen auf, schnappte sich das Messer und schoss nach oben. Nimael wich erschrocken zurück, strauchelte und fiel unbeholfen nach hinten. Über ihm richtete sich Chapi siegessicher auf, um ihm den Todesstoß zu versetzen. Aus den Augenwinkeln erkannte Nimael gerade noch den abgebrochenen Ast, der in greifbarer Entfernung neben ihm lag. Er riss ihn nach oben und brachte ihn zwischen sich und seinen Angreifer, der sich wie im Rausch auf ihn stürzte, um zuzustechen. Plötzlich stieß Chapi einen ohrenbetäubenden Schrei aus, der Nimael unweigerlich an einen Raubvogel erinnerte und ihm mehr denn je bewusst machte, dass es sich bei seinem Gegner nicht um einen Menschen handelte. Als sich Chapi noch einmal aufrichtete, erkannte Nimael, dass sich der Ast quer durch seinen Bauch in die Brust gebohrt hatte. Chapi ließ das Messer fallen, starrte Nimael mit schmerzverzerrtem Gesicht an und erstarrte plötzlich. Er war aus der Strömung gefallen. Obwohl die übrigen Meister davon offenbar nichts mitbekommen hatten und Serqet entsetzt aufschrie, beendete Nimael seinen Drift und folgte Chapi in die Normalität zurück. Dort ging ein Raunen durch die Menge. Vor den Augen des Publikums sank ein Meister auf die Knie. Sein Erscheinungsbild schien die Beständigkeit zu verlieren und im nächsten Moment beinahe flüssig zu werden. Wie geschmolzenes Wachs tropfte es zäh von ihm herab und versickerte im Boden, wodurch es immer mehr von Chapis wahrem Äußeren offenbarte. Vor Nimael kam eine schreckliche Gestalt zum Vorschein. Ihre Haut war alt und ledrig und an manchen Stellen bereits so sehr verwest, dass Muskelgewebe und Knochen darunter hervortraten. Der Schädel war bis auf ein paar einzelne Haarsträhnen kahl und auch im Gesicht fehlten Haut- und Gewebeschichten, wodurch sich Teile des Oberkiefers, des Nasen- und des Jochbeins zeigten. Nimael wich vor Entsetzen ein paar Schritte zurück und versuchte, die Fassung zu wahren. Er erinnerte sich, was er über die Dominaten in Erfahrung gebracht hatte. Ihre ewige Jugend war eine Illusion, die sie mit ihrem Geist aufrechterhielten. Aber wenn Chapi einer ihrer Jüngsten war, so wollte er sich lieber nicht ausmalen, wie die anderen Dominaten unter ihrer falschen Hülle aussehen mochten.

# 29

# DURCHSUCHUNG

Chapis verwester Leichnam lag in seiner ganzen Abscheulichkeit offen im Garten herum. Während Nimael die Verwandlung einigermaßen verdaut hatte, starrte das Publikum voller Furcht und Abscheu auf das fremde Geschöpf. Ob Gard oder Caer, Sovalist oder Nimaelist machte da keinen Unterschied, dieser Vorfall musste ihnen allen die Augen geöffnet haben. Nimael machte sich bewusst, dass es sich bei den Caers größtenteils um dieselben Anwesenden handelte, die auch schon bei dem Aufeinandertreffen mit Burok dabei waren, und beschloss, die Gelegenheit zu nutzen und sich kurzerhand an die Zuschauerschaft zu wenden.

„Seht ihr das? Wisst ihr noch, wovon ich im Bruch gesprochen habe? Das habe ich gemeint, als ich von einem gemeinsamen Feind sprach. Wir haben uns all die Jahre gegenseitig bekämpft, dabei stehen diese Wesen direkt vor unserer Nase und zwingen uns unter ihr Joch. Uns alle! Sie denken, dass ihre Macht ihnen das Recht dazu gibt, aber das stimmt nicht. Sie mögen vielleicht unmenschlicher Natur sein, aber deswegen sind sie weder unverwundbar …“

Noch ehe er den Satz beenden konnte, fühlte er eine Hand an seiner Kehle, die ihm die Luft abschnürte. Arnavut hatte offenbar genug gehört und war mit einem Drift dazwischengegangen, um Schlimmeres zu verhindern.

„Wage es bloß nicht, auch nur ein einziges weiteres Wort zu verlieren!" Er löste seinen Griff gerade so weit, dass Nimael wieder Luft holen konnte. „Du glaubst, dass sich dadurch etwas ändern wird?" Arnavut lachte, aber aus nächster Nähe war leicht zu erkennen, dass es nur vorgeschoben war. „Du hast *einen* von uns besiegt. Einen von Tausenden. Nichts wird sich ändern."

„Vor einigen Jahren haben wir uns einmal über ein Sprichwort unterhalten", brachte Nimael leise heraus. „Es hieß, jeder wäre seines eigenen Glückes Schmied."

„Ich erinnere mich", erwiderte Arnavut voller Verachtung.

„Warum lasst ihr uns dann nicht schmieden?", fragte Nimael vorwurfsvoll.

„Weil ihr kein Recht dazu habt!", brüllte Arnavut und schleuderte ihn wie Unrat zu Boden. „Ihr seid primitiv, feindselig und jeder Verantwortung unwürdig. Ohne unsere Führung versinkt diese Welt im Chaos."

Nimaels Blick schweifte durchs Publikum. Serqets Trauer war in Wut umgeschlagen. Mit glühend roten Augen hatte sie es auf Nimael abgesehen, und wurde dabei nur von Amon und Kolubleik zurückgehalten. Iora behandelte den Gard, auf dem Nimael unsanft gelandet war, während der andere bewusstlos weggetragen wurde, und Kaifu sah vollkommen verloren aus, nachdem er die Verwandlung seines Meisters mitangesehen hatte. Dagegen machte sich bei Thera und seinen Freunden unglaubliche Erleichterung breit. Die übrigen Caers – darunter auch Burok und Korth – hatten den Schrecken langsam überwunden und musterten den Leichnam plötzlich mit Neugier anstatt Furcht. Gemurmel entstand rings um sie herum. Arnavut hatte sich getäuscht. Alles hatte sich verändert. Nichts war mehr so, wie es vorher war. Auch dem obersten Meister musste dies gerade klar geworden sein.

„Zurück an die Arbeit mit euch!“, brüllte er ins Publikum, um sich im nächsten Moment an die Gards zu wenden. „Schafft sie wieder in den Bruch!“

Die Männer gehorchten und räumten den Garten. Für einen Moment spielte Nimael mit dem Gedanken, sie zur Befehlsverweigerung aufzurufen und den Kampf gegen die Meister aufzunehmen. Aber selbst mit Gards und Caers vereint auf seiner Seite würden sie es mit vier Dominaten auf einmal nicht aufnehmen können. Ein Aufstand musste von langer Hand geplant werden, um Aussicht auf Erfolg zu haben.

„Was geschieht mit der Left?“, fragte einer der Gards und deutete auf Koba.

Offenbar hatte Arnavut keinen einzigen Gedanken an einen solchen Ausgang des Duells verschwendet und überlegte.

„Ich habe den Kampf gewonnen“, erinnerte Nimael ihn.

„Sperrt sie zu den anderen Slaes in seine Zelle“, befahl Arnavut schließlich. „Wir werden später über ihr Schicksal beraten.“

„Was gibt es da zu beraten? Ihr sollte das Leben geschenkt werden.“

„Du hast betrogen.“

„Wie bitte?“, fragte Nimael. „Es hieß, der einzige Regelverstoß sei eine Einmischung, alles andere sei erlaubt. Selbstverständlich habe ich mit allen Mitteln gekämpft, die mir zur Verfügung standen.“

„Das meine ich nicht.“ Arnavut wartete ab, bis die letzten Männer den Garten verlassen hatten und nur noch Gilbradock und die Meister übrig waren. „Ohne den Einfluss eines Adamanten hättest du niemals eine solche Aufmerksamkeit, Schnelligkeit und Ausdauer an den Tag gelegt. Niemandem wäre es möglich gewesen, so zu kämpfen, noch nicht einmal einem vollwertigen Dominaten.“

Nimael leugnete es mit einem Kopfschütteln.

„Dein Auftreten hat dich verraten", erklärte Arnavut. „Du hast Chapis Angriffe in atemberaubender Geschwindigkeit pariert, hast ihn sogar in Bedrängnis gebracht und dich dabei wie im Schlaf durch den Garten bewegt. Von der Strömung, die du die ganze Zeit über mühelos aufrechterhalten hast, ganz zu schweigen. Und als du an uns vorbeigelaufen bist, da konnte ich es in deinen Augen sehen. Also … Wie oft hattest du deinen Geist geteilt?"

„Das ist doch Unsinn. Natürlich bin ich nicht unvorbereitet in diesen Kampf gegangen. Ihr wusstet doch, dass ich zu Drifts fähig bin und welche Kräfte ich mir seit meiner Ankunft angeeignet habe. Wir haben seitdem jeden Tag im Garten geübt, das wusstet ihr ebenso. Dabei habe ich nicht nur hervorragende Kampfkünste entwickelt, sondern mir auch die Umgebung bestens eingeprägt. Aber den entscheidenden Tipp, der mir letztendlich zum Sieg verhalf, bekam ich von euch selbst. Ich habe mir Chapis Ungeduld zunutze gemacht. Mir deswegen Betrug vorzuwerfen, entbehrt jeglicher Grundlage."

„Ach, tut es das?", fragte Arnavut und wandte sich an die anderen Meister. „Was meint ihr dazu?"

Serqet hatte sich inzwischen neben Chapis Leichnam gekniet. Obwohl ihre Augen nicht mehr glühten und zu ihrem Hass große Trauer hinzugekommen war, bot sie einen entsetzlichen Anblick. Ihre beispiellose Schönheit war dem verbitterten Antlitz einer Furie gewichen. Hatte Nimaels Sieg etwa mehr Schaden als Nutzen gebracht?

„Selbstverständlich stand er unter dem Einfluss eines Adamanten", war Kolubleik überzeugt. „Andernfalls hätte er Chapi niemals besiegen können. Vollkommen ausgeschlossen."

„Das sehe ich genauso", stimmte Serqet sofort zu.

Amon gab sich zunächst zögerlich, nickte aber schließlich ebenfalls.

„Du hast das Fragment des Wüstenbruchs gefunden, nicht wahr?", fragte Arnavut. „Gestehe es!"

Nimael schüttelte erneut den Kopf.

„Wie du willst! Es gibt eine ganz einfache Möglichkeit, um herauszufinden, ob du die Wahrheit sagst. Gilbradock, nimm dir ein paar Männer, bringt ihn zurück zu seiner Zelle und wartet dort auf mich!"

„Ja, Herr." Gilbradock gab Nimael einen unnötigen Stoß und begleitete ihn aus dem Garten. „Ihr kommt mit!", befahl er den ersten Gards, die ihnen begegneten. Gemeinsam durchquerten sie die Gänge, bis sie im Trakt der Caers und Slaes angelangt waren. Noch bevor sie Nimaels Zelle erreicht hatten, schloß Arnavut mit einem Drift wieder zu ihnen auf. Er zog das Fragment der Meister hervor und musterte es überrascht. Der Adamant strahlte mit derselben Leuchtkraft wie schon zuvor auf dem Altar.

„Los, reingehen!", befahl Arnavut ungewohnt wortkarg.

Nimael öffnete die Tür und sie traten ein.

„Wo ist es?", fragte Arnavut mit drohendem Unterton. „Wo hast du es versteckt?" Er sah sich im Mittelzimmer um, wo es nicht besonders viel zu sehen gab.

„Wie gesagt, ich habe es nicht."

„Dann sollte es dich ja auch nicht stören, wenn wir uns hier einmal gründlich umsehen", erwiderte Gilbradock und gab seinen Männern ein Zeichen, das Zimmer zu durchsuchen. Diese machten sich sofort daran, die Betten der Slaes zu durchwühlen.

Nimaels Mitbewohnerinnen, die sich im Gemeinschaftsraum versammelt hatten, waren auf die Unruhe aufmerksam geworden und betraten den Mittelraum. Als sie Arnavut mit dem Artefakt sahen, blieben sie ehrfürchtig stehen.

„Was ist das?", fragte Hallbora geistesgegenwärtig.

„Es ist wunderschön", schloss sich Thera dem Schauspiel an.

Arnavuts Augen formten sich zu Schlitzen, aus denen er sie scharf musterte.

„Spart euch das, ich weiß, dass ihr es gefunden habt." Fest entschlossen verließ er den Mittelraum und stürmte ins Caer-Zimmer. Nimael, Thera und Gilbradock folgten ihm hinein. Obwohl Arnavuts Artefakt noch immer mit derselben Helligkeit strahlte, sah er sich aufmerksam im Zimmer um. Als er den Schreibtisch musterte, formte sich ein selbstzufriedenes Grinsen auf seinem Gesicht. Er hielt den Rahmen empor, in dem die Porträts von Thera und Nimael eingefasst waren.

„Was haben wir denn da?", fragte er zynisch. „Da habt ihr wohl vergessen, einen entscheidenden Hinweis verschwinden zu lassen. Eine solche Kunstfertigkeit hättest du ohne die Hilfe des Adamanten niemals entwickelt. Ein unumstößlicher Beleg dafür, dass du seiner Macht ausgesetzt warst."

„Die Porträts?", fragte Nimael naiv. „Aber die stammen doch nicht von mir. Thera hat sie gezeichnet."

„Ach ja? Dann wird sie ihre Fähigkeiten sicher gerne unter Beweis stellen." Arnavut überlegte kurz. „Du hast die Ehre, ein Porträt von mir zu fertigen."

Thera nickte verschüchtert. Sie holte ein Stück Papier und einen Rötelstift hervor. Dann bat sie Arnavut, sich auf einen Stuhl zu setzen, und machte sich ans Werk.

Währenddessen führte Gilbradock die Durchsuchung fort. Nachdem er den Schrank und die Umhänge darin gefilzt hatte, machte er sich an den Schreibtisch. Er öffnete Schublade für Schublade und durchstöberte sie gründlich. Als seine Suche erfolglos blieb, wanderte sein Blick über die Schreibtischplatte hinauf zum Wandregal. Nimaels und Theras Blicke trafen sich nur für einen kurzen Moment, in dem sie sich die ganze Geschichte eines möglichen Schicksals erzählten. Vom Schrecken, erwischt zu werden, über das Bedauern, den anderen nicht davor bewahrt zu haben, bis zum Geständnis ihrer ewigen Liebe, was die Zukunft auch immer bringen mochte. Gerade als Gilbradock nach Balba griff, unterbrach ihn sein Herr.

„Das führt doch zu nichts." Frustration spiegelte sich in seiner Miene. Er erhob sich und riss Thera die Zeichnung aus den Händen.

„Ich bin noch nicht fertig", beschwerte sie sich.

„Ich erkenne schon an der Skizze, ob du zu einem solchen Porträt fähig bist oder nicht“, erwiderte Arnavut und nahm ihr den Stift ab. „Du hast ein gutes Auge für dein Modell. Konturen, Abstände und Schatten machen einen überzeugenden Eindruck. Dass du die Werke gezeichnet hast, glaube ich dir, aber was das Artefakt betrifft, habt ihr mich noch lange nicht überzeugt.“ Er legte das Blatt auf den Schreibtisch, begab sich in einen Drift und beendete Theras Zeichnung innerhalb weniger Sekunden. Dann drückte er ihr das Werk in die Hand und fuhr fort: „Wir haben keine Zeit zu verlieren. Die gesamte Gruppe soll im Mittelraum antreten.“

Dort hatten die übrigen Gards bereits ihre Durchsuchung abgeschlossen.

„Nichts zu finden“, erstatten sie Gilbradock Meldung. „Weder hier noch nebenan.“

„Das wundert mich nicht“, erwiderte Arnavut. „Wenn es noch hier wäre, hätte mein Fragment das längst verraten.“ Er wartete, bis Gilbradock die übrigen Gruppenmitglieder aus dem Gemeinschaftsraum geholt hatte, und fuhr fort: „Ihr habt es woanders versteckt, nicht wahr?“

„Wir haben dieses Artefakt nicht“, behauptete Nimael standhaft.

„Ihr wisst mehr, als ihr zugeben wollt, da bin ich mir sicher.“ Arnavut musterte die Gruppe. „Ich biete euch eine letzte Möglichkeit, einer harten Strafe wegen Verrat und Irreführung zu entgehen. Wenn sich eine von euch geständig zeigt und das Versteck verrät, verzichten wir auf eine Verurteilung.“

Nimaels Kameradinnen blieben trotz des unerwartet großzügigen Angebots stumm. Ein eindeutiges Zeichen, dass sie genau wussten, was von ihrer Entscheidung abhing, und eine Stellungnahme, dass sie geschlossen bereit waren, ihr eigenes Schicksal selbstlos hinter das der restlichen Menschheit anzustellen.

„Ihr enttäuscht mich“, durchbrach Arnavut die Stille und wandte sich an Koba. „Was ist mit dir? Du hast jahrelang in den Höhlen gelebt. Ich würde jede Wette eingehen, dass du es warst, die den Adamanten gefunden hat, nicht wahr?“

Koba schüttelte den Kopf.

„Du musst sie nicht decken oder ihnen gegenüber ein schlechtes Gewissen haben, schließlich gehörst du nicht zu ihrer Gruppe.“

Damit hatte Arnavut genau die falschen Worte gefunden. Selbst wenn Koba davor noch die geringste Versuchung verspürt hätte, darauf einzugehen, würde sie nach dem gemeinsamen emotionalen Moment mit Nimael nun mit absoluter Sicherheit zu ihnen halten.

„Also schön“, beendete Arnavut das Verhör. „Dann lasst ihr mir keine Wahl und es kommen andere Methoden zum Einsatz. Gebt mir euren Zellenschlüssel.“

Nimael gehorchte und Arnavut reichte ihn an Gilbradock weiter. „Fesselt ihnen die Hände und stellt sie unter Arrest! Wir werden uns inzwischen beraten, welche Art der Folter sie am schnellsten brechen und zum Reden bringen wird. Ich bin mir sicher, Kolubleik wird schon ein paar gute Ideen dazu haben.“

„Ich konnte dieses Duell gar nicht gewinnen, nicht wahr?“, fragte Nimael verärgert, während ein Gard ihm die Hände auf den Rücken band. „Meinen Sieg als einen unumstößlichen Beweis gegen mich zu werten und uns damit erneut zu verurteilen, spricht jedenfalls Bände.“

„Natürlich solltest du verlieren“, gestand Arnavut. „Dein Leben für ein anderes aufs Spiel zu setzen, schien mir ein angemessener Preis, den du bereit wärst, zu zahlen. Aber keine Sorge, du wirst schon bald die Gelegenheit erhalten, deine Schuld zu begleichen, das verspreche ich dir.“ Er grinste böse und verließ die Zelle.

Inzwischen war der Gard, der Nimael gefesselt hatte, schon zu Ting weitergezogen. Die Meister verwendeten nun dieselbe Taktik gegen ihre Gruppe, die Nimael im Kampf gegen sie in Betracht gezogen hatte. Sie setzten sie fest. Anschließend waren sie ihnen auf Gedeih und Verderb ausgeliefert. In wenigen Augenblicken würde sich mit der Zellentür auch das letzte Zeitfenster schließen, das noch verblieb, um zu handeln.

Kurzerhand beschloss Nimael, das zur Anwendung zu bringen, was er im Kampf gegen Chapi gelernt hatte. Er sprang hoch, versetzte sich in einen Drift und schwebte plötzlich schwerelos in der Luft. Dann winkelte er die Beine an und zog seine Hände mitsamt den Fesseln darunter hindurch. Als er wieder gelandet war, griff er sich das Messer aus Gilbradocks Gürtel und schnitt zunächst seine eigenen Fesseln durch und schließlich die der Mädchen. Für einen Moment überlegte er, ob er Gilbradock und seinen Männern die Chance geben sollte, sich zu ergeben, aber diese wären wohl ohnehin nicht darauf eingegangen. Mit einem gezielten Schlag auf den Hinterkopf setzte Nimael einen Gard nach dem anderen außer Gefecht. Anschließend ließ er sich aus der Strömung fallen und sah zu, wie die Wachleute zusammen mit den Fesseln seiner Kameradinnen zu Boden fielen. Einen Moment blieb es still in der Zelle und seine Kameradinnen versuchten, sich zu orientieren.

„Bist du verrückt geworden?", rief Landria entsetzt. „Du hast gerade Gilbradock angegriffen. Einen Dreistern. Vollkommen egal, was aus dem Adamanten wird, jetzt werden sie uns auf jeden Fall hinrichten!"

„Ich habe keine Alternative gesehen", erwiderte Nimael. „Oder dachtest du, es gäbe unter diesen Umständen noch eine friedliche Lösung? Die Dominaten haben uns in die Enge getrieben. Sie vermuten zu Recht, dass wir den Adamanten haben, und werden nicht von uns ablassen. Darüber hinaus habe ich einen Meister getötet. Damit bin ich so tief in Ungnade gefallen, dass es kein Zurück mehr gibt. Du hast Arnavut gehört. Ich sollte dieses Duell niemals gewinnen, sie wollen mich tot sehen. Kobas Schicksal ist nach wie vor ungewiss, eures genauso. Eine Zukunft im Bruch, wie wir sie bisher kannten, ist damit endgültig vom Tisch. Jetzt darauf zu warten, was die Meister mit uns anstellen werden, und womöglich Kolubleik dabei zusehen zu müssen, wie er eine nach der anderen von euch langsam zu Tode foltert, steht nicht zur Debatte. Ihnen das Fragment zu überlassen, genauso wenig. Die kurze Begegnung mit Korth hat mich an dessen Worte erinnert. In seinem Brief hat er geschrieben, dass man den Dunkelmeistern immer einen Schritt voraus sein muss. Im Moment sind wir das nicht, aber mit einem Gegenschlag vielleicht schon. Den werden sie bestimmt nicht kommen sehen. Wer weiß, ob wir noch einmal eine solche Gelegenheit bekommen werden. Wir haben nichts mehr zu verlieren, deshalb scheint mir eine Flucht nach vorn der einzig denkbare Ausweg. Das hier ist der richtige Zeitpunkt, um zu handeln. Während sie sich beraten, kommen wir ihnen zuvor."

„Und wie soll das aussehen?", fragte Landria. „Wie ist dein Plan?"

„Wartet hier", antwortete Nimael und lief zum Caer-Zimmer. „Ich erkläre es euch auf dem Weg."

Kurz darauf kehrte er in den Mittelraum zurück. In der Hand hielt er einen Schlüssel und ein Tuch, in dem ein Gegenstand eingewickelt war.

„Ich dachte, Gilbradock hat unseren Zellenschlüssel", wunderte sich Ting.

Nimael nickte. Er kniete sich zu Gilbradock hinunter und zog schließlich den Schlüssel hervor.

„Wenn das unser Zellenschlüssel ist, wofür ist dann der andere?", fragte Landria.

„Eine Left hat ihn mir gegeben", erklärte Nimael und signalisierte seinen Kameradinnen mit einer Kopfbewegung, ihm zu folgen. „Er öffnet den Sprengstoffschuppen."

Die Gruppe verließ die Zelle und Nimael schloss die Gards darin ein. Dann schlug er den Weg zum Bruch ein.

„Und was befindet sich in dem Tuch?", fragte Landria.

„Unser Fragment."

„Also war es die ganze Zeit über in unserer Zelle?“, fragte sie verblüfft.

Nimael nickte.

„Wieso konnte es Arnavut dann nicht finden? Sein Bruchstück hätte doch hell erstrahlen müssen.“

„Ich erkläre es euch später, dafür ist jetzt keine Zeit“, erwiderte Nimael und bog schnell in den langen Tunnel zum Bruch ein. „Ihr müsst es vernichten.“

„Vernichten?“ Ting sah ihn verwirrt an. „Ich dachte, die Artefakte ließen sich nicht vernichten.“

„Nicht mit den damaligen Mitteln. Nicht mit Schwertern, Hämmern und Äxten, aber mit genügend Sprengstoff vielleicht schon.“ Er wandte sich an Koba. „Warst du schon mal bei einer Sprengung dabei? Kennst du dich mit der Ausrüstung aus?“

Sie nickte.

„Mit dem Schlüssel kommt ihr in den Schuppen“, fuhr Nimael fort. „Lasst das Artefakt dort, legt eine möglichst lange Zündschnur und entfacht sie.“ Im Vorbeigehen nahm er eine Fackel aus der Wandhalterung und drückte sie Thera in die Hand. „Dass du damit nicht in den Schuppen gehst, versteht sich von selbst, oder?“

Thera nickte.

„Anschließend lauft so schnell und so weit ihr nur könnt!“

„Vergisst du nicht eine Kleinigkeit?“, fragte Landria kritisch. „Wie sollen wir an den Wachposten vorbeikommen? Wenn du sie ausschaltest, kriegen das die anderen Gards mit und wir haben eine halbe Armee gegen uns. Von den Meistern ganz zu schweigen.“

„Das lasst mal meine Sorge sein. Ich werde für etwas Ablenkung sorgen, dann werden sie euch keinerlei Beachtung schenken.“ Als sie nur noch ein kurzes Stück vom hellen Eingang des Bruchs trennte, blieb Nimael stehen. „Wartet hier, bis sich eine Gelegenheit bietet.“

„Nimael“, hauchte Thera besorgt und blieb stehen. „Du wirst doch keine Dummheit begehen?“

Nimael drückte ihr einen Kuss auf die Stirn und entfernte sich, ohne sich von ihr abzuwenden. Seinen Lippen formten ein stummes *Ich liebe dich*, dann verließ er den Tunnel und trat nach draußen, wo ihn gleißendes Licht umgab.

„Kolubleik!", hallte seine Stimme durch den Bruch und überschattete jegliches Geräusch. „Kolubleik, du verfluchter Hosenscheißer, ich fordere dich zum Makersch!"

# 30

# ABLENKUNG

Kolubleik, du Schwächling!“ Nimaels Auftritt ließ den gesamten Bruch ehrfürchtig verstummen. Zevko lief sofort los, um die Meister zu verständigen. Nach seinem Versagen war er zum Dauereinsatz im Bruch verurteilt worden und versuchte nun offenbar, durch besonderen Fleiß wieder die Gunst der Dominaten zu erlangen.

„Mit Wehrlosen kann sich jeder anlegen, du verdammter Feigling!“, brüllte Nimael, so laut er nur konnte. „Zeig endlich, was du kannst! Stell dich mir zum Kampf!“ Es war an der Zeit, den Meistern den Wurm zu liefern, den sie schon immer in ihm gesehen hatten. Aber er war ein Wurm an einer Angelschnur – ein Köder, der sie nur anlocken und lange genug ablenken sollte, bis es seinen Kameradinnen gelang, den Fisch aus dem Wasser oder vielmehr die Dominaten aus ihrer Strömung zu ziehen.

Plötzlich trat Kolubleik aus dem Tunnel hinter dem Sprengstoffschuppen. Genau so hatte sich Nimael vor seinem geistigen Auge immer den großen, bösen Wolf in den Märchen vorgestellt, die ihm seine Mutter als Kind erzählt hatte. Berechnend wie ein Raubtier, das seine Beute witterte, nahm Kolubleik die Situation in Augenschein.

Erst jetzt wurde Nimael klar, dass er eine Bestie zum Kampf gefordert hatte. Ein Ungetüm, das seit Jahrtausenden wütete. Während er bei Chapi noch eine reelle Aussicht auf Erfolg gehabt hatte, jagte ihm der Gedanke auf ein Duell mit Kolubleik eiskalte Schauer über den Rücken. Aber wenn er sich seine Angst ansehen ließ, hatte er den Kampf bereits verloren, bevor er begonnen hatte.

Hinter Kolubleik erschien Zevko mit den übrigen Meistern im Tunnel. Sie folgten ihm in den Bruch. Inzwischen hatten sämtliche Anwesenden ihre Arbeit niedergelegt und sich in einer Menschentraube um Nimael herum versammelt. Als die Dominaten den Sprengstoffschuppen passierten, konnten auch die restlichen Wachleute nicht länger widerstehen und schlossen sich ihnen an. Nimaels Plan schien aufzugehen, der Weg für seine Freundinnen war frei.

Indessen war Kolubleik ruhigen Schrittes durch den Bruch gelaufen und bei Nimael eingetroffen.

„Du hast also Todessehnsucht", stellte er trocken fest. „Du kannst dir gar nicht vorstellen, wie sehr ich mir diesen Augenblick herbeigesehnt habe."

„Dann wären wir schon zwei", antwortete Nimael mit falschem Selbstbewusstsein.

Arnavut bahnte sich seinen Weg durchs Publikum und trat in die Arena.

„Du hast akzeptiert?", fragte er Kolubleik unbewegt.

„Selbstverständlich."

„Dann ist es entschieden", erklärte Arnavut. „Ihr werdet bis zum Tode kämpfen." Er wandte sich an Nimael. „Du bist aus der Zelle geflohen und das war dein Plan? Wieso? Um der Folter zu entgehen? Du nimmst das Versteck lieber mit ins Grab, als es uns zu verraten? Mach dir doch nichts vor. Wir werden es aus deinen Slaes herausholen und das Artefakt finden, ob mit oder ohne dich. Dein Schicksal war ohnehin längst besiegelt, du hast es nur beschleunigt."

„Mag sein, aber zumindest habe ich es damit selbst in der Hand."

„Nein", widersprach Arnavut und grinste. „Diesmal kann dich auch die Kraft des Adamanten nicht mehr retten." Er kehrte ihm den Rücken, um sich Amon und Serqet im Publikum anzuschließen. Dann befahl er einem Gard, seine Waffe auszuhändigen. „Lasst den Makersch beginnen!" Arnavut verlor keine Zeit und schleuderte das Messer in hohem Bogen in den Ring.

Im Gegensatz zu Chapi, der gewartet hatte, bis das Messer zu Boden gefallen war, startete Kolubleik ohne zu zögern in einen Drift. Nimael folgte ihm, darauf gefasst, den Dominaten sofort abwehren zu müssen. Doch Kolubleik hatte es nicht auf ihn, sondern auf das Messer abgesehen. Er angelte es aus der Luft, ließ sich aus dem Drift fallen, warf es und kehrte wieder in die Strömung zurück. Vor ihm schwebte das Messer nun beinahe stillstehend in der Luft. Noch ehe sich Nimael einen Reim darauf machen konnte, erklärte Kolubleik mit einem genüsslichen Grinsen auf dem Gesicht sein Handeln.

„In wenigen Minuten werde ich dich in einem Kampfgriff haben, aus dem du dich nicht mehr befreien kannst. Dann werde ich dabei zusehen, wie sich das Messer Stück für Stück in dein Fleisch bohrt, und mich an deinen Qualen weiden."

Offenbar kämpfte Kolubleik nicht nur, um zu gewinnen, er wollte auch seine teuflische Ader befriedigen und seinen Gegner gleichzeitig einschüchtern. Aber egal, ob er seine Drohung wahr machen konnte oder nicht – die Art und Weise, wie er diesen Kampf begonnen hatte, ließ auf ein deutlich gerisseneres Vorgehen als bei Chapi schließen. Nimael musste mit dem Schlimmsten rechnen und sich auf seine Vorteile besinnen. Leider waren diese im Bruch lange nicht mehr so zahlreich wie noch im Garten.

„Und ich werde dir noch etwas versprechen", fuhr Kolubleik voller Gehässigkeit fort. „Nachdem ich dich getötet habe, wird deine

Gruppe dasselbe Schicksal wie Soval ereilen. Wir werden sie zu Lefts degradieren und in einen anderen Steinbruch schaffen. Im Eisbruch werden sie zeit ihres kurzen, verbleibenden Lebens hungern und darben. Dort wird ihnen Glied für Glied abfrieren. Erst verlieren sie ein paar Finger, dann einen Arm oder ein Bein und nach wenigen Monaten, wenn sie zu nichts mehr zu gebrauchen sind, werden sie elendig verrecken. Wenn dich das Messer durchbohrt, sollst du wissen, dass ich dieses Versprechen ebenso halten werde wie das erste."

„Du spuckst große Töne, aber ihr Dominaten hattet ja schon immer die schlechte Angewohnheit, die Rechnung ohne den Wirt zu machen", erwiderte Nimael unbeeindruckt. „Ich werde dir jetzt mal ein anderes Bild malen. Ich besiege dich, genau wie ich Chapi besiegt habe. Mit jedem Kampf lerne ich, diese Fähigkeiten besser zu nutzen. und euer Makersch hilft mir dabei. Anstatt gegen euch alle gleichzeitig antreten zu müssen, nehme ich mir einen nach dem anderen vor, und keiner darf sich einmischen. Serqet ist als Nächstes dran, anschließend Arnavut. Nach diesem Lauf kann ich mich mit Amon sicher einigen." Aus den Augenwinkeln erkannte Nimael, dass Thera den Rest der Gruppe vorgeschickt hatte, um in den Sprengstoffschuppen vorzudringen und die nötigen Vorbereitungen zu treffen. Leider bewegten sie sich während des Drifts kaum von der Stelle. Nimael musste die Meister noch eine Weile beschäftigen, wenn der Plan aufgehen sollte. „Wir werden den Wüstenbruch auflösen und die Arbeiter zu einer ersten Armee formen", fuhr er fort. „Auf diese Kämpfer werden wir aufbauen. Sie werden sämtliche Territorien über eure Pläne informieren. Wenn erst einmal bekannt wird, was ihr vorhabt, wird unsere Armee schnell wachsen. Mit genügend Anhängern im Rücken tilgen wir die Dominaten ein für alle Mal vom Antlitz der Erde. Und wenn ich den Letzten von euch töte, werde ich ihm in die Augen sehen und ihm von diesem heutigen Tag erzählen. Der Tag, an dem ich Kolubleik besiegt habe. Der Moment, in dem mir klar wurde, dass mich niemand mehr aufhalten kann. Der Wendepunkt, der es mir ermöglicht hat, euch Dominatenabschaum den entscheidenden Schlag zu versetzen.“

„Du musst verrückt geworden sein“, vermutete Kolubleik. „Vielleicht warst du dem Adamanten zu lange und zu intensiv ausgesetzt, anders lässt sich dein Anflug von Größenwahn wohl kaum erklären.“ Ein Grinsen formte sich auf seinem Gesicht. „Aber ich werde jeden Augenblick genießen, dir diese Arroganz wieder auszutreiben. Wenn dir erst klar wird, wo dein Platz ist, wird deine Niederlage umso schmerzhafter ausfallen.“

Ohne weitere Umschweife stürmte Kolubleik los und startete einen gnadenlosen Angriff, der rein gar nichts mit dem vorsichtigen Abtasten zu tun hatte, mit dem das letzte Duell begonnen hatte. Nimael musste alle Teile seines Verstands bemühen, um von dem rasenden Meister nicht sofort überrannt zu werden. Diesmal war sein Gegner knöchrig, schnell, agil und kaum zu treffen. Sein äußerst unangenehmer Kampfstil bereitete Nimael mehr Probleme, als er sich eingestehen wollte. Die Schläge waren deutlich härter und viel genauer platziert, als Chapi dazu je in der Lage gewesen wäre. Seine Beinarbeit war makellos. Nimael gelang es gerade noch auszuweichen, bevor Kolubleik ihm die Füße unter dem Hintern wegziehen konnte. Ehrfürchtig wich Nimael zurück. Wenn er nicht weiter zurückgedrängt werden wollte, musste er sich schnell etwas einfallen lassen. Ein kurzer Blick über die Schulter verriet ihm, dass die Arbeiter eine Gondel zurückgelassen hatten, die sie noch nicht ganz ausgeladen hatten. Wo eine Gondel stand, konnte eine Schaufel nicht weit sein. Mit einem unplatzierten Schlag, der jedoch nie dazu bestimmt war, sein Ziel zu finden, hielt Nimael seinen Gegner für einen Moment auf Distanz. Dann fuhr er herum und sprang mit einem enormen Satz über die Gondel. In der Luft machte er einen Überschlag und eine halbe Schraube, um die Umgebung nach der Schaufel abzusuchen und gleichzeitig Kolubleik im Auge zu behalten. Dieser hatte selbst bereits zum Sprung angesetzt und folgte Nimael auf dem Fuße. Zum Glück lag die heiß ersehnte Schaufel in greifbarer Nähe. Nimael rollte sich nach vorne ab und nahm sie an sich, während Kolubleik nicht am Boden, sondern auf der Gondel landete. Mit einem gezielten Schaufelhieb versuchte Nimael, die Beine des Meisters zu treffen und ihn zu Fall zu bringen. Aber Kolubleik wich rechtzeitig aus und machte keine Anstalten, von der Gondel zu kommen. Stattdessen hielt er seine Position und ließ es Nimael weiter versuchen, offenbar nur, um ihn zu verhöhnen. Kein einziger Schlag traf. Mit beeindruckendem Geschick tänzelte der Meister auf dem Rand der Gondel herum und entging jeglichem Kontakt mit der Schaufel. Diese war viel zu unhandlich, um einen überraschenden Angriff ausführen zu können. Nimael schleuderte sie Kolubleik wie ein Geschoss entgegen, doch auch diese Aktion sah der Meister frühzeitig kommen und duckte sich in Rückenlage darunter hindurch. Ohne sich in irgendeiner Form abzustützen, richtete sich Kolubleik wieder auf. Offenbar bestand er nur aus Muskeln und Knochen. Eine beeindruckende Fähigkeit, mit der er Nimael dazu gebracht hatte, seine einzige Waffe und damit auch seinen einzigen Vorteil leichtfertig aus der Hand zu gegeben, ohne auch nur einen einzigen Treffer gelandet zu haben.

Anstatt ebenfalls mit einem Überschlag gekonnt von der Gondel zu springen, stützte sich Kolubleik mit einer Hand ab und deckte mit den Beinen seinen Abstieg. Kein besonders stilvolles, aber ein pragmatisches Vorgehen. Auch in diesem Punkt leistete er sich keine Unachtsamkeit und keine Schwäche, die Nimael ausnutzen konnte. Sofort setzte Kolubleik seine Angriffsserie fort und brachte Nimael mehr und mehr in Verlegenheit. Was gab es im Bruch noch für Gegenstände, die man im Kampf einsetzen konnte? Nimael sah sich verzweifelt um, aber selbst wenn er etwas gefunden hätte, so war er viel zu beschäftigt, immer neue Angriffe seines erbarmungslosen Gegners abzuwehren. Kolubleik dirigierte ihn nun regelrecht durch den Bruch und trieb ihn in die Mitte der Arena zurück. Mit einer wagemutigen Strategie und unheimlichem Kalkül nahm der Meister ein paar Treffer in Kauf und packte Nimael, um ihn schließlich zu Boden zu reißen. Einen solchen Kraftakt hätte Nimael seinem hageren Gegner niemals zugetraut. Erst als sich dieser hinter ihn schob, wurde ihm bewusst, was er überhaupt vorhatte. Sie befanden sich wieder in der Flugbahn des Messers, das Kolubleik zu Beginn des Kampfes auf den Weg gebracht hatte. Die dürren Gliedmaßen des Meisters schlangen sich wie Tentakel um seine eigenen und fixierten Nimael an Ort und Stelle, keine Handbreit von der Klinge entfernt. Nimael stemmte sich mit beiden Beinen vom Boden ab. Obwohl Kolubleik versuchte, ihn wieder nach unten zu ziehen, konnte er nicht genug Gewicht aufbringen, um Nimael vollständig daran zu hindern. Die Spitze des Messers zeigte nun nicht mehr auf seine Brust, sondern auf seine Taille. Nur mit größter Mühe schaffte es Nimael, sich so weit zu drehen, dass ihn das Messer nicht mitten in den Bauch, sondern seitlich traf. Mehr ließ sich nicht mehr verhindern. Langsam durchdrang die kalte Klinge seine Haut und schnitt ihm immer tiefer ins Fleisch. Jäher Schmerz durchfuhr Nimael wie ein Blitz und er verkrampfte sich, um nicht laut aufzuschreien.

„Ich habe es dir ja gesagt.“ Kolubleiks gehässige Freude drang durch jede seiner Silben hindurch. „Stück für Stück …“

Dieser Dreckskerl erfreute sich viel zu sehr an Nimaels Qualen. Es gab nur eine Möglichkeit, ihm das Schauspiel zu vermicsen. Nimael biss die Zähne zusammen und ließ sich für einen kurzen Moment aus dem Drift fallen, wodurch das Messer ihn schlagartig durchbohrte. Dass er die Kraft der Strömung nur dafür nutzen konnte, um die Schmerzdauer ein klein wenig zu verkürzen, war äußerst ernüchternd. Noch während er in den Drift zurückkehrte, spürte er bereits, wie Kolubleik seinen Griff löste und wütend auf ihn einprügelte. Nimael blockte ab, was er konnte.

„Du verdammte Made! Warum erträgst du die Schmerzen nicht wie ein Mann?“

Kolubleik regte sich so sehr darüber auf, dass Nimael ihm diesen Moment zunichtegemacht hatte, dass er sich tatsächlich eine kurze Unaufmerksamkeit leistete. Nimael schlug zu, landete einen Treffer und stieß Kolubleik sofort von sich weg, um das Messer aus seiner Wunde zu ziehen. Noch bevor er es jedoch einsetzen konnte, schlug es ihm sein Gegner schon wieder aus der Hand.

Die Verletzung, die er ihm zugefügt hatte, brachte das wahre Monster in Kolubleik hervor. Seine Angriffe gewannen an Härte und Niederträchtigkeit. Er konzentrierte sich nun auf die Stichwunde und die gebrochenen Rippen, die Nimael aus dem Duell mit Chapi davongetragen hatte. Das Raubtier hatte offenbar Blut gewittert. Immer wieder gelang es Nimael, schlimmere Treffer zu vermeiden, doch es war nur eine Frage der Zeit, bis Kolubleik sich durchsetzen würde. Aber vielleicht war es das entscheidende Quäntchen, das seine Kameradinnen benötigten, um ihren Plan in die Tat umzusetzen.

Nimael kratzte seine letzten Kraftreserven zusammen, um seinem ausdauernden Angreifer standzuhalten. Kolubleik war in einer unglaublichen Verfassung. Berechnend und geduldig lauerte er auf die richtige Gelegenheit und machte gleichzeitig jede Chance auf einen Gegenschlag aussichtslos. Offenbar konnte er diese Härte und dieses Tempo noch eine Ewigkeit halten. Ganz im Gegensatz zu Nimael, der mehr und mehr an seine Grenzen gelangte, und dessen schmerzhafte Verletzungen nun zusätzlich an seinen Kräften zehrten. Alles deutete darauf hin, dass er diesmal im wahrsten Sinne des Wortes seinen Meister gefunden hatte. Obwohl er nicht bereit war, aufzugeben, schien es gegen diesen Gegner kein Ankommen mehr zu geben. Nach einer gefühlten Endlosigkeit unterlief Nimael ein folgenschwerer Fehler. In einem verzweifelten Versuch, Kolubleik irgendwie Einhalt zu gebieten, missglückte ihm ein Tritt, der zu schwach und unplatziert war. Kolubleik fiel der Schnitzer schon in seiner Entstehung auf. Anstatt auszuweichen, fing er das Bein in der Luft ab und riss es nach oben. Nimael fand sich plötzlich in einem senkrechten Spagat wieder und schaffte es gerade noch, das Gleichgewicht zu halten. Doch anstatt ihn gleich zu Fall zu bringen, verharrte Kolubleik erst in seiner Bewegung und ließ sich schließlich komplett aus der Strömung fallen. Erst jetzt bemerkte Nimael, dass Kolubleik sein Bein dermaßen fest umklammert hielt, dass er sich nicht mehr rühren konnte. Ihn dieser unangenehmen Position war es völlig unmöglich, nach seinem Gegner zu schlagen oder sich gar zu befreien. Während sich Kolubleik ausruhte, kostete es Nimael immense Kraft, auf einem Bein das Gleichgewicht zu halten, seinen Verstand geteilt und den Drift aufrecht zu erhalten. Wenn er ihm diesen Vorteil nicht gönnen wollte, musste er Kolubleik gezwungenermaßen aus der Strömung folgen.

Doch der Meister konnte auf eine jahrtausendelange Erfahrung zurückblicken. Kaum hatte Nimael den Drift verlassen, bemerkte er dies anhand seiner Bewegungen und kehrte selbst blitzartig in die Strömung zurück. Noch bevor Nimael irgendwie reagieren konnte, fühlte er die Schläge des Dominaten auf seinen ungedeckten Körper eintrommeln. Ein Hieb in die bereits gebrochenen Rippen ließ Nimael nach Luft schnappen und gleichzeitig um sein Bewusstsein ringen. Der eisige Schmerz durchfuhr sämtliche Teile seines Verstands und brachte seine Splits wie ein Kartenhaus zum Einsturz. An einen Drift war vor lauter Schmerzen nicht mehr zu denken. Kolubleik kannte kein Erbarmen mit seinem wehrlosen Gegner. Er schlug weiter und weiter auf ihn ein, hielt sich aber offenbar gerade genug zurück, um Nimael keine weiteren Knochen zu brechen oder ihn in die Bewusstlosigkeit zu treiben. Er wollte ihn leiden sehen, das war offensichtlich. Plötzlich wurde Nimael hart zu Boden geschleudert und sofort wieder in die Mangel genommen. Schläge und Tritte prasselten auf ihn ein. So musste es sich anfühlen, von einer ganzen Meute gelyncht zu werden. Er schmeckte Blut in seinem Mund. Körperteil für Körperteil wurde in unmenschlicher Geschwindigkeit systematisch malträtiert, bis er seinen Leib vor lauter Schmerzen am liebsten verlassen wollte. Erst als sich Nimael am Boden krümmte, kehrte auch Kolubleik wieder aus dem Drift zurück.

„Nun ist es also so weit." Kolubleik rieb sich die Hände und grinste. „Auch mein zweites Versprechen wird sich erfüllen. Aber bevor ich dich von deinem Leid erlöse, wollte ich dich noch etwas wissen lassen." Er lehnte sich vor und bagann zu flüstern: „Du hättest mich beinahe gehabt. Sehr viel länger hätte auch ich dieses Tempo nicht halten können."

„Warum sagst du mir das?", fragte Nimael keuchend.

„Ganz einfach", antwortete Kolubleik. „Deine Niederlage dürfte sich nun umso bitterer anfühlen, da du weißt, dass du mit nur etwas mehr Zutun diesen Kampf für dich entschieden hättest. Jetzt stirbst du in dem Wissen, dass alles, wofür du immer gekämpft hast, an dieser kleinen Unaufmerksamkeit zerbricht, die du dir nur einen klitzekleinen Moment zu früh geleistet hast." Er lachte dreckig und kratzte sich nachdenklich am Kinn. „Eigentlich wollte ich dir das Genick brechen, aber das wäre zu leicht. Du sollst noch etwas von dem Gedanken haben, den ich dir gerade vermacht habe, daher werde ich dich langsam ausbluten lassen." Er ging zu dem Messer, nahm es an sich und kehrte zu Nimael zurück, der nicht mehr in der Lage war, sich zu rühren, geschweige denn zu verteidigen.

Plötzlich erschütterte eine gewaltige Explosion den Boden, die so laut war, dass Nimael zusammenfuhr. Kolubleik sah erschrocken auf und wurde im selben Moment über Nimael hinweggefegt. Die Explosion hatte eine gewaltige Druckwelle verursacht, die selbst Nimael am Boden zu spüren bekam. Steine und Schutt flogen über ihn hinweg. Um sich zu schützen, rollte er sich wie ein Fötus zusammen und drückte sein Gesicht in die Ellbogenbeuge. Obwohl das Ereignis nur einen Moment andauerte, kam es Nimael wie eine Ewigkeit vor. Thera und die anderen hatten es offenbar geschafft. Zumindest ihr Plan war aufgegangen. Vorsichtig öffnete Nimael die Augen. Kolubleik war weg. Die Explosion hatte ihn weggerissen und die Karten neu gemischt.

Nimaels Ohren schmerzten und ein lautes Pfeifen übertönte alle anderen Geräusche im Bruch. Er schüttelte die Benommenheit ab und nahm seine letzte Kraft zusammen, um sich vorsichtig aufzurichten. Jede Faser seines Körpers versuchte ihn daran zu hindern, aber Nimael biss die Zähne zusammen und sah sich um. Zwischen den Stollen und dem Sprengstoffschuppen stürzte ein weiterer Erdrutsch herab. Selbst durch das Pfeifen hindurch hörte Nimael sein Donnern. Asche und Staub flogen wie Schnee durch den Bruch. Die Druckwelle hatte nicht nur Kolubleik, sondern das gesamte Publikum wie Sandkörner quer über den Boden verstreut. Verwirrung, Entsetzen und Panik verbreiteten sich um Nimael herum. Manche lagen regungslos am Boden, andere irrten blutüberströmt umher oder waren dermaßen orientierungslos und überfordert, dass sie in eine Starre verfallen waren. Mit einer so gewaltigen Explosion hätte Nimael niemals gerechnet. Welches Chaos und Leid hatte seine Verzweiflungstat bloß verursacht? Nimael erschauderte bei dem Gedanken, wie viele Tote und Verletzte er zu verantworten hatte. Besorgt hielt er nach seinen Freundinnen Ausschau. Wo sich vor einem Augenblick noch das Sprengstoffhäuschen befunden hatte, klaffte nun ein riesiger Krater, aus dem dicke Rauchschwaden wie aus einem Vulkan aufstiegen. Kein Stein lag mehr auf dem anderen. In die Felswand dahinter hatte die Explosion ein gewaltiges Loch gerissen, das bis zu den Quartieren der Gards hineinreichte. War es Thera und den anderen gelungen, sich weit genug von der Detonation zu entfernen? Wo hatten sie Zuflucht gesucht? Nimael fühlte die Übelkeit in sich aufsteigen. Ob es wirklich das war, was die namenlose Left im Sinn gehabt hatte, als sie ihm damals den Schlüssel zum Sprengstoffschuppen übergeben hatte?

Arnavut kam zwischen einem Steinhaufen hervor und schüttelte jede Menge Schutt von sich ab. Genau wie die anderen Meister hatte die Druckwelle ihn nach vorne geschleudert, aber außer etwas Staub auf seinem Umhang hatte er offenbar nichts abbekommen.

„Was habt ihr getan?“, rief er aufgebracht, obwohl er längst begriffen haben musste, was gerade geschehen war.

„Ihr habt uns keine Wahl gelassen“, antwortete Nimael. „Wir konnten nicht zulassen, dass das Fragment in eure Hände fällt. Nun werdet ihr es nie bekommen.“

„Du hast es immer noch nicht begriffen, oder? Genauso wenig, wie es auf einen einzelnen Meister ankommt, kommt es auf ein einzelnes Fragment an. Dieser kleine Rückschlag wird uns nicht daran hindern, unsere Pläne in die Tat umzusetzen.“ Obwohl Arnavut seine Wut zu überspielen versuchte, merkte man ihm die Verbitterung über diesen Verlust deutlich an. Dieser Schlag hatte ihn wesentlich härter getroffen als Nimaels Sieg über Chapi. „Du hast erlebt, welche Macht von einem einzelnen Stück ausgeht. Ob wir die Herrschaft mit vier oder mit fünf Fragmenten an uns reißen, spielt keine Rolle.“

„Vielleicht nicht“, erwiderte Nimael. „Aber ihr werdet nun niemals eure volle Macht erlangen, dadurch wird es immer Hoffnung geben. Und so lange Hoffnung besteht, wird sich auch Widerstand formen. Wenn es eines Tages zum Aufstand kommt, wird die Menschheit eine Chance gegen euch haben, und mag sie noch so gering sein.“

„Da täuschst du dich.“ Arnavut sah sich um. In seinem näheren Umkreis waren Zevko und seine drei Kollegen wieder auf die Beine gekommen. Arnavut schoss mit übermenschlicher Geschwindigkeit herum und brach ihnen mit einem lauten Knacken demonstrativ das Genick. Während die Wachen gleichzeitig in sich zusammensackten, kam er wieder zum stehen und rieb sich wie nach getaner Arbeit die Hände. „Wir werden kein Versagen mehr dulden. Niemand wird es wagen, sich uns entgegenzustellen. Je härter wir zuschlagen, desto weniger Widerstand wird sich bilden. Ich versichere dir, mit deiner Tat hast du den Menschen keinen Gefallen getan. Wir werden nur umso gnadenloser durchgreifen und jeden Widerstand im Keim ersticken."

Kolubleik kam wenige Meter entfernt wieder zu sich und rappelte sich leicht benommen auf. Sein Blick wanderte von Arnavut zu Nimael und blieb messerscharf auf ihm ruhen.

„Mir egal, was ihr getan habt, unser Makersch ist noch nicht zu Ende", stellte er entschlossen fest. „Die Pause ist vorbei, jetzt erwartet dich der Tod."

Kolubleik raste los und Nimael folgte ihm mit höchster Konzentration zurück in die Strömung. Obwohl sämtliche Muskeln und Glieder wie verrückt schmerzten, musste er nun alles geben, um zu überleben. Auch Kolubleik ließ sich nichts anmerken und führte seinen Kampf genauso erbittert fort, wie er ihn beendet hatte. Aber auch wenn er es nicht zeigte, die Explosion musste ihn geschwächt haben. Und sein Geständnis, dass er zuvor selbst beinahe am Ende seiner Kräfte angelangt war, gab Nimael neue Hoffnung. Genau diese Hoffnung war es, von der er Arnavut gegenüber gesprochen hatte, und aus der er nun genügend Kraft schöpfte, um den schnellen Attacken des Meisters standzuhalten.

Aus den Augenwinkeln erkannte er Thera und den Rest der Gruppe. Erleichterung machte sich in ihm breit. Sie hatten in dem langen Gang Zuflucht gesucht, der zum Zellentrakt führte, und waren mittlerweile unversehrt in den Bruch zurückgekehrt, um den Kampf zu verfolgen. Nimael erinnerte sich an das Versprechen, das er ihr gegeben hatte. Sie war seine Zukunft. Er musste um sie kämpfen und durfte unter keinen Umständen aufgeben. Doch Kolubleik machte nicht den Eindruck, als würde ihn das interessieren. Unermüdlich hämmerte er auf ihn ein. Nimael musste sich darauf konzentrieren, wie er sich auf das Duell mit Chapi vorbereitet hatte. Auf seine Vorteile und auf das, was ihn als Kämpfer auszeichnete, ansonsten würde die Auseinandersetzung mit Sicherheit denselben Verlauf wie vor der Explosion nehmen. Um einen Ausweg aus dieser Situation zu finden, teilte er seinen Geist weiter auf und schaffte einen Gedankenbereich, der weder durch den Drift noch durch das Kampfgeschehen beeinträchtigt war. Hier überlegte er, was ihm zur Verfügung stand und welche Möglichkeiten er hatte. Während er darüber nachdachte, gewann der Kampf wieder an Schnelligkeit und Härte.

Eine Lichtreflexion am Boden zog Nimaels Aufmerksamkeit auf sich. Unter Steinen und Schutt schimmerte das Messer hervor, das Kolubleik durch die Druckwelle aus der Hand gerissen wurde. Da es sich hinter dessen Rücken befand, konnte er nicht wissen, was Nimael vorhatte. Mit diesem Ziel vor Augen kämpfte sich Nimael langsam vor. Schläge, Tritte, Griff- und Wurfversuche wechselten sich in immer kürzeren Intervallen ab und mussten für das verbleibende Publikum mittlerweile eine unbegreifliche Geschwindigkeit angenommen haben. Die beiden Kontrahenten bewegten sich so schnell, dass ihre Silhouetten zu einem einzigen Fleischball verschmolzen, der sich langsam der Waffe näherte.

Als sie ihr Ziel erreicht hatten, stürzte sich Nimael wagemutig auf seinen Gegner. Die beiden Kämpfer wälzten sich am Boden und fielen schließlich gleichzeitig aus dem Drift. Ein überraschtes Raunen ging durchs Publikum. Nimael war vor Kolubleik an die Waffe gelangt und schaffte es, sich aufzuraffen. Vor ihm lag der Meister völlig erschöpft am Boden. Als Nimael auf seinen Gegner hinabsah, verwandelte sich sein siegessicheres Grinsen auf einmal in Verwirrung und Unschlüssigkeit. Nur einen Augenblick später stellte er fest, dass eine Pfeilspitze aus seinem Brustkorb ragte. Varuil. Er hatte eine halbe Ewigkeit auf seine Rache gewartet – jetzt hatte er sie genommen. Von hinten hatte er ins Kampfgeschehen eingegriffen und sein Ziel wie immer genau getroffen. Aber hatte der Pfeil auch Nimaels Herz durchbohrt? Noch bevor er sich darüber klar werden konnte, stieß eine zweite Pfeilspitze durch seine Brust und machte jede Hoffnung zu überleben restlos zunichte. Nimael ließ das Messer fallen, sank auf die Knie und kippte tot zu Boden.

# 31

# SCHATTEN

Nein“, hauchte Thera kaum hörbar, bevor sie es laut durch den Bruch brüllte: „Nein!“ Ihr Schrei erreichte vielleicht nicht die Lautstärke der vorangegangenen Explosion, trug aber so viel Leid und Schmerz in sich, dass er eine mindestens ebenso gewaltige Erschütterung auslöste. Ungeachtet der Blicke, die das verbleibende Publikum auf sie richtete, rannte sie zu ihrem Liebsten und drehte ihn vorsichtig zur Seite.

„Bitte …“, flehte sie. „Bitte, Nimael.“ Sie griff an seinen Hals und fühlte nach einem Puls. Als sie ihn nicht fand, wanderte ihr Blick zu seiner Brust. Genau wie Nimael begriff sie erst beim Anblick der beiden Pfeile, dass jeder Rettungsversuch vollkommen aussichtslos war und ihr all ihre medizinischen Kenntnisse nichts mehr halfen.

„Nein“, flehte sie noch einmal, diesmal jedoch ohne jegliche Hoffnung in ihrer Stimme. Tränen rannen über ihre Wangen und tropften hinab. Langsam hob sie ihren Kopf und sah zu Kolubleik. Die Trauer in ihrem Blick wich eiskaltem Hass, der ihre Augen mit Sicherheit zum Glühen gebracht hätte, wäre sie ein Dominat. Nun war auch bei ihr die Grenze erreicht, von der sie selbst einmal gesprochen hatte. Der Punkt, an dem sie es nicht mehr aushalten und sich nicht länger zurückhalten konnte. Sie hatten schon so viele Verluste erlitten, aber Nimael zu verlieren, ihre große Liebe und den Mann, mit dem sie ihr Leben führen und eine Familie gründen wollte, war undenkbar. Obwohl sie ihm versprochen hatte, sich nicht zu verändern, kam sie gegen die brennende Rachsucht in ihrem Herzen nicht an. Aber entweder musste ihr in diesem Moment klar geworden sein, dass sie gegen Kolubleik nicht die geringste Chance hatte oder dass er letztendlich gar nicht für den Tod ihres Liebsten verantwortlich war. Sie drehte sich um und musterte Varuil. Als sie aufsprang und hasserfüllt auf ihn zurannte, erschrak der Bogenschütze so sehr, dass er instinktiv zu seinem Köcher griff.

Kolubleik hatte die Szene lange genug tatenlos verfolgt. Seine Kräfte hatten sich so weit erholt, dass er einen Drift auslöste und an Thera vorbeischoss. Varuil hatte erneut zwei Pfeile auf den Weg gebracht, die für seine Angreiferin bestimmt waren. Kolubleik pflückte sie aus der Luft und kam vor Varuil zum Stehen.

„Glaubst du, ich wäre dir dankbar für dein Einschreiten?“ Er funkelte ihn böse an. „Wir hatten euch gewarnt. Keiner mischt sich in ein Makersch ein.“

Varuil stöhnte schmerzerfüllt auf und sah ähnlich verstört an sich herab wie Nimael es getan hatte. Kolubleik hatte ihm die beiden Pfeile mit der Kraft seines Drifts durch die Brust gerammt und sah mit selbstzufriedenem Grinsen dabei zu, wie der Bogenschütze in sich zusammensank.

„Das war es dir hoffentlich wert“, fügte Kolubleik hinzu und wandte sich voller Verachtung von ihm ab.

Thera stand regungslos da und wusste weder ein noch aus. Sie machte den Eindruck, als würde sie Varuils Schicksal am liebsten teilen. Hallbora rannte zu ihr und tat das, was Nimael sonst getan hätte. Sie nahm sie in die Arme und ließ sie sich an ihrer Schulter ausweinen. Auch Landria, Koba und Ting waren ihr einige Meter gefolgt, dann aber bestürzt am Leichnam ihres Caers stehen geblieben.

„Sehr enttäuschend“, kommentierte Arnavut das Geschehen und trat an Kolubleiks Seite. Schwermütig beobachtete er die Szene.

„Ich weiß“, erwiderte Kolubleik. „Obwohl ich den Sieg davongetragen habe, fühlt es sich wie eine Niederlage an. Und dass ich noch nicht einmal aus eigenen Kräften gewonnen habe, lässt das Ganze wie Betrug erscheinen.“

„Du gehst zu hart mit dir ins Gericht“, beruhigte Arnavut ihn. „Ohne die Explosion hättest du den Makersch gewonnen. Varuil hat nur einen Ausgang korrigiert, der ohnehin verfälscht war. Aber wenigstens ist dieser Aufrührer nun tot und seine Slaes haben ihr einziges Faustpfand verspielt, sodass wir uns ihrer bedenkenlos entledigen und dieses unglückselige Thema ein für alle Mal beenden können.“

„Aren, mein Freund …“, begann Kolubleik in entschuldigendem Tonfall. „Du weißt, dass ich mich nie gegen eine Hinrichtung aussprechen würde, aber im Eifer des Gefechts habe ich diesem Wurm ein Versprechen gegeben, das ich nun zu halten gedenke.“

Arnavut musterte ihn gespannt.

„Im Eisbruch gibt es noch immer einen Mangel an Lefts“, erklärte Kolubleik. „Unsere Mitstreiter würden von zusätzlichen Arbeitskräften profitieren, während diesen Mädchen ein langes, qualvolles Ende bevorstünde.“ Er neigte den Kopf zu seinem Herrn. „Unserem kleinen Unruhestifter waren sie das Wichtigste auf der Welt. Er fürchtete in seinem Leben nichts so sehr, wie ein solches Schicksal für seine Schutzbefohlenen verantworten zu müssen. Sieh sie dir nur an.“ Er nickte mit einem teuflischen Grinsen zu Thera. „Im Moment scheint für sie das Leben eine größere Strafe als der Tod zu sein.“

„Also schön, du hast mich überzeugt“, pflichtete Arnavut ihm bei. „Sie werden mit der ersten Karawane in den Eisbruch überführt.“

„Wenn du erlaubst, würde ich die Gruppe gerne begleiten“, bat Kolubleik. „Bevor ich sie dort nicht abgeliefert und mein Versprechen erfüllt habe, sehe ich sie als eine offene Angelegenheit und Verpflichtung."

„Ich verstehe." Arnavut nickte zustimmend.

Inzwischen war Ando im Bruch erschienen. Fassungslos starrte er auf die Leiche seines Freundes.

„Um Himmels willen, was ist hier passiert?", fragte er kreidebleich. „Ich war im Stollen und habe nichts mitbekommen, als plötzlich diese gewaltige Erschütterung den halben Berg zum Einsturz brachte. Ich kam gerade noch davon und meine Slaes genauso, aber das hier ..." Der Kloß in seinem Hals erstickte, was er noch sagen wollte.

Hallbora löste sich für einen Moment von Thera, um Ando Beistand zu leisten und ihm zu erklären, was vorgefallen war. Währenddessen sah sich Thera zwischen den Opfern um. Iora hatte mit der Versorgung der Verletzten begonnen, aber Thera gar nicht erst versucht, zur Mithilfe zu bewegen, nachdem sie Nimaels Leichnam gesehen hatte. Es war wohl offensichtlich, dass sie im Moment völlig außerstande war, zu helfen. Von ihrer Stärke, die sie all die Jahre über gezeigt hatte, war nichts mehr übrig. Sie begann, den Halt unter ihren Füßen zu verlieren. Erst jetzt wurde deutlich, was sie immer tief in sich verborgen hatte. In dem Moment, als sie für Nimael zu dessen Anker geworden war, wurde er auch zu ihrem. In dieser brutalen Umgebung und allen Schicksalsschlägen zum Trotz hatte er ihr ein Zuhause voller Geborgenheit, Hoffnung und Liebe gegeben. Ihr Leben hatte durch ihn einen Sinn und einen Zweck erhalten, den es zuvor nicht gehabt hatte – nicht einmal in Moenchtal. Sie hatte auf ein Ziel hingearbeitet, welches nun innerhalb eines kurzen Augenblicks zerstört worden war. Obwohl sie einen solchen Ausgang unterbewusst immer gefürchtet haben musste, war es ihr stets gelungen, diesen auszublenden und sich auf die Dinge zu konzentrieren, die wirklich zählten. Dafür traf es sie nun, da dieser Fall eingetreten war, umso härter. Ihr Anker war ihr entrissen worden. Nun trieb sie ohne Orientierung in einem Sturm der Gefühle und beschloss, den Kampf aufzugeben und sich ihrer Ohnmacht hinzugeben. Hilflos und unbeteiligt starrte sie in den Bruch.

Wenige Meter entfernt setzten Arnavut und Kolubleik ihr Gespräch fort.

„Was wird nun aus dem Adamanten?", fragte Kolubleik. „Meinst du, dass sich die Stücke des Wüstenbruchfragments noch immer gegenseitig anziehen und er sich von selbst wieder zusammensetzen wird?"

„Wohl kaum", antwortete Arnavut niedergeschlagen. „Die Überreste sind fein wie Staub. Außerdem sind sie zu weit verstreut und unter zu viel Blutstein begraben, als dass dafür noch Hoffnung bestehen würde."

„Dann geben wir diese Stätte auf?"

Arnavut nickte. „Hier gibt es nichts mehr für uns zu holen. Wir werden unsere Ressourcen abziehen und in den Zentralbruch verlegen, um die Arbeiten dort schneller voranzubringen. Amon soll die Räumung in die Wege leiten. Je schneller uns die Elaiten ihre Karawanen senden, desto besser."

„Was wird aus unserem Fragment?", fragte Kolubleik. „Soll ich es in den Eisbruch bringen?"

„Das habe ich noch nicht entschieden." Arnavut versetzte seinem Kameraden einen freundlichen Klaps auf den Rücken. „Aber du solltest dir wegen diesen Dingen keine Gedanken machen, sondern in der Heilungssektion nach dir sehen lassen. Der Kampf ist nicht spurlos an dir vorbeigegangen. Anschließend kommst du zu mir und wir meditieren ein wenig. Schon bald wirst du dich wieder wie neugeboren fühlen."

„Natürlich." Kolubleik bedankte sich mit einem knappen nicken und ging zu Iora, die gerade die Platzwunde eines Gards mit einem Druckverband versorgte.

„Schluss damit!", fuhr er den Wachmann an. „Schnapp dir ein paar Männer und sammelt die Toten und Verletzten auf! Anschließend bringt ihr sie so schnell wie möglich zur Heilungssektion." Er wandte sich an Iora. „Du kommst sofort mit!"

Obwohl man der Heilerin deutlich ansah, wie sehr es ihr widerstrebte, seinem Befehl zu gehorchen und die Verletzten im Bruch zurückzulassen, wagte sie es nicht, zu widersprechen. Kolubleik fuhr herum und stampfte zielstrebig auf Nimaels Gruppe zu, die noch immer am Leichnam ihres Caers versammelt stand.

„Wo sind Gilbradock und seine Leute?", fragte er knapp. „Habt ihr sie getötet?"

Landria schüttelte den Kopf. „Sie liegen bewusstlos in unserer Zelle."

„In Ordnung", erwiderte Kolubleik gleichgültig und kniete sich zur Leiche seines Widersachers. Er griff in Nimaels Tasche und zog einen Schlüssel hervor. „Ich werde euch dorthin bringen." Er winkte zwei Gards mit einer Bahre heran. „Nehmt seine Überreste mit. Morgen früh werden wir ihn bestatten."

Während die Gards den Befehl ausführten, verabschiedete sich Hallbora von Ando, nahm Thera in den Arm und führte sie zum Rest der Gruppe zurück. Gemeinsam verließen sie den Bruch und gaben Nimael das letzte Geleit. Als sie an ihrer Zelle eintrafen, öffnete Kolubleik die Tür und befreite Gilbradock und seine Männer, die inzwischen wieder zu sich gekommen waren.

„Es tut mir leid, Herr", versuchte Gilbradock, sich zu rechtfertigen. „Er hat uns überrascht. Er schlug vollkommen unerwartet zu."

„Kein Wort mehr!", schrie Kolubleik ihn zusammen. „Ihr wusstet von seinen Fähigkeiten, also spart euch eure Entschuldigungen! Nichtsnutziges Pack! Ihr könnt froh sein, wenn euch Arnavut am Leben lässt! Jetzt seht zu, dass ihr in den Bruch kommt, und macht euch nützlich!"

„Ja, Herr!", erwiderte Gilbradock demütig und verließ mit seinen Männern die Zelle.

„Rein mit euch!“, befahl Kolubleik den Mädchen. Er wartete, bis alle anderen eingetreten waren, dann packte er Hallbora am Arm und hielt sie zurück. „Du wirst deine Freundin im Auge behalten und aufpassen, dass sie keine Dummheiten begeht!“

„Wieso sollte ich auch nur einem weiteren Befehl gehorchen?“, fragte Hallbora trotzig. „Ihr habt uns doch sowieso schon abgeschrieben.“

„Ich werde dafür sorgen, dass ihr den Eisbruch unversehrt erreicht“, antwortete Kolubleik. „Das sollte doch schließlich auch in deinem Interesse sein, nicht wahr?“

Hallbora dachte einen Moment darüber nach und nickte zustimmend.

„Dann sind wir uns ja einig.“ Kolubleik grinste zufrieden. Ohne Vorwarnung schlug er ihr die Tür vor der Nase zu und schloss ab.

Am nächsten Morgen führte man die Gruppe in den Garten. Wie durch ein Wunder hatte die Explosion keine weiteren Todesopfer gefordert, nur Nimael, Varuil, Zevko und die drei Gards wurden bestattet. Arnavut und Kolubleik hatten sich an einen Baum gelehnt und beobachteten das Begräbnis. Der Meister des Kampfes hatte seine Blessuren längst verwunden und legte ein selbstzufriedenes Grinsen an den Tag, wie man es von ihm kannte. Vor den Gräbern, die für die Toten ausgehoben waren, hatte sich ein ansehnliches Publikum versammelt. Nachdem die Arbeiten im Bruch eingestellt waren, hatten sämtliche Caers die Zeit, teilzunehmen. Mehr als alles andere hatte sie aber vermutlich die Neugier zu diesem Ereignis gelockt. Immerhin handelte es hier nicht um irgendjemanden, sondern um den Mann, der die Dominaten herausgefordert und sich innerhalb kürzester Zeit einen legendären Ruf gemacht hatte.

Thera und die anderen schoben sich mit trauernden Mienen durch die Zuschauer und ließen sich von den Blicken, die sich auf sie richteten, nicht beirren. Sie wollten nichts weiter, als ihrem Freund in Ruhe die letzte Ehre zu erweisen.

Als Amaru an den Sarg trat, verstummte das Publikum schlagartig.

„Ich freue mich, dass so viele von euch meinem Ruf gefolgt und heute hier anwesend sind", begann er seine Rede. „Wir verabschieden uns von einem ganz besonderen Menschen. Nimael." Er unterbrach sich für einen Moment und musterte das Publikum. „Wenn ich euch diesen Namen nenne, so wisst ihr alle etwas damit anzufangen, aber nur die wenigsten von euch kannten ihn wirklich. Ich habe ihn kennengelernt. Ich bin Nimaelist und bin stolz darauf, mich so zu nennen. Ich möchte diese Gelegenheit nutzen, um euch die Gründe dafür zu erläutern." Er räusperte sich. „Nimael wuchs ohne einen Vater auf. Aller Widerstände zum Trotz fand er dennoch seinen Weg. Er wusste mit wenig Materiellem auszukommen, ohne dass es ihm je an etwas mangelte. In seinem Leben spielten andere Dinge eine Rolle. Ich habe ihn frisch verliebt in seinen glücklichsten Zeiten erlebt, aber auch beim Verlust seiner Gruppenmitglieder in seinen dunkelsten Stunden. Wenn euer Leben mit seinen Hoch- und Tiefpunkten von anderen Ereignissen geprägt ist, so solltet ihr eure Einstellung dazu noch einmal gründlich überdenken." Offenbar bemerkte selbst Amaru, dass in diesem Moment seine Vergangenheit als Prediger überhandnahm. Er besann sich und kehrte zu seiner Trauerrede zurück. „Weiterhin habe ich erlebt, wie Nimael die unmöglichsten Entscheidungen zu treffen hatte, und unter welchen Gewissensbissen er oftmals litt. War es richtig, das Schicksal der eigenen Gruppe zu riskieren, um für die Zukunft von uns allen einzutreten? Diesen Kurs hat er bis zum Ende konsequent verfolgt. Er hat eine gewaltige Explosion verursacht, bei der viele von euch Verletzungen davontrugen. Aber diejenigen, die diese Tat für verantwortungslos halten, sie verurteilen oder sich darüber aufregen, frage ich: Was glaubt ihr, für wen er dieses Opfer gebracht hat? Für sich selbst? Nein. Er hat es für uns alle getan, um uns ein klein wenig Hoffnung zu schenken, so wie er es immer getan hat. Er hat uns die Aussicht auf eine bessere Zukunft hinterlassen. Und genau dafür ist er auch gestorben. Für uns." Amaru machte eine kurze Pause, um seine Worte sacken zu lassen. „War Nimael also fehlerlos oder hatte er auch eine dunkle Seite? Natürlich hatte er die, genau wie jeder von uns. Es wäre gelogen, diese zu unterschlagen, nachdem er so oft mit ihr im Konflikt stand. Vielleicht war es nicht nur Thera, die in diesen Situationen immer für ihn da war, vielleicht waren es auch seine Erfahrungswerte und Skrupel, die ihn auf dem rechten Weg hielten. Vielleicht handelt es sich bei unserem Gewissen um die Stimme Gottes, die in unserem Inneren zu uns spricht. Auf die wir hören sollten, weil sie uns ein unschätzbarer Freund und Wegbegleiter ist. Sie hilft uns nicht nur bei Entscheidungen, sondern auch bei Versuchungen, denen Nimael ebenfalls ausgesetzt war. Es lässt sich nicht leugnen, dass sein äußerer Konflikt auch seinen inneren widerspiegelte. Jahrelang bot sich ihm die Möglichkeit, der Sklaverei zu entgehen und auf die andere Seite zu wechseln. Einer Seite, die ihm unermesslichen Reichtum, Ruhm und Macht versprach. Doch er zog es vor, auf all das zu verzichten, um stattdessen für seine Mitmenschen da zu sein. Seid ehrlich, wer von euch hätte sich genauso entschieden? Unter all diesen unmenschlichen Bedingungen verkörperte er Gleichheit, Gerechtigkeit und einen uneigennützigen Umgang miteinander. Er setzte sich für Werte ein, die wir schätzen sollten. Werte, für die es sich lohnt, einzutreten. In den wenigen Jahren, die er mit seiner Gruppe hier war, hat er mehr erreicht und mehr bewegt, als es den meisten von uns in ihrer gesamten Lebenszeit vergönnt ist. Er hat uns geeint und ein Vermächtnis hinterlassen. Es gibt nun keine Sovalisten mehr, nur noch Nimaelisten. Wir stehen alle auf derselben Seite. Wir ziehen alle am selben Strang. Nun wird man uns in den Zentralbruch umsiedeln. Es liegt an uns, dass dieser Gedanke dort weiterlebt. Dass wir zueinanderhalten. Wir sind Nimaelisten! Alle von uns! Wir werden sein Vermächtnis weiterführen und auf unsere Chance lauern, den Meistern einen Strich …“ Mehr brachte Amaru nicht heraus. Kolubleik war mit einem Drift an ihn herangeschossen und drückte ihm die Kehle zu.

„Kein Wort mehr!“, zischte er giftig. „Ich weiß, dass du das Amt eines Priesters bekleidest, aber glaube nicht mal für den kleinsten Augenblick, dass mich das daran hindern würde, dir deinen aufrührerischen Hals umzudrehen! Du hattest deine Chance, jetzt werde ich diese Trauerrede zu Ende führen.“ Er wandte sich an die Menge. „Ich finde, dem Tod wird unrecht getan, daher kann ich mich sehr gut mit ihm identifizieren. Ihr haltet den Tod für böse, aber das ist er nicht. Er ist nur gefühllos. Kalt. Es ist ihm egal, in welchem Lebensabschnitt du dich befindest. Ob du ihn erwartest, ihn gar herbeisehnst, oder ob du in der Blüte deines Lebens stehst und noch so große Pläne und so viel zu sagen hast. Es ist ihm egal, ob du gut warst oder böse, ob du ihn verdient hast oder nicht – er kommt einfach und holt sich, was er kriegt. Ohne Rücksicht auf den Betroffenen oder dessen Hinterbliebene. Er gehört einfach dazu als ein unumstößlicher Teil des Lebens. Die einen kommen, die anderen gehen. Es gibt so viele von euch, aber keiner ist von Bedeutung. Im Großen und Ganzen seid ihr alle unwichtig. Wenn ihr das erst einmal begriffen habt, werdet ihr verstehen, dass es gar keinen Sinn macht, um irgendjemanden zu trauern.“ Damit beendete er seine emotionslose Rede und wechselte in den Befehlston. „Die Gruppe des Verstorbenen darf noch einen Moment bleiben und sich verabschieden, der Rest wird abgeführt.“ Mit einem knappen Nicken gab er den Befehl an die Gards weiter. „Ihr werdet euch in eure Zellen begeben und dort auf die Abreise vorbereiten. Haltet euch bereit! Wenn wir zusätzliche Arbeitskräfte benötigen, um diese Stätte hier aufzulösen, werden wir auf euch zukommen.“

Während die ersten Caers aus dem Garten geführt wurden, sprachen Ando, Torren und Amaru der Gruppe ihr Beileid aus, um sie schließlich ungestört bei ihrem gefallenen Kameraden zurückzulassen. Nachdem Nimael in sein Grab gelegt worden war, trat Thera zu ihm.

„Es tut mir leid", sagte sie mit bitterer Miene. „Ich wollte dich motivieren, nichts weiter. Ich wollte, dass du mit allen Mitteln um dein Leben kämpfst, aber ich hätte dir nicht drohen dürfen, dass ich dir nicht noch einmal vergeben würde, wenn du mich verlässt. Ich weiß, dass du alles getan hast, um das zu verhindern, und es gibt nichts, was ich dir nicht verzeihen würde. Das weißt du." Sie ließ ihren Tränen freien Lauf. „Ich habe noch immer das Gefühl, dass das hier nur ein böser Traum ist. Dass du gleich den Sarg öffnest und zu mir nach draußen steigst. Wenn du mich hörst, dann bitte ich dich jetzt um dieses Wunder. Ich brauche dich. Ich kann mir kein Leben ohne dich vorstellen." Sie brach vollends in Tränen aus und schlug die Hände vors Gesicht. Hallbora trat an ihre Seite und legte ihren Arm um sie. Sie wusste, dass Theras Flehen vergeblich bleiben würde, und reichte ihr stattdessen eine Blume.

„Er wird dich nicht verlassen", tröstete sie ihre Freundin. „Er wird für immer bei dir sein, auch wenn das in einer anderen Form sein wird, als du es dir erhofft hast."

Obwohl Hallboras Worte sie nicht erreichten, bedankte sich Thera für ihren Beistand und warf ihre Blume auf den Sarg. Hallbora, Ting, Landria und Koba taten es ihr nach und blieben noch einen Moment schweigend an Nimaels Grab zurück.

„Das reicht jetzt", unterbrach Kolubleik die Stille. „Wir haben euch mehr zugestanden, als ihr bei Weitem verdient hättet. Kehrt in eure Zelle zurück und macht euch abreisefertig. Wir werden den Blutfelsen sobald es geht verlassen."

Thera nickte geistesabwesend und gehorchte gleichmütig seinem Befehl. Natürlich hatte Nimael recht gehabt, als er ihr sagte, dass man für jeden Moment dankbar sein musste, den man gemeinsam miteinander verbringen durfte. Es stellte sich nur die Frage, ob die Erinnerung an ihn ein Segen oder ein Fluch war. Thera würde sich für den Rest ihres Lebens an seine Küsse, seine Zärtlichkeiten, seine Art und sein gesamtes Wesen erinnern. Aber damit würde sie sich auch jedes Mal wieder an den Verlust erinnern, der damit verbunden war. War sie stark genug, um diesen zu verkraften? Im Moment schien es ihr ein Ding der Unmöglichkeit zu sein. Nur eines sah man ihr deutlich an: Sie würde niemals wieder so lieben, wie sie geliebt hatte.

# 32

# ABREISE

Am nächsten Abend betrat Kolubleik die Zelle. Er hatte Gilbradock und Kaeti, die einen Stapel voll Kleidung bei sich trug, als Eskorte mitgebracht.

„Eine Karawane ist eingetroffen", erklärte er zufrieden. „Wir werden morgen früh aufbrechen. Ihr werdet die Reise in euren Kleidern aus Moenchtal antreten, im Eisbruch erhaltet ihr dann eure neuen Left-Uniformen. Wo befindet sich euer Gepäck?"

„Wir haben nichts gepackt", antwortete Koba. „Da wir als Lefts weder eine Zelle noch Besitz haben werden, sahen wir keinen Grund dazu."

„Ich hatte es euch befohlen", betonte Kolubleik nachdrücklich. „Ich will, dass ihr diese Zelle räumt, und zwar auf der Stelle!" Er trat vor Thera, die stumm auf einem Bett saß und vor sich hin starrte. „Komm mit!" Er packte sie am Arm und führte sie ins Caer-Zimmer. „Ich will, dass keine Spuren von euch zurückbleiben! Ihr werdet die Zelle so verlassen, als wärt ihr nie hier gewesen!"

„Ich kann nicht", erwiderte Thera.

„Hat das etwa nach einer Bitte geklungen?"

Sie ging zum Schreibtisch und nahm widerwillig den Bilderrahmen von der Tischplatte. Sie sah ihn kurz an und begann zu zittern. Tränen liefen ihr über die Wangen. Jeder noch so kleine Gegenstand war voller Erinnerungen und beschrieb ihre gemeinsame Geschichte. Das Porträt, das sie bei ihrer ersten Verabredung von ihm gezeichnet hatte. Das Bild, das Nimael unter dem Einfluss des Adamanten an ihrem Jahrestag von ihr gemalt hatte. Und auf einem weiteren Stück Papier das Antlitz des obersten Meisters, der stellvertretend für ihr besiegeltes Schicksal stand. Sie sah auf. Da waren die Bücher, die auf dem Regal standen. Von den Werken über Bergbau und Gestein, über die Publikationen zur Nautik bis hin zu dem Lexikon, das ihnen die Geschichte der Dominaten verraten hatte. Und daneben stand Balba. Mit Varuils Pfeil war er von hinten durchbohrt worden, genau wie sein Besitzer. Wie eine düstere Vorsehung, die sich erfüllt hatte, lachte die Feldflasche nun auf sie herab, verspottete sie. Warum hatte sie das nicht kommen sehen? Warum hatte sie all die Vorzeichen ignoriert und Nimael auf dem Weg ins Verderben auch noch unterstützt? Was würde sie erst alles erdulden müssen, wenn sie die Schreibtischschubladen öffnete? All seine Gedichte waren darin verstaut. Jedes einzelne mit so vielen Gefühlen gespickt, mit so vielen Versprechen einer ewigen Liebe und einer gemeinsamen Zukunft.

„Ich kann das nicht", wiederholte Thera aufgelöst.

Selbst Kolubleik musste das inzwischen begriffen haben.

„Los, hilf ihr!", befahl er Kaeti, die dazugekommen war. Er ging zielstrebig zum Schrank und holte die Taschen heraus, die dort untergebracht waren. „Pack alles hinein! Und du …" Er wandte sich noch einmal an Thera. „Mach dich nützlich und putz den Raum!" Er deutete zur Wand hinter dem Bett. „Auch diese Kreidestriche. Hier soll nichts zurückbleiben."

Obwohl auch sie eine Geschichte erzählten, fiel Thera diese Arbeit wesentlich leichter, als mit den persönlichen Gegenständen ihres Liebsten konfrontiert zu werden. Nachdem sie ungefähr die Hälfte der Striche entfernt hatte, fand Kaeti ein zerknülltes Stück Papier in der Schreibtischschublade.

„Was ist das?", fragte sie. „Soll ich es vernichten?"

Thera schüttelte den Kopf, nahm es an sich und faltete es auseinander. Es handelte sich um Nimaels ersten Entwurf seines Gedichts, das nie für ihre Augen bestimmt war. Sie las es und versuchte zu verstehen. Nun zeigte sich, wie bewusst er auf das Schlimmste gefasst gewesen war. Tief in sich rechnete er mit seinem Tod und wollte, dass Thera seinen Kampf fortführte. Wie kam er nur auf die Idee, ihr so etwas zuzumuten? All die Jahre über, die sie ihm mit Rat und Tat zur Seite gestanden hatte, hatte er sie auf ein Podest erhoben. Er hatte eine Größe in ihr gesehen, der sie unmöglich gerecht werden konnte. Wenn Nimael das große Orchesterwerk gewesen war, das mit einem Paukenschlag endete, so war Thera nun die leise, traurige Klavierstimme, die ihn mit ihrem zärtlichen, aber stets hörbaren Klang immer durch alle Höhen und Tiefen begleitet hatte und nun aus der Stille heraus ihr eigenes Lied hinzufügte. Er musste doch gewusst haben, dass sie nicht in der Lage war, diese Aufgabe allein zu erfüllen. Wie ungerecht es war, ihr eine solche Verantwortung zu übertragen. Das Schicksal der gesamten Menschheit auf ihre Schultern zu laden. Thera schien unter dem Druck zu zerbrechen und schüttelte mutlos den Kopf. In diesem Moment wurde ihr ihre ganze Machtlosigkeit bewusst. Die Aussichtslosigkeit, den letzten Wunsch ihres Liebsten zu erfüllen. Sie war eine Enttäuschung. Sie tat das, was sie von ihm verlangt hatte, niemals zu tun. Sie gab auf.

„Es tut mir leid", begann Kaeti. „Aber ganz ehrlich – was dachtest du denn, was passieren würde? Wie diese Geschichte enden würde? Es war doch von Anfang an klar, wie sich alles entwickeln würde. Schon seit seiner Ankunft hat er sich gegen dieses System aufgelehnt. Er hat jeden gegen sich aufgebracht, den er nur gegen sich aufbringen konnte. Smeon, Gilbradock, Soval, Burok, Kolubleik, Arnavut und nicht zuletzt Varuil. Von Tschirna und mir ganz zu schweigen. Wer einen solchen Kurs einschlägt und trotz jeglicher Verluste daran festhält, muss auch auf ein solches Ende gefasst sein. Aber ihr wolltet es nicht sehen. Ich habe euch gewarnt. Bei jeder Gelegenheit habe ich euch, so nachdrücklich ich nur konnte, darauf hingewiesen. Trotzdem seid ihr ihm blind gefolgt und bekommt nun die Konsequenzen dafür zu spüren. Ich bin bloß froh, dass ich euch noch rechtzeitig den Rücken gekehrt habe.“

Für diesen Kommentar wollte ihr Thera am liebsten an die Gurgel springen, aber selbst dafür fehlte ihr die Kraft. Was machte eine weitere Prise Salz in ihrer Wunde noch für einen Unterschied?

„Diese Habe-ich-es-dir-nicht-gesagt-Einstellung gefällt mir.“ Kolubleik hatte die Szene beobachtet und sprach Kaeti sein zweifelhaftes Lob aus. „Ein wenig Provokation hat noch niemandem geschadet. Was mir dagegen ganz und gar nicht gefällt, ist die Überheblichkeit, die du dabei an den Tag legst. Dafür bist du nicht in der richtigen Position. Ein solches Vergnügen sollte nur mir vorbehalten bleiben.“ Er packte sie am Arm und führte sie nach draußen. „Du kommst mit.“ Er durchquerte mit Kaeti das Mittelzimmer und betrat den Gemeinschaftsraum. „Raus mit euch!“

Koba und Ting unterbrachen ihre Arbeit und verließen zügig den Raum. Hinter ihnen schlug Kolubleik die Tür zu, um sie einige Zeit später wieder zu öffnen. Während er selbst voller Genugtuung ins Mittelzimmer zurückkehrte, saß Kaeti geknickt am Tisch und weinte bitterlich. Ting ging zu ihr und versuchte, sie zu trösten.

„Was hat er dir angetan?“, fragte sie besorgt. „Hat er dich misshandelt?“

„Geh weg!“, rief Kaeti verzweifelt. „Lasst mich in Ruhe!“ Sie vergrub ihr Gesicht in ihren Händen und heulte sich aus.

„Nachdem das geklärt wäre, gibt es für mich hier nichts weiter zu tun“, stellte Kolubleik trocken fest und wandte sich an Gilbradock. „Ihr beaufsichtigt weiter die Aufräumarbeiten. Wenn diese Lefts damit fertig sind, sollen sie sich ausruhen. Ihnen steht morgen ein harter Tag bevor.“ Ohne Gilbradock eines weiteren Blickes zu würdigen, verschwand Kolubleik aus der Zelle.

Am nächsten Tag führte man die Gruppe in die große Empfangshalle des Blutfelsens, wo sie von Kolubleik, einigen Gards und einer Delegation des Wüstenvolks bereits erwartet wurden. Selbst hier, am anderen Ende des Blutfelsens, hatte die Explosion Risse in den hohen Wänden hinterlassen. Ando und Torren hatten es ebenfalls geschafft, zum Abschied anwesend zu sein. Wahrscheinlich hatte Ando seine besten Kontakte und ein ordentliches Sümmchen benötigt, um dies zu ermöglichen. Als er Hallbora sah, lief er direkt zu ihr und nahm sie in die Arme, als würde er sie nicht mehr hergeben wollen. Eine Geste, die so wunderschön und vertraut war, dass Thera sie nicht mitansehen konnte.

„Ihr müsst durchhalten“, beschwor Ando seine Liebste. „Ich werde herausfinden, wo man euch hinbringt, und euch befreien. Ich verspreche, dass ich alles tun werde, damit wir uns wiedersehen.“

Unterdessen verabschiedete sich Torren von den anderen Gruppenmitgliedern und versuchte, ihnen ebenfalls Hoffnung zu machen. Einer der Männer, die bei der Karawane warteten, wurde auf die Szene aufmerksam, und näherte sich. Thera erwartete das Signal zum Aufbruch, doch der Mann grüßte Torren, ging dann zu ihr und sprach sie an.

„Ich erkenne dich“, sagte er knapp. „Du gehörst zu Nimaels Gruppe. Du bist diejenige, die er damals durch die Wüste trug.“

Für einen Moment starrte Thera ihn nur erstaunt an und wusste nicht, wie sie reagieren sollte.

„Du kanntest ihn?“, fragte sie schließlich.

„Ja.“ Der Mann nickte und stellte sich vor. „Mein Name ist Helour. Ich habe ihn vor einigen Monaten kennengelernt.“ Seine freundliche Miene nahm traurige Züge an. „Ist ihm etwas zugestoßen?“

Thera nickte nur, zu schwach, um noch eine Erklärung abzugeben.

„Das tut mir sehr leid“, bekundete Helour seine Anteilnahme. „Er schien mir ein guter Mann zu sein. Aber keine Angst, ich werde an seiner Stelle auf dich aufpassen.“

„Danke, aber das musst du nicht“, erwiderte Thera resigniert. „Das spielt nun alles keine Rolle mehr.“

Helour deutete eine leichte Verbeugung an. Eine Geste, die gleichzeitig sein Verständnis, die weitere Gültigkeit seines Angebots und seinen Abschied ausdrückte. Er wandte sich ab und kehrte zur Karawane zurück, wo Kolubleik zum Aufbruch rief. Hallbora und Ando trennten sich erst, als ihnen ein Gard Gewalt androhte.

„Ich finde dich“, versicherte Ando ihr noch einmal. Hallbora warf ihm einen Kuss zu, schloss zu Thera auf und durchquerte mit ihr das große Tor, das in die Wüste führte.

Am Mittag hielt die Karawane zur ersten Rast. Schon bald zog eine hitzige Debatte zwischen Hallbora und Thera Kolubleiks Aufmerksamkeit auf sich.

„Was soll das?“, fuhr er sie wütend an. „Was ist hier los?“

„Nichts weiter“, antwortete Thera kleinlaut und sah betrübt zu Boden.

Kolubleiks drohender Blick wanderte zu Hallbora, die mit sich haderte.

„Sag es mir!“

„Sie will nichts trinken“, erwiderte Hallbora schließlich und hob eine Feldflasche empor. „Ich habe versucht, sie zu überreden, aber sie weigert sich standhaft.“

„Ich habe mich entschieden“, erklärte Thera. „Ich ziehe den Tod in der Wüste einer elendigen Existenz im Eisbruch vor.“

„Diese Entscheidung steht dir nicht zu“, widersprach Kolubleik. „Ich werde dich auf jeden Fall dorthin bringen.“

„Nein“, weigerte sich Thera. „Meinetwegen könnt ihr mich auf der Stelle töten, aber ihr könnt mich nicht dazu zwingen, etwas zu trinken. Mein Entschluss steht fest. Ich werde hier sterben.“

Kolubleik überlegte einen Moment, dann funkelte er sie böse an. „Du glaubst, du kannst *mir* etwas vorschreiben?“ Er schüttelte den Kopf und grinste. „Dafür kenne ich dich zu gut. Du bist genau wie dein verstorbener Caer. Du sorgst dich zu sehr um das Schicksal der anderen.“ Er riss Hallbora die Flasche aus der Hand und fuhr fort: „Solange du dich weigerst zu trinken, werden auch deine Freundinnen keinen Tropfen Wasser mehr zu Gesicht bekommen. Wenn du also stirbst, so sterbt ihr alle zusammen. Willst du das? Bist du bereit, das zu verantworten?“

Thera warf Kolubleik einen Blick zu, der mindestens ebenso böse sein musste wie sein eigener. Schließlich gab sie nach und streckte die Hand nach der Flasche aus. Ohne ihren hasserfüllten Blick von ihm abzuwenden, trank sie widerwillig den ersten Schluck.

„Na also, geht doch.“ Kolubleik grinste zufrieden und kehrte zur Karawane zurück.

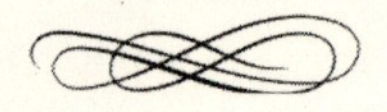

Nach vier langen Tagen und Nächten hatte die Karawane ohne weitere Zwischenfälle die Wüste durchquert und traf erschöpft bei dem großen Stützpunkt des Wüstenvolks ein. Für die Elaiten handelte es sich um eine beispiellose Ehre, einem Dominaten zu begegnen. Jeder Einzelne kniete vor Kolubleik zu Boden und erhob sich erst, wenn dieser es gestattete.

Am nächsten Morgen beschloss Kolubleik, die Reise in deutlich verringerter Zusammensetzung fortzuführen.

„Ihr werdet hier zurückbleiben, um die nächsten Gruppen in den Zentralbruch zu begleiten, und euch dort nützlich machen", befahl er seinen Männern.

„Aber Herr ...", meldete sich einer der Gards zu Wort. „Was ist mit den Gefangenen?"

„Für die paar Weiber benötige ich keinen dermaßen großen Trupp", erklärte der Meister herablassend. „Eine Kutsche und ein Einzelner als Geleitschutz werden völlig ausreichen." Er sah sich zwischen den Männern um und deutete schließlich auf Helour. „Du! Ich habe dich schon zahlreiche Male die Karawanen anführen sehen. Du bist erfahren und wirst mir gute Dienste erweisen. Du wirst mich begleiten."

„Natürlich, Herr." Helour verneigte sich demütig.

Auf Kolubleiks Befehl hin bestückten die Elaiten eine Kutsche mit Vorräten und machten sie reisefertig. Während Thera, Hallbora, Landria, Koba und Ting im Inneren der Kutsche Platz fanden, übernahmen Helour und der Meister die Position vorne auf dem Kutschbock. Kurz darauf verließen sie den Außenposten und setzten die Reise fort.

Bei einer weiteren Rast am Nachmittag teilte Landria den anderen eine interessante Beobachtung mit.

„Wir befinden uns wieder in dem Nadelwäldchen von unserer ersten Reise, direkt nach unserer Entführung", stellte sie fest. „Wir haben damals an exakt derselben Stelle Halt gemacht. Wir nehmen genau dieselbe Route wie auch die letzten Male."

„Und?", fragte Hallbora. „Wieso denn auch nicht?"

„Ich wundere mich nur." Landria zuckte mit den Achseln. „Ich bin immer davon ausgegangen, dass sich der Eisbruch weit im Norden befindet. Der Kurs, den wir eingeschlagen haben, führt uns jedoch mehr nach Westen als gen Norden."

„Vielleicht gibt es so kurz hinter dem Außenposten noch keine Alternative“, gab Ting zu bedenken. „Wahrscheinlich zweigt der Weg, der uns zum Eisbruch führt, erst später ab.“

„Oder er fährt einen Umweg, um eines der Steingräber zu besuchen, das sie als Briefkästen verwenden“, warf Hallbora ein.

„So wird es vermutlich sein“, stimmte Landria zu. „Aber wir sollten die Himmelsrichtungen trotzdem im Auge behalten. Vielleicht bringt es uns eines Tages einen Vorteil, wenn wir uns die Strecke einprägen, die wir genommen haben.“

# 33

# KONTRAPUNKT

Am Abend befahl Kolubleik, die Kutsche abzustellen und das Nachtlager aufzuschlagen. Die Reisenden waren am Rand des Nadelwäldchens angekommen, als nächstes stand ihnen der Weg durch die Steppe bevor. Nachdem die ersten Gefangenen das Brennholz herbeigeschafft hatten, entfachte Helour ein Feuer und Kolubleik verteilte den Proviant. Währenddessen kehrte auch Thera aus dem Wald zurück. Sie legte ihre Hölzer ans Feuer und wurde dabei auf einen spitzen Ast aufmerksam, den sie nachdenklich musterte. Offensichtlich erinnerte er sie an den Stock, mit dem Nimael Chapi erstochen hatte. Sie sah zu Kolubleik, der in seinem Gepäck wühlte. Langsam stand sie auf und näherte sich ihm auf Zehenspitzen. Die anderen erkannten, was sie vorhatte, und hielten kollektiv den Atem an. Die plötzliche Anspannung war so dick, dass man sie beinahe fühlen konnte. Als Thera fast vollständig an ihn herangekommen war, holte sie aus. Noch bevor sie zustechen konnte, wirbelte Kolubleik herum und packte sie am Handgelenk.

„Du hast echt Mumm, das muss ich dir lassen“, lobte er sie anerkennend. „So einen Racheakt hätte ich dir nicht zugetraut.“

Thera schüttelte den Kopf. „Mit Mumm oder Rache hat das nichts zu tun. Ich wollte nur das einzige Hindernis aus dem Weg räumen, das mich daran hindert, mich umzubringen."

„Guter Versuch, aber ich konnte dich schon von Weitem hören. So leicht bin ich nicht zu überwältigen."

„Ach wirklich?" Thera grinste ihn plötzlich überlegen an.

Kolubleik fuhr erneut herum. Mit gezücktem Säbel hatte sich Helour an ihn herangeschlichen und war bereit, zuzustechen. Kolubleik löste einen Drift aus, als sich die Klinge bereits in seine Haut schnitt. Er wich im letzten Moment aus, schoss an Helour vorbei und trat ihm in die Kniekehle, worauf dieser zusammenklappte und plötzlich am Boden kniete.

„Schluss damit!", befahl Kolubleik hinter seinem Rücken. Aber Helour gab noch nicht auf. Durch den übermächtigen Gegner geradezu angespornt, biss er kämpferisch die Zähne zusammen und wirbelte auf den Knien herum. Wieder verschwand Kolubleik in der Strömung. Er blockte den herannahenden Säbel problemlos ab und entwaffnete seinen Gegner innerhalb eines Augenblicks. Blitzschnell kehrte er aus dem Drift zurück und hielt Helour siegessicher die Klinge an die Kehle.

„Das reicht jetzt!", rief Kolubleik. „Du wärst schon lange tot, wenn ich das gewollt hätte. Ihr beide." Er funkelte Thera und Helour streng an. „Jetzt setzt euch zu den anderen ans Feuer."

Helour gehorchte nicht. Offenbar überlegte der Elait noch immer, wie er den Meister besiegen konnte.

„Du sollst dich setzen!", befahl Kolubleik scharf und drückte den Säbel an sein Kinn. Widerwillig gab Helour bei und folgte Thera ans Lagerfeuer.

„Der Zeitpunkt ist gekommen, um ein paar Dinge klarzustellen", sagte Kolubleik. „Eigentlich ist er sogar schon längst überfällig." Seine strenge Miene verwandelte sich plötzlich in ein ungewohnt freundliches Lächeln. „Ihr kanntet die fünf Meister im Bruch, aber es gibt noch einen, von dem ihr bisher nichts wusstet. Den Meister der Täuschung." Kolubleik schloss die Augen und entspannte sich. Plötzlich begann sein Äußeres zu schmelzen. Unter den staunenden Blicken der Anwesenden tropfte nach und nach seine ganze Fassade von ihm herab und offenbarte einen schelmisch grinsenden Nimael.

Fassungslos starrten seine Gefährten ihn an. Thera war die Erste, die nicht mehr an sich halten konnte.

„Nimael!", rief sie aufgeregt. Aller Hass und alle Trauer fielen innerhalb eines Augeblicks von ihr ab. Sie wollte aufspringen und ihm in die Arme fallen, aber Hallbora packte sie und hielt sie zurück.

„Nicht!", warnte sie sie. „Das ist doch nur einer seiner hinterlistigen Tricks. Eine Illusion. Du hast ihn angegriffen, jetzt bestraft er dich, indem er dir das zeigt, was du dir am sehnlichsten wünschst, um es dir im nächsten Moment gleich wieder zu entreißen."

„Das ist nicht wahr", erwiderte Nimael. „Stellt mich auf die Probe, wenn ihr mir nicht glaubt."

Hallbora überlegte einen Moment, wie sie ihn überführen konnte.

„Als wir erst ein paar Tage im Blutfelsen waren, brachtest du uns von deiner ersten Erkundung mit Ando einen Blumenstrauß aus dem Garten", erinnerte sie sich schließlich. „Aus welchen Blumen bestand er?"

„Ich kann sie euch nicht nur nennen, ich sehe sie so deutlich vor mir, dass ich euch jedes einzelne Blütenblatt davon zeigen kann." Nimael sah zu Boden und konzentrierte sich. Plötzlich riss zwischen Hallbora und Thera die Erde auf und ein Strauß Sonnenblumen spross hervor. Die beiden erschraken zunächst und wichen zurück, dann sahen sie fasziniert zu, wie die Illusion vor ihren Augen Gestalt annahm.

„Zum Glück wolltest du nicht an den Skorpion in der Wüste erinnert werden", stichelte Nimael. Für Thera war das Beweis genug. Sie sprang auf und fiel Nimael in die Arme.

„Du bist es wirklich“, flüsterte sie zärtlich. Tränen des Glücks liefen ihr über die Wangen. „Mein Ein und Alles.“ Sie küssten sich innig und räumten damit auch den letzten Zweifel aus, dass es sich wirklich um Nimael handelte. Der Rest der Gruppe erhob sich vom Lagerfeuer und schloss ihn ebenfalls in die Arme. Offenbar wollte sich jeder selbst davon überzeugen, dass er tatsächlich real war. Selbst Helour schüttelte ungläubig den Kopf, während er die Szene beobachtete. Als die Wiedersehensfreude ein wenig abgeklungen war, meldete sich Landria zu Wort.

„Aber wie ist das möglich?“, fragte sie. „Wie hast du das angestellt? Und wieso hast du uns nie von deiner neuen Fähigkeit erzählt?“

„Alles begann, als Chapi vor meinen Augen starb“, erklärte Nimael, während er Thera weiter fest an sich drückte. Viel zu lange hatte er sie sich selbst überlassen, jetzt wollte er sie nicht mehr hergeben. „Die Art und Weise, wie seine Illusion zerbrach, gab mir eine Vorstellung davon, wie er sein Spiegelbild geformt hatte. Noch während Arnavut in sein Quartier lief, um das Fragment der Meister zu holen, teilte ich meinen Geist und versuchte, mit allen Teilen meines Verstands eine ähnliche Illusion zu erzeugen. Mir fiel wieder ein, wie ich damals das Porträt von Thera gezeichnet habe. Wie ich mir ihr Abbild vorgestellt und es von meinem inneren Auge auf das Papier übertragen habe, sodass ich mit dem Stift nur noch die Linien nachziehen musste. Schließlich gelang es mir, indem ich mir auch das Artefakt der Meister in jedem Detail genauestens vorstellte, dieses Abbild in meinem Geist plastisch formte und es anschließend auf den echten Adamanten übertrug.“

„Kaum zu glauben“, staunte Ting.

„Du musst es dir wie eine Art Wachsschicht vorstellen, die man mit seinem Geist knetet. Mit dieser habe ich Arnavuts Artefakt überzogen. Während der Durchsuchung in unserem Quartier hielt ich diese Illusion aufrecht, wodurch der Adamant nicht zu leuchten begann und es schließlich so wirkte, als wäre unser Gegenstück nicht in seiner Nähe. Nachdem sie uns verhört hatten und Gilbradock überwältigt war, wollte ich das Artefakt vernichten. Ich ging in mein Zimmer und wickelte es in ein Tuch, als mir der Gedanke kam, dass es sich vielleicht um eine Falle der Dominaten handeln könnte. Ich war mir nicht sicher, ob sie uns nicht bewusst von einer schwachen Eskorte bewachen ließen, damit ich mich in Sicherheit wiege und sie zu unserem Fragment führe. Also änderte ich im letzten Moment meinen Plan. Ich steckte den Adamanten in die Flasche zurück und wickelte stattdessen einen gewöhnlichen Blutstein in das Tuch. Schließlich genügte es bereits, wenn die Dominaten glaubten, der Adamant sei vernichtet worden. Ich wusste, dass sie anschließend nicht mehr danach suchen würden."

„Wir haben unser Leben riskiert, um einen gewöhnlichen Stein zu sprengen?", fragte Landria aufgebracht.

„Ich hielt es in dem Moment für eine gute Idee", entschuldigte sich Nimael. „Eure Mission war dadurch nicht weniger wichtig und eure Strafe wäre sicherlich geringer ausgefallen, wenn sie euch mit einem einfachen Blutstein erwischt hätten. Außerdem wäre auf diese Weise das Fragment nicht in die Hände der Dominaten gefallen."

Seine Erklärung schien Landria ein klein wenig zu versöhnen.

„Im Makersch gegen Kolubleik bewahrheitete sich dann, was ich bei meinen Kampfübungen mit Ando bereits angenommen hatte", fuhr Nimael fort. „Der Kampf wurde nicht durch die körperliche Überlegenheit entschieden, sondern dadurch, wer sich die Macht des Adamanten besser zunutze machen und seine Konzentration länger aufrechterhalten konnte. Nach der Explosion erkannte ich, dass Kolubleik erneut die Oberhand behalten würde. Im Gegensatz zu ihm war ich bereits völlig ausgebrannt. Außerdem hatte ich mir schon vor langer Zeit vorgenommen, immer ein Auge auf Varuil zu haben. Nach dessen Drohung galt das umso mehr. In diesem Moment machte es sich schließlich bezahlt. Aus den Augenwinkeln heraus erkannte ich, wie er einen Pfeil zückte und sich zum Abschuss bereit machte. Da kam mir die Idee mit der doppelten Illusion. Ich erinnerte mich an mein Spiegelbild nach der langen Einzelhaft. Welche Ähnlichkeit ich ohnehin bereits mit Kolubleik hatte. Also nahm ich sein Erscheinungsbild an und gab ihm meines. Als wir uns am Boden wälzten, nutzte ich die Schnelligkeit und Unübersichtlichkeit der Situation, um unser Äußeres zu vertauschen. Ich erinnerte mich an das Gespräch zwischen Gilbradock und Kerber, das ich damals kurz nach unserer Ankunft im Blutfelsen belauscht habe. Wie ich mir ihre Stimmen vorgestellt und anschließend in der lauten Geräuschkulisse des Bruchs ganz klar herausgehört habe. Und schließlich erinnerte ich mich an die ersten Splits und wie ich versehentlich mit zwei Stimmen gleichzeitig gesprochen habe. Ich überlegte, ob es nicht genauso möglich wäre, die Stimme des Meisters nachzuahmen. Plötzlich schienen mir all diese Fähigkeiten kein Zufall mehr zu sein, sondern Bruchstücke, die sich ergänzten, um eine perfekte Illusion zu erzeugen. Ich nutzte einen Teil meines Verstands, um mir Kolubleiks Stimme ins Gedächtnis zurückzuholen und genauestens einzuprägen, um sie anschließend möglichst genau wiedergeben zu können. Nachdem wir uns im Kampf voneinander gelöst hatten und gemeinsam aus dem Drift fielen, blieb ich als Kolubleik am Boden liegen. Der echte Kolubleik versuchte dagegen nur noch, an das Messer zu gelangen. Als er mir wieder seine Beachtung schenkte, war es für ihn bereits zu spät. Er konnte gar nicht so schnell begreifen, was vor sich ging, ehe Varuils Pfeil ihn durchbohrte."

Koba runzelte die Stirn. „Aber wenn es in Wirklichkeit Kolubleik war, der gestorben ist, hätte seine falsche Fassade dann nicht genauso zerfließen müssen wie die von Chapi nach seiner Niederlage?"

„Das ist sie auch, aber das Spiegelbild, das ich mit meinem eigenen Verstand um ihn herum erzeugt habe, hat den Vorgang für die Augen des Publikums verschleiert", erklärte Nimael und sah zu Thera. „Dann folgte dein herzzerreißender Aufschrei. Du kannst dir nicht vorstellen, wie leid es mir tat, dir solche Qualen zu bereiten. Wie schwer es für mich war, mitansehen zu müssen, wie dich ein solcher Hass überkam, dass du sogar bereit gewesen wärst, Varuil zu töten. Ich beschloss, einzugreifen. Ich ging bis an meine Grenzen, um mit allerletzter Kraft einen klaren Verstand zu bewahren, beide Spiegelbilder aufrechtzuerhalten und gleichzeitig einen Drift auszulösen."

„Und dann hast du Varuil getötet", erinnerte sich Thera.

Nimael nickte. „Er hat Elias ermordet. Darüber hinaus hat er bei verschiedenen Gelegenheiten bewiesen, dass er auch andere Unschuldige zu opfern bereit war. Und was noch viel schlimmer ist, er hätte auch dich eiskalt getötet. Das konnte ich nicht zulassen. Es ist mir nicht leichtgefallen, aber er hatte den Tod verdient."

Thera streichelte ihm tröstlich den Rücken.

„Anschließend galt es, Arnavut zu überzeugen, dass ich Kolubleik bin. Ich nutzte all mein Wissen, das wir über die Jahre in Erfahrung gebracht haben, um ihn zu überzeugen. Als er mir diesen freundlichen Klaps auf den Rücken gab und mich zur Heilungssektion schickte, hätte ich mich um ein Haar verraten, weil ich vor Schmerzen beinahe zusammengezuckt wäre. Ich musste Iora von den anderen Verletzten abziehen, damit sie mich in der Heilungssektion behandeln konnte. Dann habe ich so getan, als würde ich unseren Zellenschlüssel an mich nehmen, obwohl ich ihn längst bei mir trug. Alles musste den Anschein erwecken, dass ich wirklich Kolubleik bin. Dessen Leiche ließ ich bei dieser Gelegenheit gleich mitnehmen, damit ich die Illusion nur bis zur Heilungssektion aufrechterhalten musste. Dort ließ ich das Spiegelbild erschöpft fallen und weihte Iora in meinen Plan ein."

„Sie wusste es?", fragte Thera erstaunt. „Warum hat sie mir nichts verraten?"

„Weil ich sie darum gebeten habe", gestand Nimael. „Am liebsten hätte ich euch alles erzählt. Glaubt mir, auch diese kalte, seelenlose Miene war eine einzige vorgegaukelte Illusion. Darunter hätte es mich beinahe zerrissen, zusehen zu müssen, wie ihr leidet." Er wandte sich wieder an Thera. „Als du da am Grab gestanden und um meine Auferstehung gebeten hast, war ich beinahe so weit, dir alles zu verraten. Dann musste ich dich auch noch die Zelle ausräumen lassen, wo du dieses blöde Gedicht gefunden hast. Aber wie wäre ich sonst an den Adamanten gekommen?"

„Du hast ihn mitgenommen?", fragte Landria verblüfft.

„Natürlich", antwortete Nimael. „Sonst hätte ich diese Fassade schon längst nicht mehr beibehalten können." Er zog ein Tuch hervor und wickelte den Adamanten aus, den Helour mit weit aufgerissenen Augen musterte. „Ich habe ihn gleich in der Wüste wieder an mich genommen. Vorher durften ihn die anderen Meister weder zu Gesicht bekommen noch spüren, weswegen er in Balba perfekt aufgehoben war. Nur schade, dass sich Arnavut letztendlich dazu entschieden hat, den anderen Stein in den Zentralbruch mitzunehmen, um mit den Arbeiten dort schneller voranzukommen. Andernfalls hätten wir nun beide Fragmente in unserem Besitz und den Meistern einen dicken Strich durch die Rechnung gemacht." Nimael kam wieder auf das eigentliche Thema zurück. „Jedenfalls durfte ihnen auch nicht das kleinste bisschen Freude oder Erleichterung an euch auffallen. Wenn einer von ihnen Verdacht geschöpft hätte, wäre die ganze Täuschung aufgeflogen. Mein ganzer Plan hätte sich in Wohlgefallen aufgelöst. Ich musste dieses gehässige Mistschwein verkörpern und gleichzeitig eine Möglichkeit finden, euch nicht so sehr zu provozieren oder zu verletzen, dass ihr eine Dummheit begeht – sei es nun euch selbst oder mir gegenüber." Er musterte die Fleischwunde, die Helours Säbel hinterlassen hatte. „Das wäre wohl beinahe schiefgegangen."

„Warum hast du mich überhaupt erwählt, euch zu begleiten?", fragte Helour. „Ihr wart doch ohnehin schon in Sicherheit, auch ohne meine Unterstützung."

„Du hast schon oft genug unter Beweis gestellt, auf wessen Seite du wirklich stehst", erklärte Nimael. „Ich erinnere mich an unser Gespräch im Bruch. Du hast mir erzählt, dass du keine andere Wahl hast. Dass du den Dominaten gegen deinen Willen dienst, weil dein Volk alles andere als Verrat betrachten und dich hinrichten würde. Als Kolubleik bot sich mir die einmalige Gelegenheit, dich aus dieser Zwangslage zu befreien. Durch den Befehl eines Meisters konntest du deinem Volk den Rücken kehren, ohne geächtet zu werden."

Helour bedankte sich mit einem würdevollen Nicken.

„Mich würde noch interessieren, was du im Gemeinschaftsraum zu Kaeti gesagt hast?", fragte Hallbora. „Hast du ihr gezeigt, wer du wirklich bist? Hast du ihr unter die Nase gerieben, dass wir dieses Drecksloch verlassen werden, während sie im Zentralbruch gefangen bleibt?"

„Damit sie uns noch einmal verrät?", fragte Nimael sarkastisch. „Nein, das Risiko wollte ich nicht eingehen. Ich habe ihr nur geraten, ehrlich zu sich selbst zu sein, wenn sie sich die Frage stellt, für wen sie diesen Verrat begangen hat. Ob sie wirklich glaubt, dass Eskabatt ihre Entscheidung gutheißen würde, wenn sie sie jetzt sehen könnte. Ob sie sich wirklich einreden will, dass sie in ihrem Namen gehandelt hat, um sich an demjenigen zu rächen, der jahrelang auf sie aufgepasst und alles getan hat, um sie zu beschützen. An demjenigen, der sie trotz aller Meinungsverschiedenheiten als Familienmitglied betrachtet hat. Ob es sich jetzt, nach dessen Tod, besser anfühlt. Wie eine Bestätigung. Oder ob da vielleicht doch ein klitzekleiner Rest an Zweifel zurückbleibt. Ein leiser Selbstvorwurf, dass sich alles ganz anders hätte entwickeln können, wenn sie diesen Verrat nicht begangen hätte. Dass Eskabatt ihre Freunde viel lieber in Freiheit gesehen hätte als dem Untergang geweiht und ihre beste Freundin lieber bei ihnen als an der Seite derjenigen, die letztendlich für ihren Tod verantwortlich waren." Er hielt kurz inne und überlegte. „Ihrer Reaktion nach zu urteilen, muss wohl irgendetwas davon zu ihr durchgedrungen sein. Wie hatte Amaru noch unser Gewissen genannt? Die innere

Stimme Gottes? Vielleicht war sie in ihrem Fall einfach nicht laut genug, um erhört zu werden."

Für einen Moment herrschte nachdenkliches Schweigen am Lagerfeuer.

„Wie geht es nun weiter?", durchbrach Ting die Stille.

„Zunächst kehren wir nach Moenchtal zurück. Allen, die hier einen Schlussstrich ziehen möchten, steht es frei, zu ihren Familien zurückzukehren und unterzutauchen. Aber ihr kennt mich. Ihr wisst, dass ich das nicht kann. Das Schicksal unserer Freunde und wahrscheinlich sogar das der gesamten Menschheit hängt von uns ab. Ich werde mich auf die Suche nach Samena begeben, um in Erfahrung zu bringen, ob sie durch unsere Botschaft in Gefahr geraten ist. Und dann …" Nimael seufzte. „Dann brauchen wir Verbündete. Aber vermutlich wird uns niemand glauben, was wir erlebt haben. Vielleicht gelingt es uns, Kuruc zu töten, damit alle sehen, mit wem wir es zu tun haben."

„Aber meinst du nicht, die anderen Herrscher würden dann ebenfalls auf uns aufmerksam werden oder Kabundae gleich den Krieg erklären?", fragte Landria.

„Ich gebe zu, der Plan ist noch nicht ganz ausgereift", antwortete Nimael. „Außerdem müssen wir irgendwie den Zentralbruch ausfindig machen, um unsere Freunde zu befreien und die Meister daran zu hindern, den Adamanten zusammenzusetzen." Er nahm Thera in den Arm und lächelte verschmitzt in die Runde. „Alles wie üblich … ein Kinderspiel."

## - ENDE BAND 2 -

# Die Namen der Dominaten und ihre Bedeutung

**Arnavut „Aren“:** Das gläzendste/strahlendste Sandkorn in der Wüste (aus dem Persischen)

**Kolubleik:** Fahl wie der Schein einer Tranlampe (aus dem Isländischen)

**Amon:** Treuer Arbeiter (biblischer Vorname hebräischen Ursprungs)

**Chapi:** Der Ernährer (aus dem Ägyptischen)

**Serqet:** Schutzgöttin der Heilkundigen (aus dem Ägyptischen)

**Kuruc:** Aufständisch, verschwörerisch (aus dem Ungarischen)

**Imano:** Glaube, Vertrauen (aus dem Arabischen)

**Taro:** Der Erstgeborene (aus dem Japanischen)

**Nimael:** Segen Gottes (aus dem Hebräischen, kein bekannter Name, wörtliche Übersetzung: Nima=Segen, El=Gott)

# Hierarchie

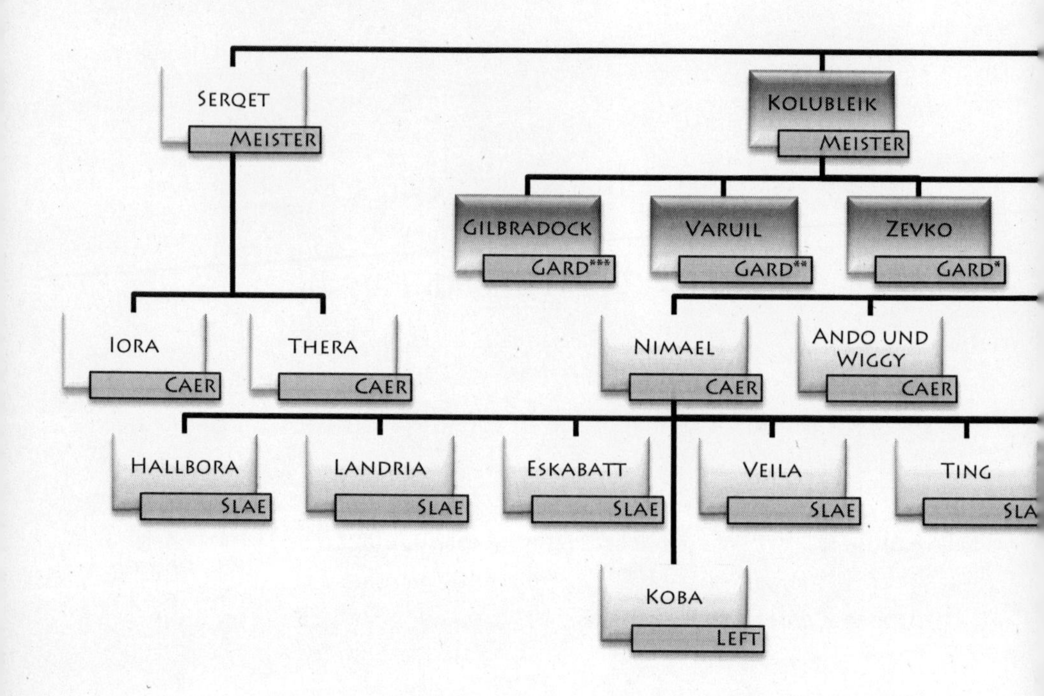

Serqet
Meister
Kolubleik
Meister
Gilbradock
Gard***
Varuil
Gard**
Zevko
Gard*
Iora
Caer
Thera
Caer
Nimael
Caer
Ando und Wiggy
Caer
Hallbora
Slae
Landria
Slae
Eskabatt
Slae
Veila
Slae
Ting
Koba
Left

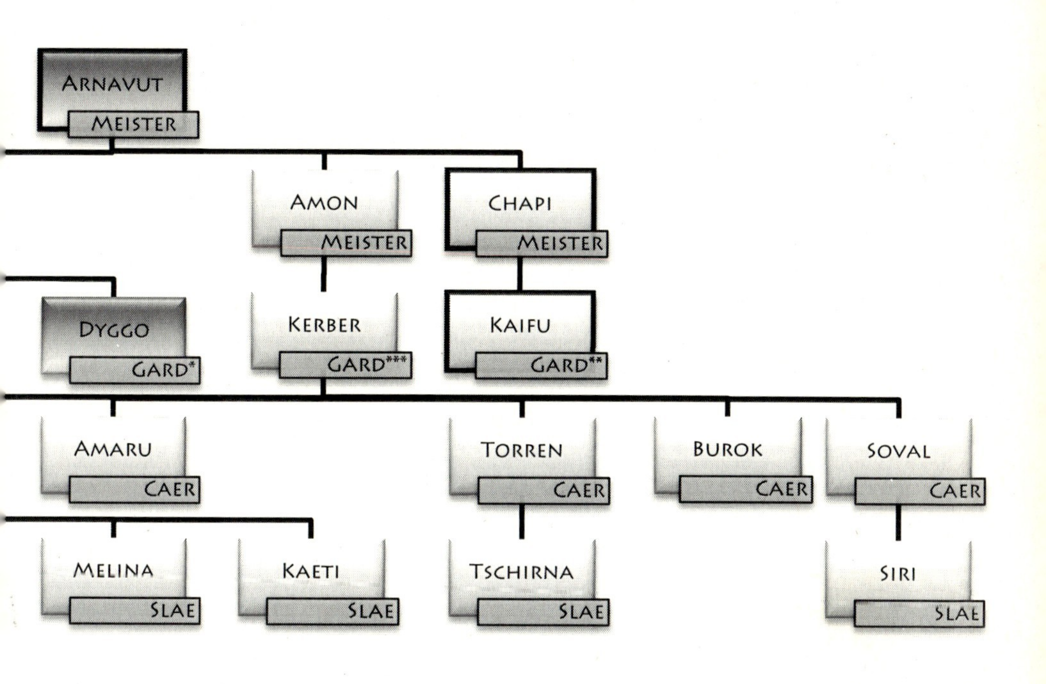
ARNAVUT
MEISTER
AMON
MEISTER
CHAPI
MEISTER
DYGGO
GARD*
KERBER
GARD***
KAIFU
GARD**
AMARU
CAER
TORREN
CAER
BUROK
CAER
SOVAL
CAER
MELINA
SLAE
KAETI
SLAE
TSCHIRNA
SLAE
SIRI
SLAE

## LEGENDE

KAMPF
HEILUNG
VERSORGUNG
ARBEIT

# Über den Autor

Tobias Frey wurde 1978 in Stuttgart geboren und wuchs in Böblingen auf. Science-Fiction und Fantasy zählten schon immer zu seinen Lieblingsgenres, nicht nur in der Literatur, sondern auch in Film und Fernsehen. Als Jugendlicher verschlang er sämtliche Star-Trek- und Fantasy-Romane, darunter auch "Krabat" von Otfried Preußler, der ihn nachhaltig beeindruckte.
Seit seinem Studium an der „Hochschule der Medien" lebt und arbeitet er in Stuttgart. Tobias Frey ist glücklich verheiratet und leitet seit 2014 die Stadtteilbibliothek Stuttgart-Ost. Mit „Spiegel zweier Welten" veröffentlicht er die Fortsetzung seiner Nimael-Trilogie.

# Danksagung

Wie schon beim ersten Band gilt mein Dank an erster Stelle meiner Frau Alexandra, die mir jederzeit mit Rat und Tat zur Seite gestanden hat, nicht nur als Testleserin, sondern auch von der Gestaltung bis hin zum Druck, und das (wie auch im wahren Leben) von der ersten bis zur letzten Seite.

Außerdem danke ich erneut meinen Testlesern für ihre zahlreichen Kommentare und Anmerkungen: Irina Gruber, Thomas Frank, Soheila Hosseini, Andrea Alvermann, Nina Schweikert, Klaus Köhler, Peter Futterschneider und Meike Jung mit ihrer ganzen Familie.

Ein ganz besonderer Dank gilt Paola Baldin, die mir als frischgebackenem Selfpublisher mit ihrer Erfahrung besonders beim Buchsatz, aber auch bei der gesamten Veröffentlichung unschätzbare Hilfe geleistet hat.

Auch meiner Familie und meinen Freunden möchte ich für ihre unentwegte und wundervolle Unterstützung danken.

Und dann natürlich ein dickes Dankeschön an alle, die in irgendeiner Form an der Entstehung der fertigen Trilogie beteiligt waren: Alexander Kopainski für die fantastischen Cover der Reihe und die tolle Zusammenarbeit, Terese Opitz für die Gestaltung der detailverliebten Karte und Grit Bomhauer für die zusätzlichen Tipps zum Buchsatz und Druck.

Ebenfalls möchte ich Daniel Di Stefano danken, der keine Gelegenheit auslässt, meine Buchreihe voller Elan anzupreisen. Ich möchte auch allen Bloggern, Autoren- und Bibliothekskollegen, Social-Media-Freunden, sämtlichen Buchhandlungen und Veranstaltern von Lesungen, Messen, Conventions und allen Zeitungen und Zeitschriften danken, die mich bei der Veröffentlichung so fantastisch unterstützt haben.

Besonders berührt und gefreut haben mich die vielen begeisterten Rezensionen zum ersten Band, mit denen ich niemals gerechnet hätte. Auch dafür noch mal herzlichen Dank, das ist die beste Unterstützung, die man sich als Autor nur wünschen kann.

Und schließlich danke ich euch, meinen Lesern. Es ist so schön, dass ihr Nimael genauso ins Herz geschlossen habt wie ich. Alle Nimaelisten dürfen sich auf ein fulminantes Finale freuen. Wie die Geschichte endet, verrate ich in *Nimael: Prüfung falscher Götter*.

Der Auftakt der Trilogie

**Nimael: Steine ewiger Macht**

Bereits erschienen

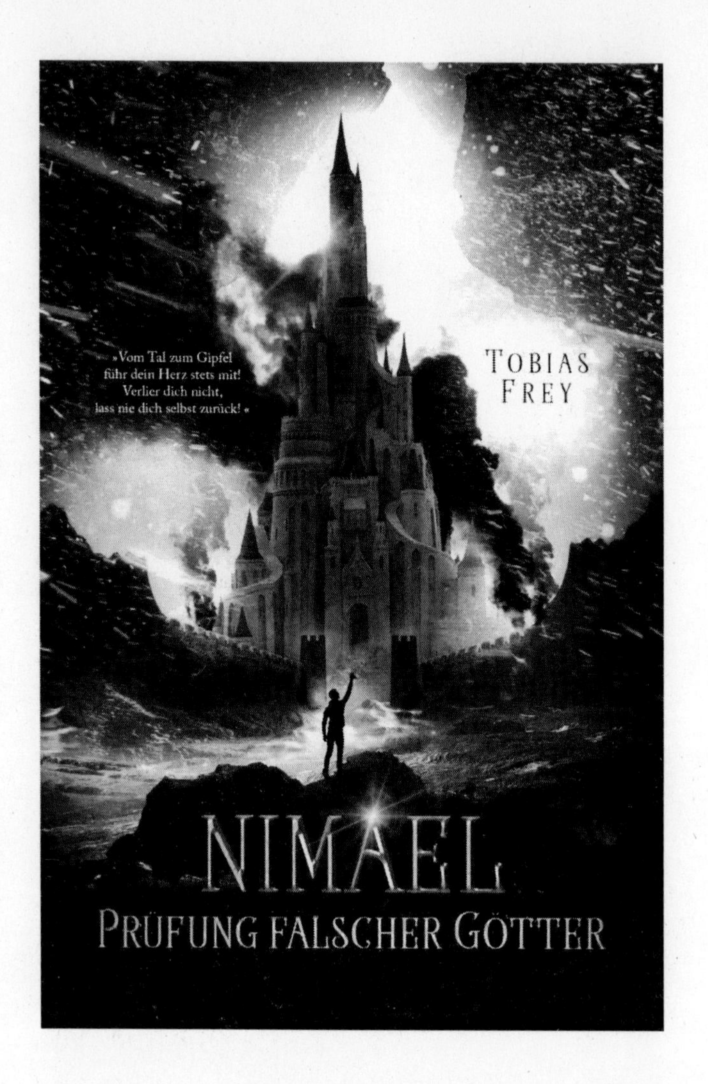


Das Finale der Trilogie

**Nimael: Prüfung falscher Götter**

2021